Firsching • Die Tränen Mohammeds

Gernot Firsching

Die Tränen Mohammeds

Ein Maritim-Thriller

pietsch

Einbandgestaltung: Nicole Lechner
Titelbild: Lore Haack-Vörsmann

Die Handlung des Romans und sämtliche Begebenheiten sind frei erfunden. Ähnlichkeiten mit lebenden oder verstorbenen Personen wären rein zufällig und sind vom Autor weder gewollt noch beabsichtigt. Das gilt auch für eventuelle Namensgleichheiten.

ISBN 3-613-50383-2

1. Auflage 2001

Lektorat: Oliver Schwarz
Innengestaltung: Marit Wolff
Druck: Rung-Druck, 73033 Göppingen
Bindung: E. Riethmüller, 70176 Stuttgart
Printed in Germany.

Prolog

Auch lange nach Sonnenuntergang lastete immer noch eine unangenehme, Atem raubende Schwüle über der Stadt. Jeff Lance schaltete die Klimaanlage seines Dodge einen Tick höher und lockerte die dunkle Krawatte. Es war das erste Mal, dass er vor dem Vizepräsidenten erscheinen sollte. Unwillkürlich gab er mehr Gas, obwohl auf den Highways rund um die Stadt höchstens 55 Meilen erlaubt waren. Es würde bestimmt spät werden in dieser Nacht. Der fünfundvierzigjährige Nahostexperte und Professor an der University of West Virginia fühlte sich müde und abgespannt, denn er hatte eine anstrengende Woche mit verschiedenen Vorlesungen hinter sich. Er warf einen Blick auf die Uhr. Mist, fluchte er stumm vor sich hin. Seine Frau hatte Freunde zum Essen eingeladen. Er malte sich bereits die Szene aus, die sie ihm bereiten würde.

Sein Handy summte. Die Stimme am anderen Ende klang ungeduldig.

»Wo stecken Sie, in Dreiteufelsnamen?« fauchte der Anrufer. »Himmel, Herrgott, legen Sie einen Zahn zu! Der Vizepräsident hat wahrlich anderes zu tun, als auf Sie zu warten.«

Jeff Lance knurrte still vor sich hin. Was fiel diesem Idioten eigentlich ein?

»Hören Sie, Jerry«, erwiderte er mit fester Stimme. »Ich befand mich schon auf dem Weg nach Hause. Sie hätten mir ja auch ein bisschen eher sagen können, …«

»Vergessen Sie Ihre Rede nicht«, fuhr ihm der Staatssekretär ins Wort. »Machen Sie schon! Oder wollen Sie Ihre Studien demnächst aus der eigenen Tasche finanzieren?«

Unwillkürlich trat Jeff das Gaspedal seines Dodge bis zum Anschlag durch und ließ den nur langsam abkühlenden Asphalt unter sich hindurchrauschen. Der schwere Achtzylinder brummte zornig auf. Amerikanische Limousinen sind es eben nicht gewohnt, so forsch herangenommen zu werden.

Eine Viertelstunde später erreichte Lance das Pentagon. Energisch trat er auf die Bremse, was die beiden Wachhabenden dazu veranlasste, mit MP im Anschlag auf ihn zuzustürmen.

»Sir?« riefen die Männer beinahe gleichzeitig und ließen ihn dabei einen unmissverständlichen Blick in die Mündungen ihrer Waffen werfen.

Jeff zückte seinen Ausweis und kletterte vom Fahrersitz. Er betrat das verglaste Office, wo er sich in einem Nebenraum einer Leibesvisitation unterziehen musste. Sein Laptop wurde auf verborgene Waffen und Bomben durchleuchtet. Einer der Sicherheitsbeamten deutete auf den tragbaren Computer.

»Ist die Festplatte gesperrt?« wollte er wissen.

Jeff schüttelte den Kopf. »Nein, und deshalb möchte ich ihn auch nur ungern aus der Hand geben.«

»Tut mir leid, Sir«, erhielt er als Antwort. »Der Laptop geht per Boten in den Besprechungsraum. Vorschrift.«

Jeff nickte ergeben. »Okay, wenn's sein muss.«

»Muss sein«, blieb der Uniformierte unnachgiebig. »Wenn Sie dann so freundlich wären, mir zu folgen?«

Eine Tür flog auf, und Staatssekretär Jerry Lexman stürmte in das Vorzimmer, wo Jeff Lance in Begleitung des Militärpolizisten und unter den Augen einer argwöhnischen Sekretärin geduldig wartete. Hochnervös wie immer, reichte er dem Hochschulprofessor nur ganz kurz die Hand, zeichnete ein Protokoll ab, das ihm der Sicherheitsbeamte entgegenhielt, und schob ihn in den Besprechungsraum. Erschöpft ließ sich Lance in einen der Polstersessel fallen. Vor seinem Platz lag sein Laptop. Er loggte sich ein und stellte zu seiner Beruhigung fest, dass offenbar niemand in der Zwischenzeit versucht hatte, die darauf gespeicherten Daten zu kopieren.

Lexman belehrte ihn mit knappen Worten über die Folgen einer Indiskretion. Jeff nickte ergeben. Danach stellte er ihm die übrigen Anwesenden vor. Den Vizepräsidenten kannte er zwar nicht persönlich, er war ihm jedoch von Pressekonferenzen dem Aussehen nach bekannt. General Henry Foster, Norman Schwarzkopfs Adjutant im Golfkrieg, nickte ihm mit unbewegter Miene zu. Foster machte in der Öffentlichkeit nie einen Hehl daraus, wie wenig er von Zivilisten hielt. Ein unverbesserlicher Säbelrassler. Er befand sich in Begleitung zweier Majore der Luftlandetruppen und der Fallschirmjäger. Zum Schluss deutete Lexman auf einen dunkelhaarigen Mann in hellem Leinenanzug. Er mochte Ende Fünfzig sein und machte auf den ersten Blick den Eindruck eines südamerikanischen Plantagenbesitzers. Lexman nannte ihn Peter Blake. Ein Schmunzeln zog sich über Jeffs Mundwinkel. Der Mann war niemals Plantagenbesitzer und hieß mit Sicherheit nicht Blake. Ebenso gut hätte man ihn auch als »Mr. Smith« oder »Mr. Jones« vorstellen können. Blake arbeitete mit Sicherheit in Langley, Virginia – für die Central Intelligence Agency.

Der Vizepräsident ergriff in seiner gewohnt jovialen Art als erster das Wort und wandte sich an Jeff.

»Nett, dass Sie sich so rasch haben freimachen können«, meinte er. Sam Katz verbarg nicht, dass er aus dem Mittelwesten stammte. Er artikulierte sich in einem grauenhaften Hillbilly-Dialekt.

Er lachte breit. »Ich darf Sie doch Jeff nennen? Nun, Jeff, was sagt Ihnen der Name Jabal al Awaynat?«

Jeff überlegte einen Augenblick. »Bergregion im Dreiländereck Ägypten, Libyen und Sudan. Grenzstation mit Treibstoffdepot im gleichnamigen Ort Al Awaynat. Ziemlich abgelegene Gegend. Abgesehen von ein paar Karawanenwegen existiert nur eine einzige ernstzunehmende Piste. Sie führt nach Al Khofra, den nächstgrößeren Ort der Region.«

Sam Katz nickte zustimmend. »Ausgezeichnet, Jeff! Man könnte denken, Sie beschäftigen sich mit nichts anderem als nordafrikanischer Geografie.«

»Mein Hobby«, murmelte der Jüngere.

»Was Sie nicht sagen«, lächelte der Vizepräsident. »Eine Ahnung, warum ich Sie hergebeten habe und wieso ich Sie ausgerechnet über diese Gegend ausfrage?«

Jeff zuckte die Schultern.

»War auch nicht anders zu erwarten«. Der Stellvertreter des amerikanischen Präsidenten nickte. »Nächste Frage. Was können Sie mit dem Namen Hassan Abdul Jasmani anfangen?«

Jeff verzog keine Miene.

»Scheich Hassan Abdul Jasmani. Islamischer Fundamentalist und geistiger Vordenker der streng konservativen Koranlehre. Orthodoxer Verfechter der Scharia als Instrument der Rechtssprechung.«

»Gilt als Rädelsführer im Zusammenhang mit der Ermordung des ägyptischen Präsidenten Hosni Mubarak im Jahre 1995 und dem Massaker von Luxor 1997«, fuhr er nachdenklich fort. »Ihm werden die Planung des Lockerbie-Attentats sowie maßgebliche Beteiligung an den Bombenanschlägen in Daressalam und Nairobi nachgesagt. Afghanischer Staatsangehöriger und angeblich in Kandahar geboren. Letzteres jedoch wurde nie bestätigt. Andere Quellen lassen eher darauf schließen, dass er gebürtiger Libyer oder Libanese sein könnte. Spricht englisch, russisch und verschiedene arabische Dialekte. Zu seinen wenigen Vertrauten gehören Osama bin Laden und Mohammed Al-Nudar. Derzeitiger Aufenthaltsort unbekannt.«

»Falsch«, widersprach Lexman, und zum ersten Mal an diesem Abend hoben sich seine Mundwinkel. »Seit etwa einer Woche wissen wir endlich, wo Jasmani steckt.«

Jeff schaute den Staatssekretär fragend an. »Etwa am Jabal al Awaynat? Kein schlecht gewähltes Domizil. Dort ist er so sicher wie in Allahs Schoß.«

»Reden Sie keinen Unsinn, Mister!« stieß Foster ungehalten aus. Sein hochroter Kopf deutete an, dass er tagtäglich mit zuviel Stress und noch mehr Ärger fertig werden musste. »Sicher wie in Allahs Schoß. Wenn ich so etwas schon höre!«

»Ich bin Realist, Sir«, entgegnete Jeff und bemühte sich um einen möglichst verbindlichen Tonfall. »Die Piste nach Al Khofra gilt als unsicher, weil ständig versandet. Da jedoch der Hauptwarenverkehr zwischen Libyen und dem Sudan trotzdem über diese Verbindungsstraße abgewickelt wird, wimmelt es da unten nur so von Grenzpolizei. Die östlichen Talausgänge sollen immer noch vermint sein. Also keine Chance, irgendeine Aktion von Ägypten aus auf dem Landweg durchzuführen. Ich bleibe dabei. Wenn sich Scheich Hassan Abdul Jasmani tief im Süden Libyens aufhält und auch noch Gaddafi schützend seine Hand über ihn hält, dann ist er dort absolut sicher. Zudem besitzt er jederzeit die Gelegenheit, in den Sudan oder den Tschad abzutauchen.«

»Was Sie nicht sagen«, knurrte der General. »Auf welcher Seite stehen Sie eigentlich?«

Jeff ignorierte den Einwand. Er hatte nie gedient, kannte Vietnam nur vom Hörensagen. Dafür stand er bei Demonstrationen der Friedensbewegung stets in vorderster Reihe.

Sam Katz wandte sich an Peter Blake, der bis dahin geschwiegen hatte.

»Was meinen Sie dazu?« fragte er den Mann im hellen Leinenanzug knapp.

»Ich teile die Einschätzung des Professors, Mr. Vice-President«, meinte Blake nachdenklich. »Henry wird eine harte Nuss zu knacken haben. Ich für meinen Teil halte das Risiko gemessen am außenpolitischen Nutzen ohnehin für überdurchschnittlich hoch. Ich warne noch einmal ausdrücklich vor unüberlegten Aktionen. Die Folgen könnten verheerend sein. Nicht nur für die Vereinigten Staaten.«

Jeff atmete tief durch. Es ging also um Hassan Abdul Jasmani, den die westliche Welt, vornehmlich Amerika und Großbritannien, für eine Reihe von Bombenanschlägen, Flugzeugentführungen und Morde an prowestlichen Politikern der Region verantwortlich machte. Der radikale Religionsführer galt als einer der führenden Persönlichkeiten einer Terrorgruppe, die sich »Islamische Internationale im Kampf gegen Zionismus und westlichen Imperialismus« nannte. Zwar mehrten sich in der arabischen Welt die skeptischen Stimmen, die behaupten, Jasmani hätte zum Zeitpunkt des Lockerbie-Attentats an der Al-Azhar-Universität in Kairo Koranvorträge abgehalten und käme damit als unmittelbarer Drahtzieher gar nicht in Frage, doch im Westen betrachtete man die Beteuerungen seiner Anhänger als reine Schutzbehauptung. Man hielt daran fest, dass er seine Unschuld vor einem ordentlichen Gericht unter Beweis zu stellen habe. Doch selbst westliche Rechtsexperten zweifelten inzwischen daran, ob man einem Religionsoberhaupt wie Jasmani überhaupt einen fairen Prozess bieten konnte und wollte. Verließ er den Gerichtssaal als freier Mann, dann war dem arabischen Terrorismus Tür und Tor geöffnet.

»Wir holen diesen Hurensohn da heraus, junger Freund«, grinste der Vizepräsident. »Und dann stellen ihn erst einmal die Briten vor Gericht. Die sind nämlich nicht so zimperlich wie die Deutschen. Ich denke dabei nur an den La-Belle-Prozeß. Himmel, das ging hin, das ging her! Und alles nur, weil die verdammten Krauts solch eine Heidenangst vor den Mullahs haben. Der britische Justizminister ist jedenfalls ganz scharf darauf, diesen Knoblauchfresser in die Hände zu bekommen. Nur nebenbei: Der Chefankläger der Briten verlor über Lockerbie seinen Neffen. Ich sage Ihnen, die Tommies machen mit Jasmani kurzen Prozess, und wir brauchen uns dabei noch nicht einmal die Hände schmutzig zu machen. Das ist doch eine einmalige Gelegenheit.«

»Aber die beiden mutmaßlichen Attentäter wurden von Libyen doch schon längst ausgeliefert«, warf Jeff ein.

»Strohmänner«, knurrte Katz. »Ein politisches Entgegenkommen Gaddafis. Der will endlich wieder sein verdammtes Öl exportieren dürfen.«

»Und der Westen macht bei diesem Deal natürlich mit«, schnaubte Foster. »Die Ermittlungen haben inzwischen Millionen verschlungen. Da braucht man natürlich endlich Ergebnisse. Mittlerweile gibt es an Wall Street und auch anderswo bereits Überlegungen, aus Libyen ein Tourismusparadies zu machen. Wegen der vielen unberührten Strände. Oh, wie ich das hasse!«

»Und wie, um alles in der Welt, wollen Sie ihn aus Libyen herausbekommen?« ließ Jeff nicht locker. »Auf dem Landweg etwa? 340 Kilometer Sand und Staub, und das ohne gesicherten Wasser- und Treibstoffnachschub? Mit Hubschraubern? Quer über libysches Gebiet, wo unsere Leute jederzeit von Gaddafis Radarstationen erfasst und abgeschossen werden können? Und was ist mit den politischen Verwicklungen? Putin wird da wohl auch noch ein Wörtchen ...«

»Lassen Sie Wladimir aus dem Spiel«, unterbrach ihn Lexman. »Wie die Russen reagieren werden, darüber machen Sie sich mal keine Gedanken. Putin bekommt vom IWF ein paar Millionen vorgezogenen Überbrückungskredit für seine notleidende Wirtschaft, und gleichzeitig halten wir uns bis auf weiteres auf dem Balkan zurück. Nebenbei bemerkt, plagen die Russkis momentan ganz andere Sorgen, als für die Befindlichkeiten irgendwelcher arabischer Scheichs ernsthaft Zeit zu finden. Im übrigen habe ich Sie nicht hierher gebeten, damit Sie sich unseren Kopf zerbrechen.«

Jeff Lance seufzte. »Okay, Sir. Habe verstanden.«

»Die beiden Gentlemen rechts vor Ihnen«, fuhr Lexman fort, »leiten übrigens eine der schlagkräftigsten Luftlandeeinheiten beziehungsweise ein ziemlich erfolgreiches Fallschirmjägerbataillon. Sie waren schon in Kuwait mit dabei. Seien Sie also unbesorgt, Mr. Lance. Wir wissen, was wir am Jabal al Awaynat tun.«

»Sind Sie da wirklich so sicher?« meinte Blake kopfschüttelnd.

Auf dem Rückweg von der Besprechung kam es Jeff so vor, als sei es auf Richmonds Straßen noch drückender geworden. Sein ehemals blütenweißes Hemd hatte er längst durchgeschwitzt. Aber es war nicht nur die ungewohnte Hitze, die ihm das Wasser aus den Poren trieb. Das, was Sam Katz vorhatte, glich einem Hasardeurstück mit unübersehbaren Folgen. Der harte Kern der islamischen Fundamentalisten würde es kaum hinnehmen, wenn sich die amerikanischen Streitkräfte einfach über die Souveränität Libyens hinwegsetzten. Und erst recht nicht, falls sie dabei einen Mann in ihre Gewalt brachten, der in ihren eigenen Reihen als Religionsoberhaupt verehrt wurde. In den Augen seiner zahllosen Anhänger galt Jasmani nicht nur als Vordenker, sondern auch als Heilsbringer. So ließ er nicht nur annähernd zwanzig Krankenhäuser, unzählige Moscheen und Koranschulen bauen, sondern finanzierte schon seit Jahren mit Osama bin Ladens Ölmillionen den Ausbau der Infrastruktur in den ärmsten Ländern des schwarzen Kontinents. Westliche Politiker warfen ihm jedoch vor, damit nur die intellektuelle Basis für seine terroristische Aktivitäten zu schaffen.

Jeff beschäftigte sich im Rahmen seiner Professur an der University of West Virginia schon seit Monaten intensiv mit der »Islamischen Internationale im Kampf gegen Zionismus und westlichen Imperialismus«, einer extrem gewaltbereiten Mujaheddin-Gruppe, deren führende Köpfe sich überwiegend aus Mitgliedern der Jihad und der Hamas-Bewegung zusammensetzten. Geriet Hassan Abdul Jasmani tatsächlich in die Hände der Amerikaner und wurde er anschließend formell unter Anklage gestellt, dann würden Attentate folgen, mit denen der Anschlag auf das World-Trade-Center oder das Massaker von Luxor nicht mehr zu vergleichen wären. Einer Fatwa des Religionsführers würde diesmal kein Schweigen folgen.

Kapitel 1

Mit einem Ruck schob Alain Leblanc die Schiebetür zum Balkon auf und trat in die Nachmittagshitze. Gnadenlos brannte die Sonne auf die Küste herab und ließ diejenigen, die sich in ihren Autos auf den Weg in die Stadt gemacht hatten, schwitzen und stöhnen. Kein Lüftchen regte sich. Abgesehen von den Verrückten, die entlang des handtuchschmalen Strandstreifens ausharrten, schien La Bocca wie ausgestorben. Alain Leblanc warf einen Blick auf das unbewegte Wasser der Côte d'Azur. Die Sonne blendete unangenehm, weshalb er sich rasch wieder in den Schutz der halb ausgerollten Markise zurückzog. Er öffnete die Flasche eisgekühlten Roséwein und goss das Glas voll. Schließlich ließ er sich in den weich gepolsterten Rattanstuhl gleiten und schloss mit einem wohligen Grunzen die Augen.

Alain Leblanc war Mitte vierzig, muskulös und stets braun gebrannt. Seine sich langsam aber unaufhaltsam grau färbende Haarpracht hatte er von erfahrener Hand auf beinahe Streichholzlänge stutzen lassen. Ohnehin legte er größten Wert auf exzellentes Aussehen. Wenn es sein musste, wechselte er mehrmals täglich die komplette Garderobe. In der Öffentlichkeit trug er vornehmlich Designeranzüge und maßgeschneiderte Hemden. Seine Schuhe ließ er in London anfertigen und sich per Luftfracht zuschicken. Diese Angewohnheit hatte weniger mit Eitelkeit zu tun, sie gehörte ganz einfach zu seinem Beruf. Alain Leblanc betrieb unter dem Pseudonym Aubin Toulouse einen diskreten Begleitservice für alleinreisende Damen, die sich die Zeit ihres Aufenthalts an der Côte d'Azur so angenehm wie möglich vertreiben wollten. Zu seiner Klientel gehörten Frauen aus Politik, Wirtschaft und Medien, die einfach nicht die Zeit aufbringen konnten oder wollten, sich einen adäquaten Partner für die wenigen Urlaubstage im Jahr zu suchen.

Sein Tarif grenzte ans Unverschämte. Er hatte es seit langem nicht mehr nötig, Werbung für sein Ein-Mann-Unternehmen zu machen. Die Portiers im Carlton, im Negresco und in den nicht weniger exklusiven Hotels auf den Kaps kannten die Nummer seines Mobiltelefons. Klagte eine der dort abgestiegenen Damen allzu deutlich über Langeweile am Abend, bekam sie einen diskreten Hinweis, an wen sie sich zwecks Zerstreuung wenden konnte. Bisher hatte sich noch keine der Damen anschließend bei den Portiers beschwert.

Das Telefon klingelte. Alain hob ab.

»Toulouse«, meldete er sich.

Am anderen Ende vernahm er eine Frauenstimme. Unwillkürlich ordnete er seine Gesprächspartnerin ein. Jung, dynamisch, erfolgreich.

»Aubin Toulouse?« fragte sie schließlich.

»Ganz richtig«, antwortete der Mann. »Was kann ich für Sie tun, Madame?«

»Ich hörte, dass Sie eine Begleitagentur betreiben«, sagte die Stimme.

»Was Sie nicht sagen«, entgegnete er. Man musste vorsichtig sein in diesem Geschäft. Die französische Steuerfahndung lauerte überall.

»Also, ja oder nein?« lachte die Unbekannte.

»Also, ja«, entgegnete der Angerufene.

»Ich möchte Sie gerne engagieren, Monsieur Toulouse«, meinte die Frau am anderen Ende der Leitung. »Nähere Einzelheiten sollten wir jedoch besser unter vier Augen besprechen.«

Alain Leblanc grinste. Unter vier Augen. Nun, so konnte man es natürlich auch nennen.

»Kommen Sie ins Paradis Roc und fragen Sie dort nach Sybill. Sie wissen schon. Man wird Sie zu mir führen.«

Die Anruferin legte nach einem kurzen Gruß wieder auf. Alain Leblanc alias Aubin Toulouse schaltete sein Handy aus. Hinter dem Namen Sybill verbarg sich ein Codewort, das er mit seinen Mittelsmännern an den Hotelrezeptionen vereinbart hatte. Einerseits sollte es seinen Kundinnen den Schritt zum Telefonhörer leichter machen; andererseits konnte er dadurch sicher sein, dass seine Telefonnummer auch tatsächlich vom Hotelpersonal vermittelt worden war.

Alain zog sich einen eleganten, hellen Anzug an, stülpte zum Schutz gegen die grelle Sonne einen breitkrempigen Stoffhut über und fuhr mit dem Lift hinunter zur Tiefgarage. Mit seinem Sportwagen verließ er La Bocca über verschwiegene Seitenstraßen, um dem Urlaubsverkehr auf der Küstenstraße und der Croissette zu entgehen. Mit der gebotenen Vorsicht parkte er anschließend den Wagen in der hoteleigenen Tiefgarage, schlenderte zum Restaurant und nahm dicht beim Geländer mit Blick über das Meer an einem der freien Tische Platz. Er bestellte einen Champagnercocktail und wartete erst einmal ab. In dieser südfranzösischen Edelabsteige war mit Sicherheit niemand darauf erpicht, einen Skandal mit den Behörden zu provozieren. Hätten irgendwelche Staatsbedienstete etwas von ihm gewollt, wäre er mit Sicherheit vorgewarnt worden. Eine Hand wusch schließlich die andere. Der Mann, der seine Telefonnummer weiterreichte, erhielt schließlich monatlich einen großzügigen Scheck von dem Mann aus La Bocca.

Schließlich griff er zu seinem Handy.

»Paradis Roc, Rezeption«, meldete sich eine ihm vertraute Stimme.

»Salut, Jean«, antwortete Alain. »Sybill wartet auf mich.«

»Wo bist du?« fragte der Mann von der Rezeption. »Am Pool? Gut, ich komme gleich zu dir nach draußen.«

Es verging eine Weile, ehe sein Gesprächspartner auf der Terrasse erschien. Jean trug die übliche Bekleidung eines Hotelbediensteten im mittleren Management. Dunkler Anzug, gedeckte Krawatte, Schnürschuhe. In der prallen Sonne hoch über dem Meer begann er sofort heftig zu transpirieren.

»Sybill ist, na ja, wie soll ich es ausdrücken …«, stotterte Jean.

»Heraus mit der Sprache«, entgegnete Alain ungeduldig. »Was ist so sonderbar an dieser Lady?«

Jean wiegte bedächtig den Kopf. Seine mit Gel in Form gebrachten Haare klebten inzwischen an der Kopfhaut. Alain registrierte es mit Widerwillen.

»Also?« forderte er ihn nochmals auf.

Der Mann vom Empfang deutete zum Pool, wo unter einem breiten Sonnenschirm eine junge, ungemein attraktive Frau in einem Korbsessel einen Drink zu sich nahm. Alain hob den Kopf, um besser über die Brüstung schauen zu können. Sofort regte sich etwas zwischen seinen Lenden. Bei dieser Lady würde der Job wieder einmal Spaß machen. Keine dieser juwelenbehangenen, vom Genuss zahlloser Cocktails aufgedunsenen Ladys aus Übersee.

Sybill, oder wie auch immer sie in Wirklichkeit heißen mochte, trug einen hellen Hosenanzug. Der Ausschnitt ihres Jacketts zeigte eine Menge gebräunter Haut. Alain nahm es wohlwollend zur Kenntnis. Was er allerdings nicht verstand, war die Tatsache, dass eine dermaßen attraktive junge Frau einen bezahlten Lover engagierte. Unwillkürlich musste er schmunzeln. Vermutlich eins dieser jungen Dinger, die unbedingt einmal herausfinden wollten, wie es ist, mit jemandem, der vom Alter her beinahe ihr Vater hätte sein können, ins Bett zu gehen. Alain sollte es recht sein. Von seiner Honorarvorstellung würde er trotzdem keinen Sou abweichen.

»Du kennst sie?« murmelte sein Bekannter.

Alain hob erstaunt den Kopf. »Nein, wieso? Sollte ich?«

»Liest du keine Zeitungen?« entgegnete der Hotelangestellte.

»Den Sportteil des 'Nice-Matin'« meinte er knapp. »Also, was stimmt nicht mit der Lady?«

»Sie ist eine geradezu bezaubernde junge Dame«, wich der andere aus. »Bis bald, mon ami.«

Einen Augenblick später erhob sich Alain, allerdings, um nach unten an den Pool zu gehen. Beim Betreten der kleinen Badeterrasse hoch über dem Meer taxierte er erneut die junge Frau. Was sollte diese Geheimnistuerei? Was stimmte nicht mit ihr? Eine Psychopatin etwa, die sich bei jedem ihrer Lover hinterher mit einem gezückten Rasiermesser bedankte? Alain schmunzelte. Das wäre ein Abgang!

»Bonjour, Madame«, begrüßte er die junge Frau, hielt dabei jedoch, wie es die Höflichkeit in einer solchen Situation gebot, gebührenden Abstand.

Die Angesprochene hob den Kopf und musterte Alain.

»Möchten Sie nicht Platz nehmen?« meinte sie schließlich und deutete auf den freien Sessel an ihrem Tisch.

Alain nickte stumm und ließ sich in das Polster gleiten. Der positive Eindruck, den er von der Terrasse des Hotelrestaurants aus hatte gewinnen können, verstärkte sich noch beim näheren Hinsehen. Die Frau mit dem Codenamen Sybill mochte etwa fünfundzwanzig Jahre alt sein und schien angesichts des Schmucks, den er an ihren Handgelenken entdeckte, mit Sicherheit über die nötigen Mittel zu verfügen, sich sowohl ein solches Domizil als auch einen Begleiter seines Formats leisten zu können. Sie trug die dunklen, lockigen Haare mittellang. Hinter einer modischen Designerbrille mit dunkel getönten Gläsern ließen sich die Augen der jungen Frau allenfalls erahnen. Ihre feinen Gesichtszüge, ihre aufrechte Körperhaltung, alles dies hatte schon beinahe etwas Aristokratisches an sich. Ob sie aus dem Hochadel stammte? Alain ließ seinen Blick unwillkürlich tiefer sinken. Scheinbar nicht enden wollende Beine ragten unter dem Tisch hervor. Goldfarbene Riemensandalen umschlossen ihre schmalen Füße. Dem Bräunungsgrad ihrer Haut nach zu urteilen, hielt sie sich nicht erst seit kurzem im Süden auf. Allerdings konnte er sich keinen Reim darauf machen, warum die junge Frau inmitten durchweg leichtbekleideter Hotelgäste ausgerechnet im Hosenanzug am Pool saß.

»Taxieren Sie mich nicht wie ein Pferdehändler«, waren ihre ersten Worte, nachdem er Platz genommen hatte.

»Pardon, Madame«, räusperte sich ihr Gesprächspartner verlegen. »Bitte verzeihen Sie. Es war keinesfalls meine Absicht …«

»Bemühen Sie sich nicht«, antwortete Sybill und verzog ihr Gesicht zu einem ironischen Lächeln. Dabei nahm sie die dunkel getönte Brille ab und steckte sie sich ins Haar. Ihre nur wenig geschminkten rehbraunen Augen blitzten in der Helligkeit des Nachmittags auf. Selten hatte Alain einen solch wunderbar warmen Blick auf sich ruhen sehen.

»Einen Drink, Monsieur?«

»Warum nicht?« antwortete der Mann.

»Frederic!« rief sie einem der Kellner zu. »Eine Flasche Dom Perignon für den Herrn und für mich das Übliche.«

»Das Übliche?« fragte er verwundert.

»Ich trinke keinen Alkohol«, erwiderte die junge Frau beiläufig.

Bis der Kellner erschien, schwieg sie. Alain hatte während seiner Karriere als Begleiter schon manch absonderliches Rendezvous gehabt. Sein Gegenüber wirkte gleichermaßen spröde wie erotisierend. Er wurde aus ihrem Verhalten nicht so recht klug. Aber vielleicht war die Situation für sie auch einfach nur ungewohnt. Er beschloss, das Beste daraus zu machen und selbst die Initiative zu ergreifen.

Der Kellner schenkte ihm aus einer dunklen, taubeschlagenen Flasche ein und servierte seiner Gesprächspartnerin frisch gepressten Orangensaft. Anschließend deutete er eine knappe Verbeugung an und entfernte sich diskret. Alain hob sein Glas. Sie tat es ihm nach und nahm ebenfalls einen Schluck, wobei etwas von ihrem Lippenstift am gezuckerten Glasrand haften blieb. Sie merkte es und wischte die Spuren weg.

Alain ließ sich in die Polsterung seines Sessels zurückgleiten, schloss für einen Moment die Augen und atmete tief durch.

»Ein herrliches Stückchen Erde, finden Sie nicht?« begann er die Unterhaltung.

»Dieser magere Felsen?« antwortete die junge Frau sichtlich unbeeindruckt. »Nun ja, im Gegensatz zu der drangvollen Enge in Cannes, Nizza oder Saint-Tropez bietet Cap d'Antibes schon ein wenig mehr Erholung.«

Alain nahm den Gesprächsfaden dankbar auf. »Oh, Sie sind hier zur Erholung?« meinte er bloß.

»Sind wir das nicht alle?« schmunzelte Sybill.

Ein Grinsen zog sich über seine Lippen. »Nicht unbedingt. Manche Leute müssen sogar an der Riviera ihren Lebensunterhalt durch Arbeit verdienen.«

Sybill schwieg und starrte lange auf das glitzernde Wasser der Bucht hinaus. Über dem Esterel brauten sich dunkle Wolken zusammen. Bald würde es wohl ein kräftiges Gewitter geben. Ein schweres Motorboot glitt auf dem Weg nach Nizza unter ihr vorbei. Auf einem Zweimaster unweit des Kapvorsprungs mühten sich zwei Männer ab, die Segel zu setzen. Als sie endlich standen, flappte das Tuch nur von einer Seite zur anderen, und das Schiff schlingerte in der ölig dahinschwappenden Dünung.

Alain fasste unwillkürlich an seine Hüfte, wo das Handy im Gürtel seiner Anzughose steckte. Wenigstens blieb er für andere Kundinnen erreichbar. Gleichzeitig bemerkte er, dass sich seine Gesprächspartnerin bequemer in ihrem Sessel zurechtrückte. Ihm fiel auf, dass sie ihre elegant übereinandergeschlagenen Beine dabei kaum bewegte.

»Ich möchte Sie als Begleiter engagieren«, meinte sie übergangslos.

»Ich stehe zu Ihren Diensten, Madame«, bestätigte Alain lächelnd. Er setzte sein Glas an die Lippen.

»Für etwa zwei Wochen«, fügte sie hinzu.

Alain verschluckte sich beinahe. Sein längstes Engagement belief sich bisher auf eine knappe Woche mit einer amerikanischen Millionärswitwe aus den Südstaaten. Es war eine anstrengende Zeit gewesen. Nicht so sehr was seine Libido, sondern eher, was seine Geduld betraf. Die Lady hatte im Laufe der Zeit offenbar den Eindruck gewonnen gehabt, ihn als Leibeigenen behandeln zu dürfen. Hinterher konnte er sich bildhaft vorstellen, wie sich seinerzeit Sklaven auf den Baumwollfeldern gefühlt haben mussten. Seitdem ging er allen Jobs, die mehr als ein paar Nächte in Anspruch nahmen, prinzipiell aus dem Weg. Was hatte die junge Frau bloß vor? Wollte sie ihn etwa näher kennen lernen? War sie wirklich so naiv? So etwas kam in seinem Beruf unter keinen Umständen in Frage.

»Verstehen Sie mich nicht falsch, Madame«, meinte er schließlich. »Zwei Wochen sind eine lange Zeit. Ich habe leider auch noch andere Verpflichtungen.«

»Leider?« entgegnete sie schnippisch und schaute erneut an ihm vorbei über das nur leicht bewegte Wasser der Bucht. Im Hintergrund vernahm man das entfernte Grollen eines sich langsam entwickelnden Unwetters.

Der Restaurantchef, ein mittelgroßer Endfünfziger in schwarzem Anzug, erschien und entschuldigte sich auch gleich wortgewaltig für die Störung. Er legte der jungen Frau eine in Leder eingefasste Mappe vor. Sie schlug sie auf, lächelte und ergriff den ihr gereichten Kugelschreiber. Den Inhalt der Mappe zeichnete sie schwungvoll ab. Alain konnte nicht erkennen, um was es sich dabei handelte. Eine Kreditkartenabrechnung? Doch wer lächelt schon, wenn man zur Kasse gebeten wird? Der Chef des Restaurants verbeugte sich knapp und entschuldigte sich erneut für die Störung. Alain konnte sich währenddessen eine Antwort auf die Frage seiner Gesprächspartnerin überlegen.

»Wenn ich sage 'leider', dann beziehe ich das lediglich auf Ihre Wünsche, meine Teuerste«, erwiderte er, als sie sich wieder ungestört wähnten. »Ich bin, wie bereits angedeutet, ein vielbeschäftigter Mann.«

»Ach, hören Sie schon auf«, murmelte sie betont kapriziös und griff nach ihrem Glas. »Geld spielt keine Rolle, wenn es das ist, was Sie unter Umständen zögern lässt. Was verlangen Sie? Ich akzeptiere. Kommentarlos.«

»Um Geld geht es hierbei überhaupt nicht«, entgegnete der Ältere trocken. »Über Geld rede ich nie. Wer nach der Honorarhöhe fragt, für den bin ich sowieso zu teuer.«

»Worum geht es Ihnen dann?« fragte sie offen heraus. Er fragte sich langsam, ob sie wirklich nur so naiv tat.

Sie nahm ihre Brille und setzte sie auf, obwohl die Sonne längst hinter einem dichten Dunstschleier verschwunden war. Ihr Gesichtsausdruck wurde starr. Alain musterte ihre schlanken, sehnigen Hände. Seltsam, fuhr es ihm durch den Kopf. Normalerweise ließen junge modebewusste Damen ihre Fingernägel passend zum Outfit lang wachsen. Ihre waren relativ kurz geschnitten. Es gefiel ihm. Lange, teilweise sogar künstlich verlängerte Fingernägel waren ihm ein Gräuel. Sein Rücken trug im Laufe der Zeit schon manch eine böse Schramme davon.

»Fragen wir lieber, welche Pläne Sie konkret haben, Madame«, entgegnete er und stürzte das beinahe noch volle Glas mit einem

Zug hinunter. Ihm war warm geworden. Wenn er nur geahnt hätte, worauf sie hinaus wollte.

»Zunächst einmal sollte ich mich vorstellen«, schmunzelte sie. »Mein richtiger Vorname ist Rachel.«

»Na, schön, Rachel«, brummte Alain und rückte sich seine Krawatte zurecht.

Die junge Frau griff nach ihrer Handtasche und fischte dabei ein schmales goldfarbenes Etui heraus. Sie klappte es auf und zog eine Zigarette hervor. Gleichzeitig sah sie ihn fragend an. Alain schüttelte den Kopf.

»Ein Laster, das ich mir abgewöhnt habe«, antwortete er auf die stumm gestellte Frage.

Ohne dass Rachel auch nur einen Ton zu sagen brauchte, erschien wie auf Bestellung der Kellner aus dem Hintergrund und ließ sein Feuerzeug aufschnappen. Sie sog die Flamme an, inhalierte tief und warf dem jungen Mann zum Dank ein knappes Nicken zu.

»Gerne geschehen, Mademoiselle«, lächelte er höflich, zog sich aber gleichzeitig wieder zurück, als er das missbilligende Kopfschütteln seines Chefs in der Eingangstür bemerkte. Unaufdringlichkeit gegenüber Gästen galt als oberstes Gebot im Paradis Roc.

»So, Sie möchten also meine konkreten Pläne erfahren«, begann Rachel und blies dabei den Rauch ihrer Zigarette weit über seinen Kopf hinweg in den inzwischen nur noch bleigrauen Sommerhimmel hinauf. »Ich kenne mich an der Côte d'Azur leider nicht besonders gut aus. Ich möchte, dass Sie mich begleiten, Monsieur Toulouse. Nicht mehr, nicht weniger. Ist das ein Problem für Sie?«

Unwillkürlich schüttelte Alain den Kopf. Er hatte im Verlauf der letzten Jahre schon einiges erlebt. Den Höhepunkt bildete eine junge Engländerin, die bereits im Hotellift hinauf zu ihrer Suite auf ihre Kosten kommen wollte. Aber eine junge Frau, die offenbar ohne jegliche Hintergedanken für zwei Wochen seine Reisebegleitung wünschte, das war selbst für ihn neu.

»Wohin?« fragte er nur.

Rachel schien auf die Frage gewartet zu haben. »Zunächst einmal will ich etwas von der Umgebung sehen. Schließlich bin ich das erste Mal in der Provence. Ach, ja. Einen Bekannten möchte ich gerne besuchen. Er wohnt hier ganz in der Nähe. Anschließend werde ich eine kurze Schiffsreise unternehmen. Ich hasse es, allein auf Reisen zu sein.«

»Verstehe«, murmelte er.

Alain wurde immer skeptischer. Die junge Frau gehörte mit Sicherheit nicht zu den Kreuzfahrtgästen, die an Bord lange einsam blieben. Aber unter Umständen ging es ihr nur darum, einen väterlichen Freund an der Seite zu wissen, der auf sie acht gab und ihr unter Umständen unliebsame Avancen vom Leib hielt.

»Wenn Sie Begleitschutz suchen, Madame«, erwiderte er nach kurzem Überlegen, »dann kann ich Ihnen ein seriöses Unternehmen in Antibes empfehlen. Die Leute dort sind darauf spezialisiert …«

»Unsinn!« unterbrach sie ihn. »Ich brauche keinen Bodyguard, ich suche einen professionellen Reisebegleiter, von dem ich sicher sein kann, dass er Manieren hat. Also, was ist nun? Kann ich auf Ihre Gesellschaft während der nächsten zwei Wochen zählen?«

Die junge Frau verzog nicht für eine Sekunde das Gesicht.

Verdammt, durchfuhr es ihn. Wer war sie wirklich? Polizei? Steuerfahndung? Mitarbeiterin einer Detektei? Beauftragt von einem gehörnten Ehemann?

Er erhob sich abrupt. »War nett, Ihre Bekanntschaft gemacht zu haben, Madame, aber ich denke, dass Sie sich besser um ein anderes Arrangement bemühen.«

»Wir werden sehen«, schmunzelte sie vor sich hin, während Alain bereits dem Restaurantausgang zustrebte.

Kapitel 2

Leblanc verließ eiligen Schrittes das Restaurant und sah zu, dass er das felsige Kap so schnell wie möglich hinter sich ließ. Es begann zu regnen. Im Westen gingen die ersten Blitze nieder. Merde, schimpfte Alain vor sich hin. Wütend griff er zu seinem Handy.

»Paradis Roc, Rezeption«, meldete sich eine vertraute Stimme.

»Bonjour, Jean«, antwortete Alain.

»Aubin, mon ami, ça va?« erwiderte die Stimme seinen Gruß.

»Sag mal, Jean, hast du der Lady am Pool irgend etwas über mich erzählt?« knurrte er. Gleichzeitig bemühte er sich, nach riskantem Überholmanöver einem mit hoher Geschwindigkeit entgegenkommenden Lastwagen auszuweichen. Bei inzwischen strömendem Regen und mit dem Handy am Ohr ein gefährliches Unterfangen.

»Nur das Übliche«, antwortete der Mann an der Hotelrezeption verwundert. »Sie checkte vor drei Tagen ein und bat mich kurze Zeit später, nach einem versierten Kenner der näheren Umgebung von Cannes und Antibes Ausschau zu halten. Für mich kamst nur du in Frage. Hätte ich ihr etwa irgendeinen Vorstadtcasanova oder einen alten verknöcherten Kulturprofessor empfehlen sollen? Also beschrieb ich ihr ganz allgemein dein Äußeres und gab ihr deine Handynummer. Wie wir es für solche Fälle abgesprochen haben. Warum fragst du?«

»Ach, nur so«, brummte Alain und legte grußlos auf.

Solange die Summe auf den monatlichen Schecks stimmte, konnte man sich auf Leute wie Jean eigentlich verlassen. Welchen Grund sollte er auch haben, einer wildfremden Person mehr zu verraten als nötig? Andererseits wusste er aus Erfahrung, welche Mitteilsamkeit gewöhnlich schlechtbezahltes Hotelpersonal an den Tag legen konnte, wedelte man mit genügend Papiergeld vor ihren gierigen Augen herum.

Wieder zurück in Cannes parkte er seinen Wagen in der Tiefgarage des Centre de Congress. Entlang der palmenbestandenen Croisette hastete Alain durch den Regen, verzichtete am Majestic auf den sonst obligatorischen Blick in die Auslagen von Pierre Cardin und Chopard und begrüßte im Vorbeigehen nur ganz kurz den Portier am Eingang zum Hilton. Sein Jackett war bereits durchgefeuchtet, als er das Café de Festival neben dem Carlton erreichte. Zum Glück erhob sich in diesem Augenblick ein junges Pärchen und überließ ihm bereitwillig den kleinen Tisch unmittelbar an der Promenade. Alain ließ sich in einen der stoffbespannten Regiesessel fallen, deren Rückenlehnen die Namen berühmter Hollywoodmimen tragen, und bestellte sich einen Champagnercocktail. Nach dem ersten Schluck wurde er ruhiger.

Beim Taxieren der vorbeiströmenden Touristen fiel sein Blick auf eine Plakatreihe, die den Boulevard säumten. Sie versprachen für diesen Abend ein Klavierkonzert. Leblanc bedauerte zutiefst, auf diese Vorstellung nicht schon vorher aufmerksam geworden zu sein. Sämtliche Plakate trugen bereits einen Papierstreifen mit der Aufschrift 'Complet!'.

Als er zwei Stunden später sein Appartement in La Bocca betrat, bemerkte er ein Kuvert, das jemand unter der Eingangstür durchgeschoben hatte. Er nahm es in die Hand und suchte den Absender. Office de Festival stand dort in schmalen, geschwungenen Lettern. Kurzerhand riss er den Umschlag auf. Es enthielt eine Einladung für das schon seit langem ausverkaufte Konzert im Palais. An den Brief war eine Eintrittskarte für die vordere Sitzreihe angeheftet.

Die Überraschungen scheinen an diesem Tag überhaupt nicht mehr abreißen zu wollen, knurrte Alain vor sich hin. In der Verwaltung des Kongresszentrums von Cannes kannte er keine Menschenseele. Wieso also die plötzliche Eingebung an maßgeblicher Stelle, ausgerechnet ihn, den zurückgezogen in La Bocca lebenden Damenbegleiter, zu einem mit Sicherheit schon seit Tagen ausverkauften Klavierkonzert einzuladen?

Ratlos lehnte sich Alain über das Balkongeländer. Nach dem kurzen Gewitterregen herrschten endlich wieder angenehme Temperaturen. Er überlegte. Wer, um alles in der Welt, verschaffte ihm eine Einladung zu einem Klavierkonzert? Er musste sich Gewissheit verschaffen und versuchte als erstes die Kongressverwaltung zu erreichen. Doch die Büroangestellte konnte oder wollte ihm nicht weiterhelfen. Sie behauptete, die Kartenvergabe würde vom Direktorat vorgenommen und fügte etwas verwundert hinzu, warum er sich nicht freue, überraschend eine Karte für ein längst ausverkauftes Konzert erhalten zu haben. Alain rief noch eine Reihe anderer Leute an, die eventuell als Gönner in Frage gekommen wären, doch niemand wollte etwas mit dieser seltsamen Aufmerksamkeit zu tun haben. Er musste sich rasch entscheiden, da das Konzert bereits in einer knappen Stunde begann. Auch wenn er nicht wusste, wer sein Gönner war, dieses Ereignis wollte er sich auf keinen Fall entgehen lassen. Vielleicht würde sich der Unbekannte ja zu erkennen geben. Rasch schlüpfte er in einen nachtblauen Smoking und fuhr zum zweiten Mal an diesem Tag nach Cannes.

Langsam leerte sich das Foyer. Bestimmt zweihundert geladene Gäste drängten sich an den Sicherheitskräften vorbei durch die Eingangstür ins Innere des Saales. Alain Leblanc blickte sich verstohlen um. Er sah Albert Grimaldi zusammen mit seiner Schwester Caroline und ihrem deutschen Ehemann in Begleitung zweier Bodyguards. Sogar zwei Minister aus dem Kabinett von Alain Juppé befanden sich unter den Geladenen. Und er erkannte Lady Dorothy in Gesellschaft von Prinzessin Agathe von Hohenstedt. Unwillkürlich fiel ihm eine Begebenheit in Le Touquet Paris-Plage ein. Ein Hoteldieb hatte die Prinzessin um mehrere Colliers und eine Menge Handschmuck erleichtert, während sie sich im Casino beim Black Jack vergnügte. Eine Unachtsamkeit der Aristokratin hatte den Coup offenbar besonders einfach gemacht, denn die Pretiosen der Adeligen waren unverschlossen in ihrem Nachttisch gelegen. Der Hotelmanager und zwei eilends herbeizitierte Herren einer bekannten Londoner Versicherungsagentur hatten Presseberichten zufolge alle Hände voll zu tun gehabt, die aufgebrachte Dame zu beruhigen. Auch Lady Dorothy war ihm keine Unbekannte. Die englische Adelige gehörte zwischenzeitlich auch zum Kreis seiner

Klientinnen. Beinahe hätte sich die britische Öffentlichkeit die Mäuler darüber zerreißen dürfen, was ausgerechnet die erst unlängst verheiratete Lieblingsnichte der englischen Königin dazu bewogen haben mochte, frühmorgens um fünf Uhr mit einem gutaussehenden, aber wildfremden Gentleman nackt im Swimmingpool herum zu plantschen. Zum Glück entdeckte Alain den vorwitzigen Fotografen im Gebüsch, und es kostete ihn eine Menge Überredungskunst und Dorothy noch mehr Tausend Pound Sterling, den bereits belichteten Film zu bekommen. Alain hasste diese Sensationsreporter. Sie verdarben einem nur das Geschäft.

Der Mann aus La Bocca schaute auf seine Armbanduhr. Fünf Minuten vor acht. Das Konzert würde in Kürze beginnen. Er überlegte, ob er an der Bar noch einen Champagner trinken sollte, entschied sich dann aber, lieber zusammen mit den letzten Gästen den Konzertsaal zu betreten.

Als Nachzügler wäre er nur aufgefallen. Und auffallen wollte er in dieser Situation auf keinen Fall. So schlenderte er an den Sitzreihen vorbei bis ganz nach vorne. Sofort wurde er von zwei Sicherheitsbediensteten angehalten und um die Vorlage der Eintrittskarte gebeten. Eigentlich kein Wunder, angesichts der Persönlichkeiten aus Politik, Wirtschaft und Hochadel, die sich in der vordersten Sitzreihe tummelten. Alain seufzte und zog die gewünschten Unterlagen aus der Brusttasche seiner Smokingjacke hervor. Misstrauisch beäugten die beiden Männer Einladungsschreiben und Karte.

»Können Sie sich ausweisen?« fragte einer der Männer. Sein schlecht sitzendes Jackett wies unmissverständlich darauf hin, dass sich darunter eine scheinbar großkalibrige Waffe verbarg.

Alain verzog die Augen zu schmalen Schlitzen. »Wollen Sie mich kompromittieren?« fauchte er ungehalten. »Ist Ihnen die persönlich an mich adressierte Einladung nicht Legitimation genug?«

»Reine Sicherheitsmaßnahme«, bemühte sich dessen Partner um Verständnis. Dem anderen Mann vom Sicherheitsdienst war deutlich anzumerken, dass er sich in unmittelbarer Umgebung der VIPs sichtlich unwohl fühlte.

»Also, was ist jetzt?« Der Träger des schlechtsitzenden Jacketts schien in diesen Dingen abgebrühter zu sein. »Oder sollen wir Sie nach draußen begleiten?«

»Das können Sie ja gerne einmal versuchen«, knurrte der Angesprochene und stellte sich breitbeinig vor ihn hin. »Ich sage Ihnen, ich mache Ihnen hier eine Szene, die Sie so bald …«

Alain bemerkte, wie sich aus der vorderen Sitzreihe eine der Damen erhob und auf ihn zuging. Es war Lady Dorothy. Die Ärmste! Hoffentlich lagen nicht schon wieder Paparazzi auf der Lauer. Erst vor kurzem hatte ihm eine seiner Klientinnen ganz in Vertrauen zugetragen, dass ein Scheitern ihrer noch jungen Ehe im buchstäblich letzten Augenblick nur durch energische Intervention der Queen hatte verhindert werden können.

»Gibt es ein Problem, Messieurs?« fragte sie lächelnd, doch ihr Gesichtsausdruck war so kalt wie eine Gletscherspalte.

»Dieser Gentleman hier …«, hob der Nassforsche in englischer Sprache an und deutete dabei auf Alains Eintrittskarte.

»Was ist mit dem Herrn?« ließ sie ihn gar nicht erst ausreden. »Besitzt er etwa keine Eintrittskarte? Oder welche Sorgen quälen Sie sonst?«

»Pardon, Madame«, hob er erneut an. »Nun, wie soll ich sagen, aber in der vorderen Reihe …«

»Dieser Gentleman ist zufälligerweise ein Bekannter von mir«, zischte sie etwa so freundlich wie eine angriffslustige Kobra. »Abgesehen davon, dass ich jederzeit für ihn bürgen würde, halte ich es für eine bodenlose Unverschämtheit, zweifelsfrei geladene Gäste vor den Augen der Anwesenden bloßzustellen. Was bilden Sie sich eigentlich ein, Sie Idiot? Ich werde dafür sorgen, dass Sie ab morgen in den Tiefgaragendienst versetzt werden. Solch ein Benehmen ist ja unerträglich.«

Ehe der Mann mit dem schlecht sitzenden Jackett noch etwas erwidern konnte, ergriff Lady Dorothy bereits Alains Arm, hakte sich unter und ließ sich von ihm zu ihrem Sitzplatz begleiten. Alain fand seinen freien Sessel ein paar Plätze weiter. Es verging nur noch ein Atemzug, da verlosch für ein paar Augenblicke das Licht.

Also, doch! Lady Dorothy! Als hätte ich es geahnt, schoss es Alain Leblanc durch den Kopf. Das erklärte auch die mysteriöse Einladung. Doch was mochte sie für einen Grund haben, ihn ausgerechnet hier bei einem Konzert treffen zu wollen? Unter den Augen unzähliger neugieriger Beobachter. Unwillkürlich begann er zu schmunzeln, als er erneut an das Bad im Swimmingpool dachte. Lady Dorothys Mann schien wirklich ein öder Langeweiler zu sein, so ausgehungert, wie ihn die junge Frau am Beckenrand umklammerte. An jenem frühen Morgen vermochte er ihre Unersättlichkeit kaum zu stillen. War sie etwa schon wieder auf eine heftige Affäre aus, oder versuchte sie wie üblich nur die Öffentlichkeit zu provozieren?

Lady Dorothy scherte sich wenig um Konventionen, galt jedoch im Volk als äußerst beliebt. Zum einen, weil die Achtunddreißigjährige blendend aussah, obwohl sich erste barocke Rundungen um Hüfte und Schenkel abzuzeichnen begannen, zum anderen, weil sie nicht nur auf Wohltätigkeitsversammlungen Spenden sammelte, sondern ein Viertel der Erträge ihrer Ländereien bedürftigen Familien in der Grafschaft spendete. Der Heirat mit Lord Mallon hatte sich Dorothy nicht entziehen können. Zu stark wurde im Verlaufe der letzten Jahre der Druck der königlichen Familie. Ein unverheirateter und zudem auch noch weiblicher Freigeist bei den Windsors? Unvorstellbar!

Alain kam nicht mehr dazu, weiter über die Beweggründe der adeligen Engländerin nachzugrübeln, weil sich in diesem Moment der Scheinwerfer einschaltete und den Konzertflügel im Zentrum des Bühnenpodiums in ein grelles Weiß tauchte. Vor dem schweren Instrument hockte mit gesenktem Kopf eine junge Frau in einem schwarzen, tief ausgeschnittenen Abendkleid. Sie schien sich vor ihrem Einsatz noch ein letztes Mal konzentrieren zu wollen. Gleichzeitig milderte jemand den grellen Spot ein wenig ab. Die junge Frau hob abrupt den Kopf, warf ihre halblange Lockenfrisur in den Nacken und ließ ihre langen, schlanken Finger über die schwarzen und elfenbeinfarbenen Tasten des Bechstein-Flügels gleiten. Das Klavierkonzert No. 9 von Mozart erklang. Die junge Frau spielte ohne Notenblatt, lächelte geradezu weltentrückt vor sich hin und schien auf einer träumerischen Sinnlichkeit mühelos dahinzugleiten. Alain glaubte seinen Augen nicht zu trauen. Bei der Pianistin handelte es um die junge Frau, die ihm vor wenigen Stunden dieses ungewöhnliche Begleitarrangement unterbreitet hatte.

Ließ ihn Lady Dorothy etwa beobachten, oder war sie selbst im Paradis Roc zu Gast? Gab es eine Verbindung zwischen ihr und der jungen Frau am Flügel? Diese Einladung war doch kein Zufall! Oder kam Lady Dorothy gar nicht als Urheberin für die Einladung in Frage? Steckte Rachel unter Umständen selbst dahinter? Als offensichtlicher Star des Abends konnte sie bestimmt über die eine oder andere Freikarte verfügen. Er musste es herausfinden. Sonst würde er unruhigen Zeiten entgegensehen.

Leicht und beschwingt vollführte Rachel eine Mozart-Retrospektive, ehe sie beinahe übergangslos zu Klavierstücken von Liszt wechselte. Eine gewagte Eigeninterpretation der 'Vierjahreszeiten' ließ die Gäste in sämtlichen Reihen noch vor dem Ausklingen der letzten Takte aufspringen. Stehende Ovationen brandeten durch den Saal. Es dauerte mehrere Minuten, ehe die junge Frau mit einem Werk von Fréderic Chopin fortfahren konnte.

Rachel saß kerzengerade auf dem breiten Hocker. Nur ihr Kopf wiegte sich im Takt der Melodie. Obwohl bei ihrem Auftritt ausschließlich der Flügel als Klangkörper diente, gelang es ihr dennoch mit Leichtigkeit, den riesigen Raum akustisch auszufüllen. Melancholie und Verträumtheit wechselten sich ab, doch stets waren Leidenschaft und unbändige Kraft allgegenwärtig. Alain ertappte sich dabei, dass seine Kehle trocken wurde. So hatte er noch keine Frau Klavier spielen sehen.

Erneut endete ein Stück mit einem leise ausklingenden Schlussakkord und zum wiederholten Mal spendeten die Zuhörer stehend Ovationen. Für einen kurzen Augenblick verlosch der Spot, ehe mit einiger Verzögerung die Saalbeleuchtung aufflammte. Alain warf einen Blick auf die Bühne, doch Rachel schien wie vom Erdboden verschluckt. Mit einer flüchtigen Handbewegung strich sich der Mann aus La Bocca das Smokingjackett glatt und folgte der Menschentraube hinaus ins Foyer, wo man sich während der Pause bei Champagner und Kaviarhäppchen dem Smalltalk hingab.

»Bonsoir, mein Bester«, erklang hinter Alain eine wohlbekannte, etwas rauchig klingende Stimme. Sie gehörte unverkennbar Lady Dorothy, die sich von ihrer ebenfalls adeligen Bekannten offenbar hatte trennen können.

»Mein Engel«, antwortete Alain und drehte sich auf dem Absatz herum. Lächelnd reichte sie ihm die behandschuhte Rechte, die Alain ergriff und dabei einen Handkuss andeutete.

»Meine Liebe«, fuhr der Mann aus La Bocca fort. »Wie schön, Eure Königliche Hoheit wiederzusehen.«

Dorothy versetzte ihm einen sanften Rippenstoß. »Lass den Unfug! Du weißt, dass ich es hasse, mit Königliche Hoheit angesprochen zu werden.«

»Oh, verzeiht mir, Euer Gnaden«, frotzelte Alain ungeniert weiter. »Ich vergaß.«

»Du bist ein unverbesserlicher Idiot«, lachte sie mit ihrer eigentümlich rauen Stimme, die ohne Zweifel vom Genuss zu vieler Zigaretten und noch mehr Cocktails herrührte. »Aber was soll man auch schon von den Männern eines Landes erwarten, das seine Könige und Kaiser entweder auf die Guillotine oder in die Verbannung schickt.«

Verstohlen musterte Alain Lady Dorothy. Die Princess of Cornwall war Ende Dreißig, hatte seit ihrer Heirat mit Lord Mallon deutlich an Gewicht zugelegt, vermied jedoch, die Öffentlichkeit allmonatlich mit angeblichen Diäterfolgen zu verblüffen, die sich dann doch in aller Regel nur als geschickte Täuschung herausstellten. Sie pflegte seit jeher eine gesunde Nonkonformität, ergriff mit Vorliebe Partei für die Wehrlosen und Unterprivilegierten überall in der Welt und sprach dabei unumwunden aus, was sie dachte und fühlte. Selbst der Premierminister war vor ihren manchmal recht spitzzüngigen Attacken nicht sicher. Die 'Sun', Englands berüchtigtes Massenblatt, nannte sie auf den Titelseiten nur noch 'Lady Hood'. Sie konnte einem schon Leid tun, angesichts eines Ehemannes, der scheinbar nichts anderes als seine Whiskybrennereien und die Fasanenjagd mit Gleichgesinnten in den Hochmooren Schottlands im Kopf zu haben schien. In letzter Zeit wurde sie bei gesellschaftlichen Anlässen allerdings immer seltener auf dem Tanzparkett, dafür jedoch um so häufiger an der Cocktailbar angetroffen.

Sie hakte sich bei Alain Leblanc erneut unter und ließ sich von ihm zur Champagnerbar führen. Die aufdringlichen Bildreporter verschiedener Klatschblätter waren inzwischen von den Sicherheitskräften aussortiert und mehr oder weniger unsanft nach draußen komplimentiert worden. Seit dem gewaltsamen Tod von Lady Diana, an dem die Journaille nicht so ganz unschuldig gewesen sein dürfte, ging man besonders hierzulande ziemlich radikal gegen Störenfriede mit Kamera und Presseausweis vor. So konnten sich Alain und seine Begleiterin unbesorgt unter die übrigen Gäste mischen, ohne am folgenden Tag Gefahr zu laufen, ihr Konterfei auf jedem zweiten Titelblatt wiederzufinden.

»Was treibst du an der Riviera, mein Engel?« erkundigte sich Alain.

Die Princess of Cornwall verstärkte den Druck ihres Arms und winkte im Vorbeigehen einer Bekannten zu. Lady Dorothy trug ein hinreißendes, knöchellanges Kleid, das ihre weiblichen Formen dezent unterstrich und dennoch von den Rundungen um die Hüften ablenkte, hochhackige goldfarbene Riemensandalen, die sie wesentlich größer erscheinen ließen, und eine Menge Goldschmuck von Van Cleef and Arpels. Ihre langen, rotblonden Haare hatte sie von fachkundiger Hand zu einer Turmfrisur stylen lassen. Kein Wunder, dass ihr die geneigten Herren aus Hochadel und Showbiz nicht nur wegen ihres enormen Vermögens immer noch Begehrlichkeiten entgegenbrachten.

»Was soll ich hier schon treiben?« lachte sie und ihre Stimme wurde noch eine Spur rauchiger. »Na, die königliche Schatztruhe plündern und mich derweil von fremden Kavalieren ansprechen lassen. Was hast du denn gedacht?«

Alains Mundwinkel zogen sich nach oben, während er sich zwei Gläser Champagner reichen ließ und mit Lady Dorothy auf Gesundheit und ewige Schönheit anstieß. Kein Wunder, dass sie mit solch lockeren Sprüchen bei den Hofschranzen in London reihenweise Ohnmachtsanfälle provozierte.

»Und du?« erkundigte sie sich. »Immer noch nett zu alleinreisenden Damen?«

Der Mann aus La Bocca verzog keine Miene. Eine Antwort erübrigte sich. Die englische Adelige wusste über seinen Lebenswandel auch so Bescheid. Er dachte wieder an den mysteriösen Brief.

»Verzeih mir, falls ich dich jetzt in Verlegenheit bringe«, meinte er schließlich, »aber darf ich die Einladung zu diesem Konzert auf deine Initiative zurückführen?«

Dorothy sah ihren Begleiter fragend an. »Du spricht in Rätseln, mein Bester.«

Alain erzählte ihr von dem Brief der Kongressverwaltung, dem eine Eintrittskarte beigeheftet war. Dorothy schüttelte den Kopf.

»Tut mir leid, Cherie.« Sie grinste mit einem Mal sehr anzüglich. »Du scheinst einen anderen Gönner zu haben. Und zwar einen recht einflussreichen. Ich bezweifle, dass ich dir überhaupt noch eine Eintrittskarte hätte besorgen können, geschweige denn in der vorderen Reihe.«

»Zu dumm«, brummte er, »ich möchte doch zu gerne wissen, wer hinter der Einladung steckt.«

Lady Dorothy lachte breit. »Unter Umständen eine heimliche Verehrerin? Oder jemand, der sich erst einmal ein Bild von dir machen will?«

Alain verzog sein Gesicht. »Und überlässt mir zu diesem Zweck ausgerechnet eine Karte für ein seit langem ausverkauftes Konzert?«

Seine Begleiterin grinste immer noch. »Wer weiß? Vielleicht jemand aus der Kongressverwaltung? Eine altjüngferliche Sekretärin, die endlich einmal einen Hormonsturz erleben will?«

»Verzeihen Sie, Gnädigste.« Alain konnte sich nun auch ein breites Grinsen nicht mehr verkneifen. »Aber Sie sind, mit Verlaub, nicht ganz bei Trost.«

»Das hast du aber schön gesagt«, erwiderte Lady Dorothy. »Sie gewinnen den dritten Preis in angewandter Rhetorik.«

Mittlerweile hatte sich eine ganze Reihe Konzertbesucher um das Paar geschart. Alle schienen darauf erpicht, auch einmal mit der Princess of Cornwall ins Gespräch zu kommen. Schließlich wurde das Gemurmel in ihrer Umgebung so aufdringlich, dass sich Dorothy schulterzuckend aus Alains Arm löste, um mit den Ungeduldigen ein paar belanglose Worte zu wechseln.

Der Mann aus La Bocca zog sich unauffällig zurück. Er wusste, wann es Zeit war, in den Hintergrund zu treten. Jede weitere Vertraulichkeit hätte in diesem Augenblick nur zu wilden Spekulationen Anlass gegeben. Selbst wenn man ihm horrende Summen für kompromittierende Hinweise bieten sollte, würde er sich niemals mit irgendwelchen Butlern, Sekretären oder Reitlehrern auf eine Stufe stellen. Absolute Diskretion war das, worauf sich seine Klientel verlassen konnte.

Eine Stunde später verließ er, eingekeilt in eine elegant gekleidete Menschentraube, ein wenig enttäuscht den Konzertsaal. Rachel war nicht mehr aufgetreten. Die beiden Tschechen, die im Anschluss vierhändig spielten, erzielten dann auch nur noch höflichen Applaus. Draußen auf dem Vorplatz des Centre de Congress kam es zu einem der üblichen Tumulte. Nachdem die Paparazzi im Konzertgebäude schon nicht zum Zuge gekommen waren, versuchten sie es draußen mit umso mehr Nachdruck. Lady Dorothys Bodyguard griff gnadenlos durch. Mit ein paar gezielten Faustschlägen ging er auf zwei besonders dreiste Kerle los und schreckte dadurch die übrigen erst einmal ab.

Als Alain in seinen Wagen steigen wollte, fiel ihm ein kleines Kuvert auf, das zwischen den Speichen des Lenkrades steckte. Er zog es ab und riss es auf. Es enthielt eine knappe, handschriftliche Notiz:

»*Mein Bester! Ich mache mit der* Star Cradle *eine kurze Kreuzfahrt zu den Kanaren. Seeluft täte dir übrigens auch einmal ganz gut … D.*«

Lady Dorothy! Also doch!

Kapitel 3

Langsam senkte sich die Nacht herab, als Hamed Afkhami die Tür seines Geländewagens schloss und sich vorsichtig nach allen Seiten umsah. Der Tunesier überlegte, ob es sich bei dem Anruf nicht doch um eine Falle handelte. Der einfache Taxifahrer aus Gabes, der sich normalerweise seinen Lebensunterhalt mit dem Herumkutschieren von Touristen zwischen Tunis, den Ferienzentren an der Mittelmeerküste und der Erg-Wüste verdiente, sollte mit seinem Landrover zwei Fahrgäste aus Libyen vom Grenzübergang Ras Ajdir nach Bizerte an der Nordküste des Landes bringen.

Er verfluchte den Moment, da die Geldgier über seine Vorsicht gesiegt und er das Angebot von Ali Al-Hakami angenommen hatte, zwei Leute aus dem Nachbarland, denen man angeblich nicht allzu viele Fragen stellen sollte, quer durch Tunesien zu chauffieren. Und dann auch noch nachts. Völliger Irrsinn, mit einem auffälligen Landrover ausgerechnet die bewachte Schnellstraße nehmen zu müssen.

Normalerweise wählte man vom Grenzübergang Ras Ajdir die Strecke über Sousse, falls man etwas zu verbergen hatte, weil sich in den Fremdenverkehrsmetropolen an der Küste die Polizei weitgehend im Hintergrund hielt, um die Touristen nicht zu verunsichern. Doch Ali Al-Hakami ließ sich nicht beirren. Spätestens jetzt hätte ihm dämmern müssen, dass etwas faul an der ganzen Sache war, zumal dessen Auftraggeber auf ein Fahrzeug mit ausreichend dimensionierter Ladefläche bestanden. Wenn ein Tunesier zwei Libyer und zwei Kisten angeblich voll mit Expeditionsmaterial bis an die Nordküste transportieren sollte, dann musste einfach etwas faul sein an der Sache. Langsam beschlich ihn ein ziemlich ungutes Gefühl, und unwillkürlich fasste er sich an den Hals. Verdammte Geldgier. Hoffentlich saß sein Kopf auch noch bei Ankunft in Bizerte an derselben Stelle.

Hamed griff in die Brusttasche seines Leinenhemdes. Er trug gerne westliche Kleidung, weil er auf diese Weise bei den Touristen aus Nordeuropa eher Vertrauen erweckte als seine Kollegen, die ihre teilweise ziemlich abenteuerlichen Karossen lieber in der landesüblichen Tracht fortbewegten. Hastig zog er ein Päckchen Camel heraus und zündete sich mit zittrigen Fingern ein Stäbchen an. Der Qualm verflüchtigte sich rasch in der kühlen Nachtluft. Im nächsten Augenblick setzte sein Herz aus. Eine Hand legte sich mit stahlhartem Griff auf seine rechte Schulter.

»Masâ'an-nur!« knurrte eine kratzige Stimme. »Kaifa hâluki?«

Der Mann, zu dem sie gehörte, redete Hocharabisch, allerdings mit dem deutlichen Dialekt, wie er im Osten gesprochen wurde.

»Al-hamdulillâh! Ahlan wa sahlan bika«, antwortete Hamed höflich auf die ziemlich ungewöhnliche Begrüßungsfloskel.

Während er sich herumdrehte, glitt die Hand des Fremden höher und zog ihm die Camel aus den Lippen. Hamed vernahm ein kratzendes Geräusch. Sein Gegenüber trat die Zigarette im Sand aus.

»Bist du nicht beim Militär gewesen?« rügte ihn der Fremde. »Beim Aufflackern des Feuerzeugs wird man auf dich aufmerksam, beim ersten Zug legt man auf dich an, beim zweiten bist du tot.«

Hamed lief ein eiskalter Schauer den Rücken hinunter. Verdammtes Geld, verdammte Gier! Er hätte diesen Auftrag nie annehmen dürfen!

Wie aus dem Nichts tauchte auch der zweite Fahrgast auf. Nacheinander schleppte er zwei mattsilbern schimmernde Aluminiumboxen aus der Dunkelheit herbei und hob sie auf die Laderampe des Landrovers. Der andere hielt sich immer noch weitgehend im Schlagschatten des Geländewagens auf und rührte sich nicht. Scheinbar wollte er nicht erkannt werden. Der Kofferträger mochte kaum zwanzig Jahre alt sein, trug Hemd, Weste und Jeans, die ihm jedoch viel zu weit schienen. Der junge Mann war schmächtig. So schmächtig, dass Hamed annahm, er hätte bestimmt seit Monaten nichts mehr zu essen bekommen. Vermutlich stammte er gar nicht aus Libyen, sondern aus dem Libanon. Hamed lief erneut ein

Schauer über den Rücken. Da hatte er sich was eingebrockt! Er mochte gar nicht daran denken, was die beiden Kerle am Ziel ihrer Reise unter Umständen vorhatten. Und erst recht nicht, was sich in den beiden Aluminiumboxen, angeblich hochempfindliche, seismologische Instrumente zur Aufspürung von Ölvorkommen, tatsächlich befand. Wo, zum Henker, steckte eigentlich Al-Hakami?

»As-salâm alaikum«, murmelte er dem Kistenträger zu.

»Wa alaikum as-salâm«, lächelte der Jüngling. Wenigstens schien er sich willkommen fühlen zu dürfen.

»Sollen wir aufbrechen, ya sayidî?« erkundigte sich der Tunesier.

»Das sollten wir in der Tat, ya achî«, erhielt er zur Antwort.

Hamed atmete auf. Der Fremde hatte ihn als seinen Bruder bezeichnet. Wenn ihn also nicht alles täuschte, musste er nicht unbedingt damit rechnen, dass ihn die beiden Fremden am Zielort mit durchschnittener Kehle zurücklassen würden. Hätte er allerdings geahnt, dass Ali Al-Hakami zu diesem Zeitpunkt blutüberströmt und tot im Kofferraum seines Mercedes lag, wäre er vermutlich weniger beruhigt gewesen.

Für einen kurzen Augenblick erhaschte Hamed einen flüchtigen Blick auf den älteren seiner beiden Fahrgäste. Er mochte etwa fünfzig Jahre zählen. Sein Gesicht war mit unzähligen Narben bedeckt. Dies schien wohl der Grund zu sein, warum sich der Mann weitgehend im Hintergrund aufhielt. Eine kräftige Hakennase verlieh seinem Gesicht etwas Martialisches, geradezu Archaisches. Er trug olivgrüne Armeebekleidung ohne Abzeichen und das eigentümliche, schwarz-weiß gemusterte Kopftuch der Al-Fatah. Der Mann schien Palästinenser zu sein. Vermutlich ein Angehöriger der ehemaligen Terrorgruppe und heutigen Befreiungsorganisation. Was nur, in Allahs Namen, trieben die beiden Männer nachts am Grenzübergang zwischen Libyen und Tunesien mit zwei Aluminiumboxen voll wissenschaftlichen Gerätschaften? Er schluckte rau. Angstschweiß brach unter seinen Achseln aus.

Der Uniformierte kletterte in den Fond des Geländewagens, während sein jüngerer Begleiter neben Hamed auf dem Beifahrersitz Platz nahm. Der Tunesier startete die Dieselmaschine und ließ den

Landrover anfahren. Dann drehte er sich zu seinem Fahrgast auf dem Rücksitz um.

»Und Sie wollen wirklich nicht über die Küstenstraße ...?« begann er, doch der Angesprochene drehte den Kopf des Taxifahrers mit einer zwar sanften, aber doch unmissverständlichen Bewegung in Richtung Windschutzscheibe zurück.

»Min fadluka, ya achî,« ergriff stattdessen sein Beifahrer das Wort. »Sei nicht böse, Bruder, aber alles was du sollst, ist fahren. Tue nur das, was man dir aufgetragen hat, und wir werden gute Freunde bleiben.«

Hamed nickte stumm und schaltete in den nächsthöheren Gang. Als er die Hauptstraße nach Gabes erreichte, hatte er schon kaum noch eine trockene Faser am Körper.

In Höhe von Skhira, einem kleinen Ort am Golf von Gabes, versuchte er seine Fahrgäste ein letztes Mal umzustimmen.

»Nicht doch die Straße über Sfax, ya sayidî?« erkundigte er sich. Seine Stimme klang ein wenig brüchig.

»Ithhab min hunâ ala tul. Nein, immer geradeaus. Wir fahren über Kairouan«, brummte der Passagier im Fond. »So, wie besprochen. Nun schweig und sei unbesorgt. Es geschieht dir nichts.«

»Was meinen Sie damit, ya sayidî?« stotterte Hamed und packte das Lenkrad des Geländewagens fester.

Der Jüngere neben ihm grinste breit. »Benimm dich gefälligst nicht wie ein Waschweib, ya achî«, meinte er schließlich. »Angst macht unvorsichtig. Behalte die Nerven und bring uns nach Bizerte. Du hast schließlich eine Menge Geld für diese Fahrt erhalten.«

Hamed dachte an seine Frau, seine sieben Kinder und die dreihundert US-Dollar, um die er mit Ali Al-Hakami wegen dieser Fahrt gefeilscht hatte. In diesem Augenblick wäre ihm lieber gewesen, er hätte sein vorlautes Maul gehalten und auf diesen Wahnsinn verzichtet. Aber nein, er bekam ja wie üblich den Mund nicht voll. Zugegeben, dreihundert Greenbacks für eine einzige Nachtfahrt waren schon eine Menge Geld. Schließlich musste er sein Taxi noch abbezahlen. Aber dreihundert Dollar schienen ihm mittlerweile eine zu geringe Entlohnung für acht Stunden Angst und Ungewissheit.

Verstohlen wischte er sich mit dem Hemdsärmel den Schweiß von der Stirn.

Die Nacht war mondlos. Nur die Scheinwerfer des Geländewagens und hin und wieder Straßenlaternen und Reklametafeln in den wenigen Ortschaften leuchteten die Schnellstraße aus. Normalerweise mochte Hamed Nachtfahrten, weil seine meist aus Touristen bestehende Kundschaft schlief und ihn in Ruhe ließ. Doch seine derzeitigen Fahrgäste schienen hellwach. Besonders der Jüngere ließ permanent den Blick zwischen Außenrückspiegel und Windschutzscheibe hin und her pendeln. Himmel, schoss es dem Tunesier durch den Kopf, waren die etwa auf der Flucht? Irgendwelche Terroristen? Aber wieso hatten sie dann ihr Taxi ausgerechnet über ein Plappermaul, wie Ali Al-Hakami es war, gemietet? Jemand, der aus Libyen oder dem Libanon stammte und möglichst ungesehen durch das Nachbarland im Westen reisen wollte, vermied doch mögliche Zeugen. Oder aber, der Zeuge war längst tot. Er würde damit zwangsläufig der nächste sein. Hamed schluckte erneut. Was sollte er tun? Einfach auf die Bremse treten, und sich zu Fuß davonstehlen? Gegen den Jüngeren hatte er keine Chance. Der schien trotz seiner schmächtigen Gestalt durchtrainiert und würde ihn nach kürzester Zeit sicherlich einholen. Oder eiskalt von hinten erschießen. Wem sollte das auf der verkehrsarmen Strecke zwischen Gabes und Kairouan mitten in der Nacht schon auffallen? Und selbst wenn ihm die Flucht gelang, wäre er mit Sicherheit den Wagen los, für den er monatlich eine Menge Geld abbezahlen musste. In seine Angst mischte sich Habgier. Ich werde doch den Landrover nicht einfach aufgeben, knurrte er in sich hinein. Vielleicht täusche ich mich ja auch. Unter Umständen waren es nur Schmuggler, die im Hafen von Bizerte irgendwelche Ware außer Landes bringen wollten. Aber was sollte man schon aus Libyen hinausschmuggeln wollen?

Hinter Enfida, auf der Schnellstraße zwischen Sousse und Tunis, begann es zu dämmern. Er hatte doch länger gebraucht als zunächst geplant. Hameds Hemd begann im Fahrtwind, der durch die geöffnete Seitenscheibe in den Innenraum des Landrover einströmte, langsam zu trocknen. Zwischendurch überkam ihn ein heftiger

Nießreiz, wenn die Verdunstungskälte auf der Haut zu stark wurde. Er warf einen Blick in den Rückspiegel, doch alles, was er erkennen konnte, war ein dunkelbraunes Gesicht, halb verdeckt von der traditionellen Kopfbedeckung der Al-Fatah, und eine dunkelgetönte Sonnenbrille, die ihn die dahinterliegenden Augen trotz der ersten Sonnenstrahlen nicht einmal erahnen ließ. Als sein Blick für den Bruchteil eines Augenblicks in den Fußraum des Beifahrers fiel, erstarrte er. Neben dem rechten Bein des Jünglings lehnte ein schwarzglänzender Gegenstand. Eine israelische UZI. Er kannte die Maschinenpistole aus dem Fernsehen.

»Fahr zu, ya achî!« meldete sich der Mann in der olivgrünen Uniform zu Wort. Er reckte sich in seinem Sitz.

»Wir sind spät dran. Unser Schiff wartet nicht.«

Hamed überlegte. An Flucht war jedenfalls nicht mehr zu denken. Eine UZI schoss zwar nicht punktgenau, aber einer aus kürzester Distanz abgefeuerten Salve konnte man kaum entkommen. Er war verloren, soviel schien sicher. Man würde ihn umbringen, denn Zeugen konnten diese beiden Kerle bestimmt nicht gebrauchen. Welcher ehrliche Mensch trug schließlich eine schussbereite Maschinenpistole mit sich herum. Ein Messer vielleicht, aber nicht solch ein Mordinstrument.

Er starrte durch die von Mücken verschmierte Windschutzscheibe. Solange er den Geländewagen fuhr und dabei eine hohe Geschwindigkeit beibehielt, konnte man ihn nicht töten. Die beiden Männer hätten sich dabei nur selbst in Gefahr gebracht. Doch am Zielort würden sie ihn bestimmt liquidieren. Er hatte im Prinzip nur eine Chance, aber die war so verwegen, dass er darüber eigentlich gar nicht nachzudenken wagte. Hamed packte das Lenkrad fester und drückte das Gaspedal noch ein wenig tiefer nach unten. Irrsinn, diese Möglichkeit, aber vermutlich die letzte Chance, jemals seine Frau und seine sieben Kinder lebend wiederzusehen.

Zwischen Tunis und Bizerte beobachtete sein Beifahrer intensiv den immer dichter werdenden Verkehr. Vermutlich hat er Angst, dass uns jemand folgt, dachte Hamed. Kein Wunder. Vielleicht waren die hiesigen Behörden ja auch schon längst informiert. Für einen kurzen Moment setzte sein Herz aus, als er an die Polizei und die Fracht auf der Ladebank seines Landrovers dachte. Wenn die beiden Koffer Rauschgift, Waffen oder Sprengstoff enthielten, dann konnte er sich auf etwas gefasst machen. Er kannte die tunesischen Gefängnisse. Wenn man nicht über genügend Beziehungen verfügte, dann verschwand man leicht auf Nimmerwiedersehen in solch einem Loch. Gerade bei Rauschgiftdelikten ging man mit den Betroffenen wenig zimperlich um. Bei Verdacht auf einen offenbar geplanten Terroranschlag schon gar nicht. Da hatte er sich was eingebrockt! Verdammte dreihundert Dollar!

Ohne die Fahrt zu vermindern, verließ Hamed Afkhami die Schnellstraße und bog in Richtung Hafen ab. Eine Hand legte sich ihm von hinten auf die Schulter.

»Warum hetzt du mit einem Mal so durch die Straßen?« meldete sich der Ältere zum ersten Mal seit Stunden zu Wort.

Hamed presste die Lippen aufeinander und verringerte die Geschwindigkeit nur geringfügig.

»Ihr wolltet doch rasch zum Hafen, nicht wahr, ya sayidî?« meinte er mit tonloser Stimme. »Euer Wunsch sei mir Befehl.«

Der Mann auf dem Beifahrersitz wurde unruhig.

»Wärst du die ganze Zeit so schnell gefahren, dann hätten wir Bizerte viel eher erreicht. Was soll auf einmal diese Hast?«

»Ich habe ganz einfach Angst«, gab Hamed zu. Und dabei log er noch nicht einmal.

»Angst?« Die Stimme hinter ihm lachte. »Allah sei dir gnädig, du Hasenfuß. Wovor solltest du Angst haben? Vor uns?«

Der Taxifahrer aus Gabes schüttelte den Kopf. »Nein, vor der Polizei.«

»Warum?« knurrte der Jüngere. »Hast du was verbrochen?«

Hamed warf nur einen kurzen Blick auf dessen verschlossenes Gesicht und dann auf die Maschinenpistole. Der junge Mann offensichtlich libanesischer Abstammung begriff.

»Wenn du Blödsinn machst, dann …«

»Uhibbu haiyâti«, murmelte der Tunesier. Das war auch nicht gelogen. Er liebte wirklich sein Leben.

»Fahr langsamer!« knurrte die Stimme vom Rücksitz.

Plötzlich begann Hamed wie wild mit der linken Hand zu gestikulieren. »Man folgt uns!«

Der Libanese wirbelte herum und zerrte gleichzeitig seine UZI aus dem Fußraum hervor. Auch der Mann im Fond drehte sich nach hinten.

»Hast du etwas übersehen?« meinte er streng.

Der Jüngere zuckte die Achseln.

»Lâ arifuhu«, antwortete er mit gehetzter Stimme. Er wusste es wirklich nicht.

»Fahren wir schneller!« zischte der Ältere.

Genau das wollte Hamed erreichen. Mit möglichst Vollgas durch die Stadt preschen, ohne dass seine Mitfahrer Verdacht schöpften. Tatsächlich fuhr ein älterer Mercedes schon eine ganze Weile hinter ihnen her. Hamed betete zu Allah, dass der Fahrer ebenfalls in Richtung Hafen wollte. Er kannte Bizerte von verschiedenen Taxifahrten her. Die Straße führte genau auf die Kaianlagen zu. Er musste nur zusehen, dass er bei dieser Geschwindigkeit nicht mit einem der beiden Kranwagen kollidierte, die tagsüber die Schiffsladungen löschten. Die Straße parallel zum Kai eignete sich nämlich nicht gerade für eine Slalomfahrt. Hamed warf einen Blick auf das Armaturenbrett. Sechzig Meilen zeigte der Tachometer an. Viel zu schnell, um ihn gewaltsam zum Anhalten zu zwingen, zumal die Bebauung immer dichter wurde. Die beiden Männer mussten damit rechnen, dass, falls sie ihn hinter dem Lenkrad umbrachten, er im Todeskampf das Gaspedal vielleicht bis zum Anschlag durchdrückte. Der Getriebetunnel des Landrovers war so hoch, dass sich sein Fuß niemals so ohne weiteres vom Pedal schieben ließ.

»Der ist harmlos«, knurrte der Jüngere und drehte sich wieder um. »Kein Grund, so durch die Gegend zu rasen, hörst du? Also, fahr wieder langsamer.«

Hamed presste die Lippen aufeinander und schwieg, während er trotzdem verbissen das Tempo beibehielt. Mist, sie waren auf seinen Trick nicht hereingefallen. Noch zweihundert Meter. Allah, steh mir bei!

»Gas zurück!« mischte sich jetzt auch der Mann im Fond ein und ließ ein eklig langes Messer aufblitzen. Er hielt es dem Tunesier an die Gurgel.

»Wirst du wohl langsamer fahren, kilâb!«

Hamed nahm instinktiv Gas zurück, doch langsam dämmerte auch dem Uniformierten auf dem Rücksitz, was Hamed in Wirklichkeit vorhatte. Ihm jedoch in dieser Situation die Kehle durchzuschneiden, wagte er nicht. Dafür war die Geschwindigkeit noch zu hoch.

»Jassir!« knurrte der Ältere und deutete auf das Armaturenbrett. »Schalte diesen verdammten Motor aus, ehe uns dieser Hundesohn ins Paradies befördert.«

Der mit dem Namen Jassir Angesprochene beugte sich über das Lenkrad und begann an verschiedenen Schaltern herumzufingern.

»Wird's bald?« schimpfte der Fondpassagier.

»Ich finde den verdammten Stopzug nicht!« stieß der Libanese aus.

Trotz seiner Höllenangst verzogen sich Hameds Lippen zu einem ironischen Grinsen. Die neuen Landrover-Modelle ließen sich nur mit dem Zündschlüssel abstellen.

»Fahr zur Hölle, kilâb!« brüllte Jassir und riss im nächsten Augenblick seine Maschinenpistole hoch.

»Nein!« schrie der Mann auf dem Rücksitz. Keine fünfzig Meter trennte sie noch vom Hafenbecken. Genau vor ihnen wurde in diesem Augenblick ein Frachter mit Stückgut beladen.

»Los, raus!« brüllte er und öffnete bereits die hintere Tür.

Der Libanese feuerte instinktiv eine Salve in Hameds Richtung und ließ sich gleichzeitig aus dem noch fahrenden Wagen fallen. Hamed trat auf die Bremse und beobachtete im Rückspiegel, wie die beiden Männer über den Asphalt rollten und sich schließlich mühsam aufrichteten.

Die Reifen des Landrovers radierten über den Asphalt. Das Quietschen des grobstolligen Profils auf dem trockenen Untergrund machte die Hafenarbeiter aufmerksam. Hamed schlug die Hände vor das Gesicht, während sein Wagen auf das Frachtgut am Kai zuschoss. In das Kreischen der Bremsen mischte sich das Gebrüll der umstehenden Männer. Allah jedoch war gnädig mit Hamed. Die Stoßstange des Geländewagens bohrte sich zwar in einen Transportkäfig, der noch am Kranhaken hing, doch der Landrover kam nach einer Vierteldrehung um die eigene Achse zum Stehen. Der Aufprall und das anschließende Herumschleudern waren so heftig, dass die Hecktüre des Landrovers aufsprang und eine der Kisten von der Ladefläche rutschte.

Hameds Puls raste, als er vom Fahrersitz sprang. Die umstehenden Arbeiter waren so verblüfft, dass sie im ersten Augenblick gar nicht begriffen, was sich da vor ihren Augen abspielte. Nur Ali Hamuk, der stets etwas vorwitzige Leichtmatrose an Bord der *Mediterranean Sea*, wagte sich ein Stück vor. Hamed warf einen Blick zurück und stellte fest, dass ihm seine ehemaligen Passagiere im Laufschritt folgten. Er nahm die Beine in die Hand und enterte kurzerhand den Frachter. Auf dem Ladedeck, das mit Schmieröl und Tierexkrementen verschmiert war, glitt er mehrmals aus und riss sich die Haut von den Handflächen. Er achtete nicht darauf. Der Flüchtende nahm nur noch das Geschrei der Arbeiter, das Keuchen seiner Verfolger und seinen eigenen hämmernden Puls wahr.

Hamed stürzte die nächste Treppe nach unten. Strauchelnd suchte er seinen Weg durch den halbdunklen Frachtraum. Er erreichte das hintere Ende noch vor seinen Verfolgern. Gehetzt blickte er sich um. Außer einer Treppe, die nach oben zur Brücke führte, bestand keine Fluchtmöglichkeit. Der Mann, der Jassir genannt wurde, hatte bereits die Hälfte der stickigen Halle durchquert. Er hielt die UZI umklammert. Das deutlich hörbare Zurückschnalzen des Sicherungsbügels ließ keinen Zweifel mehr offen, was der Kerl beabsichtigte. Todesangst spülte Unmengen Adrenalin durch Hameds Adern und verlieh ihm ungeahnte Kräfte. Gleich vier Stufen nahm er auf einmal. Als er die obere Plattform der Metalltreppe erreichte, strauchelte der Tunesier. Noch gerade rechtzeitig, denn in diesem Moment fauchte eine MP-Salve über seinen Kopf hinweg. Jaulend und funkensprühend stoben Querschläger auseinander. Er verspürte einen heftigen Schmerz in der Hüfte. Er musste getroffen worden sein.

Jammernd und stöhnend krabbelte er vorwärts, erreichte die offenstehende Tür zum Zwischendeck und ließ sich über die Schwelle fallen. Erneut schoss eine Salve an ihm vorbei, doch Hamed hatte sich bereits hinter der Türeinfassung in Deckung bringen können. Diesmal erwischte es nur seinen Unterschenkel.

»Bismillâh ar-rahmân ar-rahîm!« erflehte er noch die Barmherzigkeit seines Gottes, und dann verlor er das Bewusstsein.

Kapitel 4

»What's going on there?« brüllte Captain James Miller, als er von der Brücke seines Schiffes das Geschrei der Scheuerleute, Reifenquietschen und schließlich Schüsse wahrnahm. »Sind diese Arabs auf einmal von allen guten Geistern verlassen?«

Sein Bootsmann, der gerade zum Rapport erschien, hechtete los. »Der Krach kommt aus dem Laderaum!« brüllte er noch seinem Schiffsführer zu, wobei er bereits die Treppe in Richtung Frachtdeck hinunterstürzte.

James Miller rückte seine Kapitänsmütze zurecht und setzte ihm nach. Völlig aufgelöst stürzte sein Zweiter Offizier auf ihn zu.

»Haben Sie die Schüsse gehört, Sir?« fragte er atemlos.

»Habe ich, John«, knurrte Miller, packte seinen Untergebenen am Kragenaufschlag und zerrte ihn mit. »Reißen Sie sich zusammen und folgen Sie mir! Weiß der Henker, was bei den Muselmanen schon wieder los ist. Das nächste Mal nehme ich wieder die Karibikroute. Wenn schon Zauber, dann höchstens Voodoo.«

Atemlos erreichten die Männer den Treppenabsatz, von dem aus man in den tieferliegenden Frachtraum gelangte. Miller stieß gegen ein lebloses Bündel. Es war dunkel in dem Gang und so brauchte er einen Augenblick, bis er begriff, dass ein zusammengesunkener Mensch vor ihm auf dem Boden lag.

»Was, zum Henker …«, knurrte er und duckte sich im nächsten Augenblick instinktiv, weil unter ihm erneut das Feuer aus einer MP eröffnet wurde.

»Deckung!« brüllte er und zog seinen Zweiten Offizier mit nach unten. Ein paar Sekunden blieben sie neben dem Mann, der kein Lebenszeichen von sich gab, liegen. Als keine weiteren Schüsse mehr folgten und stattdessen ein Automotor aufheulte, rappelte er sich hoch und fühlte den Puls des auf dem Boden liegenden Mannes. Er lebte. Miller atmete auf.

James Miller, Kapitän der *Mediterranean Sea*, klopfte sich den Schmutz von seiner Uniform, griff zu einem Wandtelefon und rief den Wachhabenden auf der Brücke an.

»Mike?« meldete er sich. »Hier Miller. Ruf den Roten Halbmond an. Es gibt Arbeit für die Sanis. Wir haben einen Verletzten hinter der Niedergangstreppe zum Frachtraum.«

»Einer von uns?« erkundigte sich sein Erster Offizier.

»Negativ, Mike«, beruhigte ihn der Captain. »Einer von den Arabs. Weiß der Henker, was der Kerl bei uns an Bord zu suchen hat.«

In diesem Moment jaulten vier Reifen gequält auf. Der Geländewagen, den kurz vorher das Gittergestell so abrupt gestoppt hatte, setzte anscheinend mit hoher Geschwindigkeit im Rückwärtsgang zurück.

»Ach, ja«, fügte er hinzu. »Informiere zur Sicherheit die Polizei. Die Cops werden zwar auch so in jedem Augenblick hier auftauchen, aber sicher ist sicher. Und im übrigen macht es einen besseren Eindruck.«

Sein Erster lachte rau. Captain James Miller beendete das Gespräch. Auf Mike war Verlass. Dem waren in der Timorsee zwischen der Nordküste Australiens und Indonesien schon ganz andere Sachen passiert. Eine Schießerei beeindruckte ihn erst, wenn Katjuschas mit im Spiel waren. Mit ein paar dieser Raketengeschosse konnte man einem Frachtschiff die halbe Brücke wegschießen. Hatte Mike alles schon erlebt.

Sein Zweiter Offizier schien aus wesentlich weniger hartem Holz geschnitzt zu sein. Der junge Mann zitterte wie Espenlaub. Miller legte ihm beruhigend die Hand auf die Schulter.

»Na, John?« frotzelte er. »Das war doch mal was, oder? Jetzt brauchst du bei deinen nächsten Saufabenden wenigstens nicht mehr nur Märchen zu erzählen.«

Er kletterte nach unten in das Halbdunkel des Frachtraums. Etwas klirrte unter seinem Absatz. Miller beugte sich hinab und klaubte ein paar Patronenhülsen vom Boden auf. Er schaute sie an. Ganz eindeutig MP-Munition. Dass er das auf seine alten Tage noch erlebte!

Er betrat das Ladedeck. Auf dem Kaiabschnitt, vor dem die *Mediterranean Sea* lag, versuchte sein Bootsmann die einheimischen Scheuerleute zu beruhigen. Die Tunesier wollten nicht mehr weiterarbeiten. Terry O'Hara, der rothaarige Ire aus Dublin, fluchte, schmeichelte, drohte, aber es nutzte nichts. Den dunkelhäutigen Arbeitern saß die Furcht offensichtlich zu tief im Nacken. Und als schließlich die örtliche Polizei mit Blaulicht und Sirenengeheul im Hafen auftauchte, begannen sich die Reihen der vormals Arbeitswilligen noch mehr zu lichten. Nur noch eine kleine Handvoll Männer blieb zurück. Allerdings nicht, um die Arbeit wieder aufzunehmen, sondern um zu palavern und in erster Linie abzuwarten, was als nächstes passierte. O'Hara raufte sich die Haare. Es war zum Verzweifeln. Da standen ein Berg Container und Gitterpaletten am Kai, aber von einem Kranführer war weit und breit nichts zu sehen.

Drei Polizeiwagen umstellten die Rampenauffahrt. Die Sirenen wurden abgeschaltet, aber die Blaulichter funkelten weiter. Nach und nach versammelten sich immer mehr Schaulustige am Kai, hielten sich jedoch in respektvollem Abstand vom eigentlichen Tatort fern. Man konnte ja nie wissen, und mit der Polizei wollte man sowieso nichts zu tun haben.

Einer der Beamten, ein kleiner, untersetzter Mann mit buschigem Schnurrbart und schweißverklebten Haaren blickte sich kurz um und erkannte den ranghöchsten Offizier der *Mediterranean Sea* an den vier Ärmelstreifen. Der Polizeibeamte baute sich vor dem Kapitän auf und blinzelte ihn durch die dunkel getönten Gläser der für sein rundes Gesicht viel zu voluminösen Ray Ban an. Die Sonnenbrille hatte er von einem Touristen. Als Baqshish dafür, dass er ihm seinen Reisepass aushändigte, den ihm ein Taschendieb bei einem Besuch in der Kasbah abgenommen hatte.

»Was geht hier vor?« knurrte der Polizist. »Was haben Sie mit dieser Schießerei zu tun?«

»Was will denn diese Figur?« brummte O'Hara auf irisch, was der andere natürlich nicht verstand. Das machte den Polizeibeamten noch ungehaltener.

»Was hat dieser Mann gesagt?« fuhr er den Captain an.

Miller warf O'Hara einen scharfen Blick zu. Wäre die Situation nicht so brenzlig gewesen, hätte er selbst am liebsten laut losgelacht. Der Tunesier wollte wohl Eindruck schinden. Vermutlich war sein Dienstrang gerade einmal Sergeant. Miller blieb ruhig. Wenn der Kerl ihm dumm kam, dann würde er eben den britischen Botschafter in Tunis bemühen. Von dort bis Bizerte waren es nicht einmal vierzig Meilen. Der sollte dann gefälligst seinen Hintern herbewegen.

»Er bedachte Sie in seiner Heimatsprache mit der gebührenden Hochachtung«, antwortete Miller auf Französisch.

Der Polizist verzog die Augen zu Schlitzen, nickte nur kurz, warf aber O'Hara trotzdem einen missbilligenden Blick zu. Der Bootsmann der *Mediterranean Sea* wandte sich ab, um seine eigenen Männer zusammenzutrommeln. Polizei hin oder her, die Arbeit musste irgendwie weitergehen. Morgen sollten sie längst auf dem Weg nach Portugal sein.

Der Polizeibeamte teilte seine Leute ein, die den Tatort abriegelten und das Frachtschiff zu untersuchen begannen. Miller hob erstaunt die Augenbrauen.

»Pardon, Monsieur le Commissaire«, brummte er. »Was soll diese Durchsuchung? Wir haben mit der Angelegenheit absolut nichts zu tun.«

»Ach, nein?« knurrte der Uniformierte zurück. Im gleichen Augenblick trugen zwei Sanitäter des Roten Halbmondes den verletzten Fremden aus dem Frachtraum.

»Und wieso verirrt sich dieser Mann ausgerechnet auf Ihr Schiff? Wieso fand die Schießerei überhaupt bei Ihnen an Bord statt?«

»Keine Ahnung, Monsieur«, blieb Miller bei der Wahrheit. Er konnte sich darauf tatsächlich keinen Reim machen.

Ein anderer Polizist erschien und wisperte dem Ranghöheren etwas ins Ohr. Der Schnurrbartträger nickte heftig, erwiderte etwas in arabischer Sprache und wandte sich dann wieder an den Kapitän des englischen Frachtschiffs.

»Bei Ihnen an Bord wurde mit MP-Munition geschossen«, begann er. »Maschinenpistolen sind in Tunesien nicht erlaubt. Warum hat man auf den Mann geschossen? Wer ist Besitzer der Waffe? Händigen Sie uns die MP aus.«

Miller stöhnte. »Von uns hat niemand geschossen, Monsieur.«

»Was macht Sie da so sicher?« grinste der Polizeibeamte und steckte die dunkle Sonnenbrille in die Brusttasche seiner Uniform. Seine Augen blitzten.

»Weil wir gar keine Waffen an Bord haben«, meinte der Kapitän und bemühte sich, immer noch möglichst gelassen zu wirken.

»Und wieso finden wir dann Patronenhülsen in Ihrem Frachtraum?« entgegnete er mit hämischem Grinsen. »Tut mir leid, Monsieur le Capitaine, aber Ihr Frachter wird so lange am Kai von Bizerte bleiben, bis wir die Angelegenheit aufgeklärt haben.«

»Einen Augenblick,« begehrte Miller auf. Er dachte an seinen Fahrplan. Portugal wartete. Jede Stunde Zeitverzögerung bedeutete Gewinnminderung.

»So geht das nicht, Monsieur. Uns trifft an dem Vorfall absolut keine Schuld. Befragen Sie doch die Leute hier am Kai. Ich bin sicher, Sie finden genügend Zeugen.«

Der Polizeibeamte nickte. »Haben wir bereits getan, Monsieur. Wir konnten zwei Zeugen ausfindig machen, die beide unabhängig voneinander aussagen, dass ein Geländewagen zielstrebig auf Ihr Schiff zufuhr. Kurz darauf kam es zu der Schießerei.«

»Und wer soll deren Erachtens geschossen haben?« winkte Miller erbost ab. »Meine Leute etwa?«

»Das konnten die beiden Zeugen nicht beobachten. Die Sonne blendete sie.«

»Ah, die Sonne blendete sie«, erwiderte Miller. Seine Stimme troff vor Sarkasmus.

»So kommen wir nicht weiter, Monsieur«, meinte der tunesische Polizeibeamte. »Fest steht jedenfalls, dass Sie erst einmal hier am Kai liegen bleiben werden. Ich muss die hiesige Staatsanwaltschaft informieren.«

»Tun Sie das!« knurrte Miller. »Ich werde den britischen Botschafter davon unterrichten, dass man ein Schiff unter der Flagge Ihrer königlichen Majestät ohne hinreichenden Grund festhält. Jede

Stunde Zeitverzögerung kostet rund fünftausend US-Dollar. Die wird sich die Reederei bis auf den letzten Cent zurückzahlen lassen. In Tunesien gelten nämlich genauso die internationalen Schifffahrtsabkommen wie anderswo.«

»Machen Sie, was Sie wollen«, antwortete sein Gegenüber ungerührt. »Ihr Schiff bleibt hier. Die ganze Sache stinkt in meinen Augen. Das sieht mir alles nach Drogenschmuggel aus. Und jetzt zeigen Sie mir erst einmal die Frachtpapiere.«

»Drogenschmuggel!« lachte der Kapitän der *Mediterranean Sea* auf. »Etwas Besseres fällt Ihnen wohl nicht ein, oder?«

Der schnurrbärtige Polizeibeamte deutete stattdessen nur stumm auf die Handschellen, die er am Gürtel trug.

Als Hamed Afkhami erwachte, lag er auf einer schmalen Pritsche in einem Gang. Stimmengewirr umgab ihn. Hin und wieder huschten Männer in weißen Kitteln an ihm vorbei. Er schaute sich um, soweit ihm das im Liegen gelang. Wände und Decke waren hell gestrichen. Es roch nach einer Mischung aus Bohnerwachs, Desinfektionsmitteln, Blut und Chloroform. Stöhnend sank er zurück. Im Paradies war er anscheinend nicht. Das musste eine Klinik sein. Vermutlich die Unfallchirurgie. Er schickte ein Stoßgebet nach oben und dankte seinem Gott. Er hatte überlebt!

Je mehr er aus der Narkose erwachte, desto deutlicher begannen zwei Stellen an seinem Körper zu schmerzen. Eine Stelle an der Hüfte und eine am Unterschenkel, wo ihn offensichtlich die Kugeln aus der UZI dieses Jassir getroffen haben mussten. Stöhnend drehte er sich ein wenig zur Seite. Doch auch das brachte nur wenig Linderung. Er versuchte, nach dem Pflegepersonal zu rufen, brachte aber nur ein undeutliches Krächzen zustande. Seine Frau fiel ihm ein. Sie erwartete ihn bestimmt schon längst zurück und würde sich große Sorgen machen. Und sein Geländewagen. Inshallah, nur wenn Allah es wollte, würde er ihn wiederbekommen. Tränen füllten seine Augenwinkel.

Es verging eine halbe Stunde, ehe er einen der Pfleger festhalten konnte.

»Wasser«, stöhnte Hamed. »Bitte, ein bisschen Wasser.«

»Gleich«, meinte der andere und befreite sich aus dessen schwachen Griff. Er verschwand.

Hamed sank zurück auf sein Laken. So war es in nordafrikanischen Kliniken. Wenn die eigene Familie für die Verletzten oder Kranken nicht sorgte, dann war es schlecht um die Patienten bestellt. Dieses Unfallhospital bildete da keine Ausnahme. Wieder vergingen unendliche Minuten, die dem Angeschossenen wie Stunden vorkamen. Hamed starrte zur Decke. Er zählte die Neonlampen, die wenigen, verschmutzten Oberlichter der Fenster, die verschleierten Frauen, die lautlos an ihm vorbeiglitten und ihn keines Blickes würdigen durften. Wie gerne hätte er jetzt seine eigene Frau an seiner Seite gesehen. Aber die hockte in Gabes und hütete Haus und Kinder. Sie war auch viel zu unselbstständig, als dass sie sich in einen Bus gesetzt hätte, um nach Bizerte zu kommen. Hamed begann zu jammern, zu schimpfen und zu beten. Beim Barte des Propheten! Warum hatte es ausgerechnet ihn erwischt? Er hatte doch niemandem etwas getan. Zugegeben, hin und wieder einmal einem Touristen den doppelten Fahrpreis abverlangt oder Wechselgeld falsch herausgegeben. Vielleicht wollte ihn Allah auf diese Weise für seine Verfehlungen strafen. Doch war das nicht ein bisschen zu hart für solch lässliche Sünden?

Endlich, nach zwei unendlich langen Stunden, erschien ein Arzt, schaute nach seinen beiden Schussverletzungen und ordnete den Wechsel der blutdurchtränkten Verbände an. Dabei stellte er fest, dass sich eine Wundnaht gelöst hatte. Ein Mann vom Pflegepersonal schloss sie mit Nadel und Faden gleich an Ort und Stelle. Niemand nahm von Hameds Schmerzgeschrei Notiz. Während sich gnädige Ohnmacht über den Verletzten senkte, zuckte der Klinikbedienstete nur die Schultern. Im nächsten Augenblick wurde er schon zum nächsten Patienten gerufen.

Als Hamed erneut erwachte, tat nur noch die Hüftverletzung weh. Er versuchte seine Beine zu bewegen, besaß jedoch kaum noch Gefühl in den unteren Extremitäten. Panik überkam ihn. Trotz der Schmerzen richtete er sich auf und untersuchte sein Bein. Er griff vorsichtig unter den Verband und stellte fest, dass sich die Haut ganz heiß anfühlte. Eine Blutvergiftung! Er hatte schon viel von medizinischen Kunstfehlern in den Kliniken seines Landes gehört, aber derartige Horrorgeschichten immer nur ins Reich der Phantasie verwiesen. Tunesien zählte schließlich nicht mehr zu den Ländern der Dritten Welt. Die medizinische Versorgung im Land galt nach westlichen Gesichtspunkten zwar nicht gerade als vorbildlich, aber die Ärzte studierten überwiegend in Frankreich und Deutschland und brachten somit ein gehöriges Maß an Fachwissen mit. Offensichtlich schien er jedoch an einen Scharlatan geraten zu sein. Er begann immer lauter zu jammern und schrie schließlich aus vollem Hals um Hilfe.

»Mâ sha'nuka, du Jammerlappen?« meinte eine Stimme. »Was brüllst du denn hier herum wie ein Ochse auf dem Spieß?«

Hamed drehte sich um. Sein Herz setzte aus. Hinter ihm stand Jassir, der Mann, der versucht hatte, ihn mit seiner Maschinenpistole umzubringen.

»Lastu mabsutan«, keuchte Hamed. »Mir geht es gar nicht gut. Was willst du von mir?«

Jassir lächelte verkniffen. »Das fragst du? Wer ist dein Auftraggeber, du Lump?«

»Bismillâh ar-rahmân ar-rahîm!« stieß der Taxifahrer aus, als er das Messer entdeckte, das Jassir in der Hand hielt.

»Lass Allah, den Allmächtigen und Beschützer aller Gläubigen, aus dem Spiel, du Hund!« schimpfte der Jüngere. Die Schneide eines Messers blitzte im Licht der Deckenbeleuchtung auf. »Los, rede, du Sohn einer räudigen Hündin, oder ich schlitze dich hier und jetzt der Länge nach auf!«

In diesem Moment wurde Stimmengewirr im Hintergrund hörbar. Jassir ließ sein Messer blitzschnell verschwinden und schaute sich suchend um. Zwei Polizisten, begleitet von zwei weiteren Männern in Marineuniform, kamen mit raschen Schritten näher. Offenbar wollten sie zu dem Verletzten. Jassir stieß den Taxifahrer grob an.

»Ein falsches Wort, du Hund!« fauchte er ihn an, »und das Miststück von deinem Weib ist mit dran. Und deine Töchter verkaufen wir an ein Bordell. Ich komme wieder, darauf kannst du dich verlassen.«

Hamed zuckte zusammen. Der Schmächtige verschwand. Wenige Augenblicke später bauten sich vier Männer vor ihm auf. Keinen von ihnen hatte er bisher je gesehen.

»Hamed Afkhami?« erkundigte sich ein kleiner, untersetzter Mann mit buschigem Schnurrbart. Er trug Polizeiuniform. Hamed nickte.

»Hamed Afkhami, Taxifahrer aus Gabes?« forschte der Polizist weiter. Hamed nickte erneut.

»Was wolltest du auf dem Schiff dieser Engländer?« schnauzte er den Verletzten an. »Los, rede Mann! Ich habe nicht den halben Tag Zeit!«

Hamed Afkhami, der Mann aus dem östlichen Landesteil, der bisher mit der Polizei nur zu tun gehabt hatte, wenn er auf den Landstraßen einmal die Geschwindigkeitsbegrenzung übertrat, duckte sich unter dessen harschen Worten.

»Ich, ich weiß nicht …«, stotterte er.

Hamed dachte an seine Frau und seine Kinder. Und an Jassir und dessen eindringliche Warnung. Wenn man ihn schon umbrachte, dann sollte wenigstens seine Familie verschont bleiben.

»Rede, du Kanaille!« zischte der Polizeibeamte. »Rede, oder du landest noch heute im Loch. Das schwöre ich dir.«

»So kommen wir doch nicht weiter, Monsieur.« Captain James Miller schüttelte den Kopf und gab seinem Bootsmann ein unmissverständliches Zeichen, sich gefälligst zurückzuhalten. Das hätte noch gefehlt, wenn O'Hara hier handgreiflich geworden wäre. Alles, was sein Begleiter bestimmt nicht ausstehen konnte, waren dienstgeile Polizisten. Sein Bootsmann hatte die Kindheit in Belfast verbracht.

»Halten Sie sich heraus!« brüllte der Polizeibeamte. »Sie stören eine Vernehmung.«

»Vernehmung nennen Sie das?« fragte der Captain und konnte sich einen sarkastischen Unterton in der Stimme nicht verkneifen. »Himmel, der Mann ist kaum bei Bewusstsein. Sie wissen doch, dass man ihn erst vor zwei, drei Stunden operiert hat.«

»Das ist mir ziemlich egal!« schnauzte ihn der Tunesier an. »Ich tue hier nur meine Pflicht. Halten Sie sich gefälligst zurück, oder ich lasse Sie ebenfalls festnehmen.«

O'Hara gab einen missbilligenden Grunzton von sich. Miller stieß ihm unsanft in die Seite. Sein Bootsmann verstummte.

»Also, was hattest du auf dem britischen Schiff verloren, hm?« wandte er sich erneut an den Taxifahrer, ohne dabei seine Stimme auch nur einen Deut zu senken. Der andere Polizist zückte einen Taschenkalender, um sich Notizen zu machen.

»Ja, also ich weiß nicht …«, stammelte Hamed.

Er suchte verzweifelt nach einer Erklärung. Was sollte er sagen, ohne seine Familie zu gefährden?

»Rede, verdammt noch mal!« brüllte der Uniformierte. »Also, was hattest du mit deinem Wagen auf dem Schiff der Engländer verloren, und wer hat geschossen? Das deutet alles auf Rauschgiftschieberei hin.«

»Nein!« stieß Hamed aus und wandte sich mit verzweifeltem Blick an den Kapitän des britischen Frachters. »Bei Allah, nein! Es war ein Unfall! Ich habe die Kontrolle …«

»Rede keinen Unsinn, du Kanaille!« brüllte der Polizeibeamte. »Unfall! Dass ich nicht lache! Hast du etwa herumgeschossen? Los, rede Mann, oder dir wird noch Hören und Sehen vergehen.«

Der Angesprochene jammerte auf arabisch los. Miller verstand kein Wort. Bisher hatten sich die beiden Tunesier auf französisch unterhalten. Nun begann auch der Polizeibeamte in der für ihn fremden Sprache zu reden. O'Hara wippte unruhig von einem Bein auf das andere.

»Hat Mike endlich den Botschafter erreicht?« raunte er seinem Bootsmann zu. Der Ire hob die Schultern und deutete mit einer Handbewegung an, dass er mit ihm telefonieren wollte. Miller nickte.

»Ich weiß nicht, sayidî«, jammerte der Taxifahrer und schaute abwechselnd die beiden Polizisten und den Frachtschiffkapitän an. »Ich habe den Wagen erst seit ein paar Wochen. Irgendwie muss ich die Gewalt über das Fahrzeug verloren haben …«

»Die Gewalt verloren« höhnte der Wortführer der Uniformierten. »Das wird ja immer schöner. Was hattest du überhaupt auf dem Hafengelände zu suchen?«

Miller hörte aufmerksam zu. Das interessierte ihn. Schließlich wollte auch er wissen, wie es überhaupt zu dem Zwischenfall auf seinem Schiff hatte kommen können.

»Ich bekam gestern einen Anruf.« Hamed nickte hastig. »Ich sollte einen Touristen am Fährkai abholen und zu einer der Ferienanlagen bringen, sayidî.«

Der Polizeibeamte schnappte zu wie eine bisswütige Kobra.

»Ach, am Fährkai abholen?« zischte er und lachte dabei heiser auf. »Und dazu telefoniert ein Fremder ausgerechnet bis nach Gabes, um sich ein Taxi zu bestellen? Soll ich dir sagen, wie es wirklich war? In deinem Wagen befand sich Rauschgift. Ihr seid alles Rauschgiftschmuggler!«

»Und wie passt das Verschwinden seines Geländewagens in Ihre Theorie?« Miller versuchte die Ruhe zu bewahren. Hoffentlich war bloß der Botschafter schon unterwegs!

»Was weiß ich?« knurrte der Mann mit dem buschigen Schnurrbart. »Vermutlich hatte er Komplizen.«

»Ah, Komplizen«, murmelte Miller. »Und wieso kam es überhaupt zu der Schießerei?«

»Das waren mit Sicherheit Ihre Männer!« begehrte der andere auf. »Die Ware befand sich ja bereits an Bord, und da wolltet ihr euch um die Bezahlung drücken.«

»Das ist mir doch zu dumm«, brummte Miller und machte Anstalten, sich umzudrehen und wegzugehen. »Erst will ich mit unserem Botschafter reden.«

Der Polizeibeamte öffnete die Ledertasche an seinem Gürtel und deutete auf den Griff seiner Dienstwaffe.

»Das hier ist sicherlich nicht dumm, Monsieur«, meinte er mit süffisantem Unterton. »Dies hier ist sehr wirkungsvoll. Ich lade Sie ein, bis zum Eintreffen Ihres Botschafters bei uns im Präsidium zu warten. Und wenn Sie weiter meine Vernehmung stören, dann werden Sie unsere Arrestzellen von innen kennen lernen.

Miller kam nicht mehr dazu, auf diese schroffe Zurechtweisung einzugehen, denn in diesem Augenblick erschien ein schmächtiger Mann in einem weißen Kittel, untersuchte flüchtig die Wunden des Taxifahrers und schickte sich kommentarlos an, den Verletzten auf der fahrbaren Pritsche davonzuschieben.

»He, was haben Sie vor?« brüllte der Polizist.

»Ich bringe den Mann in den Verbandsraum«, antwortete der Mann in dem weißen Kittel lakonisch. »Oder wollen Sie, dass er stirbt? Es sieht so aus, als bekäme er eine Blutvergiftung.«

Hamed stöhnte und sank auf sein Laken zurück.

»Gut gemacht«, zischte Jassir, während er den Taxifahrer aus Gabes den Gang entlangschob.

Captain James Miller lief in der Offiziersmesse seines Schiffes auf und ab.

»Ich glaube, ich höre wohl nicht recht!« schimpfte er lauthals. »Ihr lasst mich bei diesen Idioten Spießruten laufen und sagt mir nichts davon?«

Bootsmann Terry O'Hara und sein Erster Offizier Mike Brendan schauten betreten zu Boden.

»Tut mir aufrichtig leid, Sir«, murmelte Mike vor sich hin, »Aber wir wussten beim besten Willen nicht, wie wir Sie in der Klinik erreichen sollten. Betriebsfunk ist in Ländern wie Tunesien außerhalb des Hafens ja streng verboten, wie Sie wissen.«

Miller fuhr herum. Seine Kieferknochen mahlten.

»Verboten!« fauchte er. »Wenn ich so was schon höre. Du hättest sofort dorthin kommen müssen! Himmel, ich hätte diesem Knoblauchfresser dermaßen den Arsch aufgerissen, dass ihm die …« Er schluckte den zotigen Ausspruch herunter.

»Okay«, knurrte er schließlich. »Also, dann schließt mal die Videokamera an den Recorder an. Der Herr Botschafter scheint schon ganz heiß zu sein auf die Aufnahme.«

Captain James Miller ärgerte sich maßlos. Da schlug er sich beinahe drei Stunden mit diesen muselmanischen Polizeibeamten herum, bevor sich der Botschafter samt zwei seiner Mitarbeiter endlich blicken ließ. Ganz kleine Brötchen hatten sie backen müssen, ehe sich der Polizeikommandant endlich dazu durchgerungen hatte, die *Mediterranean Sea* freizugeben. Und als er mit dem Vertreter des britischen Krone an Bord seines Schiffes ankam, unterbreitete ihm sein Erster Offizier die frohe Kunde, dass der indonesische Koch ausgerechnet zum fraglichen Zeitpunkt seine neue Videokamera ausprobiert hatte. Völlig von den Geschehnissen überrumpelt, hatte er den Auslöseknopf der Videokamera gedrückt gehalten. Miller ließ sich schwer atmend in den Sessel fallen und faltete die Hände vor der Brust. Einerseits war er froh über seinen Koch, andererseits hätte er mit seiner Ladung längst in Richtung spanische Küste unterwegs sein können. Stattdessen hockte er immer noch in diesem nordafrikanischen Rattenloch fest.

»Also, los jetzt!« fuhr er seinen Ersten an. »Film ab! Ich will endlich etwas sehen!«

Zwar sah man überwiegend nur die Füße des Indonesiers, aber hin und wieder auch Bruchstücke des Geschehens. Mehrmals tauchte der Verfolger des Taxifahrers im Bild auf. Seine rechte Hand umklammerte eine israelische Schnellfeuerwaffe. Plötzlich streifte das Kameraobjektiv das Gesicht eines Mannes, dessen Gesicht mit Narben übersät schien. Sein schwarz-weiß gemustertes Kopftuch flatterte im Wind. Der Narbige sprang in den Wagen. Kurz darauf war die Stelle unmittelbar bei der Gitterpalette leer.

Der Mitarbeiter des Botschafters stieß seinen Vorgesetzten mehrmals an. Der Vertreter der britischen Krone wurde sichtlich bleich.

Miller deutete auf den Bildschirm. »Kennen Sie die beiden Vögel?« fragte er erstaunt.

Botschafter Malcom Hatherway nickte seinem Mitarbeiter zu. Der holte tief Luft.

»Den Mageren«, erläuterte Hatherways Begleiter. »kenne ich nicht. Wir werden einmal beim Mossad nachfragen, ob die mit seinem Konterfei etwas anfangen können. Umsonst fuchtelt der jedenfalls kaum mit einer israelischen UZI herum. Aber bei dem Narbigen, der zum Schluss ganz kurz im Film auftauchte, handelt es sich mit an Sicherheit grenzender Wahrscheinlichkeit um Mohammed Al-Nudar, einen ehemaligen PLO-Kämpfer. Stammt ursprünglich aus Ramallah im Westjordanland. Seit der Annäherung Arafats an Israel hat er sich in den Libanon abgesetzt und kooperiert von dort aus mit Ayman Zawahri, dem Chef der Jihad-Gruppe, sowie Hassan Abdul Jasmani und Osama bin Laden. Al-Nudar gilt als Verfechter der harten Hamas-Linie. Die Israelis haben ein Kopfgeld von fast einer Million Dollar auf ihn ausgesetzt. Würde mich übrigens nicht wundern, wenn man ihn mit dem Massaker von Luxor in Verbindung brächte. Das war ganz seine Handschrift.«

»Und das ist längst noch nicht alles«, ergänzte der Botschafter. »Seitdem die Amerikaner vor ein paar Wochen diesen Hassan Abdul Jasmani in einer Nacht-und-Nebel-Aktion aus Libyen herausholen konnten, damit wir ihn wegen Lockerbie endlich vor Gericht stellen können, …«

»Das sollte reichen, Sir!« unterbrach ihn sein Mitarbeiter. Was gingen einen einfachen Frachterkapitän die militärischen und politischen Hintergründe an, die zur Verhaftung eines Terroristen führten.

Der britische Botschafter nickte und brach seinen Vortrag abrupt ab.

James Miller stöhnte auf. »Exzellenz, wir müssen langsam weiter. Ich bin ohnehin schon spät dran. Eine langwierige Untersuchung durch den Geheimdienst kann ich mir augenblicklich wirklich nicht leisten.«

Sir Malcom Hatherway nickte. »Von mir aus können Sie ablegen, Captain. Über den Vorfall werde ich allerdings in London Meldung machen. Unsere Leute dort müssen unbedingt herausfinden, was Al-Nudar ausgerechnet hierher führte. Vermutlich wird man dem Taxifahrer noch ein paar ziemlich unbequeme Fragen stellen.«

Sir Malcom Hatherway irrte. Hamad Afkhami würde niemand mehr Fragen stellen. Er lag mit einer Überdosis Heroin im Verbandsraum der Unfallklinik. Sein gebrochener Blick verlor sich in der Ewigkeit. Hätte die tunesische Küstenwache allerdings den Fischkutter kontrolliert, der in diesem Augenblick mit Kurs Nordwest den Hafen von Bizerte verließ, wäre den dortigen Behörden einer der gefürchtesten Männer des Nahen Ostens in die Hände gefallen.

Auch Ali Hamuk kümmerte sich nicht um das Boot. Der Marokkaner hockte auf dem Achterdeck der *Mediterranean Sea* im Schlagschatten der beiden Rettungsboote und betrachtete seine Beute. Beim Aufprall des Geländewagens gegen die Gitterpalette hatte sich die Heckklappe geöffnet, und eine der Aluminiumboxen war von der Ladefläche gefallen. Dabei hatte sich der Deckel geöffnet. Den Verlust von zwei Schachteln aus dem Innern des Behältnisses hatte der Mann mit dem Kopftuch beim eiligen Aufsammeln des verstreuten Inhalts offenbar übersehen. Ali Hamuk überlegte, was er mit den seltsamen Ampullen anfangen sollte.

Kapitel 5

Dröhnend erklang das Typhon hoch oben über der Brücke. Die beiden Schlepper, die das oberschenkeldicke Tau anzogen, beantworteten das Signal durch zweimaliges Pfeifen aus der Dampfsirene. Langsam spannten sich die Schleppleinen, während die Schleusengang immer noch damit beschäftigt war, die Festmacher von den Pollern zu nehmen. Anscheinend gab es ein Problem. Auf der Vorspring stand bereits eine zu hohe Last, und sie kam nicht lose, woraufhin das schwere Schiff unter dem erbarmungslosen Zug der beiden Schlepper drohte, sich langsam aber unaufhörlich im Schleusenbecken quer zu legen. Erneut ertönten die Signalpfeifen. Diesmal jedoch schriller und langanhaltender. Mit einem gewehrschussähnlichen Knall zerbarst das Tau aus Sisalhanf und gab den Schiffsrumpf endlich frei. Nur dem vorausschauenden Verhalten der Schlepperkapitäne war es zu verdanken, dass ihr wertvoller Tross keinen ernsthaften Schaden nahm.

Die Deckscrew der *Star Cradle* nahm das Tauwerk zurück an Bord. Fünfundvierzig Grad Außentemperatur ließen das Ablegemanöver in der Schleuse von Port Said zur Sklavenarbeit ausarten. Muhammad Selim, der ägyptische Lotse, stand breitbeinig auf der Steuerbordnock der Brücke und tätschelte, während er verständnislos den Kopf schüttelte, das Bündel Banknoten in seiner Hosentasche. Trotz der Probleme beim Ablegen war er zufrieden. Das Bargeld sollte reichen, um seiner Tochter Fâtima endlich die ersehnte Hochzeit mit dem Sohn des Basarhändlers Ben Akira zu ermöglichen. Das stark untersetzte Mädchen war längst zur Frau herangewachsen und gemessen an hiesigen Verhältnissen eigentlich schon überreif für eine Vermählung. Selim atmete tief durch. Bald schon brauchte er sich nur noch um die beiden Söhne zu kümmern, die in Kairo ihre Schulausbildung absolvierten. Anschließend würden sie ihren Militärdienst ableisten, ein Studium beginnen, und dann hatten er und seine Frau Haman das Haus in den Hügeln endlich für sich allein. Dann brauchte er auch nicht mehr Tag und Nacht auf dem Suezkanal Schiffe durch die schmalen Fahrrinnen zu lotsen. Er würde es ruhiger angehen, sich einen Job in der Kanalverwaltung suchen, wo es zwar für die Arbeit kein zusätzliches Baqshîsh, dafür aber eine geregelte, wenn auch nur geringe monatliche Entlohnung gab. Für den Job auf diesem Großsegler hatte man ihn eigens nachts um elf Uhr aus dem Bett getrommelt, denn er gehörte zu den wenigen Kanallotsen, die sich im Umgang mit diesen bei langsamer Fahrt schwer manövrierbaren Schiffen auskannte. So schob er seine Frau zur Seite, sprang aus dem Bett und verholte kurze Zeit später in Höhe von Port Taufik am Südende des Suezkanals von einem Lotsenversetzboot an Bord der *Star Cradle*.

»Yukassar yadaika!« brüllte er ungehalten nach unten, wo sich Tauwerk hoffnungslos auf der Windentrommel zu verheddern drohte.

Die dreiköpfige Deckscrew, allesamt Filipinos, hob verständnislos die Köpfe. Den arabischen Fluch, dass ihnen die Hände abfallen mögen, verstanden sie nicht. Einer der Männer zuckte daher auch nur mit den Schultern und fuhr mit seiner Arbeit fort.

»Anta marîd! Qif! Qif!« brüllte der Lotse erneut und deutete mit einer energischen Handbewegung an, die Arbeiten sofort einzustellen.

Die Türe in seinem Rücken wurde aufgerissen. Ein braun gebrannter Mann von etwa fünfzig Jahren in bereits deutlich angeschmutzter Uniform und mit der obligatorischen weißen Schirmmütze auf dem Kopf trat aus dem klimatisierten Kartenraum hinaus in die gleißende Hitze dieses frühen Spätsommernachmittags. Chief Baxter, Leitender Ingenieur an Bord der *Star Cradle*, schaute den Lotsen erst fragend an, ehe er über die Brüstung lugte und begriff.

»Hey, boys!« schnauzte er seine Vordeckscrew an. »Turn the rope around. If you're going on this way, you'll get many problems.«

»Es ist ein Kreuz mit diesen Burschen«, fuhr er fort und wandte sich dabei an den Lotsen, der jedoch Englisch nur in Bruchstücken verstand. »Geld verdienen wollen sie wie die Weltmeister, aber Ahnung von Schiffen haben die keine.«

Selim dachte einen Moment nach, erkannte an der Miene des Chief jedoch, dass sich dessen Ungeduld keineswegs gegen ihn richtete. Befriedigt stützte er sich auf das Geländer der Steuerbordnock ab und starrte hinaus auf das funkelnde Wasser hinter der Schleusenausfahrt. Bald schon würde der Fünfmaster die offene See erreichen, und er konnte von Bord gehen, um den Schlaf der vergangenen Nacht nachzuholen. Vorher jedoch würde er noch in Port Said zu den Huren gehen. Wenigstens einen Teil des großzügig bemessenen Trinkgeldes wollte er für sich ausgeben, ehe er den Rest bei seiner Frau ablieferte. Auch im Hause des Kanallotsen Selim herrschten strenge islamische Regeln, wonach der Mann das Geld zu verdienen hatte und die Frau es sparsam verwaltete. Manchmal ein bisschen zu sparsam, wie Muhammad fand.

Inzwischen lag das Tauwerk wieder korrekt auf der Windentrommel. Die Filipinos schauten nach oben und fragten gleichzeitig stumm, ob sie weitermachen konnten.

»Inn shâ'a allâh!« knurrte Selim nach unten und nickte.

Chief Baxter klopfte ihm anerkennend auf die Schultern. Normalerweise gehörte es nicht zu den Aufgaben eines Kanallotsen, die Arbeit der Crew zu kontrollieren. Mit einer knappen Handbewegung zog er sein Handfunksprechgerät aus dem Hosenbund und hielt die Sprechmuschel vor den Mund.

»Larry? Larry, zum Teufel, wo steckst du?«

Larry Cohen, Erster Offizier auf der *Star Cradle* und vorwiegend zuständig für die Navigation, meldete sich mit krächzender Stimme. »Im Kartenarchiv. Wieso fragst du? Was ist los?«

Baxter lachte rau. »Wir haben gerade abgelegt, falls dir das entgangen sein sollte. Wer, zum Teufel, glaubst du, überwacht das Manöver?«

Am anderen Ende wurde es für einen Moment still. »Wo steckt eigentlich Conway? Der sollte doch die Vordeckscrew beaufsichtigen. Na, dem werde ich nachher noch den Kopf waschen! Übernimmst du so lange für mich? Ich suche im Augenblick nach einer Detailkarte für die Nordküste von Ägypten. Der verdammte Plotter ist schon wieder ausgefallen.«

»Ist schon wieder ausgefallen?« stöhnte Baxter. Der Erste bejahte. Baxter schaltete sein Funksprechgerät ab.

Dieses verdammte neumodische Zeug. Als man zu seiner Zeit auf der Seefahrtschule Navigation lernte, da mussten die Kadetten noch mit Kursdreieck, Sextant, H.O.-Tafeln und Papierseekarten umgehen. Höchstens ein programmierbarer Taschenrechner war zum Berechnen der Kurse und des Standortes bei Prüfungen erlaubt. Und auch das nur mit ausdrücklicher Zustimmung des Ausbilders. Zu jener Zeit besaß noch jedes Schiff eine meist sechs- bis achtköpfige Führungsmannschaft, und die Aufgabenverteilung unter den Offizieren war konsequent. Der Käpt'n trug die Verantwortung, der Erste und der Zweite wechselten sich auf der Brücke ab, der Zahlmeister kümmerte sich um Heuerlöhne und Schriftverkehr, der Doc um eventuell Verletzte oder Seekranke und er, der Chief, um die Maschinen und den Rest der Technik an Bord. Selbst ein ausgebildeter Funker fuhr gewöhnlich mit. Wer sonst wäre tagsüber Hörwache gegangen und kannte sich mit den komplizierten Grenz- und Kurzwellenfunkanlagen aus? Zusammen mit einem jungen Auszubildenden, der vom Rang her den Job des ungeliebten Dritten Offiziers versah, konnte man ein solches Schiff wie die *Star Cradle* zur Not sogar auch ohne zusätzliche Matrosen schippern.

Doch längst hatte das Lean-Management amerikanischer Prägung auch die Touristikschifffahrt eingeholt. Die rigorose Ausdünnung des Bordpersonals beherrschten speziell die Asiaten perfekt. Die Navigationsarbeit verrichteten mittlerweile GPS und elektronischer Kartenplotter, für die Sicherheit sorgten Farbradar, ein Radartransponder sowie UKW- und Satellitenempfangsanlagen mit digitaler Selektivrufeinrichtung nebst INMARSAT-Rettungsbojen, und die Abrechnung für Crew und Gäste übernahm das Comuterprogramm auf einem hochmodernen Server. Summa summarum kamen sie an Bord der *Star Cradle* auf nur mehr vier Personen im Offiziersrang: Kapitän Gerd Kössner, Navigationsoffizier Larry Cohen, Richard Barkowsky, den alle anderen an Bord wegen seines unaussprechlichen Nachnamens gewöhnlich nur den 'Doc' nannten, und ihn, den Chief, der sich neben der gesamten elektronischen, elektrotechnischen und mechanischen Anlagen auch noch um die beiden gewaltigen Dieselmaschinen zu kümmern hatte. Wäre die *Star Cradle* ein herkömmlicher Rahsegler und kein computergesteuerter Fünfmaster mit automatisch verstellbaren Rollreffsegeln, hydraulischer Ruderanlage, Bugstrahlturbine und zwei Antriebsmaschinen mit beinahe 20.000 kW Leistung gewesen, mit dieser Mannschaft wäre Kapitän Kössner aus Keelung, dem Hafen von Taipei, wo das Schiff an einem regnerischen Tag im Februar vom Stapel lief, niemals ohne Havarie herausgekommen.

Chief Ron Baxter schüttelte den Kopf, stöhnte leise und schob sich die Schirmmütze in den Nacken. Wehe, wenn einer aus der Crew während einer Kreuzfahrt einmal für längere Zeit ausfiel. Auf ihn konnte man dabei noch am wenigsten verzichten, obgleich die Maschinenanlage das einzige war, was bisher an Bord halbwegs ordentlich funktionierte. Wehe, die Hydraulik für die Segelbedienung, die Steueranlage oder die Winden versagten ihren Dienst, oder es gab einen satten Kurzschluss in den Hunderten Kilometer Stromkabel, die unter Deck verlegt waren. Ganz zu schweigen von einem Ausfall des Zentralcomputers, der die Segelstellung auf den jeweiligen Kurs und die vorherrschenden Wind- und Seegangsverhältnisse vollautomatisch abstimmte. Dann würde es im wahrsten Sinne des Wortes Nacht werden um die *Star Cradle*, die 'Wiege der Sterne'.

Als kurz vor Erreichen der Hafenausfahrt die beiden Schlepper ein Pfeifsignal ertönen ließen, gab Chief Baxter der Vordeckscrew über Megaphon Anweisung, die Schlepptaue so rasch wie möglich einzuholen. Bis die Taue nicht vollständig an Bord waren, ließ er wegen der Gefahr, die Endstücke zu überfahren und in die Schrauben zu bekommen, die beiden gewaltigen Verstellpropeller nicht anlaufen. Die Restfahrt sollte zum Manövrieren ausreichen. Aber viel Zeit blieb nicht, denn ein Schiff wie die *Star Cradle* musste schon einige Fahrt behalten, um auf das hydraulische Ruder zu reagieren.

In diesem Moment meldete sich Kössner über Bordfunk.

»Was treiben Sie denn auf der Brücke?« fuhr er den Engländer an. »Wo steckt Mr. Cohen? Wieso hat er Mr. Conway nicht eingeteilt?«

Baxter musste unwillkürlich grinsen. Selbst die Wochen auf See, während denen sie im Indischen Ozean Seite an Seite manch einen Sturm abgewettert hatten, konnte den Käpt'n in keiner Weise dazu veranlassen, von seinem förmlichen Sie Abstand zu nehmen. Längst nannte sich die übrige Offiziersmannschaft nur noch beim Vornamen, wobei auch er keine Ausnahme machte. Auf einem Kreuzfahrtschiff und erst recht auf einem Fünfmastsegler wie der *Star Cradle*, wo gemäß Firmenphilosophie von Honeywell & Sparks 'Fun and Sport' die Devise für die Mitreisenden sein sollte, würde sich Kössner auf Dauer noch schwer tun, so steif und förmlich zu bleiben. Er musste sich ja nicht gerade mit jeder Deckshand duzen, aber er sollte sich auch nicht gerade benehmen wie Captain Bligh auf Ihrer Majestät Schiff *Bounty*.

»Wo Conway steckt, weiß ich nicht, Sir! Mr. Cohen sucht jedenfalls im Augenblick nach geeignetem Kartenmaterial«, brummte Baxter in die Sprechmuschel seines Funkgerätes. »Der Plotter ist nämlich wieder einmal out of order.«

»Das darf doch wohl nicht wahr sein!« schnauzte Kössner durch den Äther. »Wie konnte denn das schon wieder passieren? Wieso wurde der nicht vor dem Ablegen gründlich gecheckt? Nehmen Sie das sofort in die Hand, Mr. Baxter! Mein Bedarf an Überraschungen ist inzwischen mehr als gedeckt.«

Der Chief verzog die Augen zu schmalen Schlitzen. Manchmal kam er sich unter Kössners Kommando wirklich vor wie auf einem britischen Linienschiff. Es hätte nur noch gefehlt, dass der Deutsche statt seiner obligatorischen Kapitänsmütze mit dem Dreispitz auf der Brücke erschien. Unwillkürlich verzogen sich seine Mundwinkel wieder nach oben und er musste sich zusammenreißen, bei diesem Gedanken nicht lauthals loszulachen.

»Was soll ich Ihrer Ansicht nach zuerst tun, Sir?« fragte er betont steif. »Das Schiff führen oder den Plotter reparieren?«

»Das Schiff führe immer noch ich, Mr. Baxter«, zischte die Stimme aus dem Hörer. »Oder sind Sie neuerdings befördert worden? Geben Sie dem Steuermann entsprechende Anweisungen und übergeben Sie den Dienst auf der Brücke unverzüglich Mr. Cohen.

Richten Sie ihm aus, er soll sich im Anschluss daran bei mir melden. Das ist ja nicht zum Aushalten mit …«

Der Rest des Satzes ging unter, da Kössner bereits die Sprechtaste seines Intercoms losgelassen hatte. Baxter atmete tief durch. Wenn der Deutsche nicht so ein exzellenter Nautiker gewesen wäre, auf den man sich, wenn Not am Mann war, in jeder noch so kritischen Situation bedingungslos verlassen konnte, er jedenfalls hätte wahrscheinlich schon beim ersten Zwischenstop in Hongkong abgemustert. Gerd Kössner galt als schwierig, das war bekannt. Dass es unter seinem Kommando jedoch so problematisch werden würde, daran hatte Baxter selbst im Traum nicht gedacht. Für ihn stand jedenfalls fest, allenfalls noch die Jungfernfahrt zu den Kanaren mitzumachen. Danach wollten Cohen und er abmustern und bei einer anderen Reederei um eine Heuer anfragen. Die Chancen standen gut, denn erfahrene Nautiker und Techniker wurden immer gesucht. Ihnen war es auch ziemlich egal, unter welcher Flagge das neue Schiff fuhr. Hauptsache, der nächste Kapitän war nicht solch ein Arschloch wie Kössner.

Larry Cohen riss die Tür zur Steuerbordnock auf und trat in die unerträgliche Nachmittagshitze hinaus. Der Achtunddreißigjährige hinterließ auch an einem hektischen Tag wie diesem stets den Eindruck absoluter Souveränität. In seinem schneeweißen Offiziersdress, den blankpolierten Schnürschuhen, der dunkelblauen Krawatte mit dem Emblem des Royal Ocean Racing Club und der keck zur Seite geschobenen Schirmmütze wirkte er zwar eher wie ein verkleideter Schuljunge, aber seine jugendliche Ausstrahlung täuschte leicht über sein tatsächliches Können hinweg, auch wenn er sich gelegentlich ziemlich wurstig zeigte, was das bedingungslose Befolgen von Anweisungen des Kapitäns betraf. Cohen war wie Baxter nicht verheiratet, sondern lebte überwiegend aus dem Koffer. Gerüchten zufolge sollte er nicht einmal über eine eigene Wohnung verfügen, sondern die wenigen Tage an Land bei seiner Mutter in Portsmouth verbringen. Der Erste an Bord der *Star Cradle* träumte den Traum aller Schiffsoffiziere diesseits der Vierzig. Insgeheim wartete er darauf, während einer Kreuzfahrt eine hübsche und möglichst vermögende junge Frau kennen zu lernen, sie anschließend zu heiraten und dann der christlichen Seefahrt erst einmal Lebewohl zu sagen. Leider waren die weiblichen Passagiere, die er während seines Dienstes bisher kennen gelernt hatte, entweder reich oder hübsch. Mit Kompromissen pflegte er sich jedoch nicht zufriedenzugeben.

Cohen sprach über sein Privatleben wenig, was jedoch Baxter nicht sonderlich störte. Auch er legte keinen gesteigerten Wert darauf, über seine gescheiterte Ehe, seine Kinder, die sich längst von ihm entfremdet hatten, und über seine Schulden zu reden. Seit nunmehr fünf Jahren kannten sich Baxter und Cohen, hatten den Atlantik, den Stillen Ozean und die gefährlichen Gewässer des Chinesischen Meeres befahren, und trotzdem gab es Themen, über die sie sich nicht einmal während der zuweilen unendlich langen Nachtwachen im nördlichen Polarmeer ausgetauscht hätten.

Ganz ähnlich der Bordarzt. Richard Barkowsky, Facharzt für Chirurgie, wirkte stets in sich gekehrt und wurde nicht einmal besonders gesprächig, wenn er wieder einmal getrunken hatte. Nicht nur an der Bar wurde er immer häufiger mit der Flasche unter dem Arm angetroffen. Bei Barkowskys Anheuerung schienen die Headhunter von Honeyell & Sparks offenbar gründlich daneben gegriffen zu haben. Doch wie jeder Alkoholiker verstand es der Deutsche ausgezeichnet, seine selbstzerstörerische Neigung vor Dritten geheim zu halten. Selbst der sonst eher argwöhnische Kössner ließ sich bislang täuschen. Baxter erinnerte sich an eine Zahnextraktion, die der Doc bei schwerer See im Indischen Ozean bei einem der Matrosen vornehmen musste. Er selbst hatte den Patienten in die bordeigene Krankenstation begleitet, wobei sich der Ärmste vor Schmerzen wie eine Schlange wand. Richard Barkowsky forderte ihn nur auf, im Behandlungsstuhl Platz zu nehmen, öffnete verstohlen eine Flasche und goss sich drei Fingerbreit Cognac in einen Zahnputzbecher. Dann beugte er sich über den Mann, gab ihm eine Spritze und machte sich an die Arbeit. Zwei Stunden später stand der Mann schon wieder an Deck und bereitete zusammen mit den übrigen Matrosen das nächste Segelmanöver vor. Baxter fragte sich insgeheim, wie lange es noch dauern würde, bis auch ein Glas randvoll mit Cognac nicht mehr ausreichte, um die Hand für Spritze und Extraktionsbesteck ruhig zu halten.

»Kümmerst du dich auch gleich noch um das Wetterfax, alter Junge?« scheuchte ihn Cohen aus seinen Gedanken.

Baxter schaute ihn fragend an. »Nun sag bloß, das ist ...«

»Ist es«, bestätigte der Erste Offizier dessen dunkle Vorahnung. »Zwei durchgeführte Selbsttests führten zu keinem Ergebnis. Der Fehler muss irgendwo in der Leitung zwischen Antenne und Empfangsgerät liegen. Viel Vergnügen beim Suchen. Ach, noch etwas. Das Sonar solltest du auch gleich auf die Liste der Verblichenen setzen. Naja, wird auch so gehen. Der Tümpel vor uns ist ja gewöhnlich tief genug.«

Mit Tümpel meinte er die offene See zwischen Nildelta und italienischer Riviera. Baxter schüttelte unwillig den Kopf.

»Himmel, hilf!« stöhnte er und rang die Hände. »Was, zum Henker, geht eigentlich noch alles auf diesem verdammten Kahn zu Bruch? Haben die Typen in Taiwan überhaupt eine Ahnung, was es bedeutet, unterwegs laufend Ersatzteile auftreiben zu müssen? Langsam werde ich den Verdacht nicht los, die *Star Cradle* wurde auf einer verdammten Sportbootwerft gebaut.«

»Wundert's dich?« Cohen grinste und rückte seine Schirmmütze zurecht, um seine Augen besser vor der gleißenden Sonne zu schützen. »Überall wird gespart. Erst recht seit Ausbruch der Asienkrise. Das gilt für unsere Reederei genauso wie für die Werft. Hauptsache, so ein Schiff ist billig, schnell auf Kiel gelegt und fährt rasch Gewinne ein. Bauqualität ist für ein Unternehmen wie Honeywell & Sparks doch ein Fremdwort, sonst hätten die unsere *Star Cradle* bei Meyer in Papenburg und nicht auf irgend so einer namenlosen Werft im hintersten Teil des Pazifik bauen lassen.«

Baxter zuckte die Schultern und betrat kopfschüttelnd den vollklimatisierten Kommandoraum. Die Luft hinter den getönten Außenscheiben ließ ihn im ersten Augenblick frösteln. Der Temperaturunterschied zu draußen betrug mindestens zwanzig Grad Celsius. Im Drehsessel vor dem Kommandopult hockte Andrea Minzetti. Der achtundzwanzigjährige Steuermann versah seit Beginn der Reise seinen Dienst auf dem Schiff. Der schweigsame junge Mann war ein geradezu begnadeter Virtuose im Umgang mit den drei Joysticks, mit denen Maschinenleistung, Bugstrahlturbine und Ruderlage korrigiert wurden. Beim Bau des Fünfmasters hatte man ganz bewusst darauf Wert gelegt, nur absolut neueste Technik einzubauen. Einen Maschinentelegraphen suchte man in der Kommandozentale ebenso vergeblich wie ein herkömmliches Steuerrad, auch wenn Baxter aus den Konstruktionsunterlagen entnehmen konnte, dass es angeblich eine solche Hilfseinrichtung geben sollte, mit der sich das Boot auch ohne Servounterstützung der Hydraulikanlage manövrieren ließ. Er hatte deswegen schon mehrfach mit der Werft telefonisch und per Fax Kontakt aufgenommen, aber sobald man den Schlitzaugen in Keelung mit Reklamationen oder Anfragen zu technischen Details kam, verstanden die Burschen urplötzlich nur noch Chinesisch. Ihm sollte es egal sein. Darum musste sich die Reederei kümmern. Er war Chief an Bord und kein Zauberkünstler.

Bei dem zweiten Mann auf der Brücke handelte es sich um Anwar al Saidi, einen ehemaligen Schnellbootkommandanten der ägyptischen Küstenwache, der sich sein Geld an Bord als Ausguck und Co-Navigator verdiente. Was den hochgewachsenen Mann seinerzeit dazu veranlasst hatte, einen sicher bezahlten Job aufzugeben und bei Honeywell & Sparks anzuheuern, wunderte nicht nur Baxter. Anwar galt als ausgezeichneter Kenner des Roten Meeres und der nordafrikanischen Küstengewässer. Er war erst in Aden an Bord gekommen.

Chief Baxter warf einen knappen Blick auf die Instrumente und kontrollierte Trimmung, Geschwindigkeit und Maschinendrehzahl. Alles schien in Ordnung zu sein, obwohl sich das Herzstück der Antriebsanlage ohnehin nur vom Maschinenraum aus richtig checken ließ. Andrea Minzetti, der schweigsame junge Mann aus Viareggio in der Nähe von Pisa, grinste kurz und fuhr fort, den Seeraum vor dem hoch aufragenden Bug des Seglers zu beobachten, während Anwar al Saidi die Fahrt der *Star Cradle* auf dem Farbradargerät verfolgte. Hin und wieder tippte Minzetti die kurzen Stummelhebel an, woraufhin der Fünfmaster kaum merkliche Kurskorrekturen vornahm. Noch liefen sie unter Maschine, doch Baxter war sicher, dass Kössner bald wieder die Segel setzen ließ, denn es wehte ein kräftiger Schirokko. Wenigstens hatte es bisher noch keinen Ärger mit der Hydraulik für das Ein- und Ausrollen der gewaltigen Segel gegeben. Die ließen sich zwar auch von Hand reffen, doch dies erwies sich, wie er an einem ruhigen Tag mit fünf Mann Unterstützung aus der Deckscrew feststellen musste, als eine mehr als umständliche und überdies auch noch extrem schweißtreibende Angelegenheit. Baxter konnte nur hoffen, dass es niemals zu einem ernsthaften Defekt an den Servoeinrichtungen für die Segelbedienung kam.

Und zu keinem erneuten Softwarefehler. Unterhalb der Westspitze von Taiwan hatte Kössner erstmals auf Computertrimmung umgeschaltet. Zunächst verlief alles glatt, doch urplötzlich begannen Segel und Ruderanlage ein merkwürdiges Eigenleben zu führen. Das schwere Schiff schlingerte wie wild in der Altsee, wobei mehrmals die Segel fast vollständig in den Masten verschwanden, um kurz danach wieder ausgerollt zu werden. Zum Schluss hätte nicht mehr viel gefehlt, und es wäre zu einer unkontrollierten Halse gekommen. Kössner fluchte und tobte. Zu Recht, wie Baxter befand. Sie benötigten volle achtundvierzig Stunden, nur um herauszufinden, dass die Befehlsstruktur des Steuerungsprogramms vom Zentralrechner zeitweise nicht anerkannt worden war. Anschließend versuchten er und Cohen, neue Software über das Internet auf den Zentralrechner zu laden. Das führte dazu, dass zeitweise die hydraulische Ruderanlage ihren Betrieb einstellte. Nur Kössners Geistesgegenwart war es zu verdanken, dass es ihnen in buchstäblich letzter Sekunde gelang, das Kreuzfahrtschiff aufzustoppen. Sonst hätte die *Star Cradle* bereits auf dem Weg nach Hongkong ein unrühmliches Ende vor dem rostnarbigen Bug eines 200.000-t-Tankers gefunden.

Schließlich blieb der Werft nichts mehr anderes übrig, als ihnen kurz vor Hongkong einen Softwarespezialisten per Helikopter zu schicken, der das Steuerungsprogramm komplett neu installierte, damit sie überhaupt bis in den Hafen der ehemaligen Kronkolonie hineinmanövrieren konnten. In der Zwischenzeit waren nämlich Log, Lot, GPS, Radar und noch eine Reihe anderer Navigationsinstrumente ausgefallen, weil sie sich der fehlerhaften Software des kontrollierenden Zentralrechners mit Nachdruck widersetzten. Die Küste erreichten sie wie zu Großvaters Zeiten: mit Sextant und H.O.-Tafeln. Zwar arbeitete der Computer seitdem einwandfrei, trotzdem blieb bei Baxter ein schaler Nachgeschmack im Mund zurück. Er hasste es, wenn er nicht zu jeder Zeit Herr über die Technik an Bord war. Er verstand zwar eine Menge von Computern, hatte im Laufe der letzten Jahre etliche Fortbildungskurse belegt, aber gelernter Informatiker, wie dieser Spezialist aus Taiwan, war er schließlich nicht.

Die Tür zur Brücke wurde aufgeschoben, und Larry Cohen betrat den Kommandoraum. Er gab dem Ägypter ein paar knappe Anweisungen, woraufhin dieser die neueste Position in die Seekarte eintrug.

Der Erste Offizier an Bord der *Star Cradle* legte seine weiße Schirmmütze beiseite und ließ sich in einen den Drehsessel gleiten. Cohen griff in seine Brusttasche, zog ein Päckchen Zigaretten hervor und zündete sich ein Stäbchen an. Feuerzeug und Zigarettenpackung legte er auf dem Kontrollpult ab. Unmittelbar unterhalb des Messingschildchen mit der Aufschrift »No smoking!«. Er inhalierte tief und stieß den Rauch in Richtung Luftabsaugeinrichtung der Klimaanlage aus. Dann wandte er sich an Minzetti.

»Kurs 350 Grad, 80 Prozent Maschinenleistung, und geh' dann auf Autopilot.«

Minzetti nickte. Cohen drehte sich zu Baxter um, der in diesem Augenblick das Innere des Wetterfax kontrollierte. Abwechselnd schaute er auf den Schaltplan und stocherte mit einem feinen Schraubenzieher im Innern des Gerätes herum. Doch er erreichte nur, dass weiterhin unbedrucktes Papier aus dem Schacht quoll. Der Leitende Ingenieur an Bord raufte sich die Haare.

»Funktioniert wenigstens das NAVTEX?« erkundigte er sich bei Cohen.

Ein NAVTEX-Gerät durfte auf keinem ausrüstungspflichtigen Schiff fehlen. Es lieferte in vierstündigem Rhythmus vollautomatisch die aktuellen Schifffahrtsnachrichten und, so Gott oder Allah wollte, auch den einen oder anderen Wetterbericht. Neben dem vollautomatischen, digitalen Selektivruf, Satelliten-Seenotfunkbaken, Radartranspondern und einer satellitengestützten Schiffs-Erdfunkstelle gehört NAVTEX mit zur Grundausstattung weltweit navigierender Schiffe. So jedenfalls schreibt es das internationale Übereinkommen zum Schutz des menschlichen Lebens auf See vor.

Cohen nickte. »Andernfalls hätte Kössner in Port Said wohl kaum abgelegt. Es könnte ihn das Patent kosten.«

Baxter fuhr fort, den Fehler im Wetterfax zu suchen. Plötzlich jaulte eine Sirene auf. Ohne besondere Eile griff Cohen zum Bord-Intercom und wählte die Station, die den Alarm ausgelöst hatte. Anfangs hatten sie noch jedes Mal die vorgeschriebenen Routinen im Falle eines Schiffsalarms lehrbuchmäßig abgespult, seitdem sich die Probleme jedoch häuften, begnügte sich der jeweils Wachhabende nur noch mit einer Anfrage via Bordfunk. Der Erste Offizier drehte sich in seinem Sessel herum und wandte sich an den Bordingenieur.

»Dein Job, Chief«, grinste er. »Wasserpumpe Nr. 3 ist ausgefallen. Die Steuerbordwelle hat die kritische Betriebstemperatur bereits überschritten, und dein Schmiermaxe meint, dass zudem eines der Zwischenlager verdächtige Geräusche von sich gibt.«

Mit wehenden Rockschößen jagte Baxter hinunter in den Maschinenraum. Er wusste nur zu gut, was es bedeutete, wenn eine der Antriebswellen heißlief. Im günstigsten Fall eine zwölfstündige Reparatur in der schweißtreibenden Umgebung seiner schweren Dieselmotoren, im schlimmsten Fall, dass die *Star Cradle* bis Genua nur noch mit einer Welle weitermanövrieren konnte. Zum Glück kam in diesem Augenblick der Befehl zum Segelsetzen über das Intercom. Baxter atmete auf. Damit wurden die Maschinen ohnehin gestoppt, und ihm blieb ein bisschen mehr Zeit, einen ordentlichen Check durchzuführen.

»Was hast du denn nun schon wieder angestellt?« frotzelte der Chief, während er den Maschinenraum betrat.

Sein Assistent zuckte die Schultern und deutete auf die digitale Temperaturanzeige für das Zwischenlager, das in einem besonderen Wellenbock ruhte und damit verhinderte, dass sich die Vibrationen der Antriebsmaschine auf Außenlager und Propeller übertrug. Die *Star Cradle* galt als eines der leisesten unter Maschine laufenden Kreuzfahrtsegelschiffe. In diesem Augenblick konnte davon jedoch keine Rede sein. Die Steuerbordwelle vibrierte bei jeder Umdrehung und gab dabei eindeutige Mahlgeräusche von sich.

Ron Baxter legte vorsichtig die Hand auf das Zwischenlager. Er zuckte zurück. Verdammt, durchfuhr es ihn. Das Ding lief ja tatsächlich heiß. Mit einem Ruck zerrte er sein Handsprechfunkgerät hervor.

»Larry, ich muss die Steuerbordmaschine stoppen«, rief er in die Sprechmuschel, weil der Lärm der beiden Dieselaggregate eine normale Unterhaltung über Funk unmöglich machten. »Geh von mir aus mit der Backbordmaschine um zehn Prozent höher.«

»Nicht nötig«, erwiderte der Erste. »Ich schalte ohnehin gleich beide Maschinen ab.«

Sekunden später ließ das Jaulen an Steuerbord nach, und die schwere Edelstahlwelle lief langsam aus. Zum Schluss wurde sie nur noch vom vorbeiströmenden Wasser angetrieben.

»Wellenbremse aktivieren«, rief Baxter seinem Mechaniker zu.

»Woran liegt es?« erkundigte sich der Mann aus dem Kommandoraum.

»Kann ich noch nicht sagen«, brummte der Chief in das Mikrophon. »Jedenfalls läuft die Kühlwasserpumpe nicht ordentlich, oder eine Zuleitung ist verstopft. Mistding, verfluchtes! Jetzt kann ich mich hier bis Genua …« Larry Cohen lachte. »Verstehst du jetzt, warum ich nie Maschinenbau studiert habe? Scheißjob, wenn du mich fragst. Na ja, jedenfalls viel Vergnügen.«

»Weiß der Alte Bescheid?« wollte Baxter zum Schluss noch wissen.

»Der ist schon unterwegs«, entgegnete der Erste Offizier. »Und scheint nicht gerade bester Laune zu sein, wie du dir vorstellen kannst.«

»Was du nicht sagst«, knurrte Baxter und schaltete das Intercom aus.

In diesem Augenblick stürzte auch schon Kössner in den Maschinenraum. Während der ersten Tage auf See hatte er den Chief wegen jeder Kleinigkeit zum Rapport nach oben in den Kommandoraum bestellt. Als er jedoch merkte, dass man den um Jahre älteren Bordingenieur nicht so ohne weiteres herumkommandieren konnte wie etwa Cohen, lenkte er irgendwann ein und ließ sich Auskunft über das Intercom geben, falls er nicht persönlich nach dem Rechten sah.

Gerd Kössner stand, was sein Äußeres betraf, seinem Ersten Offiziers in nichts nach. Tadellose Uniform, exakt gebundene Krawatte, hochglänzende Schnürschuhe, Kapitänsmütze. Sein Mitarbeiter Joe Lymington und er schlossen jede Woche aufs neue Wetten ab, wann sich Kössner endlich einmal seine schneeweiße Uniform so richtig versaute. Manchmal kam es ihnen vor, als besäße ihr Chef in seiner Kabine eine eigene Waschmaschine.

Andererseits bewunderte ihn Baxter insgeheim. So hätte er selbst immer gern ausgesehen. Groß, schlank, sportlich, gebräunt, mit tadellosen Umgangsformen und stets souverän bis an die Grenze des Erträglichen. Ein Weiberschwarm, wie er im Buche stand, obwohl Kössner um Damen stets einen weiten Bogen zu machen pflegte, weil er in Hamburg angeblich glücklich verheiratet sein sollte. Auf der anderen Seite überließ der Kapitän eines Kreuzfahrtschiffes das erotische Kampffeld ohnehin gewöhnlich seinen Offizieren. So war es schon seit Beginn der maschinenbetriebenen Passagierfahrt Sitte. Um die Kurzweil der Damen hatten sich die Offiziersränge zu kümmern, der Käpt'n selbst blieb über alle Ansinnen seiner weiblichen Passagiere erhaben. Der Leitende Ingenieur wäre selbst gerne der Typ Offizier gewesen, der bei den mitreisenden Damen nur mit dem Finger hätte schnippen brauchen. Aber allenfalls mittelgroß, dafür auch noch leicht untersetzt und mit berufsbedingt nicht selten angeschmutzter Uniform wirkte er kaum wie ein attraktiver Beau. Baxter knirschte unwillkürlich mit den Zähnen.

Kössner schüttelte den Kopf und atmete tief durch. »Lagemeldung?« fragte er knapp.

Baxter begann, alle Deutschen zu hassen. Herrgott, warum konnte dieser Kerl nicht genauso in ganzen Sätzen sprechen wie englische, amerikanische oder spanische Schiffsführer? Er kam sich manchmal an Bord der *Star Cradle* vor wie bei der militärischen Lageberichterstattung während eines Feindeinsatzes.

»Steuerbordwellenlager innen. Vermutlich infolge defekter Kühlwasserpumpe oder verstopfter Zuleitung. Reparaturdauer zirka zwölf Stunden«, konterkarierte er dessen Befehlston. Baxter wusste, dass er damit haarscharf am Vorwurf der Insubordination vorbeischrammte. Ein Makel, den sich kein Berufsseemann in seinen Papieren wünschte. Doch Kössner brachte ihn jedes Mal zur Raserei mit seinem arroganten Gehabe.

Im nächsten Moment hoben sich überraschenderweise Kössners Mundwinkel. Er klopfte seinem Leitenden Ingenieur auf die Schulter.

»Gut, Chief«, brummte der Käpt'n. »Ich lasse jetzt ohnehin gerade Segel setzen. Das wird Ihnen die Arbeit hier unten angenehmer machen. Aber sehen Sie zu, dass der Steuerbordantrieb spätestens hinter Sizilien wieder intakt ist.«

Er griff zu seinem Intercom. »Mr. Kopernikow«, meinte er augenzwinkernd. »Bitte richten Sie für Chief Baxter und Mr. Lymington eine Erfrischung her. Keinen Alkohol. Er wird die nächsten Stunden einen klaren Kopf benötigen.«

Das war es, worum ihn der mittelgroße, untersetzte Engländer insgeheim bewunderte. Immer korrekt, immer tough und stets um seine Mannschaft bemüht. Und dennoch. Baxter wusste nur allzu gut, dass die Freundlichkeit des Deutschen immer nur so lange währte, wie man sich keinen Fauxpas erlaubte. Spätestens dann lernte man wieder die andere Seite des Alten kennen. Eines stand jedenfalls fest: Auf den Kanaren würde er abheuern.

Kapitel 6

Dimitrij Kopernikow, gebürtiger Russe aus Sewastopol und begnadeter Küchenchef, fand bereits vor vielen Jahren den Weg zum Tourismus. Zunächst als Hilfskoch auf einem dieser Seelenverkäufer, mit denen sich besonders linientreue und damit begüterte Politbonzen der ehemaligen DDR und CSSR durch das Schwarze Meer kutschieren ließen. Die englische Sprache erlernte er später auf Kreuzfahrtschiffen im Mittelmeer. Vornehmlich in den Armen alleinreisender Engländerinnen, die sich nicht nur zu seiner Kochkunst hingezogen fühlten. Seine Karriere als Seemann und Smut stellte jedoch nur die eine Hälfte seines Lebenslaufs dar. Über der anderen lag der dunkle Schatten des Schweigens. Selbst mit Vertrauten sprach er nie über die Zeit vor dem Fall des Eisernen Vorhangs. Aus seinen Papieren ergab sich lediglich, dass er nach Abschluss seiner Militärzeit bei der sowjetischen Schwarzmeerflotte für kurze Zeit eine Anstellung beim Staat gefunden haben wollte.

Kopernikow zählte wie Anwar al Saidi seit dem Zwischenstopp in Aden zur Stammbesatzung. Gemeinsam mit seinem Hilfskoch stellte es keine sonderlich große Herausforderung dar, die bis zur vollständigen Rekrutierung der Stewards, Animateure und des sonstigen Servicepersonals auf den Kanarischen Inseln bislang noch zahlenmäßig relativ kleine Stammcrew zu verköstigen. Das Schiff verfügte über einen großzügigen Kühlraum, eine perfekt eingerichtete, vollklimatisierte Kombüse mit jeweils zwei vollkardanisch aufgehängten Elektroherden und Mikrowellenöfen, automatischer Geschirrspüleinrichtung und riesigen Dunstabzugshauben. Hätte sein unmittelbares Betätigungsfeld nicht hin und wieder erheblich geschwankt und dabei mehr als nur den Blick durch winzige Bullaugen nach draußen erlaubt, man wäre kaum auf die Idee gekommen, sich im Bauch eines Großseglers zu befinden. Sorge bereitete ihm nur sein Hilfskoch. Keena Maharmanhi hielt sich seit Erreichen freien Gewässers nur mit Hilfe von Scopolaminpflastern gegen Seekrankheit auf den Beinen. Hoffentlich zeigte sich sein demnächst in Genua zusteigender Zweiter Hilfskoch in dieser Hinsicht von der standhafteren Seite.

Dimitrij Kopernikow schaltete das Intercom ab und warf Keena einen vielsagenden Blick zu. Der Pakistani grinste breit. Sie wussten beide nur zu genau, was die Maschinencrew von Orangensaft und Mineralwasser hielt. Keena öffnete das Kühlregal und wuchtete eine ganze Palette Heineken-Beer heraus. Er warf die Büchsen zusammen mit zwei Flaschen Morgan's Rum einzeln in eine Kunststofftonne mit Rollen, die normalerweise als fahrbarer Abfallcontainer benutzt wurde. Kopernikow mochte Baxter gut leiden. Zu Leuten in lamettabehangener Uniform besaß er eher ein ambivalentes Verhältnis. Das rührte von seiner Zeit als Koch auf den russischen Kreuzfahrern her, wo man ihn seitens des Bordmanagements nicht selten als Underdog behandelt hatte. Kopernikow richtete schnell ein paar Putensandwiches und Baguettes mit Wurst und Käse her. Das sollte als ordentliche Grundlage reichen, damit die Mechanikercrew nicht bereits nach einer halben Stunde anfing, dort unten im Vollrausch schmutzige Lieder zu singen. Keena machte sich schließlich auf, den kleinen Snack, wie ihn Kössner angefordert hatte, abzutransportieren.

Als der Russe wieder alleine in seiner Küche war, begann er den Speiseplan für das Nachtmahl auszuarbeiten. In Ägypten hatte er einen Berg Lammfleisch gebunkert. Daraus würde er für die überwiegend englische Offiziersriege ein deftiges Stew herrichten. Auch auf die Gefahr hin, dass ihn der Deutsche zum wiederholten Mal zusammenstauchte. Kössner verabscheute zum Leidwesen seiner Offiziere die britische Küche.

Zur gleichen Zeit versammelte Lawrence Conway seine Leute auf dem Hauptdeck, um auf Weisung des Kapitäns die hydraulisch betriebenen Winden und Leinenführungen zu kontrollieren, mit denen auf der *Star Cradle* Segel gesetzt, eingestellt und wieder geborgen wurden. Conway war Australier und hatte sich angeblich das Segeln auf kleinen Kielbooten selbst beigebracht, wie er immer wieder hervorhob. Er konnte auf Erfahrungen mit Großseglern verweisen, woraufhin ihn der Headhunter von Honeywell & Sparks ohne langes Recherchieren gleich von der Stelle weg anheuerte. Allerdings war man bei der Reederei auch etwas in Eile, denn die *Star Cradle* lag zu diesem Zeitpunkt bereits klar zum Auslaufen an der Muringtonne von Keelung und besaß noch immer keinen Bootsmann. Niemanden interessierte, was den Australier überhaupt nach Taipeh verschlagen hatte.

Conway galt unter der durchweg asiatischen Deckscrew als Schinder, obwohl es auf einem luxuriösen und absolut neuen Kreuzfahrtsegler wie diesem im Prinzip gar nichts zu schinden gab. Die Segel wurden in aller Regel vollautomatisch bedient, und außer dem Check von Rettungsmitteln, dem permanenten Durchführen von Rettungsübungen, dem An- und Ablegen und gelegentlichen Ausbesserungsarbeiten blieb für seine Leute eigentlich nicht viel zu tun. Trotzdem führte er sich bisweilen auf wie ein Kavallerieoffizier während der Besetzung Indiens durch die Briten. Seine hagere Gestalt, der markante Schnurrbart, seine rote Gesichtsfarbe und der breitkrempige Buschhut, den er vermutlich nicht einmal zum Schlafen abnahm, unterstrichen auch rein optisch diesen Eindruck. Conway legte auf strenge Disziplin größten Wert. Deshalb hatte es ihn maßlos geärgert, dass er sich verspätet und seine Vordeckscrew zu allem Überfluss auch noch das Ablegemanöver in der Kanalschleuse dermaßen versaut hatte. Die Jungs würde er heute besonders hart herannehmen. Die sollten ihn schon kennen lernen. Den Rüffel von Cohen hatte er nur zähneknirschend weggesteckt.

»Verdammt, du schlitzäugige Schlafmütze!« fuhr er einen der Matrosen aus Manila an. Der junge Mann hob sein Gesicht und warf dem Australier einen wütenden Blick zu.

»Was ist?« fauchte Conway. »Wolltest du etwas sagen, du Reisfresser? Los, trau dich! Nur zu! Ein falsches Wort, Bursche, und ich stecke dich eigenhändig ins Kabelgatt.«

Der junge Filipino schwieg. Dennoch konnte man ihm deutlich ansehen, dass er mit seiner Beherrschung kämpfte. Er war weder schlitzäugig noch ein Reisfresser, sondern Malaie. Dieser Lackaffe sollte sich nur in acht nehmen. Schließlich hatte er die letzten Semester an der Universität von Manila mit bezahlten Kickboxkämpfen finanziert. Leider hatte er zum Schluss dann doch sein Fremdsprachenstudium aufgeben müssen. Der kleine Laden seines Vaters warf nicht mehr genug ab, und einer in der Familie musste schließlich genügend Geld für die neun hungrigen Mäuler heranschaffen. Nur deshalb hatte er bei Honeywell & Sparks, die auch ein Büro auf den Philippinen unterhielten, angeheuert. Er verstand zwar nichts von der Seefahrt, doch der relativ gutbezahlte Job an Bord eines Kreuzfahrers kam ihm gelegen. Dass es aber unter dem Kommando von Kapitän Kössner und diesem Australier so unerträglich werden würde, hatte sich Nelson Santos selbst in seinen wildesten Träumen nicht ausgemalt.

Leise jammernd entfalteten sich über den Männern vier der fünf gewaltigen Hauptsegel. Hydraulikpumpen jaulten auf und stellten die Profile zum vorherrschenden Wind ein. Die Ausholleinen knackten in den riesigen Kugellagerblöcken, als Spannung auf das Segeltuch kam. Wie von Geisterhand drehten sich großkalibrige und von Elektromotoren angetriebene Windentrommeln auf ihren Stahlkonsolen. Honeywell & Sparks hatte bei der Konstruktion des Schiffes besonderen Wert darauf gelegt, dass sämtliches Tauwerk frei über Deck lief, damit die *Star Cradle* bei ihrer zahlungskräftigen Klientel wenigstens ansatzweise noch ein bisschen Windjammerromantik hinterließ. Langsam legte der Segler ein paar Grad nach Steuerbord über. Das Schlingern ließ nach, und auch die Backbordmaschine verstummte. Der Kreuzfahrer setzte seine Fahrt mit Windkraft fort. Auf der Brücke stand der Erste Offizier und beobachtete die Arbeit an Deck. Er deutete fragend auf den vorletzten Mast, an dem sich das Segel nicht entfaltet hatte. Conway grinste vielsagend. Cohen begriff.

»Also, was ist nun?« herrschte der Australier die bereitstehenden Matrosen an. »Los, jetzt! Stellt euch vor, bei dem vorangegangenen Manöver hätte die Hydraulik versagt, so dass wir die Segel von Hand ausrollen müssen. Das können wir an Mast Nr. 4 prächtig üben.

Zwei Mann an die Winde, vier Mann an die Schot! Die übrigen klaren gefälligst das Deck auf! Kurbeln, Leute! Los, ihr Schlafmützen! Pull on! Pull on!«

Inzwischen herrschten achtunddreißig Grad im Schatten, wobei in der glühenden Hitze auf dem Hauptdeck ohnehin kaum von Schatten gesprochen werden konnte. Den sechs Männern lief auch ohne körperliche Anstrengung bereits das Wasser in Bächen den Körper hinunter. Nach dem Ablegen hatten sie die oberschenkeldicken Taue eingeholt und Bucht für Bucht aufgeschossen und zusammengelegt. Danach hatte sie Conway alle Rettungsinselcontainer aus den Halterungen nehmen und wieder befestigen lassen. Weil ihm dies als körperliche Ertüchtigung anscheinend noch nicht reichte, mussten sie nacheinander sämtliche Rettungsboote von Hand bis dicht an die Wasseroberfläche fieren und wieder aufholen. Ihr Bootsmann spielte jedes Mal alle erdenklichen Notsituationen mit ihnen durch, wobei er anscheinend davon ausging, dass auf dem Schiff die gesamte Energieversorgung zusammengebrochen war und weder Elektrowinden noch hydraulisch betriebene Hilfseinrichtungen zur Verfügung standen. Nelson Santos brachte für diese Schinderei absolut kein Verständnis auf. Notfallübungen sah er ja ein, aber dass sie alles von Hand machen mussten, betrachtete er als reine Schikane. Der Kerl wollte sie doch nur fertig machen. Und nun auch noch Segelsetzen und Segelbergen. Er sehnte sich nach einer Dusche.

»He, du stinkende, kleine Ratte!« fuhr Conway einen anderen aus der Crew an, wobei dieser unwillkürlich die Fäuste ballte. »Willst du wohl endlich ziehen? Wenn dir der Job an Bord nicht passt, dann kannst du dir in Genua gleich deine Papiere geben lassen und sehen, wie du wieder nach Hause kommst.«

Der Angesprochene schaute betreten zu Boden. Charly Cunito stammte aus einem Dorf im Nordwesten des Inselarchipels und war froh, dass er diese Arbeit hatte ergattern können. Bisher hatten er und sein Bruder als Hausmeister in einer der unzähligen Appartementanlagen auf der Hauptinsel der Philippinen gearbeitet. Da aber die Wirtschaftskrise auch den Inselstaat nicht verschonte, gaben die ehemaligen Eigentümer die Residenz auf. Das mit dem Verkauf beauftragte Maklerbüro besaß keine Verwendung für die beiden ungelernten Männer. So schaute er sich im Hafen um und stieß durch Zufall auf die Offerte der Reederei. Dankbar griff er zu, auch wenn die Heuer zumindest für westliche Verhältnisse mehr als bescheiden ausfiel. Doch er beklagte sich nicht. Das verdiente Geld reichte erst einmal aus, die eigene Familie und die seines Bruders die kommenden Monate über Wasser zu halten.

»Himmel, Herrgott, ihr Nichtsnutze!« brüllte Conway und schlug sich ungeduldig mit einem Tauende gegen die Wade, während er seine Stoppuhr kontrollierte. »Was stellt ihr eigentlich erst an, wenn Sturm aufkommt? Zurück, zurück! Alles wieder einrollen! Und dann das Ganze noch einmal von vorne! Das ist ja nicht auszuhalten mit euch Kanaken!«

Kopfschüttelnd und belustigt zugleich beobachtete Larry Cohen von der Steuerbordbrückennock aus, wie der Australier seine Leute trotz der glühenden Hitze drillte. Er kam sich tatsächlich langsam vor wie auf einem britischen Linienschiff im 18. Jahrhundert. Auch wenn er die Art von Conway nicht sonderlich mochte, so musste er doch insgeheim zugeben, dass der Mann sein Geld wert schien. Schon vor zweihundert Jahren hätte er an Bord jedes Kriegsschiffes einen prächtigen Bootsmann abgegeben. Ob seine übertriebene Härte jedoch auch auf ein modernes Kreuzfahrtschiff passte, da war er sich nicht so sicher. Spätestens dann, wenn sich die ersten zahlenden Gäste an Deck einfanden, um zu relaxen, würde er ihn anweisen müssen, seinen Befehlston ein paar Oktaven herunterzuschrauben. Seine Flüche würden bei den eher zartbesaiteten Ladies bestimmt nicht zur Hebung der Urlaubsstimmung beitragen. Gleiches galt für die Crew. Männer in verschmutzten und vor Schweiß auf der Haut klebenden Arbeitskleidung trugen wenig dazu bei, an Bord eine Atmosphäre von 'Fun and Sport' aufkommen zu lassen. Im Gegensatz zu motorbetriebenen Kreuzfahrtschiffen war es auf einem Großsegler wie der *Star Cradle* nämlich unvermeidlich, dass die Gäste auch einmal unmittelbar mit der Crew in Berührung kamen.

Nelson Santos presste die Zähne aufeinander und packte das Tau fester um die schmalen Handgelenke. Zusammen mit den anderen Männern zerrte er aus Leibeskräften, aber die Schot kam immer nur zentimeterweise dicht. Er war zwar kein Techniker, besaß aber genug Menschenverstand, um sich darüber nicht zu wundern. Schließlich mussten sie beim Zerren an dem Tau nicht nur das zentnerschwere Segel bewegen, sondern auch noch den Widerstand der stillstehenden Antriebswellen überwinden. Er fragte sich sowieso schon seit langem, warum man überhaupt derartige Boote baute, wenn in einer Notsituation alles dermaßen schleppend vonstatten ging. Und wozu gerade an einem solch heißen Nachmittag überhaupt diese Schufterei? Dieser verdammte Schinder Conway! Nur weil sie einem anderen Kulturkeis angehörten, glaubte er offensichtlich, mit ihnen umspringen zu können wie mit Strafgefangenen. Wenn er das geahnt hätte, dann wäre er daheim lieber weiterhin Kickboxer geblieben. Er dachte sehnsüchtig an seine Familie, den kleinen Obstgarten hinter dem elterlichen Haus, die Palmen, die sich am Strand sanft im Passat wiegten. Er dachte an seinen Vater, der sich tagein tagaus abrackerte und an seine kranke Mutter. Und an Lucie, seine Verlobte. Oh, Lucie! Warum …?

Er zuckte zusammen. Etwas musste seine Hüfte gestreift haben. Er schaute verblüfft zur Seite, wo sich auf seiner Haut ein roter Streifen abzuzeichnen begann. Charly Cunito hatte kräftiger gezogen als er.

Erschöpft und wütend zugleich ließ Nelson die Schot los und versetzte seinem Hintermann einen derben Rippenstoß. Der andere Filipino strauchelte und riss den nächsten Mann in der Reihe gleich mit zu Boden. Die Schot machte sich hell pfeifend selbstständig, und ehe Lawrence Conway eingreifen konnte, wirbelte der mächtige Baum mitsamt dem Segel wie eine gewaltige Sense quer über das Oberdeck. Conway stieß einen gellenden Warnschrei aus. Einer aus der Crew, der in diesem Augenblick an Steuerbord Leinen aufschoss, wurde von einem der Schotblöcke am Schädel getroffen. Sekunden später verfärbte eine breite Blutlache das noch jungfräuliche Teakdeck hellrot.

Larry Cohen, der das Schauspiel von der Brückennock aus beobachtet hatte, reagierte als erster. Während er bereits die Treppe zum Oberdeck nach unten hastete, riss er auch schon sein Funksprechgerät aus der Gürteltasche.

»Doc!« keuchte er in die Sprechmuschel. »Hey, Doc! Wo steckst du, zum Teufel?«

Cohen hatte die Unglücksstelle längst erreicht, als sich eine undeutlich klingende Stimme meldete.

»Ja, was zum Henker …«, stammelte Barkowsky.

»Doc«, unterbrach ihn Cohen. »Es gibt Arbeit für dich, altes Haus. Auf dem Oberdeck hat es einen der Matrosen erwischt.«

Richard Barkowsky stöhnte. Cohen kniff unwillkürlich die Augenbrauen zusammen. Wahrscheinlich stimmte sich ihr Bordarzt bei ein paar Gläsern Cognac, Whisky oder Tequilla schon einmal auf die abendliche Cocktailstunde ein. Jedenfalls klang seine Stimme nicht gerade so, als könnte er an diesem Nachmittag noch eine komplizierte ärztliche Behandlung vornehmen.

»Okay, okay«, brummte der Schiffsarzt. »Komme schon.«

Cohen schaltete sein Funksprechgerät ab und beugte sich über den Verletzten, der zusammengekrümmt und regungslos auf dem Deck lag. Er zerrte ein Taschentuch aus der Uniformjacke, faltete es zusammen und drückte es behutsam auf die Wunde, um den pulsierenden Blutstrom einzudämmen. Doch ohne Erfolg. Schon nach wenigen Sekunden hatte das Blut des Verletzten den Stoff hoffnungslos durchfeuchtet.

»Doc!« brüllte Cohen erneut in sein Intercom. »Verdammt, nochmal! Doc! Hurry up, old boy!«

Inzwischen hatte sich auch Conway aus seiner anfänglichen Erstarrung gelöst. Er wirbelte herum und packte die beiden Streithähne an ihren schweißdurchtränkten Haaren. Hart schlug er ihre Schädel gegeneinander. Charly Cunito ging aufstöhnend zu Boden.

»Nun seht her, was ihr angerichtet habt, ihr Kanaillen!« schrie der Bootsmann. »Ihr verdammten Reisfresser! Man sollte euch zu den Haien werfen!«

»Nehmen Sie sich zusammen, Conway!« schnauzte Cohen zurück. »Sehen Sie lieber zu, dass Sie irgendwo Verbandszeug auftreiben. Wir können auf den Doc nicht ewig warten. Der Mann muss aus der Sonne heraus und sofort auf die Krankenstation. Los, machen Sie schon!«

Conway zuckte merklich zusammen, ließ von Nelson Santos, der mit hängenden Schultern das Geschehen beobachtete, ab und stieß ihn mit einem zornigen Fluch zur Seite. Der junge Filipino strauchelte und fiel der Länge nach hin. Dabei schlug er hart gegen einen Beschlag und riss sich die Haut an seinem Oberschenkel auf. Zur gleichen Zeit hastete der Bootsmann hinauf zur Brücke. Kössner trat ihm von der Brücke aus entgegen.

»Was ist denn nun schon wieder los?« knurrte der Kapitän, erkannte jedoch auf den ersten Blick die Lage auf dem Hauptdeck.

Er legte die Hände zu einem Trichter vor den Mund. »Mr. Cohen! Was ist mit dem Segel an Mast Nr. 4? Wollen Sie noch mehr Verletzte riskieren? Die Schoten dicht, aber ein bisschen plötzlich! Himmel, Herrgott, tut hier den keiner seine Pflicht?«

Cohen erteilte, noch immer vor dem Verletzten kauernd, entsprechende Befehle an die unschlüssig abwartende Crew. Conway machte Anstalten, an Kössner vorbeizustürmen.

»Wo wollen Sie hin, Mann?« herrschte er den Australier an.

»Verbandsmaterial holen, Sir«, antwortete der andere zackig. »Befehl vom Ersten, Sir!«

»Wo steckt Dr. Barkowsky?« knurrte Kössner.

»Bin schon unterwegs«, ertönte hinter dem Kapitän eine Stimme. Richard Barkowsky schob seinen Chef zur Seite und kletterte, den voluminösen Arztkoffer unter dem Arm, die Treppe zum Oberdeck hinunter. Dabei stolperte er und konnte nur mit Mühe verhindern, der Länge nach hinzufallen. Sein letztes Glas unverzollter Cognac stand noch halb ausgetrunken auf dem Nachttisch neben seiner Koje.

»Wir sprechen uns noch«, rief ihm Kössner hinterher. Dann wandte er sich an den Bootsmann.

»Wie konnte das überhaupt passieren, Mr. Conway?« fauchte er seinen Untergebenen an. »Haben Sie Ihre Leute nicht im Griff? Was soll erst geschehen, wenn bei unseren Segelmanövern auch einmal Gäste aus nächster Nähe zusehen? Los, Mann! Erklärung!«

Conway schrumpfte noch mehr in sich zusammen. Besonders vor Kössner besaß er einen Heidenrespekt. Das Leinenmanöver beim Ablegen war schon schief gegangen, und jetzt auch noch das.

»Es ist zum Verzweifeln mit den Leuten, Sir«, versuchte er sich zu verteidigen. »Kaum, dass sie mal richtig ans Arbeiten kommen, passiert ...«

»Sparen Sie sich Ihre Worte, Mr. Conway!« fuhr ihm der Kapitän ins Wort. »Sie sind der Bootsmann. Sie tragen die Verantwortung für Ihre Leute. Wenn man sich auf Sie nicht verlassen kann, dann muss ich in Genua wohl Konsequenzen ziehen.«

Conway knirschte hörbar mit den Zähnen. »Tut mir leid, Sir. Wird nicht wieder vorkommen, Sir.«

»Ach, hören Sie mir doch auf«, wischte Kössner dessen Entschuldigung barsch zur Seite. »Noch eine solche Panne, und Sie sind die letzte Zeit Bootsmann auf der *Star Cradle* gewesen. Darauf können Sie sich jedenfalls verlassen.«

Er ließ den Mann stehen und kletterte hinunter zum Oberdeck, um sich persönlich um das Befinden des verletzten Matrosen zu kümmern. Lawrence Conway starrte ihm nach. Als sich der Kapitän in einiger Entfernung befand, stieß er einen zotigen Fluch aus. Doch im nächsten Moment zuckte er zusammen, weil sich Kössner zu ihm umdrehte.

»Was ist, Mr. Conway?« rief der Kapitän nach oben. »Wollen Sie dort Wurzeln schlagen? Lassen Sie endlich das Segel ordentlich eintrimmen und helfen Sie uns, den Verletzten auf die Krankenstation zu schaffen.«

Verdammte Reisfresser, schoss es Conway durch den Kopf, während er seine Leute neu einteilte. Na, warte, Santos! Du sollst mich noch kennen lernen! Wegen dir verliere ich diesen Job nicht. Eher gehst du eine Runde mit den Haien schwimmen.

Ein steifer Wind peitschte das Mittelmeer gründlich auf. Er kam von den kahlen Hängen des nordafrikanischen Atlasgebirges und nahm selbst im Eingang zur Straße von Gibraltar kaum an Stärke ab. Unablässig donnerten die Wellen gegen den Schiffsrumpf der *Mediterranean Sea* und ließen den Laderaum des Frachters wie eine Kesselpauke dröhnen. Das englische Handelsschiff war nur halb beladen und befand sich auf direktem Weg in Richtung Westausgang des Mittelmeeres, ehe es schließlich dicht unterhalb der Küste bis Portugal weiterlaufen sollte. Niemand hielt sich bei diesem Seegang ohne Not an Deck auf, da gerade nachts Gefahr bestand, unbemerkt über Bord zu gehen und dann nicht mehr wiedergefunden zu werden. Schließlich hielt die *Mediterranean Sea* stur ihre Höchstgeschwindigkeit bei.

Auf der Brücke des Frachters herrschte drückende Schwüle. Ausgerechnet der Strang der Klimaanlage, der im Kommandoraum für gleichbleibende und angenehme Temperaturen sorgte, war am vorangegangenen Nachmittag ausgefallen. Wachoffizier John Lennigan schob sich die weiße Mütze mit dem schwarz lackierten Schirm in den Nacken und tupfte sich mit einem Taschentuch den Schweiß von der Stirn. Auf ein Öffnen des Seitenfensters hatte er bewusst verzichtet, denn er erkältete sich leicht. Der junge Brite schien ohnehin gesundheitlich wenig robust und für den mitunter rauen Dienst auf einem Frachtschiff eigentlich gar nicht sonderlich geeignet. Doch seine dominante Mutter, fünfundfünfzigjährige Witwe eines ehemaligen Korvettenkapitäns, besaß Anteile am Reedereiunternehmen, unter deren Flagge die *Mediterranean Sea* lief. Ihrer Protektion war es zu verdanken, dass John Lennigan überhaupt eine Anstellung in der Handelsschifffahrt erhielt, nachdem er bereits bei der Navy kläglich gescheitert war. Doch ein Lennigan, der nicht zur See fuhr? Unmöglich!

Der junge Schiffsoffizier versah bereits seit geraumer Zeit seinen Dienst auf der Brücke, der allerdings wie gewöhnlich nur aus der Kontrolle des Autopiloten und der Überprüfung des Seeraumes mit Hilfe des Radargerätes bestand. Er hatte klare Anweisungen erhalten, den Kurs stur beizubehalten. Die *Mediterranean Sea* war zwar bereits Anfang der achtziger Jahren auf Kiel gelegt, mittlerweile aber mit dem modernsten Navigationsequipment ausgerüstet worden. So übernahm, wie auf den meisten Seeschiffen, ein satellitengestütztes System die Navigation und versorgte dabei auch die Selbststeueranlage mit den notwendigen Kurskorrekturdaten. Captain James Miller pflegte in geselliger Runde stets zu lästern, dass ein Frachter wie die *Mediterranean Sea* zur Not auch von einer Horde dressierter Schimpansen über See hätte geschippert werden können. Oder von Typen wie Lennigan, fügte er hinter vorgehaltener Hand nicht selten hinzu.

John Lennigan überprüfte zum wiederholten Mal die Positionsangaben aus dem Rechner mit dem Standort auf dem Seekartenplotter und grunzte zufrieden. Sie machten gute Fahrt, die Treibstofftanks waren reichlich gefüllt, und Afrika lag endlich im Kielwasser. Es lief ihm immer noch eiskalt den Rücken hinunter, wenn er sich an die Geschehnisse in Bizerte zurückerinnerte. Der Erste stellte die Behauptung auf, es wäre mit an Sicherheit grenzender Wahrscheinlichkeit zu einem richtigen Blutbad an Bord des Frachters gekommen, hätte sich einer aus der Crew den Eindringlingen entgegengestellt, und angesichts der Uneinsichtigkeit dieses tunesischen Polizeikommandanten säßen die Überlebenden vermutlich alle in Untersuchungshaft. John bewunderte Mike Brendan insgeheim. Der Erste Offizier an Bord der *Mediterranean Sea* hatte während seiner Karriere als Nautiker schon eine Menge erlebt. Piratenüberfälle in der Timor-See, Lösegelderpressung auf Madagaskar, Frachtbeschlagnahmung im Jemen und sogar eine handfeste Auseinandersetzung mit der äthiopischen Küstenwache, die allen Ernstes behauptete, bei der *Mediterranean Sea* handele es sich um ein Spionageboot aus Eritrea. Trotzdem zog es seinen Vorgesetzten immer wieder in die Südsee, ins Mittelmeer oder in die Karibik. Mike bekräftigte stets, er hätte schließlich nicht jahrelang die Seefahrtschule gedrückt, um das nasskalte Wetter in seiner Heimatstadt Bristol gegen das noch unangenehmere Klima im Nordatlantik oder in der Ostsee einzutauschen. Genauso sah es auch Captain Miller, nur dass bei ihm noch eine gescheiterte Ehe und immer höher werdende Unterhaltsforderungen seiner geschiedenen Frau hinzukamen. Miller war stets froh, wenn er sich so weit wie möglich von

England entfernt aufhielt. Möglichst an einem Ort, wo ihn die Mahnbescheide des Gerichts nicht erreichten.

Eigentlich waren sie gar kein so schlechter Haufen an Bord, nickte John nachdenklich vor sich hin. Selbst mit Terry O'Hara kam die überwiegend britische Offiziersriege gut zurecht. Vermutlich lag es aber daran, dass Terry, zumindest was den Umgang mit Scheuerleuten in fremden Häfen anging, ohnehin niemand das Wasser reichen konnte. Nicht unbedingt Freundschaft, dafür jedoch gegenseitiger Respekt bildete die stabile Basis für das Zusammenarbeiten zwischen den Offizieren und ihrem Bootsmann. John Lennigan fühlte sich wohl an Bord. Nur vor Miller besaß er einen Heidenrespekt. John wusste, dass der Captain nichts von seinen Fähigkeiten hielt. Und so bemühte er sich tagein tagaus, wenigstens ein bisschen Anerkennung zu erheischen und übernahm deswegen auch immer wieder die ungeliebten Nachtwachen. Eine Kontrollampe begann zu flackern.

John fuhr hoch. Sekunden später flackerte die Lampe nicht nur, sondern sie brannte bereits hell auf. Im gleichen Moment ertönte auch schon das durchdringende Summen der akustischen Warneinrichtung. Irgend etwas schien mit der Kühlung der Backbordmaschine nicht in Ordnung zu sein. Nervös suchte er den Schalter zum Bestätigen des Alarms. Von nun an gewährte eine Zeitschaltuhr etwa fünf Minuten Zeit, um der Ursache für die Störung auf den Grund zu gehen. Verstrich diese Zeit, setzte automatisch der Master-Alarm ein, wobei die Schiffssirenen überall an Bord ertönten und jeden Matrosen aus dem Tiefschlaf rissen. Und nicht nur die Matrosen, sondern auch Miller. Wo, zum Henker, steckte bloß Green? Michael Green war der Bordingenieur. Normalerweise bemerkte Michael einen Fehler im Schiffsantrieb, noch ehe irgendeine Warnlampe überhaupt die Chance bekam, aufzuleuchten. Ihr Bordingenieur besaß keinen sonderlich festen Schlaf. Kein Wunder, wenn man die halbe Zeit des Berufslebens neben dröhnenden, tausende PS starken Antriebseinheiten sein Dasein fristete.

John griff zur bordinternen Gegensprechanlage und wählte die Nummer vom Maschinenraum. Die ersten sechzig Sekunden waren längst verstrichen, als er den Anruf abbrach. Johns Finger wirbelten über die zehn Zifferntasten. Sein nächster Versuch galt der Kabine des Bordingenieurs. Der Ruf ging durch. Es dauerte und dauerte, aber niemand nahm den Anruf entgegen. Als der junge Brite stirnrunzelnd auch diesen Anruf abbrach, war die Hälfte der Karenzzeit verstrichen. Das Radargerät meldete sich. Innerhalb des Fünf-Seemeilen-Radius näherte sich ein Objekt. Der Stärke des Echos nach zu urteilen ein ziemlicher Brocken. Vermutlich ein Tanker oder ein Container-Frachter.

»Zum Teufel, noch einmal!« keuchte er. »Michael, du Kamel! Wo steckst du, verdammt nochmal?«

Der junge Wachoffizier überlegte fieberhaft. Höchstens zwei Minuten blieben noch bis zum Master-Alarm, der wie die Posaunen von Jericho über die schlafende Besatzung des Frachters herfallen würde. James Miller mochte im Großen und Ganzen ein jovialer Kerl sein, wurde er allerdings aus seinem verdienten Schlaf gerissen, und erst recht wegen eines vermutlich nur verstopften Kühlwasserfilters, dann konnte ihm ohne weiteres auch einmal der Kragen platzen. John wollte nicht gerade dafür gerade stehen, dass der Bordingenieur unter Umständen seinen Vollrausch ausschlief und er deswegen die Prügel vom Chef einstecken musste.

Ihm kam eine Idee. Er tippte eine weitere Zahlenkombination. Der Ruf ging durch.

»Los, Mike, mach schon!« rief er mit gehetzter Stimme.

Mike Brendans Quartier lag unmittelbar neben dem des Ingenieurs. Vielleicht gelang es ja Mike, den alten Green aufzuwecken. Als Wachhabender konnte John die Brücke nicht verlassen, um selbst nach dem Rechten zu sehen. Erst recht nicht, seitdem sich ein anderes Schiff auch noch praktisch auf Kollisionskurs näherte. John korrigierte den Autopiloten und gab eine Sicherheitsmeldung über den internationalen Anrufkanal durch. Hoffentlich war die Brücke auf dem entgegenkommenden Schiff überhaupt besetzt!

Die letzten sechzig Sekunden brachen an. Höhnisch leuchtete die Warnlampe. John warf einen Blick auf die Motorkontrollinstrumente. Die Betriebstemperatur der Backbordmaschine nahm bereits beängstigende Werte an. Zum Glück verfügte die *Mediterranean Sea* über eine von der Brücke aus zu steuernde Motorenanlage und keinen dieser nostalgischen Maschinentelegraphen. Instinktiv schob er den Betriebshebel für die Backbordmaschine zurück in Neutralstellung. Rasch nahm die Drehzahl ab, woraufhin sich auch die Fahrtgeschwindigkeit des Frachters verringerte. John seufzte. Der Captain hatte 'full speed ahead' befohlen. Das waren weit über zwanzig Knoten, und keine dreizehn, die sie mit halber Kraft allenfalls noch laufen würden. Wenn der Alte etwas sogar im Tiefschlaf spürte, dann waren es Veränderungen der Schiffsbewegungen. Es würde bestimmt nur noch wenige Augenblicke dauern, bis er sich persönlich auf der Brücke meldete. Doch John Lennigan sollte sich täuschen. Selbst als der Master-Alarm über und unter Deck mit ohrenbetäubendem Gejaule einzusetzen begann, kam keine Meldung aus der Kapitänskajüte.

»Bullshit!« brüllte John und sprang auf. »He, ihr Schlafsäcke! Hört mich denn keiner? Seid ihr übergeschnappt, oder was?«

Der junge Wachoffizier warf einen Blick durch die Scheibe der Brückenkanzel. Der Laderaumbereich bis zum Bug war bis auf die Notbeleuchtung verdunkelt. Greller Lichtschein an Deck hätte den Steuermann nur unnötig geblendet. So konnte John Lennigan die Positionslaternen des entgegenkommenden Schiffes deutlich ausmachen. Schweiß bildete sich auf seiner Stirn. Solange beide Seitenlaternen des anderen Schiffes zu sehen waren, bestand die Gefahr einer Kollision. Instinktiv griff er zum Autopiloten und programmierte eine Kursänderung von zwanzig Grad über Steuerbord ein. Unter Deck würden jetzt die gewaltigen Hydraulikpumpen zu arbeiten beginnen, die das Ruderblatt zwangsläufig bis zum Anschlag einstellten.

Am liebsten hätte John die Hände gegen die Ohren gedrückt, so martialisch jaulte die Alarmeinrichtung. Doch stattdessen riss er den Hörer der bordinternen Gegensprechanlage von der Gabel und wählte die Kabine des Captains. Es dauerte zehn Sekunden, zwanzig Sekunden, eine volle Minute. Der Ruf ging zweifelsfrei durch, doch am anderen Ende der Leitung nahm niemand ab. Unwillkürlich stellten sich seine Nackenhaare auf, und ein eisiger Schauer lief ihm den Rücken hinunter. Dass an Bord der *Mediterranean Sea* etwas nicht zu stimmen schien, war ihm längst klar geworden. Doch was sollte er tun? Solange die Gefahr einer Kollision nicht gebannt war, durfte er die Brücke unter keinen Umständen verlassen.

Es dauerte unendlich lange Minuten, bis die grüne Positionslaterne des entgegenkommenden Schiffes auswanderte und dann endgültig verlosch. Sofort programmierte John Lennigan mit fliegenden Fingern den Autopiloten neu. Hiernach würde die *Mediterranean Sea* automatisch zu ihrem alten Kurswinkel zurückfinden. Anschließend suchte er verzweifelt nach dem Manual für den Bordcomputer, um diesen verdammten Master-Alarm endlich zum Schweigen zu bringen. Der fortwährende, permanent auf- und abschwingende Ton der Sirene konnte auf Dauer selbst den abgebrühtesten Seemann wahnsinnig machen. Erst nach zehn Minuten hastigen Blätterns fand er die Befehlseingabe. Mit dem letzten Tastendruck setzte zeitgleich eine geradezu beängstigende Stille ein. Nichts rührte sich. Da der Frachter nur noch mit halber Kraft lief, nahmen auch die kontinuierlichen Vibrationen der Maschinenanlage ab. John lauschte. Nichts. Außer dem Rauschen des Windes, der sich in den Kanten des Brückenaufbaus und der Ladebäume verfing, und dem Schlagen des Seegangs gegen den Rumpf war nichts zu hören. John schob zur Sicherheit auch den Betriebshebel für die Steuerbordmaschine zurück, schnappte sich seine Mütze und machte sich auf, dieser seltsamen Ruhe auf den Grund zu gehen.

Der junge Engländer erreichte die Treppe. Während er die Metallstufen nach unten hastete, horchte er immer wieder auf verdächtige Geräusche. Doch außer dem monotonen Klopfen der Kolben im Innern der inzwischen nur noch gemächlich arbeitenden Steuerbordmaschine war hier unten nichts zu hören. Vorsichtig öffnete er das Schott zu den Offiziersquartieren und lauschte in den Gang. Totenstille. Langsam wurde ihm mulmig.

»He, Leute!« rief er in das Halbdunkel, das sich vor ihm ausbreitete. Seine Worte klangen brüchig.

»Das gibt es doch wohl nicht!« fügte er noch hinzu.

Doch nicht Ärgerlichkeit bestimmte inzwischen seine Stimme sondern nagende Furcht. Wenn die sich dort unten einen üblen Scherz mit ihm erlaubten, dann sollten sich die Kerle auf etwas gefasst machen. Gleichzeitig fiel ihm der Captain ein. James Miller war bestimmt kein Kind von Traurigkeit, aber bei einem Master-Alarm an Bord seines Schiffes hörte auch bei ihm der Spaß auf. Erneut lief ein eisiger Schauer John Lennigans Rücken hinunter. Sein Hemd klebte ihm längst schweißnass auf der Haut.

Entgeistert verharrte der junge Mann in der Türfüllung. Irgend etwas schien passiert zu sein. Er konnte sich bloß nicht vorstellen, was. Alles ging ihm durch den Kopf. Ein Amokläufer hätte es sein können, der Offiziere und Mannschaft nachts im Schlaf umbrachte. Doch wieso verschonte so ein Wahnsinniger ausgerechnet ihn auf der Brücke? Piraten? Unsinn! Solch ein Überfall ging schließlich nicht ohne Handgemenge ab.

Als immer noch kein Laut aus dem Quartier für die Schiffsoffiziere drang, schlüpfte er in den Gang und pochte kurz entschlossen an der Tür des Alten. Wenn er sich täuschte, dann würde man ihn anschließend sowieso erst einmal auf seine geistige Zurechnungsfähigkeit untersuchen.

Er klopfte energischer gegen die Türe.

»Captain, Sir?« rief er laut. »Sir, bitte! Bitte wachen Sie auf! Hier stimmt etwas nicht!«

Er lauschte erneut, doch nichts rührte sich. Anstatt sich auch ohne direkte Aufforderung Zutritt zur Kabine des Kapitäns zu verschaffen, wartete John lieber noch einen Augenblick ab. Krach wollte er mit dem Kapitän auf keinen Fall bekommen. Doch als auch nach einer Minute immer noch keine Antwort kam, drückte er die Tür schließlich einen Spalt auf. In Millers Kabine war es stockdunkel. Nichts regte sich. John tastete mit der rechten Hand nach dem Lichtschalter. Was er durch den Türspalt sah, ließ ihm das Blut in den Adern gefrieren. Ohne auch nur eine Sekunde zu zögern, wich er zurück und zog die Türe von außen wieder ins Schloss zurück. Keuchend atmete er ein und aus. Oh, Gott! Was war das? Mit fliegenden Schritten hastete er hinüber zur Kabine des Bordingenieurs. Ohne sich die Mühe zu machen, überhaupt anzuklopfen, öffnete er sie einen Spalt und lugte um die Ecke. Das Licht brannte, doch von Michael Green war weit und breit nichts zu sehen. Michael befand sich also mit Sicherheit im Maschinenraum. Wieso hatte er sich auf seinen Anruf hin nicht gemeldet?

John drehte sich um. Sein Herz klopfte ihm bis zum Halse. Was er in der Kabine des Captains gesehen hatte, war der Horror schlechthin. Sein Atem ging stoßweise, in seiner Brust hämmerte es wie wild. Mit schweißnassen Fingern griff er zu der messingfarbenen Klinke an Mike Brendans Kabinentür. In Zeitlupentempo drückte er sie herunter, stets darauf gefasst, urplötzlich dem Leibhaftigen gegenüberzustehen. Die Klinke stieß auf Widerstand. Zentimeter für Zentimeter schob er die Tür auf. In diesem Augenblick fiel die *Mediterranean Sea* in ein Wellental. John strauchelte, und weil ihm die schon halb geöffnete Tür keinen Halt mehr gab, stolperte er in dessen Kabine. Eine kleine Lampe über Mikes Koje verbreitete geisterhaftes Licht. Im Schlagschatten des Lichtscheins nahm John auf dem Laken eine Gestalt wahr. Er schaute genauer hin. Sie war über und über mit pechschwarzen Flecken übersät. Geronnenes Blut bedeckte Bett und Fußboden. Panik übermannte den jungen Wachoffizier. Unartikulierte Laute von sich gebend, flüchtete er zurück in den Gang. In diesem Augenblick sackte die *Mediterranean Sea* erneut in ein Wellental und holte weit über. John strauchelte, verlor das Gleichgewicht und prallte mit dem Kopf gegen einen Feuerlöscher. Gnädige Ohnmacht übermannte ihn.

Kapitel 7

Das Brummen eines Rasenmähers in unmittelbarer Nähe weckte ihn endgültig. Alain schlug die Augen auf. Dabei fiel sein Blick auf die breite, mit Vorhängen dekorierte Fensterfront, die Ledergarnitur neben dem Rauchtisch und den filigranen Sekretär im Stil Louis Seize. Es war dämmrig in der hell tapezierten Suite, obwohl draußen bereits erste Sonnenstrahlen andeuteten, dass auch dieser Tag dem Namen der Riviera alle Ehre machen würde. Zum Glück lag die Hotelsuite nach Südwesten, sodass sich die Räume während der Nacht- und frühen Morgenstunden gehörig abkühlen konnten. Schwerer Parfumduft schwebte durch den Raum. Er wirkte zusammen mit dem Geruch der letzten Nacht benebelnd und erotisierend zugleich. Die Frau an seiner Seite schlief immer noch tief und fest. Nur hin und wieder brummte sie leise und kuschelte sich noch fester in ihr Laken.

Lassie Thorncroft, amerikanische Charakterdarstellerin aus Beverly Hills, hatte den Hotelmanager gebeten, Alain eine Nachricht zukommen zu lassen. Sie kannte den Franzosen von einem früheren Aufenthalt anlässlich der Filmfestspiele in Cannes und mochte seine diskrete, liebenswürdige Art. Er hatte, wie sie fand, so gar nichts von dem aufgeblasenen, arroganten Machogehabe wesentlich jüngerer Callboys an sich. Lassie Thorncroft wusste, wovon sie sprach. Vier Ehen und vier Abfindungen hatten sie bereits ein Vermögen gekostet. Seit ihrer letzten Scheidung legte sie die Befriedigung gewisser Bedürfnisse lieber in die Hand professioneller Begleiter, anstatt sich ständig neue Lover zu suchen, die ihr hinterher doch wieder nichts anderes als Verdruss bereiteten. Entweder, weil sie sich zu allem Überfluss auch noch in die jungen Burschen hoffnungslos verliebte, oder, weil die Kerle lediglich auf ihre beruflichen Kontakte, den Luxus ihrer Villa in Kalifornien oder ihren offenen Sportwagen aus der Edelschmiede in Modena spekulierten. Zudem war sie es leid, jedes Mal für teures Geld ihren Psychiater aufzusuchen. Eine Liaison mit einem Jüngeren hatte in Hollywoodkreisen eben nur solange Bestand, bis Reichtum und Ruhm Gesichtsfalten und Zellulite nicht mehr wettmachen konnten.

Alain Leblanc erhob sich vorsichtig von seinem Nachtlager, stets darauf bedacht, die attraktive Frau an seiner Seite nicht zu wecken. Er mochte Lassie Thorncroft. Schon lange bevor sie es ablehnte, in ihren Streifen mehr als nur den Brustansatz zu zeigen, hatten die namhaften Regisseure erkannt, welch ein Charakterpotential in ihr steckte. Schon seit mehr als zehn Jahren galt sie als die Inkarnation der unnahbaren, kaltblütigen Intrigantin, der gefühllosen Managerin und kinderverachtenden Stiefmutter. Auf zahllose Oscar-Nominierungen konnte sie zurückblicken. Nur die Verleihung der begehrten Trophäe war ihr bislang versagt geblieben. Doch das würde sich mit der nächsten Filmrolle ändern. Steven Spielberg wollte unbedingt, dass sie die Hauptrolle in seinem neuesten Nachkriegsdrama übernahm.

Alain glitt in das Badezimmer, zog geräuschlos die Türe hinter sich zu und stellte sich unter die Dusche. Abwechselnd ließ er heißes und kaltes Wasser auf seinen Körper prasseln, bis seine Haut trotz der Bräune eine rosige Färbung annahm. Beinahe hätte er angefangen, vergnügt vor sich hinzusummen, denn er fühlte sich seit langer Zeit wieder einmal richtig wohl. An Tagen wie diesen musste er auf sich Acht geben, denn zu leicht bestand die Gefahr, dass seine Euphorie in Melancholie umschlug. Die zweiundfünfzigjährige Hollywoodmimin hatte ihm mehr als einmal ins Ohr gehaucht, dass sie sich hoffnungslos in ihn verliebt habe. Natürlich würde sie am darauffolgenden Morgen kein Wort mehr über derart törichte Äußerungen verlieren. Sie waren schließlich beide Profis. Aber dennoch. In letzter Zeit begann etwas in seinem Innern immer häufiger ein riskantes Eigenleben zu entwickeln und konnte vom logisch denkenden Verstand nur noch mit Mühe in die Schranken verwiesen werden. Eigentlich weigerte er sich einzugestehen, überhaupt zu echten Gefühlen fähig zu sein. Zu sehr saß ihm die Angst im Nacken, sich auszuliefern und hinterher unter Umständen eine Katastrophe zu erleben. Wer sich verliebt, hat schon verloren. Eine harte, zuweilen brutale aber durchweg gängige Weltanschauung unter bezahlten Liebhabern. Bisher war er mit dieser Auffassung immer recht gut gefahren. Bisher.

Die Tür schob sich langsam zur Seite, und ein verschlafenes Gesicht mit wirrem Haar erschien im Rahmen. Lassie Thorncrofts Lächeln misslang gründlich. Sie merkte es und zuckte bedauernd die Schultern. Dann gähnte sie herzhaft.

»Hallo, mein Liebling«, murmelte sie und schob sich vollends in das Badezimmer.

Alain legte seinen Rasierer zur Seite und wischte sich den restlichen Schaum aus dem Gesicht. Lassie pflegte zumindest in engem Freundeskreis kein Geheimnis daraus zu machen, dass sie sich alljährlich in die Obhut Schweizer Spezialisten begab, um sich eine gewisse Unvergänglichkeit ihrer reifen Schönheit zu bewahren. Doch auch sie wusste längst, dass die Anstrengungen der Chirurgen von Jahr zu Jahr umfangreicher und die Operationen komplizierter wurden. Bald war sie Mitte Fünfzig, und da konnte sie eben nicht mehr wie ein Teenager im Bikini am Pool flanieren. Bald begann für sie die Zeit, in der sie nur noch hochgeschlossen vor der Kamera posieren würde. Die Presse war grausam. Sie zählte jede geglättete Falte, jede mühsam durchgeführte Fettabsaugung, jeden Anschein von Orangenhaut. Lassie verspürte schon längst keine Lust mehr, sich jeden Sommer aufs Neue vorführen zu lassen, doch solange sie sich die Filmangebote noch aussuchen konnte, musste sie halt etwas für ihr Aussehen tun.

Alain bemühte sich, die Schauspielerin nicht allzu offensichtlich zu taxieren. Er wusste aus Erfahrung, dass gerade Frauen aus dem Showbiz nach langen, anstrengenden Nächten, während denen sie auf die konservierende Wirkung in die Haut einziehender Ingredienzen verzichteten, immer etwas vergrätzt auf neugierige Männerblicke reagierten. Lassie bildete in dieser Hinsicht keine Ausnahme.

»Schau mich nicht so kritisch an«, rügte sie den Mann aus La Bocca. »Ich weiß selber, dass ich schrecklich aussehe.«

Er beging freilich nicht den Kardinalfehler aller unsensiblen Liebhaber und Ehemänner, hierauf tröstende Worte folgen zu lassen. Nichts brachte eine angesichts unübersehbarer körperlicher Unzulänglichkeiten ohnehin frustrierte Frauenseele mehr auf, als Sätze, die mit »aber das stimmt doch gar nicht« begannen. Alain nahm sie stattdessen in die Arme, drückte sie sanft an sich und versicherte ihr mit leiser, eindringlicher Stimme, dass keine Frau nach solch einer Nacht wie aus dem Modekatalog aussah.

Lassie verzog ihre Mundwinkel zu einem sinnlichen Lächeln, schloss die Augen und drückte ihre Lippen verlangend und verheißungsvoll zugleich auf die ihres Liebhabers.

»Aubin«, stöhnte sie hingebungsvoll, während sie sich auf die Zehenspitzen stellen musste, um ohne die Hilfe hochhackiger Schuhe überhaupt an sein Gesicht heranzureichen. »Aubin, mein Engel. Sieh mich an, bel ami. Lieber Gott, lass mich sterben. Hier und jetzt.«

»In Ewigkeit, amen.« Alain lachte und überlegte gleichzeitig, ob er ihr Verlangen erwidern oder sich lieber auf den Weg machen sollte.

Lassie nahm ihm die Entscheidung ab. Kurzerhand löste sie sich aus seinen Armen und sprang unter die Dusche.

»Bestellst du schon einmal das Frühstück, mein Engel?« rief sie ihm zu und schielte dabei spitzbübisch grinsend hinter der Schiebetür hervor. »Zwei Eier im Glas, Toast, Marmelade, Orangensaft. Und eine große Kanne Kaffee. Ich liebe Kaffee. Und wehe, es gibt in diesem Kasten keine Kondensmilch. Falls nicht, dann soll sie der Manager aus der Schweiz oder von sonst woher einfliegen lassen.«

»Ach, ja«, fügte sie nach kurzem Überlegen hinzu. »Ich nehme mein Frühstück ausnahmsweise im Salon und nicht auf der Hotelterrasse ein.«

Schließlich verschwand ihr Gesicht hinter der transparenten Trennwand. Alain zog behutsam die Tür hinter sich zu und rief in der Rezeption an. Mit dem Hörer in der Hand schlüpfte er in Hemd, Anzughose und Schuhe und gab dabei die Wünsche der Amerikanerin weiter. Während im Bad immer noch unablässig das

Wasser rauschte, öffnete er kurzerhand die Balkontür und trat ins Freie. Es würde tatsächlich ein heißer Tag werden. Die Gärtner sprengten die Rasenanlage des Hotels. Ein hierzulande untrügliches Zeichen dafür, dass zumindest auf absehbare Zeit kaum mit Niederschlägen zu rechnen war. Alain atmete tief durch. Die Luft war erfüllt vom Duft wildwachsender Kräuter, Nadelgewächsen und dem salzigen Geruch des Meeres, dessen Wellen an diesem Morgen nur träge gegen die Ufereinfassung der Parkpromenade schwappten. Nicht weit von ihm flanierten zwei reifere Damen in Begleitung eines älteren Herrn vorbei. Ein paar Gesprächsfetzen und das Knirschen des Kiesbodens unter ihren Schuhen drangen zu ihm hinüber. Ein anderes Geräusch ließ ihn aufmerksam werden. Er schaute zur Seite und konnte noch eben erkennen, wie ein Hotelbediensteter mit einem Rollstuhl in Richtung Frühstücksterrasse verschwand.

Die Amerikanerin hielt im Türrahmen inne, während sie sich mit einem der schneeweißen Hotelhandtücher die Locken trockenrieb. Sie klopfte leise gegen die Scheibe der Balkontür. Alain drehte sich herum und blickte fragend in die Augen der Hollywoodmimin. Mit einer knappen Kopfbewegung forderte sie ihn unmissverständlich auf, wieder zurück in den Wohnraum der Suite zu kommen. Er nickte und verstand. Schließlich lauerten die Paparazzi überall. Alain stieg über den Türrahmen und zog die deckenhohen Gardinen sorgfältig hinter sich zu. Lassie nickte. Ein bedauerndes Lächeln umspielte ihre vollen, sinnlichen Lippen. Der Mann aus La Bocca straffte sich, nahm sein Jackett von der Sessellehne und tastete dabei diskret in die Innentasche. Er spürte Papier zwischen den Fingern. Eine Menge Papier. Lassie hatte ihn offensichtlich großzügig entlohnt. Doch nun galt es zwangsläufig Abschied zu nehmen. Seine Klientin schien mit jeder Minute, die der Tag älter wurde, mehr und mehr zu dem Charakter zu werden, den sie in ihren Filmen exzellent darzustellen verstand.

»Verzeih mir, Aubin«, meinte sie geschäftsmäßig. »Wie gerne würde ich jetzt mit dir in aller Ruhe frühstücken und mich anschließend noch einmal so richtig verwöhnen lassen. Doch leider geht es nicht. Einer der Produzenten hat sich für neun Uhr angemeldet.«

Alain Leblanc drückte ihr einen fast unmerklichen Kuss auf den Handrücken.

»Dann, meine Liebe«, fügte er ganz gegen seine Gewohnheit etwas hölzern hinzu, »solltest du dich auch nicht von mir aufhalten lassen. Wenn du wieder einmal in der Gegend bist, lass von dir hören. Ich freue mich.«

Lassies Stimme klang geradezu beiläufig.

»Gewiss, Aubin.« Sie nickte und entzog ihm ihre Hand. »Ich weiß ja, wie ich dich erreichen kann. Man sieht sich. Au revoir.«

»Bon chance«, murmelte Alain.

Über Lassie Thorncrofts Gesicht huschte ein breites Grinsen. »Er will etwas von mir, mein Prinz, nicht ich von ihm. Aber dennoch, vielen Dank.«

Leise rauschend bewegte sich der Aufzug abwärts. Nach wenigen Sekunden erklang ein leiser Glockenschlag, und die Edelstahltür glitt zur Seite. Alain räusperte sich, wie er es immer tat, wenn er nach erfolgreich erledigtem Job eine Hotelhalle betrat, strich die Revers seines Jacketts glatt und schickte sich an, durch die riesige Glastür nach draußen zu treten. In diesem Moment tippte ihm jemand von hinten vorsichtig auf die Schulter. Alain drehte sich um. Es war Pierre, der Empfangschef im Palais du Cap. Er wirkte ein wenig kurzatmig.

»Nanu«, wunderte sich der Mann aus dem Vorort von Cannes. »So in Eile? Was gibt's denn?«

»Gut, dass ich dich treffe, mon ami«, meinte der andere mit gedämpfter Stimme und zog Alain mit sich in den verglasten Erker, von wo aus man eine herrliche Sicht über Hotelanlage, Park und Meer genießen konnte. An diesem Morgen waren sie allein.

»Ich hätte da noch etwas für dich«, murmelte er und schaute dabei diskret in den Garten hinaus.

Alain schüttelte den Kopf. »Tut mir leid, alter Freund«, erwiderte er in einem Ton, der keinen Widerspruch duldete. »Du kennst doch meine Devise. Keine zwei Jobs hintereinander, und erst recht nicht in demselben Hotel.«

Der Hotelbedienstete nickte eifrig. »Das habe ich auch nicht vergessen, mein Bester. Aber die Dame legt größten Wert darauf, …«

Alain wischte seine Bemerkung mit einer Handbewegung beiseite. »Sag der Dame, ich sei untröstlich, mich ausgerechnet heute empfehlen zu müssen. Himmel, haben wir Vollmond, oder was ist sonst der Grund, dass auf einmal sämtliche weiblichen Hormone durcheinandergeraten?«

Pierre ließ sich nicht beirren.

»Du kennst die Dame«, murmelte er halblaut, offensichtlich von der Furcht besessen, irgend jemand könnte sie belauschen.

»Na, und?« meinte Alain, und seine Ungeduld nahm nur noch weiter zu. »Was hat das schon zu bedeuten? Ich kenne viele Damen.«

Der andere ließ nicht locker. »Es handelt sich um die junge Dame, die du neulich kennen gelernt hast«, flüsterte er eindringlich. »Sie möchte sich unbedingt noch einmal mit dir unterhalten. Wegen eines bestimmten Arrangements. Du wüsstest schon, worum es sich handelt.«

Alain wurde ungeduldig. »Und wie ich das weiß. Kein Interesse. Sag ihr das.«

»Meine Güte«, wunderte sich sein Bekannter. »So kenne ich dich ja gar nicht. So ein nettes, junges Ding, und dann auch noch ein so unproblematischer Job.«

»Was hat sie dir über unser angebliches Arrangement erzählt?« brauste Alain auf und befreite sich aus dem Handgriff seines Gegenübers. »Ich hasse derartige Indiskretionen.«

»Indiskretionen?« erwiderte Pierre und riss dabei die Augen weit auf. »Was für Indiskretionen? Mademoiselle Steinberg sucht doch nur einen verlässlichen Begleiter mit exzellenten Umgangsformen und guten Ortskenntnissen. Sie möchte sich lediglich von dir die nähere Umgebung von Antibes zeigen lassen.«

»So, so«, höhnte Alain. »Die Gegend zeigen lassen. Ganze zwei Wochen lang.«

Vermutlich hatte sie dem Hotelportier ein saftiges Trinkgeld versprochen, damit er die Sache einfädelte. Nur das konnte der Grund sein, dass sich Pierre so hartnäckig an seine Fersen heftete. Diese Rachel wurde ihm immer unsympathischer.

»Jedenfalls«, fuhr er schließlich fort, »kommt bei mir ein solches Arrangement keinesfalls in Frage. Zwei Wochen Begleitservice! Was will die Dame? Einen zweibeinigen Hengst? Meine Güte, die Strände sind voll davon. Bei ihrem Aussehen …«

Pierre unterbrach seinen Redefluss.

»Mein Freund«, entgegnete er mit überraschend fester Stimme, »Rachel Steinberg ist Amerikanerin. Ihr Vater besitzt eine der größten Rundfunk- und Fernsehanstalten in den USA. CCN. Computer Communication Networks. Noch nie gehört? Jedenfalls ist die Kleine von ihrem Körpergewicht her nicht in Platin aufzuwiegen.«

»Wie schön für sie«, knurrte der Mann aus La Bocca. »Bestell' ihr einen schönen Gruß und richte ihr aus, sie soll mich in Ruhe lassen. Ich hasse aufdringliche Frauen.«

»Ich fürchte, ich muss dich schon wieder korrigieren«, murmelte der andere.

»Wieso?« widersprach Alain missmutig.

»Nun, sie ist allem Anschein nach nicht auf das aus, woran du denkst.«

»Nein?« entgegnete Alain und zog die Stirn in Falten. »Worauf denn dann?«

Der Hotelbedienstete betrachtete betreten seine Schuhspitzen.

Alain Leblanc stöhnte auf. »Das ist ja nicht auszuhalten mit deiner Geheimniskrämerei. Spuck es endlich aus, oder lass mich gefälligst gehen«

Langsam glaubte Alain zu verstehen. Sein zunächst ungläubiger Gesichtsausdruck verwandelte sich in ein breites Grinsen. »Ist sie etwa lesbisch? Was, um alles in der Welt, will sie denn dann von mir? Soll ich sie umkrempeln? Nein, danke! Ohne mich!«

»Wie kommst du eigentlich darauf, dass sie lediglich auf ein Abenteuer aus ist?« entgegnete Pierre.

»Was soll eine attraktive, bildhübsche Frau von allenfalls Mitte Zwanzig denn sonst zwei Wochen lang von einem Mann wie mir wollen?« Er hüstelte vielsagend. »Reisebegleitung. Dass ich nicht lache!«

Der Mann zog ihn ans Fenster und deutete nach unten. Alain starrte lange Zeit schweigend durch die getönten Scheiben hinunter auf die Terrasse, wo mehrere Hotelgäste unter Schatten spendenden Bäumen das morgendliche Frühstück einnahmen. Die junge Frau, die in diesem Augenblick keine zwanzig Meter unter ihm den Platz wechselte, war Rachel Steinberg. Sie trug wie üblich eine dunkel getönte Brille und ein helles Kostüm. Ihre kaum enden wollenden Beine hielt sie damenhaft elegant aneinandergeschmiegt und zur rechten Seite abgewinkelt. Nicht die Tatsache, dass Rachel dort unten scheinbar gänzlich ungeniert den Arm um die Schulter eines Hotelangestellten legte und er unter ihre Oberschenkel fasste, entsetzte ihn, sondern dass sie der Mann zu einem bereitstehenden Rollstuhl trug.

Kapitel 8

Eine milde Brise wehte von See her und brachte an diesem frühen Vormittag wenigstes ein bisschen Abkühlung in die Berge der Provençe. Schon als die Sonne die Dächer der rotbraun gedeckten Häuser von Saint-Paul-de-Vence erklomm, stieg auch das Thermometer unaufhörlich. Doch von den sommerlichen Temperaturen bereits bei Tagesbeginn ließen sich die Scharen von Touristen nicht abschrecken. Nach und nach trafen die Busse südfranzösischer, italienischer und Schweizer Unternehmen ein und luden ihre menschliche Fracht aus, die entweder mit Fotoapparat und Videokamera bewaffnet gleich zum hoch über dem Felsennest thronenden, steinernen Kirchturm emporstieg oder sich erst einmal im Café-Restaurant unweit des Busparkplatzes von den Strapazen der Reise erholte. Die trockene Luft und der Staub, den die Autos aufwirbelten, machten durstig. Selbst dann, wenn man die letzten Stunden in einer vollklimatisierten Fahrgastzelle verbringen konnte. Hinzu kam der schweißtreibende Aufstieg in die Oberstadt von Saint-Paul. Die Wege bestanden aus zementierter Steinpflasterung, nur stellenweise von geflickten Asphaltstreifen unterbrochen. Man kam schon kräftig ins Schwitzen, wenn man den höchsten Punkt des Ortes vor dem Rest der Businsassen erreichen wollte, um dort oben ungestört den Auslöser der mitgeschleppten Kamera klicken zu lassen.

Der japanische Sportwagen kam mit einem Ruck zum Stehen. Die Luft flimmerte über der Motorhaube. Der Fahrer hatte den Wagen auf dem Weg von der Küste hinauf in die Berge nicht gerade geschont. Alain Leblanc atmete tief durch, griff zur Fahrertür und zog den Arretierungshebel zurück. Während er ausstieg angelte er sein helles Jackett vom Notsitz und schlüpfte hinein. Seine Beifahrerin nahm die getönte Sonnenbrille von den Augen und steckte sie in ein Futteral. Sie blieb sitzen und wartete darauf, dass ihr der Fahrer beim Aussteigen half.

Leblanc öffnete den Kofferraum und zerrte ein zusammengefaltetes Gestell heraus. Es handelte sich um einen leichten Rollstuhl. Mit raschen Handgriffen klappte er den Rolli auseinander und schob ihn bis an die Beifahrertür. Danach beugte er sich vor, fasste unter ihre Oberschenkel und hob die junge Amerikanerin ganz sacht in den Stoffsitz. Er wunderte sich darüber, wie leicht Rachel Steinberg war. Kein Vergleich zu Lassie Thorncroft und den anderen Damen, die gewöhnlich eine gänzlich andere Art von Service von ihm verlangten.

Rachel nahm den Arm von seiner linken Schulter, schob ihre unbeweglichen Beine auf den Fußrasten zurecht und streifte sich Spezialhandschuhe über ihre langen, schmalen Finger. Alain runzelte die Stirn, als sie Anstalten machte, sich in Bewegung zu setzen. Er legte die Hände auf die beiden Griffenden und wollte ihren Rolli schieben. Rachel drehte sich um. Ihr Gesicht zeigte eine Mischung aus Missbilligung und Belustigung.

»Ich bin wohl gelähmt, aber nicht hilflos«, rügte sie ihn, doch ihre Augen blitzten herausfordernd. »Sie dürfen mir gerne helfen, wenn es gleich steil bergauf geht. Und verraten Sie mich nicht. Mein Konzertmanager sieht es überhaupt nicht gerne, wenn ich meinen Rollstuhl selbst fortbewege.«

»Das kann ich gut verstehen«, brummte er und trat einen Schritt zur Seite. »Im Übrigen finde ich es ziemlich unpassend, dass Sie sich mit diesem Ding hier abquälen, während ich die Arme frei habe.«

»Dieses Ding hier«, unterbrach ihn die junge Frau, »ist eine Spezialanfertigung, extrem leicht und speziell für mich konstruiert. Das gute Stück hat mich seinerzeit ein Vermögen gekostet.«

Alain betrachtete immer noch zweifelnd ihre zarten, feingliedrigen Hände.

Rachel schmunzelte. »Stellen Sie sich nicht so an, Monsieur. Wie ich bereits sagte, dürfen Sie gerne den Kavalier spielen, sobald es bergauf geht. Meinen Kräften sind durchaus Grenzen gesetzt.«

Die junge Frau wandte sich von ihm ab, packte die beiden Edelstahlreifen neben den luftgefüllten Gummirädern und setzte sich erstaunlich flink in Bewegung. Auf den ersten Metern hatte Alain sogar Mühe, mit ihr Schritt zu halten.

So sehr es ihn anfangs geärgert hatte, dass er die Einladung von Rachel Steinberg zu einer erneuten Unterredung überhaupt angenommen hatte, so sehr hatte ihn anschließend diese fünfundzwanzigjährige Starpianistin fasziniert. Nicht eine einzige Bemerkung im Gespräch deutete darauf hin, dass sie behindert schien. Deshalb war ihm ihr Handicap bei ersten gemeinsamen Treffen am Pool des Paradis Roc auch nicht aufgefallen. Nur, dass sie stets ein wenig steif am Tisch gesessen war, hatte er bemerkt. Doch dass dies auf eine Lähmung zurückzuführen war, daran hätte er im Traum nicht gedacht. Rachel ging mit ihrem Schicksal dermaßen unverkrampft um, dass es auf jeden Außenstehenden geradezu entwaffnend wirkte. Sie wollte genauso behandelt werden, wie jede andere Frau ihres Alters, genoss Aufmerksamkeiten und Komplimente und betrachtete auch ihre Begabung am Konzertflügel eher nüchtern. Für sie war es ein Job wie jeder andere, wie sie mehrfach versicherte. Ein Job, den sie trotz ihrer Behinderung ohne große Probleme ausüben konnte.

»Hätte ich eine Vorliebe für Computer entwickelt«, gab sie im Gespräch zu, »würde ich vermutlich bei Bill Gates in irgendeinem Workshop hocken, um die soundsovielte Neuversion seines Windows-Programms auszutüfteln.«

So plauderten sie über klassische Musik, französische Küche und die Sehenswürdigkeiten im Hinterland der Provençe. Rachel lauschte aufmerksam seinen Worten; Alain gefiel es, dass sie ihn mit keiner Silbe nach seinem Privatleben fragte.

»Was ist, Monsieur?« lachte die Amerikanerin, ließ ihren Rollstuhl mit einer gekonnten Handbewegung auf der Stelle herumwirbeln und schaute zu ihm zurück. Alain war für einen Augenblick so in seine Gedanken versunken, dass er gar nicht bemerkt hatte, dass seine Auftraggeberin auf ihn wartete.

»Was soll sein?« antwortete der Mann aus La Bocca. »Glauben Sie, ich habe Lust, Ihnen bei dieser Hitze hinterher zu rennen? Ich könnte vom Alter her Ihr Vater sein, also nehmen Sie gefälligst ein bisschen Rücksicht auf meine alten Knochen.«

Rachel brach in schallendes Gelächter aus. »Oh, da habe ich mir ja was angetan«, frotzelte sie und fuhr ihm ein Stück entgegen. »Ich dachte, ich sei hier die Lahme.«

»Warten Sie's ab«, grinste Alain und wollte sie mit Hilfe der beiden Handgriffe in die richtige Richtung zurückdrehen. Doch sie war schneller.

»Gleich beginnt die Bergstrecke«, rief er ihr hinterher. »Schon einmal die Tour de France mitgerollert?«

»Die Tour nicht«, rief sie zurück. »dafür aber den New York Marathon und schon mehrmals den Rundkurs von Indianapolis.«

Alain verzog sein Gesicht.

»Hatten Sie denn eine Chance gegen all die Achtzylinder-Rennwagen?«

»Sie sind und bleiben ein Witzbold«, lachte Rachel und ließ sich ein wenig zurückfallen, damit er aufholen konnte.

»Wieso?« schmunzelte Alain. »Eine reizvolle Vorstellung. Fünfundzwanzig Rennmotoren heulen auf, die Ampeln springen auf grün, und das erste, was sich aus einer Wolke aus Staub und Qualm herausschält ist Miss Steinberg auf einem McLaren-Rolli.«

»Mit Ihnen kann man ja nicht reden«, meinte die junge Amerikanerin, doch erneut deuteten ihre blitzenden Augen an, dass sie ihrem Begleiter nicht wirklich böse war.

Schließlich begann nach einer Spitzkehre oberhalb des Parkplatzes der Aufstieg. Eine Weile noch mühte sich Rachel ab, den Rolli aus eigener Kraft über den holperigen Parcour voranzutreiben, aber schließlich versagten ihre Kräfte. Sie hielt an und winkte ihrem Begleiter.

»Ihr Job«, meinte sie nur.

Obwohl Rachel mutig dagegen ankämpfte, es frustrierte sie doch jedes Mal, wenn ihr ihre Grenzen bewusst wurden. Besonders angesichts Gleichaltriger, die leichtfüßig über die gepflasterten Wege schlenderten. Alain packte die beiden Handgriffe und schob die junge Frau so schonend wie möglich über den unebenen Untergrund.

Saint-Paul-de-Vence, das Felsennest unweit von Nizza, hat sich längst aus einer Postkartenidylle in einen Touristenrummel verwandelt. Vorbei die Zeit, als die Künstler mit ihren Staffeleien vor den Haustüren hockten und entweder ihre Bilder malten oder fertige Exponate anboten. Inzwischen bestand der Ort nur noch aus einer dichten Aneinanderreihung von Galerien, Wein- und Ölhandlungen, Cafés und Souvenirgeschäften. Doch damit schien man genau den Nerv der Tagesgäste getroffen zu haben, die aus dem Norden Europas oder aus Übersee, vornehmlich den Vereinigten Staaten und Japan, anreisten. Kaum ein Tourist, der nicht mit irgendeinem abscheulichen Kitsch im Arm den Ort hinter sich ließ.

An diesem Morgen mitten in der Woche hatten noch nicht allzu viele Busse ihre Menschenfracht auf dem Parkplatz ausgespuckt. Desto leerer und stiller wurde es, je höher das ungleiche Paar die Grand Rue emporklomm. Die hellen Fassaden aus grobem, unbehauenem Mauerwerk oder weißgetünchten Steinquadern wurden häufig von Blumenkästen mit hellroten Bourgainville-Blüten und dunkelgrünem Weinlaub unterbrochen; in den wenigen Häusernischen wuchsen Palmen und Nadelholzgewächse. Und immer wieder überragten hohe Platanen die Geschäfts- und Wohngebäude. Bald schon bogen sie von der Hauptstraße durch den Ort ab und schoben sich durch enge Gassen mit ockergelb verputzten Häusern. Hier spendeten die Mauern wenigstens auf einer Straßenseite ein wenig Schatten.

Rachel drehte sich zu ihm um. »Na, geht's noch?« fragte sie. Ein wenig Besorgnis lag in ihrer Stimme.

Alain winkte ab, obwohl ihm längst der Schweiß nicht nur auf der Stirn stand.

»Wo denken Sie hin?« frotzelte er. »Meinen Sie etwa, dass ich schon nach zweihundert Metern schlapp mache?«

»Dann ist ja gut«, brummte die junge Frau und schaute wieder nach vorne.

Bald darauf erreichten sie einen kleinen Platz mit einem zweigeschossigen Haus, dessen Fassade ganz und gar mit Weinlaub und Blüten tragenden Pflanzen bedeckt war. Vor dem Gebäude standen mehrere Blumenkübel, die verhindern sollten, dass sich hier ungebetene Besucher mit ihren Autos einen Parkplatz suchten. Der

Hauseingang lag nicht, wie sonst in Saint-Paul üblich, ebenerdig, sondern im ersten Stock. Eine Treppe aus grobgehauenem weißen Stein führte hinauf, nur von einem niedrigen Eisengeländer zur Seite hin beschützt. Die Türe lag im Schatten dichten, dunkelgrünen Laubes, wohingegen die Fensterläden aufgrund ihres schneeweißen Anstrichs geradezu überdeutlich hervorstachen. Rachel stoppte ihren Rollstuhl mit einem beherzten Griff in die Stahlräder. Alain schaute sie fragend an. Kein Hinweisschild deutete darauf hin, dass sich im Innern des Gebäudes irgend etwas Sehenswertes befand.

»Hier wohnt Lucas Semaine«, bemerkte sie mit andächtigem Unterton in der Stimme. »Ein Freund. Ich würde ihm gerne einen Höflichkeitsbesuch abstatten.« Ihr entging nicht, dass sich ihr Begleiter ziemlich zurückhaltend zeigte.

»Es dauert nicht lange, wenn es das ist, was Sie unter Umständen zögern lässt«, versuchte sie seinen aufkommenden Zweifel zu zerstreuen. »Er ist fünfundachtzig und leider nicht mehr der Gesündeste. Wenn Sie mich nur vielleicht die Stufen empor …?«

Alain nickte. Er maß die Treppe, und sofort wurde ihm klar, dass die junge Amerikanerin ohne seine Hilfe niemals bis zum Hauseingang gekommen wäre. Und ein Greis wie Monsieur Semaine hätte ihr in dieser Hinsicht auch nicht helfen können. Er hob die junge Frau aus ihrem Rollstuhl und trug sie die steile Steintreppe empor. Mit der rechten Hand umfasste er wieder ihre Oberschenkel, während er mit der linken ihren Rücken abstützte. Dabei schlang sie die Arme um seinen Nacken. Alain wünschte sich für den Buchteil eines Augenblicks, dass sich Rachel ein wenig mehr an ihn schmiegte, doch im nächsten Moment wischte er diesen Gedanken mit einer unwirschen Kopfbewegung weg.

»Ist was?« erkundigte sich die junge Pianistin. »Bin ich doch zu schwer?«

»Unfug«, knurrte der Franzose und versuchte, seinen letzten Gedanken zu verdrängen. »Da war nur eine Wespe.«

»Ah, eine Wespe«, erwiderte sie und drehte den Kopf wieder nach vorne. Alain entging nicht das feine Lächeln, das ihre Mundwinkel umspielte.

Oben angekommen, bediente Rachel energisch den Türklopfer. Es dauerte eine ganze Weile, ehe ihnen geöffnet wurde. Der alte Mann, der im Türrahmen erschien, rieb sich verblüfft die Augen.

»Madame? Messieur?« meinte er kopfschüttelnd, ehe ihm klar wurde, wer da an seiner Tür um Einlass bat.

»Herrgott, Rachel!« stieß er plötzlich aus.

Täuschte sich Alain, oder nahmen die Augen des Alten nicht mit einem Mal einen feuchten Glanz an? Und so war es auch. Lucas Semaine wischte sich mit dem Handrücken über die Lider und küsste die junge Frau mehrfach auf die Wangen. Dann trat er zur Seite, damit seine unerwarteten Gäste das Haus betreten konnten.

»Lucas, mein Freund«, lächelte Rachel. »Wie geht es dir? Ich will dich gar nicht lange stören. Ich bin nur auf einen Sprung in Saint-Paul.«

Der Alte schüttelte den Kopf. »Du störst doch nicht, mein Liebling. Kommt, setzt euch her! Ich kann deinem Begleiter leider nur einen Pastis anbieten. Bin noch nicht dazu gekommen, meine Weinvorräte aufzufrischen. Mein Rücken, du weißt schon.«

Rachel nickte und wandte sich an Alain, der sie behutsam auf ein uraltes, stoffbezogenes Kanapee hob.

»Lucas kann seit seiner Bandscheibenoperation nicht mehr gut laufen. Das ist auch der Grund, warum er nicht mehr öffentlich auftritt.«

»Gegen dich würde ich wie ein Anfänger spielen«, grollte der Alte und verteilte drei hohe Gläser, in die er zunächst Eiswürfel warf und zwei davon anschließend mit Pastis auffüllte. Die Wasserkaraffe stellte er sorgfältig auf einen Stoffuntersetzer.

»Oh, Lucas!« entgegnete sie laut auflachend. »Immer noch der alte Charmeur. Wissen Sie, Aubin, Lucas gab mir seinerzeit Klavierunterricht. Nur ihm habe ich zu verdanken, was ich heute bin. Wenn er nicht gewesen wäre …«

Sie ließ die Konsequenz offen. Lucas Semaine lächelte still vor sich hin. Nach kurzem Schweigen griff er jedoch das Gespräch wieder auf und wandte sich an Alain, der ihm als Aubin Toulouse vorgestellt worden war.

»Sie müssen wissen«, schmunzelte er, »dass wir uns einmal ganz furchtbar über Interpretationsfragen zu den Werken von Wolfgang Amadeus gestritten haben. Jedenfalls geriet Rachel dermaßen in Rage, dass sie sich wortlos vor ihren Flügel hockte und mit einer Inbrunst zu spielen begann, dass es mir eiskalt den Rücken hinunterlief. Immer wieder wechselten wir uns ab, doch es gelang mir nicht einmal ansatzweise, die Passagen mit der gleichen Leichtigkeit zu spielen. Noch während sie spielte, lief ich bereits zum Telefon und mietete für zwei Wochen das Aufnahmestudio eines der großen Plattenproduzenten für klassische Musik. Rachel wurde praktisch vom Klavierhocker weg engagiert. Und das alles ohne die Protektion ihres überaus einflussreichen Herrn Papa. Es kommt nur selten vor, dass sich ein alter Querkopf, wie ich es bin, dermaßen vom Können seiner eigenen Schülerin überwältigen lässt.«

»Das ist der eigentliche Grund«, fuhr er schließlich fort, und seine Stimme klang mit einem Mal ein wenig brüchig, »warum ich anschließend kaum noch Konzerte gab. Nein, schweig, Rachel. Ich war schon damals zu alt und auch zu stolz, mich mit dir auf der Konzertbühne zu messen. Du warst einfach die Talentiertere von uns beiden. Und das musste ich einsehen, ob es mir nun behagte, oder nicht.«

Rachel beugte sich vor und nahm die Hände des Alten in ihre eigenen. »Für mich warst und bist du immer der Größte, Lucas. Sehen Sie her, Aubin«, meinte sie und deutete dabei auf die knochigen Hände des Mannes. »Das sind die Finger eines Weltklassepianisten. Gegen diese Hände eignen sich meine allenfalls zum Kohleschaufeln.«

Ihre Stimme schlug für den Bruchteil eines Augenblicks um. Doch kurz darauf bekam sie sich wieder in die Gewalt und lächelte Lucas Semaine zu.

»Und selbst dazu wäre ich nicht in der Lage, wie du weißt«, murmelte sie. »Alles, was ich heute bin, mein Lieber, verdanke ich nur deiner Geduld und Weitsicht. Und dafür bin ich dir unendlich dankbar.«

Alain fühlte sich unwohl in seiner Haut. Zum ersten Mal in seiner langjährigen Karriere als Begleiter alleinreisender Damen beneidete er einen Dritten, der die ungeteilte Aufmerksamkeit seiner Begleiterin für sich in Anspruch nehmen durfte. Früher hatte er sich in solchen Situationen lediglich mit dem Cocktailglas in der Hand vornehm diskret zurückgezogen, aber hier und jetzt war das sowieso nicht möglich. Und zum ersten Mal seit vielen Jahren wollte er eine Frau nicht mit einem anderen Mann teilen. Irgendwie fühlte er sich zu Rachel Steinberg hingezogen, für sie verantwortlich. Gedankenversunken schüttelte er den Kopf.

»Schon wieder eine Wespe?« meinte die junge Frau an seiner Seite.

»Habe nur an etwas Absurdes denken müssen«, widersprach er. Lächelnd hielt sie die Augen auf ihn gerichtet.

»Führen Sie mich heute Abend zum Essen aus?« fragte Rachel, während sich Alain Leblanc ziemlich rücksichtslos in den dichten Verkehr auf der Avenue des États-Unis einreihte.

»Haben Sie einen besonderen Wunsch?« erkundigte sich der Franzose und gab dabei energisch Gas.

»Ich würde gerne eine Plateau de fruit de mer probieren«, gab die Amerikanerin nach kurzem Überlegen zu. »Sofern ich überhaupt lebend im nächsten Restaurant ankomme«, fügte sie grinsend hinzu.

Alain warf einen Blick auf sein linkes Handgelenk.

»Ich denke, dass ich im Le Brun besser einen Tisch reserviere«, meinte der Mann aus La Bocca. »Um diese Tageszeit ist es in Cannes immer ziemlich voll.«

»Ich verlasse mich dabei ganz auf Sie, Aubin. Muss ich mich vorher noch umziehen, oder kann ich bleiben, wie ich bin?«

Alain nickte nur und griff nach seinem Handy, das betriebsbereit in einer speziellen Armaturenbretthalterung steckte. Herr im Himmel! In was war er da nur hineingeschlittert? So kannte er sich ja gar nicht. Früher hätte er bei solch einer Bemerkung nur geschmeichelt reagiert. An diesem späten Nachmittag jedoch empfand er bei ihren Worten eher Fürsorge. Wohin sollte das noch führen? Himmel, sie ist ein Krüppel, versuchte er seine aufkeimenden Gefühle zu unterbinden. Und es ist nichts anderes als ein Job. Nur, dass diese Lady hier eben nicht mit gespreizten Beinen auf seine Männlichkeit wartete. Du solltest dich schleunigst aus dem Staub machen, knurrte Alain stumm in sich hinein. Dennoch bestellte er einen Tisch für Zwei.

Kapitel 9

Francis Stonebridge, Chefstewardess an Bord der *Star Cradle*, lief unermüdlich mit ihrer Handmappe vor der Gangway auf und ab. Ungeduldig wartete sie auf die Ankunft des letzten Bordgastes. Unablässig zupfte sie sich ihr Halstuch mit dem Emblem von Honeywell & Sparks zurecht. Sie war nervös. Zum einen, weil dieser Job ihr den Aufstieg in das mittlere Management eines bekannten englischen Tourismusunternehmens sichern sollte, zum anderen, weil sie noch nie auf einem Fünfmaster mitgefahren war. Außerdem fürchtete sie, dass Sie auf diesem Großsegler seekrank werden könnte, was keinen guten Eindruck hinterließe. Bleib cool, schärfte sie sich ein. Es ist ein Job wie jeder andere. Doch sie wusste, dass sie sich belog. Das war kein Job wie jeder andere. Ihre Zukunft hing vom Gelingen ihres Engagements an Bord der *Star Cradle* ab. Sie musste ihr Bestes geben. Nur so kam sie wieder zurück in ihre Heimatstadt. Sie wollte endlich in einem ganz normalen Büro sitzen und nicht mehr irgendwelche steinreiche Ladies auf hoher See betreuen. Sie sehnte sich nach John, ihrem wesentlich älteren Freund, der als Chefanalyst einer Investmentbank in der Londoner City arbeitete. Bei diesem Gedanken wurde ihr ganz warm ums Herz. Oh, John, mein Liebling! Bald bin ich wieder zurück, und dann werden wir heiraten. Nur noch diese Fahrt. Habe Geduld, mein Engel, ich bin bald bei dir.

Nach Beendigung der Jungfernfahrt von der Riviera zum Inselarchipel der Kanaren und Azoren, wo Kössner die Hurrikansaison abwarten wollte, ehe es über den Atlantik nach Barbados und Miami ging, würde sie vom Schiff abheuern und das erstbeste Flugzeug nach London nehmen. World-Tour hielt ihr bereits einen Bürosessel in der Zentale warm. Kein Wunder, denn John hatte die Firma vor einigen Jahren ziemlich erfolgreich an die Börse gebracht. Da waren ihm die Chairmen noch einen Gefallen schuldig. Allerdings handelte es sich bei der Empfehlung ihres Börsenbetreuers keineswegs um eine reine Protegéangelegenheit. Francis Stonebridge hatte in den letzten Jahren auf verschiedenen Kreuzfahrtschiffen genug Erfahrung gesammelt, um das Buchungsmanagement von World-Tour für Südeuropa zu übernehmen. Der Jungferntörn auf einem Fünfmaster wie der *Star Cradle* sollte ihr lediglich noch weitere Praxiserfahrung vermitteln.

Ein Taxi hielt unweit der Gangway an. Francis warf einen Blick zur Seite und beobachtete, wie ein etwa fünfundvierzigjähriger, auffallend gut gekleideter Mann aus dem Fond des Wagens kletterte. Er trug einen hellen Sommeranzug, ein gestreiftes Hemd und eine ebenso dezent gemusterte Krawatte sowie helle Wildlederschuhe. Francis stutzte und warf einen Blick in ihre Aufzeichnungen. Außer einer jungen Amerikanerin fehlte eigentlich kein Gast mehr auf ihrer Liste. Der Fremde nahm zwei Hartschalenkoffer und ein Metallgestell aus dem Kofferraum des Wagens. Die junge Frau schüttelte verwirrt den Kopf und ging auf den Neuankömmling zu. Unter Umständen hatte er sich ja bloß im Schiff geirrt.

»May I help you, Sir?« erkundigte sie sich geschäftsmäßig.

Der Fremde lächelte.

»Da bin ich sicher, Madame«, erwiderte er auf französisch. »Dies ist doch die *Star Cradle*, nicht wahr?«

»Mr. Steinberg?« fragte sie zögernd und warf noch einmal einen Blick in ihre Aufzeichnungen. Auf der Passagierliste stand eine Mrs. Steinberg.

»Non, Madame.« Der Franzose lächelte erneut. »Mein Name ist Toulouse. Aubin Toulouse. Ich begleite Miss Steinberg auf dieser Reise. Miss Steinberg sitzt noch im Wagen. Sie werden mich auf Ihrer Liste vermutlich deshalb nicht finden, da meine Passage erst gestern über eine Reiseagentur gebucht worden ist. Man bestätigte mir jedoch schriftlich, dass die Buchung in jedem Falle in Ordnung ginge.« Francis Stonebridge nahm sein Ticket entgegen und steckte es zu ihren Unterlagen. Sie prüfte kurz die Kabinenliste. Wie peinlich! Sämtliche Suiten waren belegt, und dieser Gentleman schien auch noch ausgerechnet eine der exklusivsten gebucht zu haben.

»Es tut mir aufrichtig leid, Monsieur«, bedauerte Francis, »aber die von Ihnen gebuchte Kabinenkategorie ist bereits vergeben. Wir hätten da nur noch eine normale Doppelkabine, die wir Ihnen selbstverständlich gerne entsprechend herrichten, aber ich weiß nicht …«

»Was ist denn, Aubin?« rief eine Stimme aus dem Taxi. »Stimmt etwas nicht?«

Alain Leblanc, der sich wie üblich Aubin Toulouse nannte, verzog sein Gesicht.

»Es gibt ein kleines Problem, Rachel«, beruhigte er sie. »Nichts, was sich nicht klären ließe. Stimmt's, Madame?«

Er drehte sich wieder zu der Frau in der Borduniform um. Francis blickte in die Augen des Franzosen, die inzwischen einen ungewöhnlich harten Schimmer angenommen hatten. Die Chefstewardess atmete tief durch. Was sollte sie tun? Die Suiten in der 1. Klasse waren tatsächlich alle belegt.

»Kommen Sie doch bitte erst einmal an Bord«, bemühte sie sich um gute Stimmung. »Ich denke, Sie sind bestimmt müde von der Anreise.«

Alain nickte. »Gerne, sofern Sie mir garantieren, dass ich auch eine Unterbringung gemäß der gebuchten Kategorie erhalte.«

»Aubin«, rief die Stimme aus dem Fond des Taxis erneut. »Würden Sie mir den Rolli …?«

»Aber selbstverständlich«, antwortete der Franzose, ging zum Taxi zurück und faltete das Gestell auseinander.

Francis räusperte sich verlegen, als sie sah, mit welcher Behutsamkeit ihr neuer Bordgast eine junge, attraktive Frau aus dem Fond des Taxis in einen Rollstuhl hob. Vorsichtig schob er ihn bis an die Gangway heran. Francis erstarrte, als sie erkannte, um welche Miss Steinberg es sich da handelte. Auch das noch, stöhnte sie innerlich auf. Eine in der Tat *very important person*, und dann gleich eine solche Pleite. Rachel reichte Francis die Hand. Die Chefstewardess räusperte sich verlegen, ehe sie die tausendmal einstudierte Begrüßungsformel herunterbetete. Sie wusste zwar aus der Presse, dass die Weltklassepianistin im Rollstuhl saß, aber dass sie so attraktiv war, hatte sie sich nicht träumen lassen. Welch ein Schicksal!

»Was geschieht mit unserem Gepäck?« fragte Alain anschließend und deutete auf die beiden Hartschalenkoffer.

Mühsam riss sich Francis aus ihren Gedanken. Über Bordfunk bestellte sie einen Steward und einen Matrosen zur Gangway, damit sie sich um das Gepäck der beiden letzten Passagiere kümmerten. Alain schob die junge Amerikanerin die Rampe empor und hob den Rollstuhl anschließend über das Schanzkleid. Ein Mann in schneeweißer Uniform eilte herbei und stellte sich ihnen als zuständiger Kabinensteward vor. Er schlug sogleich den Weg zum Promenadendeck am Heck des Fünfmasters ein. Dabei deutete er auf den Rollstuhl.

»Vom Promenadendeck aus gelangt man in den hinteren Speiseraum, Sir. Dort befindet sich übrigens einer der beiden Aufzüge, die nach unten zum Passagierdeck führen. So vermeiden sie die vielen Stufen.«

»Danke, verbindlichst«, erwiderte Rachel. Langsam setzte sie sich in Bewegung. Kopfschüttelnd lief der Kabinensteward hinter dem seltsamen Franzosen her, der offensichtlich keine Anstalten mehr machte, der jungen Frau zu helfen.

An diesem Nachmittag regnete es ausnahmsweise an der italienischen Riviera, und ein empfindlich kühler Wind blies von Norden in Richtung offene See, sodass sich die Gäste bis zum Ablegen lieber unter Deck aufhielten, um sich an der Bar oder im bordeigenen Fitnesscenter zu vergnügen. Im Gegensatz zu herkömmlichen Segelkreuzfahrtschiffen legte man an Bord der *Star Cradle* Wert auf gediegene Eleganz, gepaart mit legerer Sportlichkeit und südländischem Ambiente. Das neue Flaggschiff von Honeywell & Sparks sollte weder Kabinentransporter noch schwimmende Animationsherberge sein. Das am oberen Ende angesetzte Preisniveau diente als natürliches Regulativ für die Auswahl der mitreisenden Klientel. Für T-Shirt-Touristen und Durchschnittsurlauber war auf dem Fünfmaster schon von der Firmenphilosophie her kein Platz. Eher schon für gutsituierte Neureiche oder die Erbengeneration, die sich für die Preisspalte im Angebotsprospekt ohnehin wenig interessierte. Die Aussicht auf eine Kreuzfahrt mit interessanten Leuten, die längst in

Vergessenheit geratene Klipperromantik des vorigen Jahrhunderts verbunden mit einem Luxus wie einst auf der *Titanic* reizte ohnehin nur diejenigen, die es sich ohne langes Zögern leisten konnten, fünfstellige Summen für eine zweiwöchige Passage hinzublättern. Auf der *Star Cradle* sollte sich der Geldadel genau so wohlfühlen wie die Prominenz aus Politik, Wirtschaft und Showbiz. So achtete man bereits in Hongkong darauf, dass sich anlässlich der Jungfernfahrt ein paar über die jeweiligen Landesgrenzen bekannte Gesichter mit unter den Bordgästen befanden.

Der Steward, offensichtlich portugiesischer Herkunft, bemühte sich, die Sicherheitsstandards zu erläutern.

»Sie vermissen bestimmt die sonst auf seegehenden Schiffen üblichen Rettungsinselcontainer«, dozierte er ein wenig hölzern. »Bei uns an Bord befinden sie sich in Staufächern, wir sagen dazu Schapps, unmittelbar im Süllrand und können von dort aus ins Wasser gefiert werden. Das macht insofern Sinn, weil sie selbst dann noch einsatzbereit bleiben, wenn das Schiff fast vollständig gekentert im Wasser liegt.«

Alain fühlte sich überhaupt nicht wohl bei dieser Vorstellung. Er hatte auch noch nie eine längere Seereise unternommen. Die bisher längste Passage führte ihn auf einer Fähre gerade einmal von Nizza nach Korsika. Unwillkürlich dachte er an die Frau in seiner Begleitung. Ein eisiger Schauer lief ihm über den Rücken. Wie sollte sie in einer solchen Situation …? Er mochte gar nicht daran denken. Doch andererseits wollte sie die Kreuzfahrt unbedingt mitmachen. Inzwischen hätte er am liebsten auf dem Absatz kehrt gemacht.

Rachel hielt ihren Rollstuhl an und drehte sich zurück. »Ich dachte, die *Star Cradle* wäre unsinkbar und könnte nicht kentern?«

Der Portugiese lächelte. »Nun, seit dem Jahr 1912 gilt eine solche Feststellung als tabu. Kentern, also umschlagen, kann jedes Schiff, Madame. Allerdings wird die *Star Cradle* nach Ansicht des Konstrukteurbüros dabei nicht so ohne weiteres vollaufen wie seinerzeit die *Titanic*. Unzählige Kollisionsschotts unterteilten nämlich Vor- und Mittelteil des Rumpfes in wirklich vollständig hermetisch abschließbare Zellen. Die dadurch entstehenden Luftkammern halten die *Star Cradle* zumindest für geraume Zeit über Wasser. Sollten wir auf einen Eisberg auflaufen, was in diesen Breiten allerdings mehr als unwahrscheinlich sein dürfte, dann besteht also überhaupt kein Grund zur Besorgnis. Computersimulationen konnten hinlänglich unter Beweis stellen, dass ein Vollaufen des Schiffsrumpfes theoretisch nur dann möglich erscheint, sollte sich unter Deck eine Explosion größeren Ausmaßes ereignen. Aber selbst für diesen Fall ist vorgesorgt. Explosives Material befindet sich nicht an Bord. Sogar gekocht wird in der Pantry mit Strom und nicht etwa mit Gas.«

»Wie sturmfest ist das Schiff?« unterbrach ihn Alain.

Der Portugiese lächelte milde. »Captain Kössner ist bei der Überführungsfahrt in die Ausläufer eines Monsunsturms geraten. Machen Sie sich keine Sorgen. Im Spätsommer ist es noch absolut ruhig auf dem Atlantik.«

»Bald beginnt doch die Wirbelsturmzeit«, gab Rachel zu bedenken.

Die Miene des Kabinenstewards wurde ernst. »Die hat schon längst begonnen, Madame. Um allerdings in eine tropische Depression zu geraten, müssten wir uns momentan ziemlich weit draußen auf See befinden. Ihre Entstehungszone liegt weit westlich von Afrika. Erst auf halbem Weg in die karibische See entwickeln sich diese Unwetter zu Hurricans.«

»Aber Sie fahren doch bis in die Karibik«, ließ Rachel nicht locker.

Der Portugiese nickte. »Völlig richtig, Madame. Allerdings erst im November.«

Er wandte sich an Alain. »Kommen Sie bitte. Ich möchte Ihnen Ihre Kabinen zeigen, ehe das Schiff ablegt.«

Sie erreichten das Promenadendeck. Es wirkte für ein Segelschiff ungewöhnlich weiträumig. Den Mittelpunkt bildete ein Süßwasserschwimmbecken. Es ließ sich mit auf Schienen laufenden Platten in kürzester Zeit abdecken, sodass auf der entstandenen Plattform zur Not auch ein Helikopter landen und starten konnte. Auf eine Poolbar und einen Shop musste der Bordgast ebenso wenig verzichten wie auf Liegestühle, die sich per Knopfdruck in jede Richtung drehen ließen.

»Eigentlich fehlt nur noch eine künstliche Sonne und eine versenkbare Glaskuppel,« meinte ihr uniformierter Begleiter. »Dann könnten die Bordgäste selbst am Polarkreis noch draußen schwimmen und sich sonnen.«

Sogar Rachel hob erstaunt die Augenbrauen, als ihnen der Kabinensteward die Tür zum Speiseraum öffnete und Alain den Rollstuhl vorsichtig über die Schwelle schob. Sie kannte Kreuzfahrtschiffe von einigen Karibikreisen, die *Star Cradle* jedoch übertraf an Luxus und Ausstattung alles, was sie bisher für möglich gehalten hatte.

Im Speisesaal fühlte sie sich weit in die Zeit zurückversetzt. Die Einrichtung erinnerte an eine Mischung aus Luxus à la Orient-Express und Kreuzfahrtstil der zwanziger Jahre. Jeder der dunkelbraunen Mahagonitische besaß eine Messinglampe mit grünem Porzellanschirm sowie dekorative Schlingerleisten aus gleichem Material. Breite Sessel mit brokatbestickter Polsterung und hohen Lehnen ließen Lunch und Dinner auch bei bewegter See zu. Anstatt eines Teppichbodens hatte die Werft eine maritime Holzauflage in Form eines Stabdecks verlegt. Im Fußboden des Hauptgangs befand sich ein Glasboden. Er war beleuchtet. Unter der transparenten Oberfläche tummelten sich in einem langen, schmalen Aquarium Südsee-Exoten. Alain schüttelte unwillkürlich den Kopf. Ihrem portugiesischen Begleiter entging dessen spontane Reaktion nicht. Er lächelte indigniert und führte die beiden Neuankömmlinge am Buffet vorbei in den Gang, der zu einem der beiden Aufzüge führte.

Als die Tür zu Rachels Kabine ins Schloss fiel, atmete Alain tief durch, ging an eines der drei Bullaugen, die trotz der sonst üblichen Sicherheitsbestimmungen für Kreuzfahrtschiffe ungewöhnlich groß erschienen, und riss es weit auf. Vorsichtig hob er seine Begleiterin auf die Couch.

Er schaute sich verstohlen um. Im Gegensatz zu vergleichbaren Großseglern besaß das Schiff der Hongkonger Reederei nur rund hundert Gästeräume. Die etwa zehn 1.-Klasse-Suiten waren wesentlich luxuriöser eingerichtet als die gewöhnlichen Kabinen. Neben einer Couch, die sich mit einem Handgriff in eine Doppelliege verwandeln ließ, befanden sich in Rachels Kabine ein niedriger Rauchtisch, zwei Ledersessel auf drehbaren Untergestellen, ein Sekretär, ein Barschrank, Satelliten-TV, Stereoanlage und ein gut bestücktes Regal mit Büchern, Audio-CDs und Videokassetten. Alain nahm Literatur und Filmkassetten in die Hand und stellte fest, dass die vorhandene Auswahl ausschließlich auf amerikanischen Geschmack abgestimmt schien.

Er vermutete, dass die Regalbestückung entweder bereits vorab auf unterschiedliche landestypische Ansprüche vorbereitet war oder von emsigem Bordpersonal je nach Nationalität des jeweiligen Gastes von Fall zu Fall entsprechend präpariert wurde. So lagen in Rachels Suite alle Beschreibungen für die Wellness an Bord sowie technische und organisatorische Hinweise ausschließlich in englischer Sprache vor.

Die Tür zum Toilettenraum stand offen. In der bis zur Decke gekachelten Wand waren ein Waschbecken und eine Toilettenschüssel eingelassen. Daneben befand sich die ebenfalls deckenhohe Duschkabine und in einer Nische eine Schrankwand zum seefesten Verstauen des üblichen Reise-Necessaire. Für Licht sorgten sechs in die Decke eingelassene Halogenstrahler, die sich mit Hilfe eines Dimmers auf entsprechend gewünschte Helligkeit einstellen ließen. Der Boden bestand aus hellen Marmorfliesen mit dem Schriftzug der Reederei. Alain prüfte die Breite der Tür und nickte zufrieden. Rachel würde auch ohne fremde Hilfe die sanitären Einrichtungen benutzen können.

Der Franzose öffnete die Bar, goss seiner Begleiterin ein Perrier ein und mixte sich selbst einen Martini. Gedankenverloren schob er die Holzjalousette am Sekretär nach hinten und entdeckte darunter ein kombiniertes Fax-Telefongerät. Von hier aus ließen sich Börsengeschäfte in New York oder London rasch zwischen Lunch und Cocktailstunde abwickeln, ohne dass man dafür unnötig viel Zeit vergeudete oder unter Umständen sogar den Funkraum aufsuchen musste, der auf einem Kreuzfahrtschiff wie der *Star Cradle* ohnehin weitgehend dem Rotstift zum Opfer gefallen war. Minuten später konnte man sich bereits wieder im Pool auf dem Achterdeck abkühlen. Oder auch gleich über Bord springen, falls das riskante Termingeschäft nicht ganz so lief, wie ursprünglich geplant.

Rachel beobachtete ihren Begleiter und lachte. »Mein Vater bekäme glänzende Augen angesichts der kommunikativen Möglichkeiten, die dieses Schiff bietet. Er wird schon nervös, wenn er nicht ständig die Ticker mit den neuesten Nachrichten abfragen kann.«

»Denkt er auch hin und wieder einmal an etwas anderes?« brummte Alain.

Rachel überging diese Bemerkung und stemmte sich stattdessen auf der Couch ein Stückchen hoch, um besser sehen zu können. Zum wiederholten Mal wunderte sich der Franzose. Kein Mensch würde auf den ersten Blick vermuten, dass sich seine Begleiterin nur im Rollstuhl fortbewegen konnte.

»Ah, eine Satcom-Anlage. Schönes Spielzeug.«

»Sie kennen sich aber gut aus«, meinte Alain.

»Keine Kunst«, murmelte die junge Frau. »Meinem Vater gehört schließlich Computer Communication Networks. Da bekommt man im Laufe der Zeit so einiges mit, was die Kommunikationstechnik betrifft. Ich besitze selbst solch ein Satelliten-Handy. Es steckt irgendwo in meinem Gepäck. Für alle Fälle.«

»Mit einem solchen Telefon kann man jederzeit einen Anschluss auf dem Festland erreichen?« wollte Alain wissen. »Auch unterwegs?«

»So ist es.«

Jemand klopfte dezent an die Tür.

»Come in!« rief Rachel und ließ sich auf die Couch zurückgleiten.

Ein Matrose in Begleitung des Kabinenstewards trat ein und stellte einen der beiden Hartschalenkoffer ab. Der Portugiese gab dem Filipino, der die Gepäckstücke geschleppt hatte, ein unmissverständliches Zeichen. Es galt an Bord der *Star Cradle* offensichtlich als unfein, auf Entlohnung in Form eines Trinkgeldes zu warten. Alain war jedoch die Verblüffung im Gesicht des Braunhäutigen, der vermutlich zum ersten Mal eine der 1.-Klasse-Suiten an Bord betreten durfte, nicht entgangen. Der Uniformierte nickte nur kurz und wollte bereits die Tür von außen zuziehen. Der Franzose tippte ihm auf die Schulter.

»Sir?« fragte der Uniformierte.

»Sie bringen nur die Koffer für Madame«, antwortete Alain. »Wo sind meine?«

»In Ihrer Kabine«, meinte der Portugiese.

»Kabine?« wunderte sich Rachel. »Wieso Kabine? Wir haben für zwei Luxussuiten bezahlt.«

Dachte ich es mir doch, grinste der Portugiese vor sich hin. Ein bezahlter Lover. Krankenpfleger benahmen sich anders. Für sie reservierte man auch keine 10.000-Dollar-Suite.

»Verzeihen Sie, Madame«, entgegnete der Steward, »aber um die Kabinenbelegung kümmert sich Mrs. Stonebridge. Sie können unsere Chefstewardess über das Bordintercom erreichen.«

Rachel warf ihrem Begleiter einen ratsuchenden Blick zu.

»Was wir unverzüglich tun werden«, erwiderte Alain kompromisslos und griff bereits zum Hörer.

»Stonebridge«, meldete sich die Chefstewardess. »Oh, Monsieur Toulouse. Kann ich etwas für Sie tun?«

»Oui, Madame. Für mich scheint angeblich doch nur eine normale Kabine vorgesehen zu sein, meint der Steward. Was haben Sie dazu zu sagen?«

»Nun, Monsieur Toulouse«, antwortete Francis Stonebridge. »Wir haben getan, was wir konnten. Leider gibt es keine freie Suite mehr an Bord. Allerdings haben wir, wie ich bereits andeutete, eine der Doppelkabinen so einrichten lassen, dass Sie …«

»Reden Sie keinen Unfug, Madame«, brummte Alain. »Sie haben unsere Buchungsunterlagen gesehen. Die Bestätigung gilt für zwei Suiten.«

»Und was soll ich Ihres Erachtens nun tun?« antwortete Francis schnippisch, biss sich jedoch im nächsten Moment auf die Lippen, als sie Alains Reaktion mitbekam.

»Ich sehe, so kommen wir nicht weiter«, erwiderte Alain mit schneidender Stimme. »Sie scheinen mit der Problembewältigung offenbar überfordert zu sein. Die Nummer des Kapitäns, bitte!«

»Hören Sie, Monsieur Toulouse«, versuchte Francis zu beschwichtigen. »Es tut mir leid, wenn ich Sie …«

»Mir auch, Madame«, schnitt ihr Alain brüsk das Wort ab. »Die Nummer des Kapitäns, oder muss ich deswegen etwa die Telefonauskunft anrufen?«

Francis Stonebridge knirschte mit den Zähnen. Ungeduldige Gäste waren an Bord eines Kreuzfahrers nichts Ungewöhnliches. Viele konnten selbst im Urlaub nicht aus ihrer Haut. Aber dieser Aubin Toulouse war kein gewöhnlicher Gast. Er befand sich schließlich in enger Begleitung einer ihrer VIP's. Gleichzeitig dachte sie an World-Tour und seufzte. So würde sie keine Pluspunkte sammeln.

»Ach, und da wäre noch etwas«, fügte sie nach einem kurzen Augenblick hinzu. »Ich benötige noch Ihren Reisepass. Für Zoll und Einreiseformalitäten auf den Kanarischen Inseln. Reine Routine.«

Ohne zu antworten, warf Alain Leblanc den Hörer auf die Gabel.

Kapitel 10

Noch vor der Abenddämmerung legte die *Star Cradle* vom Osthafenkai ab. Hunderte Schaulustige und Reporter verfolgten von den Hafenmolen aus die Abfahrt. Sogar das örtliche Privatfernsehen hatte ein Kamerateam geschickt. Es kam in letzter Zeit nicht mehr sehr häufig vor, dass ein Hightech-Fünfmaster im Hafen von Genua festmachte. Diesmal ging Kapitän Kössner kein Risiko ein und überwachte persönlich das Ablegemanöver. Neben ihm stand Larry Cohen, der dem australischen Bootsmann über Funk fortlaufend Instruktionen erteilte. Als die Trossen eingeholt waren, atmete nicht nur der Erste Offizier auf. Eine Panne wie in der Schleuse von Port Said hätten sie sich vor den Augen der Reporter nicht leisten können.

»Gut gemacht, Mr. Cohen«, raunte Kössner seinem britischen Kollegen zu.

»Danke, Sir«, antwortete der Engländer ein wenig hölzern.

Die Anspannung der letzten halben Stunde stand ihm ins Gesicht geschrieben. Er fühlte sich unwohl in seiner Haut. Ausgerechnet kurz vor dem Ablegen war ein Fax der Reederei eingegangen, in dem bestätigt wurde, dass die Arbeitsverträge mit ihm und Chief Baxter einvernehmlich aufgelöst worden seien und beide Männer in Las Palmas abheuern durften.

Kössner hatte ihn in seine Kabine gebeten und ihm das Schreiben mit unbewegter Miene ausgehändigt. Er kam sich wie ein dreckiger Deserteur vor. Und bestimmt wurde diese Einschätzung auch von seinem Chef geteilt.

Kössner griff zum Funksprechgerät.

»Mr. Baxter?« knurrte er in die Sprechmuschel.

»Sir?« meldete sich eine vertraute Stimme.

»Maschinenraum, okay?« fragte der Deutsche knapp.

»No problems, Sir«, kam es ebenso kurz zurück.

»Danke, Mr. Baxter«, beendete Kössner die kurze Unterredung. Dann wandte er sich wieder an Cohen.

»Kartenplotter programmiert?« erkundigte er sich.

»Ja, Käpt'n,« gab der Erste Offizier zur Antwort. »Allerdings wäre da …«

»Ja?« hakte Kössner nach und zog die Stirn in Falten. Nach Überraschungen stand ihm momentan absolut nicht der Sinn. »Was wollten Sie sagen?«

»Nun, Sir«, fuhr Cohen fort. »Wie Sie wissen, haben Fachleute des Herstellers die Anlage ausgetauscht und die Datenkabel zusätzlich noch einmal überprüft. Alles funktioniert einwandfrei.«

»Und?« fragte Kössner mit unüberhörbarer Ungeduld in der Stimme.

»Im Augenblick sehe ich keine Schwierigkeit, was die Navigation betrifft, Sir« entgegnete Cohen. »Was mich allerdings beunruhigt, ist die Tatsache, dass die Elektroniker keine Ursache für den erneuten Ausfall finden konnten. Als ich den Leuten die Fehlermeldungen demonstrieren wollte, funktionierte die Anlage plötzlich wieder einwandfrei. Ich kam mir, ehrlich gesagt, in diesem Augenblick schon ein bisschen dumm vor.«

Kössner schaute an seinem Untergebenen vorbei in Richtung offene See.

»Das ficht mich nicht an, Mr. Cohen«, gab er etwas steif zur Antwort. »Hauptsache, wir haben jetzt eine vernünftig funktionierende Navigationsanlage an Bord. Sollen die doch sehen, was sie mit dem Schrott anstellen. Von mir aus können sie ihn auf einem anderen Schiff einbauen.«

Er drehte sich zu seinem Ersten um. »Herrgott, Mr. Cohen! Was wollen Sie noch? Eine formelle Entschuldigung der japanischen Regierung?«

»Gewiss nicht, Sir«, gab Cohen zu bedenken. »Trotzdem hätte ich zu gerne gewusst, woran der Fehler lag. Unter Umständen …«

Er ließ die Konsequenz offen.

»Malen Sie den Teufel nicht an die Wand, Mr. Cohen«, erwiderte Kössner streng. »Ich halte zwar nichts von Aberglauben, aber Probleme werden an Bord gerade eines dermaßen mit Technik vollgepumpten Schiffes auch rasch herbeigeredet.«

Der Engländer zuckte die Achseln. »Wie Sie meinen, Sir.«

Kössner drehte sich auf dem Absatz um und verließ wortlos die Brücke. Cohen schaute ihm nach. Mit Sicherheit war Kössner wenig davon angetan, angesichts einer noch weitgehend uneingespielten Mannschaft zwei so erfahrene Leute wie ihn und Baxter zu verlieren. Er seufzte. Kössner musste ab Las Palmas notgedrungen selbst sehen, wie er mit seinen neuen Offizieren, der Crew, dem sonstigen Bordpersonal und solchen Typen wie Richard Barkowsky und Lawrence Conway zurechtkam.

Das Intercom meldete sich. Cohen hielt sich das Gerät dicht ans Ohr, weil der Fahrtwind hoch oben auf der Brücke beinahe jedes Wort verschluckte.

»Wo steckst du?« meldete sich Baxter übergangslos.

»Auf der Brücke, wo sonst«, brummte der Erste Offizier.

»Ist der Alte in der Nähe?« erkundigte sich der Bordingenieur.

»Nein«, wunderte sich Cohen. Sein Magen krampfte sich unwillkürlich zusammen. Wenn Baxter fragte, ob sie ungestört reden konnten, dann lag irgend etwas in der Luft.

»Houston, wir haben ein Problem«, murmelte der Chief.

»Was ist denn nun schon wieder los?« stöhnte der Mann auf der Brücke. »Oh, Jesus! Was geht denn auf diesem verdammten Kahn noch alles kaputt?«

»Es geht nicht um die Technik, wenn es das ist, was du vielleicht befürchtest«, räumte der Bordingenieur ein. »Heute morgen ist der neue Techniker eingetroffen, der sich um die Hydraulikanlage kümmern soll.«

»Und?« fragte Cohen. »Du wolltest doch unbedingt einen Hydraulikspezialisten. Ich habe mich mit dem Mann unterhalten. Auf mich macht er einen ganz vernünftigen Eindruck.«

Baxter senkte noch mehr die Stimme. Cohen hatte große Mühe, seinen Gesprächspartner zu verstehen. »Ich werde das verdammte Gefühl nicht los, dass der Typ in seinem ganzen Leben noch nie an Bord eines Schiffes gewesen ist. Den Papieren nach soll Sürec doch

Türke sein, oder? Ich weiß nicht, ich weiß nicht. So, wie der Englisch spricht, habe ich eher das Gefühl, der kommt aus dem Irak oder dem Iran.«

»Vielleicht ist er Kurde«, warf Cohen ein.

»Keine Spur«, entgegnete der Chief. »Wie soll ein Kurde auf der Universität von Ankara Schiffbautechnik studieren können? Der bekäme dort niemals einen Studienplatz.«

»Und was willst du damit andeuten?« instinktiv hielt Cohen die Luft an.

»Als Erster Offizier kommst du doch an alle Personalunterlagen heran, oder?« meinte der Chief. »Ich denke, es kann nicht schaden, wenn du dessen Lebenslauf einmal etwas genauer unter die Lupe nimmst.«

»Ich kenne dessen Zeugnisse«, knurrte Cohen zurück. »Sie sind okay.«

»Die von Sürec vielleicht schon«, ließ Baxter im Raum stehen.

»Was willst du damit andeuten?« brauste Cohen ganz gegen seine Gewohnheit auf.

»Ach, vergiss es«, antwortete Baxter knapp. »Vielleicht sehe ich wirklich schon Gespenster.«

Cohen schaltete sein Handfunksprechgerät ab. Teufel, noch einmal! Das fing ja gut an. Baxter gehörte nicht gerade zu den Typen, die sich allzu schnell über irgend etwas unnötig Gedanken machten. Wenn der seine Stirn in Falten legte, dann musste tatsächlich etwas im Busch sein. Er beschloss, unmittelbar nach dem Wachwechsel noch einmal einen Blick in die Papiere des Türken zu werfen.

Francis Stonebridge schlüpfte aus ihrer nachtblauen Uniform, streifte BH und Slip ab und stellte sich unter die Dusche. Minutenlang ließ sie das kühle Wasser über ihren Körper laufen. Sie musste für den Kapitänsempfang am ersten Abend auf See frisch sein. Bei Honeywell & Sparks legte man großen Wert auf tadelloses Aussehen seitens des Begleitpersonals. Der Tag war ungemein stressig gewesen. Erst verzögerte sich das Eintreffen der Passagiere, weil zwei Anschlussflüge in Zürich wegen der Bombendrohung irgend welcher islamischer Fundamentalisten aufgehalten worden waren, und dann stellte sich heraus, dass ausgerechnet der neue Hilfskoch ausgefallen war. Dimitrij Kopernikow hatte getobt wie ein Husarengeneral. Zum Glück gelang es aber einer Zeitarbeitsagentur gleich zwei Mann Ersatzpersonal anzuheuern. Es handelte sich um Tunesier, die leidlich französisch aber leider kein Wort Englisch sprachen. Angeblich arbeiteten sie bis vor kurzer Zeit in der Hotelküche einer Ferienanlage bei Tunis. Kopernikow schlug die Hände über dem Kopf zusammen. Er befürchtete, die Anweisungen für die Menu-Zusammenstellung demnächst nur noch in Zeichensprache geben zu können. So hatte sie den ansonsten eher umgänglichen Russen bisher noch nicht erlebt. Kopernikow brüllte wie ein Stier, als sie ihm die neue Situation schilderte und schlug mehrmals mit einer Kupferpfanne gegen einen der Elektroherde.

»Das ist nicht dein Ernst!« schimpfte er immer wieder. »Das glaube ich einfach nicht! Heilige Mutter Gottes! Tunesier! Soll ich den Gästen in Zukunft nur noch gegrillte Lammkoteletts und Couscous vorsetzen?«

»Ach, hör schon auf! Du bist Russe und bringst schließlich auch mehr als nur Borschtsch zusammen, oder?«

»Was hast du gegen Borschtsch?« Dabei drohte er ihr mit einer Suppenkelle. »Borschtsch ist ein äußerst wohlschmeckendes Gericht, wenn man weiß, wie man es zubereiten muss. Hast du etwas gegen russische Küche? Da solltest du erst einmal meine Tschachochbili, mein Huhn nach kaukasischer Art probieren. Oder meinen usbekischen Pilaw. Danach leckt ihr westeuropäischen Ignoranten euch doch alle zehn Finger.«

»Nimm dich zusammen«, rügte sie ihn, während sie die Kombüse verließ. »Du bist zwar ein guter Koch aber noch lange nicht Bocuse! Spuck also keine allzu großen Töne.«

Kopernikow rief ihr etwas auf Russisch hinterher. Sie verstand zwar nicht, was er damit meinte, war sich jedoch sicher, dass es sich um eine ziemlich unflätige Bemerkung handelte. Doch die Probleme in der Bordpantry waren nicht die einzigen, mit denen sie sich zu

Beginn der Reise hatte herumschlagen müssen. Die Reinemachefrauen, allesamt Mädchen aus Fernost, brachten zwar Erfahrung im Hotelbetrieb mit, hatten aber noch nie in ihrem Leben ein Schiff betreten, geschweige denn einen Kreuzfahrer unter Segel. Sie beschloss, in einer ruhigen Minute Honeywell & Sparks zu informieren, damit die ihre Headhunter allesamt feuerten. Mit dem Abschluss von Heuerverträgen schienen die Leute ganz offensichtlich überfordert. Insgeheim musste sie auch Kopernikow Recht geben. Was sollte der Russe mit Verstärkungspersonal aus Nordafrika anfangen, wenn es hieß, zum Beispiel Schweinefleischgerichte zuzubereiten? In der Pantry würde ein Religionskrieg ausbrechen. Der Ärmste! Irgendwie tat ihr der Russe leid.

Auch in ihrem unmittelbaren Verantwortungsbereich war es nicht so reibungslos gelaufen, wie sie es sich zu Beginn ihres Dienstantritts vorgestellt hatte. Bei den neu eingestellten Kabinenstewards handelte es sich offensichtlich um unverbesserliche Machos, die sie erst gar nicht ernst nahmen. Besonders der Portugiese, der für die Kabinen im Mittelbereich zuständig war, benahm sich flegelhaft. Sie musste am Ende tatsächlich Cohen herbeizitieren, damit der ihm klarmachte, dass er gefälligst ihren Anweisungen Folge zu leisten habe.

Francis drehte den Kaltwasserhahn zu und seufzte. Da hatte sie sich etwas angetan! Doch kurz darauf verzog sich ihr Gesicht zu einem breiten Grinsen. Zumindest was diesen Aubin Toulouse betraf, konnte sie einen klaren Punktsieg verzeichnen. Ein wenig kleinlaut schlug er ihr vor, die umgerüstete Doppelkabine zu akzeptieren, sofern sie ihrerseits seinen wirklichen Namen für sich behielt. Anscheinend hatte er mit Kössner noch nicht gesprochen, und so ging sie auf dessen Vorschlag ein. Was interessierte es das Bordmanagement, dass sich der Franzose in der Öffentlichkeit hinter einem Pseudonym verbarg. Auf den Kanaren würde er sowieso wieder von Bord verschwunden sein, und kein Hahn würde mehr nach einem gewissen Aubin Toulouse, der in Wirklichkeit Alain Leblanc hieß, krähen.

Die junge Chefstewardess sprang aus der Duschkabine, frottiere sich ab und betrat ihren kombinierten Wohn-Schlafraum. Sie öffnete den Kleiderschrank und zog eine frische Bluse und ein weißes Uniformkostüm vom Haken, den Repräsentationsdress für besondere Gelegenheiten. Sie überlegte, ob sie den Push-up wählen sollte, entschied sich dann aber für etwas weniger Auffälliges. Schließlich handelte es sich um das Kapitänsdinner. Die Herren am Tisch sollten sich auf das Essen oder die Ausführungen Kössners und nicht auf ihren Körper konzentrieren. Sie schlüpfte in ihre Uniformjacke, band das Seidentuch mit den Emblemen der Reederei um und betrachtete sich im Spiegel. Anschließend zog sie sich die Lippen nach und verzichtete auf übermäßig viel Make-up. Die vergangenen Monate auf See hatten ihren sonst eher blassen Teint ohnehin kräftig gebräunt.

Erneut dachte sie an den Kapitän. Noch immer gelang es ihr nicht, den Deutschen richtig einzuschätzen. Er konnte kratzbürstig sein wie ein schlecht gelaunter Schulmeister aus dem vorigen Jahrhundert und im nächsten Moment wiederum so charmant, dass sie glaubte, er müsste einen Zwillingsbruder an Bord haben. Sie schien nicht die Einzige zu sein, die unter dessen Gefühlsschwankungen litt. Auch der Erste Offizier und der Chief beklagten mitunter ganz offenkundig die unkalkulierbaren Launen ihres Schiffsführers. Aber ihr sollte es egal sein. Die restliche Zeit an Bord würde sie auch noch durchstehen. Und dann hieß es: So long, christliche Seefahrt!

Sie verließ ihre Kabine im Mittelteil der Steuerbordseite und schritt trotz der hochhackigen Pumps weit aus. Kurz vor Erreichen des Speisesaals im hinteren Bereich der *Star Cradle* stieß sie auf Rachel Steinberg in Begleitung dieses Alain Leblanc. Der Franzose verzog seine Mundwinkel ein wenig nach oben. Doch sein angedeutetes Lächeln wirkte wenig überzeugend. Francis tat so, als hätte die vorangegangene Aussprache nie stattgefunden.

»Geht's?« fragte sie stattdessen und wandte sich dabei an Rachel.

»Ich bin zwar an den Rollstuhl gefesselt, aber keineswegs hilflos«, antwortete die Angesprochene selbstbewusst. »Andernfalls hätten wir diese Seereise wohl kaum angetreten, nicht wahr? Danke, Mrs. Stonebridge. Wir kommen schon zurecht.«

Francis zuckte zurück. Eine deutliche Abfuhr. Von Sympathie konnte offensichtlich keine Rede sein. Zu recht war Rachel Steinberg wenig davon begeistert, dass die für ihren Begleiter gebuchte Luxussuite nicht zur Verfügung stand.

»Sorry, Madame«, erwiderte sie. »So war das nicht gemeint.«

»Schon okay.« Rachel winkte ab. »Kommen Sie, Aubin. Lassen wir den Käpt'n nicht zu lange warten.«

Die junge Chefstewardess zeigte ihnen den Weg zum Tisch des Kapitäns. Alain blickte sich um. Einen Gast kannte er. Galant hielt ihm Lady Dorothy die Wange zum Kuss hin. Er berührte sie ganz sacht mit den Lippen und atmete ihr schweres Parfum ein. Das Kärtchen am Lenkrad seines Sportwagens fiel ihm siedend heiß ein.

»Aubin, mein Schatz«, lachte sie mit ihrer unvergleichlich rauchigen Stimme. »Wie schön, dich hier zu treffen. Wie geht's dir? Oh, du bist nicht allein, wie ich sehe?«

»Danke, meine Liebe«, meinte er beiläufig. »Ich darf dir Rachel Steinberg vorstellen?«

»Miss Steinberg«, lächelte Dorothy und streckte ihr unbefangen die Hand entgegen. Rachel drückte sie fest.

»Lady Dorothy!« erwiderte sie erstaunt. »Welche Überraschung, Sie hier an Bord zu treffen. Sie und Aubin kennen sich?«

»Flüchtig«, mischte sich Alain ein und warf der Engländerin einen warnenden Blick zu.

Die Engländerin verstand. »In der Tat. Nur ganz flüchtig.«

Rachel ließ sich von Alain in einen der Sessel heben.

»Wohl kaum«, murmelte sie dabei leise vor sich hin.

»Pardon?« erkundigte sich der Franzose und schaute die junge Pianistin auffordernd an. »Was meinten Sie?«

»Vielen Dank für Ihre Hilfe«, antwortete sie. Der versteinerte Gesichtsausdruck ihres Begleiters blieb ihr jedoch nicht verborgen.

Zum ersten Captain's Dinner an Bord der *Star Cradle* schien man auf handverlesenes Publikum Wert zu legen. Die übrigen 1.-Klasse-Passagiere mussten sich mit den Tischen in unmittelbarer Nähe zufrieden geben. Rachel schaute sich interessiert um. Den Amerikaner in Begleitung seiner Gattin und seiner fünfzehnjährigen Tochter kannte sie näher. Als Senator des Bundesstaates Texas vertrat er die harte Linie der stockkonservativen republikanischen Volksvertreter, wenn es darum ging, islam-fundamentalistische Aktivitäten im nahen Osten zu geißeln. Stimmen in seinem Umfeld kritisierten zudem immer häufiger, dass der Ölmagnat seinen vorangegangenen Wahlkampf aus der eigenen Tasche bezahlt habe, um überhaupt den begehrten Posten im Senat zu erlangen. Inzwischen hatte er sich zum Wortführer der Republikaner emporgearbeitet. Ihm wurden mittlerweile gute Chancen bei der kommenden Präsidentschaftsnominierung vorhergesagt. Susan Meville managte weitgehend seine Wahlkampftourneen, und sein Sprössling sorgte neuerdings als Nr. 38 der Tennisweltrangliste für Schlagzeilen.

Ein etwas vierschrötiger Mann offensichtlich asiatischer Abstammung stellte sich ihnen als Song Daiwan, Geschäftsmann aus Taiwan, vor. Song trug einen streng geschnittenen, hellgrauen Stehkragenanzug und kurze, zurückgekämmte Haare. Alain musterte ihn unauffällig. Vom Aussehen her hätte er auch Major der nordkoreanischen Volksarmee sein können. Bei Rachels unmittelbarem Tischnachbarn, einem hochgewachsenen Endvierziger mit schon deutlich graumelierten Haaren, handelte es sich um Antony Michelli, Geschäftsmann aus Chicago. Seine Familie stammte zwar angeblich aus Apulien, er jedoch artikulierte sich in dem unverkennbaren Ostküstendialekt eines typischen Yankees. Seinen Angaben zufolge besaß er ein Import/Export-Unternehmen für militärische Hightech-Produkte. Alain musste unwillkürlich grinsen. Vermutlich war er Waffenhändler und traf sich hier an Bord mit diesem Song Daiwan, um an Bord der *Star Cradle* in aller Ruhe irgend einen Deal auszuhandeln. Allerdings schienen sich die beiden nicht zu kennen, aber das konnte auch geschickte Tarnung sein.

»Wo ist denn ihr, äh, Begleiter?« erkundigte sich Francis und vermied dabei das Wort Bodyguard. Der Kerl, mit dem Antony Michelli eingecheckt hatte, machte auf sie keinen besonders vertrauenerweckenden Eindruck. Doch vielleicht täuschte sie sich auch. Bodyguards besaßen andere, weniger augenfällige Qualitäten. Sie fragte sich ohnehin, warum jemand während des Urlaubs Personenschutz brauchte. Michelli war schließlich kein Politiker. Selbst der Senator aus Texas verzichtete an Bord auf einen bezahlten Aufpasser.

»Mr. Wells möchte sich erst einmal in aller Ruhe mit dem Schiff vertraut machen«, meinte der Amerikaner und entblößte eine Reihe schneeweißer Zähne.

»Soll ich ihm einen Tee auf seine Kabine bringen lassen?« erwiderte die Chefstewardess. Sie übersah geflissentlich Michellis breites Grinsen. Über Seekrankheit verlor man als gute Stewardess grundsätzlich nie ein Wort.

»Oder soll ich Dr. Barkowsky benachrichtigen?« fügte sie nach kurzem Zögern hinzu.

Michelli winkte ab. »Lassen Sie nur«, meinte der Geschäftsmann aus Chicago. »Lester Wells ist hart im Nehmen. Er wird sich schon noch eingewöhnen.«

Die nächsten Minuten bis zum Eintreffen des Kapitäns tröpfelten mit dem üblichen Smalltalk dahin.

Schließlich erschien Kössner. Er trug wie üblich zu solchen Anlässen seine frisch aufgebügelte Ausgehuniform, ein schneeweißes Hemd und die Krawatte mit dem dezenten Emblem seines Arbeitgebers. Ein verdammt attraktiver Kerl, gestand sich Francis ein. Wenn er doch bloß nicht zu jedem passenden oder unpassenden Moment den Chef heraushängen ließ. Kössner legte seine Uniformmütze beiseite und begrüßte reihum die Tischgäste. Dann warf er Francis einen fragenden Blick zu und nahm am Kopfende des ovalen Tisches Platz.

»Sir?« raunte ihm die Chefstewardess ins Ohr. »Etwas nicht in Ordnung?«

»Weiß Mr. Cohen Bescheid?« wollte Kössner wissen.

»Selbstverständlich, Sir«, entgegnete Francis. »Soll ich ihn rufen lassen?«

»Später«, meinte er aufgeräumt. »Ich werde ihn beizeiten persönlich auf der Brücke ablösen. Lassen Sie aber Dr. Barkowsky und Mr. Baxter kommen. Ich könnte mir vorstellen, dass unsere Gäste auch das übrige Schiffsmanagement kennen lernen wollen.«

»Ich kümmere mich darum«, entgegnete Francis erleichtert und verwirrt zugleich. Manchmal wurde man wirklich nicht schlau aus dem Deutschen.

Zehn Minuten später fanden sich der Bordarzt und der Leitende Ingenieur im Speisesaal ein. Kössner erhob sich, reichte Barkowsky die Hand und klopfte Baxter geradezu kameradschaftlich auf die Schulter. Er stellte die beiden Männer vor. Baxter suchte verwirrt Blickkontakt zu Francis. Die Chefstewardess hob verständnislos die Schultern. Sie wusste auch nicht, was augenblicklich im Kopf ihres Chefs vorging. Noch zwei Stunden zuvor hatte er den Chief zusammengestaucht, weil die Warmwasserversorgung an Bord ausgefallen war. Und jetzt nahm er sogar den unübersehbaren Ölfleck am Jackenärmel des Bordingenieurs kommentarlos hin.

»Nehmen Sie Platz, meine Herren«, meinte Kössner und rückte bereitwillig ein Stück zur Seite, damit sich die Männer bequem hinsetzen konnten.

»Mr. Baxter«, hob er schließlich an. »Was machen die Maschinen? Alles okay?«

Ohne eine Antwort abzuwarten, wandte er sich gleich wieder an seine Gäste. »Mr. Baxter ist der Leitende Ingenieur auf unserem Schiff. Ihm untersteht die gesamte Technik. Und zwar von der Heißwasserversorgung bis zur Satellitenfunkanlage.«

Er lächelte verschmitzt. »Ohne seinen Fachverstand lägen wir vermutlich heute noch in Keelung fest. Aber rufen Sie ihn bitte nicht an, nur weil in Ihrer Kabine unter Umständen mal eine Glühbirne ausgefallen sein sollte. Dafür gibt es ein eingespieltes Serviceteam.«

Für den Bruchteil einer Sekunde legte Kössner seine Hand auf dessen Unterarm. Schließlich deutete er auf Baxters Tischnachbarn.

»Dr. Barkowsky ist unser Schiffsarzt«, fuhr er fort. »Wie jeder Mediziner, der zur See fährt, hat auch er nichts dagegen, wenn Sie ihn kurz und knapp mit 'Doc' anreden. Dr. Barkowsky wird sich vornehmlich um Ihre Wellness kümmern.«

»Ich werde was?« brummte der Angesprochene halblaut vor sich hin und fuhr fort, gedankenverloren in sein leeres Weinglas zu stieren.

Kössner verzog keine Miene. »Sollten Sie sich einmal nicht wohlfühlen, was natürlich niemand zu wünschen hofft, dann seien Sie unbesorgt. Wir sind auf alle Eventualitäten eingerichtet. Von einer Zahnextraktion bis zur Sehnenzerrung. Die *Star Cradle* verfügt, gemessen an der Schiffsgröße, über eine optimal eingerichtete Bordklinik.«

»Ich hör wohl nicht recht«, knurrte der Deutsche halblaut und wandte sich dabei an Baxter. »Dieses Kabuff nennt der Bordklinik?«

Doc Barkowskys Atem ließ darauf schließen, dass er mit dem Mixen seiner Sundowner wohl schon kurz nach dem Lunch begonnen hatte.

»Halt den Mund und reiß dich zusammen«, wies ihn der Chief zurecht.

Der Saalkellner rettete die Situation. In seinem Gefolge befanden sich drei junge Filipinos, die eine Reihe silberner Platten auf weiß gedeckten Servierwagen vor sich herschoben. Auf dem letzten befand sich eine Auswahl französischer und italienischer Spitzenweine.

»Tu mir einen Gefallen und trink Mineralwasser«, flüsterte Baxter, während ihm Francis Stonebridge bereits einen verzweifelten Blick zuwarf. Er stieß den Bordarzt unsanft in die Rippen, weil der bereits, ohne abzuwarten, in die Flaschenbatterie greifen wollte.

Barkowsky hielt inne. »Was habt ihr denn bloß ständig. Ihr tut ja alle gerade so, als wäre ich …«

»Blödsinn«, beschwichtigte die Chefstewardess. »Aber es hinterlässt bei den Gästen sicherlich keinen guten Eindruck, wenn wir den Ladies und Gentlemen bei der Auswahl der Getränke nicht den Vortritt lassen.«

»Meinetwegen«, brummte Barkowsky und gab einem der Saalkellner ein unauffälliges Zeichen. Der Braunhäutige nickte.

»Was wollte der Doc von dir?« raunte Francis dem jungen Mann zu, als er mit einem Tablett an ihr vorbeiglitt.

»Das Übliche«, grinste der junge Mann zurück. »Jim Beam und Seven Up. Halb und halb in einer Saftkaraffe.«

»Untersteh dich!« zischte Francis.

Kurz bevor der Hauptgang aufgetragen wurde, erhob sich Kössner.

»Es tut mir aufrichtig leid«, entschuldigte sich der Kapitän, »aber die Pflicht ruft.«

Susan Meville, die Frau des Texaners, Lady Dorothy und Rachel Steinberg gaben höflicherweise ihr Bedauern kund. Kössner winkte ab und lächelte breit.

»Mein Erster Offizier wird Sie wohl kaum langweilen, meine Damen«, entgegnete er, deutete eine Verbeugung an und verließ die Kapitänstafel.

Es vergingen kaum fünf Minuten, bis Larry Cohen erschien. Die meisten Gäste kannten den Ersten Offizier an Bord der *Star Cradle* nur flüchtig. Cohen sah umwerfend aus. Die Karibiksonne und der Aufenthalt in Mittelmeergewässern hatten sein Gesicht dunkel gebräunt. Mit seiner Uniformmütze unter dem Oberarm wirkte er genauso souverän wie der Kapitän des Schiffes. Nur der fehlende vierte Streifen am Ärmel deutete darauf hin, dass er nicht der Chef an Bord war. Cohen nickte den Herren höflich zu und widmete sich anschließend den anwesenden Damen. Elizabeth Meville, die fünfzehnjährige Tennisspielerin aus Texas, errötete leicht, als ihr Cohen ein Kompliment machte. Cohen taxierte sie kurz. Zu jung, zu unerfahren. Uninteressant. Er wandte sich an Lady Dorothy. Sie lehnte sich in ihrem Sessel zurück und schaute ihn neugierig an. Auch die junge Adelige streckte ihm ihre Hand entgegen, auf deren Rücken er einen galanten Kuss andeutete. Sie war verheiratet. Das wusste er aus der Journaille. Unglücklich, sofern er der Regenbogenpresse Glauben schenken durfte. Cohen vernahm ein kehliges Knurren. Es kam aus dem Hintergrund. Dorothys Leibwächter warf ihm einen scharfen Blick zu. Das würde schwierig werden, grinste Cohen vor sich hin. Doch Probleme waren schließlich dazu da, dass man sie löste.

Anschließend drehte er sich zur Seite und wandte sich dem nächsten weiblichen Bordgast zu. Larry Cohen starrte in ein Paar rehbrauner Augen. Er nahm weder den Duft ihres Parfums wahr, noch schenkte er dem teuren Schmuck um Hals und Handgelenke

Beachtung. Auch ihre unübersehbaren weiblichen Rundungen ließen ihn in diesem Augenblick kalt. Larry Cohen versank geradezu in diesen wunderbar warmen Augen. Er schluckte heftig. Alle Frauen an Bord der *Star Cradle* waren vergessen. Ebenso der erneut ausgefallene Bildschirmplotter, die Auseinandersetzung mit Kössner und das lange herbeiersehnte Ende dieses Katastrophentörns. Der junge Engländer fühlte, wie sein Mund trocken wurde und seine Zunge am Gaumen zu kleben begann. Cohens salzwassernasse Seemannsseele hatte sich von einem Augenblick zum anderen unsterblich verliebt.

Behutsam kletterte eine dunkel gekleidete Gestalt die schmale Metalltreppe hinunter. Sie bewegte sich langsam und achtete darauf, kein unnötiges Geräusch zu verursachen. Die Person trug einen schmalen Werkzeugkasten in der linken Hand, in der rechten hielt sie einen schweren amerikanischen Revolver mit Spezialschalldämpfer. Auf dem unteren Absatz hielt die Gestalt für einen kurzen Augenblick inne. Sie öffnete die Tür zu dem nur spärlich beleuchteten Gang und horchte. Niemand ließ sich sehen. Vorsichtig wurde die Tür Zentimeter für Zentimeter aufgeschoben. Die Scharniere quietschten ein wenig. Die Gestalt griff in den Werkzeugkasten, zog eine Dose heraus und sprühte die beiden Drehgelenke ein. Als sich die Tür vollständig öffnete, war nicht mehr das leiseste Geräusch zu hören. Die Gestalt steckte die Dose wieder zurück in den kleinen Kasten und glitt lautlos den Gang hinunter. Vor einer Tür mit der Aufschrift 'Pantry' blieb sie stehen, lauschte erneut und betrat schließlich die Schiffsküche. Als sich Dimitrij Kopernikow am folgenden Morgen daranmachte, das Frühstück für die Gäste an Bord der *Star Cradle* zuzubereiten, deutete nichts auf den nächtlichen Besucher hin.

Kapitel 11

Sanft krängte der Fünfmaster nach Steuerbord weg und fing mit seinen über 2.500 qm Tuchfläche den vom ausgeglühten Atlasgebirge heranwehenden Wind ein. Alle Segel waren gesetzt. Hin und wieder rauschte das Tuch in den Windböen, knackten die Taue in den Blöcken und vibrierten die belasteten Leinen an den fünf Masten. Hell glitzerte die Wasseroberfläche. Tausende heller Schaumkronen zierten die Wellen, die von der Strömung, die sich zwischen Gibraltar und der Nordwestspitze Afrikas in das Mittelmeer hineinpresste, aufgebürstet wurden.

Der junge Schiffsoffizier legte das Fernglas beiseite und atmete tief durch. Sie waren in der letzten Nacht unter Maschine gut vorangekommen. Kössner hatte kurz vor Ende seiner Wache die Deckscrew aus den Kojen gepurrt und beim ersten Sonnenstrahl die Segel setzen lassen. Nun pflügte die *Star Cradle* kraftvoll und ohne störenden Motorenlärm durch die See.

Larry Cohen liebte die Frühwachen an Bord. Dann war es noch ruhig, und ihm blieben die neugierigen Blicke und die bisweilen nervtötenden Fragen der Passagiere erspart.

Eigentlich ein feines Schiff, dieser Fünfmaster, dachte er bei sich. Ein ganz anderes Kommando als auf einem motorbetriebenen Kreuzfahrtschiff. Auf der *Star Cradle* ließen sich Meer und See noch richtig erfühlen. Kein Vergleich zu den schwimmenden Palästen, die nicht vom Wind, sondern von anonymen, ständig rotierenden Propellern vorangetrieben wurden. Ein Fünfmaster besaß auch keine hochsensiblen Stabilisatoren, die selbst bei sieben bis acht Windstärken noch dafür sorgten, dass die Magennerven der Passagiere nicht aus dem Takt gerieten. Nein, die *Star Cradle* war trotz des verschwenderischen Luxus unter Deck ein Großsegler. Sie ließ das Herz jedes anständigen Seemannes einen Tick höher schlagen. Er hätte niemals seinen Heuervertrag storniert, wäre da nicht der

Kapitän gewesen oder die Technik, die ihn und Chief Baxter laufend in Atem hielt.

Kössner schien, seit die Gäste an Bord eingetroffen waren, jegliches Gefühl für Angemessenheit verloren zu haben. Offiziere und Mannschaftsgrade mussten seit dem Ablegen in Genua ständig wie aus dem Ei gepellt aussehen. Er kam sich langsam vor, als wäre er nicht Navigationsoffizier auf einem Vergnügungssegler sondern Dressman für maritime Ausgehbekleidung. Am meisten litt natürlich der Leitende Ingenieur unter dieser Kleiderordnung. Baxter hatte sich noch nie sonderlich um sein Outfit gekümmert. Es scherte ihn nicht, dass seine Jacke mitunter Ölflecken abbekam. Inzwischen durfte er sich außerhalb des Maschinenraums nur noch sehen lassen, wenn seine Uniform absolut untadelig erschien.

Ähnlich erging es auch Lawrence Conway. Der australische Bootsmann, dem derbe Sprüche und zotige Flüche immer leicht von den Lippen gingen, wurde von Kössner mehrfach wegen seiner Ausdrucksweise gerügt. Der Australier nickte zwar immer betreten, ballte jedoch innerlich die Faust in der Tasche. Längst hatten die Filipinos begriffen, dass der Käpt'n ausgerechnet ihren Schinder auf dem Kieker hatte. Immer, wenn er von Kössner zurechtgewiesen wurde, verzogen sich zehn Mundwinkel ostentativ nach oben. Da nutzte es auch nichts, dass Conway seine Leute hinterher zusammenstauchte. Längst hatten Leute wie Nelson Santos oder Charly Cunito Segelerfahrung gesammelt. Selbst Cohen zeigte sich zufrieden. So hatte Conway immer seltener Gelegenheit, sich an seinen Matrosen abzureagieren. Was nutzte es, herumzufluchen und zu toben, wenn die verhassten Reisfresser die Segel mittlerweile in rekordverdächtigem Tempo und ohne den Einsatz von Motorwinden und Hydraulikunterstützung getrimmt bekamen. Gerade das machte Conway wütend. Viel lieber hätte er vor den Gästen, die hin und wieder an Deck die einzelnen Manöver aufmerksam verfolgten und dabei leise kommentierten, den respekteinflößenden Blaubart herausgekehrt. So blieb ihm nichts anderes übrig, als freundlich zu nicken, allenfalls halblaute Kommandos zu erteilen und ansonsten darauf zu achten, dass er möglichst außer Sichtweite des Kapitäns blieb.

Larry Cohen griff instinktiv zu seinem Hemdkragen und prüfte, ob die Krawatte mit dem Emblem der Reederei noch korrekt saß. Kurz vorher war einer ihrer wenigen Passagiere auf dem Seitendeck erschienen. Es handelte sich um die junge amerikanische Tennisspielerin, die wie gewöhnlich in aller Herrgottsfrühe ihre Runden über die Seitendecks drehte. An diesem Morgen jedoch stoppte sie bereits nach einer knappen halben Stunde am Pool, schlüpfte aus ihrem hautengen Laufdress und stürzte sich kopfüber in das vom Fahrtwind deutlich abgekühlte Wasser. Gemäß Bordreglement war zwar das Baden nur in angemessener Bekleidung gestattet, aber da sich zu dieser Uhrzeit ohnehin niemand an Deck aufhielt, drückte er beide Augen zu. Cohen wandte sich demonstrativ ab. Er vermied es, weibliche Passagiere zu taxieren. Dafür jedoch verfolgte ein anderes Augenpaar jede Bewegung der jungen Amerikanerin.

Dimitrij Kopernikow schüttelte den Kopf und schloss ergeben die Augen. Keena Maharmanhi schmunzelte und rührte weiter in einer Schüssel herum. Seine Schultern zuckten. Am liebsten hätte ihm Dimitrij eine heruntergehauen. Keena, sein pakistanischer Assistent, verstand natürlich die Aufgebrachtheit der beiden tunesischen Hilfsköche. Schließlich war er selber Moslem. Umso mehr amüsierte ihn der andauernde Disput zwischen dem Küchenchef und den beiden Nordafrikanern. Jussuf und Ali, die erst in Genua zugestiegen waren, lehnten jeden Kontakt mit dem Fleisch niederer Tiere ab. Deshalb weigerten sie sich auch, das Frühstücksbüfett auszurichten, denn die Wurstsorten, die auf den Platten angerichtet waren, enthielten Schweinefleisch. Zudem machte den Russen die penetranten Knoblauchausdünstungen seiner beiden Mitarbeiter wahnsinnig. Wenigstens sahen sie ein, dass sie sich vor jedem Umgang mit frischen Lebensmitteln die Hände waschen mussten.

»Ich bin es langsam leid!« brüllte Dimitrij in seiner russischen Muttersprache. Dabei fluchte er wie ein armenischer Teppichhändler.

Jussuf und Ali, die weder Russisch noch Englisch verstanden und der französischen Sprache auch nur in Grundzügen mächtig waren, zuckten die Schultern. Jussuf Henani, ein drahtiger kleiner Mann aus einem Dorf in der Nähe von Sfax, stemmte die Fäuste in die Hüften. Ali, zwar beinahe einen Kopf größer und angeblich sein Vetter, hielt sich respektvoll zurück.

»Schwein nix gut!« parlierte er zum wiederholten Mal. Er deutete auf die Wurstplatten und verzog angewidert sein Gesicht.

»Nix gut. Nix anfassen.«

»Ihr nix gute Köche!« brüllte Dimitrij ungehalten. Französisch sprach er ebenfalls nur in Brocken. Seit drei Tagen vertrieb er sich die Nächte, indem er Wörterbücher studierte, damit er sich mit seinen beiden neuen Mitarbeitern wenigstens halbwegs verständigen konnte.

»Warum ihr nix bleiben in eurem Kuhdorf!« fügte er auf Russisch hinzu, woraufhin die beiden Nordafrikaner erstaunt hochblickten. Keena schnaubte. Dimitrij versetzte ihm einen Rippenstoß.

»He!« schimpfte der Pakistani.

Er konnte doch auch nichts dafür, dass sein Chef mit den beiden Hilfsköchen nicht klarkam. Als anständiger Muslime hätte er zwar niemals Schweinefleisch verzehrt, seine eher progressive Glaubensauffassung gestattete ihm jedoch, verabscheuungswürdige Speisen zumindest für die Ungläubigen aus dem Norden zuzubereiten. Allerdings tat auch er sich schwer, wenn es darum ging, Schweinesteaks zu grillen. Demonstrativ streifte er jedes Mal seine Gummihandschuhe über.

»Was er meinen?« erkundigte sich Jussuf und wandte sich dabei an Keena.

Der Pakistani drehte sich um. Sein Gesicht wirkte mit einem Mal todernst.

»Nehmt euch zusammen«, knurrte er halblaut. »Ihr seid hier nicht eingestellt, um dem Muezzin Konkurrenz zu machen. Allah ist groß. In seiner unendlichen Güte wird er euch schon verzeihen, wenn ihr das Büfett vorbereitet.«

»Bismillâh!« stöhnte Jussuf und ehrte seinen Gott zusätzlich, indem er mit der Faust Stirn, Lippen und Brust berührte. Doch dann spuckte er aus.

»Niemals!« stieß er voller Zorn hervor.

Ein Summen ertönte. Dimitrij griff nach dem Bordtelefon und meldete sich. An seinem Gesichtsausdruck ließ sich unschwer ablesen, dass er soeben einen Rüffel einstecken musste.

»So kommen wir nicht weiter!« brüllte er ungehalten los, wobei seine Kochmütze verrutschte. »Der Saalchef hat jetzt schon zum zweiten Mal das Wurstbüffet angemahnt. Also, wollt ihr jetzt endlich, oder muss ich den Käpt'n informieren?«

In seinem Zorn hatte er, wie üblich an Bord, englisch gesprochen. Jussuf und Ali, seine tunesischen Hilfsköche, schauten ihn abwartend an. Keena übersetzte, so gut ihm das als Pakistani gelang, in ein möglichst verständliches Hocharabisch.

Ein weiteres Signal ertönte. Es rührte vom linken Handgelenk des Wortführers her. Jussuf schaute kurz auf die Digitalanzeige seiner Armbanduhr und nickte seinem Vetter zu.

»Wo wollt ihr hin, zum Henker?« brüllte Dimitrij. Sein Gesicht lief dunkelrot an.

Jussuf und Ali deuteten mit ihren zuckenden Schultern das internationale Zeichen für Unverständnis an und verließen die Küche. Dimitrij nahm seine Kochmütze ab, warf sie zu Boden und trampelte wütend auf ihr herum. Keenas Gesicht lächelte hintergründig.

»Was gibt's da zu grinsen, Curryfr…?«

Dimitrij verschluckte sich. Beinahe hätte er seinem Assistenten ein übles Schimpfwort an den Kopf geworfen. Keenas Blick verfinsterte sich auch sofort. Der Russe klopfte seinem Mitarbeiter auf die Schulter.

»Tut mir leid, Junge«, knurrte Dimitrij, »aber diese beiden Idioten treiben mich noch in den Wahnsinn. Was ist denn nun schon wieder? Morgengebet?«

Keena nickte.

»Und warum verhältst ausgerechnet du dich wie ein normaler Mensch?« fuhr der Russe fort. »Du bist doch auch Moslem. Wieso verbringst du nicht den halben Tag auf deinem Gebetsteppich?«

Keena schaute ihn lange schweigend an. Dann ging ein Ruck durch seinen Körper und er stieß sich von einem der Elektroherde ab, gegen den er bis zuletzt lehnte. Er deutete auf die unvollständigen Büfettplatten.

»Komm, Chef!« Dabei lächelte er milde. »Keine Zeit für philosophische Erörterungen, oder willst du noch einmal einen Rüffel einstecken?« Dimitrij schüttelte widerwillig den Kopf.

»Du hast ja Recht«, brummte er. »Verstehen kann ich es trotzdem nicht.«

»Gibt es im Glauben an deinen Gott etwa keine Unterschiede?« meinte Keena, während er unauffällig den Schweinefleischaufschnitt gegen Rinderwurstscheiben austauschte und sie zu kleinen Röllchen formte. »Ich habe mir sagen lassen, dass es deswegen bei euch in Europa sogar blutige Kriege gegeben hat.«

»Nicht in Russland«, erwiderte der Chefkoch. »Und du sei ganz still. Im Iran und in Afghanistan bekämpfen sich Schiiten und Suniten doch auch bis aufs Messer.«

»Siehst du«, lächelte Keena und stellte eine fertig angerichtete Platte in den Speiseaufzug. Sekunden später befand sie sich bereits im Frühstücksraum.

»Bei uns ist es nicht anders. Jeder meint, dass seine Vorstellung vom Glauben die einzig richtige ist. Und wenn du schon Iran und Afghanistan ansprichst, dann denk nur mal an Nordirland.«

Dimitrij schaute ihn missmutig an. Ihn ärgerte die Schlagfertigkeit seines Hilfskochs und dass sich dieser mit den Problemen in der Welt offenbar bestens auszukennen schien.

»Das ist doch etwas ganz anderes«, gab er unwirsch zur Antwort.

»Etwas ganz anderes?« grinste Keena. »Wohl kaum. Erst in der vergangenen Woche …«

»Schluss der Debatte!« grunzte der Russe. »Sieh zu, dass die Platten fertig werden. Möchte wissen, wie lange sich der Käpt'n unsere Trödelei noch ansieht.«

Der Pakistani schwieg und fuhr gleichzeitig fort, die nächste Platte zu garnieren. Dimitrij drehte sich zum Herd herum. An zwei Tischen waren angeblich die Rühreier ausgegangen. Er griff zu einer der großen Pfannen, die in Kopfhöhe hingen und nahm sie herunter. Er stellte sie auf das Ceranfeld und schaltete die Stromversorgung an. In diesem Moment fauchte etwas unter der Kochplatte. Ein Knistern wurde hörbar und bläulicher Qualm stieg hinter den spiegelnden Kochfeldern empor. Zur gleichen Zeit zuckte Dimitrij zurück und brüllte laut auf.

Ehe Keena begriff, was um ihn herum geschah, tauchten aus den Lüftungsschlitzen unterhalb der Kochplatte bereits erste Flammen auf. Beißender Qualm breitete sich aus. Im gleichen Augenblick ertönte eine durchdringende Warnsirene.

Der Pakistani ließ die Servierplatte fallen und wich instinktiv zurück. Die sorgfältig garnierten Wurströllchen verteilten sich auf dem Küchenboden.

»Chef!« brüllte Keena und schaute abwechselnd auf das Ceranfeld, das mit lautem Getöse zerbarst und auf Dimitrij, der verkrümmt auf dem Boden lag.

In seinen Schrei mischte sich das Rasseln des Telefons. Keena nahm das Geräusch gar nicht wahr. Der Qualm breitete sich immer mehr aus und brannte ihm in den Augen. Der Rauchsensor meldete sich. Sein Pfeifton schwoll dermaßen an, das sich der Pakistani instinktiv die Ohren zuhielt. Zeitgleich begann der Sprinkler mit seiner Arbeit. Unaufhörlich verwandelte sich die Pantry an Bord der *Star Cradle* in eine Apokalypse. Das von oben herabströmende Wasser lief ungehindert durch die Spalten des zerborstenen Ceranfelds und suchte sich seinen Weg ins Innere des Herdes. Dort traf es auf die offensichtlich immer noch unter Spannung stehende Verkabelung. Die Funken sprühten beinahe bis zur Decke. Das Licht in der Pantry verlosch. Dimitrij Kopernikow gab kein Lebenszeichen mehr von sich.

Immer noch stieg übelriechender Qualm aus der Kochecke empor. Das Löschwasser aus der Sprinkleranlage reichte offenbar nicht aus, um den schnell um sich greifenden Brand zu löschen. Das Geheul der Warnsirenen wurde immer unerträglicher. Keena versuchte sich in der dunklen Umgebung zu orientieren. Der dichte Qualm machte das Atmen schwer. Er keuchte, hustete und würgte. Dabei wurde ihm schlecht. Nur mit Mühe wankte er vorwärts. Die Tür wurde aufgerissen.

Ohne Vorwarnung stürmten zwei Männer in die Bordpantry. Der eine von ihnen übersah den Pakistani, stolperte und stürzte zu Boden. Chief Baxter fluchte laut los, rappelte sich aber sofort wieder hoch. Joe Lymington, Baxters Assistent, griff nach dem Schaltkasten neben der Tür. Fauchend sprang der Ventilator an und begann, die kaum noch atembare Luft abzusaugen. Auch die Deckenbeleuchtung flackerte wieder auf.

»Wo du schon am Schaltpaneel bist«, knurrte Baxter, der sich mühsam aufrappelte, »kannst du auch gleich den Sprinkler abschalten. Ich habe heute morgen schon geduscht.«

Sekunden später ließ der Wasserstrahl nach. Baxter riss den Schaumlöscher aus der Wandhalterung, aktivierte ihn und ließ die beiden Elektroherde unter einem weißen Teppich verschwinden. Ruß, Asche und das Löschwasser verwandelten den Schaum in eine dreckige, übelriechende Masse. Als die letzten Flammen erstickten, legte Baxter den Löscher beiseite und besah sich die Katastrophe genauer. Die beiden Elektroherde waren vermutlich hin. Er stöhnte laut auf. Die Schiffsküche sah schrecklich aus. Das Löschwasser und der Schaumteppich aus dem Handlöscher hatten Kopernikows ansonsten eher steril anmutendes Reich völlig unbrauchbar gemacht. Eine schmierige Rußschicht bedeckte sämtliche Arbeitsflächen, die Mikrowellenherde, die Spülmaschine, den Boden, die Wände, sämtliches Kochgeschirr. Hier sah es aus, als hätte die IRA einen Brandanschlag verübt.

»Chief!« brüllte sein Assistent. »Irgendwas stimmt mit Dimitrij nicht! Er ist immer noch bewusstlos! Sieht ganz nach einem Stromschlag aus. Ruf den Doc an! Der soll sofort kommen.«

Baxter wirbelte herum. Dimitrij Kopernikow lag zusammengekrümmt im Löschwasser und rührte sich nicht. Der Pakistani hielt sich derweil im Türrahmen fest und keuchte nach Luft. Der Bordingenieur ging an die Schalttafel. Sämtliche Sicherungen vom Herd waren aktiviert.

»Joe!« Er wandte sich an seinen Assistenten. »Welche Automaten hast du eingeschaltet?«

Lymington überlegte keine Sekunde.

»Nur die für Beleuchtung und Klimaanlage«, erwiderte er. »Sonst habe ich nichts angerührt. Warum?«

Baxter antwortete nicht. Verdammt, fluchte er still in sich hinein. Wie konnte das passieren? Die gesamte elektrische Anlage war so abgesichert, dass sich sämtliche Stromkreise bei Kurzschluss unverzüglich und vollautomatisch abschalteten. Dafür sorgten an Bord der *Star Cradle* Hunderte von Sicherungsautomaten und spezielle Schaltkreise mit Fehlerstromschutzschaltern. Der große Fünfmaster gehörte zu den ganz wenigen Schiffen, auf denen es aus Sicherheitsgründen kein Gas mehr gab. Kopernikow hatte lange gebraucht, um seine Kochgewohnheiten auf die ungewohnte Energiequelle umzustellen.

Baxter überlegte weiter. Der Schiffskoch hätte wegen der ausgeklügelten Sicherungseinrichtungen nach normalem menschlichem Ermessen überhaupt keinen Stromschlag erhalten dürfen. Wieso nur hatten diese hochempfindlichen Sensoren ausgerechnet bei den Kochherden, die zudem auch noch mit Kraftstrom aus einem speziellen Generator versorgt wurden, versagt?

Er nahm sein Intercom aus der Gürteltasche und wählte den Bordarzt an. Kopfschüttelnd legte er das Gerät nach dem Gespräch beiseite. Doc Barkowsky schien wieder einmal ziemlich verkatert zu sein.

»Was geht hier vor?« knurrte eine Stimme im Türrahmen. Sie gehörte dem Kapitän. Kössner sah übernächtigt aus.

Baxter erhob sich. Er hatte bis zum Eintreffen des Deutschen seinem Assistenten geholfen, Kopernikow notdürftig zu versorgen.

»Herzmassage, Sir«, keuchte Lymington und fuhr fort, den Verletzten weiterzumassieren.

»Was ist passiert?« wiederholte Kössner seine Frage.

Baxter gab eine knappe Lagemeldung.

»Kurzschluss, sagen Sie?« meinte der Kapitän verblüfft. »Und die Lastabwurfschalter haben dabei ebenso versagt wie der Fehlerstromschutz? Wie ist denn so etwas möglich?«

Baxter deutete demonstrativ auf die beiden demolierten Elektroherde und zuckte die Schultern.

»Schauen Sie sich das Chaos doch an, Sir«, brummte er. »Sie müssen mir schon ein bisschen Zeit geben, um das herauszufinden. Zaubern kann …«

»Lassen Sie hier sauber machen und kümmern Sie sich um den Schaden«, unterbrach ihn Kössner.

»Auf den Einsatz des Reinigungspersonals habe ich keinen Einfluss, Sir«, konterte Baxter halblaut zurück. Rangunterschied hin oder her, so ließ er nicht mit sich umspringen. »Ich kann wohl versuchen festzustellen, was den Ausschlag für den Kurzschluss gab; um eine neue Herdanlage muss sich allerdings die Reederei kümmern. Keine Ahnung, wie die hier an der Westküste Afrikas so rasch Ersatz auftreiben wollen.«

Kössner zog die Stirn in Falten. »Nicht reparabel?«

Baxter deutete auf die Kochstelle, die noch immer unter einem dicken Schaumteppich lag und winkte müde ab. In diesem Moment stürmte Richard Barkowsky durch den Türrahmen. Er wirkte ein wenig verstört, wie immer, wenn man ihn nach dem Genuss zu vieler Cocktails am nächsten Morgen zu früh aus den Federn holte. Der Schiffsarzt schaute sich um.

»Oh, Himmel! Welch ein Desaster.«

Baxter deutete mit dem abgespreizten Daumen auf den immer noch am Boden liegenden Kopernikow, den sein Assistent inzwischen in eine halbwegs trockene Ecke gelegt hatte. Barkowsky beugte sich zu ihm hinunter und begann seinen Arztkoffer umständlich aufzuklappen. Ein Stethoskop fiel heraus und landete im Löschwasser. Der Bordarzt nahm es auf, blies die Wassertropfen aus den Ohrstöpseln und tastete mit dem empfindlichen Gegenstück anschließend den Brustkorb des Verletzten ab. Während er mit Kopernikow beschäftigt war, tauchten die beiden Hilfsköche auf, besahen sich teilnahmslos das Chaos in der Pantry und verschränkten demonstrativ die Arme vor der Brust. Baxter wandte sich an den Pakistani.

»Wo kommen die denn her?« fragte er Kopernikows Küchenassistenten. »Haben die Männer keinen Dienst?«

»Morgengebet.« Keena lächelte milde.

»Ah, Morgengebet.« Baxter schüttelte den Kopf.

»Los, packt mal mit an«, meinte Barkowsky, als ein Matrose die Trage brachte. Er deutete unmissverständlich auf die beiden Hilfsköche.

Jussuf und Ali warfen dem Pakistani einen fragenden Blick zu. Keena übersetzte. Schließlich nickten sie und folgten dem Arzt mit dem leblosen Küchenchef auf der Trage zur Krankenstation.

Kössner wandte sich an Keena Maharmanhi. »Kommen Sie hier unten zur Not auch alleine klar?« wollte er wissen.

Der Pakistani wiegte den Kopf. »Bin mir nicht sicher, Sir. Jemanden wie Dimitrij kann ich nicht ersetzen. Und ohne vernünftige Kochstelle erst recht nicht. Bringen Sie Ihren Gästen lieber schon einmal bei, dass es zum Dinner wohl nur kalte Platten geben wird.«

»Chief?« knurrte Kössner und drehte sich zu seinem Cheftechniker um.

Baxter zuckte die Schultern. »Zunächst einmal kommt es darauf an, ob ich nach dem Fehler in der Bordelektrik suchen soll. Das kostet Stunden und bringt nur dann etwas, wenn alles zunächst so bleibt, wie es ist. Andernfalls schlage ich vor, dass das Reinigungspersonal in Kohortenstärke antritt und dabei den Putzlappen im Expresstempo schwingt. Das Kochfeld des eines Herdes ist, soweit ich das in der Eile beurteilen kann, offenbar weitgehend heil geblieben. Unter Umständen lässt sich da etwas reparieren, aber versprechen kann ich nichts.«

Kössner nickte und klopfte Baxter beim Verlassen der Pantry auf die Schulter.

»Sie machen das schon, Chief«, brummte er. »So, wie Sie auch das Wellenlager ohne fremde Hilfe wieder hinbekommen haben. Sie sind mein bester Mann an Bord.«

Im Türrahmen drehte er sich noch einmal herum. »Und das ist mein voller Ernst. Machen Sie sich also an die Arbeit, Mr. Baxter. Ich zähle auf Sie.«

Ron Baxter starrte ihm fassungslos hinterher. Der Mann musste einen Zwillingsbruder an Bord haben. Als sich die Arbeiten an der Welle wegen einer verklemmten Lagerschale drei weitere Stunden hinzogen und deswegen die Maschine nicht gestartet werden konnte, hatte ihm Kössner noch voller Zorn absolute Unfähigkeit vorgeworfen.

Ein seltsam süßlicher Duft schwebte durch die Kabine. Er rührte von dem Zigarettenstummel her, der langsam im Aschenbecher verglühte. Und es war nicht der Tabak, der so absonderlich roch, sondern das eingedrehte Haschisch in seinem Innern. Der Bewohner der Kabine verließ die winzige Nasszelle und schüttelte sich das Wasser aus den Ohren. Bis auf das Handtuch, das er in Händen hielt, und mit dem er sich die schwarzen lockigen Haare abfrottierte, war er nackt. Seine Muskeln auf Brust, Oberarmen und Rücken spannten sich bei jeder Bewegung. Es war heiß gewesen an diesem Vormittag, und er hatte die Dusche als angenehm empfunden. Dort, wo er herkam, konnte man nur selten auf genügend fließendes Wasser hoffen. Meist fand sich ein Grund, die Trinkwasserleitung in sein Dorf zu unterbrechen.

Schließlich zog er seine Reisetasche unter der Koje hervor und zog den Reißverschluss mit einer energischen Bewegung zur Seite. Nach kurzem Suchen fand er das handflächengroße Gerät und legte es auf den Tisch. Rasch schlüpfte er in seine khakifarbene Hose, verbarg das Gerät in einer der Taschen, streifte sich ein T-Shirt über und verließ die Kabine. Unauffällig schaute er sich auf dem Gang um. Kein Mensch war zu sehen. Auf nackten Sohlen schlich er zum nächsten Quergang, der zum Seitendeck führte. Er drückte auf den roten, auffällig großen Knopf. Fauchend glitt die Schiebetür zur Seite, und er trat ins Freie. Angenehm milde Luft wehte ihm entgegen. Er atmete tief durch. Eine eigentümliche Schwermut legte sich wie ein schweres Tuch über seine Gedanken. Wie weit mochten sie inzwischen von seiner Heimat entfernt sein? Hundert Meilen? Tausend Meilen? Dem tragbaren GPS-Empfänger traute er nicht, obwohl das Gerät den Standort nach geografischer Länge und Breite auf wenige Meter genau anzugeben vermochte. Ihm kam es vor, als wäre er längst am anderen Ende der Welt.

Er riss sich zusammen. Aufmerksam studierte er die Displayangabe und bemühte sich, die Zahlenkombinationen im Gedächtnis zu behalten. Dann schlich er wieder zurück in seine Kabine. Ein paar Augenblicke später nahm er den Hörer des Bordintercoms zur Hand und wählte. Eine krächzende Stimme meldete sich.

»Kaifa hâlukum, Anwar?«

»Danke, mein Freund, es geht mir gut«, antwortete der Barfüßige.

»Konntest du meinem Wunsch nachkommen, ya achî?« fragte die Stimme.

Der andere nannte mehrere Zahlen. Die Stimme zeigte sich zufrieden.

»Kam waqt lazimnâ ilâ mawâ id?« fragte der Barfüßige und steckte das tragbare Satellitenempfangsgerät wieder sorgfältig weg.

Die Stimme lachte rau. »Wie lange es noch dauert? Hab' Geduld, Anwar. Mâ shâ'a allâh. Alles liegt in Allahs Hand.«

Die Gesprächsverbindung brach ab. Der Mann in der Khakihose schlüpfte in ein Paar Leinenschuhe und verließ erneut seine Kabine. Diesmal machte er sich keine Mühe, unauffällig zu bleiben.

Kapitel 12

Alain hatte schlecht geschlafen. Die ungewohnten Schiffsbewegungen hatten ihn während der Nacht immer wieder geweckt. Der Franzose warf einen Blick auf die Digitaluhr, seufzte ergeben und kletterte aus seinem Bett. Noch verschlafen stolperte er ins Bad und stellte sich unter die Dusche. Alain fluchte leise vor sich hin. Am vorangegangenen Abend hatte er vergessen, den Weckmechanismus einzustellen. Er war spät dran, und Rachel hasste es, wenn man sie warten ließ. Ohne seine Hilfe hatte sie bei Seegang in ihrem Rollstuhl sitzend kaum eine Chance, sich den Weg bis zum Frühstückssaal zu bahnen. Obwohl Alain minutenlang abwechselnd kaltes und warmes Wasser über seinen brummenden Kopf laufen ließ, dauerte es eine ganze Weile, ehe seine Lebensgeister wieder vollständig zurückkehrten.

Schließlich streifte er sich ein dezent gemustertes Leinenhemd mit kurzem Arm über, wählte eine dunkelblaue Hose und wildlederne Schuhe. Auf das Jackett verzichtete er ausnahmsweise, denn das Digitalthermometer zeigte bereits eine Außentemperatur von annähernd fünfundzwanzig Grad an. Alain Leblanc verließ seine Kabine und schlenderte den Gang hinunter. Vor Rachels Suite blieb er stehen und klopfte leise an die Tür. Da er keine Antwort erhielt, pochte er etwas lauter gegen die Tür. Doch eine Antwort blieb aus. Rachel schien bereits ohne ihn aufgebrochen zu sein. Ein ungewohntes Gefühl der Ungeduld überkam ihn.

Seufzend drückte Rachel Steinberg auf den Türöffner, griff anschließend in das Stahlrad ihres Rollstuhls, und wartete, bis die Schottür fauchend zur Seite glitt. Mit einer energischen Handbewegung schob sie ihren Rollstuhl über die niedrige Führungsschiene im Boden. Ihre Kraft reichte jedoch nicht aus, um rasch genug über das Hindernis zu gelangen, zumal auch der Seegang ihr Vorankommen erschwerte. Die Hinterräder blieben auch beim dritten Versuch hängen. Fauchend schob sich die Tür wieder zu und presste ihren Rollstuhl gegen die Einfassung. Sie beugte sich zurück, konnte jedoch den Türöffner aus dieser Position nicht erreichen.

Die junge Frau überlegte. Was sollte sie tun? Sie konnte doch wohl schlecht lauthals um Hilfe rufen. Was hätten die Leute von ihr gedacht. Du bist selber schuld, gestand sie sich schließlich zähneknirschend ein. Warum konntest du auch nicht warten, bis dich Aubin abholte? Nein, du musstest ja unbedingt wieder aller Welt beweisen, dass du auf keinerlei fremde Hilfe angewiesen bist. Und jetzt steckst du hier im Gang fest wie eine Maus in der Falle. Sie schaute sich um. Niemand war zu sehen. Nur wenige Passagiere hatten sich zur Überführungsreise von Genua nach Las Palmas an Bord der *Star Cradle* eingefunden. Außer den wenigen First-Class-Suiten schienen zumindest die Doppelkabinen bis auf wenige Passagiere weitgehend unbewohnt. Die überwiegende Anzahl der Kreuzfahrtgäste würde wohl erst auf den Kanaren zusteigen.

Leise schmatzend fiel hinter ihr eine Kabinentür ins Schloss. Neugierig drehte sich die junge Amerikanerin um, doch sie konnte niemanden sehen. Außer der Klimaanlage, die mit gedämpftem Säuseln ihre unauffällige Arbeit versah, blieb es still. Erneut überlegte sie, ob sie mit einem Ruf auf sich aufmerksam machen sollte. Doch widerwillig schüttelte sie den Kopf und versuchte stattdessen erneut, den Türöffner zu erreichen. Allerdings ohne Erfolg. Hätte sie einen Stock besessen, wäre alles kein Problem gewesen. Mist, dachte sie bei sich. So ein großer Mist!

»Miss Steinberg!« rief eine entsetzte Stimme hinter ihr. »Himmel, Miss Steinberg, was machen Sie denn da?«

Larry Cohen hieb mit der flachen Hand auf den Türöffner. Fauchend glitt die Tür zur Seite. Rachel schaute ihn halb belustigt, halb abwartend an.

»Oh, Mr. Cohen. Schön, Sie zu sehen. Wären Sie vielleicht so freundlich …«

Larry Cohen starrte die junge Frau immer noch fassungslos an, und ehe er sich aus seiner Erstarrung lösen konnte, schloss sich auch schon wieder die Schiebetür. Rachel schüttelte unwillig den Kopf.

»Mr. Cohen!« meinte sie kühl. »Wären Sie jetzt endlich so freundlich und würden mich über diese verdammte Schwelle schieben? Nicht gerade behindertengerecht, dieses Schiff.«

Die letzte Bemerkung kam ein wenig scharf über ihre Lippen. Cohen zuckte zusammen. Instinktiv betätigte er den Türöffnungsmechanismus.

»Sorry, Miss Steinberg, aber ich konnte doch nicht ahnen …«

Kurz darauf presste die Schiebetür den Rollstuhl erneut gegen die Schotteinfassung.

»Himmel, Mr. Cohen!« fauchte die junge Amerikanerin. Zum ersten Mal seit langer Zeit kam sie sich so hilflos vor. Erst recht in Gegenwart dieses ausgesprochen attraktiven und gutaussehenden Schiffsoffiziers. Und das machte sie erst recht wütend. »Würden Sie mir jetzt endlich helfen, oder soll ich den Rest der Reise im Gang verbringen?«

Ein Ruck ging durch Cohens Körper. Zum dritten Mal betätigte er den Türöffner und hob die Hinterräder ihres Rollstuhls über das Hindernis. Dann machte er Anstalten, sie den Gang hinunterzuschieben. Ihre Blicke trafen sich. Cohen starrte in ein Paar nun gar nicht mehr warm schimmernder Augen. Im Gegenteil. Rachel Steinbergs Blick wirkte eisig.

»Danke, verbindlichst«, meinte sie mit schneidender Stimme. »Ich komme schon alleine zurecht.«

Er wusste, dass er sich vom ersten Augenblick in die junge Frau verliebt hatte. Die Gewissheit, dass Rachel Steinberg im Rollstuhl saß, ließ dieses Gefühl eher noch stärker werden. Seine Gedanken überschlugen sich. Er würde die Seefahrt an den Nagel hängen, um mit all seiner Kraft nur noch für dieses wundervolle, schutzbedürftige Wesen da zu sein.

Immer noch hielt er die Griffenden des Rollstuhls fest umklammert. Rachel versuchte sich mit einem beherzten Griff zu befreien. In diesem Augenblick tauchte eine vertraute Gestalt im Gang auf.

»Wenn Sie gestatten, übernehme ich jetzt«, sagte Alain und schob sich brüsk an dem Ersten Offizier vorbei.

»Ich wollte nur behilflich sein«, konterte der Engländer.

Die Augen der beiden Männer trafen sich. So ein Idiot, durchfuhr es Larry Cohen. Spielt sich auf als sei er ihr Ehemann, und dabei ist er nichts anderes, als ein zweitklassiger Gigolo, der auch noch unter falschem Namen reist, wie er von Francis erfahren hatte. Ob die junge Frau davon überhaupt etwas ahnte? Als Rachel von ihrem Begleiter davon geschoben wurde, gestand er sich zähneknirschend ein, dass er nur zu gerne nun an Stelle des ungehobelten Franzosen wäre.

»Sie sollten das nächste Mal vielleicht doch ein wenig zuvorkommender sein«, meinte die junge Frau und drehte sich in ihrem Rollstuhl herum. »Er ist immerhin Erster Offizier an Bord.«

Alain legte instinktiv seine rechte Hand auf ihre Schulter. Sein Griff fühlte sich hart an.

»Wenn er Sie noch einmal belästigt, dann …« Er stockte.

Rachel lächelte, aber ihr Lächeln wirkte nicht sehr echt.

»Seien Sie sicher, Aubin. Ich kann schon auf mich selbst aufpassen. Und fangen Sie um Himmelswillen keinen Streit mit dem Personal an. Auf diese Art Aufmerksamkeit kann ich liebend gerne verzichten.«

Ohne auf ihre letzte Bemerkung einzugehen, schob Alain die junge Frau bis zu der für mehrere Personen gedeckten Tafel und hob sie anschließend vorsichtig von ihrem Rollstuhl in einen bereitstehenden Sessel.

Rachel nahm ihren rechten Arm von Alains Schulter und rückte unauffällig ihre Beine zurecht. Ihr Begleiter faltete den Rolli zusammen und verbarg ihn in einer Nische. Nichts deutete mehr auf ihre Behinderung hin. Außer ihnen saßen bisher nur der Texaner und seine Frau am Frühstückstisch. Alain nahm wie selbstverständlich neben Rachel Platz. Ein Steward reichte ihr Kaffee und Brötchen. Rachel schüttelte den Kopf und legte ihre Hand auf die Tasse.

»Keinen Kaffee, Madame?« wunderte sich der Mann.

Alain schüttelte den Kopf und bestellte für die junge Frau Tee. Jack Meville, der Senator aus dem Süden der Vereinigten Staaten, blickte hoch.

»Hi, Rachel«, murmelte er und nickte auch Alain freundlich zu.

Er sprach in der üblichen jovial-knappen Art erfolgreicher amerikanischer Geschäftsleute.

»Darf Sie doch Rachel nennen, oder? Wie geht es Ihnen? Man muss ja wirklich zweimal hinsehen, um zu merken, dass Sie ein bisschen gehandicapt sind.«

Rachel schmunzelte. »Ein bisschen ist gut, Senator.«

»Nett, dass wir uns einmal ganz ungezwungen unterhalten können«, mischte sich Susan Meville ein und legte ihre Hand auf Rachels Unterarm. »Seit dem Kapitänsdinner am Abend nach dem Ablegen konnten wir ja noch gar nicht richtig miteinander reden. Wie fühlt sich denn unsere Miss Mozart an Bord?«

Rachel schüttelte den Kopf. »Übertreiben Sie nicht, Madam«, antwortete sie. »Ich spiele nur ein bisschen Klavier.«

Susan Meville lachte breit. »Ein bisschen Klavier! Hört nur, wie bescheiden sie ist. Ein bisschen Klavier! Ich las in der letzten Ausgabe des 'Time Magazine', dass sie wohl demnächst in der Carnegie-Hall ein großes Konzert geben werden?«

»Ach, nur eine unbedeutende Retrospektive«, murmelte Rachel und deutete dabei auf eine Platte des Frühstücksbüffets, an die sie nicht heranreichte. Alain wollte aufspringen, doch der Steward war schneller. Der Franzose warf ihm einen finsteren Blick zu.

Elizabeth Meville erschien am Tisch und hockte sich schweigend neben ihre Mutter. Die junge Tennisspielerin trug hautenge Jeans und eine zumindest für amerikanische Verhältnisse ziemlich offenherzige Bluse. Ihre halblangen, dunkelbraunen Haare hielt ein breites Stirnband in Form. Die Fünfzehnjährige, eine trotz ihres jugendlichen Alters bereits erblühte Südstaatenschönheit, schien an diesem Morgen offenbar wenig Lust für Smalltalk aufzubringen.

»Nennen Sie mich Jack«, lächelte Meville und reichte Rachel die Hand. Der Texaner besaß einen kräftigen Händedruck. Hart und ehrlich.

»Nur der Einfachheit halber«, flötete seine Frau. »Ich bin Susan, und Elizabeth wird auch nichts dagegen haben, wenn wir uns für die Dauer des Aufenthalts an Bord beim Vornamen nennen.«

Alain musterte das Mädchen verstohlen. Elizabeth Meville stöhnte genervt auf und schlug die Augen zur Saaldecke.

»Mutter!« stieß sie aus. »Wir wissen doch gar nicht, ob das Miss Steinberg überhaupt recht ist.«

»Was machen Sie beruflich?« unterbrach der Texaner diese Diskussion und wandte sich dabei an Alain.

»Ich?« fragte Alain erstaunt und hob den Kopf.

»Ja, Sie«, lachte Jack Meville. »Oder ist das ein Geheimnis?«

»Mr. Toulouse unterhält eine Agentur«, antwortete Rachel für ihren verblüfften Begleiter.

»In Paris?« wollte der Senator wissen.

Alain schüttelte den Kopf. »Nein, in Cannes.«

»Ah, Cannes. Filmfestspiele, nicht? Leben Sie dort schon lange? Schöne Stadt.«

»Ja, ganz nett.« Hilfesuchend blickte sich Alain nach Rachel um. Ein Themenwechsel wäre ihm jetzt recht gewesen. Er sprach nie vor Fremden über sein Privatleben.

Rachel Steinberg zeigte ein gewinnendes Lächeln, schwieg aber. Offenbar genoss sie es, wenn sich einmal nicht alles unmittelbar um sie drehte.

»Eine Agentur, sagen Sie?« mischte sich nun die Frau des Senators ein. »Interessant! Haben Sie mit Filmschauspielern zu tun?«

Alain dachte an Lassie Thorncroft und unterdrückte dabei ein breites Grinsen. Ja, manchmal hatte er auch mit dieser Klientel zu tun. Aber auf etwas andere Weise, als es seine Gesprächspartnerin offenbar vermutete.

Er nickte. »Hin und wieder«, meinte er ausweichend.

Jack Meville lehnte sich im Sessel zurück und strich durch seine längst grau gewordenen Haare. Mit einem jovialen Grinsen auf den Lippen wandte er sich an Rachel.

»Lassen Sie das mal nicht Sony Music oder Grammophon hören, dass Sie sich stillklammheimlich mit einem neuen Manager treffen.

Das haben diese Typen aus der Musikbranche nämlich gar nicht gerne.«

Dann wechselte er das Thema. »Was halten Sie von dem Aufschnitt? Wird von einem Freund von mir produziert. In der Nähe von Dallas. Besitzt vier Ranches, ebenso viele Konservenfabriken und bestimmt eine Million Rinder. Verdient ein Vermögen mit dem Zeug.«

Er grinste breit. »Wenigstens schmeckt es.«

»Wie interessant«, murmelte Alain. Am liebsten wäre er aufgestanden und hätte den Tisch verlassen. Doch das ging nicht. Er fühlte sich für Rachel verantwortlich. Der heutige Morgen hatte schließlich bewiesen, dass sie auf seine Hilfe angewiesen war.

Konrad Gallheim erschien am Tisch. Der erfolgreiche Schriftsteller aus Süddeutschland war knapp vierzig Jahre alt und hatte sich in den vergangenen Jahren nicht nur durch mehrere Bestseller sondern vor allem durch den Aufbau eines Internet-Buchhandels einen Namen gemacht. Einige unabhängige Analysten mutmaßten bereits hinter vorgehaltener Hand, dass dem unlängst an der Frankfurter Börse notierten Unternehmen ähnliche Erfolgsaussichten beschert seien wie einst der US-amerikanischen Firma Amazon.com. Das Wertpapier wurde bereits lange vor Börseneinführung zum Kauf empfohlen. An Gallheim war dieser Erfolgssprung nicht spurlos vorbeigegangen. In Diskussionsrunden und Talkshows als unberechenbarer Exzentriker geliebt und gefürchtet, outete er sich nicht selten dadurch, dass er speziell Ostdeutschland mit seiner miserablen Beschäftigungssituation vor laufender Kamera als staatlich subventionierten Freizeitpark bezeichnete. Von den Wirtschaftsbossen in Deutschland als Vorzeigeunternehmer gepriesen, stießen seine Äußerungen bei Politik und Gewerkschaft verständlicherweise auf herbe Kritik. Besonders beim Bundeskanzler, der ihn insgeheim nur zu gerne als Ersatz für den etwas glücklosen Wirtschaftsminister ins Regierungsboot geholt hätte. Gallheim konnte sich seine Exzentrik offenbar leisten, denn seine Akzeptanz in der so genannten besseren Gesellschaft schien ungebrochen. Sein unlängst publizierter Roman über einen Selfmade-Unternehmer avancierte in kürzester

Zeit zum Highflyer unter den Top 10 der deutschsprachigen Belletristik. In diesem Spätsommer erlaubte sich der Deutsche angeblich zum ersten Mal seit zehn Jahren einen Urlaub. Trotzdem wurde er an Deck nie ohne Handy angetroffen. Doch das würde sich in Zukunft ändern. Sobald sie die Straße von Gibraltar hinter sich gelassen hatten, ging die Erreichbarkeit im Mobilfunk zwangsläufig zu Ende.

»Hallo! Schönen guten Morgen!« begrüßte der Neuankömling die Tischrunde.

Gallheim wirkte frisch und jugendlich. Er verkörperte eine völlig neue Unternehmergeneration. Sie trat höchstens zu Presseterminen und bei Hauptversammlungen im gedeckten Anzug auf. Ansonsten trugen Leute wie Gallheim Designerjeans, überweite Sweatshirts und Nikes. Und für gewöhnlich die obligatorische Rolex, an deren Brillantenausstattung auch Uneingeweihte den beruflichen Erfolg ihres Besitzers ablesen konnten. Gallheim schien sich jedoch allem Anschein nach nicht viel aus Schweizer Pretiosen zu machen. An seinem rechten Handgelenk baumelte eine hellgelbe G-Shock, so wie sie Moderatoren bekannter Musiksender mitunter trugen. Elizabeth Meville nahm es mit offensichtlichem Wohlwollen zur Kenntnis. Sichtlich erstaunt hob sie eine Augenbraue und bedachte den neuen Gast in der Tischrunde ganz überraschend sogar mit einem Kopfnicken.

»Hi, Conny«, brummte Jack. »Schon die Wirtschaftsnachrichten auf CCN gehört?«

»Nein, warum?« Gallheim schob sich ein halbes Marmeladenbrötchen in den Mund. Herzhaft biss er ab. »Ich denke, wir machen hier Urlaub. Schon vergessen, großer Meister?«

»Suminaki Industries ist am Kabutocho um achthundert Yen gefallen«, grinste der Texaner unbeeindruckt. »Das sind knapp neun Prozent der Börsenkapitalisierung. Wie man hört, soll deren Chairman getobt haben wie ein Stier.«

»Was Sie nicht sagen«, murmelte Gallheim und knatschte mit seinen ebenmäßigen Jackettkronen auf der Brötchenhälfte herum. Gleichzeitig nahm er einen kräftigen Schluck Kaffee. »Schon eine Idee, welche Story dahintersteckt?«

Meville nickte. »Deren Steuerungselektronik für Antriebsmaschinen soll angeblich großer Schrott sein. Sobald man das Ding auf einen Server lädt, stürzt das Computerprogramm ab. Aber nicht gleich. Immer erst mit Verzögerung. Manchmal auch nicht. Im Augenblick ist halb Kobe damit beschäftigt, den Fehler im Programm zu finden.«

Er lachte breit. »Hoffentlich hat man auf diesem Dampfer vernünftiges Zeug eingebaut. Keine Lust, dass wir noch irgendwo auf dem Atlantik verloren gehen.«

Nun war es die Frau des Texaners, die das Thema wechselte. Debatten über börsennotierte Firmen bekam sie daheim mehr als genug zu hören.

»Sind Sie eigentlich verheiratet?« fragte sie den Deutschen.

Gallheim schaute sie erstaunt an. »Nein, wieso? Wollen Sie Ihre Tochter loswerden?«

Elizabeth brach in schallendes Gelächter aus. »Spiel, Satz und Sieg!« waren ihre ersten Worte an diesem Morgen. »Oh, Mutter!«

»Hör endlich auf, Grace Kelly zu imitieren«, zischte sie ihre Tochter an. »Wenn ich das schon höre: 'Oh, Mutter!'«

»Warum eigentlich nicht?« brummte Jack und zündete sich eine daumendicke Virginia an. Ihn schien nicht im geringsten zu stören, dass die anderen Leute am Tisch noch frühstückten. »In Ihrem Alter war ich längst Vater. Mein Sohn aus erster Ehe, müssen Sie wissen.«

»Um sich eine Zigarette anzuzünden, muss man nicht gleich das ganze Haus abfackeln«, sagte Gallheim. »Ehe, das ist in meinen Augen der Sieg der Hoffnung über die Vernunft.«

»Also, hören Sie mal …«, brauste Susan Meville auf.

»Ich bin einer der erfolgreichsten Schriftsteller Deutschlands«, fuhr Gallheim ungerührt fort. »Und ich besitze ein börsennotiertes Unternehmen. Glauben Sie wirklich, für eine Frau würde ich das alles aufs Spiel setzen?«

»Wieso denn etwas aufs Spiel setzen?« wunderte sich Susan. »Und was hat Ehe mit Ihrer Firma zu tun?«

Gallheim wandte sich an den Texaner und machte ein verschmitztes Gesicht. Dann drehte er sich wieder zu dessen Frau um. »In der heutigen Zeit müsste ich beim Gang zum Briefkasten jeden Tag Angst haben, einen Brief von irgend einem Scheidungsanwalt vorzufinden, der im Auftrag meiner liebenden Gattin für den Rest ihres Lebens saftige Unterhaltszahlungen von mir fordert. Nein, danke!«

»Amen«, murmelte Rachel. Alain schwieg. Im tiefsten Grunde seines Herzens konnte er dem Deutschen nur beipflichten. Doch er hütete sich, Partei für ihn zu ergreifen.

»Sind Sie verheiratet?« meinte Konrad Gallheim und schaute Rachels Begleiter an. Alain schüttelte den Kopf.

»Na, sehen Sie?« Dabei lächelte er triumphierend. »Die Cleveren sterben also zum Glück doch noch nicht vollständig aus.«

Unbeeindruckt schüttelte der Senator den Kopf. »Aber ohne Frau und Familie ist das doch kein Leben. Man muss doch ein Ziel sehen. Einen Grund haben, überhaupt existieren zu wollen.«

»Erfolg«, antwortete Gallheim. »Nichts ist erotischer als Erfolg. Nur dafür lohnt es sich in Wirklichkeit zu leben.«

»Das glauben Sie nicht im Ernst, oder?« entgegnete Susan.

»Aber hundertprozentig, Lady«, konterte Gallheim. »Fragen Sie doch mal Ihren Mann, warum er seinerzeit eine halbe Milliarde im Ölgeschäft gemacht hat. Für Sie und Ihre Tochter? Da hätten auch ein paar Millionen ausgereicht. Und warum er im Senat den Vorsitz der Republikaner führt. Für das Wohl der Vereinigten Staaten? Da reicht auch ein gewöhnlicher Abgeordnetenjob im Repräsentantenhaus. Nein, es geht um Macht und Erfolg, Verehrte. Vornehmlich Erfolg. Hätten Sie Jack geheiratet, wenn er Schuhverkäufer gewesen wäre?«

Das Handy an seinem Gürtel summte.

»Sorry«, meinte er nur kurz, erhob sich und ging zur Fensterfront, um besseren Empfang zu haben. Er schaute auf das Display, um festzustellen, wer ihn anrief.

»Hallo, Süße. Was gibt's?«

Als er kurze Zeit später wieder am Tisch Platz nahm, wirkte er genauso gelassen und frisch wie vorher. Er bestellte beim Saalkellner eine Flasche Champagner.

»Sie trinken doch alle ein Glas mit, oder?« erkundigte sich der Deutsche, wobei jedoch seine Frage schon vom Tonfall her keine Diskussion duldete.

Er warf einen Blick auf seine knallgelbe Casio. »Ich trinke immer ein Glas zum Frühstück. Das hebt die Laune.«

»Gute Nachrichten?« erkundigte sich Jack.

»Wie man's nimmt«, grinste der Deutsche. »Die Halbjahreszahlen liegen auf dem Tisch. Meine Bank und zwei amerikanische Analystenhäuser haben die Anteilsscheine meiner Firma bereits hochklassifiziert. Strong buy, heißt jetzt die Devise! Heute morgen ging der Kurs im Frankfurter Börsensaal angeblich durch die Decke. Jetzt noch eine saubere Kapitalerhöhung, und wir können weiter expandieren.«

»Und da können Sie es sich leisten, Urlaub zu machen?« wunderte sich Meville.

Gallheim nickte. »Na ja, ein bisschen riskant ist es schon, doch wie sagt ihr Amis immer so schön: No risk, no fun. Aber ich brauchte dringend mal Urlaub. Das habe ich mir nach den Aufregungen der letzten Monate wirklich verdient. War völlig ausgebrannt. Die Hauptarbeit erledigt im Augenblick sowieso meine Bank. Was soll ich meinem Konsortialführer ständig auf dem Schoß hocken? Das macht nur die Analysten nervös.«

»Die Firma«, fügte er nach kurzem Überlegen hinzu, »gehört mir zwar, den eigentlichen Job erledigen aber Spezialisten für mich. In erster Linie bin ich Schriftsteller und kein Buchhalter.«

»In welcher Größenordnung wird sich eigentlich Ihre Kapitalerhöhung bewegen?« wollte Meville wissen.

Gallheim wandte sich ihm zu. »So vierzig, fünfzig Millionen werden es schon sein. Alles andere wären Peanuts.«

»Peanuts«, wiederholte Rachel.

»Ja, Kleingeld.« lachend nahm Gallheim vom Saalkellner die entkorkte Flasche entgegen, um seinen Tischnachbarn persönlich einzuschenken. »Die Bank zahlt alles.«

»Solange man erfolgreich ist,« ergänzte Rachel Steinberg. Sie konnte sich darüber ein Urteil erlauben. Ihrem Vater gehörte schließlich CCN, eine der größten Rundfunk- und Fernsehanstalten in den Staaten.

Elizabeth Meville stieß nach dem ersten Schluck hörbar auf. Sie schien es nicht gewohnt zu sein, so früh am Morgen Champagner zu trinken.

Konrad Gallheim schmunzelte. »Sagen Sie jetzt bloß nicht: 'Huch, wie das prickelt'. Sonst nimmt Ihnen Ihre Frau Mutter die Videokassette mit dem Grace-Kelly-Film wirklich noch weg.«

Die junge Tennisspielerin winkte ab, als er ihr das Glas noch einmal füllen wollte. Gallheim nickte.

»Richtig, Sie sind ja Sportlerin. Nummer 38 der Weltrangliste, wie ich hörte? Da müssen Sie ja noch eine Menge Konkurrentinnen ausschalten.«

»Nur noch siebenunddreißig«, erwiderte die junge Amerikanerin trotzig.

»Na, dann viel Erfolg«, lächelte Gallheim.

Elizabeth antwortete nicht. Sie wusste nur zu gut, dass sie gegen Weltklassespielerinnen wie Martina Hingis oder Venus Williams sowieso keine Chance hatte.

Kapitel 13

Larry Cohen schüttelte den Kopf. Das, was ihm Ron Baxter unter vier Augen anvertraute, klang unglaublich.

»Bist du sicher?« fragte er zum wiederholten Mal. Der Chief nickte stumm.

»Absolut sicher?« Wieder nickte der Leitende Ingenieur.

»Aber wieso?« wollte der Erste Offizier wissen. »Wer sollte Interesse daran haben, ausgerechnet die Pantryöfen zu sabotieren?«

»Was weiß denn ich?« murmelte Baxter.

Sie saßen in der Offiziersmesse. Baxter schraubte erneut den Verschluss der Whiskyflasche auf und goss Cohen und sich noch einmal tüchtig nach. Larry nahm sein Glas und stürzte den Inhalt mit einem Schluck hinunter. Normalerweise trank er nie, wenn er im Dienst war, doch um solche Neuigkeiten zu verdauen, bedurfte es schon eines ordentlichen Drinks. Baxter stand ihm insofern nicht nach. Ron hatte sich bereits mehr als nur ein Glas genehmigt.

»Wie bist du überhaupt auf diese Sauerei gestoßen?« wollte Kössners unmittelbarer Stellvertreter wissen.

Ron schaute hoch. Seine Haare hingen ihm wirr ins Gesicht. Stunden hatte er zusammen mit Joe Lymington in der Bordküche verbracht, um die Kochstelle halbwegs in Ordnung zu bringen. Bis Las Palmas würde es unter Umständen irgendwie gehen, aber für die Überfahrt in die Karibik musste sich Kössner unbedingt etwas einfallen lassen. Ein Herd war völlig ausgefallen. Den hatte der Kabelbrand komplett außer Gefecht gesetzt. Der andere funktionierte wenigstens auf drei Feldern. So jedenfalls konnte man kein verwöhntes Publikum auf die Dauer beköstigen.

Baxter verstand ohnehin nicht, wieso Cheong Lee nicht eine Gasversorgung wie auf jedem anderen Kreuzfahrtschiff installiert hatte. Vermutlich lag es am Veto von Honeywell & Sparks, die mit der *Star Cradle* auf jedem Gebiet der Sicherheitsvorsorge einen Meilenstein setzen wollten. Den Verantwortlichen der Reederei erschien wegen mitunter wechselnder Mannschaften auch im Servicebereich eine Warmwasserversorgung und die Energieversorgung der Pantry mit Strom als die sicherere Lösung. Zwei schwere Dieselgeneratoren sollten die *Star Cradle* von Versorgungsengpässen gerade in Ländern der Dritten Welt unabhängig machen. Dieses Argument ließ der Bordingenieur gelten. Nicht selten, dass er auf anderen Schiffen zusätzliche Stunden am Kai hatte vergeuden müssen, nur weil es nicht genügend fossile Brennstoffe gab.

»Mir wäre das ja nie aufgefallen«, fuhr Baxter fort, »wenn ich nicht den Sicherungskasten auseinandergenommen hätte. Mir ließen die Fehlerstromschutzschalter einfach keine Ruhe. Jedenfalls waren die Sicherungsautomaten in der Pantry völlig falsch verkabelt, die Isolationen am Herd teilweise sorgfältig entfernt.«

»Und nun?« fragte Larry. »Was schlägst du vor?«

»Wir müssen unbedingt den Käpt'n informieren«, erwiderte Ron. »Es gibt einen Saboteur an Bord.«

»Übertreibst du da nicht ein bisschen?« entgegnete der Erste Offizier zweifelnd.

»Überhaupt nicht. Wir können froh sein, dass Russen offenbar über eine unverwüstliche Natur verfügen.«

Cohen lehnte sich in seinen Sessel zurück und drehte sein Glas spielerisch in den Händen.

»Technische Probleme gab es auf der *Star Cradle* doch von Anfang an«, gab er zu bedenken. »Könnte es nicht sein, dass wir den Fehler in der Verkabelung lediglich übersehen und bisher einfach nur Glück gehabt haben?«

»Blödsinn«, brummte der Chief. »Das hat mit Glück absolut nichts zu tun. In dem Moment, wo du das hintere Kochfeld anschaltest, steht der gesamte Herd unter Strom, und ohne vernünftige Absicherung fangen die Kabel sofort an durchzuschmoren. Ich habe mich bei Keena erkundigt. Er behauptet, dass sie in der Pantry gewöhnlich alle Felder benutzen. Es hätte also schon längst zu einem Unglück kommen müssen.«

»Ist es aber nicht«, meinte Larry gleichmütig.

Ron nickte. »Stimmt! Also wurde die Stromversorgung für die Pantry allem Anschein nach erst in der letzten Nacht manipuliert.«

»Die beiden Tunesier?« fragte Larry.

Der Chief zuckte die Schultern. »Was weiß denn ich? Ein Scheißschiff, wenn du mich fragst. Zu Beginn unserer Reise habe ich die meisten Probleme ja noch von der sportlichen Seite genommen. Ich fahre lange genug zur See, um selbst die unmöglichsten Ausfälle jedweder Technik schon erlebt zu haben. Seit dem Ausfall des Bordcomputers vor Hongkong und der halben Navigationsausrüstung hinter Kairo, begann ich sowieso schon langsam an den Klabautermann zu glauben. Bei dem Kurzschluss in der Pantry handelt es sich jedoch keineswegs um einen Zufall. Da hat jemand an der Stromversorgung herumgefummelt. Und zwar mit einer Menge krimineller Energie. Davon lasse ich mich nicht abbringen.«

»Vielleicht jemand«, warf Cohen ein, »der unserem Russen eins auswischen wollte?«

»Keine Ahnung«, brummte Baxter. »So geht es jedenfalls nicht weiter. Wir müssen den Käpt'n unterrichten.«

»Und was soll das deiner Ansicht nach bringen?« fragte Larry. »Ron, altes Haus, bleib auf dem Teppich! In ein paar Tagen sind wir in Las Palmas, und dann adieu, liebe *Star Cradle*. Warum sollen wir uns bis dahin das Leben schwer machen? Stell dir vor, die Reederei schaltet ihre Ermittler ein. Dann hängen wir unter Umständen noch eine ganze Woche auf Gran Canaria herum. Und das ist längst nicht alles. Stell dir ferner vor, die Burschen finden nichts. Dann sind wir nicht nur blamiert, nein, Kössner wird mit Sicherheit im Logbuch vermerken, dass der Zwangsaufenthalt auf unsere Kappe geht. Falls wir nicht sogar eine deftige Abmahnung wegen versuchter Geschäftsschädigung erhalten. Unsere Kündigung spricht in diesem Fall doch Bände.«

»Dennoch«, ließ sich Baxter nicht beirren. »Wenn du es nicht tust, dann informiere ich Kössner. Wie ich den kenne, wird der schon die notwendigen Schritte einleiten.«

Larry goss sich erneut von der bernsteinfarbenen Flüssigkeit in sein Glas. Er ließ den Whisky langsam durch die Kehle rinnen.

Auch Ron nahm nochmals einen kräftigen Schluck. In Wirklichkeit war er sich überhaupt nicht sicher, was er tun sollte. Einerseits war es seine Pflicht, den Schiffsführer über jedes Problem zu informieren, das die Schiffssicherheit betraf, andererseits wollte aber auch er Scherereien vermeiden. Zumal jetzt, da Larry auch für ihn bereits eine neue Heuer hatte organisieren können. Eine vertrackte Situation.

»Ich bin mir da gar nicht so sicher, ob Honeywell & Sparks überhaupt Sabotage an Bord zugeben würde«, fuhr der Erste Offizier schließlich fort. »Einen Skandal anlässlich der Jungfernfahrt können die sich doch gar nicht leisten. Wie ich hörte, soll die Reederei inzwischen mit finanziellen Problemen zu kämpfen haben.«

»Wie geht's eigentlich Kopernikow?« wechselte Ron das Thema.

Larry zuckte die Schultern. »Klagt über Herzrhythmusstörungen. Kein Wunder bei einem 380-Volt-Schlag. Wie steckt man so was überhaupt weg?«

»Kommt darauf an, wie gut deine körperliche Konstitution ist«, erwiderte der Chief. »Manch einen fegt schon ein defekter Haarföhn von den Beinen, wenn man mit nackten Füßen auf feuchtem Boden steht.«

Cohen schwieg.

»Und meinst du, er kommt wieder in Ordnung?« stocherte der Chief nach. »Was meint Barkowsky?«

Cohen verzog die Mundwinkel und machte ein vielsagendes Gesicht.

»Na, was wohl?« brummte er. »Unkraut vergeht nicht. Du kennst doch seine Sprüche. Ein paar Wadenwickel, ein Aspirin und in ein paar Tagen …«

Der Erste Offizier brach ab, denn in diesem Moment erschien Kössner in der Messe. Als er seine beiden Schiffsoffiziere vor der halbgeleerten Whiskyflasche hocken saß, verfinsterte sich sein Gesicht.

»Kleine Party unter Freunden?« begrüßte er die beiden Männer. Sarkasmus troff aus seiner Stimme. »Wie schön. Und wer steht am Ruder?«

»Minzetti, Sir«, antwortete Cohen knapp.

»Pech, Mr. Cohen«, schnauzte ihn der Kapitän an. »Der liegt, wie ich eben zu meiner Überraschung erfuhr, mit einer Magenverstimmung in der Koje.«

Er schaute seinen Stellvertreter scharf an. »Sie haben Ihre Leute nicht im Griff, Mr. Cohen. Wie kommt es, dass Sie nichts von dessen Abwesenheit auf der Brücke wussten?«

Ohne eine Antwort abzuwarten, wandte er sich an den Bordingenieur.

»Und nun zu Ihnen, Mr. Baxter«, fauchte er den Chief an. »Wieso bekomme ich keine Rückmeldung über die Schadensbeseitigung? Oder trinken Sie hier nur ein Gläschen, um sich anschließend wieder an die Arbeit zu machen?«

Er deutete verächtlich auf die halbleere Flasche. »Mit Alkohol im Blut.«

»Nein, Sir«, entgegnete Baxter. »Die Pantry ist wieder einsatzfähig. Zumindest was die eine Kochstelle betrifft. Der andere Herd ist hinüber. Aber wenn Sie wie ich stundenlang …«

»Vergessen Sie Ihre Rede nicht«, unterbrach ihn Kössner mit eisiger Stimme. »Und ziehen Sie sich gefälligst anständige Sachen an. Gleich findet eine Mannschaftsaufstellung auf dem Steuerbordseitendeck statt. Fototermin für die Passagiere. Also machen Sie schon!«

Er drehte sich auf dem Absatz um. Im Türrahmen blieb er stehen.

»Oder wollen Sie, dass Ihre Privatfête wohlwollende Erwähnung in Ihren Papieren findet?«

»Noch Fragen?« Als Kössner verschwunden war, stellte Cohen die angebrochene Flasche zurück in die Bar.

»Er ist und bleibt ein Arschloch«, knurrte Baxter.

Seine Entscheidung war in diesem Moment gefallen. Sollte Kössner doch sehen, wie er mit dieser schwimmenden Reparaturwerkstatt klarkam. Larry hatte Recht. Er würde den Mund halten.

An der Poolbar war es ihr zu laut geworden. Rachel drehte sich nach Aubin um, der sie in ihrem Rollstuhl vorsichtig das Seitendeck entlang zum Bug des Fünfmasters schob. Der Franzose beugte sich vor und lächelte.

»Einen Wunsch?« fragte er nur.

»Keinen Wunsch.« Sie schüttelte den Kopf. »Ich möchte mich bei Ihnen nur noch einmal für Ihr Verständnis bedanken.«

»Für mein Verständnis?« fragte Alain erstaunt.

»Sicher«, meinte die junge Amerikanerin. »Sie wären doch bestimmt viel lieber am Pool geblieben, nicht wahr?«

»Wie kommen Sie denn darauf?« erwiderte Alain.

»Ach, hören Sie schon auf«, lachte Rachel. »Wenn man eine Kreuzfahrt unternimmt, dann will man sich schließlich amüsieren. Ich bin in Ihren Augen doch bestimmt nur launisch und zickig.«

»Unfug!« entgegnete ihr Begleiter. »Sie vergessen offenbar, dass Sie mich als Reisebegleiter engagiert haben.«

»Das vergesse ich keinesfalls«, meinte sie und drehte sich wieder in Fahrtrichtung um. »Dennoch habe ich nicht das Recht, Sie ständig herumzukommandieren.«

Alain schwieg. Er kannte diese Phase, die jeder Mensch durchmachte, wenn er auf fremde Hilfe angewiesen war. Auf Selbstzweifel folgte Traurigkeit, auf Traurigkeit schließlich Unmut. Er musste höllisch aufpassen.

Was eine junge, ungemein attraktive Frau in dieser Situation sicherlich nicht hören wollte, waren Beteuerungen, die nach Mitleid klangen. Er ahnte, warum es Rachel nicht an den Pool sondern zum menschenleeren Bug des Schiffes zog. Obwohl inzwischen jeder an Bord wissen musste, dass sie im Rollstuhl saß, schien Rachel auf diese Tatsache so wenig wie möglich aufmerksam machen zu wollen.

»Ich hatte sowieso schon lange vor, Ihnen mal das Schiff zeigen«, meinte er leichthin.

»Es ist windig«, fügte er besorgt hinzu. »Wenn Ihnen kühl wird, sagen Sie es mir. Ich besorge Ihnen etwas zum Überziehen.«

»Nicht nötig«, erwiderte die junge Amerikanerin mit einem Anflug von Tadel in der Stimme. »Wir haben schließlich immer noch Sommer, Aubin.«

»Trotzdem …«, wollte er fortfahren, doch Rachel schnitt ihm das Wort ab.

»Man hat mir viel zu oft vorgeschrieben, was ich zu tun und zu lassen habe«, meinte sie. »Mein Vater, meine Ärzte, mein Konzertmanager. Endlich möchte ich frei sein. Und etwas erleben.«

Sie erreichten den Bugbereich des Schiffes. Alain schob den Rollstuhl ganz nahe an die Reling heran, sodass Rachel die Gischt sehen konnte, die der Schiffsbug in jeder Welle kraftvoll aufwarf. Der Wind blies kräftig. Die *Star Cradle* schob ein wenig Lage, und Alain arretierte den Rollstuhl, damit er sich nicht selbstständig machen konnte. Rachel schaute minutenlang fasziniert auf den Atlantik hinaus.

»Schön?« erkundigte er sich nach einer Weile.

Die junge Frau nickte. »Oh, ja. Darf ich Sie um einen Gefallen bitten?«

»Jeden«, antwortete Alain.

Er merkte, dass sein Mund trocken und sein Herz ganz weit wurde. Pass auf dich auf, rügte er sich insgeheim. In ein paar Tagen ist der Spuk vorbei, sie wird wieder in den Staaten sein und du nach Südfrankreich zurückkehren. Mache nicht den Fehler, ...

»Würden Sie mir aus dem Rollstuhl helfen?« unterbrach sie seine Gedanken.

»Aus dem Rollstuhl?« fragte er verblüfft.

»Ja, doch.« Rachel drehte sich zu ihm um. »Helfen Sie mir hoch und stellen Sie mich auf die Beine.«

»Auf die Beine?« Alain glaubte, sich verhört zu haben.

Rachel schenkte ihm ein warmes Lächeln. »Ja, oder nein?«

Alain seufzte, tat jedoch wie von ihm verlangt. Vorsichtig legte er seinen linken Arm um Rachels Hüfte und fasste mit dem anderen unter ihre Oberschenkel. Ganz sachte hob er die junge Frau aus dem Rollstuhl. Sie packte die stählerne Reling und hielt sich an dem blankpolierten Geländer fest. Der Wind zerzauste ihre Haare. Rachels Augen blitzten.

»Halten Sie mich nur ja fest, Aubin«, flüsterte sie so leise, dass Alain sie kaum verstand. Ihr Begleiter umklammerte ihre Hüfte, ihre kraftlosen Beine erreichten gerade die Decksbeplankung.

»Oh, Himmel, ist das schön!« stieß sie nach einer Weile aus.

Rachel drehte sich zu Alain herum. Der Franzose erstarrte. Rachels Augen waren gerötet. Tränen liefen ihr über die Wangen.

»Schmerzen?« erkundigte er sich verwirrt.

»Keine Schmerzen«, antwortete sie. »Ich weine nur vor Glück. Wissen Sie, was es für mich bedeutet, einmal nicht sitzen zu müssen?«

Alain schluckte heftig. Er spürte die schlanke Taille der jungen Frau, ihren flachen Bauch, atmete den Duft ihrer Haare ganz tief ein. Ein tiefes Gefühl zärtlichem Verlangens überkam ihn. Langsam näherten sich seine Lippen ihrem Hals. Als sie ihn berührten, zuckte Rachel, wie von einem elektrischen Schlag getroffen, zusammen. Alain wich instinktiv zurück und strauchelte. Im buchstäblich letzten Moment konnte er verhindern, dass Rachel zu Boden stürzte.

»Was soll das?« fragte sie tonlos. Weder Entsetzen noch Ärger schwang in ihrer Stimme mit. Nicht einmal Neugier.

»Es tut mir leid«, versuchte sich Alain zu rechtfertigen. »Ich weiß auch nicht …«

»Helfen Sie mir bitte wieder in den Rollstuhl«, unterbrach ihn Rachel.

Alain tat, wie von ihm verlangt. Der Zauber des Augenblicks, der scheinbar nur für ihn gegolten zu haben schien, zerstob im Fahrtwind der *Star Cradle*. Auf dem Rückweg zum Zwischendeck biss er sich so lange und so heftig auf die Innenseite seiner Unterlippe, bis er einen warmen Eisengeschmack im Mund verspürte.

Du Narr! scholt er sich insgeheim. Du elender Narr! Was sollte das eben? Willst du unbedingt alles kaputtmachen?

»Rachel«, meinte er, bevor sie das Seitendeck in Höhe der Brücke erreichten. »Bitte entschuldigen Sie meine Aufdringlichkeit.«

Die junge Konzertpianistin drehte sich in ihrem Rollstuhl zu ihm herum. Sie hatte ihre Fassung wieder gefunden und schaute ihn offen an. Dann lächelte sie.

»Aubin, ich bitte Sie. Glauben Sie allen Ernstes, Sie wären der erste Mann, der mir Avancen macht? Ich hatte von Ihnen nur nicht erwartet, dass Sie meine Hilflosigkeit ausnutzen würden.«

Alain schwieg. Was sollte er auf diesen Vorwurf auch antworten? Er hatte sie im Arm halten dürfen. Nicht mehr und nicht weniger. Seine Gefühle waren dabei mit ihm durchgegangen.

»Ich liebe Sie, Rachel«, formten seine Lippen diesen knappen Satz. Alains Kehle war so trocken, dass er nur ein unverständliches Krächzen hervorbrachte.

»Was meinten Sie gerade?« lächelte ihn die junge Amerikanerin immer noch an.

»Das ist solange her, Rachel«, erwiderte der Franzose knapp. »Ich erinnere mich nicht mehr.«

Mit Wehmut in den Gedanken beugte sich Nelson Santos über die Reling und schaute sehnsüchtig auf die See. Seine Arbeit an Deck war getan. Ihm blieb ein wenig Zeit, sich von den Strapazen des Morgens zu erholen. Lawrence Conway hatte die gesamte Crew zum Fototermin antreten und kurz darauf einen Teil der Segel von Hand setzen lassen, damit die Passagiere im Weichbild der Meerenge zwischen Tanger und Gibraltar auch genug Motive für Schnappschüsse erhielten. Nun lag nicht nur Festlandeuropa sondern auch der afrikanischen Kontinent hinter ihnen. Es würde Monate dauern, ehe er seine Familie wiedersah.

Der junge Filipino schüttelte nachdenklich den Kopf, als ihm der heutige Zwischenfall auf dem Oberdeck einfiel. Die gesamte Mannschaft war angetreten. Die Matrosen hatten dabei breitbeinig an der Reling Stellung bezogen. Conway stand triumphierend grinsend vor der Parade, den Kopf im Nacken und den breitkrempigen Hut ausnahmsweise unter der linken Achsel. Seine breite Stirnglatze glänzte schweißnass in der Sonne. Von der Brücke aus nickte ihnen der Erste zu. Cohen trug seine Ausgehuniform mit der schneeweißen Schirmmütze und eine verspiegelte Pilotenbrille. Sogar der Doc schien an diesem Morgen leidlich nüchtern. Er lehnte neben Cohen am Geländer und tat so, als suchte er den Horizont nach anderen Schiffen ab. Plötzlich erschien Kössner. Der Kapitän betrat das Oberdeck unterhalb der Brücke, weswegen ihn sein Stellvertreter nicht sogleich bemerkte. Kössner trug zum ersten Mal keine

Uniformjacke, sondern nur Hose und ein schneeweißes, kurzärmeliges Hemd, an dessen Schultern ihn vier goldene Streifen als Schiffsführer auswiesen. Sofort nahmen die Männer Haltung an. Conway riss den Kopf nach rechts und salutierte.

»Mr. Conway!« rief Cohen gut gelaunt nach unten.

»Sir?« scholl es zackig zurück, ohne dass sich der Angesprochene rührte.

»Was ist in Sie gefahren, Conway?« Der Erste Offizier der *Star Cradle* lachte. »Wir sind hier nicht an Bord der *U. S. S. Enterprise*. Stehen Sie gefälligst bequem.«

»Sir!« scholl es zurück. »Sir, ich weiß nicht …«

»Conway!« unterbrach ihn der Erste Offizier. »Herrgott, was haben Sie denn? Sie tun ja gerade so, als wäre Ihnen der Leibhaftige erschienen, oder noch schlimmer, der Käpt'n.«

Weiter kam er nicht. Der Bootsmann erstarrte. In diesem Augenblick trat Kössner aus dem Schlagschatten des Brückenaufbaus. Die Augen der beiden Männer trafen sich. Kössner trug keine Sonnenbrille. Jeder konnte seinen eisigen Blick sehen. Er griff zu seinem Bordintercom.

»Mr. Cohen«, kam es aus dem Lautsprecher auf der Brücke. »Mr. Cohen, kommen Sie bitte an Deck.«

Cohen schluckte. »Scheiße!« entfuhr es ihm.

»Das kannst du laut sagen«, brummte Barkowsky. »Viel Spaß, mein Junge. Na ja, man kann nicht immer gewinnen.«

Ein wenig steif kletterte Larry Cohen die schmale Metalleiter von der Brücke hinunter zum Oberdeck. Auch die Passagiere waren gespannt, was nun geschehen würde.

Larry ging auf den Kapitän zu. Er baute sich vor ihm auf und schaute ihn geradewegs an.

»Würden Sie bitte Ihre Sonnenbrille abnehmen, wenn ich mit Ihnen rede, Mr. Cohen?« knurrte ihm der Kapitän entgegen.

Der Jüngere räusperte sich rau, kam der schroffen Aufforderung jedoch widerspruchslos nach. Conway ahnte, nein, wusste, dass er zu weit gegangen war. Zwar wünschte inzwischen jeder der Schiffsoffiziere den Alten zum Teufel, doch er als Erster Offizier hatte für

Ordnung und Disziplin an Bord zu sorgen. Eine solche Bemerkung untergrub die Bordmoral, auch wenn sie lediglich zur Auflockerung der Stimmung beitragen sollte. Kössner hatte allen Grund, sauer auf ihn zu sein.

»Mr. Cohen«, zischte der Kapitän. Unter den Matrosen herrschte mit einem Mal Totenstille. Keiner wollte den Wutausbruch des Alten verpassen. Schon deshalb, da sich dessen Unmut gegen einen aus der Führungsmannschaft der *Star Cradle* richtete.

»Würden Sie Ihre letzte Bemerkung bitte in meinem Beisein wiederholen?« fügte er hinzu.

»Captain, Sir!« erwiderte sein Stellvertreter. »Ich habe nichts zu wiederholen, Sir! Wird nicht wieder vorkommen, Sir!«

Kössners Gesicht verfärbte sich blutrot. »Hören Sie mit diesem lächerlichen Gequatsche auf! Wie Sie schon richtig bemerkten, wir sind hier nicht bei der amerikanischen Navy. Wenn Sie meinen, Sie könnten mich vor allen Leuten …«

»Tut mir aufrichtig leid, Sir!« unterbrach ihn der Jüngere.

»Wollen Sie mich wohl ausreden lassen!« fuhr ihn Kössner ungehalten an. Er schien sich nicht mehr die Mühe zu machen, dass ihre Auseinandersetzung unter vier Augen blieb. Außer dem Wind in der Takelage und den Wellen an der Bordwand war kein weiteres Geräusch mehr zu hören. Selbst die Passagiere schwiegen betroffen.

»Sir, ich …« versuchte sich Cohen ein letztes Mal zu entschuldigen.

»Halten Sie gefälligst den Mund!« zischte Kössner angriffslustig und stampfte dabei deutlich mit dem Fuß auf. Einer der Männer begann zu kichern.

»Wer lacht da?« brüllte der Kapitän und wirbelte auf dem Absatz herum. »Conway! Bringen Sie diesem Idioten gefälligst Manieren bei. Ich bin enttäuscht von Ihnen! Sie haben Ihre Leute offenbar immer noch nicht im Griff.«

»Captain, Sir!« begehrte Cohen ein letztes Mal auf. »So lasse ich nicht mit mir umgehen. Ich werde …«

»Was werden Sie?« höhnte der Ältere zurück. »Sie werden verschwinden, Mr. Cohen. Und zwar auf der Stelle. Ich übernehme von nun an Ihre Wache. Melden Sie sich auf der Brücke ab und halten Sie sich bis auf weiteres in Ihrer Kabine zu meiner Verfügung. Seit Ihrer Abmusterung scheint nicht mehr allzu viel Verlass auf Sie zu sein. Und Sie, Mr. Conway, lassen die Männer wegtreten.«

Conway gab die entsprechenden Anweisungen. Langsam lösten sich auch die Passagiere aus ihrer Erstarrung. Für manch einen war es ziemlich lange her, dass er eine derart harsche Maßregelung so hautnah miterlebt hatte. Der eine oder andere fühlte sich an seine Militärzeit erinnert. Die Meinungen gingen auseinander. Während die Männer nickten und überwiegend dem Kapitän beipflichteten, ergriffen die Frauen in ihrer Begleitung Partei für den gemaßregelten Stellvertreter. Nein, war die einhellige Meinung, so gingen Gentlemen nicht miteinander um. Schon gar nicht an Bord eines Kreuzfahrtschiffes.

Cohen setzte die Sonnenbrille wieder auf, verfluchte insgeheim sein undiplomatisches Vorgehen und ballte unwillkürlich die Fäuste.

»Satz und Sieg für den Alten«, brummte Barkowsky, als der Erste Offizier der *Star Cradle* an ihm vorbeischlich.

Nelson Santos fasste in seine Hosentasche und zog ein Beutelchen Tabak hervor. Mit geschickten Bewegungen formte er ein gleichmäßiges Stäbchen, steckte es sich in den Mund und zündete das Außenende mit einem Einwegfeuerzeug an. Gierig inhalierte er. Der Rauch wehte weit über seinen Kopf hinweg in Richtung Oberdeck. Kaum, dass er den nächsten Zug nehmen wollte, hustete jemand über ihm. Erstaunt und neugierig zugleich blickte er nach oben. An der Reling des Hauptdecks stand ein etwa fünfzehnjähriges Mädchen und wedelte mit der rechten Hand. Sie tat offensichtlich so, als wollte sie den Rauch seiner Zigarette vertreiben. Nelson überlegte, was er tun sollte. Sich zu entschuldigen gebot die Höflichkeit. Andererseits stand in seinem Heuerkontrakt, dass er als gewöhliche Deckshand in keiner Form Verbindung zu den Passagieren aufnehmen durfte. Selbst wenn er angesprochen wurde, hatte er sich gemäß Schiffsreglement mit der gebotenen Höflichkeit unverzüglich zurückzuziehen. Honeywell & Sparks duldete keinen näheren Kontakt zwischen Passagieren und einfachem Schiffspersonal. Der Grund hierfür leuchtete Nelson ein. Die Reederei wollte nicht nur vermeiden, dass sich Matrosen an Gäste heranmachten, man wollte ebenfalls ausschließen, dass im umgekehrten Fall Gäste die Bordbediensteten etwa zu privaten Handlangerdiensten rekrutierten und damit die Schiffsmoral untergruben.

Nelson blickte erneut nach oben. Das Mädchen mochte etwa so alt sein wie seine Verlobte Lucie. Daheim auf den Philippinen hätte sie ohne weiteres schon verheiratet sein können, nach westlichen Verhältnissen galt sie eher als unbedarfter Backfisch. In seiner Heimat verließen unverheiratete Mädchen früh das elterliche Haus, nicht selten um in Europa oder Amerika Geld für die daheimgebliebene Familie zu verdienen. So blieb ihnen häufig ein Leben in den Slums oder den Bordellen von Manila erspart. Ein bisschen beneidete Nelson die Menschen auf der anderen Seite des Erdballs. Deren Kinder konnten so ungezwungen und so behütet aufwachsen. Er nahm erneut einen tiefen Zug und starrte wieder über das Wasser hinweg zu dem vierstrahligen Düsenjet, der langsam einschwenkte, um vermutlich auf dem Airport von Tanger niederzugehen. Langsam wurden die Wellen höher. Vor der *Star Cradle* erstreckte sich der Nordatlantik.

»Hi«, hörte er eine Mädchenstimme.

Verblüfft drehte sich Nelson um und starrte unwillkürlich nach oben, woher die Stimme gekommen war.

»Hi«, antwortete er halblaut, voller Furcht, dass ihn einer der Offiziere oder, noch schlimmer, sein Bootsmann vielleicht hören könnte.

Das Mädchen, eine trotz ihres jugendlichen Alters bereits voll erblühte Schönheit mit halblangen, braunen Haaren, grinste provozierend zu ihm hinunter. Der tiefe Ausschnitt ihrer Bluse offenbarte beim Herabbeugen über die Reling mehr weibliche Reize, als für einen einsamen, jungen Mann fernab von daheim gut sein konnte. Schon alleine deshalb, da ein Blick an ihren wohlgeformten muskulösen Beinen entlang bis zum Schritt durch nichts gehindert wurde. Die Kippe zwischen Zeige- und Mittelfinger seiner rechten Hand verglühte im Wind. Nelson schluckte heftig.

Das Mädchen umklammerte die mit Teakholz belegte Reling. Ihre Augen blitzten verführerisch. Ein heißer Schmerz durchfuhr Nelson. Fluchend schnippte er die Zigarette ins Wasser. Dann leckte er die Stelle, wo die Glut seine Haut verbrannt hatte. Er wollte erneut nach oben schauen, besann sich jedoch. Jedes weitere Wort mit dem Passagier hätte ihn den Job kosten können. Nelson wandte sich ab, um zum Nachdenken eine ungestörte Stelle aufzusuchen.

Heilfroh, dass er nicht zum Anhalten aufgefordert wurde, schlenderte er schließlich das Seitendeck entlang, untersuchte hier und da die Verspannungen der Beiboote und die Deckel, unter denen die Rettungsinseln verstaut waren und tat dabei so, als würde er einen konkreten Auftrag befolgen. Doch seine Gedanken waren ganz woanders. Er dachte an seine Geschwister und den Vater, der verzweifelt versuchte, in dem rezessionsgeschüttelten Inselreich einen Job zu ergattern, um die Familie auch ohne die Hilfe des Sohnes über Wasser zu halten. Immer wieder tauchte das Bild seiner Verlobten in ihm auf. Lucie, flüsterte er vor sich hin. Oh, Lucie! In welcher Welt leben wir nur? Oh, könntest du doch nur bei mir sein! Er dachte an ihren schlanken, beinahe knabenhaften Körper, ihre Beine, die das Kleid kaum einmal richtig verhüllte und an ihre sinnlichen Lippen.

Ganz in Gedanken versunken, stieß Nelson an der Niedergangstreppe mit jemandem zusammen.

»Sorry!« murmelte er und wich instinktiv zur Seite.

»Träumst du immer am hellichten Tag, oder bist du blind?« lachte eine Stimme.

Der junge Matrose blickte auf und erschrak. Vor ihm stand das Mädchen vom Hauptdeck. Ohne dass er etwas dagegen tun konnte, wanderte sein Blick vom ihrem Gesicht abwärts und hielt genau zwischen zwei schneeweißen, halbrunden Wölbungen inne. Zwischen ihren vollen Brüsten wirkte das goldfarbene Kreuz an der breiten Halskette beinahe schon wie ein Sakrileg. Nelson verspürte eine süße Erregung. Lucies Bild verschwand. Er hatte mit einem Mal nur noch Augen für dieses verführerische Geschöpf. Gierig sog er die Luft ein. Sie roch nicht mehr nach Salz und Wasser, sie duftete nach einem Hauch von Moschus.

»Kannst du nicht antworten?« Die Stimme lachte noch einmal hell auf.

Nelson schluckte. Die Situation war ihm nicht nur wegen des strengen Bordreglements unangenehm, sie war ihm regelrecht peinlich, zumal er merkte, dass auch der Blick des Mädchens abwärts glitt. Hoffentlich bemerkte sie nicht seine kurz vorher erwachte Männlichkeit.

»Hallo, Seemann«, murmelte das Mädchen mit den halblangen, dunkelbraunen Haaren. Ihr Blick nahm einen fiebrigen Glanz an. »Ich denke, du brauchst ganz schnell eine kalte Dusche, nicht wahr?«

Nelson fuhr zusammen. Seine Erregung schien ihr offenbar doch nicht verborgen geblieben zu sein. Er hatte schon viel über die Menschen in den Vereinigten Staaten gelesen und bislang geglaubt, man sei dort eher prüde. Wäre sie also stattdessen rot geworden und kreischend davongelaufen, das hätte er verstanden. Doch dieses junge Mädchen benahm sich eher wie eine reife, abgebrühte Frau, die kaum etwas aus der Ruhe bringen konnte.

»Sorry, Miss«, stotterte er, drehte sich demonstrativ ab und versuchte, das Weite zu suchen.

»He, nicht so schnell, Cowboy«, erwiderte sie und hielt ihn am Ärmel seines T-Shirts zurück.

»Was wollen Sie, Miss?« stotterte er weiter.

Sexy hin, verführerisch her, er jedenfalls wollte auf dem schnellsten Weg verschwinden. Mit Unbehagen dachte er daran, was geschehen würde, tauchte Conway in diesem Augenblick auf.

Elizabeth Meville, die fünfzehnjährige Tochter des texanischen Senators, lächelte erwartungsvoll. Dabei warf sie ihre Haare kapriziös in den Nacken und ließ eine Reihe schneeweißer Zähne aufblitzen. Wie angewurzelt verharrte Nelson auf der Stelle. Was nun? Sich brüsk abzuwenden, empfand er als unhöflich. Andererseits untersagte das Bordreglement jeglichen Kontakt zu den Passagieren. Er wusste wirklich nicht, wie er sich entscheiden sollte.

Das Mädchen beugte sich vor und strich ihm mit der Rechten über die unrasierte Wange. Ein spöttisches Grinsen zog sich über ihr Gesicht.

»Gibt es eigentlich keinen Friseur an Bord?« meinte sie schließlich.

»Für die Passagiere schon«, murmelte Nelson. »Die Crew muss selbst für sich sorgen.«

»Na, Rasieren scheint nicht gerade zu deinen Stärken zu gehören«, bemerkte die Tochter des texanischen Senators.

»Sorry, Miss«, erwiderte der Filipino. »Der Dienst. Sie verstehen?«

»Kaum«, widersprach die junge Amerikanerin. »Was heißt hier Dienst? Vor ein paar Minuten noch hast du an der Reling gestanden und in aller Seelenruhe auf das Meer hinausgeschaut. Was ist denn auf einmal so wichtig, dass du jetzt unbedingt weg musst?«

Nelson ging auf ihre Bemerkung nicht weiter ein, sondern zuckte nur kurz die Schultern und ließ das Mädchen vor dem Treppenaufgang stehen. Sekunden später verschwand er bereits hinter einer der Stahltüren, die ins Schiffsinnere führten.

»Na, warte, Sonnyboy!« murmelte Elizabeth vor sich hin. »So einfach verpasst man mir keinen Korb.«

Eilig tippten knochige Finger eine Zahlenkombination auf das Tastenfeld des Handsprechfunkgeräts. Angestrengt lauschte der Mann in den Äther. Zunächst war außer dem Rauschen der Verstärkerendstufe in seinem Innern nichts zu hören. Plötzlich knackte es dreimal in dem eingebauten Lautsprecher.

»Allahs Weg ist unergründlich«, flüsterte er leise.

Es dauerte einen kurzen Moment, ehe er Antwort erhielt.

»Die Tränen Mohammeds sind bitter wie Galle.«

Das Stichwort. Er konnte nun sicher sein, dass er mit dem Richtigen in Kontakt stand. Unaufgefordert gab der Anrufer die momentane Position durch.

Ein paar Augenblicke verstrichen.

»X minus 4 Stunden und 30 Minuten«, meldete sich die Stimme.

Der Anrufer nickte befriedigt.

»So Allah will.«

Kapitel 14

Der schwere Bentley kam zum Stehen. Sir Patrick Goodwin ließ sich von seinem Chauffeur den Wagenschlag öffnen und kletterte mühsam aus dem Fond der Limousine. Draußen regnete es. Der typische Londoner Nieselregen. Eigentlich regnet es nur im Herbst und im Winter in England. Zugegeben, manchmal auch im Frühjahr. Und natürlich verstärkt im Sommer. Sir Patrick schüttelte den Kopf und ergriff den schwarzen Schirm, den ihm sein Angestellter bereits aufgespannt entgegenhielt.

»Wie lange wird es in etwa dauern, Sir?« erkundigte sich der Chauffeur.

»Trägt die Queen eine Perücke?« knurrte der Angesprochene zurück.

Der Fahrer grinste. Kein Wunder. Schließlich machte sein Chef dem britischen Innenminister seine Aufwartung.

Patrick Goodwin, Mitglied des britischen Unterhauses und Vorsitzender des Parlamentsausschusses für Innere Sicherheit, verlagerte vorsichtig sein Gewicht auf das rechte Bein. Er zuckte kurz zusammen. Die ersten zwei, drei Schritte taten nach längerem Sitzen immer ein wenig weh, seitdem ihm DDR-Grenzsoldaten seinerzeit zwei Kugeln in Knie und Unterschenkel verpasst hatten. Mühsam stieg er die Stufen zum Ministeriumsgebäude empor. Er hasste diesen Kasten. Er hasste London. Viel lieber wäre er jetzt in Bucklers Hard am River Beaulieu und würde dort im Yachtclub den eigens für ihn importierten Cognac genießen. Wenn schon Regen und Nebel, dann wenigstens in angenehmer Gesellschaft. Er seufzte und nahm die letzte Stufe. Ein Pförtner hielt ihm bereitwillig die Eingangstüre auf.

»Was gibt es so Dringendes, dass Sie mich eigens aus Beaulieu herbeizitieren?« knurrte Goodwin und ließ sich schweratmend in einen der gepolsterten Sessel fallen.

Außer dem Innenminister befanden sich noch zwei weitere Personen in seinem Besprechungszimmer. Ein etwa fünfzigjähriger Mann mit auffallend weißen Haaren saß am hinteren Ende des Konferenztisches und sortierte dort mit gelangweiltem Gesicht ein paar Papiere. Goodwin kannte ihn nur zu gut. Henry Walker hatte lange Jahre zu seinem unmittelbaren Stab gehört. Heute war er Chef des MI6. Neben ihm saß ein dunkel gebräunter Mann. Offenbar ein Südeuropäer.

Hurt wandte sich an den Alten. »Ich möchte Ihnen Oberst Mauricio Gonzales von der CESID vorstellen. Señor Gonzales hat uns ein paar wichtige Mitteilungen zu machen.«

»Ich höre«, brummte Goodwin.

»Nun, Señores«, begann der Agent des spanischen Geheimdienstes. »Vor zwei Tagen brachte unsere Küstenwache einen britischen Frachter auf, der in der Nähe von Gibraltar eigenartige Schiffsmanöver durchführte. Genauer gesagt, stellte der Frachter eine Gefahr für die übrige Schifffahrt dar.«

»Und weiter?«, bemerkte Sir Patrick sichtlich ungeduldig.

Hurt lächelte. Er kannte diesen alten Querkopf nur zu gut. Ein Griesgram, wie er im Buche steht, aber ein exzellenter Analytiker, wenn es darum ging, vertrackte Probleme zu lösen. Nicht umsonst leitete er bis weit in die achtziger Jahre hinein eine der Top-Abteilungen des MI6.

»Sie lassen den Oberst ja nicht ausreden, alter Junge.« Dabei zwinkerte er Sir Patrick zu.

Goodwin lehnte sich in seinen Sessel zurück. Er sehnte sich nach Bucklers Hard und seinen Klubkameraden. Verdammtes Wetter! Sein Bein schmerzte heute aber auch wirklich unerträglich.

»Da auf einen Security-Anruf keine Antwort erfolgte«, fuhr der Spanier fort, »enterten die Männer der Küstenwache kurzentschlossen den Frachter. Die Brücke war verwaist, die Backbordmaschine wegen eines technischen Defekts ausgefallen, die Steuerbordmaschine weitgehend von Hand abgeregelt. Gesteuert wurde das Schiff bis zur fraglichen Position allem Anschein nach vom Autopiloten. Der Leiter des Patrouillenbootes tat das in einer solchen Situation einzig Vernünftige. Er forderte ein Spezialeinsatzkommando der Marine an.«

»Und dann?« meinte Sir Patrick, als der Spanier eine geradezu theatralische Gesprächspause einlegte. Er hasste es, wenn Leute nicht auf den Punkt kamen. Deshalb hasste er auch Parlamentsdebatten.

»Unter Deck waren alle tot«, fuhr Gonzales fort. »Den Eintragungen im Logbuch zufolge, musste der Frachter bereits geraume Zeit ohne Schiffsführung gefahren sein. Ein Glück für die Schifffahrt, dass er mit deutlich reduzierter Geschwindigkeit lief. Es hätte leicht zu einer Katastrophe kommen können, wäre er mit einer der Fähren nach Marokko oder Algier kollidiert.«

Langsam erwachte bei Sir Patrick das Interesse.

»Wurde die Mannschaft umgebracht?« fragte er knapp.

»Wohl kaum«, verneinte der Spanier. »Die Todesursache ist auf eine Infektionskrankheit zurückzuführen.«

»Eine Infektionskrankheit?« Goodwin hob erstaunt die Augenbrauen. »Höre ich richtig?«

»Si, Señor. Die Besatzung lag überwiegend in ihren Kojen, als unsere Leute den Frachter enterten. Nur einen der jüngeren Offiziere fanden sie in einem der Gänge, und den Bordingenieur im Maschinenraum. Der junge Mann wies eine Kopfverletzung auf. Sie war jedoch für seinen Tod nicht ursächlich. Die Angelegenheit ist uns, ehrlich gesagt, ein Rätsel.«

Walker räusperte sich. Er schaute kurz zu Hurt auf, der ihm gleichzeitig auffordernd zunickte.

»Ich zeige Ihnen am besten die Photos, die unsere spanischen Kollegen für uns gemacht haben«, meldete sich der Weißhaarige zu Wort.

Goodwin nahm die Papierbilder in die Hand und blätterte sie aufmerksam durch. Derart entstellte Leichen hatte er vorher noch nie gesehen. Angewidert reichte er die Abzüge an seinen ehemaligen Mitarbeiter zurück. Walker verstaute sie sorgfältig in einem Ordner mit dem blutroten Kürzel 'TS'. Top Secret.

»Und Sie sind sicher, dass die Leute an einer Infektionskrankheit starben?« schüttelte Goodwin den Kopf.

»Das sieht mir eher nach den Folgen eines Giftgasanschlags aus«, fügte er hinzu.

»Daran dachten wir im ersten Moment auch.« Gonzales nickte beipflichtend. »Aber Giftgas wirkt zumindest bei eingeschalteter Klimaanlage nicht so lange nach. Selbst Sarin oder Senfgas hätte sich in der Zwischenzeit längst verflüchtigt. Was uns rasch eines Besseren belehrte, war, dass die Männer des Sondereinsatzkommandos kurze Zeit später dieselben Symptome wie die Schiffsmannschaft aufwiesen.«

»Welche Symptome?« wollte Sir Patrick wissen.

»Undefinierbare und rasch auftretende schwarze, eiternde Hautauschläge«, antwortete der Spanier. »Denen gehen innere und äußere Blutungen voraus. Betroffen sind in erster Linie die Lungen, die Augen und die Schleimhäute. Die Körpertemperatur der Betroffenen steigt in kürzester Zeit auf über vierzig Grad. Dadurch führt die Erkrankung sehr rasch zur Bewusstlosigkeit. Der Tod tritt nach etwa achtzehn bis vierundzwanzig Stunden ein.«

»Wo sind die Leute jetzt?« fragte Goodwin.

»Im Forschungslabor für Tropenmedizin des Verteidigungsministeriums«, sagte der Spanier. »Die Betroffenen dort zunächst einmal unter Quarantäne zu stellen, schien uns angebracht, zumal der Frachter laut Logbucheintrag zuletzt in Nordafrika operierte. Den Aufzeichnungen des Kapitäns zufolge kam er direkt aus Bizerte, Tunesien. Inzwischen lebt jedoch niemand mehr von unseren Männern.«

»Wissen Sie etwas mehr über die Virusinfektion?« forschte der Alte nach.

»Ohne Zweifel«, mischte sich Walker ein, »löst sie offenbar ein haemorrhagisches Fieber aus. Ob es sich hierbei um einen Ableger oder einen bisher unerkannt gebliebenen Mutanten von Ebola handelt, steht noch nicht fest. Auf jeden Fall ist der Virus hochaktiv.«

Gonzales nickte. »Unsere Wissenschaftler behaupten, einen solchen Erregerstamm noch nie unter dem Mikroskop gesehen zu haben.«

»Und eine solche Krankheit soll neuerdings in Tunesien auftreten?« wunderte sich der Mann mit dem Krückstock. »Das scheint mir aber sehr ungewöhnlich. Sind aus Bizerte ähnliche Krankheitsfälle bekannt?«

Henry Walker schüttelte den Kopf. »Unsere Leute haben sich mittlerweile unauffällig in den einschlägigen Kliniken umgehört. Ihnen ist nichts dergleichen zu Ohren gekommen. In ganz Tunesien sind haemorrhagische Fiebererkrankungen unbekannt.«

»Wo steckt eigentlich der Frachter?« wollte der Alte nach kurzem Nachdenken wissen.

Walker zeigte mit dem Daumen nach unten und wies gleichzeitig auf Gonzales. »Den haben wir auf Anraten des Forschungslabors und in Absprache mit unseren spanischen Kollegen in den Atlantik geschleppt und dort versenkt. Ein Bekanntwerden der näheren Umstände hätte nur unnötige Aufregung verursacht und eine Entsorgung an Land überdies ein Vermögen gekostet. Sofern eine Dekontamination überhaupt möglich gewesen wäre, ohne noch mehr Menschen zu gefährden.«

»Wie soll es jetzt weitergehen?« fragte Goodwin.

Die ganze Geschichte schmeckte ihm nicht. Seiner Auffassung nach wäre es wesentlich sinnvoller gewesen, sämtliche europäischen Tropeninstitute zu alarmieren. Andererseits wusste er aus Erfahrung, dass solche publik gewordenen Einzelfälle rasch zu einer Massenhysterie führen konnten. Dieses Vorgehen war zwar im höchsten Maße verantwortungslos gegenüber der Tropenmedizin aber durchaus sinnvoll in Hinblick auf die nationale und internationale Sicherheit. Hätte es sich um ein deutsches, französisches oder italienisches Schiff gehandelt, wäre London vermutlich nie etwas von dem Vorfall zu Ohren gekommen. Die Kollegen in Berlin, Paris und Rom gehörten in diesen Dingen nämlich auch nicht gerade zu den besonders mitteilsamen Naturen.

»Wir warten erst einmal ab, ob weitere Fälle auftreten«, meinte Walker. Hurt nickte. »Mr. Walker hat recht. Wir sollten die Pferde nicht scheu machen. Was denken Sie?«

»Ich denke gar nichts, Edward«, brummte Goodwin. »Aber gnade euch Gott, wenn demnächst vielleicht ein aus Afrika kommendes Kreuzfahrtschiff mit tausend Toten an Bord irgendwo strandet.«

Mit einiger Befriedigung stellte er fest, dass Edward Hurts Adamsapfel nervös auf und ab hüpfte.

Hinter dem Tresen der Bordbar stand Billy Williams und polierte Gläser. Er nahm sie einzeln in die Hand, wischte mit einem Tuch über Außen- und Innenflächen und kontrollierte anschließend mit prüfendem Blick, ob vielleicht doch noch Fingerabdrücke sichtbar waren. Erst wenn die Oberfläche im grellen Schein der Halogenspots über dem Tresen funkelte und blinkte, stellte er sie mit befriedigtem Grunzen in das Regal zurück. Billy stammte aus den Kolonien und besaß die typische, dunkelbraun schimmernde Gesichtsfarbe eines Mulatten. Sein Handwerk hatte er auf Barbados in einer der zahlreichen, überteuerten Hotelanlagen erlernt, die überwiegend von neureichen Amerikanern frequentiert wurden.

Zu dieser Stunde tat sich noch nicht allzu viel in der Bordbar. Die Passagiere hielten sich in aller Regel noch am Pool auf, um die wärmenden Sonnenstrahlen auszukosten. Dort gab es zwar auch eine Bar. Die überließ er jedoch lieber einem jüngeren Kollegen. Er trug lieber Smoking und ein frisch gestärktes Hemd bei der Arbeit anstatt Blumenshirts und knielange Bermudas.

Billy warf einen Blick auf seine Armbanduhr. Normalerweise hätte Doc Barkowsky um diese Uhrzeit längst vor seinem dritten Martini gesessen. Der Farbige schüttelte unwillkürlich den Kopf. Eigentlich ein feiner Kerl, dieser Barkowsky, auch wenn er dessen Namen nur mit Mühe aussprechen konnte. Der Deutsche behandelte ihn wenigstens als Menschen und nicht als unterprivilegierten Sklaven. Dafür revanchierte er sich mit besonders voll eingeschenkten Gläsern und führte auch nicht jeden Drink mit der sonst üblichen Akkuratesse in der Verzehrliste auf. Ein merkwürdiger Mann, dieser Barkowsky, dachte er noch bei sich. Säuft wie ein Loch, redet kaum und hat doch stets ein offenes Ohr für die Probleme anderer. An Doc Barkowsky schien ein Psychiater verloren gegangen zu sein. Er fragte sich, was ein deutscher Facharzt der Chirurgie ausgerechnet an Bord eines Hongkonger Kreuzfahrtschiffes zu suchen hatte.

Fauchend glitt die große Glastür zur Seite. Eine Frau von Ende Dreißig mit langen, rotblonden Haaren betrat den Raum. Sie trug einen eleganten, schneeweißen Hosenanzug, der ihre bereits deutlich barocke Formen annehmenden Rundungen um Hüften und Oberschenkel perfekt verdeckte. Die dunkle Sonnenbrille hatte sie abgenommen und mit einem Bügel in den Ausschnitt ihrer Bluse gesteckt. Ihr Gesicht wirkte immer noch so bleich wie bei ihrer ersten Begegnung, als sie bis weit in die Nacht zusammen mit Barkowsky an der Bordbar sitzen geblieben war. Billy konnte sich nicht mehr erinnern, wer früher gegangen war: Lady Dorothy oder der Doc.

»Eure Majestät«, lächelte der Barkeeper und deutete dabei einen Kratzfuß an.

Zwar erschien ihm die junge Adelige grundsätzlich sympathisch, dennoch stand er als gebürtiger Karibe Mitgliedern der Aristrokratie stets abwartend gegenüber. Seiner Lebensphilosophie zu Folge hatten derart überholte Staatsstrukturen wie die in Großbritannien zu Beginn des 21. Jahrhunderts ohnehin keinerlei Berechtigung mehr.

»Billy!« rügte ihn die junge Frau. »Also bitte! Nennen Sie mich Mrs. Mallon oder von mir aus auch Lady Dorothy, wenn Ihnen das lieber ist. Mit Eure Majestät dürfen Sie meine Tante ansprechen, sofern sie überhaupt je einen Fuß auf dieses Schiff setzen sollte.«

»Mit Verlaub, Lady«, brummte Billy. »Ihre Tante würde ich mit Mrs. Windsor anreden. Und niemand würde mich daran hindern.«

Dorothy lachte hell auf, während sie einen Barhocker heranzog und sich anschließend der unbequemen Pumps entledigte.

»Die alte Dame würde auf der Stelle tot umfallen, mein Bester«, meinte sie schließlich und ließ sich von dem Mann hinter dem Tresen Feuer für ihre Zigarette geben. »Vermutlich bekämen Sie auch noch einen Rüffel vom Kapitän.«

»Weshalb?« erwiderte der Farbige, wobei sich seine ohnehin schon schmalen Augenlider zu Schlitzen zusammenzogen. »Im Vereinigten Königreich mag sie sich diesen Anspruch vielleicht immer noch ertrotzen können, auf dem amerikanischen Kontinent würde man für eine solche Forderung wenig Verständnis aufbringen.«

»Sie hätten vor zweihundert Jahren auf die Welt kommen sollen«, amüsierte sich die junge Adelige. »Sie wären das Aushängeschild für die französische Revolution gewesen.«

Dorothy blies den Rauch ihrer Zigarette in Richtung der Klimaanlage. »So, Sie verhinderter Robbespierre, jetzt mixen Sie mir erst einmal einen ordentlichen Tequilla Sunrise, damit mir hinterher das Essen auch schmeckt. Ist ja schlimm, was da inzwischen in eurer Küche zusammengebruzzelt wird.«

Kurze Zeit später gesellte sich ein älterer Mann an die Bar.

»Hallo, Doc«, begrüßte ihn Lady Dorothy.

Richard Barkowsky nickte höflich und schob sich unbemerkt ein Pfefferminzbonbon in den Mund. Der Manhattan, den ihm der Farbige auf ein Kopfnicken hin zubereitete, schien nicht sein erster Drink zu sein.

»Lady Dorothy«, begrüßte sie der Deutsche. »Schön, Sie zu sehen. Wie fühlen Sie sich?«

Die junge Adelige zog die Stirn in Falten.

»Nanu?« erkundigte sie sich. »Was soll die Frage?«

Barkowsky lächelte und leerte dabei sein Cocktailglas beinahe zur Hälfte.

»Als Bordarzt«, brummte er gut gelaunt, »gehört es zu meinen originären Pflichten, mich um das Wohlergehen der Passagiere zu kümmern.«

»Fein«, murmelte Dorothy. »Dann kümmern Sie sich auch. Und zwar am besten zunächst einmal um meinen Bodyguard. Der liegt seit gestern morgen mit einer üblen Magenverstimmung in seiner Kabine. Am Seegang kann es nicht liegen, denn John verrichtete zehn Jahre lang Dienst auf einer Fregatte im Nordatlantik, ehe er zu meinem persönlichen Schutz engagiert wurde. Gewöhnliche Kinetose scheidet bei ihm jedenfalls aus.«

Richard Barkowsky trank sein Glas leer und nickte dabei stumm. Eine merkwürdige Erkrankungsserie begann sich an Bord der *Star Cradle* auszubreiten. Seltsamerweise waren nicht alle Passagiere oder Mannschaftsmitglieder von diesem plötzlich auftretenden Unwohlsein betroffen. Bisher hatte es den italienischen Steuermann, fünf kräftige Matrosen aus der Decksmannschaft, die beiden Bodybuilder, die Leibwächter von Lady Dorothy und Antony Michelli sowie drei andere männliche Passagiere getroffen. Die Symptome deuteten auf eine akute Salmonelleninfektion hin. Doch Salmonellose trat epidemisch auf. Seiner Erfahrung nach konnte es nicht gut angehen, dass bei gleicher Kost nur vereinzelt Männer aus der Mannschaft und männliche Passagiere betroffen waren, andere hingegen nicht.

Und noch merkwürdiger erschien es Doc Barkowsky, dass ausgerechnet die VIPs und alle Frauen an Bord von einer Lebensmittelvergiftung verschont blieben. Er hatte schon mit Kössner gesprochen, doch der riet erst einmal zu Zurückhaltung. Las Palmas sei schließlich bald erreicht. Ihm war klar, dass sich der Kapitän der Star Cradle auf den letzten paar hundert Seemeilen der Jungfernfahrt offenbar keinen Skandal mehr leisten wollte.

»Selbstverständlich«, erwiderte Richard Barkowsky und griff ungeniert nach seinem nächsten Drink, den ihm Billy wortlos über den Tresen schob. »Ich werde mich gleich nach dem Lunch um ihn kümmern.«

Und dann werde ich diesen beiden muselmanischen Hilfsköchen einmal auf ihre anscheinend ungewaschenen Hände sehen, knurrte er in sich hinein. Schon merkwürdig, dass die Leute an Bord der *Star Cradle* erst erkrankten, seitdem die beiden Tunesier in der Pantry arbeiteten.

Die Türe zum Promenadendeck flog auf. Zwei Männer steuerten zielstrebig auf den Tresen zu. Billy Williams Gesicht verdunkelte sich für den Bruchteil eines Augenblicks. Wenn er etwas nicht ausstehen konnte, dann waren es rotverbrannte Touristen mit vor Sonnenöl glänzender Haut in Shirt und kurzer Hose auf den lederbezogenen Hockern seiner Bar. Doch seine Sorge schien unberechtigt. Michelli trug elegante Freizeitkleidung, die dem Flair der *Star Cradle* durchaus gerecht wurde, und der Asiate wie gewöhnlich einen streng geschnittenen, dunkelgrauen Anzug mit Stehkragen. Als der Italo-Amerikaner Lady Dorothy wahrnahm, verzogen sich seine Mundwinkel nach oben.

»Dorothy!« rief er von weitem. »Welche Freude, Sie hier zu treffen.«

Die Lieblingsnichte der Queen drehte sich zu ihm herum und lächelte zurück.

»Antony, mein Lieber!« bemühte sie sich um einen ähnlichen Tonfall. »Kommen Sie! Setzen Sie sich zu uns.«

»Gerne«, erwiderte Michelli und deutete auf seinen asiatischen Begleiter. »Sie haben doch nichts dagegen, …«

»Aber ich bitte Sie«, unterbrach ihn Lady Dorothy und nickte dem anderen Bordgast zu. »Mr. Song, wenn ich mich nicht irre?«

Song Daiwan nickte höflich und übersah geflissentlich die ihm entgegengestreckte Hand. Er schien sich noch nicht so ganz an westliche Sitten gewöhnt zu haben. Song bestellte Fruchtsaft; Michelli hingegen besaß offensichtlich denselben Geschmack wie Lady Dorothy. Auch Barkowsky deutete nachdrücklich auf sein längst geleertes Cocktailglas.

»Was führt Sie eigentlich an Bord eines Kreuzfahrers, Ma'm?« eröffnete der Amerikaner den Smalltalk. »Ich dachte immer, königliche Hoheiten würden ihre Paläste niemals ohne Not verlassen.«

»Ich kam an Bord der *Star Cradle*, um meine Segelkenntnisse aufzufrischen«, antwortete die Engländerin.

»Ihre Segelkenntnisse aufzufrischen?« wiederholte Michelli verblüfft. »Jesus, dies hier ist ein Fünfmaster und keine Ausbildungsyacht.«

»Ich wurde falsch informiert«, konterte Dorothy knochentrocken zurück. Dabei schob sie eine Zigarette zwischen ihre rotgeschminkten Lippen und ließ sich von Billy erneut Feuer reichen.

Michellis Verblüffung wechselte in ein schelmisches Grinsen.

»Touché!« meinte er schließlich. »Blöde Frage. Gehen wir zusammen zum Dinner?«

»Ich plane nie soweit im Voraus«, entgegnete die Engländerin.

Der Amerikaner lachte breit. »Könnte es sein, dass Sie zu oft ins Kino gehen? 'Casablanca', stimmt's? Ihr Lieblingsfilm?«

»Das Videoarchiv meiner Tante verfügt über die Director's-Cut Version«, lächelte sie zurück.

Michelli runzelte die Stirn. »Ihre Tante?«

»Elizabeth Windsor«, erhielt er zur Antwort.

»Ah, die Queen«, brummte Michelli. Billy Williams verschluckte sich beinahe. Dorothy warf ihm einen vielsagenden Blick zu.

»Noch Fragen?« grinste sie breit.

»Keine, Euer Ehren«, winkte der Farbige ab. »Noch einen Drink, Lady?«

»Was denken Sie?« Dorothy wandte sich gleichzeitig an Doc Barkowsky, der bisher wenig gesagt hatte.

»Glänzende Idee«, bestätigte der Bordarzt. Seine Augen schimmerten fiebrig.

»Nun, denn.« Dorothy nickte und wandte sich wieder an den Barkeeper. »Drei Tequilla Sunrise und für Mr. Song noch einmal dasselbe, einverstanden?«

Michelli und der Doc nickten. Der Asiate deutete nur eine Verbeugung an.

»Wie geht es eigentlich Mr. Wells?« erkundigte sich Barkowsky, nachdem die Gläser gut gefüllt vor ihnen standen.

»Danke der Nachfrage«, entgegnete Michelli. »Scheint ein bisschen seekrank zu sein, der Gute. Liegt apathisch in seiner Kabine und will niemanden sehen. Habe ihn ausdrücklich gefragt, ob er seefest sei, bevor ich die Passage buchte. Er meinte, ja. War wohl ein Irrtum.«

»Ich werde nach ihm sehen«, brummte Barkowsky und stürzte den Inhalt seines Glases in einem Zug hinunter.

»Tun Sie das«, meinte der Amerikaner ohne einen Anflug von Mitleid in der Stimme.

Langsam glitt die Tür zum Maschinenraum zur Seite. Hier unten im Schiffsbauch der *Star Cradle* war die Luft trotz der unablässig arbeitenden Klimaanlage stickig und heiß. Das lag daran, dass die drei Stromerzeuger für den Bordbetrieb unablässig ihren Dienst versahen. Hinzu kamen die Aggregate zur Versorgung der Hydraulik, mit der das Schiff gesteuert und die Segel an den fünf Masten bedient wurden. Zudem verursachte die bordeigene Wasseraufbereitungsanlage einen ständigen Geräuschpegel. So blieb der Schwarzhaarige, der mit einer Getränkedose in der Hand den Maschinenraum betrat, unbemerkt. Der Mann schaute sich ein paar Mal um und sondierte die Lage. Außer Joe Lymington, der, über das Backbordwellenlager gebeugt, notwendige Wartungsarbeiten vornahm, befand sich niemand im Maschinenraum. Lymington trug Gehörschutz. Der Engländer nahm von seiner Umgebung offensichtlich nichts wahr. Der Fremde nickte zufrieden und drückte sich an den laut brummenden Stromerzeugern vorbei bis zur Hydraulikanlage. Er stellte die Getränkedose sorgfältig auf einen Gerätevorsprung und zog anschließend ein Messer mit breiter Klinge aus dem Hosenbund. Für alle Fälle, falls er überrascht wurde.

Das fünfzehnjährige Mädchen schlüpfte aus ihren Sachen und sprang unter die Dusche. Abwechselnd ließ sie warmes und kaltes Wasser über ihren durchtrainierten Körper laufen. Immer wieder strich sie sich die halblangen Locken in den Nacken zurück und prustete das Wasser, das ihr in Mund und Nase lief, in hohem Bogen gegen die Glaswand der Duschkabine. Sie musste immer wieder an diesen attraktiven Filipino denken, der ein in dieser Intensität nie gekanntes Verlangen in ihr auslöste. Zur Ablenkung versuchte sie an ihre letzten Tennismatches zu denken, was ihr aber nur schwer gelang. Elizabeth Meville besaß nicht allzu viel Erfahrung im Umgang mit Männern. Susan, ihre Mutter, war seit Anbeginn ihrer Karriere stets darauf bedacht, sie von deren Begehrlichkeiten fernzuhalten. Inzwischen war sich Elizabeth ihrer Anziehungskraft jedoch durchaus bewusst. Ihre früheren Freundinnen gingen längst mit Gleichaltrigen aus, sie hingegen wurde von einem Match zum anderen weitergereicht. Dabei wusste jeder in der Branche, dass ihr das Zeug zur ganz großen Karriere fehlte. Sie besaß zwar Talent aber keine Ausdauer und noch weniger Kampfgeist. Das letzte Match gegen Venus Williams, der schwarzhäutigen Schönheit aus ihrem Heimatland, hatte sie haushoch verloren. Trotzdem steckte ihre Mutter immer mehr Geld in ihre Tenniskarriere und heuerte für sie sogar eine ehemalige Profispielerin an, um das Training noch zu verschärfen. Die paar Tage auf dem Kreuzfahrtschiff sollten der Entspannung dienen, ehe das nächste Grand-Slam-Turnier bevorstand. Elizabeth begann die kleinen runden Filzkugeln zu hassen. Doch im Grunde genommen blieb ihr gar nichts anderes übrig, als den Forderungen ihrer Mutter nachzugeben. Die Highschool-Ausbildung hatte sie ein wenig zu voreilig gegen den Willen ihres Vaters abgebrochen. Jack Meville, Selfmade-Multimillionär aus Dallas, drohte mit einem Internatsaufenthalt, sollte sie ihre Tenniskarriere auch noch aufgeben.

Minutenlang prasselte nun bereits kaltes Wasser über ihren Körper und färbte ihre bronzefarbene Haut rosig. Elizabeth begann zu frösteln; trotzdem ließ ihr Begehren nicht nach. Mit einer Mischung aus Ungeduld und Missmut drehte sie den Hahn zu und trat aus der Duschkabine. Vor dem hohen Wandspiegel frottierte sie sich ab. Das Gesicht des braunhäutigen jungen Mannes tauchte zum wiederholten Mal vor ihren Augen auf. Elizabeth streifte sich eine buntgemusterte Bluse über, schlüpfte in einen Minirock und griff nach hochhackigen Sandaletten. Mit einem sinnlichen Lächeln auf den Lippen verließ sie ihre Kabine.

Auf dem Gang traf das junge Mädchen den Kabinensteward. Der Portugiese warf ihr einen begehrlichen Blick zu. Leise schnaubend drückte sie sich an dem dunkelhäutigen Mann vorbei. Elizabeth warf einen Blick auf ihre Armbanduhr. Zeit für das allabendliche Dinner. Sie verspürte jedoch weder Hunger noch Lust, erneut dieser langweiligen Tischgesellschaft beizuwohnen. Wenn ihr Vater Gleichgesinnte, und davon gab es an Bord der *Star Cradle* anscheinend mehr als genug, um sich scharen konnte, dann drehte sich nach kurzer Zeit sowieso nur noch alles ums Geschäft.

Elizabeth überlegte. Sollte sie auf dem Seitendeck eine Runde spazieren gehen, oder sich an die Poolbar setzen? Dort würde es um diese Uhrzeit vermutlich menschenleer sein. Doch was sollte sie da? Die Aufbauten anschweigen oder auf das Meer starren? Fiebrige Unruhe legte sich wie ein klammes Tuch über ihre Gedanken. Sie wollte sich mit jemandem unterhalten. Und nicht nur das. Und nicht nur mit irgend jemandem. Sie wollte diesen braunhäutigen Filipino treffen. Sie wusste nur nicht, wie sie das anstellen sollte. Ihr Blick fiel auf eine Zeichnung, die dicht bei einem Feuerlöscher hing.

Der Plan zeigte einen Querschnitt durch das Schiff und verdeutlichte dabei die Fluchtwege und Notausgänge im Falle eines Schiffsbrandes. Neugierig studierte sie den Plan. Bald schon stieß sie auf einen Schiffsbereich der kurz und knapp mit 'Logis' bezeichnet war. Ein Grinsen huschte über ihre Lippen. Bingo!

Die Tür glitt zur Seite und machte den Weg frei in den erleuchteten Gang. Der Teppichboden verschluckte jeden ihrer Schritte. Nach ein paar Metern verharrte sie und lauschte. Aus den Kabinen drangen eigentümliche Wortfetzen in einer Sprache, die sie nicht verstand. Darauf bedacht, kein unnötiges Geräusch zu verursachen, schlich sie weiter durch das Mannschaftslogis. An einer nur angelehnten Tür blieb sie erneut stehen. Sie vernahm ein dumpfes Rollen und unterdrücktes Keuchen. Das junge Mädchen schaute auf das Schild neben dem Eingang. 'Fitnessraum' stand dort in breiten Buchstaben. Elizabeth drückte die Tür auf. Der Raum war angefüllt mit den unterschiedlichsten Kraftmaschinen und Trimmgeräten. Sie kannte sie von ihrem Tennistraining her. Das Mädchen blickte sich kurz um. Nur die Butterflymaschine war besetzt. Ein braunhäutiger junger Mann drückte die Armauflagen heftig ein- und ausatmend vor und zurück. Dabei stützte er sich hart gegen das Rückenpolster. Elizabeth musterte den schweißnassen Rücken des Mannes, dessen kräftige Muskulatur sich immer wieder spannte. Elizabeth ging um die Butterflymaschine herum. Sie war am Ziel ihrer Wünsche angelangt. Die beiden Armauflagen krachten zur Seite. Der junge Mann hielt verblüfft inne, als er das Mädchen vor sich auftauchen sah.

Nelson Santos sprang hoch.

»Sorry, Miss«, stammelte er keuchend. »Sie haben sich offenbar im Deck geirrt. Dies hier sind die Mannschaftsunterkünfte.«

»Ich weiß«, entgegnete die junge Amerikanerin. Ihre Stimme klang seltsam kehlig.

Nelson griff nach einem Handtuch und warf es sich über die Schulter. Erst in diesem Augenblick fiel Elizabeth auf, dass ihr Gegenüber nur eine knappe Sporthose trug. Erneut entbrannte dieses Verlangen in ihr. Ihre Hand schnellte vor und berührte die Brustmuskulatur des Braunhäutigen. Sie fühlte sich hart und durchtrainiert an.

»Sportler?« fragte sie knapp.

»Kickboxen«, kam es ebenso kurz zurück.

»Das sieht man«, flüsterte sie heiser.

Nelson Santos räusperte sich verlegen und zog das Handtuch enger um seinen nackten Oberkörper.

»Sie sollten besser gehen«, meinte er tonlos.

»Was ist, wenn ich es nicht tue?« erwiderte Elizabeth.

Mit langsamen Handbewegungen knöpfte sie die oberen Blusenknöpfe auf. Schon wurde das breite Kreuz zwischen ihren hellen Brüsten sichtbar. Nelson schluckte heftig. Etwas begann sich in ihm zu regen.

»Bitte, nicht«, klang es beinahe schon flehentlich aus seinem Munde.

Elizabeth lächelte, fasste nach seiner Hand und legte sie auf ihre Brust. Nelson zuckte zurück, doch die junge Amerikanerin hielt sein Handgelenk fest. Nelsons Augen irrten hin und her. Seine Gedanken überschlugen sich. Furcht vor dem Entdecktwerden und heißes Begehren führten einen erbitterten Kampf. Doch als sich das junge Mädchen gegen ihn presste, wusste er, welche seiner Empfindungen den Kampf gewinnen würde.

Kapitel 15

Unablässig summte die Klimaanlage. Das Mobile aus lauter kleinen Karavellen drehte sich unablässig. Aber es war nicht der Luftstrom aus den versteckt angebrachten Düsen, der die kleinen Schiffchen an ihren Drahtbügeln durcheinanderwirbelte, sondern Larry Cohen, der wie ein Tiger im Käfig durch seine Kabine stapfte. Vier Meter bis zur Fensterfront, vier Meter zurück bis zur Kabinentür.

Der junge Engländer ärgerte sich. Nicht so sehr über den Rüffel, den er hatte einstecken müssen, sondern vielmehr über seine eigene Dummheit. Welcher Teufel mochte ihn bloß geritten haben, sich vor versammelter Mannschaft dermaßen despektierlich über den Kapitän zu äußern? Nicht mehr zu ändern, hatte Baxter ihn zu beruhigen versucht. Kössner sei und bliebe halt ein Idiot. Doch Baxters Worte machten ihn eher noch wütender, als dass sie ihn trösteten. Als Schiffsführer hätte er sicherlich nicht anders reagiert. Mit Sicherheit nicht, seitdem feststand, dass der Untergebene im nächsten Hafen das Schiff verlassen würde. Das hatte er nun von seiner Unvorsichtigkeit. Es würde einen unschönen Hinweis in seinen Personalpapieren geben, falls er deswegen nicht sogar eine offizielle Abmahnung würde einstecken müssen. Cohen biss sich zum wiederholten Mal auf die Unterlippe. Selber Idiot, schimpfte er vor sich hin.

Das Bordintercom meldete sich. Verblüfft und neugierig zugleich verharrte er im Schritt.

»Brücke, Sir«, murmelte eine Stimme. Sie gehörte Luigi Fontani, dem Zweiten Steuermann, der den erkrankten Minzetti abgelöst hatte. »Tut mir leid, wenn ich Sie störe, Sir. Es gibt schon wieder ein Problem mit dem Navigationssystem. Der Plotter hat den Geist aufgegeben, und das Global Positioning System meldet nur noch Data Error. Was soll ich tun?«

Was kümmert's mich, knurrte Cohen in sich hinein. Soll sich doch Kössner daraum kümmern.

»Weiß der Käpt'n Bescheid?« erwiderte er stattdessen.

»Ich wollte erst Sie …«, ließ der Steuermann die Antwort offen. Seine Stimme klang fragend und abwartend zugleich.

»Tut mir leid, Mr. Fontani«, meinte Larry nach kurzem Überlegen. »Melden Sie den Vorfall bitte dem Kapitän. Er wird Ihnen weitere Instruktionen erteilen.«

»Ay, Sir!« kam aus dem Lautsprecher der Bordsprechanlage, ehe die Verbindung mit einem leisen Knacken abbrach.

Es blieb Larry nicht verborgen, dass in der Stimme des Zweiten Steuermanns, einem untersetzten kleinen Kerl aus dem Norden Italiens, Zweifel und Unsicherheit mitschwang. Der junge Bordoffizier beschloss, den Chief zu informieren.

»Hallo, Ron«, begrüßte er ihn und versuchte dabei möglichst zuversichtlich zu klingen. »Wo steckst du?«

»Rate mal!« knurrte die Stimme aus dem Lautsprecher. »Unter Deck im Kontrollraum für die Bordelektrik. Der Server ist abgestürzt und hat den GPS gleich mit in die Tiefe gerissen. Es ist zum Verzweifeln mit diesem …«

»Wenn der Alte deine Flucherei hört«, tadelte ihn der Erste, »dann passiert dir noch dasselbe wie mir.«

»Lass die Späße, Larry«, murmelte der Chief. »Schwing dich lieber endlich auf und hilf mir, diesen verdammten Kasten zum Laufen zu bekommen. Oder geh zu Francis und frag sie, ob wir einen Informatiker unter den Passagieren haben.«

Cohen zog unwillkürlich die Stirn in Falten. »Du machst Scherze, nicht wahr?«

»Überhaupt nicht, mein Junge«, stöhnte Baxter. »Ich hocke seit einer geschlagenen Stunde hier unten und versuche, bestimmt fünf Manuals gleichzeitig zu lesen. Zwei davon sind in Japanisch oder Koreanisch verfasst. Mit den Übersetzungen der anderen drei kannst du als Alleinunterhalter in einem Kabarett auftreten. Die Leute würden sich biegen vor Lachen. Glaubst du, da ist mir noch nach Scherzen zumute?«

»Okay, ich komme«, meinte Larry. »Wo steckt der Alte?«

»Lass mich bloß mit Kössner zufrieden!« knurrte Baxter. »Der sitzt beim allabendlichen Dinner und hält Hof. Und mir hat er aufgetragen, dieses Problem innerhalb der nächsten beiden Stunden gefälligst in den Griff zu bekommen. Wofür ich überhaupt an Bord bezahlt würde, hat er noch hinzugefügt.«

»Du hast recht, Ronnie«, schüttelte Cohen den Kopf. »Er ist wirklich ein …«

»Vorsicht!« brummte Baxter. »Nur denken, nicht aussprechen. Oder willst du demnächst als Deckshand Dienst auf einem Trampdampfer schieben?«

Larry Cohen streifte sich ein frischgewaschenes und gestärktes Hemd über und schlüpfte in seine schneeweiße Uniformjacke, auf dessen Ärmeln die Rangabzeichen geradezu provozierend hervorstachen. Larry grinste, als er sich ein letztes Mal im Spiegel betrachtete. Er mochte zwar in Ungnade gefallen sein, Erster Offizier war er jedoch immer noch. Deshalb nahm er auch seine Dienstmütze vom Haken und stülpte sie sich demonstrativ über.

Auf dem Weg zum Unterdeck traf er mit Francis Stonebridge zusammen. Die Chefstewardess schien auf dem Weg zum Speisesaal zu sein.

»Na, Larry«, frotzelte die Achtundzwanzigjährige. »Hast du Ausgang bekommen?«

»Rede keinen Unsinn, Francis«, entgegnete der Erste. »Ich bin auf dem Weg in den Kontrollraum für die Bordelektrik. Der Bordcomputer führt offensichtlich wieder ein Eigenleben. Sag mal, Francis, haben wir einen Spezialisten für Computeranlagen unter den Passagieren?«

Francis Stonebridge überlegte einen kurzen Moment. Dabei wiegte sie nachdenklich den Kopf.

»Mr. Michelli scheint etwas mit High-Tech-Produkten aus der Rüstung zu tun zu haben. Doch ob er sich mit Computern auskennt, kann ich nicht beurteilen.«

Sie stutzte und legte die Stirn in Falten. »Du willst diesen Gentleman doch wohl nicht …«

Larry schwieg. Kössner hätte jeden in der Luft zerrissen, der mit dem Vorschlag an ihn herangetreten wäre, einen der Passagiere für Reparaturarbeiten an Bord der *Star Cradle* anzuheuern.

»Das ist nicht dein Ernst, oder?« fügte sie schließlich hinzu.

»Und innerhalb der Mannschaft?« ließ Cohen nicht locker.

Francis winkte ab. »Außer Kopernikow und den Stewards stammt der Rest der Truppe aus dem hintersten Winkel Asiens und taugt gerade einmal zum Schotenzerren und für Reinigungsdienste. Soweit ich deren Papiere kenne, alles einfache Leute.«

»Bist du sicher?« hakte Larry nach.

»Aber, ja«, erwiderte Francis mit deutlicher Ungeduld in der Stimme.

»Darüber hinaus brauche ich noch jemanden mit Fremdsprachenkenntnissen«, fuhr der Erste unbeeindruckt fort. »Er müsste Japanisch oder Koreanisch beherrschen. Ron hat anscheinend ernste Probleme mit den Handbüchern. Was ist eigentlich mit Mr. Song? Der ist doch Asiate, oder?«

»Und wenn schon.« Francis winkte ab. »Wenn der Käpt'n erfährt, dass du Passagiere rekrutierst …«

»Dem wird gar nichts anderes übrig bleiben, wenn wir nicht irgendwo zwischen Casablanca und Las Palmas hin und her irren wollen«, gab der junge Engländer zurück.

Die Chefstewardess schüttelte den Kopf. »Spinnst du jetzt, oder was?«

Larry blieb todernst. »Kein bisschen, mein Engel. Nun geh wenigstens die Crewliste durch und melde mir jede Deckshand, dessen IQ du höher als sein Lebensalter einschätzt.«

»Die Offiziere inbegriffen?«

»Okay, okay, ich bin schon unterwegs«, fügte sie vergnügt hinzu, als Larry die Zähne zu fletschen begann.

»Und, wie sieht's aus?« meinte Cohen, während er die Türe hinter sich ins Schloss drückte. Baxter hockte an einem Arbeitstisch und blätterte verbissen verschiedene Handbücher durch.

»Wie soll's schon aussehen«, erwiderte der Chief. »Nie wieder heuere ich auf solch einem mit Elektronik vollgestopften Dampfer an. Das ist ja nicht auszuhalten. Bin gespannt, wann uns der Autopilot nur noch im Kreis fahren lässt.«

»Francis sucht die Personalunterlagen durch, ob wir jemanden an Bord haben, der ostasiatische Sprachen beherrscht«, versuchte ihn der Erste zu beruhigen.

»Na, fein«, brummte der Chief. »Ein Anfang. Doch was wir in erster Linie brauchen, ist ein Informatiker. Ich habe bereits mit der Werft telefoniert. Die hüllen sich natürlich wie üblich in Schweigen und wollen lediglich ein Spezialistenteam nach Las Palmas schicken, um unsere Beanstandungen zu prüfen. Vermutlich um zu kontrollieren, ob wir mit einem Schiff wie der *Star Cradle* überhaupt richtig umgehen können. Als Kössner von dem Gespräch erfuhr, hat er getobt wie ein Grizzly.«

»Natürlich«, knurrte Cohen. »Was besseres fällt dem ...«

»Falsch geraten«, unterbrach ihn der Chief. »Kössner rief in meinem Beisein die Reederei in Hongkong an. Himmel, war der Käpt'n sauer! Leider erreichte er dort aber nur einen untergeordneten Mitarbeiter.«

»Bist du jetzt wieder sein Spitzenmann?« frotzelte Larry.

Baxters Kiefer begannen zu mahlen. »Von wegen. Kaum, dass ich mich an die Arbeit gemacht hatte, bekam ich über das Bordintercom bereits den nächsten Rüffel. Ich sage dir: Entweder besitzt der Kerl einen Zwillingsbruder an Bord, oder der Käpt'n ist hochgradig schizophren.«

»Das ist nichts Neues«, murmelte Larry und nahm eines der Manuals zur Hand, die vor ihm auf dem Tisch lagen.

Währenddessen fuhr Baxter fort, mit verschiedenen Prüfgeräten einem etwaigen Fehler in den Datenleitungen auf die Spur zu kommen. Keena Marhamanhi betrat den Raum, um den beiden Männern einen Imbiss zu bringen. Kopernikow schien auf dem Weg der Besserung zu sein. Jedenfalls stand er bereits wieder in der Pantry und brüllte dort mit seinen tunesischen Hilfsköchen herum. So hielten sich wenigstens die Klagen der Passagiere über das Essen wieder im Rahmen.

Gegen neun Uhr abends erschien Francis. Sie wirkte ernst.

»Nichts gefunden?« meinte Larry und schaute von seiner Arbeit hoch. Er versuchte seit einer geschlagenen Stunde einen japanischen Text mit Hilfe von Wörterbüchern ins Englische zu übersetzen.

»Ich weiß nicht«, begann die Chefstewardess. »Wir haben einen jungen Mann unter den Deckshands, der angeblich in Manila Sprachen studiert hat, bevor er bei uns anheuerte. Welche, das ergibt sich aus den Unterlagen leider nicht.«

»Her mit dem Kerl!« keuchte Baxter, während er sich aus einem Schaltkasten herausquälte, in dessen Kabelgewirr er die letzte halbe Stunde halb liegend und halb kauernd verbracht hatte. »Mir ist inzwischen jede Unterstützung recht. Vielleicht haben wir ja einmal Glück.«

»Dein Job«, meinte Francis und wandte sich an Larry.

Cohen nickte und griff zum Intercom.

»Sir?« kam es zackig aus der Hörmuschel.

»Guten Abend, Mr. Conway«, begrüßte ihn Larry. »Im Augenblick viel zu tun, Mr. Conway? Können Sie mir einen Gefallen tun?«

»Selbstverständlich«, erwiderte der Bootsmann.

»Sofern es in meiner Macht steht«, fügte er hastig hinzu. Ein unüberhörbares Lauern lag in seiner Stimme. Schließlich war er Zeuge gewesen, als Cohen suspendiert wurde.

»Unter den Crewmitgliedern befindet sich doch ein gewisser Nelson Santos, nicht wahr?« fuhr Cohen unbeeindruckt fort. »Wo steckt der Mann?«

»Hat er etwas ausgefressen?« kam es wie aus der Pistole geschossen. »Würde mich nicht wundern …«

»Sie sollen nur meine Frage beantworten, Mr. Conway«, unterbrach ihn Larry. »Und keine voreiligen Schlüsse ziehen. Also, wo steckt er?«

»Vermutlich unter Deck, Sir«, stammelte Conway. »Alle meine Männer halten sich zu dieser Uhrzeit gewöhnlich in der Mannschaftsmesse auf.«

»Okay, dann holen Sie mir den Mann«, entgegnete Larry. »Sie finden mich übrigens im Kontrollraum für die Bordelektrik. Alles klar, Mr. Conway?«

»Sonnenklar, Sir!« kam es aus der Hörmuschel.

Larry beendete das Gespräch mit einem Tastendruck.

»Ein schmieriger Kerl«, meinte Francis. Der Schauer, der ihr dabei über den Rücken lief, rührte nicht nur von der Kühle der Klimaanlage her.

»Mir egal«, brummte Baxter. »Hauptsache, er treibt mir diesen Filipino auf.«

Lawrence Conway strich sich über den Schnurrbart und stülpte den Buschhut mit der hochgeklappten Krempe über seinen Haarschopf. Er überlegte. Was, um alles in der Welt, war plötzlich so interessant an einem gewöhnlichen Matrosen, dass ihn der Erste unbedingt persönlich sprechen wollte? Abmahnungen gegenüber der Crew nahm gewöhnlich der Bootsmann vor. Also musste es sich um etwas anderes als eine Rüge handeln. Und was hatte dieser verdammte Reisfresser ausgerechnet im Kontrollraum für die Bordelektrik verloren? Ihm kam das seltsam vor, zudem doch Cohen vom Alten suspendiert worden war. Hatte es sich der Kapitän etwa anders überlegt? Oder heckte dieser Cohen vielleicht irgendeine Schweinerei aus, zu der er die Hilfe eines einfachen Matrosen brauchte? Auch Conway war nicht verborgen geblieben, dass die Schwierigkeiten an Bord der *Star Cradle* seit einiger Zeit wieder deutlich Überhand nahmen. Cohen vielleicht ein Saboteur? Conway schlug die Tür hinter sich ins Schloss. Das wäre ein Ding! Der Australier rechnete sich aus, welche Belobigung fällig wäre, könnte er ausgerechnet den Stellvertreter des Kapitäns einer unerlaubten Handlung überführen. Instinktiv griff er an seinen Gürtel, wo das tragbare Intercom in einem Art Holster steckte. Seine Hand zuckte jedoch sofort wieder zurück. Zu früh, beruhigte er sich. Bevor er den Käpt'n informierte, musste er erst wissen, was genau hinter diesem merkwürdigen Auftrag steckte.

Conway riss die Mannschaftsmesse auf. Ein paar der Männer, die nicht für die Deckswache eingeteilt waren, lungerten an der kleinen Bar herum, schwatzten oder stierten teilnahmslos in den Fernsehapparat, der einen japanischen Samuraifilm mit Untertiteln zeigte. Zwei Männer blickten auf.

»He, ihr Burschen!« schnaubte der Australier. »Wer weiß, wo dieser verdammte Santos steckt?« Die beiden Männer blickten sich fragend an. Conway durchmaß die Mannschaftsmesse mit langen, eiligen Schritten. Er blieb vor einem Mann stehen, der sich scheinbar interessiert den Film im Bord-TV ansah. Da er nicht reagierte, riss ihn der Australier mit hartem Griff in die Höhe.

»He, du Kanake!« fuhr er den Filipino an. »Kannst du nicht aufstehen, wenn ich mit dir rede? Du kennst doch diesen Halunken! Los, rede! Wo steckt Santos?«

Charly Cunito, der hagere kleine Mann aus dem Nordwesten des südostasiatischen Inselarchipels, rieb sich den schmerzenden Oberarm. Seine Augen verzogen sich zu Schlitzen. Sein beharrliches Schweigen brachte den Bootsmann erst recht in Rage.

»Verdammter Kerl!« schnauzte er den Schmächtigen an. »Willst du wohl endlich den Mund aufmachen? Also, wo steckt dein reisfressender Kumpel? Der Erste will ihn sehen.«

Charly Cunito zuckte nur verständnislos die Schultern und machte Anstalten, sich wieder hinzusetzen. In diesem Moment krachte die Faust des Australiers ohne Vorwarnung in dessen Nacken. Der Filipino stürzte zu Boden. Ein Teil der Männer stieß sich vom Tresen der kleinen Bar ab. Drohend kamen sie näher.

»Was wollt ihr?« brüllte Conway und baute sich demonstrativ mit in die Hüften gestemmten Fäusten vor den verschlossen dreinschauenden Matrosen auf.

»Los, antwortet!« fügte er zornig hinzu. »Was wollt ihr? Meutern? Eine Schlägerei anzetteln? Nur zu! Dann werde ich dafür sorgen, dass ihr in Casablanca mit nichts als euren stinkenden Pässen an Land steht, und ihr könnt sehen, wie ihr von dort aus wieder nach Hause kommt.«

Der Rädelsführer der aufgebrachten Männer hob den Kopf.

»Spiel dich nicht so auf«, meinte er tonlos.

»Was hast du gerade gesagt, du stinkende kleine Ratte?« ereiferte sich der Bootsmann. »Hast du tatsächlich vergessen, mich mit 'Sir' anzureden, oder habe ich mich nur verhört? Los, antworte! Was hast du gerade gesagt?«

Der Mann wich einen Schritt zurück. Das gefährliche Blitzen in seinen Augen ließ jedoch nicht nach.

»Deckskerl!« fauchte Conway.

Wütend spuckte er vor dem braunhäutigen Matrosen aus. Der Mann setzte an, den Arm zu heben, doch zwei aus der Gruppe hielten ihn am Ärmel seines T-Shirts zurück.

»Er ist es nicht wert«, raunte ihm jemand in portugiesischer Sprache zu.

Der Angesprochene schüttelte die beiden Hände ab. Finster starrte er den Bootsmann an.

Der Australier ließ nicht locker. »Ich höre.«

Einer der Männer trat einen Schritt vor.

»Tut uns leid, Sir!« brummte er leise. »Wird nicht wieder vorkommen, Sir!«

»Das klingt schon besser, ihr dämlichen Schlitzaugen!« schnaubte Conway zurück. »Also, los jetzt! Wo steckt dieser Mistkerl von Santos?«

»Als ich ihn zuletzt sah, trainierte er im Kraftraum«, murmelte ein anderer aus der Gruppe.

Der Australier drehte sich wortlos um und verließ die Mannschaftsmesse. Ein halbes Dutzend grimmig dreinschauender Augenpaare folgte ihm, bis die Türe zuschlug.

»Irgendwann schmeiße ich das Schwein über Bord«, knurrte der Braunhäutige, den die anderen im letzten Moment noch hatten zurückhalten können.

»Ich bin dabei«, meinte ein anderer.

Charly Cunito rappelte sich wieder hoch und massierte die schmerzende Stelle im Nacken. Über Bord werfen, dachte er bei sich, wäre für diesen Dreckskerl viel zu human. Den sollte man einfach abknallen wie einen räudigen Köter. Doch dann besann er sich. Hoffentlich hatte Nelson nichts angestellt. Er kannte seinen Kojennachbarn. Nelson Santos neigte mitunter dazu, unüberlegt zu handeln.

In diesem Augenblick erreichte Lawrence Conway den Fitnessraum. Er blieb vor der Eingangstür stehen und lauschte. Nichts. Kein Ton drang auf den Gang hinaus. Der Australier packte den

Knauf, drehte ihn scharf nach links und riss die Türe auf. Conway betrat den Raum und schaute sich nach allen Seiten um. Licht brannte nur über der Butterflymaschine. Der Australier ging auf das Gerät zu und fasste an die Seiltrommeln. Sie fühlten sich kühl an. Also musste dieser Santos bereits vor geraumer Zeit sein Training beendet haben. Unverrichteter Dinge drehte sich der Bootsmann auf dem Absatz um und verließ den Fitnessraum. Wo, zum Henker, mochte dieser verdammte Kerl bloß stecken? Es würde nur noch wenige Augenblicke dauern, ehe sich Cohen über das Bordintercom bei ihm melden würde, um zu fragen, warum die Suche nach einem einfachen Matrosen so lange dauerte. Conway wurde wütend. Diese Kanaille, schoss es ihm durch den Kopf. Wenn ich wegen dir einen Rüffel einstecken muss, dann kannst du was erleben!

Der Australier rückte seinen Buschhut zurecht und betrat die Mannschaftsbibliothek, einen Bordbereich, der von den meist aus ostasiatischen Ländern stammenden Männern und Frauen nur selten aufgesucht wurde. Trotzdem stieß er auf eine ältere Indonesierin, die, über eine Zeitung gebeugt, an einem der Tische hockte.

»Hast du Nelson Santos gesehen?« herrschte er sie an.

Die Frau schüttelte verständnislos den Kopf. »Nelson Santos?« fragte sie. »Wer soll das sein?«

Das Funksprechgerät an seinem Gürtel machte auf sich aufmerksam. Der Australier nahm es zur Hand.

»Wie lange dauert das denn noch?« meldete sich eine wohlvertraute Stimme.

Conway schluckte. »Ich habe ihn noch nicht gefunden, Sir«, gab er kleinlaut zu.

»Das darf doch wohl nicht wahr sein!« fuhr ihm der Erste ins Wort. »Sind Sie mit Ihrem Aufgabenbereich überfordert, oder träumen Sie etwa nur herum, Mr. Conway?«

»Tut mir leid, Sir«, murmelte der Australier. »Ich habe schon den gesamten Mannschaftsbereich abgesucht. Ich bleibe dran, Sir. Es wird bestimmt nur noch ein paar Minuten dauern, Sir.«

Grimmig steckte er sein Funksprechgerät wieder in den Gürtel zurück. Sein Zorn war zunächst Betroffenheit gewichen. Der Erste hatte Recht. Von ihm als Bootsmann konnte man verlangen, dass er immer wusste, wo sich die Deckscrew aufhielt. Das war schon deshalb wichtig, falls bei einem Manöver einmal blitzschnell alle Leute gebraucht wurden. Seine Wut auf den braunhäutigen Filipino kehrte zurück. Der sollte was erleben!

Mit raschem Schritt eilte Conway durch die Mannschaftslogis, riss jede Tür auf und musste sich zuweilen eine Menge Flüche anhören. So komme ich nicht weiter, gestand er sich schließlich ein. Hier unten steckte der Kerl offensichtlich nicht. Ob er sich etwa verbotenerweise an Deck herumtrieb? Conway brauchte nur wenige Augenblicke, ehe er draußen im Abendhimmel stand. Der Atlantikwind zupfte an seinem breitkrempigen Hut. Mürrisch setzte er die Suche fort.

Nach wenigen Minuten stieß er auf einen Passagier, der offensichtlich nicht am abendlichen Dinner im Speisesaal teilnahm. Ein Mann von etwa Mitte Vierzig beugte sich über die Reling und starrte in sich versunken auf die bewegte Wasseroberfläche. Conway ging auf ihn zu.

»Entschuldigen Sie, Sir«, begann der Australier. »Ich suche einen der Matrosen. Einen etwa zweiundzwanzigjährigen Filipino. Schlank, muskulös und relativ groß. Haben Sie jemanden von dessen Statur an Deck gesehen?«

»Hat er etwas ausgefressen?« lachte Alain, ohne dabei aufzusehen.

»Nein, Sir«, murmelte der Bootsmann. »Tut mir leid, Sir, falls ich Sie belästigt haben sollte.«

Er machte schon Anstalten, weiterzugehen, als sich der Franzose dann doch zu ihm umdrehte.

»Ein großer, muskulöser Malaie, sagen Sie? Als ich vor einer halben Stunde meine Kabine verließ, traf ich auf die junge Miss Meville in Begleitung eines Mannes, auf den Ihre Beschreibung passen könnte. Ich wunderte mich schon, was ein gewöhnlicher Matrose auf dem Passagierdeck verloren hat.«

Conway fuhr zusammen. Das durfte doch wohl nicht wahr sein! Wenn das herauskam, dann war er seinen Job los. Eine seiner wichtigsten Aufgaben an Bord der *Star Cradle* bestand darin, dafür zu sorgen, dass sich Mannschaft und Passagiere aus dem Weg gingen. Er stammelte erneut eine Entschuldigung und suchte mit raschem Schritt das Weite. Alain starrte währenddessen wieder auf das bewegte Wasser des Atlantiks hinaus. Der Kutter, der ihnen schon seit einiger Zeit ohne eingeschaltete Positionslaternen folgte, holte langsam auf. Doch das Fahrzeug interessierte ihn nicht wirklich. Seine Gedanken drehten sich nur um ein Thema. Wie sollte er sich in Zukunft Rachel gegenüber verhalten?

Lawrence Conway drückte auf den roten Knopf, woraufhin die Schiebetür mit einem hellen Zischen zur Seite glitt. Der Australier schlüpfte in den dahinterliegenden Gang und befand sich damit im Aufenthaltsbereich der Passagiere, der auch für ihn als Bootsmann, abgesehen von einem Notfall, tabu war. Das war ihm aber inzwischen egal. Die Wut auf diesen braunhäutigen Reisfresser trieb ihn voran.

Immer wieder blieb er stehen und lauschte, ob von irgendwoher verdächtige Stimmen zu hören waren. Er wusste nicht, welche Suite die junge Amerikanerin bewohnte. Also konnte er sich nur auf sein Gehör verlassen. Am Ende des Ganges verharrte er im Schritt. Das, was an Geräuschen und Stimmen aus der Kabine drang, ließ ihn aufhorchen. Auf ein geradezu orgastisches Stöhnen folgten immer wieder Wortfetzen. Conway fur zusammen. Eine helle Stimme hatte in offensichtlich höchster Lust einen Namen förmlich hinausgeschrien. Conways Gesicht verzog sich zu einem zynischen Grinsen. Mit einem Ruck riss er die Kabinentür auf.

Joe Lymington beugte sich über das gereinigte und gefettete Innenlager und löste vorsichtig die Wellenbremse. Vom vorbeiströmenden Wasser angetrieben, lief die wuchtige Edelstahlachse auch sogleich an. Er setzte das Stethoskop auf und horchte auf verdächtige Geräusche. Ohne akustisches Hilfsmittel wäre das unmöglich gewesen, denn dafür war der Lärmpegel im Maschinenraum viel zu hoch. Zufrieden mit seiner Arbeit nahm er das Hörgerät wieder ab und legte es beiseite. Kein Geräusch drang aus dem Lager. Alles schien wieder perfekt zu funktionieren.

Der Engländer wischte sich die Hände an einem Kleenex notdürftig sauber und griff nach einer Getränkedose. Er konnte sich gar nicht mehr erinnern, den Verschlussbügel bereits abgerissen zu haben. Achselzuckend setzte er die Dose an den Mund und nahm einen gierigen Schluck.

Es war stickig im Maschinenraum. Der Klimaanlage wollte es einfach nicht gelingen, die Temperaturen auf ein erträgliches Maß zu senken. Hinzu kamen die Öl- und Dieselausdünstungen von Maschinen, Stromerzeugern und Hydraulikanlage. Erneut setzte er die Dose an den Mund und ließ den nächsten Schluck in seine Kehle rinnen.

Joe Lymington warf einen Blick auf seine Armbanduhr. Sein Dienst war seit einer guten Stunde zu Ende. Nach dem Dienstplan hätte ihn Sürec eigentlich längst ablösen sollen. Aber wahrscheinlich lag der Kerl immer noch in der Koje und kotzte sich die Seele aus dem Leib. Sürec hatte sich am Morgen nach einem Besuch bei Doc Barkowsky überraschend vom Dienst abgemeldet. Angeblich litt auch er an dieser seltsamen Magen-Darm-Infektion, die sowohl einen Teil der Passagiere als auch die Mannschaft heimgesucht zu haben schien. Lymington stutzte und setzte die Getränkedose ab. Erst jetzt fiel ihm auf, wie scheußlich die Cola schmeckte. Er musste einmal ein ernstes Wort mit Kopernikow reden. Der Russe sollte endlich für vernünftige Markenware an Bord sorgen.

Lymington streckte sich und gähnte herzhaft. Die Arbeit am Wellenlager schien ihn doch mehr angestrengt zu haben, als er sich eingestehen wollte. Seltsam, dachte er. Früher konnte ich doch stundenlang an der Maschinenanlage herumwerkeln, ohne dass ich so rasch müde wurde. Er gähnte erneut.

Was ist denn los mit dir, schalt er sich. Mit schon deutlich schleppendem Schritt bewegte er sich auf den Werkzeugschrank zu, um den schweren Schraubenschlüssel beiseite zu legen. Seine Lider wurden schwer. Mehrmals kniff er die Augen zusammen, doch das Bild vor seiner Netzhaut verschwamm. Joe Lymington merkte gar nicht mehr, dass er Sekunden später wie ein nasser Sack zu Boden fiel.

»Jetzt möchte ich aber wirklich langsam wissen, warum das so lange dauert!« knurrte Larry Cohen vor sich hin.

Er ging an das Bordintercom und wählte den Mobilanschluss des Bootsmannes. Der Ruf ging durch, doch niemand meldete sich.

»Ja, ist der jetzt von allen guten Geistern verlassen?« schimpfte der junge Bordoffizier.

Baxter blickte auf. »Geh ihn von mir aus suchen. Ich mache erst einmal Pause. Ich muss sowieso noch schauen, wie weit Lymington mit der Wellenanlage ist.«

Er warf einen Blick auf seine Armbanduhr. »Der wird schön fluchen. Sein Dienst ist nämlich offiziell seit einer guten Stunde zu Ende. Sürec hätte ihn eigentlich längst ablösen sollen, aber den Kerl scheint inzwischen auch dieses seltsame Unwohlsein befallen zu haben, das neuerdings an Bord grassiert.«

»Was ist mit dem Server?« meinte Cohen und warf einen skeptischen Blick auf die verstreut herumliegenden Prüfinstrumente, mit denen der Chief die letzte halbe Stunde auf eigene Faust versucht hatte, einem etwaigen Hardware-Fehler auf die Schliche zu kommen.

Der Chief winkte ab. »Was soll schon sein? Ohne Hilfe komme ich nicht weiter. GPS und Plotter werden hauptsächlich über den Computer gesteuert. Natürlich könnte man die beiden Anlagen parallel schalten, aber ohne genaue Kenntnis der Systembefehle geht das nicht so einfach. Ein Fehler in der Datenleitung, und der Computer lässt die *Star Cradle* anschließend wirklich nur noch im Kreis fahren. Und sollte der Computer die Segelstellung nicht mehr richtig eintrimmen können und trotz korrekter Joystickbedienung den Kurswinkel falsch berechnen, riskieren wir unweigerlich das Rigg. Stell dir nur einmal eine ungewollte Halse mit unseren 2500 Quadratmetern Segelfläche in einer solchen Dünung bei voller Fahrt vor. Das Krachen der Masten würdest du noch in Casablanca hören. Drück uns allen die Daumen, dass nicht auch noch die Hydraulik ausfällt und wir einen exzellenten Rudergänger auf der Brücke haben. Auf das Durchhaltevermögen des Autopiloten würde ich im Augenblick keine hohen Wetten abschließen. Also, mein Bester, schaff mir diesen Filipino herbei. Einer muss mir die Betriebsanleitungen übersetzen. Danach sehen wir weiter.«

»Du hast Nerven«, stöhnte der Erste Offizier. »Okay, GPS und Plotter sind also komplett ausgefallen. Und womit sollen die oben auf der Brücke navigieren?«

Baxter lachte und hielt sich die beiden Handflächen wie zwei Scheiben vor das Gesicht. »Schon mal mit dem Sextanten versucht, oder hast du das inzwischen verlernt?«

»Toll«, entgegnete Cohen. »Genau so habe ich mir den Job auf diesem Millionengrab vorgestellt. Erst pumpt man solch einen Kasten mit Elektronik randvoll, und zum Schluss navigieren wir wieder wie zu Kolumbus' Zeiten. Und das nur, weil der Obermonteur nicht weiß, wie man einen Computer richtig zusammenschraubt.«

»Ich zeige dir gleich, was ich weiß und was nicht«, drohte Baxter mit erhobenem Zeigefinger. Aber gleichzeitig zog sich ein breites Grinsen über sein Gesicht. Cohen hatte ja Recht. Ein lausiger Kahn, diese *Star Cradle*.

Sie verließen den Raum. Baxter zog lediglich die Tür ins Schloss. Cohen runzelte die Stirn.

»Schließt du nicht ab?« fragte er.

»Warum?« erwiderte Baxter und zog die rechte Augenbraue nach oben. »Meinst du, es macht jemand etwas kaputt?«

Larry Cohen versuchte erneut, seinen Bootsmann über Bordfunk zu erreichen, doch ohne Erfolg. Anscheinend wollte oder konnte er nicht an sein tragbares Intercom gehen. Der Engländer seufzte und machte sich auf den Weg hinunter ins Mannschaftslogis. Irgendwo musste dieser Nelson Santos ja stecken. Wenn Conway ihn schon nicht fand, vielleicht gelang es ja ihm.

Der Erste Offizier lief den Gang entlang und erreichte die breite Treppe. Er überlegte. Sollte er wirklich in der Mannschaftslogis suchen? Das war doch nun wirklich der Job seines Bootsmannes. Besser, er schaute sich oben an Deck um. Vielleicht vertrat sich dieser Santos ja auch nur die Beine. Cohen rückte sich die Offiziersmütze zurecht und stieg die Treppe hinauf. Als er am Treppenabsatz zum Passagierdeck ankam, vernahm er ein helles Zischen.

Die Aufzugstür glitt zur Seite, und Rachel Steinberg machte Anstalten, die Kabine zu verlassen.

»Darf ich Ihnen helfen, Miss Steinberg?« fragte der Engländer.

Rachel lächelte ihm entgegen. »Gerne, Mr. Cohen. Wenn Sie so liebenswürdig wären …«

»Aber sicher«, erwiderte der Schiffsoffizier, packte die beiden Handgriffe ihres Rollstuhls und zog sie aus der Liftkabine.

Rachels Augen schimmerten warm im Licht der Deckenbeleuchtung. Larry räusperte sich und schaute die junge Amerikanerin fragend an, wobei er auf die hydraulische Schiebetür deutete, hinter der sich die Suiten und Kabinen befanden.

»Ich würde gerne noch etwas frische Luft schnappen«, meinte Rachel stattdessen. »Zeigen Sie mir doch bitte einmal das Hauptdeck. Ich bin noch nie bei den Masten gewesen.«

Larry überlegte, was er tun sollte. Noch vor kurzem hatte die junge Amerikanerin nicht gerade den Eindruck erweckt, dass ihr seine Gesellschaft besonders angenehm erschien.

Zudem musste er diesen Filipino suchen. Besser, er drängte sich nicht auf. Er nahm seine Mütze ab und strich sich verlegen durch die Haare.

»Mit der Mütze unter dem Arm werden sie meinen Rollstuhl bestimmt nicht bis dorthin schieben können«, lächelte Rachel.

Larry antwortete nicht. Ein ungemein attraktives Geschöpf und trotz ihrer offensichtlichen Behinderung geradezu bezaubernd, dachte er bei sich. Etwas in seiner Magengegend zog sich schmerzhaft zusammen.

»Sind Sie erkältet, Mr. Cohen?« meinte Rachel. »Sie räuspern sich so oft.«

»Sorry, Miss Steinberg«, suchte der junge Engländer nach einer Entschuldigung. »Ich bin mir nur nicht recht sicher …«

»Nun machen Sie schon, Mr. Cohen!« lachte Rachel. »Sonst stehen wir im Morgengrauen noch auf dem Treppenabsatz herum.«

Die Nacht war mild. Nur die Brise und der Fahrtwind zupfte an ihren Haaren.

»Welcher ist nun der Polarstern?« wollte sie wissen.

Larry beugte sich vor, stets darauf bedacht, der jungen Frau nicht versehentlich zu nahe zu kommen. Es hatte ihm etwas Mühe bereitet, den Rollstuhl die Außentreppe empor bis auf das Hauptdeck zu ziehen. Doch er hatte es gerne getan.

»Folgen Sie nur meinem Finger«, meinte er. »Erkennen Sie ihn? Diesen ganz hellen Punkt am Himmel?«

»Ja, ich sehe ihn!« stieß Rachel begeistert aus. »Und wo ist das Kreuz des Südens?«

Larry schmunzelte. »Das können Sie hier leider nicht sehen. Wir befinden uns nämlich auf der Nordhalbkugel der Erde.«

»Was Sie nicht sagen«, entgegnete die junge Amerikanerin.

Sie packte die beiden Rollstuhlräder und drehte sich geschickt in seine Richtung. »Das war wohl eine sehr törichte Frage, nicht wahr?« forschte sie nach.

»Aber, nein«, lächelte Larry. »Ich nehme an, Sie sind nicht sehr häufig mit dem Schiff unterwegs.«

»Meinen Sie, nur weil ich gehandicapt bin?« lachte Rachel urplötzlich los, »könnte ich nicht auf eine Seereise gehen? Das ist für mich kein Problem, sofern mir jemand hilft.«

»Ach, ja«, brummte Larry. »Mr. Leblanc, nicht wahr?«

»Leblanc?« erwiderte Rachel und legte ihre Stirn in Falten. »Wer soll das sein?«

Cohen fuhr zusammen. Oh, verdammt! Er hatte doch Francis hoch und heilig versprochen, unter keinen Umständen dessen Pseudonym zu lüften. Schließlich gehörte diese Zusicherung mit zu dem Deal, den die Chefstewardess wegen der nicht vorhandenen Suite mit Leblanc geschlossen hatte.

»Sorry, Miss Steinberg«, erwiderte Larry in hastigem Ton. »Ich meine natürlich Monsieur Toulouse. Ich habe mich versprochen.«

Rachel zog die Stirn in Falten. »Leblanc und Toulouse klingt ja auch ziemlich ähnlich, nicht wahr?«

»Tut mir aufrichtig leid«, wiederholte er.

»Warum sind sie denn auf einmal so zerknirscht?« forschte die Amerikanerin nach. »Ist doch egal, wenn Sie sich versprochen haben. Oder hat der Name Leblanc etwas zu bedeuten?«

Mist, durchfuhr es den Schiffsoffizier. Verdammter Mist! Wie komme ich jetzt bloß aus dieser Zwickmühle?

»Lassen wir das« fuhr Rachel fort. »Kommen Sie, Mr. Cohen. Schieben Sie mich ein Stück weiter. Erzählen Sie mir ein bisschen von sich. Als Schiffsoffizier werden Sie ja wohl ein paar Abenteuer erlebt haben, oder?«

Zögernd ergriff Larry die Handgriffe und schob den Rollstuhl an. Rachel legte währenddessen ihre schmalen Hände auf die beiden gepolsterten Armlehnen. Zwei der Bordgäste kamen ihnen entgegen. Rachel nickte ihnen zu, Larry grüßte höflich. Als sie außer Hörweite waren, drehte sich Rachel in ihrem Sitz herum.

»Warum so verstockt, Mr. Cohen?«

Larry zuckte zusammen. Rachels Augen glänzten im Schein der abgedunkelten Decksbeleuchtung wundervoll warm. Larry räusperte sich schon wieder. Seine Handflächen fühlten sich feucht an. Überhaupt kam er sich inzwischen vor wie aus dem Wasser gezogen. Was ist mit dir los, schalt er sich. Du benimmst dich ja geradezu wie ein pubertierender Pennäler!

»Tut mir leid, Miss«, stotterte er nach einer Weile. »Ich fürchte, ich bin heute abend keine sehr amüsante Begleitung für Sie.«

»Halten Sie an!« befahl Rachel. Larry verharrte verblüfft im Schritt.

Rachel öffnete ihre Handtasche, zog eine Zigarette aus einem Etui und ließ sich von Larry Feuer geben. Sie inhalierte tief und schaute den Ersten Offizier an.

»Liegt es daran«, wollte die junge Frau anschließend wissen, »dass Ihnen meine Gesellschaft unangenehm ist?«

Sie deutete auf ihre Beine.

»Wegen meiner Lähmung?« fügte sie erklärend hinzu.

Larry überlegte sich sehr genau, was er darauf antwortete. Alles, was eine Frau in ihrer Situation jetzt mit Sicherheit nicht hören wollte, waren irgendwelche Beteuerungen. Obwohl er Rachels Gesellschaft schon seit ihrem ersten Aufeinandertreffen geradezu herbeisehnte, wäre es wohl besser gewesen, er hätte sich intensiver auf ein solches Rendezvous vorbereitet.

»Ich bin mir seit dieser leidigen Affäre vor ein paar Tagen nicht sicher, wie weit ich mich Ihnen nähern darf«, meinte er schließlich.

»Sie sollen ja nicht über mich herfallen«, unterbrach ihn Rachel kopfschüttelnd. »Ich möchte, dass Sie sich ein wenig mit mir unterhalten. Doch wenn das zuviel …«

»Aber nicht doch!« wehrte Larry ab. Die Betreuung weiblicher Passagiere galt schließlich seit jeher als ungeschriebene Pflicht eines jeden Ersten Offiziers bei der Handelsmarine. Ein Ruck ging durch seinen Körper.

»Worüber möchten Sie sich denn gerne unterhalten?« Gleichzeitig bemühte er sich um ein jungenhaftes Lächeln.

Rachel nahm einen tiefen Zug und stieß den Tabakqualm nach oben aus. Der Fahrtwind zerstob die blaugraue Wolke.

»Stimmt es eigentlich, dass ein Seemann in jedem Hafen eine andere Braut besitzt?« wollte sie wissen.

»Ist die Frage ehrlich gemeint?« erwiderte Larry.

»So ehrlich, wie der Tag lang ist«, konterte Rachel und schnippte die Asche ihrer Zigarette gekonnt über die Reling.

»Auf einige meiner Kollegen«, lachte der junge Engländer, während er den Rollstuhl weiter vor sich herschob, »mag das durchaus zutreffen.«

»Auf Sie etwa nicht?« stocherte die Amerikanerin weiter.

»Nun«, murmelte Larry, während sich seine Hände verkrampften. »Ich müsste lügen …«

»Dann tun Sie es auch nicht«, knurrte Rachel, packte die Räder ihres Rollstuhls und befreite sich mit einem Ruck aus dem Griff ihres Begleiters.

»Enttäuscht?« stammelte Larry, der mit dieser brüsken Abkehr nicht gerechnet hatte.

»Ach, was«, erwiderte die Frau in dem Rollstuhl. »Eigentlich hatte ich auch gar nichts anderes erwartet.« Larry schwieg. Er schimpfte sich einen Idioten. Einen dummen, einfältigen Idioten. Ohne jegliches Einfühlungsvermögen, ohne Taktgefühl.

»Finden Sie mich attraktiv?« meinte Rachel nach einer kurzen Weile. Sie schaute den jungen Schiffsoffizier forschend an. Der

Fahrtwind hatte ihre Zigarette verglühen lassen. Sie warf die Kippe über Bord.

Larry schluckte hart. Beinahe kam es ihm vor, als müsste das Knirschen seines Adamsapfels trotz der Windgeräusche bis zu ihr hinüberdringen. Seine Nervosität machte ihn rasend. So etwas war ihm seit seiner Kadettenzeit nicht mehr passiert.

»Sehr«, murmelte Larry. Seine Stimme war kaum zu hören.

»Ich habe nicht verstanden«, antwortete Rachel.

»Das haben Sie sehr wohl«, entgegnete Larry.

Er beugte sich zu ihr hinunter und nahm ihr vom Fahrtwind kühl gewordenes Gesicht ganz behutsam in die Hände. Mit dem Daumen seiner rechten Hand streichelte er ganz sachte über die Wange der jungen Frau.

»Ist das für Sie Antwort genug?« fügte er mit flüsternder Stimme hinzu.

Rachel schloss die Augen. Bist du verrückt, schoss es ihr durch den Kopf. Ja, du bist verrückt. Was hat dich nur dazu bewogen, ausgerechnet dem attraktivsten Mann an Bord den Kopf verdrehen zu wollen. Einem Kerl wie Larry Cohen, der an jedem Finger zehn Frauen haben kann. Die nicht im Rollstuhl sitzen.

Larry deutete Rachels Reaktion falsch. Er zog ihr Gesicht vorsichtig heran und berührte mit seinen Lippen ganz vorsichtig die ihren. Dabei kam es ihm so vor, als ginge ein elektrischer Schlag durch Rachels Körper. Larry zuckte zurück.

»Mr. Cohen!« Sie starrte ihn mit weit aufgerissenen Augen an.

»Sorry, Miss Steinberg«, keuchte der Engländer. »Ich weiß auch nicht, was in diesem Augenblick in mich gefahren ist.«

»Was machen Sie da?« ertönte hinter ihm eine aufgebrachte Stimme.

Larry Cohen fuhr hoch und wirbelte um den Absatz herum. Ein eisiges Augenpaar starrte ihm entgegen.

Kapitel 16

Was ist denn mir Ihnen los?« fragte Ron Baxter verblüfft, als ihm Conway auf der Treppe entgegenkam. Der Australier hielt sich mit der linken Hand den Unterleib. Das rechte Auge war dick angeschwollen, aus der Nase quoll ein dünner Blutfaden. Lawrence Conway sah aus, als wäre er vor kurzem in eine Schlägerei geraten.

»Nichts, Sir«, stammelte Conway. Es war ihm peinlich, ausgerechnet einem der Schiffsoffiziere über den Weg zu laufen.

Baxter hielt den Bootsmann am Ärmel fest.

»Nicht so hastig, alter Junge«, brummte er. »Lassen Sie mal sehen. Das sieht ja böse aus. Wer hat Sie denn so zugerichtet? Warten Sie, ich rufe den Doc an. Der soll sich das einmal anschauen.«

»Nur keine Umstände, Sir«, murmelte der Australier und versuchte sich aus dem Griff des Engländers zu befreien.

Baxter ließ nicht locker. »Halt, Mr. Conway! So können Sie unmöglich durch das Schiff laufen. Was sollen denn die Passagiere denken? Also, keine Widerworte! Ab auf die Krankenstation!«

Während er den Bootsmann zur Ambulanz führte, versuchte er mit dem Handfunksprechgerät Doc Barkowsky zu erreichen.

»Du bekommst Kundschaft, Richard«, meinte er schließlich. »Trink dein Glas leer und mach dich auf den Weg.«

Die Stimme am anderen Ende der unsichtbaren Leitung brummte nur etwas Unverständliches.

»Wie ist das denn passiert?« wollte Barkowsky wissen, als er kurz darauf den Unterleib des Bootsmannes untersuchte.

Conway blickte hoch und betastete die Wattepfropfen in seinen beiden Nasenlöchern. Unwillkürlich zuckte er zusammen. Die Nasenscheidewand schien nach Ansicht des Deutschen angeknackst zu sein. Das sollst du mir büßen, Santos! »Bin auf der Treppe ausgerutscht«, meinte der Australier nach einer Weile.

»Ach, ausgerutscht.« Barkowsky nickte und gab dem Bootsmann einen Klaps auf die Schulter, während er dessen aufgeknöpftes Hemd wieder losließ.

»Das sieht mir viel mehr nach einer deftigen Prellung aus, mein Bester«, fügte er hinzu. »Und zwar hervorgerufen durch einen kräftigen Hieb. Mit wem haben Sie sich geprügelt?«

»Ich habe mich nicht geprügelt, Sir«, knurrte Conway und steckte die Hemdzipfel wieder in die Hose zurück. »Wie kommen Sie denn darauf?«

»Ich mag vielleicht einen Magendurchbruch nicht auf Anhieb von einem Zwölffingerdarmgeschwür unterscheiden können, Mister«, gab Barkowsky zur Antwort. »Aber ich kann sehr wohl beurteilen, von was eine simple Unterbauchprellung herrührt. Also?«

Conway schwieg. Seine Verletzungen hatte er sich selbst zuzuschreiben. Nachdem ihm klar geworden war, mit wem sich die Amerikanerin so lustvoll in ihrer Kabine vergnügte, hatte er die Türe aufgerissen und war zornerfüllt in deren Suite gestürmt. Der verhasste Filipino lag zwischen den weit gespreizten Beinen des Mädchens und schien ihn im ersten Augenblick gar nicht zu bemerken. Erst als Elizabeth Meville einen spitzen Schrei ausstieß, wirbelte ihr Liebhaber auf dem Laken herum. Die beiden Männer starrten sich hasserfüllt an.

»Raus!« brüllte das Mädchen.

Lawrence Conway blieb wie angewurzelt am Bettrand stehen. Fasziniert folgte er Elizabeths Bewegungen, die sich vergeblich bemühte, das Bettuch über ihren nackten Körper zu ziehen. Heiß und kalt lief es ihm den Rücken hinunter, als er sich für einen kurzen Augenblick vorstellte, welch ein Gefühl es sein musste, an Stelle des anderen mit diesem aufregenden Geschöpf im Bett zu liegen.

Er hatte das Mädchen schon häufiger beobachtet, wenn sie frühmorgens ihre Runden über das Deck drehte und anschließend in den Pool sprang. Himmel, diese Beine, diese festen Brüste! Kein Vergleich zu den aufgeschwemmten Huren in den Bordellen von Hongkong oder Taipeh.

Er überlegte wohl einen Bruchteil zu lange, denn schon war Nelson Santos vom Bett aufgesprungen und packte ihn am Kragen. Mit eisernem Griff zerrte ihn der Filipino zur offenen Tür zurück. In diesem Moment fiel die Erstarrung von ihm ab. Er straffte sich und schlug mit der rechten Hand nach dem Kinn des Braunhäutigen. Währenddessen schrie das Mädchen erneut auf. Conway bekam es mit der Angst zu tun und verlor für einen kurzen Moment den Überblick. Nelson Santos nutzte dessen Unsicherheit, versetzte seinem Vorgesetzten einen Tritt in die Magengegend und schlug anschließend mit beiden Fäusten gekonnt zu. Conway bemerkte den stechenden Schmerz im Gesicht erst, nachdem die Kabinentür längst hinter ihm ins Schloss gefallen war.

»Na, ziehen Sie es immer noch vor, sich in Schweigen zu hüllen?« hakte Barkowsky nach, während er sich seine Hände am Handwaschbecken einseifte. »Tut mir leid, Mr. Conway, aber wenn Sie mir keine plausible Erklärung für Ihre Verletzung liefern, muss ich Meldung machen.«

»Okay, okay«, antwortete der Australier. »Es gab eine kleine Meinungsverschiedenheit in der Mannschaftsmesse, Sir. Nichts, was sich nicht wieder in den Griff bringen ließe.«

»Ich glaube Ihnen zwar kein Wort«, erwiderte Barkowsky und drehte sich herum, »aber mehr brauche ich nicht zu wissen. Also eine handfeste Aussprache zwischen Matrosen? Keine Meuterei? Keine Passagiere beteiligt?«

Conway zuckte zusammen. »Nichts dergleichen, Sir«, log er.

»Machen Sie, dass Sie wieder auf Ihren Posten kommen«, brummte Barkowsky. »Wenn auch nur noch eine Kleinigkeit passiert, Mr. Conway, mache ich Meldung. Diese Warnung sollte Sie von unüberlegten Handlungen abhalten. Haben wir uns verstanden?«

Mühsam rappelte sich der Engländer wieder hoch. Joe Lymington befühlte seinen Kopf. Etwas lief ihm klebrig die Stirn hinunter. Er schaute genauer hin. Blut. Verdammt! Was war geschehen? Das einzige, woran er sich erinnern konnte, war, dass er nach der Inspektion des inneren Wellenlagers vor dem Werkzeugschrank stand, um den

Schraubenschlüssel fortzulegen. Er blickte zu Boden. Der Schraubenschlüssel lag zu seinen Füßen. Lymington schüttelte verwundert den Kopf. Was war denn bloß passiert? Das konnte doch nicht wahr sein, dass er nach der Reparatur einfach umgekippt sein sollte. Joe überlegte. Er konnte sich an nichts mehr erinnern. Sein Blick fiel auf die Werkbank. Dort stand eine Getränkebüchse. Er nahm sie in die Hand und schnüffelte an der Öffnung. Der Inhalt roch eindeutig nach Cola. Erst jetzt bemerkte er, wie benommen er sich fühlte. Es kam ihm vor, als hätte er ein wüstes Zechgelage hinter sich. Verwirrt blickte er sich um. Alle Stromaggregate liefen und erzeugten ein aufdringliches Dröhnen. Es roch wie immer nach Öl und Kraftstoffausdünstungen. Unsicher stolperte Lymington los und ging von Maschine zu Maschine. Alles lief normal. Nichts Ungewöhnliches fiel ihm auf. Was, um alles in der Welt, hatte ihn nur dermaßen umgehauen?

Joe Lymington, der schweigsame Motorenmechaniker aus Glasgow, beschloss, diese Affäre nicht an die große Glocke zu hängen. Vermutlich glaubte ihm sowieso niemand, dass er nach dem Genuss einer halben Dose Cola angeblich aus den Pantinen gekippt sein sollte. Ron Baxter würde sich vermutlich vor Vergnügen auf die Schenkel klopfen. Er konnte schon jetzt dessen Frotzelei hören. Eingefleischte Whiskytrinker sollten halt die Finger von Softdrinks lassen. Joe warf einen letzten Blick auf die Aggregate. Plötzlich stutzte er. Das darf doch wohl nicht wahr sein, durchfuhr es ihn.

Der Bordmechaniker wankte, so rasch es seine noch wackeligen Beine zuließen, hinüber zu den Hydraulikpumpen. Sie versorgten neben Ruderanlage, Verstellpropeller und Takelage auch alle anderen an Bord vorhandenen Serviceeinrichtungen mit der nötigen Kraft. Joe rieb sich die Augen. Die Druckanzeige sämtlicher Pumpen stand auf Null.

»Nein, wie komisch!« stieß Susan Meville aus. »Oh, Himmel! Das hätte mir einmal passieren müssen!«

Die Frau des texanischen Senators schüttelte lachend den Kopf, hob ihr Glas und prostete dem Kapitän zu.

»Auf Ihr Wohl, Käpt'n«, meinte ihr Mann zustimmend. »Kommen Sie, meine Herren! Stoßen wir auf das Wohl unseres Schiffsführers an.«

Die Ränder der dünnwandigen Champagnerflöten stießen mit hellem Ton aneinander. Gerd Kössner lächelte verlegen. Er hatte diese Begebenheit aus seinem Berufsleben schon so oft erzählt und wunderte sich insgeheim, dass die Pointe bei Landratten selbst nach Jahren immer noch so gut ankam. Ein Glück, dass Barkowsky nicht mit am Tisch saß. Der Doc hätte wahrscheinlich nur den Mund weit aufgerissen und demonstrativ gegähnt.

»Jetzt reden wir aber nicht mehr nur von mir«, meinte er schließlich. »Sagen Sie, Senator, kommt es bei Ihnen im Parlament nicht auch hin und wieder zu solchen Situationen?«

Meville wischte sich über die Augen und grinste breit. »Bei uns geht es nicht halb so amüsant zu wie offensichtlich an Bord eines Kreuzfahrtschiffes. Lassen wir lieber Mr. Michelli zu Wort kommen. Na, alter Junge, wie laufen die Geschäfte in der Bronx?« Antony Michelli schüttelte den Kopf und bemühte sich um einen ernsten Gesichtsausdruck.

»Wie Ihnen vielleicht entgangen ist, Senator, stamme ich aus Chicago, Illinois«, antwortete der Italo-Amerikaner.

»Oh, das tut mir leid«, erwiderte Meville und stieß gleichzeitig ein homerisches Gelächter aus.

»Und Sie, Mr. Song«, fügte er rasch hinzu. »Was treiben Sie in Taiwan? Sind Sie etwa auch damit beschäftigt, Ihre rotchinesischen Nachbarn mit brillanten Wirtschaftsdaten zu ärgern?«

Ein Ruck ging durch Song Daiwan. Er hatte offensichtlich nicht damit gerechnet, bei Tisch so direkt in ein Gespräch verwickelt zu werden. Der Geschäftsmann aus Taiwan trug wie üblich einen dunkelgrauen Anzug mit Stehkragenjacke. Seine pechschwarzen Haare hatte er sich mit Pomade ordentlich in den Nacken frisiert. Songs Blick traf den Wortführer. Ein seltsam starrer Blick.

»Nein, Mr. Meville«, räusperte er sich. Seine Stimme klang ausdruckslos. »Ich beschäftige mich mit der Forschung. Mit Umsatz und Gewinnmaximierung habe ich nicht viel zu tun.«

»Darf man auch fragen, auf welchem Gebiet Sie forschen?« fuhr der Texaner fort. »Arbeiten Sie etwa auch an diesen Elektronikchips, mit denen sich vierundzwanzigbändige Enzyklopädien auf Fingernagelgröße abspeichern lassen?«

»Nein, Senator. Mein Spezialgebiet ist Genforschung.« Song schien nicht allzu viel Interesse zu zeigen, über sein Berufsleben zu plaudern.

»Ah, genmanipulierte Grundnahrungsmittel, wie?« ließ der Grauhaarige nicht locker. »Macht nichts, alter Junge. Daran arbeiten wir in den Staaten schon seit Jahrzehnten. In Florida zum Beispiel …«

»Jack!« murmelte Susan Meville halblaut.

Jack Meville verstummte und warf seiner Frau einen fragenden Blick zu. »Ja, mein Schatz?« fragte er verblüfft.

»Du weißt, was du mir versprochen hast?« entgegnete Susan Meville. »Keine Gespräche über das Geschäft beim Essen. Elizabeth hast du schon vergrault. Und Miss Steinberg und ihr netter Begleiter scheinen neuerdings auch nicht mehr viel Wert auf unsere Tischgespräche zu legen.«

»Was du schon wieder hast«, knurrte der Senator. Er wandte sich stattdessen wieder an den Italo-Amerikaner. »Wo steckt eigentlich Mr. Wells? Den habe ich ja noch überhaupt nicht zu sehen bekommen.«

Ohne dessen Antwort abzuwarten, wandte sich Lady Dorothy an Kössner.

»Hören Sie, Herr Kapitän. Sie sollten wirklich langsam etwas unternehmen. Mein Bodyguard liegt ebenfalls seit Fahrtantritt todkrank in der Koje. Er und Mr. Michellis Begleiter scheinen nicht die einzigen zu sein, die es erwischt hat, wie ich hörte. Was ist denn los? Stimmt etwas mit dem Essen nicht, oder sind die Wasserleitungen verseucht? Das hat doch mit simpler Seekrankheit nichts mehr zu tun.«

»Ich werde noch einmal mit Dr. Barkowsky reden«, wich Kössner aus. »Wir sind ja ohnehin bald in Las Palmas.«

Auch ihm war nicht verborgen geblieben, dass seit ihrem Ablegen in Genua immer mehr Besatzungsmitglieder und Passagiere erkrankten. Da er jedoch keine Unruhe an Bord auslösen wollte, hatte er bislang gegen Barkowskys Rat darauf verzichtet, Hilfe von außerhalb anzufordern. Nun war es ohnehin dafür zu spät. Die spanischen Ambulanzhubschrauber konnten die *Star Cradle* auf dem Nordatlantik nicht mehr erreichen. Die Betroffenen mussten halt bis zu den Inseln durchhalten.

»Ach, es ist so ein schöner Abend«, begehrte Susan Meville auf. »Unterhalten wir uns doch lieber über etwas Erfreulicheres.«

»Also über Politik«, frotzelte Konrad Gallheim, der der Unterhaltung bisher eher schweigend gefolgt war.

Die Frau des Senators verzog das Gesicht, ihr Mann begann dröhnend zu lachen.

»Jetzt haben Sie aber voll ins Schwarze getroffen, mein Bester«, meinte er schließlich. »Wenn Susan etwas noch mehr hasst als Gespräche über Finanzen und Wirtschaft, dann sind es politische Debatten.«

»Aber als Gattin eines Senatsmitgliedes müsste Ihre Frau doch daran gewöhnt sein«, widersprach Michelli. »Erst recht, wo Sie angeblich Anwartschaften auf das kommende Präsidentschaftsamt hegen.«

Jack Meville warf seiner Frau einen ironischen Blick zu. Susans Gesicht verfinsterte sich. Kössner versuchte das Thema zu wechseln, doch Meville schien in seinem Element, zumal die anderen am Tisch keine Anstalten machten, sich erneut einem eher oberflächigen Smalltalk hinzugeben.

»Sehen Sie, mein lieber Michelli«, fuhr der Texaner fort. »Mit der Politik ist es wie mit schönen Frauen. Hat man Erfolg, umkreisen sie einen wie die Motten das Licht. Geht einmal etwas daneben, wie damals im Kosovokrieg bei der versehentlichen Bombardierung der chinesischen Botschaft, kennt einen plötzlich niemand mehr.«

»Na, ja«, räumte Gallheim ein. »Die Bombardierung der Botschaft war ja auch nicht gerade ein Glanzstück der NATO.«

Überlegen lächelnd suchte Meville in der Innenseite seines Smokings nach den Havannazigarren und lehnte sich weit in den Sessel zurück. »Da haben wir es schon. Bei den vorangegangenen beinahe sechstausend Einsätzen traf jede Rakete genau ins Schwarze. Das war natürlich selbstverständlich und keines besonderen Kommentars wert. Als dann aber zwei, drei Raketen danebengingen, hob sofort ein weltweites Protestgeschrei an. Plötzlich wollte niemand mehr etwas von den fast eine Million vertriebenen Kosovaren wissen. Dass die Chinesen ihren Botschaftsbetrieb in Belgrad auch in Krisenzeiten weiterhin aufrecht erhielten, obwohl alle anderen Staaten ihre Mitarbeiter längst von dort abgezogen hatten, das war doch nun wirklich deren Problem. Und die Schlitzaugen sollten sowieso still sein. Wie war das denn damals auf dem Platz des Himmlischen Friedens? Die Demonstrationen wurden mit Waffengewalt brutal niedergeschlagen. Und nach dem Vorfall in Belgrad? Da konnten die hohen Herren in Peking ihre Studenten gar nicht schnell genug mobilisieren. Und diese Idioten lassen sich auch noch willfährig vor den Karren spannen. Allesamt Heuchler! Die ganze demokratische Bewegung in China ist doch Makulatur!«

Susan Meville bemerkte, wie sich Songs Gesicht verfärbte. Sie rechnete mit einem Wutausbruch des Asiaten, sah sich jedoch alsbald getäuscht. Song Daiwan schien sich besser im Griff zu haben als andere am Tisch. Gallheim schüttelte den Kopf.

»Interessante These, Senator«, warf der Schriftsteller ein. »Leider machen Sie dabei jedoch einen eklatanten Fehler. Ich halte es für durchaus legitim, wenn ein souveräner Staat seine Bürger gegen einen Krieg aufbringt, der in seinen Augen sinnlos erscheint. Hätten die Chinesen einfach nonchalant über diese Affäre, die drei ihrer Landleute das Leben kostete, hinwegsehen sollen?«

»Vordergründig haben Sie sogar recht, Conny«, meinte Meville grimmig und stieß den Rauch seiner Havanna über die Köpfe der Anwesenden hinweg. »Was mich allerdings rasend macht, ist, dass eine Staatsregierung über Mord, Totschlag, Vergewaltigung und Vertreibung von Hunderttausenden hinwegsieht, sich aber über drei Tote künstlich aufregt. Himmel, Herrgott, die Chinesen waren doch nur sauer, dass sie mit ihrer Intervention im Sicherheitsrat keinen Erfolg hatten. Genauso die Russen. Daheim nichts zu beißen, völlig desolate Wirtschaft, mafiaähnliche Strukturen in der Politik, aber wollen bei allen wichtigen politischen Maßnahmen immer ganz vorne im Boot sitzen. Und wenn nicht, werden gleich schon einmal demonstrativ die Steuerungskoordinaten für strategische Atomwaffen aus dem Aktenkoffer herausgeholt. Himmel, wenn der Internationale Währungsfond denen nicht ständig die Milliarden in den Hintern schieben würde, dann wären die doch schon längst finanziell am Ende.«

»Und noch gefährlicher, als sie zu Zeiten des Kalten Krieges waren«, räumte Gallheim ein. »Ein Land, das an den Abgrund gedrängt wird, neigt nun einmal zu Unüberlegtheiten.«

»Ach, sind wir daran etwa schuld?« ereiferte sich der Texaner. »Wer wollte denn Coca Cola, Jeanshosen und Handys? Wer wollte denn auf einmal Marktwirtschaft mit sämtlichen Freizügigkeiten? Können wir Amerikaner etwas dafür, wenn deren Regierung mit dem eigenen Land nicht mehr fertig wird? Und Sie als Westdeutscher sollten den Mund sowieso nicht so vollnehmen. Was ist denn bei euch daheim los, hm? Die ehemaligen Sowjets und wir ermöglichen euch die Wiedervereinigung, und auf einmal stürzt ihr vor einer Rezession in die nächste und reißt halb Europa mit in den Strudel.«

»Wir im Westen haben die Wiedervereinigung nicht gewollt«, warf Gallheim nach kurzem Überlegen ein. »Jedenfalls nicht auf diese Weise. Mit diesem völlig überstürzten Aktionismus war doch niemandem geholfen. Aber Europa, die USA und Gorbatschow ließen uns doch gar keine andere Wahl. Helmut Kohl wäre unweigerlich an die Wand genagelt worden, hätte er die im Spätherbst 1989 vorsichtig geöffnete Tür der internationalen Entspannung nicht demonstrativ aufgerissen. Ich sage Ihnen: Die Wiedervereinigung Deutschlands war Lenins späte Rache am Kapitalismus.«

»Starke Worte.« Lady Dorothy schüttelte den Kopf.

»Keineswegs«, begehrte Gallheim auf. »Euch Briten kam die Wiedervereinigung Deutschlands doch erst recht gelegen. Maggy Thatchers bei jeder Gelegenheit zur Schau gestellte Ablehnung war doch reines Theater für die englische Volksseele. Das Vereinigte Königreich steckte Ende der achtziger Jahre in einer tiefen Rezession. Uns ging es damals blendend. Gerade erst hatten wir eine konjunkturelle Hochzinsphase hinter uns. Was lag da näher, als der Wiedervereinigung zuzustimmen, um uns Deutschen endlich wirtschaftlich einen Knüppel zwischen die Beine werfen zu können.«

»Damit behaupten Sie also, wir hätten kommen sehen, welche Folgen die Wiedervereinigung für die Deutschen nach sich zieht?« wollte die Adelige wissen.

Gallheim grinste breit. »Jeder, der Eins und Eins zusammenzählt, konnte sich die Folgen ausmalen. Die Deutschland AG übernimmt seinen völlig heruntergewirtschafteten Konkurrenten zu einem völlig überhöhten Preis, anstatt einfach dessen ohnehin drohenden Konkurs abzuwarten. Ein Vorfall, wie er zumindest aus wirtschaftlicher Sicht einmalig in der Welt sein dürfte. Zumal man der Hauptversammlung, sprich: dem Volk in Westdeutschland, einfach die Folgen unterschlug. Was angesichts der Begeisterung unmittelbar nach dem Mauerfall auch gar kein Problem war. Man hatte die Deutschen, hüben wie drüben, schlicht und ergreifend eingelullt. Hätten jedoch Kritiker rechtzeitig Gelegenheit erhalten, mit Fakten und Prognosen vor das Volk zu treten, wäre es vermutlich nie zu einer Wiedervereinigung gekommen.«

Gallheims Tischnachbarn schüttelten vereinzelt die Köpfe. Der Deutsche lachte.

»Ich möchte es Ihnen an einem anderen Beispiel erläutern«, fuhr er schließlich fort. »Stellen Sie sich vor, Südkorea und Nordkorea schließen dauerhaften Frieden, und beide Länder öffnen plötzlich Ihre Grenzen. Was denken Sie, passiert? In zwei Wochen ist der Norden menschenleer, und im Süden herrschen Überbevölkerung und Armut.«

Song Daiwan atmete tief durch. Seine Kieferknochen mahlten. »Ich möchte Lady Dorothy beipflichten«, hob er an. »In der Tat starke Worte, Mr. Gallheim. Sind Sie wirklich so naiv? Glauben Sie tatsächlich, eine Wiedervereinigung Deutschlands hätte jemals stattgefunden, wenn nicht die Wirtschaftskonzerne dafür plädiert hätten? Jeder, in West wie in Ost, träumte doch von einem zweiten Wirtschaftswunder à la Erhard. Man witterte das große Geschäft, und jeder wollte sich die dickste Scheibe vom Kuchen abschneiden. Allen voran die Automobilkonzerne und die großen Versicherungen.«

»Als Südostasiate kennen Sie sich aber gut bei uns aus«, knurrte der Deutsche.

»Ich lese Zeitungen«, erwiderte Song Daiwan. »Auch bei uns gibt es das 'Wall Street Journal', die 'Financial Times' und sogar deutsche Wirtschaftspresse. Ihr Pech, wenn ich es einmal so ausdrücken darf, war, dass in Ihrem Heimatland nur noch die Gier die Gedanken der Menschen beherrschte. Die Leute im Westen, weil sie sich nur bequem bereichern wollten, die Leute im Osten, weil sie glaubten, von nun an gäbe es alles im Überfluss und auch noch möglichst umsonst.«

»Es tut mir leid«, zischte Susan Meville, »aber mir reicht es. Diese Debatten stehen mir bis hierher.« Dabei strich sie sich mit der ausgestreckten Hand über die Stirn.

»Gute Idee«, pflichtete ihr Lady Dorothy bei. »Ich wollte sowieso noch ein wenig frische Luft schnappen.«

»Man sollte in Gegenwart von Damen nicht über Politik reden«, bedauerte Gallheim, als die beiden Frauen gegangen waren und schaute dabei der jungen Adeligen hinterher. Er hätte in diesem Augenblick zu gerne mit Susan Meville getauscht. Wenn schon ein Buch, dann ein Bestseller. Wenn schon ein Unternehmen, dann einen Börsenhighflyer. Und wenn schon eine Affäre, dann eine im Stil der Hochglanzgazetten. Eine Nacht mit einer waschechten Prinzessin. Das wäre es doch gewesen!

»Ach, lassen Sie nur«, lachte Meville und streifte die Asche seiner Zigarre ab. Er wandte sich an Kössner. »Wo steckt eigentlich Ihr Erster Offizier, Käpt'n? Mr. Cohen vermisse ich schon den ganzen Abend.«

Kössner verzog keine Miene. »Mr. Cohen ist anderweitig disponiert.«

»Ach, ja?« meinte der Senator. »Ich hörte übrigens von Ihrer kleinen Meinungsverschiedenheit. Steht er unter Hausarrest?«

»Wohl kaum, Senator«, antwortete Kössner. »Wir befinden uns schließlich auf einem Schiff.«

»Legen Sie nicht jedes meiner Worte auf die Goldwaage, Käpt'n«, erwiderte der Amerikaner. »Gerade auf einem Schiff wie diesem …«

Weiter kam er nicht. Eine helles Summen ertönte. Kössner nahm sein tragbares Intercom aus der Jackentasche.

»Sorry, meine Herren!« sagte er noch, ehe er den Anruf entgegennahm.

Die Männer am Tisch beobachteten den Kapitän, dessen Gesicht innerhalb von Sekunden die Farbe wechselte. Plötzlich spang er von seinem Sessel auf.

»Ich bin sofort auf der Brücke!« Er bemühte sich krampfhaft, seine Fassung zu wahren.

»Probleme?« wollte Gallheim wissen.

»Wo denken Sie hin«, erwiderte Kössner mit versteinerter Miene. »Sie entschuldigen mich?«

»Was er wohl hat?« fragte Meville erstaunt, als nur noch er, Song, Michelli und Gallheim am Tisch saßen.

»Vielleicht ein Problem mit der Elektronik?« grunzte Gallheim. »Soll nicht gerade das beste Material auf diesem Kahn eingebaut sein.«

»Oder Piraten«, lachte Michelli. »Schließlich befinden wir uns hier dicht unterhalb der nordafrikanischen Küste.«

Song Daiwan schwieg. Der Mann aus Taiwan warf einen unauffälligen Blick auf seine Pro Trek am linken Handgelenk. Der eingebaute GPS-Empfänger in seiner japanischen Armbanduhr zeigte ihm den momentanen Standort der *Star Cradle* beinahe auf den Meter genau an.

Das eisige Augenpaar blitzte erneut auf. Larry Cohen war sofort klar, wer ihn da so feindselig anstarrte. Der Erste Offizier an Bord der *Star Cradle* wich ein Stück zurück. Diesmal war es die junge Amerikanerin, die die Situation rettete.

»Ah, Aubin«, begrüßte sie den Franzosen. »Wo haben Sie eigentlich die ganze Zeit über gesteckt? Ich habe Sie beim Abendessen vermisst. Mr. Cohen war so freundlich …«

»Ach, war er das?« unterbrach sie der Franzose.

»Was haben Sie denn auf einmal, Aubin?« Rachel schüttelte den Kopf. »Sie tun ja gerade so, als wäre es Ihnen unangenehm, dass sich Mr. Cohen um mich kümmert.«

»Kümmern, nennen Sie das?« knurrte Alain und wandte sich an den Schiffsoffizier. »Ich rate Ihnen, Monsieur, lassen Sie Ihre Hände von der Dame.«

»Was Sie nicht sagen«, erwiderte Larry kühl. »Ist Miss Steinberg etwa Ihre Leibeigene?«

Alain sprang vor und packte den Jüngeren am Kragenaufschlag seiner Uniformjacke. »Sag das noch mal, du Kanaille!«

Larry überlegte, was er tun sollte. Als Schiffsoffizier konnte er schließlich keine Schlägerei mit einem Passagier anfangen, auch wenn dieser Typ noch so ein Rüpel war. Larry umfasste Alains Handgelenke.

»Lassen Sie mich auf der Stelle los, Sir!« forderte er sein Gegenüber auf.

»Ich sollte dir in den Hintern treten, du Wichtigtuer!« zischte Alain aufgebracht. »Und ich rate dir, fass sie nie wieder an!«

Trotzdem ließ er den Jackenaufschlag des Uniformierten los.

Larry Cohen straffte sich. »Die Kanaille habe ich überhört, Sir. Aber eines will ich Ihnen sagen. Wenn Sie sich nicht zu benehmen wissen, haben Sie an Bord eines Luxusliners nichts zu suchen.«

»Luxusliner!« stieß Alain verächtlich aus. »Schöner Luxusliner, auf dem man zum Schluss nicht einmal die gebuchte Kabinenklasse erhält.«

»Das tut uns leid, Sir«, unterbrach ihn der Engländer. »Ich denke, Mrs. Stonebridge hat aber doch wohl eine annehmbare Lösung für dieses Problem finden können.«

»Ihre Stewardess kann froh sein, dass ich mich nicht bei der Reederei über sie beschwere«, erwiderte Alain.

»Sie haben's gerade nötig!« entfuhr es Larry. Gleichzeitig biss er sich auf die Unterlippe. »Wer hat was nötig?« mischte sich nun Rachel in den Streit ein. Sie schaute Larry scharf an.

Der junge Engländer schwieg betroffen. Nur zu gerne hätte er jetzt die Katze aus dem Sack gelassen. Monsieur Leblanc wäre in arge Erklärungsnöte geraten, hätte er die Amerikanerin über die wahre Identität ihres Begleiters aufgeklärt. Entweder spielte Rachel dieses seltsame Versteckspiel mit, oder sie war wirklich völlig ahnungslos. Larry tippte eher auf die zweite Variante.

»Also?« ließ die junge Frau nicht locker. »Ich höre!«

»Sorry, Miss Steinberg«, murmelte Larry und straffte sich. »Es hatte nichts weiter zu bedeuten.«

Alain stieß dem Engländer ziemlich unsanft vor die Brust. »Dann halten Sie gefälligst auch Ihren Mund, Monsieur!«

Larry ballte die Fäuste.

»Aubin! Mr. Cohen!« zischte Rachel. »Was ist denn in Sie gefahren? Wenn Sie sich prügeln wollen, dann bitte nicht in meiner Gegenwart.«

Rachel griff nach den Rädern ihres Rollstuhls. Alain packte die Handgriffe und wollte sie fortschieben.

»Lassen Sie los!« rief Rachel. »Ich komme auch sehr gut ohne Ihre Hilfe zurecht.«

Nun wurde Larry ungeduldig. Er stellte sich neben den Franzosen und hielt ihn am Arm fest.

»Ich denke, Sie sollten in Ihre Kabine gehen, Sir«, knurrte der Uniformierte. »Wie Sie sehen, legt Miss Steinberg im Augenblick wenig Wert auf Ihre Gesellschaft.«

Ehe Alain antworten konnte, drehte sich Rachel auf ihrem Sitz herum und funkelte den Ersten Offizier an.

»Wessen Gesellschaft ich bevorzuge und welche nicht, Mr. Cohen, das bestimme immer noch ich und nicht Sie. Wie kommen Sie überhaupt dazu, Monsieur Toulouse in seine Kabine schicken zu wollen?«

Larry duckte sich förmlich unter ihren Worten. Mit einer derartigen Zurechtweisung hatte er nicht gerechnet.

»Es tut mir leid, Miss«, stotterte der junge Engländer unentschlossen.

»Das sollte es auch«, erwiderte Rachel und wandte sich an Alain. »Bringen Sie mich in die Bar, Aubin. Ich habe plötzlich so einen faden Geschmack im Mund.«

Alain warf Larry einen triumphierenden Blick zu, griff erneut nach den Handgriffen und schob den Rollstuhl an. Larry blieb zurück. Nachdenklich nagte er an seiner Unterlippe. Ein merkwürdiges Paar. Er führte offenkundig ein Doppelleben, und sie war so launisch wie eine Operndiva kurz vor der Premiere. Ob er ein Heiratsschwindler war? Wollte er die junge Frau finanziell ausnehmen? Doch wie sollte ihm das in solch kurzer Zeit gelingen? Francis hatte nach der Abfahrt in Genua ein Flugticket für die Strecke Las Palmas über Lissabon nach New York gebucht. Oneway und nur für eine Person.

Kopfschüttelnd stapfte Larry hinter ihnen her. Im nächsten Augenblick stutzte der junge Schiffsoffizier. Wieso kam denn der Wind auf einmal genau von achtern? Er blickte hoch zum Masttopp des vorletzten Mastes. Das hell schimmernde Dreieck des Segels verformte sich bereits deutlich. Gleichzeitig stieg der Baum, der das Unterliek in Form hielt, bedenklich nach oben. Larrys Blick wanderte weiter. Dasselbe Szenario spielte sich auch am zweiten und dritten Mast ab. Larry ahnte, nein, wusste, was im nächsten Augenblick passieren würde. Er maß den Abstand zu Rachel Steinberg, die sich von Alain Leblanc über das Deck schieben ließ. Instinktiv sprang der junge Schiffsoffizier auf. Verdammt, schoss es ihm durch den Kopf. Was ist denn bloß mit dem Schiff los? Schlafen die etwa auf der Brücke? Kössner konnte doch wohl nicht allen Ernstes inmitten stockfinsterer Nacht und ohne Deckscrew eine Halse unter vollen Segeln angeordnet haben.

Larry passierte den nächsten Mast. Trotz des Windes hörte er bereits, wie die völlig überstrapazierten Leinen gefährlich in den Blöcken knackten. Er maß den Abstand zum Rollstuhl. Acht, vielleicht noch zehn Meter. Seine Lunge keuchte, sein Atem ging stoßweise, das Herz pochte ihm bis zum Hals. Aus den Augenwinkeln beobachtete er das Unvermeidliche. Das große, dreieckige Segel mit der zentnerschweren Baumnock stieg in dieser Sekunde bedrohlich in die Höhe, während die *Star Cradle* unablässig vom Kurs abwich. Inzwischen stand die gesamte Takelage falsch zum Wind. Es würde nur noch eine, höchstens zwei Sekunden bis zur Katastrophe dauern. Fünf Meter bis zum Rollstuhl.

Larry setzte zum Sprung an. Inzwischen hatte ihn Alain herankeuchen hören. Verblüfft drehte sich der Franzose um und starrte seinem Verfolger entgegen. Mit einem groben Tritt beförderte Larry seinen ehemaligen Kontrahenten auf die Planken und riss im nächsten Augenblick auch den Rollstuhl zu Boden. Keine Sekunde zu spät. Wie eine Sense schoss der gewaltige Baum aus zentnerschwerem Aluminium über ihre Köpfe hinweg, krachte auf der gegenüberliegenden Seite in die Schoten und riss das Tauwerk wie Nähgarn in tausend Fetzen. Kurz darauf folgten auch die Segel an den übrigen vier Masten.

Als sich Alain vorsichtig aufrappelte, hatte er nur noch Augen für Rachel, die völlig verblüfft und verängstigt zugleich auf dem Decksboden lag und sich widerstandslos von ihm in den Rollstuhl heben ließ. Er kümmerte sich auch nicht um Larry Cohen, den offenbar ein Stück Tauwerk am Kopf getroffen zu haben schien. Jedenfalls torkelte der Engländer mit blutüberströmter Stirn hinter ihnen her. Alain streichelte das Gesicht seiner am ganzen Körper zitternden Begleiterin und versuchte sie zu beruhigen.

»Haben Sie keine Angst, Rachel«, flüsterte Alain, obwohl er sich gar nicht sicher war, ob sie ihn überhaupt wahrnahm. Die junge Frau stand ohne Zweifel unter Schock.

»Kommen Sie«, fügte er hinzu. »Ich bringe Sie wieder nach unten.«

Die junge Frau ergriff seine Hand und schmiegte ihre Wange an seine Finger. Alain strich seiner Auftraggeberin zärtlich durch die Haare. Ihre Blicke trafen sich. Das warme Braun ihrer Augen versetzte dem Franzosen, dessen eigentlicher Job es war, Frauen gegen Bezahlung glücklich zu machen, einen Stich quer durch das Herz. Einer Eingebung folgend beugte er sich zu ihr hinab und gab ihr einen sanften Kuss auf die Stirn. Doch Rachel Steinberg schien diese Liebkosung offenbar gar nicht wahrzunehmen.

Anwar al Saidi horchte in Richtung Decke. Hier unten im hinteren Zwischendeck klang das Krachen der Bäume, die mit brachialer Gewalt von einer Schiffsseite zur anderen katapultiert wurden, lediglich wie ein leises Rumpeln. Der Ägypter schaute sich um. Am

Ende der Halle, in der neben allerlei Sportgeräten auch Schlauchboote, Segeljollen und Wetbikes aufbewahrt wurden, befand sich eine hydraulisch abklappbare Luke. Sie reichte im geöffneten Zustand bis zum Wasserspiegel hinab. Von dort konnten die Passagiere am Ankerplatz bequem ihrem Freizeitvergnügen nachgehen. Er lehnte sich zurück. Es würde noch etwas dauern, bis die Hydraulikpumpen wieder laufen würden.

Der Dunkelhäutige nahm sein Handfunksprechgerät zur Hand und drückte eine bestimmte Zahlenkombination. Eine Antwort erfolgte sofort. Anwar nickte zufrieden. Die Stimme gehörte Abdul Chamani, einem Glaubensbruder aus Afghanistan, der sich an Bord der *Star Cradle* als Sürec ausgab.

»Die Zeit ist reif«, nannte er die Parole.

»Wie die Früchte im Paradies«, antwortete Chamani. Dies war das vereinbarte Zeichen. Die Aktion begann.

Auf Knopfdruck senkte sich ein Teil der hinteren Bordwand zur Wasseroberfläche hinab. Anwar al Saidi trat hinaus in die Nacht. Dicht unterhalb des Schiffsrumpfes dümpelte ein Schlauchboot. Ein Dutzend Männer saß darin. Einer von ihnen hielt zwei silbern schimmernde Aluminiumboxen zwischen den Knien.

»As-salâm alaikum«, flüsterte er den Männern zu.

»Wa alaikum as-salâm«, lächelte ein mit unzähligen Narben bedecktes Gesicht.

Die Neuankömmlinge kletterten aus dem Schlauchboot. Der Narbige gab dem Kistenträger ein Zeichen. Dieser zog ein Messer aus dem Stiefelschaft und stach zu. Mit einem pfeifenden Ton zischte die Luft aus den Wülsten, und kurz darauf versank es gemeinsam mit dem Außenborder leise gurgelnd im Atlantik.

Anwar reichte dem Narbigen die Hand.

»Mohammed, mein Freund«, lächelte der Ägypter. »Mein Herz schlägt vor Freude schneller.«

»Anwar.« Der Mann mit dem schwarz-weiß gemusterten Kopftuch der Al-Fatah lächelte zurück. »Wie lange ist es her?«

»Fünfzehn Monate, Kommandant«, antwortete der ehemalige Schnellbootkapitän der ägyptischen Küstenwache.

»Immer noch so gut in Form wie damals in Daressalam und Nairobi?« fragte der Freiheitskämpfer aus dem Westjordanland, während die Rampe wieder in ihre Ausgangsposition zurückglitt.

»Ich hatte viel Zeit, mich in Form zu halten, Kommandant.« Dabei wischte er sich die Hände an der Hose sauber.

»Gut«, meinte der Narbige. Im Schlagschatten der Notbeleuchtung verlieh ihm seine hervorstechende Hakennase ein geradezu martialisches Aussehen. »Wir sollten jetzt nicht mehr lange zögern. Uhrenvergleich?«

Jassir, der Kistenträger, warf einen Blick auf seine Armbanduhr.

»X minus neun Minuten«, brummte er befriedigt.

»Sind die Leute auf ihren Posten?« erkundigte sich der offensichtliche Anführer des Prisenkommandos.

»Selbstverständlich, Kommandant«, erwiderte der Ägypter.

Mohammed Al-Nudar schmunzelte.

»Wie drücken es die Amerikaner stets so treffend aus? Showtime!«

Kapitel 17

Kapitän Gerd Kössner riss die Tür auf und stürmte auf die Brücke. Im Kommandoraum, hoch oben über dem Hauptdeck der *Star Cradle*, befanden sich nur Fontani, der Zweite Steuermann, und Ron Baxter.

Der Chief war von Lymington über Funk vorgewarnt worden. Baxter hatte die Beine in die Hand genommen und war sofort auf die Brücke gestürzt, in der vagen Hoffnung, das sich abzeichnende Drama im letzten Augenblick noch irgendwie abwenden zu können. Er kam ganze zwanzig Sekunden zu spät. Durch die getönten Scheiben musste er hilflos mitansehen, wie die Star Cradle mitsamt ihrer rund 2500 Quadratmeter großen Segelfläche eine unkontrollierte Halse vollzog, wobei fünf zentnerschwere Bäume wie Sensen über das Oberdeck fegten und alles beiseite räumten, was sich ihrem Gewicht in den Weg stellte. Trotz Wind und Seegang war deutlich zu hören, wie Tauwerk brach, Segeltuch zerriss und Rollenblöcke aus zentimeterdicken Haltebolzen brachen. Inzwischen sah das Rigg aus, als wäre der Fünfmaster gerade einem Taifun entkommen.

Kössner stürmte auf das Kommandopult zu und nahm den Joystick für die Steuerung in die Hand. Er drehte den Hebel in beide Richtungen, ohne dass eine Reaktion erfolgte. Auch die Displayanzeige zeigte keine Veränderung des Ruderwinkels an.

»Die Hydraulikpumpen bauen den Druck erst langsam wieder auf«, meldete sich der Zweite Steuermann zu Wort. »Bevor die nicht richtig laufen, können wir auch die Maschinen nicht starten.«

Die *Star Cradle* trieb somit manövrierunfähig im Atlantik. Kössner verzog die Augen zu schmalen Schlitzen.

»Wie konnte das passieren?« waren seine ersten Worte.

Die unkontrollierte Halse hatte er auf dem Weg zur Haupttreppe miterlebt. Auch ihm war nach der Nachricht, dass die Hydraulik komplett ausgefallen sei, vom ersten Moment an klar, was bei Wind und Seegang zwangsläufig passieren musste.

»Was meinen Sie damit, Sir?« fragte Baxter. »Die Patenthalse oder den Ausfall der Hydraulik?«

»Natürlich der Ausfall der Hydraulik, zum Henker!« schnauzte ihn der Kapitän an. »Was treiben Sie überhaupt hier oben auf der Brücke? Wieso sind Sie nicht im Maschinenraum? Wo steckt Mr. Cohen?«

»Cohen haben Sie suspendiert, Sir«, murmelte Baxter, während er sich über das Kommandopult beugte. »Was meine Person betrifft, prüfe ich im Augenblick die Steuereinheit. Nicht ganz einfach, seit der Computer ausgefallen ist. Lymington vermutet einen Fehler an den Aggregaten.«

»Sie etwa nicht?« unterbrach ihn Kössner.

»Nein, Sir!« erwiderte Baxter und richtete sich auf. »Seit dem Ausfall des Bordcomputers tippe ich auf Sabotage. Ja, Sir, Sie haben mich richtig verstanden. Sabotage. Hören Sie, Käpt'n! Dass unsere Navigationsanlage den Geist aufgibt, ist nach den Erfahrungen der letzten Wochen ja nichts Neues. Dass allerdings gleichzeitig sämtliche Hydraulikpumpen stillstehen, und das auch noch ohne ersichtlichen Grund, lässt wirklich nur noch diesen Schluss zu. Die Anlage lief bisher immer einwandfrei.«

»Ihr Einwand ist ungeheuerlich, Mr. Baxter«, wandte der Kapitän ein. »Sabotage an Bord meines Schiffes? Wer sollte dafür verantwortlich sein? Wer besitzt soviel Kenntnis von der Bordtechnik, dass er hinter meinem Rücken den Totalausfall von zwei völlig unterschiedlichen Systemen vorbereiten und ausführen könnte?«

Baxter zuckte die Schultern und wollte sich schon abwenden. Plötzlich spürte er Kössners stahlharten Griff auf seinem Oberarm.

»Wer, außer Ihnen, frage ich Sie«, brummte der Deutsche.

Baxter wischte die Hand seines Kapitäns brüsk beiseite. »Das ist nicht Ihr Ernst, Sir! Ich musste mir von Ihnen ja bislang schon eine Menge gefallen lassen, aber das nehmen Sie jetzt auf der Stelle zurück.« Kössner schaute den Chief erstaunt an. »Was, um alles in der Welt soll ich zurücknehmen?«

Ron Baxter überlegte. War der Mann nicht mehr bei Trost? Eben noch bezichtigte er ihn indirekt der Sabotage, und jetzt spielte er plötzlich den Ahnungslosen?

Kössner winkte ab. »Oh, ich verstehe. Nein, so war meine Frage nicht gemeint. Überlegen Sie einmal, Mr. Baxter. Wer könnte eine solche Schweinerei vorbereiten, ohne dass es Ihnen oder mir auffällt. Also, ich wüsste niemanden. Deshalb sollten wir den Ausdruck 'Sabotage' auch nicht unüberlegt in den Mund nehmen.«

»Auch dann nicht, wenn ich Ihnen jetzt sage, was sich vor einer halben Stunde im Maschinenraum zugetragen hat?« knurrte Baxter. »Ich habe es ja auch erst nicht glauben wollen, als mir Mr. Lymington über Intercom weis machen wollte, er sei nach dem Genuss einer Büchse Cola einfach umgekippt und erst aufgewacht, nachdem sämtliche Hydraulikpumpen heruntergefahren waren. Ich dachte noch, Joe wolle sich über mich lustig machen.«

»Sie sehen Gespenster«, brummte Kössner und beobachtete dabei gleichzeitig durch die getönten Scheiben, wie Conway seine eilends zusammengetrommelte Deckscrew im Licht der Halogenscheinwerfer dazu antrieb, das Oberdeck wieder segelklar zu machen. Die Zeit verstrich.

»Und die Krankheitsserie, die bei den Passagieren und bei der Mannschaft um sich greift?« warf der Chief nach einer Weile ein. »Seltsam, nicht wahr, dass immer nur die Kräftigen dieser seltsamen Magen-Darm-Verstimmung zum Opfer fallen, obwohl es doch eigentlich eher die weniger robusten Naturen erwischen müsste.«

»Seit wann sind Sie Mediziner?« fragte Kössner mit harschem Unterton in der Stimme.

»Das nicht, Sir!« knurrte Baxter. »Aber ich habe Augen im Kopf.«

»Wollen Sie mir unterstellen …«, begann Kössner, unterbrach sich jedoch gleich darauf wieder. »Was ärgere ich mich mit Ihnen überhaupt noch herum? Sie heuern doch sowieso auf den Kanaren ab. Jetzt machen Sie hier mal nicht die Pferde scheu, Mr. Baxter! Und Sie, Mr. Fontani, halten Stillschweige über diese Unterredung. Dies ist eine ausdrückliche Anweisung.«

»Und überhaupt«, wandte sich der Kapitän erneut an den Chief. »Was stehen Sie hier eigentlich noch tatenlos herum? Wollen Sie nicht langsam nach der wirklichen Ursache für dieses Desaster forschen?«

Baxter warf dem Kapitän einen vernichtenden Blick zu, schnaubte verächtlich durch die Nase und machte sich auf, die Brücke zu verlassen. In diesem Augenblick geschahen drei Dinge gleichzeitig. Zwei Männer stürmten in den Kommandoraum und stießen Baxter grob zur Seite, woraufhin der Chief strauchelte und zu Boden stürzte. Kössner zuckte zurück und starrte zum ersten Mal in seinem Leben in die Mündung einer Kalaschnikow. Dass sie geladen war, daran bestand kein Zweifel. Der Kerl, der sie in den Händen hielt, hatte Sekunden vorher mit einer gezielten Garbe die gesamte Funkanlage aus dem Kontrollpult geschossen. Luigi Fontani, der Zweite Steuermann, fuhr herum. Er schien offenbar gar nicht zu begreifen, was um ihn herum geschah.

»Seid ihr noch bei Trost?« fauchte er den Bewaffneten an.

Die Antwort folgte auf dem Fuße. Der Gewehrträger ließ den Kolben seiner Waffe hart auf Fontanis Hinterkopf niedersausen. Mit einem halblauten Röcheln kippte Fontani aus seinem Drehsessel.

»Was soll das?« brüllte Kössner ungehalten los. »Was haben Sie hier oben zu suchen? Nehmen Sie die Waffen herunter!«

Der andere Eindringling ging schweigend auf den Kapitän zu und versetzte ihm einen derben Stoß, sodass Kössner quer über das Kommandopult flog. Dabei wurde eine Vielzahl von Schaltern aktiviert. Lampen flackerten unkontrolliert auf, eine Sirene begann markerschütternd zu heulen und draußen verlosch ein Teil der Decksbeleuchtung.

Chief Baxter versuchte die Situation richtig einzuschätzen. Die beiden Männer, die ihn, Kapitän Kössner und Luigi Fontani mit Waffengewalt bedrohten, gehörten zur Crew des Schiffes. Es handelte sich um Anwar al Saidi, den ägyptischen Navigator, und Sürec, den erst unlängst angeheuerten Hydrauliktechniker, der sich am vergangenen Tag wegen angeblicher Seekrankheit vom Dienst abgemeldet hatte. Baxter stöhnte. Von dem Sturz auf den harten Fußboden schmerzte sein Rücken. Während ihn Sürec mit vorgehaltener Waffe bedrohte, zückte der andere ein Funksprechgerät.

»Alles unter Kontrolle, Kommandant«, machte der Ägypter in zackigem Ton Meldung. »Sie können Phase Drei einleiten.«

Verblüfft starrte Baxter die beiden Eindringlinge an. Er wollte etwas sagen, hielt sich jedoch im letzten Augenblick zurück. Zu seinen Rückenschmerzen musste nicht wie bei Fontani noch eine Platzwunde am Hinterkopf hinzukommen.

Plötzlich entstand zusätzliche Aufregung auf dem Hauptdeck. Etwa fünf mit russischen Sturmgewehren ausgerüstete Gestalten enterten die Plattform, wo Conway mit einigen seiner Männer Ordnung in das Chaos aus zerbrochenen Riggteilen und Tauwerk zu bringen versuchte.

Die Fremden umringten die Crew und trieben sie in der Nähe des mittleren Mastes zusammen. Währenddessen flatterten die noch nicht vollständig von Hand aufgetuchten Segel weiterhin im Wind, peitschte Tauwerk über das Deck, wirbelten unbelastete Rollenblöcke scheppernd über den Teakbelag. Conway und zwei seiner Matrosen stürmten plötzlich vor. Es gelang ihnen tatsächlich, einen der Fremden zu entwaffnen. Dann pfiffen Schüsse über das Deck. Tumult brach aus, als der Bootsmann mit zwei klaffenden Brustwunden zurücktorkelte. Die nächste Garbe riss ihn und seine beiden Gefährten von den Beinen. Eine hellrote Blutlache breitete sich in Sekundenschnelle aus. Drei weitere Matrosen wollten fliehen. Auch sie wurden hinterrücks erschossen. Hilflos musste Kössner dieses Massaker ansehen. Er fühlte sich wie paralysiert.

Fontani stöhnte. Baxter wollte sich zu ihm hinunterbeugen, wurde jedoch von einem angehobenen Gewehrlauf nachhaltig daran gehindert.

»Der Mann ist verletzt, Mr. Sürec,«, fand Baxter zum ersten Mal seine Sprache wieder. Seine Stimme klang belegt. »Er braucht Hilfe.«

»Zurück!« herrschte ihn der Bewaffnete an. »Und Hände über den Kopf!«

»Wie bitte?« brüllte Baxter. »Was soll ich? Was wird hier eigentlich …«

Weiter kam er nicht. Der Schlag mit dem Gewehrlauf gegen sein rechtes Ohr beendete die begonnene Diskussion. Kössner rappelte sich vom Kontrollpult auf.

»Mund halten! Setzen! Hände über den Hinterkopf!« befahl der Mann mit der Kalaschnikow.

Erst in diesem Moment dämmerte Kössner, was sich an Bord seines Schiffes offenbar abspielte. Die *Star Cradle* kreuzte im Augenblick in nordwestafrikanischen Gewässern. Im Bereich der mauretanischen Küste wurde neuerdings wieder häufiger vor Überfällen gewarnt. Deswegen hielten Trampdampfer und Kreuzfahrtschiffe auf dem Weg zu den Kanarischen Inseln auch stets einen respektvollen Abstand zum Küstenstrich zwischen Agadir und Dakar. Hinzu kam die noch lange nicht befriedete Westsahara, die zwar politisch zu Marokko gehörte, militärisch jedoch von Aufständischen beherrscht wurde. Dass sich deren Freischärler inzwischen jedoch dermaßen weit nach Norden vorwagten, war ihm neu.

»Hören Sie, Mr. Sürec«, begann Kössner. »Sie sind doch Mr. Sürec, oder etwa nicht? Nehmen Sie endlich den Gewehrlauf von meinem …« Weiter kam er nicht. Der Angesprochene drückte ihn mit dem Sturmgewehr brutal zu Boden.

»Mund halten! Liegen bleiben!« fauchte der Mann. »Und nennen Sie mich nicht Sürec. Mein Name ist Chamani.«

»Chamani?« keuchte Kössner, der sich auf den Fußboden kauern musste. »Wieso Chamani?«

Der Angesprochene lachte scheppernd. »Sie können auch …«

»Abdul!« zischte eine Stimme. Sie gehörte dem Ägypter, der bisher noch nicht viel geredet hatte.

»Na am, ya achî«, nickte Chamani zerknirscht. Beinahe wäre ihm herausgerutscht, dass er zu den afghanischen Mudjahedin gehörte.

»Untersuche den Kapitän nach Waffen«, verlangte der Ägypter von seinem Begleiter.

Chamani tat, wie ihm befohlen. Anschließend gab ihm Saidi ein Zeichen. Nur widerwillig zog sich der andere Mann ein Stück zurück. Kössner rappelte sich hoch und rieb die schmerzende Stelle, die der Druck des Gewehrlaufs verursacht hatte.

»Ich bin kein Unmensch.« Der Ägypter wies auf den zweiten Drehsessel. »Nehmen Sie Platz, Käpt'n!«

»Ich will nicht Platz nehmen!« fuhr ihn Kössner an. »Ich will jetzt endlich wissen, was hier gespielt wird!«

»Das wird Ihnen unser Kommandant noch früh genug mitteilen«, antwortete Anwar al Saidi knapp.

»Ihr Kommandant?« fragte Kössner verblüfft. »Welcher Kommandant? Was, um alles in der Welt, …?«

Das Funksprechgerät am Gürtel des Angesprochenen rührte sich. Saidi nahm es aus der Gürteltasche und lauschte der Stimme, die leise krächzend aus der Hörmuschel kam.

»In Ordnung, Kommandant!« gab der Nordafrikaner schließlich militärisch-zackig von sich.

»Kann ich jetzt wenigstens den Schiffsarzt rufen?« wollte Kössner wissen. »Meine Leute brauchen ärztliche Versorgung.«

Anwar al Saidis Gesicht blieb ausdruckslos. »Ich fürchte, dass Ihre Passagiere im Augenblick eher auf die Hilfe des Doc angewiesen sind.«

Senator Jack Meville brach mitten im Satz ab. Verblüfft starrte er über die Schulter des Asiaten hinweg und erhob sich aus seinem Sitz. Was sich da an der Schiebetür zur Bar abspielte, kannte er bisher nur aus drittklassigen Hollywood-Streifen. Zwei Männer stürmten in den Speisesaal. Unruhe breitete sich aus, denn die beiden Kerle hinterließen nicht gerade einen vertrauenerweckenden Eindruck. Beide hielten matt schimmernde Gegenstände in den Händen. Halbautomatische Maschinenpistolen.

Der erste, der sich fing, war Gallheim. Zunächst neugierig aufgesprungen, ließ er sich in seinen Sessel zurückfallen und begann lauthals zu lachen. Song Daiwan und der amerikanische Geschäftsmann starrten abwechselnd ihn und die beiden Eindringlinge an. Die Fremden trugen grün und braun gefleckte Kampfanzüge militärischer Bodentruppen und fuchtelten wild mit ihren Waffen herum.

»Tolle Show!« brüllte der Deutsche und klatschte dabei vor Vergnügen in die Hände. Dabei schaute er triumphierend in die Tischrunde. »He, Ihr Ansthasen! Das ist eine Sondervorstellung des Käpt'n! Was glaubt ihr denn, warum der eben so eilig verschwunden ist. Gleich beginnt hier eine Party, Leute! Nun schaut nicht so entgeistert! He, Mr. Michelli! Bei Ihnen gehört so was doch zur Tagesordnung, wenn man in Chicago im falschen Restaurant Spaghetti essen geht.«

Ein paar Männer an den Nachbartischen begannen zögernd in den Applaus des Deutschen einzufallen. Doch so ganz geheuer schien ihnen die Sache nicht. Zwei Frauen schrien auf. Michelli erhob sich. Seine Hand griff instinktiv zur Innenseite seiner Jacke. Doch dort war nichts. Was sollte er auch mit seiner Smith & Wesson beim allabendlichen Dinner? Zum Glück blieb seine Handbewegung unentdeckt.

»Meine Güte!« versuchte Gallheim zu beschwichtigen. »Na ja, der Scherz ist vielleicht ein bisschen sehr derb für eine gewöhnliche Kreuzfahrt, aber …«

Weiter kam er nicht. Einer der Männer im Kampfanzug hob seine Waffe und zog den Abzugsbügel durch. Die Salve holte mit einem Schlag drei Kristalleuchter von der Decke. Im nächsten Augenblick zerbarst eine Spiegelwand in tausend kleine Stücke. Der Lärm der zersplitternden Einrichtungsgegenstände und das Krachen der Maschinenpistolen waren ohrenbetäubend. Sekunden später setzte schlagartig Stille ein. Ungläubiges Schweigen folgte. Zunächst wagte niemand, einen Ton von sich zu geben, dann jedoch begannen die Frauen an den Nachbartischen zu kreischen. Zwei Männer stürzten sich zu Boden und versuchten noch vor ihren Begleiterinnen Schutz unter den Tischen zu finden.

Der Schießwütige schob mit breitem Grinsen ein neues Magazin in seine Waffe und lud durch. Er senkte den Lauf zu Boden. Nach zehn Sekunden Feuergarbe existierte der gläserne Fußboden über dem Aquarium nicht mehr. Das Wasser aus dem Bassin schwappte bis zu den Tischen. Splitter regneten auf die wenigen noch sitzenden Gäste herab. Michelli, der sich nicht rechtzeitig hatte ducken können, erwischte eine Glasscherbe am Kinn. In Sekundenschnelle verfärbte sich sein Smoking hellrot.

»He!« brüllte der Italo-Amerikaner. »Seid ihr wahnsinnig?«

Eine gezielte Salve schoss seinen Sessel unter ihm weg. Michelli kippte nach vorne, schlug dabei mit dem Kinn auf der Tischplatte auf und rutschte vollends zu Boden. Die Frauen begannen in höchster Panik um Hilfe zu rufen. Zwei von ihnen versuchten Hals über Kopf zu fliehen. Sie wurden grob zurückgestoßen.

»Los!« brüllte der Schießwütige. »Dort zur Wand! Rasch! Hände in den Nacken!«

Als man im Zuge der allgemeinen Verwirrung seiner Aufforderung nicht umgehend Folge leistete, hob er seine Waffe mit einer spielerischen Bewegung über den Kopf und zog den Abzugsbügel noch einmal durch. Die Salve dauerte so lange, bis das Magazin leer war. Quer über die Salondecke zog sich eine Spur hässlich gezackter Einschläge. Teile der Deckenleuchten und des Verkleidungsmaterials regnete auf die Passagiere herab. Hier und dort sprühten Funken, als die Patronen die dahinterliegenden Stromkabel durchtrennten. Das Licht verlosch. Die Frauen kreischten in höchster Not. Sekunden später flackerte die matte Notbeleuchtung auf.

Unbeeindruckt lud der Fremde seine Maschinenpistole nach.

»Habt ihr nicht gehört, ihr dreckiger Abschaum!« brüllte sein Begleiter. »Los, jetzt! Gesicht an die Wand! Hände in den Nacken!«

»Ich fürchte, der Typ meint es ernst«, flüsterte Meville seinem unmittelbaren Nachbarn zu. Song Daiwan nickte.

»Mund halten!« brüllte der Wortführer der beiden Piraten. Er war kleiner als der Schießwütige, schien aber offensichtlich der Anführer zu sein. »Wer noch einen Ton sagt, lernt mich kennen.«

Michelli lag mit einer Körperhälfte in dem zerborstenen Bodenaquarium. Dabei hatte er sich eine weitere Verletzung am Oberarm zugezogen. Das Wasser, in dem die Fische aufgepeitscht herumschwammen, verfärbte sich rot. Konrad Gallheim, der die Attacke weitgehend unverletzt überstanden hatte, wollte sich zu dem Italo-Amerikaner hinabbeugen.

»He, du!« fauchte ihn der Wortführer der beiden Eindringlinge an. »Kannst du nicht hören, du Hund? Los, mit dem Gesicht zur Wand!«

»Der Mann ist verletzt«, erwiderte Gallheim. Entweder besaß der Deutsche Nerven wie Drahtseile, oder er hatte noch gar nicht richtig begriffen, in welcher Gefahr er in Wirklichkeit schwebte.

»Verdammt, ich mache dir Beine!« brüllte der Kerl in dem buntgefleckten Anzug und hob seine Maschinenpistole.

Die darauf folgende Garbe peitschte das Wasser in der Nähe des Deutschen auf. Gallheim zuckte zurück und starrte den Bewaffneten fassungslos an.

»Wir können Michelli doch nicht einfach so liegen lassen!« begehrte er erneut auf. Weiter kam er nicht. Der Lauf der Maschinenpistole zielte genau auf seinen Brustkorb.

»Wir können«, erwiderte der Uniformierte eisig. »Oder willst du ihm Gesellschaft leisten?«

Mühsam bahnte sich Gallheim seinen Weg durch die Trümmer bis zu der Stelle, wo die übrigen Gäste mit gesenkten Köpfen bereits Aufstellung genommen hatten. Der Schießwütige stieß den Deutschen gegen die Wand. Er drückte ihm die Beine auseinander und untersuchte ihn mit geübtem Handgriff nach Waffen. Dann ging er weiter und überprüfte in gleicher Weise auch Song Daiwan und den Senator. Die nächste Person war eine Frau. Sie schrie auf, als ihr der Fremde zwischen die Beine fasste. Ihr Begleiter wirbelte herum. Seine Augen blitzten wutentbrannt auf.

»Oh, schon wieder ein Held«, grunzte der Wortführer der beiden Piraten und schlug dem Mann ohne Vorwarnung den Lauf seiner Maschinenpistole ins Genick. Röchelnd sank er zu Boden. Die Frau begann laut zu schluchzen.

»Hör auf zu heulen, Waschweib!« fuhr sie der Mann in dem buntgefleckten Kampfanzug an. »Was meinst du, wie man im Westjordanland mit uns umgeht, hm?«

Die Frau begann am ganzen Körper zu zittern. Der Mann mit der Maschinenpistole stellte sich hinter sie. Hart drängte er sich gegen ihren Rücken und presste sie an die Wand. Dabei drückte er ihr gleichzeitig den Lauf seiner Maschinenpistole in die Hüfte.

»Na, du blonde Hure?« bellte er sie an. »Gefällt dir das nicht? Ihr Weiber aus dem Norden treibt es doch sowieso mit jedem, oder?«

Das Jammern der Frau wurde leiser. Das Gewicht des Mannes, der sie gegen die Wand drückte, nahm ihr den Atem. Unruhe machte sich unter den Anwesenden breit. Einer der anderen Männer begann zu schimpfen. Der Mann im Kampfanzug ließ von der Frau ab und ging auf ihn zu.

»Oh, ich scheine heute ja nur noch von Helden umgeben zu sein«, knurrte der Fremde und schlug dem Wehrlosen den Griff seiner Waffe in den Rücken.

»Welch eine hübsche Begleiterin du hast«, fuhr er fort und strich der jungen Frau, die sich zitternd gegen die Wand presste, mit der Mündung seiner Waffe über den Scheitel.

Er drückte dem Mann mit der rechten Hand die Waffe ins Genick und begann die junge Frau mit der linken abzutasten. Sie schrie auf. Die Hand des Bewaffneten schob sich in den Ausschnitt ihres Abendkleides. Vom Ergebnis seiner Untersuchung offensichtlich überrascht, ließ er ein kehliges Brummen ertönen. Mit einem derben Handgriff riss er der Bedrängten das Kleid vom Körper. Die junge Frau trug nur einen knappen Tangaslip. Das war dem Mann in ihrer Begleitung nun doch zuviel. Er wirbelte herum. Der Pirat mit der Maschinenpistole wich ein Stück zurück. Er grinste breit und entblößte eine Reihe schief stehender, gelb verfärbter Zähne.

Ohne Warnung senkte er seine Waffe und zog den Abzugsbügel kurz durch. Ein einziger Schuss entlud sich krachend. Stöhnend sank der Begleiter der halb entblößten Frau zu Boden. Dem sich ausbreitenden Blutfleck nach zu urteilen, hatte die Kugel seinen Oberschenkel getroffen.

»Sie Mörder!« brüllte die junge Frau und beugte sich über den getroffenen. »Sie gemeiner Mörder!«

Der Wortführer der beiden Piraten sprang vor und zerrte die junge Frau grob an den Haaren in die Höhe.

»Mörder?« fragte er grollend. »Mörder schimpfst du mich, du dreckiges Miststück? Sei froh, dass ich dir nicht …«

Er unterbrach sich und drückte sie sichtlich angewidert zurück. Die junge Frau raffte ihr zerrissenes Kleid zusammen und versuchte sich notdürftig wieder zu bedecken.

»Was ist hier los?« knurrte eine Stimme.

Ein Dutzend Köpfe wirbelte herum. Im Rahmen der Tür, die den Speisesaal von der Bar trennte, war ein hünenhafter, etwa fünfzigjähriger Mann aufgetaucht. Er trug olivgrüne Armeebekleidung ohne Rangabzeichen. Das schwarz-weiß gemusterte Kopftuch hob die vielen Narben in seinem Gesicht und die scharfe Hakennase eher noch hervor. In seiner Begleitung befand sich der schmächtige, junge Mann, der ihn bereits quer durch Libyen begleitet hatte.

Die beiden Männer in den Kampfanzügen strafften sich und nahmen Haltung an. Der Narbige deutete verständnislos auf die Passagiere, die sich immer noch gegen die Wand pressten.

»Auftrag ausgeführt, Kommandant!« bellte der Wortführer der beiden Piraten. »Die Gefangenen tragen keine Waffen.«

Der Narbige deutete auf die junge Frau, deren Kleid in Fetzen herunterhing.

»Musste das sein?« fragte der Mann mit dem Kopftuch scharf.

Seine beiden Untergebenen schauten betreten zu Boden.

»Aus meinen Augen!« zischte der Narbige. Die Männer in den Kampfanzügen salutierten knapp und zogen sich zurück.

Schließlich wandte er sich an seinen Begleiter.

»Der Arzt soll kommen«, forderte er den Jüngeren auf. »Und sieh zu, dass die übrigen Passagiere ebenfalls in den Speisesaal gebracht werden. Anschließend will ich den Kapitän sprechen.«

Jack Meville löste sich langsam aus seiner Erstarrung. Offensichtlich handelte es sich bei dem Kopftuchträger um den Chef dieser Banditen. »Mein Name ist Jack Meville«, begann der Texaner und trat einen Schritt vor. »Darf ich erfahren, wer Sie sind und was dieses ganze Theater hier soll?«

Der Mann mit dem Erkennungszeichen der Al-Fatah nickte ihm zu und lächelte milde.

»Ich weiß, wer Sie sind, Senator«, gab der Narbige zur Antwort. »Zunächst einmal, meine Herrschaften, möchte ich mich für diesen bedauerlichen Zwischenfall entschuldigen. Nun, meine Männer haben die letzten Monate in einem Militärcamp verbracht. Sie sind da nur selten mit Frauen in Kontakt gekommen.«

»Das gibt diesen Kerlen aber noch lange nicht das Recht, …« begehrte Gallheim auf.

»Mein Name ist Al-Nudar«, fuhr der Narbige fort, ohne sich um den aufgebrachten Deutschen zu kümmern. »Mohammed Al-Nudar. Sie hätten es sowieso im Laufe der Zeit herausbekommen. Sie sind also der berühmte Jack Meville, dieser stockkonservative Scharfmacher im amerikanischen Senat.«

»Mohammed Al-Nudar?« erwiderte Meville. Er schien verblüfft. »Der Top-Terrorist aus Ramallah im Westjordanland? Ich dachte, Sie wären nach dem Bombenanschlag in Daressalam verhaftet worden.«

Über Al-Nudars Gesicht huschte ein verschmitztes Grinsen. »Man hat es zumindest versucht, Senator. Aber ich besitze viele Freunde. Und die CIA kann schließlich auch nicht überall sein.«

»Diese Versager!« schimpfte Meville.

»Aber, aber, Senator!« rügte ihn der Narbige. »Die Central Intelligence Agency ist schließlich Teil Ihres Staatsapparates. Ich hätte da schon mit ein bisschen mehr Respekt Ihrerseits gerechnet.«

»Hören Sie, Mr. Al-Nudar, oder wie sonst Sie heißen mögen«, mischte sich Gallheim ein. »Wir wären Ihnen sehr verbunden, wenn wir uns erst einmal um die beiden Verwundeten kümmern dürften. Ihre Sturmtruppen haben sich ja aufgeführt wie Mafiakiller.«

Der Mann aus dem Westjordanland drehte sich zu dem Schriftsteller herum. Seine Augen blitzten gefährlich.

»Obwohl ich gewisse Formen der Höflichkeit durchaus zu pflegen weiß«, knurrte er den Deutschen an, »sollten Sie meine Geduld nicht unbedingt strapazieren. Meine Männer sind keine Gangster. Und Killer schon gar nicht.«

»Ach, ja?« erwiderte Gallheim ungerührt und deutete auf den Mann mit der Schussverletzung. »Und was war das? Vielleicht ein Versehen?«

Al-Nudar trat vor. Der Abstand zwischen ihm und Gallheim betrug höchstens noch zehn Zentimeter. Gallheim roch Schweiß. Er war in diesem Augenblick nicht sicher, ob es seiner oder der des Narbigen war.

»Wir sind im Krieg, Mister«, erwiderte der Palästinenser tonlos. »Und Sie stecken mitten drin. Seien Sie also vorsichtig mit dem, was Sie sagen. Wir können auch anders. Die vorangegangene Viertelstunde sollte Ihnen allen eine Warnung sein.«

Gallheim zuckte zurück. Sofort erhellte sich wieder die Miene des Narbigen.

»Selbstverständlich können Sie sich um die beiden Verletzten kümmern. Ah, da kommt ja auch schon der Schiffsarzt.«

Doc Barkowsky betrat den Speisesaal und beugte sich, ohne von Al-Nudar Notiz zu nehmen, über den verletzten Amerikaner.

»Barbaren«, brummte er halblaut vor sich hin.

Dann drehte er sich herum. Al-Nudars und Barkowskys Blicke kreuzten sich. Die Augenlider des ehemaligen PLO-Kämpfers verzogen sich zu Schlitzen. Scharf musterte er den Schiffsarzt. Es schien, als würde er den Schiffsarzt von irgendwo her kennen. Schließlich wandte sich der Doc an den Asiaten, der dem Geschehen bislang teilnahmslos gefolgt war.

»Mr. Song«, brummte er. »Würden Sie bitte mit anpacken? Ohne fremde Hilfe bekomme ich Mr. Michelli wohl kaum aus dem Becken heraus.«

Song stieß sich von der Wand ab. Gallheim folgte ihm ohne Aufforderung. In Ermangelung einer Trage schleppten sie den bewusstlosen Michelli an Schultern und Armen aus dem Speisesaal. Schließlich untersuchte Barkowsky den Mann mit der Schussverletzung. Nach ein paar Augenblicken schüttelte er den Kopf. Zum ersten Mal wandte er sich unmittelbar an den Palästinenser.

»Entweder sind Ihre Leute ganz miserable Schützen«, knurrte der Deutsche, »oder der junge Mann hier hat grenzenloses Glück gehabt. Normalerweise reißt einem eine Maschinenpistolenkugel aus dieser Distanz den halben Oberschenkel in Stücke.«

»Suchen Sie es sich aus«, lächelte der Palästinenser.

Elizabeth Meville schreckte hoch. Verwirrt suchte sie den Schalter neben ihrem Bett. Der Halogenstrahler flammte auf. Sie erinnerte sich. Nachdem Nelson den Bootsmann vertrieben hatte, bat sie ihn, ebenfalls zu gehen. Unwillkürlich musste sie an ihren Vater und dessen konservative Ansichten denken. Und an den Skandal, den die Regenbogenpresse veranstalten würde, kämen irgend welche Reporter hinter diese Affäre. Die minderjährige Tochter des konservativsten Mitglieds im amerikanischen Senat vergnügte sich ausgerechnet in den Armen des nächstbesten Matrosen! Ihr Vater würde zur Spottfigur seiner Herausforderer, auf dem Court würde man mit Fingern auf sie zeigen. Nachdenklich biss sie sich auf die Lippen.

Erneut ertönten diese merkwürdige Geräusche, die sie aus dem Halbschlaf hatten hochfahren lassen. Klang das nicht wie Gewehrfeuer? Unfug, versuchte sie sich zu beruhigen. Wer sollte denn auf der *Star Cradle* herumschießen? Vermutlich nur ein Feuerwerk. Aber klangen Feuerwerkskörper nicht ganz anders? Und wieso hatte sie von einem Fest nichts erfahren?

Elizabeth schwang ihre Beine über den Bettrand und horchte. Mit einem Mal war wieder alles still. Zögernd erhob sie sich und stolperte zur Tür. Angestrengt lauschte sie in den Gang. Im Halbdunkel der Notbeleuchtung konnte sie allenfalls Schemen erkennen. Wieso brannte eigentlich kein normales Licht? Die junge Amerikanerin schlüpfte wieder zurück in ihre Kabine und schloss die Türe. Diesmal vergaß sie nicht abzusperren. Hätte sie das bloß vor ein paar Stunden getan. Aber im Rausch der Begierde und mit Nelson im Arm hatte sie an diese Vorsichtsmaßnahme keinen Gedanken verschwendet.

Erneut dröhnte es über ihr. Elizabeth zuckte zusammen. Das war gewiss kein Feuerwerk! Da stimmte etwas nicht. Eilig streifte sie sich ein Sweatshirt über, schlüpfte in Jeans und Sportschuhe und öffnete erneut die Tür. Draußen auf dem Gang regte sich nichts. Vorsichtig zog sie die Türe hinter sich zu und schlich den Gang hinunter. Plötzlich sah sie Gestalten hinter der transparenten Zwischentür vorbeihuschen. Instinktiv drückte sie sich gegen die Wand. Sie horchte in das Halbdunkel. Alles, was sie vernahm, waren halblaut gerufene Befehle in einer Sprache, die sie nicht verstand.

Himmel, durchfuhr es sie. Was war geschehen? Verängstigt und verwirrt stolperte sie den Gang zurück bis zu der Suite ihrer Eltern.

Die Tür war versperrt. Sie klopfte ein paar Mal hart gegen den Kunststoff, doch niemand hörte sie. Sie lief von Tür zu Tür, bollerte mit den Fäusten dagegen. Niemand öffnete ihr. Panik überkam sie. Was sollte sie tun? Wo waren ihre Eltern, wo die anderen Leute? Und wieso schoss man dort oben an Deck herum? Das Mädchen begann zu zittern. Nur mit Mühe konnte sie ihre Tränen zurückhalten.

Nachdem sie zwei Minuten, die ihr wie eine halbe Ewigkeit vorkamen, regungslos im Gang ausgeharrt hatte, stolperte Elizabeth zur Verbindungstür, die zum Treppenaufgang führte. Sie drückte auf den Bedienknopf, doch die Türe bewegte sich nicht. Mein Gott, durchfuhr es sie. Da stimmt doch etwas nicht! Vielleicht sank die *Star Cradle*, und sie saß hier unten wie die Maus in der Falle. Verzweifelt schlug sie solange mit den Fäusten gegen die Glastür, bis ihre Handballen schmerzten. Ihr Blick fiel auf ein Schild, das dicht neben der Türe angebracht war. Es enthielt einen Hinweis, wie man sich beim Versagen der Hydraulik verhalten sollte. In einem kleinen Kasten gab es eine Kurbel, mit der sich die Schiebetür auch manuell öffnen ließ.

Elizabeth steckte die Kurbel in die sternförmige Aussparung und begann wie wild zu drehen. Zentimeter für Zentimeter schob sich die Tür zur Seite. Als der Spalt groß genug für sie war, schlüpfte sie ins Freie. Im Treppenaufgang hörte sie sich um. Erneut vernahm sie Wortfetzen in dieser ihr unbekannten Sprache. Die Stimmen kamen näher. Ihre Gedanken überschlugen sich. Zurück wollte sie auf keinen Fall, nach oben konnte sie aber auch nicht. Blieb nur noch das Deck unter ihr. Der Teppichboden auf der Treppe verschluckte ihre Schritte. Zum Glück besaß das Zwischendeck keine hydraulisch betriebenen Türen.

Vorsichtig schlich sie den nur von der Notbeleuchtung spärlich erhellten Gang entlang, immer wieder im Schritt verharrend und auf ungewöhnliche Geräusche horchend. Hier war sie noch nie gewesen. Vorsichtig tastete sie sich von Tür zu Tür an den glatten Wand entlang. Endlich fand sie eine, die nicht verschlossen war. Vorsichtig drückte die junge Amerikanerin die Klinke nach unten und drückte sie auf. Es roch nach abgestandener Luft und Schweiß. Zögernd tastete sie nach dem Lichtschalter. Sie fand ihn nach kurzem Suchen. Die Neonbeleuchtung flammte auf.

Elizabeth stieß einen spitzen Schrei aus. Sie war nicht allein.

Kapitel 18

Immer mehr Passagiere wurden in den Speisesaal geführt. Unter ihnen befanden sich auch die Gäste, die unter der Magen-Darm-Verstimmung litten. Lady Dorothys Bodyguard und Lester Wells sahen zum Erbarmen aus. Doch Al-Nudar kannte offenbar kein Mitleid. Nur die Verletzten durften in der Obhut des Schiffsarztes bleiben. Die restliche Crew hatte der Palästinenser vorerst in der Mannschaftsmesse interniert. Al-Nudar brauchte sie nicht, denn er verspürte wenig Lust, die *Star Cradle* unter Segel fortzubewegen.

Francis hatte alle Hände voll zu tun, die völlig verängstigten Frauen zu beruhigen. Im Speisesaal sah es schrecklich aus. Ein großer Teil der Einrichtung war zerschossen, an vielen Stellen hing die Innenverkleidung in Fetzen von den Decken und Wänden herab. Zudem musste man höllisch aufpassen, nicht in das zerstörte Fußbodenaquarium zu fallen. Die Männer um ihren martialisch aussehenden Anführer trugen durch ihre Bewaffnung und Militärbekleidung auch nicht gerade dazu bei, dass sich die erregten Gemüter beruhigten.

Al-Nudar rief Kössner zu sich.

»Wie man mir soeben meldete, fehlt Ihr Erster Offizier«, wandte sich der Palästinenser an der Kapitän. »Wo steckt der Mann?«

Kössner zuckte die Achseln. »Keine Ahnung. Vermutlich in seiner Kabine. Er ist nämlich vom Dienst suspendiert.«

Der Mann mit dem Erkennungszeichen der Al-Fatah hob erstaunt den Kopf.

»Suspendiert?« fragte er erstaunt.

Kössner nickte. »Bei Ihnen wird Insubordination vermutlich durch Kopfschuss geahndet, oder?«

»Lassen Sie die Witze!« schnaubte Al-Nudar.

»Oh, Gott!« rief eine helle Stimme. »Sie müssen das Schiff auf der Stelle wenden! Vielleicht ist Mr. Cohen über Bord gegangen.«

Al-Nudar und Kössner schauten erstaunt zur Seite. Rachel Steinberg bugsierte ihren Rollstuhl bis an den Kapitän heran. Der Franzose folgte in kurzem Abstand.

»Wie kommen Sie darauf?« erkundigte sich Kössner.

Rachel schilderte, was sich an Deck zugetragen hatte. Alain Leblanc nickte beipflichtend.

»Und Sie haben sich dann nicht mehr weiter um Mr. Cohen gekümmert?« Kössner schüttelte verständnislos den Kopf.

Alain zuckte die Schulter. »Ich hielt es für meine Pflicht, mich zunächst …«

»Was passierte anschließend?« unterbrach ihn der Kapitän schroff und wandte sich dabei wieder an die junge Frau im Rollstuhl.

»Ich erinnere mich«, murmelte Rachel sichtlich betroffen, »dass Mr. Cohen erst noch ein Stück hinter uns herstolperte, ehe er schließlich zurückblieb. Hoffentlich wurde er nicht von einem dieser wild herumschlagenden Seile erwischt.«

»Ich werde nach ihm suchen lassen«, meinte der Mann in der olivgrünen Armeebekleidung. »Aber sollten Sie mich zum Narren gehalten haben, Lady, werden Sie es bereuen.«

»Sind das jetzt alle Passagiere?« fragte Al-Nudar nach einer Weile und deutete dabei auf die Menschentraube, die sich mittlerweile um die wenigen noch intakten Tische versammelt hatte.

»Da muss ich erst einmal einen Blick in die Passagierliste werfen«, erwiderte Kössner. »Glauben Sie, nach so kurzer Zeit konnte ich mir schon jedes Gesicht einprägen?«

»Ich verspüre wenig Lust, mit Ihnen zu diskutieren«, meinte Al-Nudar kühl. »Ich gebe Ihnen zwei Minuten. Sollten Sie mir irgendwelche Leute verschweigen, zieht das ernsthafte Folgen nach sich.«

»Elizabeth!« keuchte die Frau des texanischen Senators. »Wo ist Elizabeth?«

Jack Meville stieß seine Frau unsanft in die Rippen. Herrgott, dieses dumme, hysterische Weib, durchfuhr es ihn. Vielleicht hatte sich seine Tochter längst in Sicherheit bringen können. Schließlich war die Kleine nicht auf den Kopf gefallen und das Schiff groß und verwinkelt genug, um sich irgendwo verbergen zu können. Und jetzt musste seine Frau unbedingt deren Abwesenheit hinausposaunen.

»Sei um Himmelswillen still!« zischte er seine Frau an. »Oder willst du, dass eine Horde ausgehungerter Soldaten zur Treibjagd auf unsere Tochter bläst?«

Susan Meville schaute ihren Mann mit angsterfüllten Augen an. Schweigend biss sich der Senator auf die Lippen. Hoffentlich tat niemand seinem kleinen Liebling etwas an. Und wenn doch, würde seine Rache fürchterlich sein. Seine Beziehungen reichten nicht nur bis zur CIA, sondern auch zum Mossad. In deren Reihen gab es einen Oberst, der ihm seit dem Desert-Storm im Frühjahr 1990 noch einen Gefallen schuldig war. Der Bursche liebte die Hisbollah genauso wie einen Skorpion in seinem Armeestiefel.

Unruhe breitete sich unter den Passagieren aus. Die bewaffneten Männer in Al-Nudars Gefolge traten drohend vor. Der Palästinenser hob den rechten Arm.

»Sie wollen wissen, was mit Ihnen geschieht?« begann er übergangslos. »Nur soviel: Sie sollten sich mit dem Gedanken vertraut machen, dass sich die Fahrtroute der *Star Cradle* geändert hat.«

Stimmen der Empörung wurden laut. Kössner ballte die Fäuste. »Ich bin immer noch der Kapitän dieses Schiffes, und nur ich entscheide, wohin die *Star Cradle* fährt.«

»Sie scheinen den Ernst der Lage noch nicht erkannt zu haben«, meinte der Narbige kühl.

»Also kein gewöhnlicher Überfall, sondern Geiselnahme?« knurrte Kössner.

»Nennen Sie es, wie Sie wollen«, meinte der Palästinenser. »Auf jeden Fall übernehme ich von nun an das Kommando über dieses Schiff.«

»Sie sind ja nicht bei Trost!« entfuhr es Kössner. »Sie wissen doch überhaupt nicht, wie man mit einem Fünfmaster umgeht. Wer von Ihren Leuten besitzt denn …«

»Jassir!« zischte der Mann im grünen Militärdress halblaut.

Der Angesprochene trat vor und versetzte dem Kapitän einen derben Stoß mit dem Lauf seiner Maschinenpistole. Kössner spürte einen brennenden Schmerz in der Magengrube und ging aufstöhnend in die Knie. Die Frauen begannen zu kreischen. Auch Francis Stonebridge fuhr zusammen. Warum, um alles in der Welt, musste ihr Chef ausgerechnet in einer solchen Situation den Helden spielen?

»Schluss der Debatte!« knurrte Al-Nudar »Ich kann auch anders! Los, jetzt! Die Männer werden im Fitnessraum untergebracht, die Frauen dürfen in ihre Kabinen. In ihrem eigenen Interesse empfehle ich Ihnen, sich dort einzuschließen und nicht auf die Idee zu kommen, die Räumlichkeiten zu verlassen. Meine Leute hören zwar auf mein Kommando, aber es sind halt Männer, und ich kann meine Augen nicht überall haben.«

Er drehte sich herum und deutete auf Lady Dorothy.

»Sie bleiben hier im Speisesaal.«

Als Jassir begann, die Frauen von den Männern zu trennen, breitete sich Panik aus. Einige Frauen begannen zu kreischen, andere zu weinen. Einige der Männer stellten sich instinktiv den Bewaffneten entgegen. Sekunden später war der Widerstand jedoch bereits gebrochen. Jassir und die anderen Bewaffneten machten kurzen Prozess. Kössner kam mühsam wieder auf die Beine. Mit schmerzverzerrtem Gesicht hielt er sich den Magen. Trotzdem versuchte er zuversichtlich zu wirken.

»Bewahren Sie Ruhe, meine Herrschaften!« keuchte er heftig atmend. »Befolgen Sie die Anweisungen. Ich sorge dafür, dass Ihnen nichts geschieht.«

»Ich werde Madame Steinberg jedenfalls nicht alleine lassen!« begehrte Alain auf. Der Franzose stellte sich demonstrativ hinter den Rollstuhl der behinderten Amerikanerin und umklammerte die beiden Handgriffe.

»Wer ist dieser Kerl?« fauchte Jassir und hob seine Maschinenpistole. Der Lauf der UZI deutete genau auf Alains Brustkorb.

»Ich bin ihr Begleiter«, erwiderte Alain ungerührt. »Madame Steinberg bedarf wegen ihrer Behinderung ständiger Betreuung. Möchten Sie das übernehmen, oder wollen Sie sie einfach ihrem Schicksal überlassen?«

»Steinberg?« murmelte Al-Nudar und hob die Augenbrauen. »Etwa Rachel Steinberg? Diese Klavierspielerin?«

»Das bin ich«, nickte die junge Frau.

Al-Nudars Gesicht verzog sich zu einer hämischen Fratze. »Die Tochter dieses jüdischen Lumpen, der in seinen Reportagen nur Lügen über uns verbreitet? Allah, der Gerechte! Dein Weg ist unergründlich, aber voll Wohltat sind deine Vorsehungen.«

Jassir starrte seinen Chef fragend an. Al-Nudar atmete ein paar Mal heftig ein und aus. Dann zwang er sich wieder zu seiner gewohnt kühlen Ruhe. »Das Weibstück bleibt ebenfalls hier«, befahl er schließlich. »Zusammen mit dem Senator und dieser englischen Prinzessin. Diesen Kerl dort kannst du wegbringen.«

Jassir hob seine Waffe und richtete sie erneut auf den Franzosen. Alain rührte sich nicht vom Fleck.

»Erschießen Sie mich von mir aus«, knurrte Alain. »Ich lasse Madame Steinberg jedenfalls nicht allein.«

»Aubin!« warnte ihn die junge Frau.

Zu spät. Jassir sprang vor und schlug Rachels Begleiter den Kolben seiner Waffe mitten ins Gesicht. Blut rann ihm von der Wange.

»Ihr Barbaren!« stieß die junge Frau hervor. Ihre Augen funkelten im Licht der Speisesaalbeleuchtung. »Wie mutig, einfach auf einen wehrlosen Mann einzuschlagen!«

»Halte dein Schandmaul, du jüdisches Miststück!« brüllte Al-Nudar unvermittelt los. »Noch ein Wort, und du darfst dich zusammen mit meinen Männern vergnügen. Ich weiß gar nicht, warum ich dir überhaupt zuhöre.«

»Ja, vergewaltigen und ermorden, etwas anderes könnt ihr ja nicht«, erwiderte Rachel wütend. »Kaum rottet ihr Kerle euch zusammen, schon macht ihr euch über Wehrlose her. Und alles in Allahs Namen natürlich.«

»Sprich du den Namen des Allmächtigen nicht aus!« fuhr ihr Al-Nudar über den Mund. »Schweig, oder …!«

»Was, oder?« fauchte die junge Amerikanerin. »Willst du mich steinigen lassen? Oder vielleicht auspeitschen? Die Scharia scheint inzwischen ja wieder groß in Mode zu kommen, nicht wahr?«

Kössner sprang vor und stellte sich schützend zwischen Jassir und die Frau im Rollstuhl. Er schaute den Anführer der Piraten an. Al-Nudars Augen funkelten gefährlich.

»Wir sind alle nervös«, versuchte Kössner trotz seiner Schmerzen zu beschwichtigen. »Aber behalten wir doch ruhig Blut! Herr Kommandant, ich bitte Sie. Welche Gefahr geht denn für Sie und Ihre Leute von einem unbewaffneten Mann aus?«

»Ich bestimme immer noch, was hier geschieht!« brüllte Al-Nudar.

Jassir packte Alain am Kragen seines Jacketts und presste ihm die Maschinenpistole in die Hüfte.

»Rachel!« stieß der Franzose aus, als ihn der Schmächtige abführte.

»Machen Sie keinen Unsinn, Aubin!« rief ihm die junge Amerikanerin als Warnung hinterher. »Tot nützen Sie mir gar nichts!«

Wenige Augenblicke später befanden sich nur noch der Palästinenser, zwei seiner Männer, Kapitän Kössner, Lady Dorothy, der Senator und Rachel Steinberg im Speisesaal. Plötzlich erzitterte die *Star Cradle* ganz leicht. Ein Zeichen dafür, dass die beiden Maschinen angelaufen waren.

Kössner blickte verblüfft auf.

»Wie Sie sehen, Herr Kapitän«, lächelte Al-Nudar kalt, »verstehen wir durchaus, mit Ihrem Schiff umzugehen.«

»Was passiert nun?« meldete sich der Texaner zu Wort.

Al-Nudar blickte an ihm vorbei und schaute stattdessen eine Weile schweigend auf den Ozean hinaus. Der Wind hatte in den frühen Morgenstunden merklich aufgefrischt. Die Segel, die in der Kürze der Zeit nicht mehr vollständig hatten geborgen werden können, schlugen erbarmungswürdig gegen die Takelage. Außer ein paar Wachposten war das Deck menschenleer. Es dauerte eine Weile, ehe der Palästinenser antwortete. Mit einem Ruck nahm er wieder seine gewohnt autoritäre Haltung an.

»Nur soviel«, antwortete der Mann mit dem Kopftuch der Al-Fatah. »Wie Sie vielleicht wissen, Herr Senator, haben Ihre Leute Scheich Hassan Abdul Jasmani aus seinem Domizil in Libyen entführt. Sie mögen diesen dreisten Überfall auf einen souveränen Staat als mutigen Handstreich bezeichnen, ich nenne ihn blanken Terrorismus. Was also bleibt uns anderes übrig, als den weltweiten Imperialismus mit seinen eigenen Waffen zu schlagen?«

»Sie wollen die Vereinigten Staaten dazu bewegen, uns gegen Jasmani auszutauschen?« entgegnete der Senator verblüfft. »Das ist nicht Ihr Ernst.«

Al-Nudar schaute den Texaner mit einer Mischung aus Belustigung und Tadel an. »Warum nicht? Kein westlicher Staat war bisher mit der etwas zweifelhaften Situation konfrontiert, einen einzigen Gefangenen unter anderem gegen zwei Persönlichkeiten von Rang eintauschen zu müssen. Nämlich gegen Sie, Senator, und gegen die englische Prinzessin.«

»Sie überschätzen meinen Wert als Geisel«, mischte sich Lady Dorothy ein. Ihre Stimme klang heiser. »Ich bin nur eine entfernte Verwandte der Königin.«

»Immerhin die erklärte Lieblingsnichte der Queen«, konterte der Palästinenser. »Auf Sie, Prinzessin, richtet sich doch momentan die ganze Aufmerksamkeit der britischen Öffentlichkeit, oder etwa nicht?«

»Stellen wir uns einmal vor«, räumte Meville ein, »Sie kommen mit Ihrer Geiselnahme tatsächlich durch. Die Vereinigten Staaten werden jedenfalls einem Austausch nur zustimmen, wenn alle Geiseln unversehrt in Sicherheit gebracht worden sind. Und dann? Was passiert dann? Wie wollen Sie sich eigentlich anschließend in Sicherheit bringen?«

»Zerbrechen Sie sich darüber mal nicht den Kopf«, antwortete Al-Nudar streng. »Wir sind Mujahedin. Wir fürchten den Tod nicht, sofern wir damit der großen Sache einen Dienst erweisen.«

»Welcher 'großen Sache'?« wollte der Texaner wissen. »Meinen Sie damit etwa den 'Heiligen Krieg'?«

»Inn shâ'a allâh«, murmelte Al-Nudar. »So Gott will.«

Wie angewurzelt verharrte Elizabeth Meville im Türrahmen. Himmel, was mochte bloß passiert sein, durchfuhr es sie. Erst die Schüsse oben an Deck, dann die fremden Stimmen und jetzt auch noch ein blutüberströmter Mann, der hier unten im Halbdunkel lag. Für einen kurzen Augenblick erwog sie, die Tür hinter sich zuzuschlagen und das Weite zu suchen. Doch plötzlich ertönten wieder diese fremden Stimmen. Sie erschauderte. Blitzschnell schlüpfte sie in den Raum und zog die Tür hinter sich zu. Unschlüssig starrte sie auf den Verletzten. Es vergingen ein paar Augenblicke, ehe er die Augen aufschlug. Trotz seines blutverkrusteten Gesichts erkannte Elizabeth, wer dort am Boden lag. Es war Mr. Cohen, der Erste Offizier der Star Cradle. Cohen stöhnte. Die junge Amerikanerin beugte sich über ihn.

»Himmel, Mr. Cohen, was ist passiert?« stammelte Elizabeth. »Wieso bluten Sie? Was ist überhaupt los? Oben an Deck fielen Schüsse.«

Larry Cohen schaute sie an. Er schloss kurz die Augen und holte tief Luft. Dabei verzog sich sein Gesicht.

»Habe ich gehört«, murmelte er.

»Warten Sie, ich hole den Doktor«, meinte sie schließlich und machte Anstalten, den Raum zu verlassen. »Nein!« stöhnte Larry.

Elizabeth schaute den Ersten verblüfft an. »Wieso nicht?«

»Vermutlich Piraten«, keuchte Larry und griff nach ihrem Handgelenk. »Gehen Sie nicht nach draußen. Verschließen Sie die Tür.«

Elizabeth ging zum Eingang und untersuchte das Türschloss.

»Hier ist aber kein Schlüssel«, stellte sie fest.

»Mist«, stöhnte Larry. »Den hat der Chief.«

»Und nun?« fragte das junge Mädchen.

Larry zuckte die Schultern. Draußen wurden die Stimmen lauter. Man hörte deutlich das Getrappel schwerer Stiefel. Einer Eingebung folgend, packte Elizabeth einen der Sessel und schleppte ihn zurück zur Tür. Geschickt verkeilte sie die Lehne unter dem Türknauf. Der ließ sich zwar noch drehen, die Tür selbst aber nicht mehr so ohne weiteres aufstoßen. Larry winkte ab.

»Wenn die Kerle hier unbedingt hinein wollen, nützt uns das gar nichts«, murmelte er und versuchte sich zu erheben. »Die Burschen besitzen russische Sturmgewehre. Damit schießen die alles kurz und klein.«

Zu spät bemerkte er, wie das junge Mädchen zusammenfuhr.

»Tut mir leid«, entschuldigte er sich. »Ich wollte Sie nicht erschrecken.«

»Aber, wieso?« wollte Elizabeth wissen. »Wieso Piraten? Wir leben doch nicht mehr im Mittelalter.«

Larry versuchte ein schwaches Grinsen. »Manche Jobs haben immer Konjunktur, Miss Meville. Auch heute noch kommt es vielerorts zu Piratenüberfällen. Besonders in Südostasien und im Roten Meer. Zugegeben, auf dem Weg zu den Kanarischen Inseln war damit nicht unbedingt zu rechnen, aber wie Sie sehen, ist man vor solchem Gesindel nirgendwo richtig sicher.«

»Was haben die mit uns vor?« stammelte Elizabeth.

Larry Cohen lief es bei dieser Frage eiskalt den Rücken hinunter. Was sollte er ihr antworten? Dass sie als Mädchen im heiratsfähigen Alter durchaus Gefahr lief, verschleppt zu werden? Dass man Passagiere und Mannschaft vermutlich umbrachte, um Spuren zu verwischen? Für diese Gangster zählte ein Menschenleben ebenso wenig wie Kleingeld. Unwillkürlich malte er sich aus, was die Kerle vorher noch mit den Frauen anstellen würden. Ekel stieg in ihm hoch. Sein Puls begann zu hämmern. Oh, Himmel! Rachel!

Larry erhob sich stöhnend. Elizabeth starrte ihn überrascht an.

»Wir müssen hier weg«, meinte er lakonisch.

»Sie sehen schlimm aus«, erwiderte das Mädchen.

Larry fasste sich an die Stirn. Als er die Hand wegzog, tropfte Blut von seinen Fingern.

»Nicht so schlimm. Mir sind draußen an Deck ein paar Taue um die Ohren geflogen. Kommen Sie, Miss Meville. Sehen wir zu, dass wir uns erst einmal in Sicherheit bringen.«

Larry horchte nach draußen, schob anschließend den Sessel beiseite und öffnete die Tür. Noch immer brannte auf dem Gang nur die Notbeleuchtung. Er überlegte. Wohin sollten sie verschwinden? Solange sie sich in den Gängen aufhielten, liefen sie den Banditen zwangsläufig in die Arme. Ihm fielen nur zwei halbwegs sichere Bordbereiche ein. Zum einen der Maschinenraum, wo sich im Gewirr der Aggregate, Motoren, Rohrleitungen und Tanks immer irgendwo die Möglichkeit eines Verstecks bot. Zudem war die Geräuschkulisse so enorm, dass man nicht dauernd die Luft anhalten musste, sofern jemand in unmittelbare Nähe kam. Oder aber die Wellness-Zone im Bugbereich. Um zum Maschinenraum zu gelangen, musste er mit dem Mädchen quer durch das halbe Schiff laufen. Die Wellness-Zone ließ sich vom Computerraum aus auch über die diversen Belüftungs- und Versorgungsschächte erreichen, die das Schiff auf mehreren Ebenen durchzogen. Er überlegte fieberhaft, wo sich der nächste Kontrolleinstieg befand. Jetzt hätte er Chief Baxter an seiner Seite gebraucht. Ron kannte das Schiff schließlich wie seine Westentasche.

»Sie bluten!« flüsterte Elizabeth und deutete auf die Platzwunde im Gesicht des Engländers.

Während Larry die Stelle noch einmal abtastete, fiel sein Blick auf den Fußboden. Ein kleine Lache hatte sich dort gebildet. Mist, durchfuhr es ihn. Er brauchte dringend einen Verband. Mit seiner Blutspur würde er die Piraten nur auf sich aufmerksam machen.

Erneut wurde Fußgetrappel hörbar. Diesmal schienen die Kerle ganz in der Nähe zu sein. Larry packte die Schulter des Mädchens und schob sie vor sich her. Erst jetzt fiel ihm auf, dass sein Bein höllisch schmerzte. Unwillkürlich schaute er an sich herab. Seine Uniformhose war am Knie zerrissen. Auch dort zeichnete sich ein heller Blutfleck ab. Diese Verletzung musste er sich zugezogen haben, als er Rachel aus dem Rollstuhl riss und dabei über sie hinwegflog. Auch sein Handfunksprechgerät war verschwunden. Mist, fluchte er in sich hinein. Nun konnte er nicht einmal mehr Kontakt mit dem Rest der Crew aufnehmen.

»Wo wollen wir hin?« wisperte Elizabeth unruhig.

»Fragen Sie nicht, laufen Sie lieber«, knurrte er ihr zu. »Erst einmal müssen wir von hier weg. Verspüre wenig Lust, den Kerlen in die Hände zu fallen.«

Larry humpelte hinter dem Mädchen her. Nach ein paar Augenblicken erreichten sie die kleine Vorhalle, von wo die Treppe hinauf zum Passagierdeck führte. Nach allen Richtungen horchend, schlichen sie nach oben. Über ihnen ertönten Stimmen. Irgend jemand polterte bereits die ersten Stufen vom Oberdeck hinab. Zum Glück brannte auch hier nur die Notbeleuchtung. Larry merkte, wie ihm immer noch das Blut aus der Platzwunde lief. Du wirst uns verraten, schalt er sich in Gedanken. Mit dieser Blutspur lockst du die Kerle nur auf unsere Fährte. Elizabeth schlüpfte in den Gang, der zu den Kabinen führte.

»Was haben Sie vor?« flüsterte Larry.

Das junge Mädchen riss die erste Tür auf und betrat die dahinter liegende Kabine. Nach ein paar Augenblicken stand sie schon wieder bei Larry und drückte ihm ein Handtuch gegen die Stirn.

»Hier, das sollte erst einmal reichen«, murmelte sie.

Larry griff nach dem Handtuch.

»Und nun?« flüsterte Elizabeth.

»Los, alles auf eine Karte!« zischte Larry und schob sie in den Gang, der zu den Suiten und Kabinen führte. Schon tauchten die ersten Gestalten in der kleinen Vorhalle auf.

»In meine Kabine?« wollte Elizabeth wissen.

»Zu spät!« antwortete Larry, stieß die nächstgelegene Tür auf und drängte sich und das Mädchen beinahe gleichzeitig durch den Rahmen.

»Los, jetzt!« fauchte Jassir und schob die Frauen in das Halbdunkel des Ganges. Ein paar von ihnen schrien auf. Jassir zeigte sich unbeeindruckt.

»Allah sei mir gnädig!« zischte er bösartig. »Womit habe ich euch Klageweiber bloß verdient?«

Nacheinander riss er Kabinen auf, die noch nicht bewohnt waren und schob jeweils eine der weiblichen Geiseln hinein. Die weiträumigen Suiten nach Waffen gründlich zu untersuchen, dafür fehlte ihm die Zeit. Eine der Frauen wehrte sich besonders heftig. Jassir packte sie an ihren Haaren und stieß sie grob in das Halbdunkel des Innenraums.

»Und stell keinen Unsinn an!« bellte er, während er die Tür ins Schloss zog. »Sonst könnte es sein, dass du Bekanntschaft mit ein paar meiner Männer machst. Diese Warnung gilt für alle. Lasst euch nur ja nicht auf dem Gang blicken. Meine Männer haben strikten Schießbefehl. Verhaltet euch ruhig, und es wird euch nichts geschehen.«

Der Widerstand der anderen Frauen brach daraufhin in sich zusammen. Vereinzelt wurde Schluchzen hörbar. Erst als sämtliche Türen von innen verschlossen waren, trat auf dem Gang Stille ein. Jassir nickte zufrieden und ging den Gang zurück. Zwei Männer in Kampfanzügen hatten in der Vorhalle Position bezogen.

»Passt gut auf, Brüder!« befahl er mit harter Stimme. »Und lasst die Weiber erst einmal in Ruhe. Ich kann im Augenblick keine Panik an Bord gebrauchen.«

Die beiden Männer nickten stumm und packten ihre Kalaschnikows fester.

Befriedigt stieg Jassir die breite Treppe nach oben. Früher wäre er mit den Geiseln anders umgegangen, aber er hatte in der Zwischenzeit von seinem Vorbild Mohammed Al-Nudar viel gelernt. Gefangene, die sich halbwegs sicher fühlten, neigten weniger zu einer Revolte, als solche, die in ständiger Todesangst lebten.

»Sind sie weg?« flüsterte die junge Amerikanerin.

»Ich weiß nicht«, wisperte Larry Cohen zurück und presste sein rechtes Ohr gegen die Tür.

»Was wollen wir jetzt unternehmen?« fragte Elizabeth weiter.

Sie hockte auf dem Bettrand und wirkte verzweifelt. Längst war ihr klargeworden, dass sie und Larry Cohen auf dem Passagierdeck in der Falle saßen. Sie hätte alles dafür gegeben, in diesem Augenblick bei ihren Eltern sein zu dürfen. Doch das ging nicht. An den beiden Wachposten kam man nicht vorbei. Und sie konnte sich lebhaft vorstellen, zu was die fähig waren.

Larry knipste das Licht am Nachttisch an und durchstöberte kurz darauf sämtliche Schränke und Schubladen. Doch er fand nichts, mit dem er sich zur Not hätte zur Wehr setzen können. Dafür allerdings stieß er im Bad auf einen Verbandskasten. Die Wunde musste zwar eigentlich genäht werden, wollte er keine hässliche Narbe im Gesicht zurückbehalten, aber das schien in diesem Augenblick ohnehin illusorisch. Die Eindringlinge an Bord der *Star Cradle* würden wohl kaum Verständnis für kosmetische Behandlungen aufbringen und ihn zum Doc vorlassen.

An Kopf und Knie frisch verbunden, fuhr Larry fort, ihre momentane Lage zu sondieren. Wasser gab es genug. Sogar der Barschrank wies einen ordentlichen Vorrat an alkoholischen Getränken auf. Mit dem Inhalt einer kleinen Flasche Bourbon hatte ihm Elizabeth die Wunde desinfiziert. Es tat zwar höllisch weh, aber nur so umging er halbwegs sicher eine Blutvergiftung.

»Wir müssen hier weg, keine Frage«, meinte er schließlich. »Man wird Sie und mich mit Sicherheit suchen. Mich sowieso, weil sich kein Geiselnehmer leisten kann, einen Schiffsoffizier an Bord frei herumlaufen zu lassen.«

»Geiselnehmer?« fuhr Elizabeth hoch. Sie wirkte verwirrt und erschreckt zugleich.

»Machen wir uns nichts vor, Miss Meville«, versuchte er zu erklären. »Alles deutet darauf hin, denn sonst hätten sich die Burschen nicht erst die Mühe gemacht, die Frauen nach unten in die Kabinen zu bringen. Offensichtlich richtet man sich auf einen längeren Aufenthalt an Bord der *Star Cradle* ein. Ich kann mir nicht vorstellen, dass es denen nur darum geht, den Schiffstresor zu knacken. Die haben etwas ganz anderes vor.«

»Und was?« fragte Elizabeth voller Angst.

Larry legte dem jungen Mädchen beruhigend den rechten Arm um die Schulter. »Keine Panik, Miss Meville. Ich bin ja bei Ihnen. Allerdings müssen wir so schnell wie möglich von hier verschwinden.«

»Ja, aber wie und wohin?« stammelte die junge Amerikanerin. »Sie haben doch gehört, was der Kerl da draußen gesagt hat. Dessen Männer haben Schießbefehl.«

»Das mag schon sein«, erwiderte Larry und bemühte sich, so gut es ging, zuversichtlich zu wirken. »Aber auf einem so großen Kreuzfahrtschiff wie der *Star Cradle* kann man seine Augen nicht überall haben. Das ist unsere Chance.«

Er erhob sich und stolperte ins Bad. Sein Bein schmerzte höllisch, als er auf den schmalen gepolsterten Schemel stieg, der unterhalb des Spiegels stand. Mit ausgestreckten Armen erreichte er bequem die Deckenplatten. Elizabeth schaute ihm kopfschüttelnd zu. Plötzlich entstand rechts und links von ihm eine breite Lücke. Mit geübtem Griff schob er das herausgelöste Segment in den dahinterliegenden Innenraum.

»Was ist das?« fragte Elizabeth und deutete verblüfft auf das schwarze Loch, das über ihren Köpfen entstanden war.

»Das ist sozusagen der Notausgang«, schmunzelte Larry. »Einer der vielen Versorgungs- und Entlüftungsschächte, die sich durch das ganze Schiff ziehen. Auf diese Weise können wir unbemerkt die Kabine verlassen und uns praktisch unbemerkt durch das halbe Schiff bewegen. Kommen Sie, Miss Meville, ich helfe Ihnen hinauf.«

Er ließ Elizabeth auf dem schmalen Hocker den Vortritt, umklammerte ihre muskulösen Oberschenkel und hob sie in das Dunkel des Schachtes hinein. Danach löste er die Befestigungsmuffe der Wasserleitung unter dem Waschbecken. In Sekundenschnelle durchnässte der Wasserstrahl den Badezimmerteppich und suchte sich anschließend den Weg in die Kabine. Larry nickte zufrieden und zwängte sich durch die schmale Öffnung.

»Das sollte reichen«, brummte Larry vor sich hin, während er, in der engen Röhre auf dem Bauch liegend, die Deckenverkleidung wieder in ihre Aussparung schob. Allerdings mussten sie sich von nun an beeilen. Es würde nur noch wenige Minuten dauern, bis das Wasser durch den Gang lief. Baxter würde begreifen, dass sich die Muffe nicht von selbst hatte lösen können. Wenn der Chief clever genug war, würde er diesen Fingerzeig verstehen.

Vorsichtig robbte Elizabeth voran. Es war stockfinster in dieser schmalen Röhre. Larry trieb das Mädchen trotzdem zur Eile an. Gleichzeitig versuchte er sich den Lageplan der Schachtanlage ins Gedächtnis zurückzurufen. Er grinste. Mit Ron Baxter als Scout hätte das junge Mädchen wohl bessere Chancen auf eine erfolgreiche Flucht gehabt.

»Hier geht es nicht mehr weiter«, flüsterte Elizabeth über ihre Schulter zurück.

»Können Sie etwas sehen?« erwiderte Larry.

»Nein«, meinte das junge Mädchen. »Aber riechen. Es riecht nicht, es stinkt geradezu. Und zwar nach Knoblauch.«

»Führt vor Ihnen ein Schacht nach unten?« wollte er schließlich wissen.

Es dauerte eine Weile, ehe er Antwort erhielt.

»Ich glaube ja«, flüsterte die Stimme.

»Gut«, meinte Larry. »Klettern Sie vorsichtig über das Loch hinweg. Ich werde versuchen hinabzusteigen und mich umzusehen.«

»Wo stecken wir eigentlich?« fragte Elizabeth.

»Dem Geruch nach zu urteilen, oberhalb der Pantry«, erwiderte Larry. »Das ist die Schiffsküche. Drücken Sie mir die Daumen, dass nicht ausgerechnet die beiden Hilfsköche in diesem Augenblick am Herd stehen.«

Elizabeth krabbelte über den Schacht und machte den Weg für Larry frei. Der Schiffsoffizier suchte nach seinem Feuerzeug, um in das Dunkel zu leuchten, doch der permanente Luftzug ließ der Flamme keine Chance, überhaupt nur aufzuflackern. Larry maß den Durchmesser des Schachtes. Vorsichtig ließ er sich mit den Füßen voran in die Tiefe. Doch selbst als er bis in Brusthöhe abgetaucht war, spürte er noch keinen Halt. Kurz darauf ertastete er mit den Füßen das Lüftungsgitter. Allerdings war dieser Schachtteil so eng, dass er sich kaum drehen und wenden konnte.

»Was haben Sie vor?« flüsterte Elisabeth.

»Erst einmal stecke ich fest«, brummte Larry.

»Und nun?« fragte das Mädchen. Trotz der prekären Lage, in der sie steckten, schwang etwas wie Belustigung in ihrer Stimme mit.

»Das nächste Mal schicke ich Sie vor«, meinte der Engländer.

»Ich heiße übrigens Elizabeth«, meinte das Mädchen.

»Angenehm. Meine Freunde nennen mich Larry«, brummte er zurück. »Brüderschaft trinken wir aber erst hinterher in der Bar, okay?«

»Wie Sie meinen, Larry«, lachte die junge Amerikanerin, doch sofort wurde sie wieder ernst. »Kann ich Ihnen irgendwie helfen?«

»Ja«, knurrte der Schiffsoffizier. »Besorgen Sie mir einen Dosenöffner.«

Larry Cohen senkte den Kopf und versuchte an seinem Uniformjackett und den Schuhen vorbeizusehen. Und tatsächlich entdeckte er zu seinen Füßen einen Lichtschein. Als er genauer hinsah, konnte er sogar einen der beiden Elektroherde erkennen. Er befand sich also tatsächlich genau über der Pantry.

Erst in diesem Augenblick wurde ihm der beißende Rauch, der nun konzentriert an ihm emporstieg, richtig bewusst. Himmel, stöhnte Larry. Brieten die da unten etwa Schuhsohlen? Tränen liefen ihm über die Wangen. Instinktiv begann er zu strampeln.

»Was ist los?« fragte Elizabeth besorgt.

»Ich muss hier raus!« keuchte Larry und versuchte, sich nach oben zu ziehen. »Ich bekomme keine Luft mehr.«

»Okay, ich helfe Ihnen«, antwortete die junge Amerikanerin und suchte bäuchlings liegend nach den Achseln des Schiffsoffiziers.

»Machen Sie schnell!« stöhnte Larry. »Verdammt, meine Augen. Oh, Himmel, meine Augen! Die Kerle scheinen auf dem Herd pfundweise Zwiebeln zu schmoren.«

»Nun zappeln Sie doch nicht herum!« wisperte Elisabeth ungeduldig. »Warten Sie. So geht es nicht. Packen Sie meine Füße!«

»Ihre Füße?« fragte Larry. »Ja, doch«, erhielt er als Antwort. »Ich lege mich auf den Bauch und versuche an den Schachtseiten Halt zu finden. Nun machen Sie schon.«

Larry, der kaum noch etwas sehen konnte und dem das Wasser in Bächen aus den Augenwinkeln lief, ertastete die schmalen Fesseln des Mädchens. Hart griff er zu. Elizabeth stöhnte unter dem schmerzhaften Griff kurz auf. Zentimeter für Zentimeter zog sich Larry empor. Schließlich erreichte er ihre Hose. Er griff in den Stoff, rutschte aber immer wieder ab.

»Mist! So geht's nicht! Der Hosenstoff ist zu glatt. Ich kann mich hier auch nirgendwo abstützen.«

»Versuchen Sie es noch einmal! Au! Nicht so fest! Das war meine Haut!«

»Sorry!« keuchte Larry.

Der junge Schiffsoffizier stemmte sich mit aller Kraft von den Seitenwänden ab. Fast hatte er es geschafft. Seine Ellenbogen erreichten beinahe den Querschacht, als ihn seine Kräfte dann urplötzlich verließen. Die Kopfverletzung und die Anstrengungen der letzten halben Stunde waren doch zuviel für ihn gewesen. Kraftlos ließ er sich fallen. Das Lüftungsgitter gab mit einem metallischen Ächzen nach. Larry Cohen landete mitten auf dem noch intakten Elektroherd und fegte dabei eine Pfanne mit schwarzverkohltem Inhalt zu Boden. Von dem Russen und seinen beiden Hilfsköchen fehlte jede Spur. Larry hob die Pfanne auf und warf sie ins Spülbecken. Dann schaltete er den Herd ab.

»Was ist passiert?« zischte eine besorgte Stimme.

»Nichts. Kommen Sie herunter. Die Luft ist rein.«

Während sich die junge Amerikanerin durch den senkrechten Schacht zwängte, riss jemand hinter ihnen die Türe auf. Larry wirbelte auf dem Absatz herum. Sekunden später starrte er direkt auf die Schneide einer zum Schlag erhobenen Axt.

Kapitel 19

Mit einem heftigen Zischen schob sich die Verbindungstür zum Speisesaal auf. Die wenigen Menschen, die inmitten des zerschossenen Interieurs ausharren mussten, kauerten sich dicht zusammengedrängt an die backbordseitige Fensterfront. Al-Nudar betrat den Raum. In seinem Gefolge befanden sich Jassir und einer der Männer, die er selbst an Bord der *Star Cradle* gebracht hatte. Ein Araber, wie die meisten seiner Gefolgsleute. Der Schmächtige ging auf Kössner zu. »Wieso reagiert das Ruder nicht mehr auf den Navigationscomputer?« fragte er übergangslos. »Und wieso ist der Bildschirmkartenplotter ausgefallen?«

»Ganz einfach«, antwortete Kössner und bemühte sich krampfhaft, seine Häme zu unterdrücken. »Der Bordcomputer streikt mal wieder. Wir hatten von Anfang an Probleme mit dem elektronischen Equipment an Bord. Über den Rechner laufen unter anderem auch die Daten des GPS-Empfängers. Und wenn der nicht funktioniert, erhalten Autopilot und Plotter zwangsläufig keine Daten.«

»Das glaube ich nicht!« begehrte der Libanese auf. »Alles Lüge! Jemand hat den Server manipuliert. Ich komme gerade aus dem Kontrollraum.«

»Unsinn«, widersprach Kössner. »Chief Baxter versuchte bereits gestern Abend, den Fehler im Computerprogramm ausfindig zu machen. Also lange bevor Sie mein Schiff gekapert haben. Von Manipulation kann überhaupt keine Rede sein. Fragen Sie doch meinen Leitenden Ingenieur, wenn Sie mir nicht glauben.«

»Mir kommt es langsam so vor«, knurrte Al-Nudar und schaute Kössner scharf an, »dass sich irgend jemand an Bord herumtreibt und in Ihrem Auftrag Sabotage verübt. Und dieser jemand ist Ihr Erster Offizier.«

»Glauben Sie, was Sie wollen.« Kössner winkte schroff ab. »Sie haben doch gehört, was Miss Steinberg gesagt hat. Mr. Cohen wurde offenbar vom herumwirbelnden Tauwerk erwischt und über Bord geschleudert.«

Mit versteinertem Gesicht ordnete Jassir an, den Chief in den Speisesaal zu bringen. Kössner verzog unwillkürlich die Mundwinkel nach unten, als Baxter nach einer kurzen Weile hereingeführt wurde. Dessen Uniform war durchnässt und verschmutzt, die Haare hingen ihm unordentlich und vor Fett glänzend in die Stirn. Kein Wunder. Er kam vom Passagierdeck, wo er einen plötzlich aufgetretenen Wasserschaden hatte reparieren müssen.

»Mr. Baxter!« schnaufte der Kapitän. »Also wirklich …«

»Halt den Mund!« fuhr ihn Jassir an. »Jetzt zu dir, Baxter! Wo steckt dieser Cohen?«

Ron Baxter schaute sich hilfesuchend nach dem Kapitän um. Er wusste nicht, wie er sich verhalten sollte. Hatte Kössner vielleicht irgendeinen Trick auf Lager? Den wollte er natürlich keinesfalls vereiteln.

»Reden Sie schon, Mr. Baxter!« forderte ihn Kössner auf.

Der Chief blickte den Schmächtigen verwirrt an.

»Keine Ahnung«, antwortete der Chief wahrheitsgemäß.

»Lügner!« brüllte Jassir. »Du weißt ganz genau, wo dieser Kerl steckt. Na, schön! Wir können auch anders. Sollte dieser Kerl irgendwo an Bord auftauchen, wird er liquidiert. Und du gleich mit. Das Gleiche gilt für jeden, der ihm hilft.«

»Nun mal langsam!« begehrte Kössner auf. »Was kann denn Mr. Baxter dafür, dass …«

»Schweigen Sie!« fuhr ihn der Narbige an. »Sie haben anscheinend den Ernst der Situation immer noch nicht begriffen. Ich verliere langsam die Lust, mich länger von Ihnen an der Nase herumführen zu lassen. Also, Sie haben gehört, was Jassir gesagt hat. Jeder, der auch nur wagt, eine Sabotage zu verüben oder dabei mitzuhelfen, wird erschossen. Beten Sie zu Gott, dass sich Ihr Mr. Cohen tatsächlich nicht mehr an Bord aufhält. Er würde den Tag seiner Geburt verfluchen.«

Al-Nudar drehte sich zu Baxter herum.

»Was ist mit dem Bordcomputer?« wollte er wissen.

»Nun, ja«, begann der Engländer zögernd und ließ seinen Blick abwechselnd zwischen seinem Chef und dem Palästinenser hin und her pendeln. »Wir kämpfen eigentlich seit dem Ablegen mit diversen technischen Problemen, aber in letzter Zeit war es wirklich schlimm. Der Server, also der Hauptrechner, der auch die Navigationseinrichtung koordiniert, ist gestern komplett ausgefallen«

»Und?« fragte der Anführer der Piraten. »Können Sie ihn reparieren?«

Baxter zuckte die Schultern.

»Die wollen uns hereinlegen!« brüllte Jassir und hob seine Maschinenpistole. Die Mündung richtete er genau auf die Brust des Kapitäns. Al-Nudar legte jedoch im nächsten Moment seine Hand auf den Lauf und drückte sie nach unten.

»Wenn Sie mir nicht glauben«, erwiderte Baxter und stellte sich demonstrativ neben Kössner, »dann versuchen Sie doch selbst, das verdammte Ding zu reparieren. Hören Sie, Mister, die *Star Cradle* ist kein verdammter Fischkutter, den man notfalls mit Schraubenschlüssel und Rohrzange reparieren kann.«

Jassir sprang vor. Wut und Hass blitzte aus seinen Augen. Der dritte Mann hob demonstrativ seine Kalaschnikow. Erneut rettete der Narbige die Situation.

»Wir werden sehen, ob man uns anlügt. Soweit ich informiert bin, zieht eine Schlechtwetterfront auf. Anwar al Saidi hat keine Lust, weiterhin mit einem tragbaren GPS-Handy zu navigieren. Ich gebe Ihnen genau einen Tag Zeit, Mr. Baxter. Bis dahin sind Schiff und Technik wieder voll einsatzfähig. Falls nicht, werden wir Ihrem Eifer ein wenig nachhelfen.«

Er deutete nach unten. Dorthin, wo sich die Kabinen der Passagiere befanden.

»Sollte der Bordcomputer bis morgen früh nicht zu unserer Zufriedenheit funktionieren, stirbt die erste Frau«, fuhr er mit gleichgültiger Stimme fort. »Nach einem weiteren Tag ein Mann. Dann wieder eine Frau und so weiter. Aber ich denke, dass Sie es kaum soweit kommen lassen werden, nicht wahr, Mr. Baxter? Marsch, an die Arbeit!«

Kössner schaute seinen Leitenden Ingenieur an. Baxter holte tief Luft.

»Okay, ich werde mein Bestes versuchen«, brummte er kopfschüttelnd. »Aber dazu benötige ich Hilfe.«

»Hilfe?« erwiderte Al-Nudar misstrauisch.

»Ja«, meinte Baxter gedehnt. »Den Matrosen Santos und Mr. Song, einer der Passagiere. Beide stammen aus Südostasien. Sie müssen mir bei der Übersetzung der Handbücher helfen.«

Jassir wandte sich an seinen Kommandanten. »Drei von diesen Kerlen zusammen in einem Raum ist riskant. Ich muss mindestens zwei Mann zur Bewachung abkommandieren.«

Al-Nudar kniff die Augen zu schmalen Schlitzen zusammen und schwieg eine Weile. Er ging an die bis auf ein paar Gewehrkugeleinschläge noch weitgehend unversehrte Fensterfront und starrte hinaus auf See, wo sich der dunstige Horizont langsam mit der bleigrau gewordenen See zu vereinigen begann. Auf Anwar al Saidi konnte er sich verlassen. Der war aus seiner Praxis als Schnellbootkommandant im Dienste der ägyptischen Marine gewohnt, mit Stürmen auf See fertig zu werden. Aber seine Leute, allesamt Partisanenkrieger aus Syrien, dem Libanon und den Ebenen des Nils, befanden sich zum ersten Mal in ihrem Leben an Bord eines großen Segelschiffes. Er wusste, welches Risiko er einging, aber ihm blieb keine andere Wahl. Die Zeit drängte, und er brauchte dieses Schiff in einem manövrierfähigen Zustand, wenn er die verdammten amerikanischen Imperialisten zur Freilassung Hassans zwingen wollte. Ich hätte auf Anwar hören sollen, schimpfte er in sich hinein. Der Ägypter hatte ihn davor gewarnt, ausgerechnet einen so hochkomplizierten Fünfmaster für seine Zwecke zu kapern. Aber die Aussicht auf zwei hochkarätige Geisel wie diesen amerikanischen Senator und die englische Prinzessin waren einfach zu verlockend gewesen. Ihre Anwesenheit würde gewisse Einsatzkommandos der amerikanischen oder europäischen Streitkräfte ganz sicher davon abhalten, die *Star Cradle* in einem blutigen Handstreich zu entern. Hinzu kam, dass sich das Kreuzfahrtschiff erst auf seiner Jungfernfahrt zum eigentlichen Einsatzgebiet befand und sich somit erst wenige

Passagiere und Besatzungsmitglieder an Bord aufhielten. Die *MS Europa* hätte er mit dieser Handvoll Männer wohl kaum in seine Gewalt bringen können. Von daher eignete sich die *Star Cradle* vorzüglich für seine Pläne. Das Problem war nur, dass er Festlandeuropa so rasch wie möglich hinter sich lassen musste. Die dichtbesiedelte Ostküste Nordamerikas war sein erklärtes Ziel. Unwillkürlich huschte ein Lächeln über seine Lippen.

Al-Nudar drehte sich wieder zu den Geiseln herum, die angespannt auf seine Reaktion warteten. Der Palästinenser nickte.

»Sie sollen Ihren Willen haben«, wandte er sich an Baxter. »Ich werde dafür sorgen, dass Ihnen die beiden Männer zur Unterstützung zugeteilt werden. Aber ich warne Sie! Versuchen Sie keine Tricks! Ich garantiere Ihnen, falls Sie Dummheiten machen, verwandele ich die *Star Cradle* in eine schwimmende Leichenhalle.«

Er schaute demonstrativ auf seine Armbanduhr. »Wir haben jetzt genau sechs Uhr in der Frühe. In spätestens vierundzwanzig Stunden funktioniert die Navigationseinrichtung, oder …«

Er ließ die Konsequenz offen, drehte sich auf dem Absatz herum und verließ zusammen mit dem schmächtigen Libanesen den Speisesaal. Nur der andere Bewaffnete blieb zur Verstärkung des Wachpostens zurück.

Langsam lösten sich Kössner und die Passagiere aus ihrer Erstarrung. Der Kapitän fasste sich als erster. Er wandte sich an seinen Leitenden Ingenieur. »Wirklich keine Ahnung, wo sich Mr. Cohen aufhalten könnte?« fragte er seinen Untergebenen mit verschwörerischem Unterton in der Stimme.

Der Chief schwieg. Er hielt es für besser, seine Entdeckung erst einmal für sich zu behalten. Schon beim Reparieren des defekten Wasseranschlusses war ihm die von Hand gelöste Muffe an der Zuleitung aufgefallen. Als er dann auch noch die verschobene Deckenplatte bemerkte, wurde ihm schlagartig klar, dass irgend jemand offenbar unbemerkt durch das Schiff geisterte. Traf seine Vermutung zu, dann sollte der Kapitän schon zu seiner eigenen Sicherheit nichts davon wissen. Nur so würde er nicht irgendwann Gefahr laufen, sich und den anderen zu verraten.

»Also los, Mr. Baxter!« fuhr Kössner seinen Schiffsoffizier plötzlich an. »Sie haben es gehört. Vierundzwanzig Stunden. Was trödeln Sie noch herum? Machen Sie sich an die Arbeit!«

Baxter schnaubte verächtlich. Kurz darauf brütete er zusammen mit Song Daiwan und Nelson Santos über den Handbüchern.

Die Luft roch nach Blut, Schweiß und Desinfektionsmitteln. Sechs sternförmig angebrachte Halogenstrahler tauchten den Operationstisch in ein grell schimmerndes Grün. Es rührte von den sterilen Tüchern her, mit denen der Mann auf dem Behandlungstisch abgedeckt war. Doc Barkowsky wischte sich mit dem Ärmel über die schweißverklebte Stirn. Seine Harre hingen ihm wirr in die Stirn. Der Deutsche kniff mehrmals die Augen zusammen.

»Kompresse lösen«, murmelte er. »Langsam, Francis.«

Die junge Engländerin tat, wie ihr befohlen. Sie hatte im Gegensatz zu vielen ihrer Kolleginnen nicht bloß eine Ausbildung zur Krankenschwester sondern zur chirurgischen Arzthelferin absolviert. Ihre medizinischen Fachkenntnisse hatten schon so manch einem Schiffsarzt aus der Bredouille geholfen. Doch an diesem Morgen war auch sie mit ihrem Latein am Ende. Michellis Arm würde man wohl mit Bordmitteln kaum noch retten können. Erst recht kein Alkoholiker wie Doc Barkowsky.

Ein Schwall Blut spritzte aus dem Blutgefäß. Barkowsky vernahm ein unterdrücktes Stöhnen aus dem Hintergrund des Raumes. Sie waren nicht allein auf der Krankenstation. Jassir hatte ihnen einen seiner Leute als Aufpasser zugeteilt. Der Deutsche schmunzelte und nickte mit einer unscheinbaren Kopfbewegung in dessen Richtung. Francis verstand. »Noch einmal?« fragte sie leise.

»Kann nicht schaden«, murmelte der Doc.

Erneut spritzte dunkelrotes Blut über den OP-Tisch hinweg. Aufstöhnend drehte sich der Bewaffnete zur Tür und bemühte sich, den operativen Eingriff zu ignorieren. Die ungewohnten Schiffsbewegungen und die strengen Gerüche in der Krankenstation schlugen ihm wohl offensichtlich auf den Magen. Krampfhaft hielt er den Kolben seines russischen Sturmgewehrs umklammert.

»Okay, das reicht«, brummte Barkowsky. »Sonst läuft uns der gute Michelli noch trocken.«

Francis Stonebridge zog die Armbinde wieder fest.

»Gefäßklemme«, forderte der Deutsche an.

Francis musterte das frei liegende Blutgefäß. Es war zusammen mit den Sehnen und dem halbem Muskel beim Sturz in den zerborstenen Glasboden schwer in Mitleidenschaft gezogen worden. Barkowsky blickte auf. Seine Augen wirkten ungewöhnlich klar, obwohl er vor der Operation bestimmt eine dreiviertel Flasche Cognac getrunken hatte.

»Nun, Schwester«, frotzelte er und grinste schwach. »Träumst du von deinem Chef-Analysten in London oder schläfst du mir langsam ein? Halte durch Mädchen. Hiernach müssen wir uns noch um die Schussverletzung kümmern.«

»Du hast ja Recht, Richard«, murmelte Francis und reichte ihm die Gefäßklemme.

Barkowsky präparierte geschickt das angerissene Blutgefäß und begann die Trennstelle vorsichtig zusammenzunähen.

»Klingt ungewohnt«, bemerkte er und wischte sich erneut den Schweiß von der Stirn. Obwohl die Klimaanlage arbeitete, verursachten die sechs Halogenstrahler eine Menge Wärme.

»Was klingt ungewohnt?« murmelte Francis und tupfte Blut aus der Wundstelle. »Ich glaube, du hast mich zum ersten Mal, seit wir uns kennen, Richard genannt«, meinte er ein wenig abwesend, weil er gleichzeitig einen Blick auf die Kontrollinstrumente warf, die sowohl Herzfrequenz als auch Pulsschlag des unter Narkose stehenden Patienten kontrollierten.

»Soll ich lieber weiterhin Doc zu dir sagen?« entgegnete Francis und schloss eine weitere Konserve mit Blutplasma an den Zuleitungsschlauch.

»Wie du willst«, sagte Barkowsky und zog den Knoten mit einer gekonnten Handbewegung zu. »Doc oder Richard. Was dir am besten gefällt.«

Francis beobachtete interessiert und fasziniert zugleich, wie präzise und sorgfältig der Deutsche arbeitete. Vor der Operation hätte sie keinen Cent auf Michellis Arm gesetzt. Nachdem der Schiffsarzt dann auch noch hinter einem Paravant verschwunden war und sie das typische Gluckern einer Schnapsflasche hörte, wollte sie erst gar nicht zulassen, dass er das Skalpell zückte. Doch dann bemerkte sie seine Hand, die das Besteck völlig ruhig hielt und seine Augen, die geradezu unternehmungslustig hell aufblitzten. Nein, Barkowsky war ein Könner seines Fachs. Trotzdem würde sie sich niemals ohne Not auf seinen Behandlungstisch legen. Wie lange würde er so noch weitermachen können?

Eine knappe Stunde später vernähte Barkowsky die Wunde, nachdem es ihm gelungen war, auch die Sehnen und Muskelansätze wieder halbwegs zusammenzuflicken. Inzwischen waren die Tücher auf dem Operationstisch blutdurchtränkt. Ihr Bewacher, ein knapp zwanzigjähriger Bursche mit kantigem Gesicht, hatte sich inzwischen auf den Gang vor der Krankenstation geflüchtet.

»Möchte wissen, was diese Helden im Krieg anstellen, wenn wirklich einmal richtig Blut fließt«, konstatierte Barkowsky trocken. »Einem nachts und hinterrücks ein Messer in den Rücken zu stoßen oder ihn auf hundert Meter Entfernung abzuknallen, ist die eine Seite der Medaille. Zeuge zu sein, wie einem Kameraden in nächster Nähe von einer Mine beide Oberschenkel weggerissen werden und ihn anschließend auf dem Buckel hinter die eigenen Linien zu schleppen, die andere.«

»Sprichst du aus Erfahrung?« erwiderte Francis und blickte überrascht auf.

Richard Barkowsky schwieg. Er hatte den Krieg erlebt. Nicht mit der Waffe in der Hand aber trotzdem immer zwischen den Fronten. Erst in Afghanistan, wo er sich in geradezu selbstmörderischer Absicht in den Partisanenkrieg stürzte, in der Überzeugung, einer gerechten Sache zu dienen. Er schlug sich auf die Seite der Freiheitskämpfer, die sich gegen die Übermacht der Regierungstruppen verzweifelt zur Wehr setzten. Niemand dankte es ihm. Zum Schluss durfte er froh sein, das Land als Europäer überhaupt noch unbeschadet verlassen zu können. Später in zerfledderten Zelten und verschimmelten Kellerverliesen, wo er nicht selten im Lichtschein einer armseligen Glühlampe ohne vernünftiges Besteck, Desinfektions- und Betäubungsmittel um das Leben von angeschossenen Frauen und Kindern kämpfte. Richard Barkowsky hatte Angola und Nigeria erlebt. Und den Wahnsinn auf dem Balkan. Vermutlich hatte er mehr unschuldiges Blut fließen sehen, als dieser junge Kerl mit seiner Kalaschnikow je vergießen würde.

»Wer weiß das schon«, brummte der Doc.

Seine Gedanken kreisten um seine an Krebs verstorbene Frau Sarah. Niemand hatte ihr helfen können. Nicht einmal er, der designierte Chefarzt der Chirurgie an der Universität seiner Heimatstadt. Während sie in seinen Armen die Augen für immer schloss, schwor er sich, nur noch für die Verlassenen und Verlorenen dazusein. Doch seine Psyche war der Belastung in den Krisengebieten nicht gewachsen gewesen. Schließlich die Nacht in Sarajevo. Er arbeitete wieder einmal für Ärzte ohne Grenzen in einem der wenigen noch intakten Krankenhäuser der Stadt. Bei einem Granatbeschuss während einer Operation kam seine Assistenzärztin ums Leben. Der Splitter traf sie genau dort, wo er noch bis vor wenigen Augenblicken gestanden und operiert hatte. In Sekundenbruchteilen verlor er nicht nur seine beste Mitarbeiterin, sondern auch die Zuneigung und Liebe dieser Frau. Doc Barkowsky kehrte den Krisenregionen dieser Welt den Rücken und heuerte auf Kreuzfahrtschiffen an, wo er schon bald damit begann, seine Trauer in Alkohol zu ertränken. Er hatte Glück. Erst der Crew an Bord der *Star Cradle* fiel auf, dass er längst an der Flasche hing.

»Okay«, lächelte Barkowsky und zog sich den Mundschutz vom Gesicht. »Soweit, so gut. Schieben wir ihn in den Nebenraum.«

Als Francis Stonebridge nicht sofort reagierte, stieß er sie vorsichtig an.

»He, Francis«, meinte er mit leiser Stimme. »Es ist geschafft.«

»Ja, es ist geschafft«, erwiderte die junge Chefstewardess. Sie warf einen Blick auf die Wundnaht, die sauber und akkurat gezogen war. Manchmal wurde sie aus diesem alten Säufer einfach nicht klug. Während sie die fahrbare Trage in den Nebenraum schob, verschwand Barkowsky erneut hinter dem Paravant. Wasser rauschte aus dem Hahn, der Seifenspender wurde betätigt. Aber auch das Gluckern der Cognacflasche war deutlich zu hören.

Die achtundzwanzigjährige Engländerin prüfte noch einmal Pulsschlag und Herzfrequenz ihres Patienten und nickte zufrieden. Dann nahm sie Michellis Sachen hoch und stopfte sie in eine Plastiktüte. Dabei fiel ein Lederetui zu Boden. Es schien in der Innentasche des Jacketts gesteckt zu haben. Erstaunt nahm sie es auf. Es handelte sich um eine schmale Brieftasche. Sie enthielt Kreditkarten, einen schmalen Taschenkalender und ein etwas größeres Kunststoffkärtchen. Francis wollte die Brieftasche schon zuklappen, da bemerkte sie einen merkwürdigen Aufdruck auf dem Ausweis. Verwirrt ging sie zurück in den Behandlungsraum, wo sich Doc Barkowsky bereits auf die Schussverletzung vorbereitete.

»Doc?« fragte sie den Bordarzt.

Richard Barkowsky schaute auf.

»Doc?« wiederholte Francis. »Wussten Sie, dass Antony Michelli für das amerikanische FBI arbeitet?«

Das Gemurmel in dem großen Raum schwoll erneut an. Ein Teil der Männer hockte auf den Sitzflächen der Trimmgeräte, die anderen scharten sich um Konrad Gallheim. Der Deutsche machte ein triumphierendes Gesicht.

»Hört zu, Leute!« versuchte sich Alain Leblanc Ruhe zu verschaffen. »Ruhe, Leute!«

Der Franzose hatte sich zunächst abseits gehalten. Er hockte auf mehreren aufgetürmten Matten und beobachtete die von dem Deutschen angezettelte Diskussion, ohne sich zunächst an ihr zu beteiligen. Irgendwann jedoch mischte er sich ein.

»Was ihr da plant, ist völliger Wahnsinn!« rief Alain. »Die Kerle dort oben sind bis an die Zähne bewaffnet. Und ich sage euch, die haben nichts zu verlieren. Die werden ohne mit der Wimper zu zucken von ihren Schusswaffen Gebrauch machen.«

»Aber die Frauen«, begehrte einer der Umstehenden auf. »Wir können unsere Frauen doch nicht einfach ihrem Schicksal überlassen.«

»Ich bin auf Hochzeitsreise«, jammerte ein jüngerer Mann. »Himmel, wenn diese Kerle meiner Jeanette etwas antun, …«

Weiter kam er nicht. Ein kehliges Schluchzen erstickte seine Stimme. Erneut schwoll das Gemurmel an.

»Wenn Sie sich nicht trauen«, brummte Gallheim und trat Alain in den Weg. »Ich jedenfalls lege hier unten meine Hände nicht in den Schoß. Meine Güte! Seid doch nicht so feige! Das sind doch höchstens ein Dutzend Gangster. Mit denen wird man doch wohl fertig werden.«

»Und wie, wenn man einmal fragen darf?« entgegnete der Franzose. »Wollen Sie sich etwa mit Stuhlbeinen und Fäusten gegen deren Kalaschnikows zur Wehr setzen?«

»Ich weiß, wo die Feuerwehräxte aufbewahrt werden«, fuhr der Deutsche unbeirrt fort. »Ist ein Tick von mir. Jedes Mal, wenn ich in einem fremden Hotel oder auf einem Schiff oder einer Fähre bin, mache ich mich zuerst mit den Sicherheitsvorkehrungen vertraut.«

»Ah, ja«, antwortete Alain und bemühte sich gar nicht, den Spott in seiner Stimme zu verbergen. »Und die beiden Wachposten vor der Tür bitten Sie derweil, ins Bordkino zu gehen?«

»Unfug!« begehrte Gallheim auf. »Ich kenne diese Muselmanen. Habe erst vor ein paar Wochen in meinem Verlagshaus ein Buch über Islamistik veröffentlicht. Sobald die Sonne aufgeht, werden die Kerle mit ihrem Morgengebet beginnen. Wir müssen nur mucksmäuschenstill sein. Wenn die Beiden dort draußen anfangen, den Koran herunterzubeten, überwältigen wir sie. Damit besitzen wir mindestens schon zwei Waffen. Anschließend schlagen wir uns zu den Frauen durch, überwältigen auch dort die Wachposten und verschanzen uns solange in den Kabinen, bis Hilfe kommt. Ein Schiff wie die *Star Cradle* kann schließlich nicht so einfach auf den Weltmeeren verschwinden. Man wird uns suchen. Schließlich sollen wir in spätestens zwei Tagen in Las Palmas sein.«

»Sie hätten zur Armee gehen sollen«, schnaubte Alain.

Ein Ausbruch erschien ihm aberwitzig, das Risiko viel zu hoch. Sie hatten es an Bord dieses Schiffes nicht mit gewöhnlichen Geiselgangstern zu tun. Das hier war kein Banküberfall. Die Burschen beabsichtigten eine große Sache durchzuziehen. Andernfalls wären sie mit der Beute längst verschwunden. In einem Punkt hatte Gallheim allerdings Recht. Es konnte wirklich nicht mehr lange dauern, ehe die Küstenwache nach ihnen zu suchen beginnen würde. Ein Fünfmaster mit prominenter Klientel an Bord konnte wirklich nicht so einfach Fahrtroute und Fahrplan ändern. Aber genau aus diesem Grunde sollte man jetzt nichts überstürzen.

»Hört nicht auf diesen Hasenfuß, Männer!« Gallheim stieß den Franzosen zur Seite. »Wenn überhaupt, dann stellt nur die Überraschung unsere Chance dar. Von denen rechnet doch keiner mit einem Ausbruch. Die glauben, dass sie uns mit ihren Bleispritzen schon in Schach halten können. Also, wer macht mit?«

Zögernd ging eine Hand nach der anderen in die Höhe. Alain schüttelte den Kopf. Er wandte sich ab und ging zurück an seinen Platz. Ein Mann mit bleichem Gesicht torkelte aus der Toilette. Es war Lester Wells, der angebliche Begleiter dieses italo-amerikanischen Geschäftsmannes aus Chicago. Lester hatte es offenbar ganz schön erwischt. Seine Haut wirkte fahl, sein Gesicht glänzte vor Schweiß. Alain machte bereitwillig Platz, damit sich der Amerikaner hinlegen konnte.

»Schlimm?« fragte Alain mitfühlend.

»Hören Sie bloß auf!« Lester atmete schwer. »Ich sage Ihnen, das ist keine gewöhnliche Magen-Darm-Infektion. Ich bin sicher, ein Teil der Passagiere ist gezielt durch verdorbene Lebensmittel vergiftet worden, um die Zahl derer, die sich eventuell zur Wehr setzen können, möglichst gering zu halten.«

»So etwas ähnliches habe ich mir auch schon gedacht«, meinte der Franzose nachdenklich. »Inzwischen wundere ich mich nicht mehr darüber, dass es bis jetzt offenbar nur die Kräftigsten unter uns erwischt hat. Sie, zum Beispiel, und den Bodyguard von Lady Dorothy.«

»Schöner Mist«, stöhnte der Amerikaner. »Ich kann mich kaum auf den Beinen halten. Die Krämpfe sind einfach zu schlimm.«

Er deutete auf die Männer, die sich nun heftig diskutierend um Konrad Gallheim scharten.

»Was haben die vor?« fragte er mit vor Schmerz verzerrtem Gesicht.

Alain lachte traurig. »Ausbrechen.«

Lester starrte ihn fassungslos an. »Das ist nicht deren Ernst!«

»Leider.« Alain deutete auf den deutschen Geschäftsmann. »Gallheim führt sich schon auf wie Fletcher Christian an Bord der Bounty.«

Lester Wells richtete sich ein Stück auf. »Sie müssen die Männer davon abhalten! Das gibt ein Blutbad!«

»Wie denn?« brummte Alain. »Soll ich mich breitbeinig vor die Tür stellen?«

Der Amerikaner sank wieder zurück auf seine Lagerstatt. Es kam Alain so vor, als würde er angestrengt über etwas nachdenken.

»Okay, dann sind wir uns also einig?« rief Gallheim in die Runde und hieb aufmunternd mit der Faust in die offene Hand. Die umstehenden Männer nickten. Einige jedoch nur sehr zögerlich.

Gallheim wandte sich dem Franzosen zu. »Und Sie, Monsieur? Sind Sie mit von der Partie?« Alain winkte ab.

»Dann eben nicht, Sie Feigling!« höhnte Gallheim und wandte sich wieder an die Umstehenden.

Die Zeit verging. Inzwischen war es totenstill in dem Fitnessraum. Zwei der Männer drückten ihre Ohren an die Eingangstür und lauschten angestrengt.

»Schon etwas zu hören?« flüsterte Gallheim.

»Nichts«, kam es ebenso gedämpft zurück.

Neben Alain rührte sich der Amerikaner. Der Franzose schaute ihn fragend an. »Hören Sie, ich habe da eine Idee«, raunte ihm Lester Wells zu. »Die Chancen stehen zwar Eins zu Hundert, dass die Sache klappt, aber immer noch besser, als nur die Hände in den Schoß zu legen und abzuwarten.«

Alain runzelte die Stirn. Lester deutete ihm an, den Kopf zu ihm hinabzubeugen. Dann erläuterte er ihm seinen Plan.

»Du hast Recht gehabt, Konrad«, flüsterte einer der Männer und drehte sich zu Gallheim um. »Die Kerle beten tatsächlich. Jedenfalls kann man diesen monotonen Singsang ganz deutlich hören.«

»Okay«, zischte der Deutsche. »Dann also auf die Plätze, Männer! Ihr wisst, was ihr zu tun habt?«

Lester stieß den Franzosen an. Er nickte ihm auffordernd zu. Alain erhob sich.

»Ich bin dabei«, murmelte Alain. Gallheim nickte. Er deutete ihm an, sich zu denjenigen zu gesellen, die zum unmittelbaren Sturmtrupp gehören sollten.

Einer der Männer packte den Türknauf und drehte ihn ganz behutsam nach links bis zum Anschlag. Dann hob er den Arm. Das war das vereinbarte Zeichen. Mit einem Ruck riß er die Tür nach innen, sodass die anderen aus der Gruppe ungehindert nach draußen stürmen konnten. Sie überraschten zwei Araber in Kampfanzügen, die auf Knien über ihre Sturmgewehre gebeugt beteten. Jeweils fünf Männer stürzten sich auf einen der Piraten und hielten sie mit Gewalt nieder. Die beiden jungen Kerle mussten eine Menge brutaler Schläge und Tritte einstecken. Ihre Gesichter waren blutüberströmt, als man sie in den Fitnessraum schleppte. Einer der beiden Piraten schien bewusstlos.

»Und jetzt, Ihr Banditen«, zischte Gallheim böse, »werdet ihr uns kennen lernen. Wir machen nämlich keine Gefangenen.«

In den Augen des Angesprochenen spiegelte sich abgrundtiefer Hass wieder. Doch der wich panischer Angst, als er sah, wie zwei der Männer zu der Fensterfront gingen und mit geübtem Handgriff eine der runden Glasscheiben öffneten.

»Wir wollen sie doch nicht wirklich über Bord werfen, oder?« fragte einer aus der Gruppe.

»Was denkst du?« knurrte Gallheim. »Je weniger von denen übrig bleiben, umso besser. Was meint ihr, was die mit uns anstellen, wenn wir nicht ganz schnell die Oberhand an Bord gewinnen. Wer soll denn die beiden hier unten in Schach halten? Die Gewehre brauchen wir selber, wenn wir zu den Frauen unterwegs sind.«

Demonstrativ deutete er auf das geöffnete Bullauge. Von der zu allem entschlossenen Meute der männliche Passagiere dicht umringt, begann der junge Mann zu strampeln und zu schreien. Alain hörte noch, wie er vom Kolben seiner eigenen Kalaschnikow zum Schweigen gebracht wurde. Die beiden jungen Burschen taten ihm nicht leid. Die hatten von Anfang an gewusst, worauf sie sich einließen. Rachel fiel ihm ein, und ein eisiger Schauer lief ihm den Rücken hinunter. Unbemerkt schlüpfte Alain Leblanc aus dem Fitnessraum.

Draußen auf dem Gang brannte wieder die normale Beleuchtung. So konnte er einerseits besser sehen, andererseits jedoch auch ebenso rasch entdeckt werden. Er überlegte, wie lange es dauern würde, ehe man seine Flucht bemerkte. Wenn er Glück hatte, ging sein Verschwinden in der allgemeinen Aufregung unter. Dem Ausbruchsversuch dieser Verrückten maß er keine allzu großen Chancen bei. Er war heilfroh, dass sich Rachel im Speisesaal aufhielt und nicht in ihrer Suite. Er mochte sich gar nicht ausmalen, was die Burschen mit den Geiseln anstellten, sobald sie feststellten, dass zwei ihrer Kameraden längst ein Fressen für die Haie geworden waren.

Aufatmend legte der junge Filipino das Handbuch zur Seite. Seit Stunden hockte er über den in koreanischer Sprache verfassten Anleitungen. Es war ihnen endlich gelungen herauszubekommen, wie man die Befehlsketten im Anwenderprogramm so umprogrammierte, dass wenigstens der GPS-Empfänger seine Arbeit wieder aufnehmen konnte. Baxter schüttelte den Kopf.

»Wenn es nicht so absurd wäre«, meinte er schließlich, »würde ich auf einen simplen Virus tippen. Kein Wunder, dass wir mit dem Computer immer wieder Probleme hatten.«

»Ein Virus?« meinte Nelson verblüfft. »Sie sagten doch, die Anlage sei noch in Genua von eigens eingeflogenen Technikern auf Herz und Nieren überprüft worden.«

»Vermutlich haben die den Virus erst eingeschleppt«, brummte Baxter.

»Wie dem auch sei«, fügte er hinzu. »Auf jeden Fall kann man jetzt auf der Brücke endlich wieder vernünftig navigieren.«

Er wurde ernst. »Schade, dass Mr. Cohen nicht hier ist. Der konnte sich auf all die Ausfälle in der letzten Zeit ohnehin keinen rechten Reim machen.«

Zur Sicherheit ließen sie noch ein paar Testroutinen durchlaufen, ehe Baxter den Erfolg ihrer Arbeit an die Brücke meldete.

»Und was passiert jetzt?« wollte Nelson Santos wissen.

Baxter machte ein verschwörerisches Gesicht.

»Jetzt stürzen wir uns auf den Kartenplotter«, antwortete er grinsend.

Der junge Filipino schloss ergeben die Augen.

»Warum habe ich Idiot bloß Koreanisch studiert?« stöhnte er.

Song Daiwan erhob sich.

»Dann sollten wir erst einmal eine Stärkung zu uns nehmen«, meinte er gleichmütig.

Baxter lachte. »Tut mir leid, Sir. Der Zimmerservice scheint heute ein wenig indisponiert. Zudem haben unsere Besucher das interne Kommunikationsnetz abgeschaltet.«

Der Mann in dem grauen, streng geschnittenen Anzug verzog keine Miene.

»Ich werde mich darum kümmern«, erwiderte er steif.

»Man wird Sie niemals gehen lassen«, warf Baxter zweifelnd ein.

»Abwarten«, lächelte der Asiate und öffnete vorsichtig die Tür.

Der Wachposten sprang vor. Feindselig starrte er den Asiaten an.

»Ich möchte deinen Kommandanten sprechen«, sagte Song auf englisch.

Der Mann mit der gezückten Kalaschnikow starrte den Asiaten verblüfft an. Offensichtlich verstand er dessen Bitte nicht. Song deutete auf das Funksprechgerät an seinem Gürtel, riss die Hand an die Stirn und deutete einen militärischen Gruß an. Misstrauisch wich der Pirat ein Stück zurück und hob seine Kalaschnikow mit der rechten Hand. Gleichzeitig griff er nach seinem Walkie-Talkie und drückte eine Taste. Eine Stimme meldete sich. Der Mann sagte etwas auf arabisch und reichte schließlich das Gerät an Song Daiwan weiter.

»Was ist los?« bellte eine Stimme. Es war Jassir.

»Die Arbeit zieht sich noch eine Weile hin«, meinte Song.

»Na, und?« kam es lauernd aus der Hörmuschel.

»Der Seegang nimmt zu«, blieb Song unbeirrt. »Wir hätten gerne

Tee. Und etwas milde angerösteten Toast. Wir werden hier unten langsam seekrank.«

Eine Weile blieb das Gerät stumm. Kurz darauf knackte es mehrmals in der unsichtbaren Leitung. Eine andere Stimme meldete sich. Es war Al-Nudar.

»Einverstanden«, meinte der Palästinenser. »Sie haben bisher gute Arbeit geleistet. Das weiß ich zu würdigen. Ich werde den Schiffskoch informieren. Einer meiner Männer wird Sie zur Pantry begleiten.«

Song Daiwan reichte der Wache das Funksprechgerät zurück. Kurze Zeit später erschien ein anderer Araber und führte den Asiaten nach unten.

Dimitrij Kopernikow stand am Herd und rührte verbissen in den Kochtöpfen herum. Song rümpfte die Nase.

»Das riecht ja schrecklich«, beklagte er sich.

Der Russe schnaubte verächtlich die Nase. »Die Kerle dort oben wollen alles mit reichlich Knoblauch zubereitet haben.«

Der Asiate schaute sich suchend um.

»Wo steckt eigentlich dein Assistent?« wollte er wissen. »Dieser Maharadscha.«

»Maharmanhi«, knurrte der Russe. »Keena zog es leider vor, die Fronten zu wechseln.«

Songs Begleiter verstand die Unterhaltung der Männer nur in Bruchstücken. Drohend hob er sein Gewehr. Kopernikow ging an die Anrichte und stellte Geschirr, eine Kanne und einen Brotkorb auf ein Tablett.

»Das Teewasser muss aber sehr heiß sein«, meinte der Asiate.

»So heiß, dass man sich die Lippen verbrennt?« murmelte der Russe.

»Viel heißer«, erwiderte Song Daiwan. »Ich hasse lauwarmen Tee«. Kopernikow nickte. Er hatte verstanden.

Mit raschem Schritt verließ der Mann den Maschinenraum und ließ dabei das Kollisionsschott weit offen stehen. Die Maschinen dröhnten. Auch das Rotieren der Wellenanlage war auf diese Distanz noch deutlich zu vernehmen. Er warf einen Blick auf sein linkes Handgelenk. Der Countdown der eingebauten Stoppuhr lief. Zeit genug, um den Mittelteil des Schiffes wieder zu erreichen. Das Licht in dem hell gestrichenen Gang brannte nur gedämpft. Das war ihm recht so. Nach wenigen Augenblicken erreichte er das nächste Schott und lauschte. Vorsichtig zog er den schweren Eisenhebel nach unten. Die Tür war damit entriegelt. Einen Spalt schwang sie auf. Plötzlich hielt der Mann inne. Ein paar Schritte vor ihm schien sich jemand herumzutreiben. Unwillkürlich griff er an seine Wade. Mit einem Griff lag ein schweres Messer in seiner Hand.

Mehr neugierig als überrascht hielt er den Atem an und lauschte. Tatsächlich. Jemand schlich durch den Gang. Es konnte sich unmöglich um einen dieser Terroristen handeln. Die trugen Stiefel, und sie pflegten nicht zu schleichen. Ein Lächeln huschte über das Gesicht des Mannes. Interessant. Offensichtlich war er nicht der Einzige, der sich unter Deck unbeaufsichtigt bewegen konnte. Mit einem Ruck stieß er die Schottür auf, drückte sich aber gleichzeitig in den Schutz des ovalen Rahmens. Mit einiger Befriedigung stellte er fest, dass sein Gegenüber nervös wurde. Er hörte noch, wie eine Tür aufgerissen wurde. Dann war es auf einmal still.

Grinsend steckte der Mann das Messer zurück unter sein Hosenbein und schlich zu der Tür, hinter der der Unbekannte verschwunden schien. Er drückte sein Ohr gegen den kühlen Kunststoff. Gedämpfte Stimme wurden hörbar. Faszinierend, brummte er lautlos vor sich hin. Selbst Profis wie Al-Nudar schienen Fehler zu unterlaufen.

Alain schlich weiter. Er hatte bisher nicht herausfinden können, wer von der Besatzung zu den Piraten gehörte und mit wie vielen Gegnern sie es an Bord der *Star Cradle* überhaupt zu tun hatten. Nach kurzer Zeit erreichte er eine offenstehende Tür. Alain lugte um die Ecke. In der kleinen Vorhalle zwischen den Gängen hielt sich offenbar niemand auf. Doch er vernahm Stimmen. Fremdartige Stimmen. Seine Nackenhaare richteten sich auf. Er war also nicht allein. Alain versuchte sich zu orientieren. Er befand sich immer noch im Mittelteil des Schiffes. Sein vorrangiges Ziel war das Heck der *Star Cradle*, doch dazu musste er noch ein ganzes Stück weiter. Fünfzig Meter Ungewissheit. Jederzeit konnte er auf einen der Piraten stoßen. Alain dachte erneut an Rachel und fasste sich ein Herz. So, oder so. Da musst du durch, versuchte er sich Mut zu machen.

Angestrengt horchte er in die Stille. Doch außer seinem eigenen keuchenden Atem konnte er nichts hören. Er schaute zur Seite. In seiner unmittelbaren Nähe war ein unscheinbarer Kasten in die Wand eingelassen. 'Fireunits' stand auf einem kleinen Schild. Alain öffnete das schmale Schapp und stieß auf eine schwere Feuerwehraxt. Mit schweißnassen Händen riss er sie aus der Halterung. Jetzt fühlte er sich schon ein wenig sicherer.

Alain kauerte sich gegen die Wand und umklammerte den Griff der Axt fester. Schweiß stand ihm auf der Stirn. Sein Puls raste. Alains etwas unkonventioneller Beruf hatte ihn schon häufiger in prekäre Situationen gebracht aber bisher nie in Lebensgefahr. Er zwang sich zur Ruhe und überdachte seine Lage. Die Treppe zu seiner Rechten führte zum Passagier- und zum Hauptdeck. Beide Schiffsbereiche würden mit Sicherheit streng überwacht. Von dort gelangte man zwar auf das Seitendeck, aber er war sich nicht sicher, ob er von der Brücke aus nicht gesehen wurde. Im schlimmsten Fall konnte man ihn von dort aus mit einem gezielten Schuss ausschalten. Er traf eine Entscheidung.

Die Axt mit der Schneide voran haltend, schlich er den Gang weiter in Richtung Bug des Schiffes. Plötzlich nahm er eine Bewegung am Ende des Gangs wahr. Sein Adrenalinspiegel schoss in die Höhe. Ein Wachposten. Der Kerl trug ganz offensichtlich ein Gewehr über der Schulter. Alain überlegte, was er tun sollte. Weiterzugehen, traute er sich nicht. Mit der Axt allein hätte er gegen eine Kalaschnikow ohnehin keine Chance. Vorsichtig wich er in die kleine Vorhalle zurück. Gerade noch rechtzeitig, denn plötzlich vernahm er ein Stockwerk höher aufgeregtes Stimmengewirr und das harte Auftreten von Armeestiefeln. Nun blieb ihm nur noch die Flucht in Richtung Unterdeck. Instinktiv packte er die Axt fester.

Alain war sich auf einmal gar nicht mehr sicher, ob es eine so gute Idee war, ausgerechnet diesen Decksbereich als Fluchtweg zu wählen. Auch hier war er noch nie gewesen, und im Gegensatz zu den oberen Decks, waren die Gänge hier unten von massiven Kollisionsschotts unterteilt. Er erinnerte sich daran, was ihm der Kabinensteward beim Einchecken an Bord erklärt hatte. Im Falle eines Wassereinbruchs konnte man durch hermetisches Abriegeln der einzelnen Decksbereiche verhindern, dass das Schiff vollschlug und sank. Er packte den schweren Hebel der ersten Schottür und drückte ihn nach oben. Die schwere Metalltür schwang leise quietschend auf. Gleichzeitig wurde auch das Maschinengeräusch lauter. Vorsichtig einen Fuß vor den anderen setzend, bewegte sich Alain voran. Instinktiv rüttelte er an den Türen rechts und links des schmalen Ganges. Irgendwohin musste er schließlich verschwinden, sollte einer der Piraten auftauchen. Plötzlich schwoll der Geräuschpegel noch etwas mehr an. Der Franzose verharrte im Schritt und lauschte. Alain hatte sich nicht getäuscht. Das konnte nur bedeuten, dass auch das darauffolgende Kollisionsschott geöffnet worden war und ihm jemand aus Richtung Maschinenraum entgegenkam. Seine Entdeckung schien nur noch eine Frage weniger Augenblicke. Instinktiv nahm Alain die Axt in die rechte Hand und sprang bis zu der massiven Stahltür vor. Kampflos würde er sich nicht ergeben. Plötzlich vernahm er auf der gegenüberliegenden Seite des Gangs hinter einer Tür ein Poltern. Alain überlegte. Was, wenn sich in dem Raum Piraten aufhielten? Er würde direkt in sein Verderben rennen. Trotzdem wirbelte er herum und warf sich gegen die Tür, hinter der er das Geräusch vermutete. Mit gezückter Axt sprang der Franzose in den dahinterliegenden Raum.

Zwei Augenpaare starrten ihn entgeistert an.

Kapitel 20

Elizabeth Meville schrie auf. Larry Cohen hob instinktiv die Hand und packte den Schaft der Axt dicht unterhalb der Schneide. Sein Gegenüber schob ihn beiseite und zog die Tür hinter sich zu.

»Still!« zischte der Eindringling.

»Sie?« rief Cohen.

»Still, verdammt nochmal«, fluchte Alain.

Für ein paar Sekunden standen sich die ehemaligen Rivalen Auge in Auge gegenüber. Larry starrte den Franzosen mit einer Mischung aus Feindseligkeit und Verblüffung an. Noch immer hielt er den Schaft der Axt umklammert.

»Was ist denn los?« keuchte der Engländer, nachdem er den größten Teil seiner Überraschung überwunden hatte.

Alain presste sich dicht an die Tür und lauschte. Die Schritte kamen näher.

»Keinen Mucks!« zischte er die junge Amerikanerin an. Elizabeth drängte sich mit weit aufgerissenen Augen an Cohen und hielt unwillkürlich den Atem an.

»Verdammt!« flüsterte Alain. »Hoffentlich kommt der Kerl nicht auf die Idee, sich ausgerechnet jetzt etwas zu essen zu organisieren.«

»Wer?« antwortete Larry, nun ebenfalls mit deutlich gesenkter Stimme.

»Was weiß ich?« erwiderte der Franzose. »Vermutlich einer dieser Gangster.«

Er wandte sich an Elizabeth. »Dreh dich lieber um, Mädchen. Wenn der Kerl hereinkommt, schlage ich ihm nämlich den Schädel ein.«

Die junge Amerikanerin riss die Augen auf und ging hinter dem Küchenblock in Deckung. Die Zeit verstrich. Das Geräusch der Schritte verlor sich langsam.

Aufatmend ließ Alain die Feuerwehraxt sinken. »Das ist gerade noch einmal gutgegangen.«

»Was ist eigentlich los?« wollte Larry wissen. »So reden Sie schon!«

Alain drehte sich um. Seine Lippen verzogen sich zu einem breiten Grinsen.

»Erst einmal bin ich froh, dass Sie anscheinend wohlauf sind, Mr. Cohen. Die da oben glauben nämlich, Sie wären bei dem Unglück über Bord gegangen.«

»Wer behauptet das?« brummte Larry.

»Madame Steinberg«, gab der Franzose zu. »Na ja, alles deutete darauf hin, als Sie nach diesem Zwischenfall an Deck nicht mehr auftauchten. Aber wir hatten Sie offensichtlich wohl nur aus den Augen verloren.«

»Aus der Augen verloren ist gut, mein Bester«, knurrte Larry. »Ihr habt mich einfach meinem Schicksal überlassen.«

Er schaute Alain genauer an. »Sie haben sich auch verletzt?«

Alain winkte ab. »Ich durfte zwischenzeitlich Bekanntschaft mit dem Kolben einer Maschinenpistole machen.«

»Wie geht es Miss Steinberg?« fragte Larry.

Alain zuckte die Schultern. »Als ich sie zum letzten Mal sah, war sie wohlauf.«

Dann berichtete Alain von den Geschehnissen im Speisesaal und fügte hinzu, dass die Passagiere voneinander getrennt worden seien. Als er auf den Ausbruchsversuch der Männer zu sprechen kam, stöhnte der Engländer auf.

»Ist dieser Gallheim von Sinnen?« keuchte er. »Oh, mein Gott! Das endet in einer Katastrophe!«

Alain nickte. »Mir kommt es beinahe so vor, als wäre Konrad Gallheim auf der Suche nach dem Stoff für einen neuen Roman. So, wie ich das beurteile, wird er den wohl auch bekommen. Fraglich ist nur, ob er jemals Gelegenheit erhält, auch nur eine Zeile darüber zu schreiben.«

Larry schlug sich mit der Faust in die offene Hand. »Wir müssen etwas unternehmen! Wir müssen diese Wahnsinnigen davon abhalten, sich unglücklich zu machen!«

Alain winkte ab. »Zu spät! Die sind schon längst zu den Frauen unterwegs.«

Er wandte sich an die junge Amerikanerin. »Ich wundere mich, dass Sie noch nicht aufgegriffen worden sind.«

»Wie denn?« meinte das junge Mädchen und schob dabei herausfordernd ihr Kinn vor. »Mr. Cohen und ich sind bis vor ein paar Minuten noch durch das halbe Schiff gekrabbelt.«

»Durch das Schiff?« fragte Alain erstaunt.

»Durch die Kontrollschächte«, erklärte Larry. »Gleichzeitig Teil des Entlüftungssystems. Ganz schön eng da drinnen.«

»Und das geht?« meinte Alain erstaunt.

»Na, das sieht man doch wohl, oder?« entgegnete Larry. »Sonst wären wir ja wohl nicht hier.«

»Was hat Sie eigentlich auf den Gedanken gebracht, sich von den anderen Passagieren abzusetzen?« erkundigte sich der Schiffsoffizier nach einer Weile.

»Lester Wells, mit dem ich im Fitnessraum eingesperrt war, brachte mich auf die Idee, die Seenotrettungsbaken zu aktivieren«, begann der Franzose. »Angeblich sollen sie sich im Heck des Schiffes bei den dort aufbewahrten Wassersportfahrzeugen befinden. Wells meint, sie wären so leistungsstark, dass man den Notruf auch an Land auffängt.«

»Völlig richtig«, bestätigte Larry. »Sie melden die exakte Position via Satellit an die nächste Rettungsleitstelle. Die nächstgelegene ist die in Las Palmas. Ein Flugzeug der Küstenwache dürfte höchstens zwei Stunden brauchen, um unsere Position zu erreichen. Die Sache hat bloß einen Haken.«

Alain runzelte die Stirn. »Und welchen?«

»Die Baken befinden sich direkt bei der hydraulisch absenkbaren Einstiegsrampe«, erwiderte der Engländer. »Bis dorthin reichen allerdings die Versorgungsschächte nicht. Wir müssten einen Teil der Strecke auf gut Glück zurücklegen.«

»Na, und?« entgegnete Alain.

Larry deutete auf das Mädchen. »Wir können Miss Meville wohl kaum einem solchen Risiko aussetzen.«

»Allein bleibe ich hier aber nicht zurück«, begehrte die junge Amerikanerin auf. »Ich will diesen Kerlen nicht in die Hände fallen.«

»Na, dann Halleluja!« brummte Larry und hob sie auf den Herd. Wenige Augenblicke später war sie bereits im Schacht verschwunden.

Alain schaute zweifelnd nach oben.

»Nach Ihnen«, meinte der Engländer.

Alain streckte Larry die Rechte entgegen. »Ich heiße übrigens Alain.«

Larry ergriff zögernd die ihm dargebotene Hand. »Ich dachte Aubin.«

Alain winkte ab. »Das ist eine lange Geschichte. Ich erzähle sie Ihnen ein andermal.«

»Erzählen Sie sie lieber Miss Steinberg«, grinste Larry, während er dem Franzosen durch den schmalen Schachteinstieg half.

Mohammed Al-Nudar wirbelte herum.

»Sag, dass das nicht wahr ist!« herrschte er seinen Gefährten an, doch Jassir, sein Gefährte aus dem Libanon, nickte grimmig.

»Wenn ich es dir doch sage«, erwiderte der Schmächtige. »Alles, was irgendwie laufen konnte, ist aus dem Fitnessraum getürmt. Zurückgeblieben sind nur die Kranken.«

»Wo hast du sie gestellt?« wollte der Palästinenser wissen.

»Sie hatten bereits das Passagierdeck erreicht«, antwortete der Schmächtige. »Aber wir waren schneller. Zum Glück. Hätten sie sich dort unten mit zwei Kalaschnikows verschanzen können, wäre es schwieriger geworden.«

»Wo stecken sie jetzt?« fragte er weiter.

Jassir winkte mit der UZI in Richtung Heck. »Auf dem Promenadendeck.«

»Gab es Verluste?«

»Sechs Tote. Vier Passagiere. Zwei von unseren Leuten.«

»Wo sind die Männer abgeblieben, die vor dem Fitnessraum Wache schoben?« knurrte der Narbige.

Jassir fletschte die Zähne. »Sie wurden beim Morgengebet überrumpelt. Diese Schweine haben sie einfach über Bord geworfen.«

»Dafür werden sie büßen!« brüllte der Palästinenser. »Jetzt sollen sie mich kennen lernen. Los, gehen wir! Und schaffe mir den Kapitän herbei!«

»Was haben Sie vor?« rief Kössner, während ihn einer der Piraten mit vorgehaltenem Sturmgewehr vor sich hertrieb.

Er hatte wohl gemerkt, dass im Verlaufe des Nachmittags urplötzlich Unruhe unter den Piraten ausgebrochen war, aber auf Grund mangelnder Sprachkenntnisse nicht feststellen können, worum es eigentlich ging. Der Mann mit der Kalaschnikow ignorierte seine Frage und hieb ihm stattdessen den Lauf seines Gewehrs in den Rücken. Mit rauen Flüchen trieb er den Kapitän zur Eile an. Als Kössner schließlich das Promenadendeck erreichte, fuhr er zusammen. Die männlichen Passagiere pressten sich dichtgedrängt an die Reling. Vor Ihnen standen mehrere der Piraten und hielten ihre Waffen auf sie gerichtet. Kössners Mund wurde trocken. Das sah nach Exekution aus. Was, um alles in der Welt, war in den letzten Stunden bloß geschehen?

»Was geht hier vor?« rief er schon von weitem.

Jassir kam mit erhobenem Arm auf ihn zu und hieb mit seiner Maschinenpistole nach ihm. Im letzten Augenblick gelang es Kössner, seinem Schlag auszuweichen.

»Sind Sie von Sinnen?« herrschte er den Libanesen an.

»Schweig, du Hund!« brüllte Jassir. Seine Gesichtszüge verzerrten sich zu einer Fratze. »Schweig, oder du bist der Erste, der über Bord geht.«

»Über Bord?« Kössner blickte sich hilfesuchend um. Er erkannte Konrad Gallheim, der leblos in den Armen zweier Männer hing. Kössner ging auf ihn zu und hob seinen Kopf. Gallheims Gesicht sah zum Fürchten aus. Seine Augen waren dick zugeschwollen, seine Nase scheinbar mehrfach gebrochen, der Unterkiefer zerschmettert. Der Kapitän fuhr herum.

»Weshalb wurde dieser Passagier so zugerichtet?« wollte der Deutsche wissen.

»Er ist der Rädelsführer dieser Bande«, ertönte hinter ihm eine wohlbekannte Stimme. »Er ist für den Tod vier meiner Männer verantwortlich.«

Der Palästinenser hatte sich unbemerkt genähert. Kössner wirbelte herum. Al-Nudar blickte ihn mit geradezu aufreizender Gelassenheit an. Mit knappen Sätzen schilderte der Palästinenser, was sich unter Deck zugetragen hatte.

»Seid ihr des Wahnsinns?« brüllte Kössner los. Kopfschüttelnd schritt er das Spalier der dichtgedrängten Männer ab. »Seid ihr zu oft im Kino gewesen? Herrgott, das hier ist kein gottverdammtes Hollywood, sondern Wirklichkeit!«

Er deutete auf den Bewusstlosen. »Lebt er überhaupt noch?«

Die Männer nickten stumm. Kössner drehte sich zu Al-Nudar herum.

»Der Mann muss sofort auf die Krankenstation«, forderte der Kapitän. »Unnötig«, erwiderte der Anführer der Piraten. Seine Stimme klang ruhig und kühl zugleich. »Ich werde Ihnen jetzt einmal demonstrieren, wie kurz die Halbwertzeit von Helden ist.«

»Was haben Sie vor?« keuchte der Deutsche.

»Diese Männer dort«, antwortete er ungerührt, »werden dasselbe Schicksal erleiden wie zwei meiner Leute, die man ohne Pardon einfach ins Wasser geworfen hat.«

Kössner schaute den Mann scharf an. Das Kopftuch des Narbigen flatterte im ständig zunehmenden Wind wie eine schwarz-weiße Fahne.

»Das können Sie nicht machen«, erwiderte Kössner und zwang sich zur Ruhe. »An Bord dieses Schiffes trage ich die Verantwortung. Für die Offiziere, die Mannschaften und die Passagiere. Wenn Sie jemanden zur Rechenschaft ziehen wollen, dann stehe ich Ihnen zur Verfügung.«

»Unsinn«, lächelte der Palästinenser. »Sie brauche ich noch.«

Der Anführer der Piraten deutete auf die zusammengetriebenen Männer und den leblosen Gallheim in ihrer Mitte. »Aber auf diese Schweine kann ich gerne verzichten. Im übrigen habe ich keine Leute mehr zur Verfügung, die auf sie aufpassen können.«

Er gab seinen Männern ein Zeichen. Sie rissen Gallheim, oder das, was von ihm noch übrig war, aus den stützenden Armen seiner Weggefährten und schleppten ihn zu einem freien Stück Reling. Erwartungsvoll schauten sie ihren Anführer an.

»Sehen Sie genau hin!« wandte sich Al-Nudar an den Kapitän. »Das soll Ihnen eine Warnung sein. Jeder, der sich meinem Willen widersetzt, erleidet dasselbe Schicksal wie dieser Hurensohn. Los, werft ihn über Bord!«

Machtlos musste Kössner mitansehen, wie Gallheim über die Reling geworfen wurde und anschließend in der aufgewühlten See versank. Nicht einmal den Aufprall seines geschundenen Körpers auf die Wasseroberfläche konnte man hören. Kössner stürzte an den stählernen Seezaun. Gallheims Körper trieb bereits langsam achteraus.

»Ihr Mörder!« brüllte Kössner.

»Schafft ihn mir aus den Augen!« befahl der Palästinenser. »Und jetzt macht weiter. Von nun an gilt strikter Schießbefehl. Erschießt jeden, der sich euch in den Weg stellt. Das gilt für Frauen genauso wie für Männer.«

Mit vorgehaltener Waffe trieben Al-Nudars Leute die Passagiere an die Reling. Es kam zu einem Tumult, der jedoch mit den Kolben der Sturmgewehre beendet wurde. Schon flog der nächste der Männer über Bord. Einige begannen zu jammern und zu weinen.

»Haben Sie doch ein Einsehen!« schrie Kössner. »Was Sie da machen, ist gemeiner Mord! Lassen sie mich ihnen wenigstens eine Rettungsinsel hinterherwerfen.«

Al-Nudar lächelte kalt. Er machte eine ausladende Handbewegung.

»Bitte, Käpt'n«, erwiderte er. »Wenn Ihnen soviel an diesen Kerlen liegt. Ich bin kein Unmensch. Gut, werfen Sie eine Rettungsinsel über Bord. Das wird ihren Tod höchstens hinauszögern.«

Schließlich nickte er nachdenklich.

»Warum sollen wir uns die Hände schmutzig machen?« fuhr er fort. »Die Kerle werden sich gegenseitig umbringen, sobald die Notrationen aufgebraucht sind.«

Kössner schluckte. Er wusste, dass Al-Nudar Recht hatte. Ein paar Tage dichtgedrängt in einer schwimmenden Kunststoffzelle bedeuteten die Hölle. Er hatte genügend Berichte über Seenotfälle gelesen. Wenn überhaupt überlebten nur die Stärksten, nachdem die Schwächeren nicht selten über Bord gestoßen worden waren. Auf hoher See ohne Aussicht auf rasche Hilfe bröckelte der hauchdünne Firnis der Zivilisation von einem Menschen so rasch ab wie das Trinkwasser zur Neige ging. Fauchend entfaltete sich eine der Rettungsinseln auf der Wasseroberfläche. Teilweise sprangen die Männer aus eigenem Antrieb über Bord. Sie wollten sich offenbar den besten Platz sichern.

Die Hände hart zu Fäusten geballt, wirbelte Kössner herum. Seine Augen funkelten vor Wut. Doch er wusste nicht recht, auf wen er eigentlich zornig sein sollte. Bis vor ein paar Minuten hatte er geglaubt, die Entführung seines Schiffes irgendwie doch noch zu einem guten Ende zu bringen, denn inzwischen funktionierte wenigstens wieder der GPS-Empfänger. Baxter, Song und diese Deckshand namens Nelson Santos hatten gute Arbeit geleistet. Für kurze Zeit sah es so aus, als könnte er sich mit Al-Nudar arrangieren. Selbst Jassir hielt sich mit seinen andauernden Beschimpfungen zurück. Und jetzt machten Gallheim und diese Idioten alles zunichte. Es war zum Verzweifeln. Er dachte an die Forderung dieses Wahnsinnigen. Die Amerikaner würden sich niemals auf einen Geiselaustausch einlassen. Und Al-Nudar würde seinen Forderungen weiterhin eiskalt Taten folgen lassen. Dessen war er sich nach dieser Racheaktion sicher. Einer der Bewaffneten trieb ihn zurück in den Speisesaal, wo ihn die drei Zurückgebliebenen mit Fragen überschütteten. Kössner berichtete stockend. Rachel Steinberg verfolgte Kössners Vortrag mit versteinerter Miene. Lady Dorothy schaute nachdenklich hinaus auf die grauweißen Wellenkämme des Atlantiks.

Jack Meville zog den Kapitän beiseite.

»Etwas von meiner Tochter gehört?« raunte er dem Deutschen in seiner gewohnt knappen Ausdrucksweise zu.

Kössner schaute ihn verständnislos an. »Ihre Tochter? Was ist mit Ihrer Tochter? Ist sie nicht unten bei den anderen Frauen?«

»Sie ist seit dem Überfall verschwunden«, flüsterte der Senator. »Ich hoffe immer noch, sie hat sich irgendwo in Sicherheit bringen können.«

»Die Kerle haben das gesamte Schiff durchkämmt«, entgegnete Kössner. »Denen ist keine Maus verborgen geblieben.«

»Meinen Sie etwa, …«. Er ließ die Konsequenz offen und schluckte heftig. Meville wusste, wozu aufgepeitschte Partisanenkämpfer gerade gegenüber Frauen im Stande waren. Er kannte die Berichte über Gräueltaten in Bosnien und im Kosovo.

Kössner zuckte die Schultern.

»Wir müssen etwas unternehmen«, meinte der Amerikaner mit Bestimmtheit.

»Und was, bitte? Mit Al-Nudar ist im Augenblick nicht zu reden, und mit diesem Jassir schon gar nicht. Himmel, der Kerl ist schlimmer als ein Bullterrier.«

»Die sollen uns gefälligst in Frieden lassen!« mischte sich Rachel ein und schob ihren Rollstuhl dichter heran. »Ich verspüre absolut keine Lust, mich in deren Privatkrieg hineinziehen zu lassen.«

»Mit Privatkrieg hat das nichts mehr zu tun«, murmelte Lady Dorothy. Sie drehte sich von der Fensterfront um und stolperte zurück zu Kössner, Meville und der Frau im Rollstuhl.

»Eine Freundin von mir gibt Vorlesungen in Islamistik an der Sorbonne. Überhaupt scheinen die Franzosen diesem halb politischen, halb religiösen Problem in Nahost weitaus aufgeschlossener gegenüberzustehen. Der Westen muss langsam verstehen lernen, dass sich diese Menschen weitaus stärker mit ihrem Glauben identifizieren als wir.«

Lady Dorothy war es nach einem Gang auf die Toilette gelungen, unbemerkt eine Flasche Brandy aus der Bordbar in den Speisesaal zu schmuggeln. So war es für Kössner schwer abzuschätzen, ob ihre an den Tag gelegte Gelassenheit auf den Alkoholgenuss oder ihre tatsächliche Überzeugung zurückzuführen war.

»Sie müssen sich einmal die Ausgangslage vor Augen führen«, fuhr sie schließlich fort. »Vor kurzem haben die Amerikaner einen ihrer religiösen Oberhäupter einfach gekidnappt. Auf den vagen

Verdacht hin, er könnte vielleicht hinter dem Flugzeugabsturz über Lockerbie und den Anschlägen in Nairobi und Daressalam stecken, was übrigens von einschlägigen Kreisen ohnehin längst angezweifelt wird. Scheich Hassan Abdul Jasmani besitzt den Rang eines der höchsten geistlichen Würdenträger. Wenn er die Fatwa ausruft, also den Befehl zum Heiligen Krieg gibt, dann folgen seinem Ausruf unter Umständen Zehntausende.«

»Man muss Karl Marx tatsächlich zustimmen«, brummte Meville. »Religion ist Opium fürs Volk.«

»Oh, ausgerechnet Sie zitieren einen Kommunisten?« Dorothys Gesicht verzog sich zu einem ironischen Grinsen. »Lassen Sie das nicht Ihre republikanischen Freunde im Senat hören.«

Sie schaute von einem zum anderen. »Der Islam ist eine Weltreligion. Der gesamte nordafrikanische Kontinent, Vorderasien und weite Teile Zentralasiens glaubt an Allah und verehrt Mohammed. Während bei uns Börsenkurse und der eigene Profit das Leben bestimmen, tut es dort der Koran. Uns mögen viele Rituale und Moralbegriffe merkwürdig und fremd erscheinen, verabscheuen dürfen wir diese Menschen deswegen aber noch lange nicht. Sehen Sie, die Menschen in diesen Regionen haben zum Teil gar nichts mehr anderes als ihren Glauben. Der Glaube an Allah ist das letzte, was ihnen noch ein bisschen Ehre und Würde bewahrt. Und da kommen, in deren Augen völlig zu unrecht, die Amerikaner und entführen ausgerechnet ihren geistigen Anführer. Im Augenblick wird also nur Gleiches mit Gleichem vergolten.«

»Nun machen Sie aber einmal einen Punkt, Dorothy!« mischte sich Rachel ein. »Sie tun ja gerade so, als wären wir selber schuld, dass man uns entführt hat.«

»Sind wir das nicht auch, Rachel?« wandte sie sich an die Frau im Rollstuhl. »Wir gehen immer von viel zu eng gefassten Moralvorstellungen aus. Für uns erscheint vom Grundsatz her Gewalt zur Durchsetzung politischer Ziele als verabscheuungswürdig. Haben Sie sich eigentlich noch nie Gedanken über das Nordirlandproblem gemacht? Oder über den Krieg auf dem Balkan? Die Kurdenfrage? Vermutlich nicht, denn ihr Amerikaner lebt schließlich auf der anderen Seite des Atlantiks, und eure größte Sorge ist die, dass die Kinder ein College-Stipendium bekommen, genug Cola im Kühlschrank ist und die Wertpapiere von IBM weiter steigen.«

Meville wollte etwas einwenden, aber Dorothy schnitt ihm mit einer knappen Handbewegung das Wort ab.

»Ich ahne bereits, was Sie einwenden wollen, Senator«, lächelte Dorothy nachsichtig. »Ich habe einen Teil Ihrer Reden im Fernsehen verfolgt. Aber woher nehmt ihr Amerikaner eigentlich das Recht, anderen Kulturen eure Moralvorstellungen aufzudrängen? Wobei ihr euch, was Moral angeht, doch wohl kaum als Sittenwächter aufspielen solltet. Euer ehemaliger Präsident führte mit ziemlich zweifelhaften amurösen Abenteuern ungestraft die Öffentlichkeit vor, an euren Schulen laufen immer noch bis an die Zähne bewaffnete Kids herum, die Kinderpornoszene im amerikanischen Internet ist die wohl abartigste auf der ganzen Welt, und wenn es darum geht, den Schwächeren zu verprügeln, weil er sich nicht so verhält, wie ihr es wollt, ziert ihr euch doch auch nicht lange. Stichwort Kosovo.«

»Sollten wir die Flüchtlinge einfach ihrem Schicksal überlassen?« ereiferte sich der Senator. »Sollten wir weiterhin zusehen, wie Frauen vergewaltigt, Männer erschossen und ganze Landstriche dem Erdboden gleichgemacht wurden?«

»Oh, mir kommen gleich die Tränen vor Rührung«, erwiderte Dorothy kopfschüttelnd. »Als ob das der wahre Grund für euer Eingreifen war. Euch Amerikanern ging es im Kosovo um nichts anderes als die politische, diplomatische und militärische Schwächung Russlands. Das Kalkül lautete doch, wenn man Serbien, dessen letzten echten Vasallen, in die Knie zwingt, zwingt man auch das russische Volk in die Knie. Späte Rache für den Kalten Krieg. Versuchen Sie mir also nicht weis zu machen, den Vereinigten Staaten hätte wirklich jemals etwas an diesem armseligen Bauernvölkchen auf dem Amselfeld gelegen. Noch kurz nach Ausbruch des Krieges mussten sich amerikanische Abgeordnete auf einer Landkarte erst einmal zeigen lassen, wo das Kosovo überhaupt liegt.«

Jack Meville wandte sich wortlos ab und starrte durch das Fenster auf die sich immer dunkler färbende See. Man merkte ihm an, dass es in ihm arbeitete. Doch ihm verbot der Anstand, gegenüber einer Dame ausfallend zu werden. Anders Rachel. Sie wirbelte in ihrem Rollstuhl herum. Ihre Augen blitzten.

»Wenn ich Sie richtig verstehe, teilen Sie die Moralvorstellungen dieser Terroristen?« fragte sie zornig. »Danke, ich habe in den letzten Stunden genug erlebt. Das reicht für ein ganzes Leben. Mir jedenfalls ist unsere Moral zehnmal lieber als die dieser Moslems. Wo die Frauen keinen eigenen Willen haben dürfen, nicht selten verkauft werden und dann auch noch verschleiert herumlaufen müssen.«

Lady Dorothy wandte sich an die behinderte Pianistin.

»Wer sagt Ihnen eigentlich, dass die Frauen darunter leiden?« wollte sie wissen. »Sehen Sie, schon wieder messen Sie andere Kulturen nur mit ihrer Disneypark-Weltanschauung. Ist Ihnen das Schicksal Ihrer Ureinwohner nicht Beispiel genug? Weil den Siedlern deren Gebräuche nicht passten oder weil sie im Weg waren, wurde einfach ein komplettes Volk ausgerottet. Schöne Moralvorstellungen.«

Sie holte tief Luft. »Nun aber zu Ihren Einwänden. Moslemische Frauen tragen den Schleier als Zeichen der Ehre. Und wer behauptet eigentlich, die Frauen in islamischen Ländern würden verkauft? Zugegeben, für Frauen wird vielerorts ein Brautgeld verlangt, und die Patriarchen bestimmen nicht selten den Bund für das Leben. Aber was ist, angesichts einer Scheidungsrate von über dreißig Prozent allein in Westeuropa, falsch daran, wenn Braut und Bräutigam durch die Weitsicht ihrer Altvorderen zueinander finden? Trennen Sie sich doch endlich einmal von Ihrer neuzeitlichen Weltanschauung, wo man sich den nächsten Lebensabschnittspartner einfach per Internet sucht, sobald man des vorangegangenen überdrüssig geworden ist. In weiten Teilen Osteuropas und Asiens gibt es keinen transparenten Heiratsmarkt. Da gibt es keine Espressobars und Diskotheken. Nicht selten sind die Jungen und Mädchen froh, wenn sie überhaupt jemanden durch die Kontakte ihrer Eltern oder Großeltern kennen lernen.«

»Und wo bleiben dabei die Gefühle?« zischte die junge Amerikanerin aufgebracht.

»Oh, Rachel!« stöhnte Dorothy auf. »Himmel, in welcher Welt leben Sie eigentlich? Bei den Menschen in den Wüstenzonen der Sahara, im Hochland Afghanistans oder an den Ufern von Euphrat und Tigris geht es ums Überleben, um gegenseitigen Beistand und Hilfe. Liebe, das ist ein Luxus, den wir uns vielleicht leisten können. Ein Luxus, für den manch einer hinterher auch teuer genug bezahlt. Es dürfte doch wohl landläufig bekannt sein, dass die Kanzleien der Scheidungsanwälte und die Praxen der Psychotherapeuten seit Jahrzehnten Hochkonjunktur haben. Von der Arbeit der Staatsanwaltschaften einmal ganz zu schweigen.«

Die junge Amerikanerin schüttelte widerwillig den Kopf. »Was sind Sie nur für ein Mensch, Dorothy? Was, um alles in der Welt, hat Sie nur so verbittert?«

»Das Leben«, erwiderte die Engländerin rau. »Das Leben, liebste Rachel. Gefühle sind doch nur etwas für Schlagersänger und Romanschriftsteller. Die Evolution, der wir uns zwangsläufig immer unterordnen müssen, kennt diesen Begriff nicht. Im Prinzip suchen Männchen und Weibchen nur deshalb einander, um den Artbestand zu sichern. Hinzu kommt, dass Großfamilien gerade in unwirtlichen Gegenden ein gewisses Maß an Sicherheit bieten. Sie sehen, liebste Rachel, alles, was über die nackte Daseinsfrage hinausgeht, ist im Prinzip nur unnötiger Schnickschnack.«

Rachel schob sich in ihrem Rollstuhl bis dicht an die Fensterfront und starrte hinaus auf den Ozean. Nach ihrem schweren Verkehrsunfall hatte sie gelernt, jede Schwierigkeit stets als Herausforderung anzunehmen. Immer wieder neue Fachärzte, immer wieder Hoffnungen und immer wieder zermürbenden Rückschläge. Ihr brauchte man wahrlich nichts über das Leben zu erzählen. Erst recht nicht diese in einem Königspalast aufgewachsene, verwöhnte Ziege. Wenn sie überhaupt noch etwas aufrecht erhielt, dann waren es ihre Klaviermusik und eben jener Schnickschnack, den sie so sehr entbehrte.

Lady Dorothy schaute währenddessen auffordernd in die Runde. Sie stieß Meville an und deutete auf die Zwischentür, die in den Nachbarraum führte.

»Was denken Sie, Senator«, meinte sie mit ihrer gewohnt heiseren Stimme. »Ich glaube, wir können jetzt alle einen Drink vertragen, oder? Gehen wir hinüber. Die Bar ist eröffnet!«

Die Engländerin machte Anstalten, den Speisesaal zu verlassen. Sofort wurde sie von einer drohenden Gewehrmündung zum Anhalten bewogen. Dorothy schob die Waffe brüsk beiseite und deutete in den Nachbarraum. Zögernd ließ sie der Bewacher passieren. Nach einer Weile folgten ihr auch Meville und Kössner. Nur Rachel blieb gedankenversunken vor der Fensterfront des Speisesaals sitzen.

»Okay«, murmelte Dorothy, während sie sich hinter den verwaisten Tresen begab. »Meine Spezialitäten sind Banana Mama und Zombie. Wer will, kann auch Bourbon pur bekommen. Nicht so schüchtern, Leute. Die erste Runde geht auf Kosten des Hauses!«

»Himmel, ist mir schlecht!« stöhnte die Stimme hinter ihm.

Larry Cohen drehte sich um und nickte.

»Nicht zu ändern«, meinte er bedauernd. »Vermutlich kommt Sturm auf. Den Seegang spürt man im hinteren Teil eines Schiffes immer besonders stark.«

»Oh, Gott«, jammerte Alain. »Ich glaube, ich muss mich übergeben.«

Der Franzose wandte sich ab und begann zu würgen. Larry zog die junge Amerikanerin zu sich heran.

»Wie geht es Ihnen?« fragte er besorgt.

»Ein bisschen schwindelig ist mir schon«, gab Elizabeth zu. »Aber ich denke, es geht.«

»Tapferes Mädchen«, erwiderte Larry.

Es war ihnen trotz des immer stärker werdenden Seegangs gelungen, sich bis fast zum Heck des Kreuzfahrtschiffes durchzuschlagen. Nun hockten sie schon seit mehreren Stunden in einem engen Verschlag, in dem Treibstoffkanister, Surfsegel und eine Menge anderer Utensilien für die Wassersportfahrzeuge verstaut waren, und warteten ab. Da die Klimaanlage nicht bis hierhin reichte, war es in dem Raum ziemlich stickig. Er hätte damit rechnen müssen, dass seine Begleiter seekrank würden.

»Tut mir leid«, murmelte Alain und wischte sich mit dem Ärmel seines Hemdes über den Mund.

»Kein Problem«, meinte der Erste Offizier der *Star Cradle*. »Ging mir während meiner Kadettenzeit nicht anders. Ihre erste längere Seereise?«

Alain nickte.

Larry ging an die Tür und lauschte. »Trotzdem. Langsam müssen wir etwas unternehmen. Ich hoffe nur, dass unsere ungebetenen Gäste genauso wenig seefest sind.«

Er hielt den Zeigefinger an die Lippen und öffnete einen Spalt breit die Tür. In dem Gang, der bis zum Heck und dort zu der absenkbaren Plattform führte, war niemand zu sehen. Lautlos schlüpfte Larry hinaus und schlich ein Stück voran. Immer wieder verharrte er im Schritt und lauschte. Kurz darauf erreichte er die kleine Halle, wo auch die Schlauchboote, Jollen und Surfbretter gestapelt waren. Im Schutze eines der Regale schlich er bis an die Rampe heran. Erneut hielt er inne und blickte sich um. Er schien tatsächlich alleine zu sein. Kein Wunder. Wozu sollte man auch eine Rampe bewachen, die bei voller Fahrt und diesem Seegang ohnehin nur ein Selbstmörder als Fluchtweg wählen würde. Beim Überbordspringen wäre man unweigerlich in den Sog der beiden rotierenden Propeller geraten. Doch eine Flucht über das Heck hatte Larry ohnehin nicht vor. Wohl aber musste er die Rampe ein Stück öffnen, damit er die Seenotrettungsbaken abwerfen konnte. Hier drinnen, umgeben von Tonnen von Stahl, nutzten ihm die eingebauten Sender überhaupt nichts.

Darauf bedacht, kein unnötiges Geräusch zu verursachen, schlich der Engländer zurück zu seinen Weggefährten. Er überlegte noch einmal sein Vorgehen. Eigentlich ein Wahnsinn, eine solche Aktion im Beisein eines jungen Mädchens durchzuführen. Was, wenn sie erwischt wurden? Wo die Kerle herkamen, galten unverschleierte Frauen und dann auch noch in freizügiger westlicher Kleidung ohnehin als Huren. Er schluckte heftig und setzte seinen Weg fort. Mit klopfendem Herzen erreichte er das nächste Schott. Larry überlegte, ob er es wagen sollte, die Stahltür zu öffnen. Was, wenn genau dahinter einer der Piraten Wache schob? Vermutlich hätte man ihn auf der Stelle erschossen. Unverrichteter Dinge stolperte er den Gang wieder zurück.

Elizabeths Kopf lugte durch den Türrahmen.

»Sie bleiben dort drin!« befahl er und versuchte unnachgiebig zu klingen.

»Aber …«, begann das Mädchen, doch Larry winkte ab.

»Zu gefährlich«, erwiderte er. »Wenn Alain und ich erwischt werden, ist das schon schlimm genug.«

Elizabeth Meville nickte verstört.

»In ein paar Minuten sind wir wieder zurück«, versprach Larry und zog die Tür ins Schloss.

Wenige Augenblicke später erreichten die beiden Männer die Halle mit den dort fest verzurrten Sportfahrzeugen. Sie stolperten an den Regalen vorbei und stießen schließlich auf einen Stahlschrank mit der Aufschrift 'Emergency'. Alain rüttelte an den Türen, doch der Schrank schien verschlossen.

Larry griff in seine Tasche und zog mit triumphierendem Grinsen einen kleinen Schlüsselbund hervor.

»Zum Glück besitzen die Offiziere einen Passepartout.«

»Schön für Sie«, brummte Alain und deutete auf das Schloss. »Also, worauf warten wir noch?«

Es dauerte nur ein paar Augenblicke, bis sie die beiden schweren Seenotrettungsbaken aus ihren Halterungen gewuchtet hatten. Alain schaute sich suchend um.

»Wo ist denn der Schalter, um das Ding zu aktivieren?« wollte er wissen.

»Den gibt es nicht«, antwortete Larry. »Die Baken aktivieren sich von selbst, sobald sie auf der Wasseroberfläche aufkommen. Narrensichere Angelegenheit. Was denken Sie, wie viele Fehlalarme es in der Vergangenheit schon gab? Das kann jetzt nicht mehr passieren.«

»Und wie kriegen wir sie ins Wasser?« fragte Alain.

Er deutete mit dem Daumen zum Heck. »Seien Sie nicht so begriffsstutzig.«

Alain ging an die Rampe und klopfte gegen das Metall. »Klingt massiv. Wo finden wir einen Schneidbrenner?«

»Lässt sich absenken«, winkte Larry ab und drehte sich zur Kontrolltafel.

»Sehen Sie selbst«, fügte er hinzu und drückte auf einen der Knöpfe.

»Und was soll ich sehen?« erkundigte sich Alain verwundert.

Erschrocken starrte Larry Cohen auf die Kontrolltafel. Jemand hatte die Hydraulik abgeschaltet.

Im nächsten Moment fuhren beide Männer zusammen. Direkt über ihren Köpfen ertönte das markerschütternde Jaulen einer Sirene.

Kapitel 21

Im Laufe der Zeit legte der Wind immer deutlicher zu. Das Schiff begann zu rollen und zu stampfen. Längst war ein Aufenthalt an Deck gefährlich geworden. Die ersten Brecher warfen ihre eisige Gischt bis zu den Aufbauten empor. Altsee und Dünung verursachten zudem ein geradezu konfuses Wellensystem, das unter Maschinenantrieb nur sehr schwierig auszusteuern war. Anwar al Saidi kannte schweren Seegang zwar von den Winterstürmen im Mittelmeer, das Ungestüm des Nordatlantiks schien in dieser Hinsicht jedoch kaum vergleichbar. Hinzu kam, dass er seit Tagen nicht mehr geschlafen hatte. Der Ägypter verwarf den Gedanken, sich zur Ruhe zu legen. Wer hätte ihn auch ablösen sollen? Luigi Fontani litt noch immer unter der Gehirnerschütterung, und Minzetti war, wie er zwischenzeitlich erfuhr, kaum noch ansprechbar. Es sah so aus, als würde sich der Italiener von der Lebensmittelvergiftung kaum mehr erholen.

Der Ägypter grübelte weiter. Ursprünglich hatte er sich auf eine Entführungsaktion im Schutze der nordafrikanischen Gewässer eingestellt. Dass Al-Nudar jedoch in Wirklichkeit beabsichtigte, die *Star Cradle* auf die hohe See hinauszubringen, erfuhr er erst nach der geglückten Kaperung. Er hatte ihn schon beizeiten gewarnt. Vor unbeständigem Wetter und einem Prisenkommando, das aus lauter Landratten bestand. Zudem hatte sich der asiatische Neubau bisher als nicht sonderlich zuverlässig erwiesen. Und mit diesem Schiff sollte er jetzt quer durch einen sich anbahnenden Sturm steuern und das auch noch unter Maschine, da sein Kommandant seit dem Zwischenfall mit den Passagieren kein Risiko mehr eingehen wollte. Für Segelmanöver hätte er mindestens zehn Mann Besatzung rekrutieren müssen. Zehn Mann, die sich unter Umständen unkontrolliert an Bord bewegen konnten. Und die es wesentlich besser verstanden, mit den ungewohnten Schiffsbewegungen fertig zu werden.

Ihnen wäre es durchaus zuzutrauen gewesen, die Wachen zu überwältigen. Zumal deshalb, weil der Seegang immer weiter zunahm. Der vorangegangenen Wetterbericht verhieß in dieser Hinsicht nichts Gutes.

Seit dem Zwischenstopp in Aden hatte meistens Andrea Minzetti, der schweigsame Italiener aus Viareggio in der Nähe von Pisa, das Schiff gesteuert. Er galt als Virtuose im Umgang mit den beiden Joysticks. Doch Minzetti gehörte mit zu den Bedauernswerten, denen mit Koli-Bakterien versetztes Essen verabreicht worden war. Es gehörte zu Al-Nudars Plan, einen Teil der Passagiere und Besatzungsmitglieder bereits im Vorfeld seiner Aktion auszuschalten, damit er zusammen mit dem Dutzend Männer, die er zusätzlich an Bord einschleuste, möglichst risikolos die Gewalt auf der *Star Cradle* an sich reißen konnte. Dabei schien den beiden Tunesiern ein eklatanter Fehler unterlaufen zu sein. Minzetti gehörte auf Grund seiner geringen Körpermaße nun wirklich nicht zu den Männern, vor denen man sich unter Umständen hätte fürchten müssen.

Auch darüber hinaus war längst nicht alles so gelaufen, wie es sich der Kommandant vorgestellt hatte. Erst die Probleme mit der Navigationsanlage, dann die Meuterei der männlichen Passagiere, denen vier ihrer Kameraden zum Opfer gefallen waren, und nun auch noch die unvorhergesehene Wetterverschlechterung. Dieses Jahr setzten die Herbststürme im Atlantik überraschend früh ein. Aber vielleicht, versuchte er sich zu beruhigen, gehörte das alles mit zu Al-Nudars Plan, Hassan Abdul Jasmani so rasch wie möglich aus amerikanischer Gefangenschaft freizupressen.

Erneut neigte sich der Fünfmaster nach Steuerbord über. Anwar legte energisch Ruder, um das heftige Schlingern wenigstens zum Teil auszugleichen.

Irgend etwas klirrte in seinem Rücken. Er drehte sich um. Das achtlos weggelegte Fernglas hatte sich auf dem Kartentisch selbständig gemacht und war zu Boden gefallen. Anwar erhob sich, nahm es vom Boden auf und kontrollierte die Linsen. Zum Glück war es unbeschädigt geblieben. Nachdenklich verstaute er es in einem Köcher am Kartentisch.

Längst lagen Europa und Nordafrika weit achteraus. Der Ägypter nickte grimmig. Insoweit kam der Sturm Al-Nudars Vorhaben eigentlich nur zupass. Bei diesem Wetter würden die Kommandanten der Küstenwachschiffe kaum gesteigerte Lust verspüren, ausgiebige Patrouillenfahrten zu unternehmen, geschweige denn, eine großangelegte Suche nach ihnen durchzuführen.

Anwar al Saidi ließ seinen Blick über das Hauptdeck schweifen. Die Takelage sah zum Fürchten aus. Zwei Masten waren überhaupt nicht mehr einsatzklar. Die Großbäume hatten sich durch das ständige Pendeln im Seegang verbogen und dabei mächtige Kerben ins Teakdeck rissen. Die teilweise nur halbaufgerollten Segel hingen in Fetzen. Aber auch am restlichen Rigg hatte man erst noch eine Menge instand zu setzen, ehe die Segel wieder vernünftig eingetrimmt werden konnten. Doch das sollte in diesem Augenblick seine geringste Sorge sein.

Ein Summton schreckte ihn aus seiner Lethargie. Anwar warf einen Blick auf die Kontrolltafel und fuhr hoch. Die Temperatur im Maschinenraum hatte den zulässigen Höchstwert deutlich überschritten. Mist, schimpfte er still vor sich hin. Hoffentlich war dort unten lediglich die Klimaanlage ausgefallen. Ein Brand im Maschinenraum hätte ihnen gerade noch gefehlt. Anwar gähnte unwillkürlich. Er musste dringend ausruhen. Hin und her gerissen zwischen Pflichtbewusstsein und Müdigkeit entschied er sich dennoch, das Problem zu melden.

»Was ist los?« fragte eine Stimme.

»Jemand sollte mal unten nach dem Rechten sehen«, gab Anwar ordnungsgemäß weiter. »Etwas stimmt mit der Temperatur im Maschinenraum nicht. Vermutlich ist die Klimaanlage ausgefallen. Von hier oben kann ich jedenfalls nichts machen.«

»Ich kümmere mich darum«, murmelte die Stimme und legte auf.

Mohammed Al-Nudar schaute den Kapitän misstrauisch an. »Sie haben es gehört, Käpt'n. Die Klimaanlage im Maschinenraum scheint offenbar ausgefallen zu sein.«

»Und?« erwiderte Kössner knapp.

Seit dem Vorfall auf dem Promenadendeck waren seine Gefühle zwiespältig. Sie schwankten zwischen Opportunismus und Fatalismus. Einerseits wollte er sich nicht zum Helfershelfer dieser Terroristen machen, andererseits musste er die Besatzung und den Rest der Passagiere vor weiteren Übergriffen schützen. Die misslungene Gefangenenmeuterei und ihre Folgen hatten die Piraten nicht nur nervös gemacht. Kössner befürchtete inzwischen Racheakte an den schutzlosen Frauen.

»Sie besitzen die Befehlsgewalt auf diesem Schiff«, fügte er tonlos hinzu.

Al-Nudar warf dem Deutschen einen vernichtenden Blick zu. Kössner nickte ergeben.

»Okay«, meinte der Deutsche nach kurzem Überlegen. »Baxter soll kommen.«

Kurz darauf erschien sein Leitender Ingenieur in Begleitung von Jassir. »Was ist los?« fragte Baxter. Kössner deutete stumm auf den Ägypter.

»Die Temperatur im Maschinenraum ist zu hoch«, meinte Anwar al Saidi und wies auf die blinkende Warnanzeige hin.«

»Wer ist unten?« fragte Baxter.

»Niemand, soviel ich weiß«, erwiderte der Mann an den Joysticks. »Wozu auch? Die Maschinen liefen bisher einwandfrei.«

»Tolle Seemannschaft«, knurrte Baxter. »Na, schön. Ich brauche Lymington zur Unterstützung.«

»Wieso können Sie das nicht alleine erledigen?« fragte Al-Nudar misstrauisch.

»Weil Mr. Lymington zu den wenigen Leuten gehört, die auch dann noch unter Deck arbeiten können, wenn oben schon alles über der Reling hängt«, entgegnete Baxter. »Es ist wahrlich kein Spaß, bei dem Seegang dort unten herumzukriechen und nach der Ursache für den Anstieg der Innenraumtemperatur zu suchen.«

»Keine Tricks!« zischte Jassir. »Solltest du irgendeine Schweinerei vorhaben, werden die ersten Frauen dran glauben.«

»Ich komme mir langsam vor wie auf einem schwimmenden Konzentrationslager!« fauchte Baxter.

»Chief!« fuhr ihn der Kapitän an.

Ron Baxter wirbelte herum. Gerade noch rechtzeitig. Jassirs unvermittelter Hieb mit seiner Maschinenpistole ging ins Leere. Die beiden Männer starrten sich wutentbrannt an.

»Sie machen das schon«, meinte Kössner unbeeindruckt und klopfte seinem Untergebenen kameradschaftlich auf die Schulter. »Sie wissen doch, Sie sind mein bester Mann.«

In diesem Augenblick heulten die Alarmsirenen los. Ihr durchdringendes Auf und Ab fuhr nicht nur Baxter in die Knochen.

»Was ist los?« fauchte Jassir.

»Feuer im Maschinenraum!« rief der Ägypter.

Al-Nudar packte Kössner am Kragen.

»Was wird hier gespielt?« fuhr er den Kapitän an.

»Maschinen voll zurück!« brüllte Baxter. »Um Himmels Willen! Maschinen herunterfahren!«

Kössner stand dem Kontrollpult am nächsten. Instinktiv griff er zu dem Hebel für die Drehzahlveränderung.

»Mr. Baxter!« rief der Kapitän. »Löscheinrichtung für Decks F und G aktivieren! Lassen Sie die Pumpen anlaufen. Sprinkler achtern auf vollen Druck.«

Baxter schob einen völlig verblüfften Jassir zur Seite. Mit geübten Handbewegungen wirbelten seine Finger über die Armaturen und Schalter.

»Deck F auch, Sir?« rief der Chief.

»Natürlich«, nickte der Deutsche. »Sollten die Tanks für die Dieselaggregate Feuer fangen, dann können wir dort die Steaks auf dem Fußboden grillen. Ich sehe gerade, dass die hintere Rampe verriegelt ist. Geben Sie Druck auf die Hydraulik. Man kann ja nie wissen.«

»Okay, Sir!« rief der Engländer vom Armaturenpult hinüber. »Die Pumpen laufen. Sprinkler auf Deck F und G volle Leistung. Bilgepumpe fährt hoch. Rampe achtern funktionsbereit.«

Er sprang hoch und stürzte in Richtung Treppe, die nach unten zu den Mitteldecks führte. Eine Garbe aus Jassirs Maschinenpistole stoppte ihn. Splitter von der Deckenverkleidung flogen auf ihn herab. Instinktiv ließ sich Baxter zu Boden fallen.

»Ist der Kerl verrückt?« brüllte der Chief.

Kössner wandte sich fragend an den Palästinenser.

»Nicht so eilig«, meinte der Narbige.

Mühsam rappelte sich Baxter hoch und klopfte sich den Schutt von seiner ohnehin schon unansehnlichen Uniformjacke. Dabei schaute er in die noch rauchende Mündung der Maschinenpistole. Die Feuerwarnsirene jaulte inzwischen markerschütternd durch das gesamte Schiff. Das Funksprechgerät an Al-Nudars Gürtel begann zu piepsen. Mit rauer Stimme erteilte der Palästinenser Befehle.

»Wie lange wollen wir noch warten?« brüllte Baxter auf einmal los. »Bis dieses verdammte Schiff abgebrannt ist? Himmel! Geben Sie endlich das bordinterne Kommunikationsnetz frei!«

»Damit ihr Hurensöhne euch untereinander absprechen und die nächste Sabotage planen könnt?« zischte Jassir. »So siehst du aus!«

»Na, schön«, fauchte der Chief. »Knall mich von mir aus ab, du Idiot. Mit oder ohne Lymington, ich sehe jetzt jedenfalls zu, dass ich in den Maschinenraum komme. Oder wollt ihr eure verdammte Entführungsaktion in einem unserer Rettungsboote fortsetzen?«

Al-Nudar gab dem Schmächtigen ein Zeichen. Mit Jassir auf den Fersen hetzte Baxter den Gang hinunter. Seine Haare hingen ihm schweißnass ins Gesicht.

Er hatte während seiner Fahrenszeit schon viel erlebt. Einmal sogar ein Leck im Schiff. Mitten im Roten Meer. Umgeben von Haien und Riffen. Aber soviel Ignoranz und Starrsinn war ihm fremd. Was bildeten sich diese Kerle eigentlich ein? Erst kappten sie das gesamte Sicherheitssystem, sperrten das Schiffsmanagement ein, kümmerten sich keinen Deut mehr um die Wartungsarbeiten und wunderten sich schließlich, dass ein hochsensibler Fünfmastsegler wie die *Star Cradle* plötzlich mehr Schwierigkeiten verursachte als ein hochgezüchteter Rennwagen.

Baxter hatte seine Route durch das Schiff bewusst so gelegt, dass er am Kontrollraum für die Bordelektrik vorbeikam. Vor der Tür stießen sie auf Song Daiwan, Nelson Santos und einen aufgeregten Araber. Die Sireneneinrichtung heulte hier unten dermaßen laut, dass man sein eigenes Wort nicht mehr verstand. Die drei Männer schienen über irgend etwas zu diskutieren. Baxter nutzte die allgemeine Verwirrung und packte den Filipino an der Schulter.

»Nelson!« brüllte er den jungen Mann an. »Rasch! Komm mit in den Maschinenraum. Wir haben Feuer an Bord! Du musst mir helfen!«

Nelson wirbelte herum und brachte dabei den Asiaten zu Fall. Song Daiwan stolperte gegen den Wachposten. Aus dessen Kalaschnikow löste sich eine Salve. Funken sprühten auf den Teppichboden herunter. Jassir riss dem Mann die Waffe aus der Hand. Kurz darauf deutete er mit seiner Maschinenpistole auf Santos.

»Der Mann bleibt hier!« befahl er mit sich überschlagender Stimme.

»Mr. Santos kommt mit!« widersprach Baxter bestimmt. »Ich brauche jetzt jede Unterstützung. Und hören Sie auf, hier solch einen Zirkus zu veranstalten.«

Jassir überlegte fieberhaft. Die Sirene jaulte markerschütternd. Er wog die Möglichkeiten, die ihm blieben, ab. Schließlich deutete er dem Filipino mit dem Lauf seiner UZI an, sich ihnen anzuschließen. Sichtlich widerstrebend folgte er den beiden Männern quer durch das Schiff und die Treppe hinunter in den Maschinenraum. Am liebsten hätte er diesen aufgeblasenen Briten auf der Stelle erschossen.

Als sie das Unterdeck erreichten und das erste Stahlschott aufrissen, kam ihnen das Löschwasser bereits knöchelhoch entgegen. Wenigstens funktionieren die Pumpen, knurrte Baxter vor sich hin. Hinter dem nächsten Schottdurchstieg wurde es richtig unangenehm. Eine Reihe dicht angeordneter Deckensprinkler verwandelte den Gang in eine undurchsichtige Salzwasserkaskade. Schon nach den ersten Schritten besaßen Baxter, Nelson Santos und ihr bewaffneter Begleiter keine trockene Faser mehr am Leib. Der Filipino keuchte und spuckte. Baxter kümmerte sich nicht darum, sondern schob ihn weiter.

Hinter dem nächsten Stahlschott wurde die Sicht noch schlechter. In die Wasserkaskade mischten sich Dampf und Rauchschwaden. Auch das Atmen fiel schwer. Also brannte es tatsächlich. Das

Keuchen in seinem Rücken wurde lauter. Der Libanese hielt seine Maschinenpistole mit dem Lauf nach unten und rang anscheinend nach Luft. Baxter verwarf den kühnen Gedanken, der ihm für einen kurzen Augenblick gekommen war.

Sie hasteten weiter. Vor der nächsten Stahltür hielt Baxter inne. Er drehte sich zur Seite und riss eine der Seitentüren auf. Neben dem einzigen noch halbwegs intakten Herd lagen Kochtöpfe. Ihr Inhalt ergoss sich auf den Boden. Es stank nach Knoblauch. Baxter rümpfte die Nase. Von Kopernikow war nichts zu sehen. Offenbar hatte er sich bereits in Sicherheit gebracht. Trotz der Wasserfontäne aus der Sprinkleranlage richtete er seinen Blick nach oben. Baxter fuhr zusammen. Über dem Küchenblock fehlte das Lüftungsgitter. Das Loch, das sich ihm bot, war groß genug für einen Erwachsenen.

Der Chief schlug die Tür zur Bordküche wieder zu und stürzte hinter Nelson her, der die Stahltür bereits geöffnet hatte. Sengende Hitze schlug den Männern entgegen. Inzwischen konnte man vor lauter Wasserdampf und Qualm kaum noch die Hand vor Augen sehen. Baxter drehte sich zu Jassir herum.

»Wir müssen da jetzt hinein«, brüllte er gegen die Feuersirene, das Dröhnen der Schiffsaggregate und das Rauschen des Wassers aus dem Sprinkler an. »Wollen Sie mitkommen?«

Instinktiv hob Jassir seine Waffe. Baxter achtete nicht darauf. Er folgte dem Filipino bereits auf dem Fuße. Immer heißer wurde die Luft. Trotz des dichten Wasserdampfes konnte man schon deutlich den hellroten Schein des ausgebrochenen Feuers entdecken. Die Arme schützend vor den Augen, arbeitete er sich Schritt für Schritt voran. In den undurchdringlichen Wasserdampf mischte sich mehr und mehr beißender Rauch. Es stank nach verschmorter Kabelisolierung und verkohltem Kunststoff. Nelson begann zu husten und zu würgen. Der Engländer arbeitete sich bis zu ihm vor und deutete ihm mit einer knappen Handbewegung an, vor dem Eingang in den Maschinenraum zu warten. Immer noch prasselte das Wasser kübelweise auf die drei Männer herab. Baxter riss einen schweren Feuerlöscher aus der Halterung und aktivierte die Sprüheinrichtung. Das trompetenförmige Schlauchendstück voranhaltend, kletterte er über die Schotteinfassung und verschwand im Nebel aus Wasserdampf und blaugrauem Qualm.

Baxter versuchte sich zu orientieren. Die Flammen kamen von der Steuerbordseite. Dort, wo sich das Kontrollpult für die gesamte Maschinenanlage befand. Trotzdem atmete er erleichtert auf. Die riesigen Dieselmotoren dröhnten zwar langsam aber unbeeindruckt vor sich hin, und auch die beiden Wellen schienen noch immer ungehindert zu rotieren. Erleichtert atmete er auf. Das hätte noch gefehlt! Antriebslos und ohne Funkeinrichtung mitten auf dem Atlantik in einen Sturm zu geraten. Mit einer energischen Handbewegung aktivierte er den schweren Metallzylinder und drückte auf den Auslöser. Ein heller Schaumteppich legte sich über das lichterloh brennende Kontrollpult, doch das Löschwasser verdünnte den Schaum zu sehr. Jemand musste endlich den verdammten Sprinkler und die Stromzufuhr abschalten.

Inzwischen tauchte Nelson Santos hinter ihm auf. Baxter drückte dem jungen Mann den Löscher in die Hand und deutete auf das immer noch brennende Pult. Der Filipino nickte. Baxter wandte sich ab und bahnte sich den Weg an der Backbordmaschine vorbei bis zu den Stromerzeugern. Mit einem beherzten Griff schaltete er das Aggregat ab. Anschließend ließ er das Handrad an dem hellroten Ventil durch seine Hände wirbeln. Schlagartig ließ der salzige Regen nach. Als es nur noch vereinzelt von der Decke tröpfelte, konnte Nelson Santos das immer noch brennende Kontrollpult endlich in einen dichten Schaumteppich hüllen. Seltsam, dachte Baxter. Das Ding konnte sich doch nicht von selbst entzündet haben. Kurzschluss als Brandursache schied aus. Sonst hätte sich die Stromzufuhr automatisch abgeschaltet. Unwillkürlich richteten sich seine Nackenhaare auf. Da hatte jemand offensichtlich nachgeholfen. Er erinnerte sich an das Loch über der Küchenzeile. Sollte etwa Kopernikow …?

»Schöne Schweinerei«, brummte Nelson Santos und wischte sich die rußgeschwärzten Hände an seinem völlig durchnässten Hosenbein ab.

Die beiden Männer sahen zum Fürchten aus. Ruß, Löschwasser und Löschschaum hatten ihre Gesichter dunkelgrau gefärbt. Nelson überkam ein heftiger Nießreiz. Das Wasser für die Sprinkler stammte schließlich aus dem Atlantik.

»Das kannst du laut sagen«, meinte der Chief und deutete verstohlen auf den Mann mit der Maschinenpistole.

Jassir lehnte sich gegen die Schotteinfassung, hielt die Mündung seiner UZI in ihre Richtung und hielt sein Handsprechfunkgerät ans Ohr. Offenbar erörterte er mit seinem Anführer das weitere Vorgehen. Baxter schwante Unheil. Jassir hatte die Brandstelle in Augenschein genommen und war auf ein unscheinbares Metallgehäuse gestoßen. Der Engländer ahnte, worum es sich dabei handelte. Ein Zünder. Das Feuer war also absichtlich gelegt worden. Nun konnten sie sich an Bord auf etwas gefasst machen. Mit Al-Nudar und Jassir dürfte von nun an wirklich nicht mehr zu spaßen sein.

»Ihr bleibt hier unten«, fauchte Jassir und steckte sein Handfunksprechgerät zurück in seine Gürteltasche. »Und bringt die verdammten Maschinen wieder auf Touren! Volle Kraft voraus. Keine Tricks! Wir kontrollieren die Fahrtgeschwindigkeit mit dem GPS-Empfänger.«

»Ja, ich weiß«, knurrte Baxter. »Sonst müssen die Frauen dran glauben.«

Wütend riss der Libanese einen der Feuerlöscher aus seiner Halterung, sprang durch die Stahltür und verschloss den Eingang in den Maschinenraum. Etwas Metallisches polterte gegen die Tür.

»Das wagt er nicht!« rief Baxter und sprang zum Schott.

Doch so sehr er sich auch bemühte, der schwere weiße Stahlhebel ließ sich nicht herunterdrücken. Jassir hatte ihn offenbar mit dem Feuerlöscher von außen blockiert. Sie saßen buchstäblich in der Falle.

»Was ist passiert?« schrie das junge Mädchen auf. Mit wehenden Haaren stürzte sie auf die beiden Männer zu. Panik und Entsetzen standen ihr ins Gesicht geschrieben. Auch Alain war aufgesprungen und schaute sich verwirrt um. Der Klang der Sirene steigerte sich in der Halle mit den Wassersportfahrzeugen zu einem ohrenbetäubenden Crescendo.

»Wir müssen hier raus!« brüllte Larry Cohen gegen den Lärm an. »Das Signal bedeutet Feueralarm!«

Beinahe zeitgleich nahm das Dröhnen der Maschinen ab. Dafür öffneten sich von oben die Schleusen. Eiskaltes Salzwasser prasselte auf sie herunter.

»Was soll denn das schon wieder?« rief Alain und hielt instinktiv die Hände über den Kopf.

»Sprinkleranlage«, antwortete Larry und packte Elizabeth am Arm.

»Müssen wir wieder durch den Schacht?« fragte das Mädchen mit ängstlicher Stimme.

»Viel zu riskant«, widersprach der Engländer. »Nein, wir gehen durch den Gang.«

»Und die Typen, die sich da draußen herumtreiben?« warf Alain zweifelnd ein.

»Wollen Sie hier unten gegrillt werden?« antwortete der Erste Offizier. »Wer weiß, wo das Feuer ausgebrochen ist und wie schnell es sich ausbreitet.«

Alain deutete auf eine der Seenotrettungsbaken. »Was ist jetzt mit diesen Dingern?«

Larry überlegte. Die Baken waren schwer und sperrig. Man konnte höchstens eine mitnehmen, und die würden er und Alain abwechselnd tragen. Er drückte Elizabeth die Feuerwehraxt in die Hand. Sicher war sicher.

Inzwischen waren sie völlig durchnässt. Gurgelnd lief das Löschwasser zwischen ihren Füßen zum Heck hin ab. Verdammte Hydraulik, fluchte Larry in sich hinein. Ließe sich doch bloß die Plattform absenken. Dann stünde ihrer Flucht in einem der stark motorisierten Begleitboote angesichts der mittlerweile gestoppten Maschinen nichts mehr im Wege.

Larry überlegte weiter. Offenbar war das Feuer im Maschinenraum ausgebrochen. Sie befanden sich hier genau ein Deck höher.

Larry dachte an die Treibstofftanks. Diesel konnte zwar nicht explodieren, aber einmal entzündet, für ein unkontrolliertes Feuerinferno sorgen. Sein Entschluss stand mit einem Mal fest. Es musste ihnen gelingen, die Seenotrettungsbake zu aktivieren. Das war er den Passagieren und auch der Crew schuldig. Selbst wenn er dadurch einem der bewaffneten Piraten in die Hände fiel.

»Okay, nehmen wir eine mit!« rief Larry.

Er hob die Bake an. Das Ding war verdammt schwer. Erst jetzt merkte er, dass ihm die Kopfverletzung und die Anstrengungen der letzten Stunden doch mehr zugesetzt hatten, als er sich hatte eingestehen wollen. Vor seinen Augen begannen helle Sterne auf und ab zu tanzen. Er stolperte. Alain sprang vor und nahm ihm das feuerrote Behältnis aus den Händen.

»Danke«, meinte er nur. »Wird es gehen?«

Alain nickte. So stolperten sie durch einen schier undurchdringlichen Vorhang aus salzigem Wasser los. Larry ging voran. Ihm folgten in kurzem Abstand die junge Tennisspielerin und schließlich der Franzose. Kurz darauf erreichten sie das erste Zwischenschott. Larry nahm Elizabeth die Axt aus der Hand und bewegte langsam den schweren Hebel nach unten. Die Scharniere gaben leise quietschende Geräusche von sich. Unwillkürlich hielt Larry den Atem an und packte den Griff fester. Elizabeth drückte sich ängstlich gegen die Wand. Alain kauerte währenddessen im Löschwasser.

Damit rechnend, urplötzlich im Kugelhagel zu stehen, drückte Larry die Tür vorsichtshalber mit der Axt vollständig auf. Instinktiv schloss er die Augen, doch nichts geschah. Vermutlich hatten die Wachposten, vom Feueralarm aufgeschreckt, längst das Weite gesucht. Larry grinste und versuchte mit einer aufmunternden Geste Zuversicht zu verbreiten. Er schaute sich um. Die nächste Verbindungstür stand glücklicherweise offen. Immer noch prasselte Löschwasser auf sie herab. Wenigstens dämpfte dieses unablässige Rauschen und Spritzen ihre Schritte.

»Wenn wir Glück haben, sind die Vögel ausgeflogen«, keuchte der Franzose, als sie auf das nächste verschlossene Zwischenschott zustolperten. Sein Atem ging stoßweise. Das Schleppen dieser schweren Bake durch den engen Gang bei dem ständig von oben prasselnden Löschwasser strengte an. Zudem konnte er auch nicht richtig atmen, weil ihm das Salzwasser in Nase und Nebenhöhlen brannte.

»Hinter dieser Tür liegt ein Vorraum«, erklärte Larry. »Dort gibt es eine Treppe und einen Aufzug. Den Lift können wir natürlich vergessen, aber vielleicht ist ja die Treppe frei. Sie führt nach oben zum Passagierdeck. Okay, ich öffne jetzt die Tür. Drückt mir die Daumen!«

Larry nahm die Axt in die rechte Hand und schob den Riegel vorsichtig nach unten. Zentimeter für Zentimeter drückte er die Tür nach außen auf. Als sich ein etwa zehn Zentimeter breiter Spalt abzeichnete, lugte er vorsichtig um die Ecke. Er warf einen Blick über seine Schulter. Elizabeth verbarg sich, offenbar mehr vor Aufregung als vor Kälte zitternd, hinter Alain, der die Bake zu ihrem und seinem eigenen Schutz in Brusthöhe hielt.

Larry nickte ihnen zu und drückte die Tür noch ein Stück weiter auf. Schließlich war der Spalt so groß, dass er seinen Kopf hindurch stecken konnte. Er schaute sich um. Der Vorraum, der die Seitengänge mit dem breiten Treppenaufgang verband, war frei. Erleichtert stieß er die Verbindungstür vollständig auf und deutete dem Franzosen an, ihm zu folgen. In diesem Augenblick polterten schwere Armeestiefel die Treppe hinunter. Elizabeth stieß einen spitzen Schrei aus.

»Oh, Gott, nein!« stöhnte Larry.

Alain blieb wie angewurzelt stehen. Larry versuchte ihn noch in den Schutz der Aufzugnische zu ziehen. Der Kerl mit den Armeestiefeln erfasste die Situation jedoch gleich richtig und zerrte seine Kalaschnikow von der Schulter. Larry sprang vor und riss das Mädchen mit sich zu Boden. Keine Sekunde zu spät. Die erste Garbe fegte dicht über ihre Köpfe hinweg. Plötzlich hörte er hinter sich ein dumpfes Poltern. Larry warf sich herum und sah, dass Alain und der Araber verbissen um das russische Sturmgewehr rangen. Der Fremde trat dabei wild mit seinen schweren Armeestiefeln um sich. Sein Zeigefinger lag offensichtlich immer noch am Abzugshebel.

Jedenfalls zertrümmerte die erste Kugel das Kontrollpaneel an der Lifttür. Das Krachen des Schusses dröhnte ihnen in den Ohren. Es würde nur noch Sekunden dauern, ehe sich die gesamte Piratenbande hier unten versammeln würde. Larrys Hand erreichte den Axtstiel.

In diesem Augenblick legte sich die *Star Cradle* hart über. Da die Maschinen gestoppt worden waren, wurde selbst ein so großes Schiff bei dieser Windstärke zwangsläufig zum Spielball der See. Alain strauchelte. Der Araber entriss ihm den Gewehrlauf und feuerte in seine Richtung. Während sich Alain aufbäumte, schlug der Engländer zu. Die Schneide sauste nieder und trennte den Oberarm des Bewaffneten dicht beim Schultergelenk ab. Das Gewehr fiel krachend zu Boden. Völlig verblüfft starrte der Mann abwechselnd auf seinen unvermuteten Angreifer und auf den nur noch an wenigen Sehnen hängenden Arm. Hellrotes Blut spritzte in hohem Bogen gegen die Wand. Währenddessen wälzte sich Alain stöhnend auf dem Boden. Sekunden später riss der Araber den Mund auf. Doch er kam nicht mehr dazu, seinen Schrei auszustoßen. Larry zertrümmerte ihm mit dem nächsten Schlag den Schädel. Grauweiße Hirnmasse ergoss sich über sein Gesicht, während er röchelnd zu Boden fiel.

Elizabeth gab einen panischen Schrei von sich. Nach ihrer Flucht durch die Kontrollschächte, dem Ausharren in dem engen stickigen Verschlag und den Wasserkaskaden der Sprinkleranlage gab ihr diese martialische Szene den Rest. Natürlich hatte auch sie schon Horrorvideos gesehen, aber einem echten Menschen beim Sterben zuzusehen, war etwas ganz anderes. Larry drückte dem Mädchen seine Hand auf den Mund.

»Nicht hinsehen, Elizabeth!« forderte er sie auf. »Es ist vorbei. Und hören Sie auf zu brüllen. Davon wird es auch nicht besser. Man wird uns entdecken.«

Ein braunes Augenpaar schaute ihn entsetzt an. Immer noch hielt er ihr den Mund zu. Larry deutete mit einem Kopfnicken auf Alain, der inzwischen keinen Ton mehr von sich gab.

»Okay?« fragte er sie. Elizabeth gab keine Antwort. Vorsichtig lockerte er seinen Griff.

Mit weit aufgerissenen Augen machte sie sich von ihm los und wich zurück.

»Mörder!« keuchte die junge Amerikanerin. »Mörder! Sie haben ihn einfach umgebracht!«

Larry schüttelte den Kopf. Was sollte er darauf antworten? Er war kein Mörder. Er hatte eindeutig in Notwehr gehandelt. Wäre er ihm nicht zuvorgekommen, hätte sie der Kerl abgeknallt wie auf einer Treibjagd. Der Engländer streckte seinen Arm nach ihr aus.

»Oh, mein Gott!« keuchte Elizabeth erneut und wich noch weiter zurück.

»Hören Sie ...«, stammelte Larry und versuchte ihre Schultern zu packen.

Mit einem Mal begann das junge Mädchen zu zittern. Schluchzend stürzte Elisabeth die Treppe hinauf. Larry überlegte, ob er ihr folgen sollte. Dort oben lief sie mit Sicherheit in wenigen Augenblicken dem nächsten der Piraten in die Arme.

Sein Blick fiel auf den angeschossenen Alain, der immer noch regungslos am Boden lag, und die Seenotrettungsbake, die im Seegang von einer Ecke in die andere rollte. Er musste sich entscheiden: Entweder nur Alain oder Besatzung und Passagiere retten. Ließ er die Bake liegen und schleppte er den Franzosen in Sicherheit, war die zweite Chance vertan; entschied er sich für die erste Möglichkeit, würde Alain vermutlich verbluten.

Der junge Schiffsoffizier schüttelte sich, als könnte er dadurch all das Schreckliche der letzten Stunden abstreifen. Dort lag ein grässlich zugerichteter Mensch, den Kopf zerhackt, den Arm halb abgetrennt, unmittelbar daneben Alain mit einer stark blutenden Schusswunde. Wertvolle Augenblicke vergingen, während er unschlüssig zwischen Lifttür und Treppe verharrte. Eine entsetzliche Verantwortung lastete auf seinen Schultern. Zum ersten Mal wünschte er sich den Kapitän herbei.

Plötzlich ging ein Ruck durch seinen Körper. Mechanisch ergriff er die schwere Seenotrettungsbake. Er schob die nächste Verbindungstür auf und schleppte sich torkelnd durch den schmalen Gang bis zum nächsten Treppenaufgang. Dabei kam er an den Mannschaftsquartieren vorbei. Sein Glück, dass der einzige dort stationierte Wächter, grün vor Seekrankheit und alles nach allen Richtungen von sich gebend, keine Kraft und Willensstärke mehr besaß, ihm Einhalt zu gebieten. Larry stieg über den Hilflosen und die Lache seiner Exkremente hinweg und stapfte weiter, immer nur die nächste Verbindungstür vor Augen.

Er erreichte die Halle. Direkt vor ihm führte die Treppe nach oben. Dort, ein paar Stufen höher, gab es einen Ausstieg auf das Seitendeck. Mit eckigen Bewegungen versuchte er das andauernde Schlingern des Schiffes auszugleichen und stolperte weiter voran. Er spürte nicht, wie ihm immer wieder schwarz vor Augen wurde und ihn seine Kräfte im Stich lassen wollten. Er achtete auch nicht auf die Stimmen, die hinter ihm laut wurden. Endlich erreichte Larry den Ausgang. Kurzentschlossen warf er sich gegen die Stahltür und hoffte, dass sie noch niemand verschalkt hatte. Sie öffnete sich langsam, und der Wind riss sie schließlich vollständig auf. Larry stieg über die Schwelle und strauchelte. Die hellrote Bake entglitt seinen Händen und polterte über das Deck. Der Wind fuhr ihm durch die Haare und zerrte an seiner verdreckten und völlig durchnässten Uniform. Die schneidende Kälte spürte er nicht. Wie ein seelenloser Android wankte er hinter der Bake her, die im Takt der Dünung zwischen Reling und Aufbauten hin und her polterte.

Keine zwei Atemzüge später stürzten zwei Bewaffnete hinter ihm her. Der Engländer beugte sich herab und stemmte die Seenotrettungsbake in die Höhe. Das Zurückschnalzen der Sicherungsbügel zweier todbringender Waffen war auf diese Entfernung und bei diesen Windgeräuschen sowieso nicht zu hören. Es hätte ihn von seinem Vorhaben auch nicht mehr abgehalten. Larry dachte nur noch an die *Star Cradle*, ihre Crew und die Passagiere. Deren Rettung trennte allenfalls eine Armlänge. Die erste Kugel erwischte seine Schulter. Die Wucht des Geschosses ließ ihn herumwirbeln. Immer noch hielt er die Rettungsbake mit dem eingebauten Peilsender in Brusthöhe.

Kurz darauf traf ihn die nächste Kugel. Eine besonders hohe Welle hob die *Star Cradle* an. Die rote Bake glitt über die Reling.

Larrys letzter Gedanke galt einer bezaubernden Amerikanerin mit faszinierenden braunen Augen.

»Das lasse ich nicht zu!« stieß der Kapitän hervor. Seine Augen funkelten vor Zorn und Entsetzen.

Der Mann mit dem von Narben entstellten Gesicht schob Kössner zur Seite und winkte Jassir. Der Schmächtige nickte nur kurz und wählte willkürlich fünf Männer aus.

Anlässlich des Zwischenfalls im Maschinenraum hatte Al-Nudar bereits ernste Konsequenzen angekündigt. Als er dann auch noch erfahren musste, dass ein weiteres Mitglied seiner Kommandoeinheit offensichtlich von einem Schiffsoffizier getötet worden war, sann der Palästinenser auf Rache. Die Tatsache, dass es sich bei dem Täter um den angeblich über Bord gegangenen Ersten Offizier handelte, machte ihn glauben, Kössner wollte ihn an der Nase herumführen. Außer sich vor Wut gab der Anführer der Terroristen Anweisung, ein paar Passagiere und Matrosen in den Speisesaal zu schaffen. Inzwischen hatte die *Star Cradle* wieder Fahrt aufgenommen. Wegen der weitgehend zerstörten Kontrolleinrichtung konnte der Antrieb nur noch vom Maschinenraum reguliert werden. Ron Baxter und Nelson Santos mussten hierfür unter Deck bleiben. Angesichts der ausgefallenen Klimaanlage, der verschmorten und stinkenden Kunststoffteile, des permanenten Lärms und des herumschwappenden Löschwassers kam das Ausharren dort unten einem Aufenthalt im Vorhof zur Hölle gleich.

Al-Nudar drehte sich zu Kössner herum. »Ich werde Ihnen jetzt beweisen, was ich alles kann. Ich habe Sie gewarnt! Keine Tricks! Sie haben ja nicht hören wollen.«

»Was haben Sie mit meiner Tochter vor?« mischte sich auf einmal der Senator ein. Elizabeth Meville wurde in diesem Augeblick von einem der Piraten an den Haaren herbeigeschleift. Ihr Vater schob sich an Kössner vorbei und starrte den Wortführer der Terroristen mit einer Mischung aus Ungläubigkeit, Zorn und Trotz an.

»Richtig.« Der Narbige grinste und tat dabei so, als würde er angespannt nachdenken. »Die junge Dame ist ja Ihre Tochter. Wie bedauerlich, dass Sie mir ihre Abwesenheit verschwiegen haben. Ich werde jetzt ein Exempel statuieren, damit es nicht ein weiteres Mal zu Anfällen von Heldentum an Bord kommt.«

»Sie sind ja wahnsinnig!« stieß der Senator aus, wurde jedoch von einem Gewehrkolben zum Schweigen gebracht. Meville ging in die Knie. Der Hieb hatte seine Magengegend getroffen.

»Nein, dieser Mann ist nicht wahnsinnig«, ertönte hinter dem Kapitän eine Stimme. »Er ist lediglich ein skrupelloser Mörder. Ein Verbrecher der übelsten Sorte. Wahnsinn, Senator, ist eine Geisteskrankheit. Wäre er wahnsinnig, dann müsste man Mitleid mit ihm haben.«

Mit Entsetzen hatte sie feststellen müssen, dass es sich bei einem der Unglücklichen um ihren Begleiter handelte. Alain lag besinnungslos auf dem Boden. Einer der Bewaffneten hatte auch ihn hereingeschleppt und dann achtlos zu Boden fallen lassen.

Jassir sprang vor und hob seine Faust. Sein Blick kreuzte den der jungen Frau. Zwei Augenpaare starrten sich hasserfüllt an. Rachel Steinberg wich nicht einen Millimeter zurück. Ihre Augen wurden zu schmalen Schlitzen. Die Hand des Libanesen zuckte vor. Er packte das Handgelenk der Amerikanerin.

»Soll ich sie dir brechen?« fauchte Jassir und deutete auf die schmalen, geradezu grazilen Finger der jungen Frau. »Einzeln? Ganz langsam? Ich sage dir, du jüdisches Flittchen, wenn ich erst mit deinem Daumen fertig bin, wirst du bereits deine Geburt verfluchen.«

Rachel schluckte heftig. Einer Auseinandersetzung war sie noch nie aus dem Weg gegangen. Ihre Behinderung betrachtete sie stets als Herausforderung, weniger als Schicksal. Aber nun war sie an einem Punkt angelangt, wo die nackte Existenz auf dem Spiel stand.

Sie konnte vielleicht ihr Gewissen beruhigen, indem sie sich weigerte, klein beizugeben, aber waren es diese Verbrecher wirklich wert, dass sie für blanken Hass sich selbst opferte? Musizieren war das einzig Wichtige in ihrem Leben. Und Aubin würde sie mit ihrer Unnachgiebigkeit wohl auch nicht retten können.

»Amerikaner!« stieß Jassir voller Wut hervor und schleuderte ihr Handgelenk zur Seite, als hätte er etwas Ekliges angefasst. »Mit Raketen, Kampfflugzeugen und Bomben seid ihr mutig.«

»Und ihr, solange ihr eine Maschinenpistole auf Wehrlose richten könnt, nicht wahr?« fauchte Rachel zurück.

Der Schmächtige sprang erneut vor.

»Jassir!« rief der Mann mit dem Kopftuch der Al-Fatah. »Wir vergeuden Zeit. Um die Jüdin kannst du dich immer noch kümmern.«

Er warf der jungen Frau im Rollstuhl einen anzüglichen Blick zu. »Sie läuft dir schon nicht davon.«

Schließlich wandte er sich wieder an den Kapitän.

»Eigentlich müssten für jeden meiner getöteten Männer mindestens zehn von Ihren Leuten dran glauben«, meinte der Palästinenser mit einem kalten Lächeln auf den Lippen. »Aber ich will in diesem Fall noch einmal Gnade vor Recht ergehen lassen, auch wenn es mir schwer fällt. Vier von euch Kerlen, der Helfershelfer ihres Ersten Offiziers und das Mädchen dürften reichen.«

In diesem Augenblick betrat ein Mann den Speisesaal. Obwohl dessen Gang ein wenig unsicher erschien, wirkte sein Auftreten dennoch souverän.

»Das lasse ich nicht zu«, krächzte Barkowsky. Dabei deutete er auf das junge Mädchen. »Lassen Sie Miss Meville gehen. Sie steht unter Schock.«

»Wer, zum Teufel, ist der Kerl?« zischte Jassir und zückte seine UZI.

Unbeeindruckt stellte sich Barkowsky vor den Schmächtigen. Trotz der Distanz konnte Kössner dessen cognacverbrämten Atem riechen. Widerwillig schüttelte er den Kopf. Er hätte seinen Schiffsarzt schon längst zur Rede stellen sollen. Der Kerl schien tatsächlich Alkoholiker zu sein.

»Ich bin Rick«, lächelte der Doc. »Rick, der Deutsche. Auch bekannt als 'Le Doc'.«

Er drehte seinen Kopf zu Al-Nudar, ohne sich dabei aus der Schusslinie der Maschinenpistole zu entfernen.

»Was ist, Mohammed?« brummte er dem Narbigen entgegen. »Erinnerst du dich nicht mehr? Frühjahr 1990. Das Lager der Taliban-Milizen?«

Al-Nudar verzog die Augen zu Schlitzen.

»Ich habe mich also doch nicht geirrt«, knurrte der Palästinenser. »Du bist dieser Arzt von 'Medecins sans Frontiers', nicht wahr?«

»Zugegeben, ich habe mich in den letzten Jahren ein wenig verändert« antwortete Barkowsky. »Einige behaupten, nicht gerade zu meinem Vorteil.« Seine Stimme nahm einen blechernen Klang an. »Du erinnerst dich noch an dein Gelöbnis?«

Al-Nudar sprang vor und packte den Arzt am Aufschlag seiner Uniformjacke.

»Bestehst du etwa darauf, dass ich mein Versprechen ausgerechnet hier und jetzt einlöse?«

»Als ich deinem Vetter damals im Feuerhagel der Regierungstruppen die Kugel aus seiner rechten Lunge herausoperierte«, erwiderte der Deutsche ungerührt, »hast du anders geredet. Du sagtest damals, dass ich einen Wunsch frei hätte, würden wir uns jemals wiedersehen.«

»Was willst du also?«

»Lass das Mädchen gehen«, meinte Barkowsky, ohne auch nur einen Wimpernschlag zu zögern.

Der Palästinenser überlegte kurz. Schließlich atmete er tief durch, doch sein Gesicht wirkte versteinert.

»Niemand soll mir nachsagen, dass ich meine Versprechen nicht einhalte«, fauchte er dem Deutschen entgegen. »Selbst dann nicht, wenn es um die große Sache geht.«

»Welche 'große Sache'?« entgegnete Barkowsky und deutete auf die Gruppe der Unglücklichen, die mit weit aufgerissenen Augen in die Gewehrmündungen der Piraten starrten. »Terrorismus, Geiselnahme, Mord? Ist das die 'große Sache', von der bei euch allerorten gesprochen wird?«

Al-Nudar hob warnend den Zeigefinger seiner rechten Hand. »Meine Geduld hat Grenzen. Das Mädchen bleibt hier oben bei den anderen. Und nun verschwinde. Geh mir aus den Augen.«

Er gab seinen Männern ein Zeichen, woraufhin die junge Amerikanerin freigelassen wurde. Meville schloss seine schluchzende Tochter in die Arme. Dem Arzt nickte er nur kurz zu. Barkowsky wankte jedoch bereits durch die Zwischentür in Richtung Bar.

Der Narbige klatschte zornig in die Hände.

»Schluss der Vorstellung!« fauchte er. »Bringen wir es hinter uns. Es ist schon spät.«

Jassir und zwei seiner Leute zückten ihre Waffen und drängten die Männer nach achtern auf das Promenadendeck. Unter den Zurückgebliebenen brach Unruhe aus. Erst, als einige Garben aus den Sturmgewehren mit Nachdruck für Ruhe sorgten, erstarben die aufgeregten Stimmen. Zitternd verfolgten die Zurückgebliebenen das Schauspiel, das sich ihnen bot.

»So tun Sie doch etwas!« rief Rachel aufgebracht.

Der Kapitän versuchte ein letztes Mal, Al-Nudars Vorhaben Einhalt zu gebieten. Ungeachtet der erhobenen Gewehrmündungen folgte er Jassir nach draußen. Erst in diesem Augenblick merkte er, wie stark der Wind bereits angeschwollen war. Die Brecher krachten gegen die Bordwand der *Star Cradle*. Gischt spritzte inzwischen bis zur Reling empor. Die Maschinenanlage fiel ihm ein. Der Fünfmaster war eigentlich so konstruiert, dass man langanhaltenden Stürmen eher unter kleiner Besegelung begegnete.

Kössner stellte sich demonstrativ vor die fünf Delinquenten. Zwei von ihnen stützten den leblosen Alain Leblanc. Dass es noch nicht zu einer Panik gekommen war, schloss der Kapitän darauf, dass die Männer offenbar nur mit einer Demonstration seiner Stärke rechneten. Schließlich kannten sie den Anführer der arabischen Terroristen nur von den Gerüchten her, die über ihn kursierten.

»Geh zur Seite, oder du bist mit dran!« brüllte Jassir und hob seine UZI. Spielerisch ließ er den Sicherungshebel zurückgleiten und hob die Maschinenpistole in die Höhe.

Einer der Unglücklichen begriff, was sich da offenbar nun doch anbahnte. »Machen die wirklich ernst?« fragte er keuchend.

Kössner antwortete nicht. Der Mann sank auf die Knie. Weinend und stammelnd bat er den Libanesen um Gnade.

»Ich habe Geld«, stammelte er unter Tränen. »Ich kann Ihnen Geld geben. Ich überweise es Ihnen. Ehrlich. Aber lassen Sie mich und meine …«

Weiter kam er nicht. Die erste Kugel aus der israelischen Maschinenpistole brachte ihn zum Schweigen. Unter seinem leblosen Körper breitete sich ein heller Blutfleck aus. Mit einem Schlag fiel die Lethargie von den übrigen Männern ab. Blankes Entsetzen spiegelte sich in ihren Augen wieder. Die beiden Matrosen, die Alain stützten, ließen den verletzten Franzosen zu Boden fallen und sprangen zur Seite, um offenbar über das Seitendeck nach achtern zu fliehen. Jassir nickte einem der Piraten zu. Der Dunkelhäutige hob seine Kalaschnikow, zielte und riss den Abzugsbügel seines Sturmgewehrs zweimal hart durch. Den ersten Flüchtling riss es noch vor Erreichen des Seitendecks von den Beinen. Der andere hatte die Reling bereits erreicht. Brüllend riss er die Arme hoch, krachte gegen den stabilen Seezaun und fiel vornüber in die aufgepeitschte See.

Erst in diesem Augenblick nahmen Jassir und Kössner das Brummen über ihren Köpfen wahr. Der Libanese hob den Kopf und starrte zur Brücke hinauf, woher das Geräusch kam. Über der *Star Cradle* kreiste ein Suchflugzeug der spanischen Küstenwache.

Kapitel 22

Edward Hurt wirbelte in seinem schweren Ledersessel herum und starrte sein Gegenüber fassungslos an. »Sagen Sie das noch einmal«, keuchte er. Sein Gesicht verfärbte sich aschfahl. Man sah dem britischen Politiker deutlich an, dass er an einem Tag wie diesem den Job des Innenministers etwa genauso liebte wie Kakerlaken in der Speisekammer. Das Gesicht des anderen Mannes blieb ausdruckslos. Abwartend drehte er die Handmappe zwischen den Fingern.

»Es tut mir leid, Sir«, entschuldigte sich der Regierungsbeamte. »Ich gebe lediglich das weiter, was uns die Navy durchgegeben hat.«

»Schon gut«, stöhnte Hurt und überflog noch einmal die Nachricht auf dem Papierstreifen.

'Gegen 1100 UTC automatisierten Seenotruf auf 1,6 Gigahertz aufgefangen. Als Notrufquelle wurde von der spanischen Küstenwache eindeutig eine der schiffseigenen EPIRBs des Kreuzfahrtschiffes *Star Cradle* identifiziert. Alle Versuche, den Havaristen über Grenzwelle, UKW-Funk oder per Satellit zu erreichen, schlugen bislang fehl. Ein zwischenzeitlich entsandtes Suchflugzeug der SAR entdeckte die *Star Cradle* etwa 900 sm südwestlich Straße von Gibraltar. Das Schiff, ein moderner Fünfmaster, lief zu dieser Zeit nur unter Maschine auf Westkurs und das bei stürmischer See. Co-Pilot des SAR-Einsatzkommandos will achtern mehrere bewaffnete Personen ausgemacht haben. Seiner Einschätzung nach kam es an Deck zu Schusswaffengebrauch. Weitere daraufhin vorgenommene Anrufe über Funk blieben weiterhin ohne Erfolg. Das Flugzeug der SAR drehte anschließend wieder ab.'

Edward Hurts Magen drehte sich bei diesen Zeilen erneut um.

»Kein Zweifel?« wandte er sich noch einmal an den Uniformierten.

»Nicht der geringste, Sir«, erwiderte der Beamte. »Ich habe mich extra noch einmal vergewissert.«

»Ich danke Ihnen«, brummte Hurt und deutete mit der rechten Hand unmissverständlich zur Tür.

»Natürlich, Sir«, erwiderte sein Mitarbeiter und verließ mit etwas steifem Gang das Büro seines Chefs.

Edward Hurt griff zum Telefon. »Larissa, geben Sie mir bitte Mr. Goodwin.«

»Den Abgeordneten?« fragte die Stimme aus dem Lautsprecher auf seinem Arbeitstisch.

»Kennen Sie noch einen anderen Goodwin?« fauchte Hurt zurück. Im nächsten Moment nahm er sich zusammen. »Tut mir leid, Larissa. Es war nicht so gemeint. Ich bin im Augenblick ein wenig nervös.«

»Kann ich mir denken«, brummte seine Sekretärin leise vor sich hin, während sie bereits mit flinken Fingern einen bestimmten Mobilfunkanschluss anwählte. »Wie oft kommt es schon vor, dass du das alte Hinkebein so kurz hintereinander um eine Unterredung bittest.«

»Ist der Kerl von Sinnen?« fauchte eine Stimme im Rücken des Commodores.

Der zornige Einwand schien berechtigt. Vor der bunt bedruckten Markierungsboje lieferte sich in diesem Augenblick der südenglische Lokalmatador ein Showdown mit einem der selbsternannten französischen Segelheroen.

»Der Bastard kann mit seiner Schüssel von mir aus die Welt umsegeln, aber hier im Solent soll er sich gefälligst an die Regeln halten.«

»Du hast Recht, Patrick«, brummte der Commodore und ließ das Fernglas sinken.

Erwartungsgemäß schoss auf der englischen Regattayacht die rote Protestflagge nach oben. Ihr Skipper war bei der Umrundung der vor Cowes ausgelegten Wendemarkierung auf recht spektakuläre Weise behindert worden. Das Funkgerät quäkte.

»Was denn nun noch?« knurrte Goodwin, als er hörte, wer sich bei der Regattaleitung beschwerte. Der Anruf kam von der französischen Yacht.

»Mich trifft keine Schuld!« parlierte der Franzose in gebrochenem Englisch.

»Protest angenommen!« wiegelte der Commodore des Königlichen Yachtclubs, der die Wettfahrt vor den Toren der südenglischen Segelsportmetropole ausrichtete, den Einwand ab. »Die *Exeter* wurde eindeutig von Ihnen behindert.«

»Aber das stimmt doch gar nicht!« versuchte sich der Gemaßregelte zu verteidigen. »Das ist Parteinahme! Eine Mast-Querab-Situation hatte sich noch …«

»Sind Sie zum Segeln nach Cowes gekommen?« fauchte Sir Patrick in das Handmikrophon, »oder zum Diskutieren? Umrunden Sie gefälligst noch einmal die Wendemarke, oder Sie sind disqualifiziert!«

Eine heftige Diskussion zwischen Goodwin, dem Commodore und dem französischen Skipper entbrannte. Sir Patrick hatte Widerspruch gegenüber der Regattaleitung, der er seit Jahren angehörte, noch nie leiden können. Schon gar nicht, wenn sich einer dieser arroganten Festlandeuropäer gegen das Reglement auflehnte. Zum Glück handelte es sich nicht um einen Deutschen, sonst wären seitens Sir Patrick wesentlich härtere Töne angeschlagen worden.

»Jetzt ist aber Schluss mit der Debatte!« knurrte der Commodore in das Mikrophon der Funksprechanlage.

Goodwin nickte grimmig. Wenigstens hatte sich die behinderte *Exeter*, ein Schiff aus seinem Heimatclub am River Beaulieu, in der Zwischenzeit ein gutes Stück absetzen können. Allerdings schob sich auch der Rest des Feldes unaufhörlich näher. Sein Klubkamerad hatte wohl den Zweikampf gewonnen, nicht jedoch das Rennen. Gebannt verfolgte er die weiteren Manöver der *Exeter*. Er hätte alles dafür gegeben, in diesem Augenblick selbst am Ruder der Hochseeyacht stehen zu dürfen, aber sein Arzt war strikt gegen solche sportlichen Aktivitäten. Die Gefahr, bei einer unkontrollierten Schiffsbewegung zu stürzen und sich das ohnehin marode Bein noch mehr zu verletzen, war den Genuss einer Segelregatta nicht wert. Bei diesem Gedanken ballte Goodwin unwillkürlich die Fäuste. Sein Handy summte.

»Wer zum Teufel …?« bellte er in die Sprechmuschel.

»Büro des Innenministers, Sir«, meldete sich eine weibliche Stimme. »Augenblick, Sir. Ich stelle zu Mr. Hurt durch.«

Goodwin stöhnte auf. Konnte man nicht einmal fünf Minuten ungestört sein? Was hatte dieser Kerl denn nun schon wieder? War etwa schon wieder irgendwo ein Schiff havariert?

»Hurt, hier«, meldete sich die Stimme des Innenministers. »Wir müssen miteinander reden.«

»Ungestört«, fügte der Mann aus dem Londoner Regierungsviertel hinzu.

»Hat das nicht bis morgen Zeit?« brummte der englische Adelige unversöhnlich. »Ich stehe hier auf der Brücke des Zielschiffes und habe im Augenblick …«

»Alarmstufe Rot«, unterbrach ihn sein Gesprächspartner. »Näheres in London, alter Freund. Wo stecken Sie im Augenblick? Ich schicke Ihnen einen Helikopter.«

»Jesus!« Goodwin schüttelte den Kopf. »Sind die Russen unterwegs, oder hat die Queen ihre Autoschlüssel verloren?«

»Lassen Sie die Späße, Sir Patrick«, erwiderte der Minister steif. »Die werden Ihnen ohnehin vergehen, sobald Sie erfahren haben, was sich inzwischen ereignet hat.«

»Also, ich höre«, schnaufte Goodwin, während er sich in einen der gepolsterten Sessel fallen ließ.

Edward Hurt stand am Fenster und starrte in den regenverhangenen Himmel. Gedankenverloren rührte er dabei mit einem kleinen Löffelchen in seiner Teetasse. Er schien auf jemanden zu warten.

Erst nach einer guten Viertelstunde erschien Walker im Büro des Innenministers. Der britische Geheimdienstchef nahm Platz. Gelassen legte er das rechte Bein über das linke Knie. Helle Flanellsocken wurden sichtbar. Sir Patrick schüttelte missmutig den Kopf. Die Zeiten änderten sich. Unter Margret Thatchers Regierung hätte sich niemand getraut, ihr oder einem ihrer Kabinettsmitglieder dermaßen salopp gegenüberzutreten.

»Sie möchten also, dass ich Mr. Goodwin darüber aufkläre, was sich inzwischen ereignet hat?« erkundigte sich der Neuankömmling übergangslos. Hurt nickte. Dabei schluckte er heftig.

Sir Patrick kniff die Augen zusammen und rieb die Nasenwurzel zwischen Daumen und Zeigefinger. Nicht so sehr die Unhöflichkeit, von einem ehemaligen Untergebenen als 'Mister' bezeichnet zu werden, erzürnte ihn, sondern dessen Umständlichkeit. Übertrieben deutlich warf er einen Blick auf seine Armbanduhr. Er hatte es noch nie ausstehen können, wenn man ihn auf die Folter spannte.

»Nun?« fragte er knapp.

Hurt nickte dem Weißhaarigen zu.

»Das Kreuzfahrtschiff *Star Cradle* läuft im Augenblick auf direktem Weg in Richtung Ostküste der Vereinigten Staaten«, begann der Weißhaarige. »Augenblicklich wird sie mehr als die Hälfte der Distanz zurückgelegt haben. Bei der *Star Cradle* handelt es sich um einen Fünfmaster auf Jungfernfahrt mit Destination Kanarische Inseln. Das Schiff scheint bis auf Schäden an der Takelage völlig in Ordnung. Funkanrufe blieben bisher jedoch ohne Erwiderung.«

»Und was schließen Sie daraus?« unterbrach ihn der Adelige. Goodwin legte sich insgeheim schon eine vor Hohn triefende Antwort zurecht. Das durfte doch nicht wahr sein, dass man ihn schon wieder wegen einer Lappalie eigens nach London einbestellte.

Der Weißhaarige zeigte keine Regung. »Ein Suchflugzeug der Küstenwache will Leute mit Maschinenpistolen an Deck gesehen haben. Auf dem Achterdeck der *Star Cradle* soll es zu Schusswaffengebrauch gekommen sein.«

»Also wirklich, Edward!« bellte Goodwin ungehalten, »Sie verderben mir das einzige Vergnügen, das mir noch bleibt, bergen mich in einem Tragekorb vom Boot des Commodore ab, nur um mir mitzuteilen …«

»Lassen Sie Mr. Walker doch bitte erst einmal ausreden, Sir Patrick«, murmelte der Innenminister.

»Wozu?« fauchte Goodwin. »Mehr als euch zu raten, …«

»Es handelt sich bei den Geschehnissen an Bord der *Star Cradle* nicht etwa um einen gewöhnlichen Piratenüberfall« fuhr Walker ungerührt fort. »Inzwischen liegt uns das mit der Bordkamera des SAR-Aufklärungsflugzeugs angefertigte Bildmaterial vor. Bei zwei der bewaffneten Kerle handelt es sich um Mohammed Al-Nudar und Jassir Assat.«

»Al-Nudar?« brummte Goodwin. Langsam legte sich sein anfänglicher Zorn. Wenn sich ein mit internationalem Haftbefehl gesuchter Topterrorist und ein libanesischer Revolvermann gemeinsam an Bord eines Kreuzfahrtschiffes ein Stelldichein geben, dann handelt es sich tatsächlich nicht mehr um einen Routinefall.

»So ist es.« Hurt nickte freudlos. »Fahren Sie bitte fort, Mr. Walker.«

Der Weißhaarige räusperte sich.

»Wir erhielten heute morgen eine Routinemitteilung des Außenministeriums«, fuhr der Weißhaarige fort. »Dem Bericht unseres Botschafters in Tunis zufolge, hielt sich Al-Nudar kurz vor dem Ablegen der *Mediterranean Sea* ebenfalls im Hafen von Bizerte auf. Beim Beladen des Schiffes soll es zu einer direkten Kontaktaufnahme mit der Besatzung des Frachters gekommen sein.«

»*Mediterranean Sea*?« schüttelte Goodwin den Kopf. »Was zum Henker ist die *Mediterranean Sea*?«

»Der Frachter, den die spanische Küstenwache unlängst vor der dortigen Südküste aufgebracht hat.«

»Etwa der mit der unerklärlichen Virusepidemie an Bord?« schnaufte Goodwin.

»Richtig«, sagte Walker. »Lassen Sie mich bitte fortfahren. Im Hafen von Bizerte kam es laut Bericht des Botschafters zu einem merkwürdigen Zwischenfall. Ein Taxifahrer raste mit seinem Geländewagen geradewegs bis an die Bordwand des Frachters. Nachdem das Fahrzeug dort zum Stehen gekommen war, flüchtete der Mann in den Laderaum. Dabei wurde er von einem Unbekannten verfolgt und durch Schüsse schwer verletzt. Es scheint durchaus möglich, dass es sich hierbei um Jassir Assad handelte. Der Mann soll nämlich mit einer israelischen UZI ausgerüstet gewesen sein, dem Lieblingsspielzeug des Libanesen. Jedenfalls verschwanden er und Al-Nudar anschließend mit dem Geländewagen.«

»Und dieser Taxifahrer?« wollte der Adelige wissen. »Was hat seine Vernehmung durch die dortigen Behörden ergeben?«

»Der Mann starb im Krankenhaus von Bizerte offensichtlich an einer Überdosis Rauschgift«, entgegnete der Innenminister.

»Nicht etwa an dieser Fieberinfektion?« hakte der Alte nach. Walker schüttelte den Kopf.

»Wieso erfahren wir eigentlich jetzt erst von den Vorkommnissen?« warf Goodwin ein.

»Ein bedauerliches Versehen«, murmelte Hurt. »Die Nachricht der Botschaft blieb offenbar im Außenministerium hängen.«

»Blieb sie das?« knurrte der Alte.

»Gut«, fuhr er schließlich in gemäßigtem Ton fort. »Lassen Sie mich rekapitulieren, Edward. Al-Nudar taucht also aus irgend einem unerfindlichen Grund in unmittelbarer Nähe dieser *Mediterranean Sea* auf, und kurze Zeit später erkrankt die gesamte Mannschaft an einer undefinierbaren Virusinfektion. Alle anderen Leute, die vor dem Ablegen in Bizerte mit dem Frachter oder der Besatzung Kontakt hatten, erfreuen sich hingegen bester Gesundheit.«

Hurt schaute den Adeligen erwartungsvoll an. Selbst Walker schien auf einmal dessen Ausführungen mit Interesse folgen zu wollen. »Entweder wollte Al-Nudar ein Exempel statuieren, oder der Zwischenfall an Bord des Frachters war gar nicht geplant«, gab er schließlich zu bedenken.

»An welches Exempel denken Sie?« erkundigte sich Hurt. Goodwin entging nicht, dass der britische Innenminister mit einem Mal ziemlich kurzatmig wirkte.

»Den Einsatz biologischer Kampfstoffe«, knurrte der Adelige. »Es muss als erstes festgestellt werden, von woher Al-Nudar eigentlich kam. Mich würde brennend interessieren, ob vielleicht Irak oder Libyen dabei auf dessen Reiseroute lagen. Falls ja, dann sollten wir uns auf etwas gefasst machen. Ich bin mir sicher, dass Al-Nudar irgend eine Schweinerei vorhat, um Hassan Abdul Jasmani freizupressen.«

»Das ist nicht Ihr Ernst!« keuchte Hurt. Der Innenminister war bleich geworden.

»Wieso nicht?« entgegnete Goodwin ungerührt. »Das liegt doch auf der Hand. Glauben Sie, jemand wie er entführt einen Kreuzfahrer, nur um an den Schmuck der Passagiere heranzukommen? Al-Nudar und Jasmani sind alte Kampfgefährten. Er muss seiner Forderung nach Freilassung Jasmanis schon einen gewaltigen Nachdruck verleihen. Ein Kreuzfahrtschiff auf hoher See stellt ein nicht zu unterschätzendes Verhandlungspfand dar. Sind eigentlich schon irgendwelche Forderungen eingegangen?«

Der Weißhaarige schüttelte den Kopf. »Wie ich bereits erwähnte, existiert zur Zeit keine Funkverbindung zur Star Cradle. Was der Grund für diese absolute Funkstille ist, darüber kann man augenblicklich nur spekulieren. Jedenfalls steuert die Star Cradle mit allem, was die Maschinen hergeben, auf die Ostküste der Vereinigten Staaten zu.«

»Sind die Amerikaner bereits informiert?« wollte Goodwin wissen.

»Wir hielten es im Sinne der internationalen Sicherheit für geboten«, antwortete Hurt, »den Vorfall erst einmal für uns zu behalten. Zumindest solange, bis wir überhaupt wissen, woran wir sind.«

Natürlich, knurrte Goodwin in sich hinein. Wer gibt vor seinem Bündnispartner auch gerne zu, dass man der Angelegenheit nur deshalb nicht nachgegangen war, weil einem die Entsorgungskosten für ein Seuchenschiff zu hoch erschienen. Und dass ein Top-Terrorist nur deshalb durch die Lappen gegangen war, weil im Außenministerium offenbar jemand geschlafen hatte.

»Das wissen wir ja nun«, entgegnete der Alte. »Was ist eigentlich mit der Besatzung des Suchflugzeugs?« warf Goodwin ein.

»Diesbezüglich fanden wir eine Interimslösung«, lächelte der Weißhaarige. »Wir haben die beiden Piloten zum Besuch unseres Trainingscamps in Schottland eingeladen. Ich denke, die Männer haben auch ohne lange Umschweife begriffen, dass ihnen ein kleiner Urlaub im Augenblick nur gut tut.«

»Liegt eigentlich noch keine Vermisstenmeldung vor?« brummte der Alte. »Jemandem muss doch inzwischen aufgefallen sein, dass da ein Kreuzfahrtschiff von der Bildfläche verschwunden ist.«

Hurt nickte. »Ja, aber zum Glück spielt unser Freund Gonzales auch in dieser Hinsicht mit. Die Hafenkommandantur in Las Palmas bekam Weisung, sämtliche diesbezügliche Anfragen erst einmal nach Hongkong weiterzuleiten. Kein ungeschickter Schachzug. Bei Honeywell & Sparks wurde vor ein paar Tagen das Konkursverfahren eröffnet. Wir alle hoffen, die Sache längst im Griff zu haben, ehe dort überhaupt jemand Zeit findet, auf etwaige Faxanfragen näher einzugehen.«

»Wie wollen Sie weiter vorgehen?« fragte der Alte.

Hurt beugte sich über seinen Schreibtisch und betätigte die Gegensprechanlage.

»Ich lasse bitten«, brummte er in das Mikrophon.

Kurz darauf flog die Tür zu Hurts Büro auf, und ein Marineoffizier vom Range eines Flottenkommandeurs betrat den Raum. Er mochte etwa so alt sein wie Hurt, wirkte jedoch wesentlich jünger. Goodwin hatte ihn schon einmal kennen gelernt. Anlässlich der Verleihung verschiedener Auszeichnungen nach dem gewonnenen Falkland-Krieg.

Commodore John Bertram galt als kompromissloser Falke. Ihm war es seinerzeit zu verdanken, dass die Flotte Ihrer Königlichen Majestät vor der argentinischen Küste keine empfindliche Niederlage erlitt. Hinter vorgehaltener Hand nannte man ihn in Marinekreisen respektvoll 'Francis', in Erinnerung an den erfolgreichen Seehelden Sir Francis Drake, der seinerzeit unter der Herrschaft Elizabeth I. die spanische Armada aufgerieben hatte.

»Einem Einsatz unserer Searl-Einsatztruppe steht nichts im Wege«, meinte er mit seiner ihm eigentümlichen, leicht knarzigen Stimme, nachdem ihm Walker noch einmal die Situation geschildert hatte. »Wir warten, bis es Nacht wird und entern die *Star Cradle* gleichzeitig vom Wasser und von der Luft aus.«

»Wie wollen Ihre Männer an Bord gelangen?« entgegnete Goodwin mit deutlichem Zweifel in der Stimme. »Im Nordatlantik soll sich im Augenblick ein nettes Stürmchen zusammenbrauen, sofern ich den Wetterprognosen von Bracknell und Niton Radio Glauben schenken darf.«

»Das lassen Sie getrost unsere Sorge sein«, lächelte Bertram. »Wir haben so unsere Möglichkeiten.«

»Da bin ich mir vollkommen sicher«, brummte Goodwin. »Und was ist mit den Geiseln?«

»Nun«, fuhr der Commodore mit ernstem Gesicht fort. »Mit Verlusten muss natürlich immer gerechnet werden. Doch angesichts der näheren Umstände scheint eine solche Nutzen-Risiko-Abwägung durchaus überlegenswert.«

»Ach, so«, knurrte Goodwin und lehnte sich in seinem Sessel weit zurück. »Überlegenswert.«

Er wandte sich an den Geheimdienstchef. »Haben Sie überhaupt schon einmal einen Blick auf die Passagierliste der *Star Cradle* geworfen? Befinden sich prominente Persönlichkeiten an Bord?«

Walker öffnete eine flache Ledermappe und zog ein eng bedrucktes Dossier hervor. Goodwin überflog die Zeilen und nickte.

»Das wird für einigen Wirbel sorgen«, brummte er. »Ein Senator und vermutlich nächster Präsidentschaftskandidat der Republikaner, eine bekannte Pianistin, ein Bestsellerautor, die Nummer Neununddreißig der Tennisweltrangliste …«

»Nummer Achtunddreißig«, korrigierte der Weißhaarige.

»Was Sie nicht sagen« brummte der Alte.

»Doch lassen wir das«, fuhr er schließlich fort. »Viel wichtiger ist, dass eine Mrs. Mallon, eine Mrs. Dorothy Mallon an Bord ist.«

»Was soll an der schon interessant sein«, erwiderte Walker. »Sie reist in Begleitung …«

Walker hielt mitten im Satz inne. Den stechenden Blick des gehbehinderten alten Mannes hatte nicht nur er bemerkt. Auch Edward Hurt erstarrte.

»Doch nicht etwa die Nichte der Queen?« keuchte der Innenminister.

Goodwin nickte traurig. »Lady Dorothy pflegt Reisen nie unter ihrem Adelstitel zu buchen. Ein nüchternes Mistress reicht ihr dabei schon seit jeher völlig. Ich fürchte, meine Herren, wir kommen an einer Änderung der Strategie nicht vorbei.«

Richard Barkowsky betrat erneut den Speisesaal. Dicht hinter ihm folgte einer der Piraten, die schussbereite Kalaschnikow im Anschlag. Der Arzt steuerte zielstrebig auf den Palästinenser zu. Al-Nudar blickte auf.

»Was willst du nun noch?« knurrte er ungehalten, als sich Barkowsky demonstrativ vor ihm aufbaute.

Kössner schüttelte den Kopf. Der Schiffsarzt schien schnurstracks aus einem Schlachthof gekommen zu sein. Sein grüner Kittel war von oben bis unten mit Blut verschmiert. Nicht einmal seine Gummihandschuhe hatte der Deutsche abgenommen. Die Haare hingen ihm unordentlich in die Stirn. Barkowsky schwankte leicht. Diese Unsicherheit rührte nicht von den Schiffsbewegungen her. Der Doc schien die letzten Stunden abwechselnd am Behandlungstisch und mit einer Cognacflasche hinter seinem Paravant verbracht zu haben.

»Blut«, antwortete Barkowsky leichthin.

»Blut?« horchte Al-Nudar auf und hob dabei verständnislos die Augenbrauen. »Was soll das? Bist du von Sinnen?«

»Nicht im geringsten« widersprach der Deutsche und betrachtete nachdenklich die ehemals weißen Latexhandschuhe.

»Auf meinem Behandlungstisch liegt ein Patient, und der droht zu sterben, sollte er nicht innerhalb kürzester Zeit eine Transfusion erhalten.« Der Palästinenser zuckte die Achseln. »Das ist bedauerlich, aber im Augenblick leider nicht zu ändern.«

»Um wen handelt es sich?« mischte sich Kössner ein.

Barkowsky strich sich mit der Hand durch die Haare. Dabei zog er eine breite, rote Spur über seine Stirn. Nur der grüne OP-Kittel unterschied ihn noch von einem Schlachter.

»Um den Franzosen«, antwortete Barkowsky.

Sein Hinweis ließ Rachel Steinberg in ihrem Rollstuhl herumfahren. Ihr Gesicht war blass geworden. Blass vor Wut und Verzweiflung. Sie schob sich an einem der Bewaffneten vorbei und steuerte auf den Narbigen zu.

»Was wollen Sie?« knurrte Al-Nudar.

»Ich will, dass Sie langsam zur Vernunft kommen«, forderte Rachel mit bebender Stimme.

»In Ihrer Situation nehmen Sie den Mund ganz schön voll«, erwiderte der Narbige. Al-Nudar wirkte teils verärgert, teils verblüfft. In diesem Ton hatte mit ihm schon lange niemand mehr gesprochen. Erst recht keine Frau.

»Was soll ich also Ihres Erachtens nach tun?« fügte er hinzu.

Al-Nudar schien sich erst gar nicht die Mühe zu machen, die Ironie in seiner Stimme zu verbergen. »Etwa das Internationale Rote Kreuz um Blutkonserven bitten?«

»Was sind Sie bloß für ein Mensch?« fuhr sie ihn an. »Wer sind Sie? Gott? Allah? Wer gibt Ihnen eigentlich das Recht, darüber zu befinden, wer sterben darf und wer nicht?«

Während sich Jassir drohend neben dem Rollstuhl der jungen Amerikanerin aufbaute, blieb Al-Nudar überraschenderweise ruhig.

»Was denken Sie«, antwortete der Mann mit dem schwarz-weiß gemusterten Kopftuch, »wie viele Menschen in meiner Heimat tagtäglich ohne Medikamente geschweige denn Blutkonserven auskommen müssen?«

Rachels Stimme wurde schneidend. »Ich verspüre wenig Lust, mit Ihnen jetzt und hier die Versorgungslage der Weltbevölkerung zu erörtern. Dass es den Leuten im Nahen Osten vielerorts schlecht geht, haben sie wohl vorrangig solchen Gestalten wie Ihnen zu verdanken.«

Al-Nudar packte die junge Frau und riss sie grob herum. Zwei Augenpaare trafen sich. Rachel hielt dem schneidenden Blick des Arabers stand.

»Pass einmal auf, du jüdisches Flittchen!« fauchte er sie an. »Ich lasse mich nicht vorführen. Von dir schon gar nicht. Bisher habe ich auf deine Behinderung Rücksicht genommen. Das kann sich aber auch ganz schnell ändern.«

Wutschnaubend wandte er sich Richard Barkowsky zu. »Du hast doch für komplizierte medizinische Fälle bestimmt Blutplasma an Bord, oder?«

Noch ehe der Doc überhaupt auf diesen Einwand eingehen konnte, lachte Rachel lauthals los.

»Seit wann verstehen sich Kameltreiber auf komplizierte medizinische Sachfragen? Lernt man so etwas etwa auch schon in euren Terroristencamps?«

Rachel machte sich erst gar nicht die Mühe, dem brutalen Schlag des Palästinensers auszuweichen. Seine flache Hand hinterließ einen feuerroten Abdruck auf ihrer linken Wange. Kössner und Meville sprangen beinahe gleichzeitig vor, doch zwei unmissverständlich gehobene Gewehrläufe bereiteten ihrem Engagement ein jähes Ende.

»Machen Sie sich keine Mühe«, schnaubte Rachel in deren Richtung gewandt und rieb sich die schmerzende Stelle im Gesicht. »Es ist zwecklos. Barbaren bleiben eben Barbaren. Ob mit dem Koran, der Bibel oder Lenins kommunistischem Manifest in der Hand.«

»Oder dem Talmud«, zischte Al-Nudar. »Ihr verdammten Israelis glaubt doch immer, ihr seid etwas Besseres.«

»Ich bin«, entgegnete Rachel kalt, »weder Israelin noch Jüdin, sondern von Geburt an Amerikanerin und seit meinem Unfall Atheist. Es gibt keinen Gott. Ich habe ihn bisher noch nicht gesehen, und Sie wohl vermutlich auch nicht. Aber scheinbar gibt es überall auf der Welt immer noch genug Narren, denen man solche Märchen auftischen kann.«

»Nimm dich zusammen, du Weibstück!« fuhr sie der Narbige an. »Mit meiner Geduld ist es wirklich langsam zu Ende. Noch ein Wort, und ich …«

»Ja?« unterbrach ihn die Frau im Rollstuhl. Provozierend legte sie ihren Kopf schräg. »Was dann? Wird schon wieder mit Verschleppung, Vergewaltigung und Mord gedroht? Etwas anderes fällt euch doch nicht ein, oder? Gehen die Argumente aus, wird mit der Kalaschnikow weiter diskutiert.«

»Was verstehst du denn schon«, knurrte Al-Nudar und starrte an der jungen Frau vorbei. »Trotz deiner Behinderung gehst du auf Reisen, kannst dir die beste medizinische Versorgung leisten. Wenn wir nur genügend Wasser und Brot haben wollen, müssen wir schon darum kämpfen.«

Er beugte sich vor und legte Rachel die Hand auf ihre Schulter. Sein Griff fühlte sich fest, jedoch nicht hart an.

»Glaub mir«, murmelte er. »Ich habe in meinem Leben mehr Kinder an Unterernährung und Krankheiten sterben sehen, als du jemals Klavierstücke von deinem Brahms, Mozart oder Beethoven spielen wirst.«

»Und«, konterte Rachel zurück. »Wird vielleicht ein Kind davon lebendig, dass Sie den Mann dort unten auf der Krankenstation krepieren lassen?«

Al-Nudar starrte die junge Frau an. In seinem von Narben gezeichneten Gesicht arbeitete es. Kössner hielt instinktiv den Atem an. Die junge Amerikanerin war offenbar zu weit gegangen. Doch weder er noch irgend jemand anderer in diesem Raum hätte Rachel Steinbergs Wutausbruch bremsen können.

»Welche Blutgruppe?« murmelte der Narbige. Obwohl er immer noch die junge Frau im Rollstuhl anstarrte, war diese Frage eindeutig an Doc Barkowsky gerichtet.

»AB, Rhesusfaktor negativ«, antwortete der Deutsche. »Ziemlich selten. Ich habe mich bereits …«

»Meine Tochter hat diese Blutgruppe«, ertönte aus dem Hintergrund eine Stimme. Sie gehörte Jack Meville.

»Können Sie eine Transfusion durchführen?« mischte sich Rachel ein. »Ohne Frage«, meinte Barkowsky, doch sein Gesichtsausdruck wirkte zweifelnd. »Allerdings muss man sich darüber klar sein, dass diese Prozedur für die junge Dame unter Umständen sehr anstrengend sein wird. Ich fürchte, …«

Rachel schaute Elizabeth Meville hilfesuchend an. Das Mädchen drängte sich eng an ihren Vater. Die Geschehnisse der letzten Stunden hatten sie sehr verunsichert.

»Was ist, mein Schatz?« wandte sich Meville an seine Tochter. »Wirst du Mr. Toulouse helfen?«

»Ich will hier nicht weg!« flehte das Mädchen. »Ich will nicht schon wieder nach unten. Ich habe Angst, Vater!«

Elisabeth sah schrecklich aus. Mit ihren von der Flucht völlig verschmutzten Sachen und ihrem verweinten Gesicht erweckte sie eher den Eindruck eines gerade erst befreiten Flüchtlingskindes statt eines mitunter auf den internationalen Courts gefeierten Tennisstars.

Rachel schob sich in ihrem Rollstuhl dicht an sie heran. Ihre Stimme klang eindringlich. Gleichzeitig sprach der Senator dem jungen Mädchen Mut zu. Er kannte seine Tochter. Sie war zäh. Eine Bluttransfusion würde für ihren sportlich durchtrainierten Körper keine allzu große Belastung darstellen. Schließlich nickte die Fünfzehnjährige. Erleichterung sprach jedoch nicht aus ihren Augen. Eher eine Mischung aus Fatalismus und Resignation.

»Sie ist einverstanden«, stellte der Senator fest.

»Worauf warten wir noch?« Ungeduldig griff Rachel nach Elizabeths Arm.

»Das Mädchen kann mitgehen. Sie bleiben hier!« knurrte der Palästinenser.

»Ich gehe mit«, stellte die Amerikanerin unnachgiebig fest. »Miss Meville steht noch unter Schock. Ich habe ihr versprechen müssen, dass ich sie begleite.«

»Mir ist egal, was dieses kleine Flittchen will«, mischte sich Jassir ein und griff nach Elizabeth, um sie wegzuschleppen.

Rachels Hand schnellte vor. Sie packte das Handgelenk des Libanesen. Es wirkte knochig und sehnig. Wie bei einem Menschen, der viele Jahre lang nichts Vernünftiges zu essen bekommen hatte.

»Entweder wir beide oder keine«, widersprach Rachel. Ihre Stimme klang wie ein Grollen.

Jassir holte aus und schlug der jungen Frau mit der geballten Faust ins Genick. Rachel sank röchelnd in sich zusammen. Elizabeth schrie auf und klammerte sich an ihren Vater.

»So, du Luder«, zischte Jassir kalt. »Jetzt darfst du mit auf die Krankenstation. Los, verschwindet!«

Kössner ballte die Fäuste, doch der unmissverständliche Wink mit dem Lauf der geladenen Maschinenpistole ließ ihn rasch von jeder Unüberlegtheit Abstand nehmen. Al-Nudar starrte nach draußen auf die aufgepeitschte See. Insgeheim verwünschte er seine Nachsicht.

Zahllose Bildschirme flackerten an den Tischreihen. Mehr als fünfzig Männer und Frauen waren Tag und Nacht damit beschäftigt, die unzähligen Informationen, die rund um den Globus gingen, auszuwerten und auf ihre Plausibilität und Publizität hin zu prüfen. Hier, im Nervenzentrum von CCN, liefen alle Meldungen zusammen, die anschließend über Funk, Satellit und Kabel-TV weiterverbreitet wurden.

Der hochgewachsene Endfünfziger, der wie an jedem Tag einen eleganten Zweireiher, eine dezent gemusterte Krawatte und ein sündhaft teures Oberhemd aus Italien trug, klopfte einer seiner Mitarbeiterinnen auf die Schulter.

»Noch nichts Neues?« fragte er neugierig.

Die Afro-Amerikanerin schüttelte den Kopf. »Nichts, Chef.«

Sie blickte hoch und schaute ihren Boss fragend an. »Soll ich meine Kontaktleute in Spanien anzapfen?« wollte sie wissen.

»Keine schlechte Idee«, meinte der Mann in ihrem Rücken. »Vielleicht wissen die ja mehr.«

Die junge Frau machte sich eilig über die Tastatur ihres PC her. Sekunden später erschien bereits der Text für eine E-Mail auf dem Bildschirm.

»Geben Sie mir Bescheid, wenn Sie etwas Neues erfahren«, brummte der Mann in dem eleganten Anzug.

Die Schwarzgelockte nickte und griff nach der Coladose, die stets neben ihrem Computer einen festen Platz besaß. Es kam nicht häufig vor, dass sich Jonathan Steinberg, Chef von Computer Communication Networks persönlich in den Tickerraum begab. Warum nur interessierte ihn der Verbleib eines Kreuzfahrtschiffes? Sie zuckte die Schultern, tippte eine Tastenkombination und verschickte damit ihre elektronische Botschaft in Bruchteilen von Sekunden über den Atlantik. Ihr sollte es egal sein. Sie verdiente, gemessen am Durchschnittslohn einer Schwarzen im Networkbusiness, nicht schlecht bei CCN. Eigentlich mochte sie keine Juden, aber ihr Chef behandelte alle Angestellten gleich fair. Selbst die Hautfarbe spielte dabei keine Rolle, was in den Vereinigten Staaten noch längst nicht selbstverständlich war.

Jonathan Steinberg fuhr mit dem Expressaufzug in die vierzigste Etage des Bürohauses empor, wo er hoch über den Dächern von Big Apple seine Geschäfte führte. An diesem Morgen jedoch ging es ihm weder um die letzten G8-Gespräche, die Auswirkungen des Nahost-Gipfels, noch den immer noch brodelnden Tschetschenien-Konflikt. An diesem Morgen plagte ihn ein wesentlich profaneres Problem. Es ging um ein Kreuzfahrtschiff und damit um den Verbleib seiner Tochter, zu der er schon seit Tagen keine Verbindung mehr hatte. Jonathan Steinberg nahm den Telefonhörer in die Hand und wählte eine hausinterne Rufnummer.

»Ja, Boss?« brummte eine vertraute Stimme.

»Hi, Max«, antwortete Steinberg. »Kommst du mal in mein Büro?«

»Klar, Boss«, murmelte die Stimme lakonisch.

Zwei Minuten später quetschte sich ein kleiner, dicklicher Mann mit Glatze und feuerrotem Gesicht in einen der Sessel am Konferenztisch. Erwartungsvoll schaute er seinen Chef an. Dabei griff er gedankenverloren in die Brusttasche seines Poloshirts, angelte sich eine Zigarette aus einem zerdrückten Päckchen und zündete sie an. Nicht nur in Steinbergs Büro, sondern überall bei CCN herrschte striktes Rauchverbot. Niemand hatte bisher herausfinden können, warum es Jonathan Steinberg duldete, dass sich ausgerechnet ein Typ wie Max Dooney über dieses Verbot hinwegsetzen durfte.

Widerwillig schob ihm sein Chef einen Aschenbecher hin. Offiziell gab es nur zwei in Steinbergs Imperium. Den hier und einen weiteren in Dooneys Büro. Max Dooney nahm einen tiefen Zug und blies den Qualm über den Kopf seines Chefs hinweg. Gierig saugte die Klimaanlage den blauen Dunst fort.

»Okay, Boss«, meinte sein Mitarbeiter nach kurzem Nachdenken. »Was gibt's?«

Steinberg schaute sein Gegenüber lange und ernst an. Dann atmete er tief durch und faltete die Hände vor der Brust.

»Finde heraus, wo eine gewisse *Star Cradle* abgeblieben ist«, meinte er schließlich. »Ein Kreuzfahrtschiff. Das kann sich schließlich nicht in Luft aufgelöst haben. Eine Havarie wäre längst schon über die Ticker gegangen.«

»Ein Kreuzfahrtschiff?« fragte der Dicke verblüfft.

Steinberg nickte. Dooney legte seine Stirn in Falten. »Und wohin ist der Dampfer unterwegs?«

»Die *Star Cradle* ist kein Dampfer sondern ein supermoderner Fünfmastsegler«, belehrte ihn Steinberg. »Einer der letzten Neubauten im Auftrag von Honeywell & Sparks, Hongkong.«

Dooneys Gesicht erhellte sich mit einem Schlag. »Die sind doch pleite, oder?«

»Weiß ich selber«, brummte Steinberg. »Darum geht es aber nicht. Meine Tochter ist mit an Bord.«

»Oh?« meinte der Dicke knapp und hob die Augenbrauen.

Steinberg ignorierte dessen verständnislosen Gesichtsausdruck.

»Seit zwei Tagen versuche ich Rachel zu erreichen, aber weder die *Star Cradle*, auf der sie im Augenblick Urlaub macht, ist über Funk erreichbar, noch geht sie an ihr Satelliten-Handy.«

»Satelliten-Handy?« Steinbergs Angestellter runzelte die Stirn.

»Ja, doch«, erwiderte der Endfünfziger gereizt. Maximilian Dooney konnte einem mit seiner Begriffsstutzigkeit manchmal rasend machen.

»Was meint die Küstenwache?« wollte Dooney wissen.

»Wenig«, knurrte der Chef von CCN. »Ebenso der Hafenkapitän in Las Palmas. Auf Gran Canaria verweist man lapidar an die Reederei in Hongkong. Vermutlich wissen die überhaupt nicht, dass Honeywell & Sparks längst pleite sind. Für mich ist das jedenfalls ein einziges Rätsel.«

Dooney schwieg. Vielleicht ging es seinem Chef tatsächlich um Rachel, in erster Linie aber mit Sicherheit um eine gut recherchierte Top-Story, sonst hätte er die Angelegenheit längst an die große Glocke gehängt und seine Rechtsanwälte eingeschaltet. Tochter hin, Rachel her. Business ging vor. Steinberg hatte ein solches Imperium nicht dadurch aufgebaut, indem er auf Sentimentalitäten Rücksicht nahm und sich dadurch solche Schlagzeilen entgehen ließ.

»Okay, Boss«, stöhnte der Dicke theatralisch. »Ich werde sehen, was sich da machen lässt. Wird aber ein bisschen dauern.«

»Solange du schneller bist, als die anderen, soll es mir egal sein«, erwiderte sein Chef.

Also richtig getippt, grinste Dooney in sich hinein. Er kannte doch Steinberg.

Kapitel 23

Es war dunkel in dem Haus am River Beaulieu. Sir Patrick Goodwin wollte sich endlich einmal in aller Ruhe liegengebliebener Korrespondenz widmen. Er schlüpfte in seinen karierten Hausmantel, goss sich einen doppelstöckigen Cognac ein und nahm ächzend am Schreibtisch Platz. Er mochte seinen Landsitz in Südengland, den er nach seinem Ausscheiden aus dem Staatsdienst einem Bierbaron, dem seine Leidenschaft für rasante Regattayachten finanziell zum Verhängnis geworden war, abgekauft hatte. So verbrachte er gewöhnlich auf Moorehouse Manor seine Zeit, wenn er sich nicht gerade im Yachtclub aufhielt oder zu wichtigen Parlamentsdebatten gerufen wurde. Oder ihn ein gewisser Innenminister nach London zitierte, um mit ihm die Versäumnisse des Außenministeriums zu erörtern.

Patrick Goodwin konnte auf lange Jahre beim Geheimdienst Ihrer Majestät zurückblicken. Er kannte den mitunter etwas schwerfälligen Apparat in- und auswendig. Deshalb hatte ihn die damalige Premierministerin auch für den Posten als Vorsitzenden des Parlamentsausschusses für Innere Sicherheit vorgeschlagen. Böse Zungen behaupteten, dass man einen Mann wie Goodwin auch in Zukunft lieber eng an sich binden wollte, anstatt den unverheirateten Pensionär für die Anwerbungsversuche ausländischer Geheimdienste interessant zu machen. Goodwin, von der Queen für seine Verdienste längst in den Adelsstand erhoben, nahm die neue Herausforderung an.

Die Zeit während des Kalten Krieges hatte den Südengländer eigenbrötlerisch und misstrauisch werden lassen. Vertrauen brachte er nicht einmal seinen engsten Mitarbeitern entgegen. Diese geradezu selbstzerstörerische Neigung stand seit jeher auch gegen jede Gefühlsbindung. Frauen hatte es im Leben von Patrick Goodwin trotz seiner Behinderung mehr als genug gegeben, aber keine wollte sich auf Dauer dessen Launen unterwerfen. So blieb Goodwin unverheiratet und entwickelte sich im Verlaufe der Jahre zu einem griesgrämigen Hagestolz.

Der Mann in dem rotkarierten Hausmantel nahm einen kräftigen Schluck aus dem Cognacschwenker und zündete sich eine Zigarette an. Die beiden einzigen Laster, die er sich trotz seines sonst eher asketischen Lebenswandels zugestand. Er rückte sein Bein unter dem Schreibtisch zurecht und griff nach dem nächsten Stapel Briefe. Doch schon nach dem zweiten Antwortschreiben, das er auf dem Tischcomputer verfasste, schweiften seine Gedanken ab. Wie jedes Mal, wenn es ein ungelöstes Problem gab.

Was ist los mit dir, schalt er sich. Niemand verlangt von dir, auf deine alten Tage die Welt von Terroristen zu säubern.

Er griff erneut nach seinem Cognacschwenker. Patrick Goodwin seufzte. Er wusste, dass seine Selbstzurechtweisung nur von kurzer Dauer war. Es nutzte auch nichts, wenn er sich hier und jetzt in seine Korrespondenz vergrub. Die konnte warten. Al-Nudar nicht.

Seufzend schloss er die Datei, an der er gerade arbeitete, und schaltete dann den Rechner ab. Bedrückende Stille umgab ihn. Der riesige Raum, der ihm als Bibliothek und Arbeitszimmer diente, wurde von der schmalen, in Messing eingefassten Wall-Street-Tischlampe nur spärlich erhellt. Seit langer Zeit empfand Sir Patrick wieder die Schwere, die von der wuchtigen Ledergarnitur, der deckenhohen Bücherwand aus grauer Mooreiche und dem dunklen Parkettboden ausging. Früher hatte das Ambiente dieses Raums stets beruhigend auf ihn gewirkt, in dieser Nacht jedoch schien sie ihm mit einem Mal die Luft zum Atmen abzuschnüren. Der Alte erhob sich aus seinem Arbeitssessel, stolperte durch das Zimmer und öffnete eines der riesigen, zweiflügeligen Fenster. Gierig sog er die am Ufer des River Beaulieu immer etwas nach Modder, Salzwasser und frisch gemähtem Gras riechende Luft ein.

Seine Gedanken schweiften ab. Hin zu einem gefürchteten Terroristen und einem Kreuzfahrtschiff, zu dem jeglicher Funkkontakt fehlte. Nicht die Tatsache, dass es sich dabei um einen Fünfmaster handelte, was sein Interesse als eingefleischter Segler ohnehin weckte, machte ihn nachdenklich, sondern dass sich ausgerechnet Leute wie Al-Nudar und Jassir Assat an Bord aufhielten. Er zählte neunundsechzig Jahre und hatte damit längst ein Alter erreicht, in dem man nicht mehr auf Geburtstagsfeiern seiner Bekannten erschien, sondern eher zu deren Beerdigungen ging. Leute seines Alters sollten die Urenkel auf den Knien wippen oder sich der Rosenzucht widmen, anstatt noch aktiv zu sein, pflegten seine wenigen ihm noch gebliebenen Bekannten hinter vorgehaltener Hand zu frotzeln. Doch er besaß weder Urenkel noch eine Vorliebe für blütentragende Stachelgewächse. Sir Patrick war ein zäher Fighter und hatte dies während seiner Zeit beim britischen Geheimdienst und als Hochseeskipper immer wieder bewiesen. Manch eine Regatta gewann er im Zieleinlauf, wenn seine unmittelbaren Gegner den Sieg längst in der Tasche wähnten. Sir Patrick war dafür bekannt, immer noch einen Trumpf im Ärmel zu haben. Und zwar nicht nur auf dem mitunter holperigen, nassen Parcour von Nordsee und Atlantik.

Er blies den Rauch seiner Zigarette in die Nachtluft und drückte den Rest des glühenden Stengels in einem Aschenbecher aus. Du bist ein Narr, schalt er sich, während er wieder zurück zu seinem Schreibtisch humpelte. Sein Bein schmerzte. Doc Brandon hatte Recht. Er sollte sich wirklich mehr schonen. Zum Teufel mit den Ärzten, brummte er vor sich hin, während er sich schweratmend in den Sessel gleiten ließ. Für ein paar Sekunden schloss er ergeben die Augen, ehe er ein supermodernes Notebook mit rasend schnell arbeitendem Prozessor aus dem unteren Fach seines Schreibtischs zog und sich ins internationale Datennetz einloggte.

Über Hunderte von Schaltstellen rund um den Globus fand sein Gerät den Weg in einen Teil der Welt, wo für gewöhnlich nur ein verschwindend geringer Prozentsatz der Bevölkerung wusste, was ein Computer überhaupt darstellte und welche Möglichkeiten er einem bot. Es dauerte eine gute halbe Stunde, ehe der Alte eine bestimmte Adresse fand. Es handelte sich um die Bibliothek der Universität von Kabul, der Keimzelle der radikal-islamischen Glaubensbewegung. Mit Hilfe komplizierter Suchroutinen, die er sich auf verschwiegenen Wege von verschiedenen Softwareschmieden in

Kalifornien besorgt hatte, entschlüsselte er den Zugangscode. Doch er musste vorsichtig sein. Der Universitätsrechner war durch eine Firewall geschützt und erlaubte Rückschlüsse auf unerwünschte Besucher im Datennetz. Er wollte weder, dass entsprechende Leute vorgewarnt waren und noch viel weniger, dass er anderntags beim Starten seines Wagens in die Luft flog. Die Hisbollah besaß Helfershelfer auf der ganzen Welt, so genannte 'Schläfer'. Leute, die auf einen telefonischen Befehl sofort und kompromisslos aktiv wurden. Goodwin hatte nach seinem Ausscheiden aus dem britischen Geheimdienst jede Form von Personenschutz abgelehnt. Noch bis vor wenigen Jahren konnte er sicher sein, in seinem Haus unbehelligt zu bleiben.

Seine Widersacher aus der Zeit des Kalten Krieges waren selbst lange im Pensionsalter und genossen die wenigen Jahre, die ihnen noch blieben, lieber in Ruhe und Frieden auf ihren Datschen, anstatt auf ehemalige Gegner Jagd zu machen. Mit derartiger Rücksichtsnahme brauchte er bei islamischen Fundamentalisten kaum zu rechnen.

Nach einigem Suchen fand er schließlich den Originaltext der von Hassan Abdul Jasmani verfassten Fatwa. Während er den Text überflog, kopierte er sich die Datei bereits auf Diskette. Dann stöberte er weiter in den dortigen Datenbeständen. Er fand einen Hinweis auf eine Import-Export-Agentur, die in größeren Mengen eine Mischung aus Nitropenta, Pentrit-Hexogen und Plastifizierungsmittel in Libyen eingekauft und auf Rechnung der Universität an eine Briefkastenfirma in Beirut geliefert hatte. Aus Nitropenta und Pentrit-Hexogen unter Verwendung von Kautschuk ließ sich ein knetgummiartiger, hochexplosiver Sprengstoff herstellen, besser bekannt als Plastiksprengstoff oder Semtex. Das passte zusammen. Die Firma Synthesia aus dem tschechischen Pardubice stand ohnehin im Verdacht, den Libyern bereits lange vor dem Anschlag auf den PanAm-Jumbo, der 1988 über Lockerbie abgestürzt war, tonnenweise Semtex geliefert zu haben. Vermutlich waren noch genügend Reste des seinerzeit von Stanislav Brebera konzipierten Gemischs übrig. Die bestellte und offensichtlich auch gelieferte Menge reichte seiner Ansicht nach aus, ein Gebäude wie den Sears-Tower dem Erdboden gleich zu machen.

Bei seiner weiteren Suche stieß er zudem auf umfangreiche Korrespondenz zwischen dem nordkoreanischen Ministerium für Außenwirtschaft und der medizinischen Fakultät in Kabul. Eine Warnung auf seinem Display erschien. Goodwin nickte. Nicht schlecht ausgebildet, die neue Garde der Turbanträger. Die verstanden mittlerweile nicht nur mit Krummdolch und Kalaschnikow sondern auch mit Elektronengehirnen perfekt umzugehen. Man hatte offenbar sein Eindringen in das dortige Datennetz erkannt und verfolgte nun mit Windeseile den Weg durch das Netz bis zu dem unerwünschten Hacker zurück. Die Zeit wurde knapp. Zwei Rechner lieferten sich ein stummes Duell. Wer würde sein Ziel eher erreichen? Sein Laptop beim Herunterladen der Dateien oder deren Computeranlage beim Identifizieren des Eindringlings im System. Als die Copy-Funktion die Hundertprozentmarke erreichte, riss Goodwin ohne Rücksicht auf einen Programmabsturz die Datenzuleitung aus dem Notebook. Es war knapp geworden. So ganz sicher war er sich nicht, ob ihm die Hüter des islamischen Grals nicht doch noch auf die Schliche gekommen waren.

Goodwin schloss das Fenster, goss seinen Cognacschwenker voll und zündete sich eine neue Zigarette an. Währenddessen summte der Laserdrucker und brachte die überspielten Zeilen zu Papier. Der Alte nahm die Blätter aus dem Ausgabeschacht und legte sie vor sich auf den Schreibtisch. Der Text der Fatwa war ausschließlich in arabischer Sprache abgefasst, die Korrespondenz zwischen dem Gentechniklabor und der medizinischen Fakultät allerdings in Englisch.

Seine Hand fuhr zum Handy. Er benötigte einen Spezialisten. Jemanden, der perfekt Hocharabisch verstand. Im Augenblick kannte er nur einen einzigen Menschen, dem er sich in dieser heiklen Situation anvertrauen konnte. Jeff Lance beschäftigte sich im Rahmen seiner Professur an der University of West Virginia schon seit Monaten intensiv mit der »Islamischen Internationale im Kampf gegen Zionismus und westlichen Imperialismus«, einer extrem gewaltbereiten Splittergruppe, die sich überwiegend aus Mitgliedern der Jihad- und der Hamas-Bewegung zusammensetzte. Sicherlich brütete er zu dieser Tageszeit noch über den Prüfungsarbeiten seiner Studenten. Schließlich war es an der amerikanischen Ostküste erst früher Nachmittag.

»Lance«, meldete sich eine Stimme im typischen Yankee-Tonfall.

»Sind Sie allein?« erwiderte der Alte übergangslos. »Können Sie frei reden?«

»Natürlich«, antwortete der Amerikaner verblüfft. »Wer zum Teufel sind Sie?«

»Das spielt im Augenblick keine Rolle, Jeff«, brummte Goodwin und sog heftig an seiner Zigarette. »Es reicht, dass ich Sie kenne. Arbeiten Sie immer noch an dem Dossier über die Islamische Internationale?«

»Gewiss«, kam es durch die Hörmuschel. »Aber ich verstehe nicht, was ...«

»Sie haben von Jasmanis Fatwa gehört?« ließ sich Goodwin nicht beirren. »Natürlich«, entgegnete Jeff Lance.

»Kennen Sie den Text?« bohrte Sir Patrick weiter.

»Nur in Bruchstücken«, bedauerte der Mann auf der gegenüberliegenden Seite des Atlantiks. »Was man halt so zwischen Tür und Angel erfährt. Vieles ist natürlich mehr Dichtung als Wahrheit. Aber jetzt einmal im Ernst. Was wollen Sie von mir? Wer sind Sie überhaupt?«

»Darf ich Ihnen einen Deal vorschlagen?« Goodwin ging auf den Einwand des Amerikaners erst gar nicht ein.

»Was für einen Deal«, erwiderte Lance misstrauisch.

»Wenn ich Ihnen den Originaltext der Fatwa zusende, revanchieren Sie sich mit einer umgehenden Übersetzung?«

»Das ist unmöglich!« brauste Lance auf. »Seit der Inhaftierung von Jasmani haben Kairo, Bagdad und Kabul ihre Schotten dicht gemacht. Da herrscht momentan absolute Funkstille. Selbst unserer Fakultät für Orientalistik wurden bislang sämtliche Kontaktaufnahmen verweigert. Man kommt sich beinahe so vor, als wolle niemand mehr etwas mit uns zu tun haben.«

»Wundert Sie das?« entgegnete Goodwin.

»Wir arbeiten streng wissenschaftlich«, widersprach der amerikanische Hochschulprofessor in vorwurfsvollem Ton. »Ohne politische Einflussnahme. Unser Institut genießt absolute Loyalität.«

Genau das ist auch der Grund, warum ich dich anrufe, brummte Sir Patrick in sich hinein.

Laut fuhr er fort: »Also, was ist nun? Sind Sie am Originaltext interessiert, oder muss ich mich an die Pariser Sorbonne wenden?«

»Jetzt will ich erst einmal wissen, mit wem ich es überhaupt zu tun habe«, erwiderte Lance.

Die unverhohlene Neugier in seiner Stimme deutete jedoch an, dass sein wissenschaftliches Interesse längst geweckt schien. An den Originaltext einer Fatwa heranzukommen und das zu Zeiten politischer Eiseskälte zwischen den USA und den arabischen Staaten, schien dem Nahostexperten zu verlockend.

»Wie kann ich sicher sein, dass Sie mich nicht linken wollen?« meinte er nach einiger Zeit, während der sich auch der Engländer in Schweigen gehüllt hatte.

»Ein Spezialist wie Sie wird das Original doch wohl rasch von einer Fälschung unterscheiden können.«

»Na, schön«, meinte der Amerikaner. »Ich gebe Ihnen meine E-Mail-Adresse.«

»Zu riskant«, widersprach Goodwin. »Besitzen Sie kein Faxgerät? Wir sollten das Werk doch nicht gleich Hunderttausenden gänzlich Unbeteiligter frei zugänglich machen.«

Zehn Minuten später überprüfte Jeff Lance die ersten Zeilen des religiösen Aufrufs. Weitere zwanzig Minuten später vergaß er bereits den lange erbetenen Gesprächstermin mit dem Direktor der Verwaltungsabteilung der Hochschule und die Verabredung mit seiner Frau zum Essen. Goodwin musste mehr als zwei Stunden warten, ehe sein Faxgerät die Übersetzung in englischer Sprache ausspuckte. Was dort zu Papier gebracht war, ließ ihn den Atem stocken. Der Inhalt der Fatwa schien nicht von dieser Welt zu stammen. Sie war so ungeheuerlich, dass es ihm eiskalt den Rücken hinunterlief. Dies umso mehr, sofern man die Forderung dieses religiösen Fanatikers mit einer gewissen Lieferung aus nordkoreanischen Militärbeständen und den Besitz von hochexplosivem Plastiksprengstoff in Zusammenhang brachte.

Zur gleichen Zeit rief Jeff Lance seine Frau an und schickte sie mit den Kindern auf die Ranch seiner Schwiegereltern in Montana. Hauptsache, sie waren so weit wie möglich fort von der amerikanischen Ostküste.

»Was um alles in der Welt, ist nun schon wieder passiert?« murmelte Francis Stonebridge, während Barkowsky die beiden jungen Amerikanerinnen in den Behandlungsraum brachte. Rachel Steinberg hing leblos in ihrem Rollstuhl.

»Nicht meine Schuld«, erwiderte der Deutsche. »Miss Steinberg war so freundlich, die beiden Araber zur Kooperation zu überreden. Sie überschätzte dabei allerdings die Wirkung ihrer Wortwahl.«

»Wir haben es halt mit echten Gentlemen zu tun«, fügte er sarkastisch hinzu.

Mit Eiskompressen und feuchten Tüchern holten Barkowsky und Francis die besinnungslose Frau wieder in die Wirklichkeit zurück. Noch sichtlich benommen rieb sich Rachel die schmerzende Stelle am Hinterkopf. Gleichzeitig tupfte ihr Francis ein kühlendes Gel auf die feuerrote Stelle im Gesicht.

»Ich hätte Catcherin werden sollen.« Ihr anschließendes Lächeln mißlang jedoch gründlich. »Und nicht Klavierspielerin.«

Doch schlagartig wurde sie wieder ernst. »Wie geht es Monsieur Toulouse? Wann können wir mit der Transfusion …?«

Francis Stonebridge schaute die Amerikanerin schweigend an. Rachel wirbelte herum, als sie merkte, dass auch Doc Barkowsky betreten schwieg. »Ist er …?« keuchte sie. »Ist er etwa schon …?«

Der Deutsche trat an den Rollstuhl heran und legte ihr die Hand auf die Schulter.

»Nein«, murmelte der Schiffsarzt, »aber es steht ernst um ihn. Die Kugel hat seine Lunge zum Glück zwar nicht einmal gestreift. Ich habe sogar das Projektil herausoperieren können. Doch Ihr Begleiter hat ziemlich viel Blut verloren.«

»Kann ich ihn sehen?« erkundigte sich die junge Frau.

»Nichts dagegen«, lächelte Barkowsky. »Aber erschrecken Sie nicht. Im Augenblick sieht er ziemlich schlimm aus.«

»Das ist mir egal«, erwiderte Rachel.

Während sich Barkowsky daranmachte, die Transfusion vorzubereiten, wurde Elizabeth von Francis auf einer fahrbaren Trage nach nebenan geschoben. Rachel folgte den beiden im Rollstuhl. Alain war nicht allein. Im Nachbarbett lag Antony Michelli. Er trug einen Schulterverband und wirkte noch etwas erschöpft. Trotzdem brachte er ein Lächeln zustande.

»Hi, Girls«, begrüßte er die Frauen in breitem Ostküstendialekt. »Seid ihr gekommen, um die Verwundeten aufzuheitern?«

»Schön zu sehen, dass es Ihnen wieder besser geht«, antwortete Rachel und schob sich an das Nachbarbett heran.

Alain Leblanc lag regungslos auf dem Laken. Seine Haut wirkte beinahe schon wächsern. Er schien wirklich viel Blut verloren zu haben. Kein Wunder. Erst hatte man ihn in den Speisesaal gebracht und anschließend auch noch auf das Promenadendeck gezerrt, wo er seiner Exekution nur um Haaresbreite entgangen war. Und das alles mit einer großkalibrigen Gewehrkugel in der Schulter.

Ihre Hand betastete vorsichtig Alains Gesicht. Zärtlich strich sie ihm über die bleichen Wangen. Mit ihren hochsensiblen Fingern spürte sie jede noch so winzige Falte seiner Haut. Er wirkte auf einmal so viel älter, gar nicht mehr so jugendlich und frisch wie am Tag ihres Kennenlernens. Plötzlich vernahm sie ein Röcheln. Rachel erschrak und zog die Hand von seinem Gesicht. Doch ihr Begleiter hatte nur tief ausgeatmet.

Alain schlug die Augen auf. Erneut fuhr die junge Frau zusammen. Die Augen des Franzosen schienen jeglichen Glanz verloren zu haben.

Sie kannte diesen Blick. Sie hatte solche Augen schon einmal gesehen. Im blutigen Gesicht einer Frau, die sie auf dem Highway zwischen ihrer Stadtwohnung in New York und dem Landhaus in Connecticut mit über hundert Meilen Geschwindigkeit beinahe in den Tod gefahren hatte. Im Gesicht ihrer Mutter.

Zitternd öffneten sich Alains Lippen. Er versuchte zu sprechen, aber mehr als ein kaum wahrnehmbares Krächzen brachte er nicht zustande.

»Nicht anstrengen, Aubin«, versuchte ihn Rachel zu beruhigen. »Nicht reden. Sie brauchen Ihre Kraft noch.«

Unendlich langsam drehte der Franzose seinen Kopf in ihre Richtung. Ein kaum wahrnehmbares Lächeln huschte über seine spröden, rissigen Lippen. Beinahe schien es Rachel, als kehrte wieder ein bisschen Glanz in seine Augen zurück. Erneut versuchte er zu sprechen. Rachel beugte sich vor und hielt ihr rechtes Ohr ganz dicht an seinen Mund.

»Rachel«, murmelte eine kaum hörbare Stimme. »Muss … was … sagen …«

»Ja, Aubin?« erwiderte die junge Frau und lauschte noch intensiver seiner Stimme. »Was wollen Sie mir sagen?«

»… nicht … Aub…«, kam es stammelnd aus dem Mund des Mannes. »… Name … ist …«

»Er darf sich nicht anstrengen«, brummte hinter ihr eine Stimme.

Doc Barkowsky betrat das Krankenzimmer. Seufzend lehnte sich Rachel in ihren Rollstuhl zurück. Der Schiffsarzt beugte sich über den Schwerverletzten. Mit geübtem Handgriff tastete er seinen Puls und prüfte gleichzeitig den Verband des Mannes.

»Können wir?« fragte er knapp.

Elizabeth Meville schloss die Augen und nickte. Rachel hielt ihre Hand, während ihr Blut in Alains verletzten Körper strömte. Ein bisschen beneidete sie das verängstigte Mädchen, das ihre schmalen Finger dankbar umklammerte. Sie hätte alles dafür gegeben, die Blutgruppe AB Rhesusfaktor negativ selbst zu haben.

Rachel erwachte aus ihrem Halbschlaf. Sie fühlte sich von dem Schlag auf den Hinterkopf immer noch ein wenig benommen. Ihr Blick fiel auf Elizabeth, die in Fötushaltung auf der Trage eingeschlummert schien. Alain Leblanc lag regungslos in seinem Krankenbett.

»Er ist stark«, versuchte Barkowsky sie zu beruhigen.

»Vielleicht aber auch nicht stark genug«, fauchte Rachel zurück.

Wutentbrannt wirbelte sie in ihrem Rollstuhl herum. Ihre Augen funkelten.

»Mir ist es egal, welchen privaten Kleinkrieg diese Idioten dort oben gegen den Rest der Welt führen«, zischte sie. »Von mir aus können sie erpressen, wen sie wollen, aber diese Barbaren sollen uns gefälligst in Ruhe lassen. Keiner von uns hat denen je etwas getan.«

»Sind Sie da so sicher?« mischte sich Michelli ein, der den Wutausbruch der jungen Frau bis dahin schweigend verfolgt hatte.

»Versuchen Sie jetzt bloß nicht, mich zu belehren!« fiel ihm die junge Amerikanerin ins Wort. »Einen Vortrag in dieser Richtung habe ich schon über mich ergehen lassen. Lady Dorothy hat bereits leidenschaftlich Partei für diese Banditen ergriffen.«

Michelli grinste. »Die gute Doro. Hauptsache, sie kann vor Gott und der Welt opponieren. Ihre mitunter etwas zweifelhafte Toleranz ist schließlich weit über die dortigen Landesgrenzen bekannt. Schätze, dass sie sich wohl bald eines Besseren belehren lassen muss.«

»Die?« Rachel lachte freudlos auf. »Niemals! Lady Dorothy ist in meinen Augen genauso verblendet wie jeder dieser Turbanträger.«

»Warten Sie es ab«, gab Michelli zu bedenken. »Lady Dorothy gilt als verwöhntes Ziehkind der britischen Aristokratie. Bin gespannt, wie sie reagieren wird, wenn man ihr dort draußen auf dem Promenadendeck zwecks besserer Argumentation eine MP an die Schläfe hält. Spätestens dann nämlich, wenn die Kavallerie anrückt.«

»Sie sprechen in Rätseln«, erwiderte Rachel.

»Überhaupt nicht.« Michelli stützte sich auf den Ellenbogen auf. »Das, was Sie bisher an Bord der *Star Cradle* erlebt haben, stellt erst das Präludium dar, um einmal mit ihren Worten zu sprechen, liebe Rachel. Vom großen Finale sind wir noch weit entfernt. Und dieses Dilemma, in dem wir uns momentan befinden, könnte in der Tat mit einem großen Paukenschlag enden. Noch nie haben die Vereinigten Staaten einen Topterroristen im Austausch gegen Geiseln freigelassen. Al-Nudar ist nicht naiv. Er wird noch irgendein Ass im Ärmel haben.«

Rachel fuhr herum. »Was wollen Sie damit andeuten?«

»Ich will Ihnen keine Angst machen«, antwortete der Italo-Amerikaner, »aber die Passagiere und die Crew sind nur die Bauern auf diesem schwimmenden Schachbrett. Wie ich hörte, hat es ja schon eine Menge Bauernopfer gegeben, nicht wahr? Dame, Läufer, Springer, Turm sind Sie, die Lady, der Senator und vielleicht noch dessen Tochter. Also alles Leute, die öffentliches Interesse genießen. Eine Schiffsbesatzung und irgendwelche unbedeutende Passagiere lassen sich im Zuge einer Geiselnahme durchaus opfern. Anfangs wird es ein wenig Geschrei geben, aber nach ein paar Wochen interessiert sich die Weltöffentlichkeit kaum noch für einen solchen Vorfall. Anders jedoch sieht es aus, wenn der angehende Präsidentschaftskandidat der Republikaner und die Lieblingsnichte der Queen der Staatsräson geopfert werden sollen. Das ließe dann die Weltöffentlichkeit aufhorchen.«

»Dann kann uns also gar nichts passieren?« Rachel atmete erleichtert auf.

»Es kommt darauf an«, erwiderte Antony Michelli, »wie viel den Amerikanern und den Briten an einer Verurteilung Jasmanis tatsächlich liegt. Sofern die Weltöffentlichkeit von Al-Nudar und seinen Forderungen gar nichts erfährt, haben die Drahtzieher in Richmond und London nichts zu befürchten. Vielleicht brach ja auf der *Star Cradle* ein verheerender Brand aus, oder sie ging wegen eines Navigationsfehlers im Sturm unter. Sämtliche Zeugen wären beseitigt. Und wer wird schon den Boden des Atlantiks absuchen, wenn man nicht einmal annähernd weiß, wo sich das Wrack überhaupt befindet.« Rachel wurde bleich. Sie schluckte heftig. »Sie besitzen eine blühende Phantasie«, murmelte sie betreten.

»Ich fürchte, Mr. Michelli weiß, wovon er spricht«, mischte sich Barkowsky ein. »Nicht wahr, Special-Agent Antony Michelli?«

»Durchsuchen Sie neuerdings meine Sachen?« knurrte der FBI-Beamte.

»Unsinn. Man sollte allerdings seine Ausweispapiere nicht mit sich herumschleppen, wenn man inkognito bleiben will. Sie fallen einem so leicht aus den Taschen.«

»Was Sie nicht sagen«, brummte Michelli.

Rachel schwieg. Unwillkürlich musste sie an die Watergate-Affäre denken. Je eher die Weltöffentlichkeit von der Kaperung der *Star Cradle* erfuhr, desto besser. Dann konnte man die Affäre auch nicht mehr unter den Teppich kehren. Behielt Michelli Recht, dann befanden sie sich in höchster Gefahr. Und die ging, welch eine Ironie des Schicksals, keineswegs nur von den Terroristen aus.

»Wissen Sie eigentlich, wie viel Uhr es ist?« knurrte eine verschlafene Stimme. Sie gehörte dem Innenminister, der leicht wankend die Treppe hinunterstieg.

Sir Patrick wusste es. Doch Hurts Lebensgewohnheiten sollten ihm in diesem Augenblick egal sein. Es ging um die nationale Sicherheit. Und da musste auch ein Edward Hurt zuweilen nach Mitternacht noch einmal aufstehen.

»Wir müssen reden, Edward«, meinte Goodwin übergangslos.

»Hat das nicht bis morgen früh Zeit?« schimpfte Hurt.

»Ich fürchte nicht, Edward«, bestand der Alte auf seiner Forderung. Zur Bekräftigung setzte er seinen Krückstock hart auf dem glänzenden Boden der Eingangshalle auf. »In Gottes Namen«, seufzte der Innenminister. »Ich hoffe, es ist wirklich so wichtig.«

Das musst du gerade sagen, brummte Goodwin lautlos vor sich hin. Wer zitiert mich denn fortwährend nach London? Sir Patrick gab seinem Chauffeur ein Zeichen. Der Mann nickte und nahm in der Eingangshalle von Edward Hurts Privathaus Platz.

»Nun?« brummte Hurt, während er den Gürtel um seinen Morgenmantel enger schlang und seinem Gast ein Glas englischen Sherry anbot. »Was gibt es so Dringendes?«

»Pockenviren, Edward«, stellte der Alte ungerührt fest, während sein Gegenüber bei diesem Hinweis erstaunt aufblickte. »Ein in diesem Fall, wenn ich es einmal laienhaft ausdrücken darf, hochaktiver Ableger der Grundspezies. In Gentechniklabors herangezüchtet.«

»Sie sprechen in Rätseln«, unterbrach ihn der britische Innenminister. Doch sein anfängliches Desinteresse war mit einem Schlag lauernder Neugierde gewichen.

»Ich will damit sagen«, fuhr Goodwin fort, »dass Al-Nudar aller Wahrscheinlichkeit nach Pockenviren mit im Handgepäck hat. Dies erklärt auch die mehr als merkwürdigen Vorgänge an Bord der *Mediterranean Sea*. Ich kenne nur ein Land, das leider immer noch an solchen Viren herumexperimentiert. Die Russen können einfach nicht die Finger von diesem Wahnsinn lassen.«

Mit dem Sherryglas in der Hand erhob sich Sir Patrick. Sein rechtes Bein schmerzte, als er das Gewicht verlagerte. Mühsam und auf seinen Stock gestützt, schleppte er sich zum Fenster. Nachtschwarzer Himmel und dunkelgraue Wolkengebirge lagen über dem Land östlich von London. Wie gerne säße er jetzt daheim am River Beaulieu. Bei einem Glas Cognac und mit einem guten Buch in der Hand.

Missmutig schüttelte er den Kopf. Einerseits brauchten Wissenschaftler mehr als ein Jahrhundert, um die Welt von dieser schrecklichen Geißel zu befreien, andererseits gab es immer noch Verrückte, die diesen verheerenden Krankheitserreger züchteten. Nicht nur die Russen weigerten sich, ihre Restbestände an Pockenviren zu vernichten. Da es weltweit bekanntermaßen keinen Immunschutz mehr gab, rechtfertigten auch die Vereinigten Staaten eine Aufbewahrung dadurch, dass man mit den eingelagerten Virusstämmen im Bedarfsfall Impfstoffe herstellen wollte. Seltsamerweise befanden sich jedoch alle Reagenzien im Besitz der Streitkräfte. Wohin dieses paradoxe Denken führte, war in Geheimdienstkreisen längst bekannt. Auch noch gentechnisch verändert, konnte dieser Virus mehr Schaden anrichten als jeder nukleare Sprengstoff. Darüber jedenfalls waren sich Wissenschaftler und Sicherheitsexperten in Ost und West schon seit Jahren einig. Längst schien der Virus seinen Weg aus russischen Militärlabors gegen harte Dollars bis nach Nordkorea gefunden zu haben, wo man ihn vermutlich zur biologischen Kriegsführung aufarbeitete. Nachrichten von dort drangen sowieso nur spärlich bis in den Westen. Und dass sich Nordkorea als Waffenexporteur gerade in die Spannungsgebiete des Nahen Ostens betätigte, war auch nicht unbekannt. Neu allerdings schien die Tatsache, wie leicht sich Massenvernichtungswaffen inzwischen weltweit verschieben ließen. Mit nachdenklicher Stimme setzte er den Innenminister von seinen privaten Nachforschungen in Kenntnis.

»Ich gehe davon aus«, fügte er am Schluss seines Vortrags hinzu, »dass es sich bei dem Vorfall auf der *Mediterranean Sea* tatsächlich um ein Versehen handelte. Dies verschafft uns allerdings einen Vorteil, den wir unbedingt ausnutzen sollten. Al-Nudar ahnt nichts davon, dass wir wissen, womit er die westliche Welt in Wirklichkeit erpressen will.«

Hurt atmete tief durch. Verständnislos schüttelte er den Kopf. Sein Sherryglas hatte er noch nicht angerührt.

»Der Virus ist übrigens waffenfähig aufbereitet«, gab der Alte zu bedenken.

»Wie würde man das Zeug am effektivsten einsetzen?« wollte Hurt wissen.

»Ohne besondere Abschussvorrichtung«, meinte der Alte, »braucht ein Aggressor im Prinzip nur das nächste Tiefdruckgebiet mit viel Wind abzuwarten. In große Höhe katapultiert und dabei fein zerstäubt, erweist sich die Wirkung gentechnisch veränderter Pockenviren als absolut verheerend. Schon wenige Stunden später gleicht das Zielgebiet einer einzigen Seuchenstation. Mit an Sicherheit grenzender Wahrscheinlichkeit hat Al-Nudar vor, die *Star Cradle* mit Semtex in die Luft zu sprengen und auf diese Weise die Viren freizusetzen.«

Der Mann mit den glatt nach hinten gekämmten Haaren erhob sich. Er schaute auf seine voluminöse Armbanduhr japanischer Produktion und nickte stumm. Es wurde Zeit zum Handeln. Vorsichtig schlich er bis zur Tür. Sorgfältig löschte er das Licht, drehte den Knauf nach links und schob die Tür ein kleines Stück auf. Er lugte durch den sich bietenden Spalt und stellte fest, dass der Wachposten, die Kalaschnikow über der Schulter, langsam auf dem Gang auf und ab ging. Der Mann zog die Tür wieder zu, ohne jedoch das Schloss einrasten zu lassen. Angestrengt lauschte er in die Stille. Das harte Auftreten kam näher. Er maß die Entfernung. Noch zehn Schritte, noch acht. Bald würde der andere die Tür erreichen und seinen

Weg in die entgegengesetzte Richtung fortsetzen. Dessen Schritt schien unsicher. Immer heftiger schlingerte die *Star Cradle* in der vom Sturm aufgewühlten See. Er hielt den Atem an. Das Geräusch schwerer Armeestiefel war jetzt ganz nah. Zentimeter für Zentimeter drückte er die Tür erneut auf. Ein Schatten auf dem Fußboden deutete darauf hin, dass der Wachposten in diesem Augenblick den Eingang passierte. Der Mann mit den zurückgekämmten Haaren riss die Tür auf. Sein Angriff kam für den Araber völlig unerwartet. Mit einer Hand drückte er ihm die Kehle zu, mit dem anderen Arm umschloss er dessen Genick. Es knackte hässlich, und der Wachposten sank, ohne einen Laut vor sich zu geben, zu Boden. Der Angreifer schloss sorgfältig die Tür hinter sich, schulterte den Leblosen und schleppte ihn in einen der nächstgelegenen Räume. Hier öffnete er das Bullauge und warf den Wachposten mit dem Kopf voran ins aufgewühlte Meer. Die Waffe warf er kurzerhand hinterher. Danach begab er sich wieder auf den Gang.

Wenige Augenblicke später erreichte der Mann eine kleine Vorhalle, von wo aus eine Treppe sowohl nach unten zum Maschinenraum, als auch nach oben zum Passagierdeck führte. Vorsichtig schlich er die teppichbezogenen Stufen empor, stets darauf bedacht, kein unnötiges Geräusch zu verursachen. Kurz vor Erreichen des nächsten Treppenabsatzes verharrte er im Schritt. Trotz des eintönigen Wummerns der Maschinenanlage vernahm er ein Geräusch. Dicht oberhalb seines Standortes hielt sich ein Mensch auf. Der Mann mit den zurückgekämmten Haaren streifte sich den rechten Schuh ab, klappte den Absatz beiseite und entnahm dem Hohlraum einen metallisch schimmernden Gegenstand. Mit geübtem Griff klappte er einen asiatischen Kampfstern auseinander und arretierte die weit auseinanderstehenden Klingen. Während er den folgenden Treppenabsatz erreichte, schnellte sein rechtes Handgelenk wie eine Feder vor. Der rotierende Kampfstern zerfetzte Sekundenbruchteile später die Kehle des Wachpostens. Er schleppte die blutüberströmte Leiche bis zu der transparenten Verbindungstür und richtete sie auf. Mit der Faust klopfte er gegen die Scheibe. Es dauerte nur wenige Sekunden, ehe sich einer der Wachposten aufmachte, um nach der

Ursache für die Störung zu suchen. Die Tür glitt zur Seite. Bevor der Araber überhaupt begriff, was ihm da in die Arme fiel, war der andere bereits an ihm vorbei und brach ihm mit einem gezielten Handkantenschlag das Genick. Anschließend horchte er in den halbdunklen Gang hinein. Nichts war zu hören. Vorsichtig öffnete er eine der Kabinen und warf die beiden Leichen auf den Teppichboden. Danach schlich er weiter. Kurz darauf verschwand er in einer der Suiten.

Der Mann, der sich an Bord der *Star Cradle* Song Daiwan nannte, ging ins Bad, nahm eine Smith & Wesson aus dem Toilettenkasten hinter der Wandverkleidung und schraubte einen Schalldämpfer auf die Mündung. Anschließend klappte er einen kleinen Kunststoffkoffer auf. Das Behältnis enthielt einen Scheinwerfer und einen Akku. Mit raschem Handgriff verband er die Lampe mit der mobilen Stromquelle und öffnete das Bullauge. Gischt spritzte ihm ins Gesicht. Er achtete nicht darauf, sondern begann den Lichtstrahl in die undurchdringliche Schwärze der Nacht zu richten. Plötzlich flammten in etwa einer knappen Seemeile Entfernung mehrere Lampen auf. Zufrieden legte er den Scheinwerfer zurück in den Kunststoffkoffer. Anschließend programmierte er die Countdown-Einrichtung seiner Armbanduhr.

Als er wenige Minuten später seine Kabine wieder verlassen wollte, hielt er verblüfft inne. In diesem Moment verschwand die Chefstewardess in einer der Nachbarsuiten. Sie schob einen Rollstuhl vor sich her. Es gelang ihm im letzten Augenblick, das Gespräch zu unterbinden, das Rachel Steinberg gerade via Satellit mit ihrem Vater begonnen hatte.

»Sind Sie verrückt?« entrüstete sich die junge Amerikanerin. »Wie kommen Sie dazu, …«

Wortlos nahm ihr der Asiate das Satelliten-Handy aus der Hand. Er warf einen Blick auf das Display mit der Rufnummernkennung und schüttelte den Kopf.

»Lassen Sie die Dinge einfach ihren Lauf nehmen«, meinte er mit ausdrucksloser Stimme.

Kapitel 24

Der kleine, dicke Mann mit der ausgeprägten Glatze und dem von der Sonne verbrannten Gesicht warf noch einmal einen zufriedenen Blick auf den Bildschirm seines Tischcomputers und lehnte sich weit nach hinten in den Polstersessel zurück. Vor ihm saß Jonathan Steinberg und schaute seinen Mitarbeiter fassungslos an.

»Sagen Sie das noch einmal«, forderte er den Dicken auf.

Max Dooney wirkte hinter seinem Arbeitstisch wie ein kleiner, selbstzufriedener Buddha. Grinsend griff er zu der Zigarettenpackung in seinem Poloshirt und zündete sich ein Stäbchen an. Den Rauch blies er weit über den Kopf seines Chefs hinweg.

Dooney nickte nachdenklich. »Wie ich schon sagte, Boss. Auf der *Star Cradle* hat sich ein wahrhaft illustres Völkchen eingefunden. Die Lieblingsnichte der englischen Queen, ein Tennishäschen samt Vater, der niemand anderes ist, als unser allseits geschätzter texanischer Senator und zugleich Kandidat für das Präsidentenamt, sowie noch weitere Spitzen der Gesellschaft. Und nicht zu vergessen ein paar Schlapphüte.«

Dooney machte eine theatralische Pause, ehe er fortfuhr.

»Als da wären Charly Lee Song, der sich an Bord der *Star Cradle* offensichtlich als taiwanesischer Geschäftsmann Song Daiwan ausgibt, in Wirklichkeit jedoch Nordkoreaner ist und pikanterweise als Militärattaché der chinesischen Botschaft in Rom arbeitet. Zudem Dimitrij Kopernikow, ehemaliger Mitarbeiter des KGB und zuletzt für das FSB, den russischen Inlandsgeheimdienst, tätig. Soll inzwischen angeblich auf eigene Rechnung arbeiten, gilt jedoch immer noch als Vertrauter von Alexander Lebed. Seit dem Afghanistan-Krieg werden dem Russen zudem enge Verbindungen nach Kabul und Islamabad nachgesagt. Und nicht zu vergessen Antony Michelli und Lester Wells, zwei Agenten des FBI.«

»Was haben diese Kerle gemeinsam auf einem Kreuzfahrer zu suchen?« wunderte sich Steinberg und versuchte gleichzeitig, nicht zuviel von Dooneys Zigarettenrauch einzuatmen.

Sein Mitarbeiter wurde schlagartig ernst. »Was unsere beiden Landsleute betrifft, scheint die Sache sonnenklar. Sie sind als Personenschutz für unseren allseits geschätzten Republikanerfürsten abgestellt. Hinsichtlich der beiden anderen Vögel kann ich nur Vermutungen anstellen. Meine Bekannten in Langley schweigen sich aus. Ich denke aber, die sind momentan genauso ratlos wie wir.«

Dooney legte seine Stirn in Falten. »Ich weiß nicht, Boss. Ich werde langsam das Gefühl nicht los, dass wir da einer ganz heißen Story auf der Spur sind. Gehen wir noch einmal alles ganz langsam durch. Die *Star Cradle* ändert ihre Fahrtroute und meldet sich mit einem Mal nicht mehr. Der Capitano in Las Palmas, wo das Schiff längst hätte vor Anker gehen sollen, hält es bis zu dieser Stunde nicht für nötig, die offiziellen Stellen zu informieren. Denen scheint es offenbar auch völlig gleichgültig zu sein, dass ein knapp zweihundert Meter langer Kreuzfahrer einfach vom Erdboden verschwindet. Sämtliche Anfragen besorgter Familienangehöriger werden einfach nach Hongkong weitergeleitet, obwohl sich doch längst herumgesprochen haben müsste, dass bei Honeywell & Sparks allenfalls noch der Anrufbeantworter arbeitet. Die Küstenwache gibt keinen Kommentar ab, obwohl die spanische SAR den Kreuzfahrer nach bisher unbestätigten Meldungen bereits gesucht haben soll. Dafür aber scheinen die Telefonleitungen zwischen Spanien und England zeitweise förmlich geglüht zu haben.«

»Was wollen Sie damit andeuten?« horchte Steinberg auf.

Dooney wiegte bedenklich den Kopf. »Sie wissen, Boss, dass ich Ihnen nicht alles sagen kann. Ich verliere sonst meine wichtigsten Informanten. Nur soviel: Der britische Secret Service und deren spanische Kollegen scheinen eine Abmachung getroffen zu haben, über den Verbleib eines bestimmten britischen Frachters kein großes Aufheben zu machen. Ich habe bei Lloyds in London nachgefragt, ob momentan irgendwelche Schiffe vermisst werden. Jetzt halten Sie sich fest, Boss! Kurz bevor die Funkverbindung zur *Star*

Cradle abbrach, verschwand ein Frachter namens *Mediterranean Sea* von der Bildfläche. Auch dieses Schiff kam aus dem Mittelmeer und steuerte den Atlantik an. Merkwürdig, nicht wahr?«

»Was soll daran merkwürdig sein?« murmelte Steinberg.

»Die Umstände, Boss!« fuhr Dooney auf. Heftig saugte er an seiner Zigarette, sodass sich ein zentimeterbreiter Glutstreifen bildete. »Das eine Schiff verschwindet sang- und klanglos, das andere meldet sich auf einmal nicht mehr. Die spanische Küstenwache hüllt sich in beiden Fällen in Schweigen. Und nach dem Verbleib der *Star Cradle* hätte man doch wohl längst mit einer großangelegten Suche beginnen müssen. Gibt Ihnen das nicht zu denken?«

»Okay, Max«, brummte Steinberg. »Wirklich ein bisschen viel Zufälle auf einmal. Was schlägst du also vor?«

Dooney drückte seine Zigarette im Ascher aus. »Wir sollten uns selbst um die Sache kümmern. Irgend etwas ist da faul. Zwei verschollene Schiffe, eine schweigende Küstenwache und eine ganze Reihe Geheimdienstler und Sicherheitsbeamte auf Dienstreise. Von der Nichte der Queen und dem eventuell zukünftigen Präsidenten der Vereinigten Staaten einmal ganz zu schweigen. Das schreit doch wohl nach einer Story, oder?«

»Wann können unsere Leute mit der Arbeit beginnen?« erkundigte sich Steinberg.

Dooney grinste. »Habe mir schon gedacht, dass Sie so reagieren werden, Boss. Sie erinnern sich an die Reportage über die Giftmüllentsorgung aus alten Bohrinseln auf hoher See? Unsere Jungs vom Aufnahmeteam sind im Augenblick immer noch mit einem Hochseeschlepper unterwegs. Der Dampfer besitzt einen eigenen Helikopter und läuft zudem gut und gerne seine vierzig Knoten. Ich habe schon mit der Reederei und dem Kapitän gesprochen und denke, dass wir morgen früh mehr wissen.«

»Wie will denn unser Team die *Star Cradle* mitten auf dem Atlantik finden?« räumte Steinberg zweifelnd ein.

In diesem Augenblick blinkte eine der Kontrolllampen an seinem Tischtelefon auf. Es handelte sich um einen Anruf auf der Privatleitung.

»Ja, Steinberg«, knurrte der Chef von CCN.

»Hallo, Vater«, meldete sich eine Stimme. »Du musst mir helfen. Ich …«

Die Verbindung brach ab. Ungläubig starrte Jonathan Steinberg auf den Hörer.

»Wer war dran?« fragte Dooney.

»Sie werden es kaum glauben«, antwortete sein Chef. »Meine Tochter.«

»Direkt von der *Star Cradle*?« fuhr Dooney auf.

»Keine Ahnung.« Steinberg zuckte die Schultern. »Sie wollte mir etwas sagen, doch plötzlich wurde das Gespräch unterbrochen.«

Max Dooney schwieg. Er hoffte inständig, dass er die eingangs gestellte Frage seines Chefs nicht mehr beantworten musste. Sonst hätte er Steinberg beichten müssen, dass vor kurzem an Bord der *Star Cradle* eine Satellitennotfunkbake aktiviert worden war.

Unablässig dröhnten die beiden Schiffsmotoren. Chief Baxter war es zwar gelungen, die Bilge vom Löschwasser freizulenzen, aber der Gestank der verschmorten Plastikteile lag immer noch in der Luft. Zudem spürte man hier unten die Schiffsbewegungen besonders stark. Nelson Santos lehnte sich erschöpft gegen eines der Aggregate und atmete tief ein und aus. »Geht's?« fragte Baxter.

»Geht so«, erhielt er von dem Braunhäutigen zur Antwort.

Der Chief grinste verkniffen. Besser wäre es gewesen, er hätte jemanden wie Lymington an seiner Seite gehabt, aber sein unmittelbarer Assistent stand unter Arrest. »Was meinen Sie, Chief?« fragte Nelson Santos. »Was haben die mit uns vor?«

»Keine Ahnung«, brummte der Leitende Ingenieur und wischte sich die ölverschmierten Hände an einem Lappen sauber. »Hoffen wir nur, dass diese Galgenvögel bloß die Nerven behalten. Ich verspüre wirklich wenig Lust, meine letzten Tage ausgerechnet auf diesem Kahn zu verleben.«

Der Filipino schwieg. Er dachte an das junge Mädchen. Wie mochte es ihr bloß in der Zwischenzeit ergangen sein? Hoffentlich hatte ihr niemand etwas angetan. Unwillkürlich ballte er die Fäuste.

»Hey, was ist los?« meinte Baxter und warf den Lappen beiseite.

»Nichts«, murmelte Nelson.

»Denkst du an zu Hause?« wollte Baxter wissen. »Hast du eine Kleine daheim?«

»Auch«, erwiderte Nelson knapp.

Chief Baxter starrte seinen Gesprächspartner verblüfft an. Wenn junge Matrosen derart verstockt reagierten, dann musste mehr dahinterstecken als bloßes Heimweh.

»Auch?« stocherte er nach. »Was heißt 'auch'?«

»Lass mal«, erhielt er erneut eine knapp gefasste Antwort.

»Oh, oh!« Breit grinsend ließ sich der Chief neben dem verschmorten Kontrollpult nieder. »Eine Kleine aus der Crew?«

Nelson antwortete nicht. Baxter begriff.

»Doch nicht etwa von den Passagieren!« stöhnte er auf.

Er überlegte. Wer kam da in Frage? Nelson war höchstens Anfang Zwanzig. Die weiblichen Passagiere konnten vom Alter her seine Mutter sein. Bis auf eine. Oh, Himmel!

»Die Tochter des amerikanischen Senators?« meinte er schließlich.

»Unsinn!« fauchte Nelson. Unwillkürlich wurde der junge Mann rot.

»Vor mir brauchst du keine Geheimnisse zu haben«, meinte Baxter. »Ich bin weder der Käpt'n noch ihr Vormund.«

»Ich habe bloß Angst, dass ihr etwas zugestoßen sein könnte«, murmelte Nelson. »Ich sah sie das letzte Mal, kurz bevor das Schiff gekapert wurde.«

»Mach dir keine Sorgen«, versuchte ihn der Chief zu beruhigen. »Die Kerle haben im Augenblick ganz andere Sorgen, als sich mit kleinen Mädchen abzugeben. Die haben eine ganz große Sache vor.«

Der Filipino hob den Kopf. »Welche Sache?«

Chief Baxter berichtete Nelson, was er in der Zwischenzeit mitbekommen hatte.

»Können wir nicht irgend etwas unternehmen, um diesem Irrsinn ein Ende zu bereiten?« fragte der junge Mann.

»Kaum«, erwiderte der Engländer. »Ein Ausbruchversuch ist schon schief gegangen.«

»Aber wir können doch hier nicht tatenlos herumsitzen und nur abwarten«, begehrte Nelson auf.

»Was willst du tun? Dich mit deinen Fäusten gegen deren Kalaschnikows zur Wehr setzen?«

Nelson deutete auf das immer noch von außen versperrte Schott.

»Und was passiert, wenn hier unten schon wieder ein Feuer ausbricht?« fragte er mit deutlicher Unruhe in der Stimme.

»Dann werden wir wie die Hähnchen auf der Stange gegrillt«, antwortete Baxter lakonisch.

Tiefgraue Schwärze lag über dem Atlantik. Noch immer ging die See hoch und schleuderte ihre weiße Gischt gegen Rumpf und Aufbauten der *Star Cradle*. Anwar al Saidi konnte nicht mehr. Sein Körper verlangte unerbittlich nach Schlaf. Die letzten Stunden hatte er sich immer häufiger dabei ertappt, entweder die beleuchteten Instrumente doppelt zu sehen, oder in einen betäubenden Halbschlaf zu versinken. So konnte man kein Schiff führen. Als Steuermann besaß er schließlich ein gewisses Maß an Verantwortung. Besonders gegenüber dem Kommandanten und der Sache, die sie verfolgten. Er rief Al-Nudar über sein Funksprechgerät an und teilt ihm mit, dass er unbedingt abgelöst werden musste.

Dem Palästinenser schien der Schlafentzug offenbar nichts auszumachen. Al Saidi wunderte sich. Woher nahm der Kommandant bloß diese Kraft?

»Wer kann außer dir mit dem Schiff umgehen?« fragte er den Ägypter.

Anwar al Saidi gähnte herzhaft. »Praktisch jeder mit Steuermanns- oder Offizierspatent. Außer dem Schiffsarzt vielleicht.«

»Was ist mit den beiden Italienern?« wollte Al-Nudar wissen.

»Einem Mann mit Bauchkrämpfen«, erwiderte der Ägypter, »sollte man bei diesem Seegang kein Zweihundertmeterschiff anvertrauen. Wo Fontani steckt, weiß ich nicht.«

»Okay, ich werde mir etwas einfallen lassen«, kam es durch das Handsprechfunkgerät zurück. Kurz darauf brach die Verbindung zur Brücke ab.

Lass dir schnell etwas einfallen, brummte Anwar al Saidi vor sich hin. Lange halte ich nämlich nicht mehr durch.

Al-Nudar biss sich auf die Unterlippe. Jassir war ein unverzeihlicher Fehler unterlaufen. Unter den Leuten, die er zuletzt hatte exekutieren lassen, befand sich ausgerechnet der Zweite Steuermann. Mürrisch betrat der Palästinenser die Bar, wohin sich die Geiseln und der Kapitän zurückgezogen hatten. Lady Dorothy war am Tresen vor einem Cocktailglas zusammengesunken. Sie gab ein jämmerliches Bild ab. Der Senator schlief zusammengerollt in einer Ecke. Nur Kapitän Kössner fuhr auf, als Al-Nudar den Raum betrat.

»Sie können Ihr Schiff steuern?« fragte der Palästinenser knapp.

»Natürlich«, horchte der Deutsche auf. »Was soll die Frage?«

»Sie werden sich unverzüglich auf die Brücke begeben«, stellte Al-Nudar ostentativ fest. »Anwar muss abgelöst werden.«

Kössner erhob sich. Die zwei Stunden im Dämmerschlaf hatten ihm nur wenig Erfrischung gebracht. Er fühlte sich lausig. Trotzdem nickte er.

»Keine Tricks«, warnte ihn der Anführer der Terroristen. »Jassir behält Sie im Auge. Eine falsche Bewegung, und Sie erhalten ein nasses Seemannsgrab. So sagt man doch in Ihrem Jargon, oder?«

»Ein Seemannsgrab ist immer nass«, brummte Kössner und folgte Al-Nudar zur Brücke.

Wenig später hockte er hinter dem Kontrollpult und bemühte sich, das schwere Schiff auf Kurs zu halten. Der ungewöhnliche Steuerungsmechanismus auf der *Star Cradle* bereitete ihm einige Mühe. Während seiner Offizierszeit hatte Kössner gelernt, Schiffe eher mit einem brusthohen Steuerrad zu manövrieren. Zwischenzeitlich schaukelte sich die *Star Cradle* in den Wellen ziemlich auf. Al-Nudar blieb dessen offensichtliche Unsicherheit nicht verborgen.

»Nun, Kapitän«, schmunzelte der Palästinenser. »Wo bleibt Ihre Souveränität? Brauchen Sie Nachhilfestunden?«

Kössner hatte mit einem solchen Kommentar gerechnet. Verbissen bemühte er sich, jede der hohen Wellen auszusteuern. Unwillkürlich fiel sein Blick auf den Radarbildschirm. Er schaltete die

Regenenttrübung weg, die der Ägypter offenbar übersehen hatte. Auf dem Bildschirm des Sichtgerätes tauchte ein Lichtpunkt auf. Auch Jassir bemerkte das Signal.

»Ein Schiff läuft von schräg achtern auf uns zu«, bemerkte Kössner gelassen.

Der Deutsche nahm das schwere Fernglas zur Hand und suchte den Horizont an Steuerbord ab. Den Umrissen zufolge handelte es sich offenbar um einen Hochseetrawler. Schweigend reichte er das Glas an Jassir weiter.

Die Stimme des Kapitäns nahm einen leicht belustigten Klang an. »Besuch für Sie, meine Herren.«

Den Hieb mit dem Lauf der Maschinenpistole auf seinen Oberarm nahm er als Quittung in Kauf.

»Halten Sie Kurs!« fuhr ihn der Palästinenser an.

»Wie Sie meinen«, knurrte Kössner und rieb sich die schmerzende Stelle.

»Und löschen Sie unsere Positionslaternen!« fügte er anschließend hinzu.

»Das kann ich nicht machen!« brauste Kössner auf. »Nach den internationalem Vorschriften ...«

»Sobald ich Lust verspüre«, fauchte ihn der Palästinenser an, »über Seerechtskonventionen mit Ihnen zu diskutieren, lasse ich es Sie wissen.«

Die Zeit verstrich, und die Männer auf der Brücke schwiegen verbissen. Immer noch war das Echo auf dem Radarbildschirm deutlich auszumachen. Vielleicht war dies der richtige Augenblick, endlich mehr über die weiteren Pläne des Palästinensers in Erfahrung zu bringen. Das Auftauchen eines anderen Schiffes so dicht neben der *Star Cradle* schien offenbar nicht in das Konzept der Piraten zu passen. Sogar Al-Nudar wirkte zum ersten Mal irritiert. Der Kapitän drehte sich zu dem Araber hin. Jassir verfolgte jede seiner Bewegungen mit Argwohn.

»Wie geht es jetzt überhaupt weiter?« wollte Kössner wissen. »Wann stellen Sie eigentlich Ihre Forderungen? Wir können schließlich nicht ewig mit Höchstleistung weiterlaufen. Irgendwann sind unsere Treibstofftanks leer. Wir wollten eigentlich auf Gran Canaria bunkern.«

Al-Nudars Gesicht entspannte sich. Ein kaum wahrnehmbares Lächeln überzog sein von tiefen Narben entstelltes Antlitz. Er warf einen Blick auf seine Armbanduhr.

»Ich habe auf diese Frage gewartet, Käpt'n«, meinte er schließlich. »Zu Ihrer Information: Das ist längst geschehen. Vor genau einer Stunde hat mein Büro in Beirut die Regierungen in Washington und London per Fax aufgefordert, Hassan Abdul Jasmani freizulassen. In der Nachricht heißt es unter anderem, dass es zwecklos ist, mit der *Star Cradle* auf direktem Weg Kontakt aufzunehmen und dass jeder Versuch, das Schiff zu stoppen oder zu entern, unverzüglich den Tod sämtlicher Geiseln zur Folge hat.«

»Und wie wollen Sie in Erfahrung bringen, dass die beiden Regierungen auf Ihre Forderungen eingehen?« wollte Kössner wissen und wies dabei auf die zerstörte Funkanlage. »Man kann uns nicht erreichen.«

»Das moderne Zeitalter ist auch an uns nicht spurlos vorüber gegangen«, meinte der Palästinenser kühl. »Wir besitzen eine tragbare INMARSAT-Anlage. Die Antwort meines Büros in Beirut kann uns selbst hier auf dem Atlantik jederzeit erreichen.«

»Warum melden Sie sich nicht selbst in London und Washington?« forschte der Deutsche weiter.

»Die Erfahrung lehrt«, antwortete der Araber, »dass anlässlich einer Geiselnahme jede unmittelbare Kommunikation ausschließlich der Gegenseite hilft. Ich verspüre wenig Lust, meine Zeit mit psychologischem Geschwätz zu vergeuden.«

»Und was geschieht anschließend mit uns?«

Al-Nudars Gesicht wurde ausdruckslos. »Darüber sollten Sie sich in diesem Moment keine Gedanken machen.«

»Wie wollen Sie das Schiff eigentlich wieder verlassen?« fuhr Kössner fort. »Wir befinden uns schließlich mitten auf dem Atlantik.«

»Sie fragen zuviel!« entgegnete Al-Nudar schroff. »Steuern Sie nur das Schiff und überlassen Sie alles weitere mir.«

Die Zeit verstrich. Dem Deutschen blieb nichts anderes übrig, als die *Star Cradle* weiterhin stur auf Kurs zu halten. Immer noch lag dunkelgraue Schwärze über dem Atlantik. Hin und wieder warf er einen Blick durch die Seitenscheibe. Dass ihnen der Trawler zweifellos folgte, bewies der Lichtpunkt auf dem Radarbildschirm, der einen gleichbleibenden Abstand zum Bildmittelpunkt hielt. Irgendwie musste er die Gunst der Stunde nutzen. Kössners linke Hand schob sich in Richtung Kontrollpult vor.

»Was soll das?« knurrte Jassir und drückte ihm den Gewehrlauf seiner UZI in den Nacken.

»Der Seitentrimm«, bemühte sich Kössner zu einer möglichst ruhigen Antwort. »Wir schieben fünf Grad Lage. Ich muss den Steuerbordtank fluten. Anders bekommen wir bei unserem derzeitigen Treibstoffverbrauch zu viel Schlagseite.«

»Na und?« fauchte der Schmächtige und verstärkte den Druck seiner Waffe.

»Möchten Sie eine Abhandlung in angewandter Schiffsführung?« antwortete der Kapitän der *Star Cradle*. Er drehte sich zu Al-Nudar herum.

»Hören Sie, Mister«, sagte er zu dem Narbigen. »Wenn Ihr Zerberus meint, er versteht vom Umgang mit Schiffen mehr als ich, dann lassen Sie ihn doch ans Ruder. Wenn wir so weiterfahren, verändert sich der Trimm. Dadurch werden die Schiffsbewegungen stärker.«

Er machte eine kurze Gedankenpause.

»Und wir verlieren Fahrt«, fügte er hinzu.

Al-Nudar schaute Kössner eine ganze Weile mit zusammengekniffenen Augen an. Schließlich nickte er zögernd. »Na, schön«, brummte er. »Aber machen Sie keine Dummheiten.«

Kössner schob den Gewehrlauf des Schmächtigen beiseite und drückte mehrere Knöpfe. Einige Kontrolllampen begannen zu leuchten. Ein durchdringender Summton ertönte.

»Was soll denn das schon wieder?« wollte Jassir wissen.

»Herrgott!« seufzte Kössner. »Das System prüft zunächst, ob überhaupt genügend Treibstoff in dem anderen Tank vorhanden ist.

Falls nicht, würde die Backbordmaschine unter Umständen Luft ziehen. Wissen Sie was passiert, wenn ein Schiffsdiesel anstatt Treibstoff Luft ansaugt? Bei momentan voller Leistung? Der Summton dient lediglich der Kontrolle.«

Kössner starrte auf die Kontrollinstrumente. Jeder Kadett im ersten Ausbildungsjahr an Bord eines Seeschiffes wäre bei dieser Erklärung in schallendes Gelächter ausgebrochen.

»Auch das noch!« stöhnte er plötzlich auf. Seine Hand schoss vor und wollte den Schalter für das interne Intercomsystem betätigen. Jassir drückte ihm den Lauf seiner UZI ins Genick.

»Keine Tricks!« warnte er den Kapitän. »Glaub nur ja nicht, du kannst mich hereinlegen. Was willst du mit dem Intercom?«

»Ich muss den Chief benachrichtigen«, wiegelte Kössner ab.

Er bemühte sich, Gelassenheit an den Tag zu legen, doch unter seinem Uniformhemd tropfte längst der Schweiß herab. Das, was er vorhatte, war gefährlich. Aber der Teufel sollte ihn holen, wenn er es nicht riskierte.

»Warum?« mischte sich Al-Nudar ein.

»Die verdammten Ventile öffnen sich nicht«, antwortete Kössner. »Vermutlich ein Kurzschluss. Kein Wunder nach dem Brand im Maschinenraum. Es kann aber auch sein, dass die Entlüftungsklappen oben an Deck bloß verklemmt sind. Der Chief muss sich darum kümmern.«

»Sie bluffen doch!« fauchte ihn der Palästinenser an. »Bisher lief das Schiff noch störungsfrei. Was soll dieser Zirkus auf einmal?«

»Anwar al Saidi«, gab Kössner zu bedenken, »mag vielleicht ein erstklassiger Navigationsoffizier sein, von Treibstoffmanagement jedenfalls scheint er nicht viel zu verstehen. Sonst hätte er die entsprechenden Maßnahmen zum Austrimmen der Tanks längst ergriffen.«

Unwillkürlich huschte ein Grinsen über sein müdes Gesicht. »Sie hätten sich ein etwas unkomplizierteres Schiff aussuchen sollen, Mr. Al-Nudar. Oder, Sie hätten Spezialisten mitbringen müssen.«

Al-Nudar sprang vor. Er packte den Kapitän am Kragenaufschlag und zerrte ihn mit einer Leichtigkeit, die ihm Kössner gar nicht zugetraut hätte, aus dem Drehsessel. Ihre Blicke kreuzten sich. Der Deutsche konnte sich nicht daran erinnern, jemals in solch eiskalte Augen gestarrt zu haben.

»Glauben Sie, das Problem auf diese Weise zu lösen?« keuchte der Kapitän, weil ihm Al-Nudars Faust gegen den Kehlkopf drückte.

Nur zögernd löste der Palästinenser seinen Griff. Es dauerte ein paar Augenblicke, ehe er sich wieder in der Gewalt hatte. Er gab seinem Adjutanten einen kurzen Wink. Jassir wich einen Schritt zurück, hielt jedoch die UZI weiterhin im Anschlag.

»Gut«, meinte Al-Nudar schließlich. »Geben Sie Ihrem Ingenieur die entsprechenden Anweisungen. Aber er soll sich vorsehen. Einer meiner Männer wird ihn begleiten.«

»Chief!« rief der Braunhäutige und rüttelte Ron Baxter energisch an der Schulter. Baxter fuhr aus dem Halbschlaf hoch.

»Was ist los?« fragte der Chief verblüfft.

»Der Lautsprecher.« Nelson Santos deutete auf das Intercom neben dem Eingang. »Jemand will uns sprechen.«

»Unfug!« widersprach Baxter. »Die Anlage ist doch schon seit Tagen abge...«

Weiter kam er nicht. Aus dem Lautsprecher drang eine Stimme. Sie gehörte einem Mann, den er eigentlich nicht sonderlich gut leiden konnte. In diesem Augenblick jedoch war er regelrecht erfreut darüber, sie endlich wieder einmal zu hören.

»Der Käpt'n!« brüllte Baxter und hieb auf die Sprechtaste.

»Hallo, Käpt'n!« rief er erneut. »Wie geht es Ihnen, Sir? Ich dachte schon ...«

Weiter kam er nicht. Kössners Stimme klang schroff.

»Wie oft muss ich Sie eigentlich noch rufen, Mr. Baxter?« kam es ziemlich ungehalten aus dem Lautsprecher. »Halten Sie dort unten etwa ein Nickerchen?«

»Tut mir leid, Sir«, murmelte Baxter verwirrt. Was war denn nun schon wieder los? Konnte man diesem Kerl eigentlich nie etwas recht machen? »Hören Sie, Mr. Baxter«, fuhr der Kapitän ungerührt fort. »Ich bin im Augenblick oben auf der Brücke. Ist Ihnen eigentlich noch nicht aufgefallen, dass die *Star Cradle* fünf Grad nach Backbord krängt? Öffnen Sie gefälligst die Flutventile für den Steuerbordtank! Von hier oben geht das nicht. Vermutlich ein Kurzschluss.«

»Ich soll bitte was?« keuchte der Chief. Er schaute den Filipino fragend an und drehte dabei den Zeigefinger anzüglich vor der Stirn. »Ich fürchte, ich habe nicht recht verstanden, Sir.«

»Hören Sie auf, den Ahnungslosen zu spielen, Mr. Baxter!« fauchte die Stimme am anderen Ende der Leitung. »Sie scheinen in letzter Zeit ein wenig nachlässig mit der Erfüllung Ihrer Pflichten zu sein. Steuerbord fluten, aber etwas plötzlich! Und überprüfen Sie gefälligst die Entlüftungsklappen oben an Deck. Und zwar die an Steuerbord, Mr. Baxter! Haben Sie mich verstanden? An Steuerbord! Herr im Himmel! Sind Sie der Chief, oder ich? Und besorgen Sie sich ein Funksprechgerät. Hören Sie? Ich erwarte unverzüglich Ihren Rapport.«

Grußlos brach das Gespräch ab. Baxter schüttelte den Kopf, Nelson schaute den Engländer neugierig an. »Was ist los?« fragte er.

»Der Käpt'n ist übergeschnappt«, stöhnte Baxter und fuhr sich durch die schweißverklebten Haare. »Ich soll irgendwelche Flutventile öffnen.«

»Ja, und?« fragte Nelson. »Warum tun Sie es nicht einfach?«

»Ganz einfach«, murmelte Baxter. »Die *Star Cradle* ist kein gottverdammtes U-Boot. Hier gibt es weit und breit nichts, was ich fluten könnte.«

»Was haben Sie mit uns vor?« schimpfte die Chefstewardess, als sie der Asiate zurück auf den Gang drängte.

Francis Stonebridge war genauso überrascht wie die Amerikanerin. Ihre Verblüffung steigerte sich noch, als der Asiate kommentarlos den Akku aus dem Satellitenhandy nahm und das Gerät damit unbrauchbar machte.

»Sie sollten sich unter Deck im Augenblick besser nicht aufhalten«, antwortete der Mann ohne sichtliche Regung. Sein Gesicht wirkte genauso verschlossen wie immer.

»Was, um alles in der Welt, haben Sie dagegen«, begehrte Rachel auf, »dass wir Hilfe herbeirufen? Mein Vater besitzt Funk- und Fernsehsender. Er könnte eine Hilfsaktion einleiten.«

Song Daiwan überlegte nur kurz, ehe er antwortete.

»Wollen Sie ein Blutbad an Bord der *Star Cradle* riskieren?« antwortete er mit stoischer Ruhe.

»Wie kommen Sie denn darauf?« mischte sich Francis ein. Ihre Stimme klang gehetzt.

»Was denken Sie, wird wohl passieren, sobald die Presse Wind von der Kaperung der *Star Cradle* bekommt?« erwiderte der Asiate. »In kürzester Zeit wird unsere genaue Position bekannt sein, und in unserer Umgebung wird es vor Marineschiffen nur so wimmeln.«

»Aber das wäre doch phantastisch!« begehrte Rachel auf. »Es gibt schließlich Spezialeinheiten bei der Navy. Die würden es mit diesen Terroristen schon aufnehmen.«

»Glauben Sie das wirklich?« unterbrach sie der Asiate. »Al-Nudar ist kein Anfänger, Lady. Der ist schon mit ganz anderen Leuten fertig geworden. Nie hat man ihn gefasst. Und bei jeder Aktion zog er gleichsam wie ein Fanal eine gewaltige Blutspur hinter sich her. Ich erinnere nur an das Massaker in Luxor. Wollen Sie, dass sich so etwas auch an Bord der *Star Cradle* ereignet?«

Rachel überlegte. Etwas stimmte mit diesem verschlossenen Mann nicht. Ihr fiel etwas ein.

»Was haben Sie eigentlich hier unten zu suchen?« wollte sie von dem Asiaten wissen. »Wie kommen Sie überhaupt hierher? Und wo sind die Wachen?«

Song Daiwan antwortete nicht, sondern drängte die beiden Frauen nur noch energischer durch den schwankenden Korridor. Rachel erschrak.

»Haben Sie sie …«. Rachel stockte. »Oh, Gott! Er hat die Wachen umgebracht!«

Der Mann antwortete immer noch nicht.

»Sind Sie des Wahnsinns?« schrie die junge Frau auf. Ihre Stimme kippte um. »Haben Sie überhaupt eine Ahnung, was Al-Nudar mit uns anstellt, wenn dem auffällt, dass schon wieder ein paar seiner Leute getötet worden sind? War Ihnen Gallheims missglückter Ausbruchversuch nicht Warnung genug?«

»Sie sollten hier nicht so herumbrüllen«, meinte ihr unwillkommener Begleiter unbeeindruckt. »Oder wollen Sie, dass die übrigen Piraten auf uns aufmerksam werden?«

»Ich will sofort wieder nach oben!« forderte die Amerikanerin. »Zu den anderen Passagieren.«

»Tatsächlich?« murmelte Song Daiwan. »Was halten Sie stattdessen von einer guten Tasse Tee. Zur Nervenberuhigung.«

»Sind Sie jetzt vollkommen übergeschnappt?« mischte sich Francis ein, die einige Mühe hatte, wegen der zuweilen heftigen Schiffsbewegungen den Rollstuhl über die Treppe nach unten zu hieven. Der Asiate machte keine Anstalten, ihr dabei zu helfen.

»Ganz und gar nicht«, erwiderte der Mann und trieb die beiden Frauen mit Nachdruck zur Eile an.

»Ich werde Dimitrij bitten, Ihnen seinen legendären Baikal-Tee zuzubereiten«, fügte er hinzu.

»Wieso müssen wir dazu in die Pantry?« wollte Francis wissen.

»Dort sind Sie erst einmal in Sicherheit«, antwortete der Asiate.

»Man wird uns suchen«, gab Francis zu bedenken.

»Sicher«, meinte ihr Begleiter lakonisch. »Davon ist auszugehen.«

»Und was passiert mit Doc Barkowsky?« keuchte die Chefstewardess. »Und mit Mr. Michelli, Monsieur Leblanc und dem Mädchen?«

Ehe Song Daiwan antworten konnte, drehte sich Rachel zu der jungen Engländerin herum.

»Wer, um alles in der Welt, ist Monsieur Leblanc?« wunderte sie sich.

Francis biss sich auf die Lippen. Nun war es zu spät für Ausflüchte.

»Der Mann, den Sie offensichtlich bisher nur unter dem Namen Aubin Toulouse kennen. In Wirklichkeit heißt er Alain Leblanc.«

Rachel schwieg. Ihre Verwirrung nahm zu, und die Situation drohte ihr über den Kopf zu wachsen. Erst die Kaperung, dann die ständigen Auseinandersetzungen mit Al-Nudar, schließlich die Ermordung der Passagiere und Besatzungsmitglieder und nun auch noch die Tatsache, dass sich der Mann, für den sie sich so sehr eingesetzt hatte und dem sie bisher bedingungslos vertraute, offenbar ein Doppelleben führte. Rachel erinnerte sich mit einem Mal, dass sie den Namen Leblanc schon einmal gehört hatte. Vor ein paar Tagen, als sie sich zusammen mit Larry Cohen an Deck aufgehalten und er ihr den nächtlichen Himmel erklärte hatte. Bevor dieser ganze Wahnsinn begann. Jeder schien offenbar Alains wahre Identität zu kennen. Nur sie nicht. Ihre Augen füllten sich mit Tränen. Warum tat man ihr das an? Warum spielte alle Welt mit ihren Gefühlen? Nur, weil sie im Rollstuhl saß und man annahm, sie könne sich nicht wehren?

»Bitte verzeihen Sie mir, Miss Steinberg«, murmelte Francis. »Ich nahm an, sein Inkognito hätte keine so große Bedeutung.«

»Was wissen Sie schon!« stammelte die junge Amerikanerin.

In diesem Augenblick ertönten hinter ihnen laute Flüche und Befehle in einer Sprache, die sie nicht verstand. Mit einer ruckartigen Bewegung riss der Asiate eine Pistole mit aufgeschraubtem Schalldämpfer aus dem Hosenbund. Rachel schaute ihn teils verstört, teils neugierig an.

»Los, beeilen Sie sich!« rief ihr Begleiter.

Er wirbelte herum. Ein leises 'Plopp' ertönte. Hinter ihnen zerfetzte ein Gewehrschuss die Deckenverkleidung des Ganges. Der sterbende Araber hatte im Todeskampf den Abzugsbügel seiner Kalaschnikow durchgezogen.

Francis schrie in höchster Panik auf. Im gleichen Moment öffnete sich die Tür zur Pantry. Song Daiwan packte die Handgriffe des Rollstuhls und schleuderte ihn dem wartenden Russen entgegen. Erneut fegte eine Garbe über sie hinweg. Ein gellender Schrei ertönte. Rachel fuhr herum. Sie sah, wie Song Daiwan die Türe hinter sich schloss und verriegelte. Francis Stonebridge fehlte.

»Wo ist Francis?« schrie Rachel.

Song Daiwans Gesicht wirkte so verschlossen wie immer. Ohne zu antworten, kontrollierte er das Magazin seiner Smith & Wesson.

Zur gleichen Zeit betraten Chief Baxter und Nelson Santos in Begleitung ihres Bewachers das Seitendeck der *Star Cradle*. Baxter wusste beim besten Willen nicht, was sie hier oben bei Nacht und Sturm überhaupt zu suchen hatten. Was nur verbarg sich hinter Kössners völlig unsinniger Anweisung? Der Araber hatte währenddessen einige Mühe, sich wegen der ungewohnten Schiffsbewegungen auf den Beinen zu halten und hielt deswegen respektvollen Abstand zu den beiden Männern. Nelson bemerkte den dunklen Schatten am Horizont zuerst. Unauffällig stieß er den Chief an und deutete verstohlen nach Steuerbord. Plötzlich begriff Baxter, warum der Kapitän unbedingt wollte, dass er sich auf das Steuerbordseitendeck begab. Ihnen folgte offenbar ein Schiff. Das konnte die Rettung sein.

»Lenk ihn irgendwie ab«, raunte er dem Filipino zu.

Baxter bückte sich und begann, an einem Verschluss in Nähe einer der Rettungsinseln herumzufingern. Nelson trat einen Schritt zurück und strauchelte. Gleichzeitig ruderte er unbeholfen mit den Armen. Kurz darauf stürzte er zu Boden.

»Was hast du denn nun schon wieder angestellt, du Tollpatsch!« brüllte Baxter und wandte sich von seiner Arbeit ab. »Komm her, du fällst sonst noch über Bord.«

Argwöhnisch verfolgte der Araber jede Bewegung des Engländers. Santos begann zu jammern.

»Chief! Chief!« brüllte der junge Mann. »Mein Bein! Ich glaube, es ist gebrochen.«

»Ist ja schon gut«, rief Baxter und hob den Kopf. »Setz dich auf und lehne dich gegen die Rettungsinsel. Lass mal sehen.«

Neugierig kam der Wachposten näher. Er wusste nicht, wie er sich verhalten sollte. Vielleicht war der Kerl wirklich verletzt, vielleicht wollten sie ihn aber auch nur hereinlegen. Seine linke Hand fuhr zu dem Funksprechgerät, das er für gewöhnlich in seinem Gürtel trug. Zur gleichen Zeit untersuchte der Bordingenieur den Oberschenkel des Jüngeren. Er schaute kurz hoch und warf dem Mann mit der Kalaschnikow einen hilfesuchenden Blick zu. Nelson brüllte erneut vor Schmerz auf. Der Araber nahm das Funksprechgerät in die Hand. Baxter wartete auf die nächste Welle, die den Fünfmaster zur Seite wegkrängen lassen würde.

»Okay?« brummte er.

»Alles klar!« knurrte Nelson und jammerte noch einmal mit Nachdruck auf.

Als der Bewaffnete das Funksprechgerät einschalten wollte, wandte er seinen Blick für den Bruchteil einer Sekunde ab. Dieser Moment reichte Nelson, um hochzukommen. Geschmeidig wie ein Panther sprang er den Araber an. Der Pirat schien jedoch auf eine Falle vorbereitet und riss sein Sturmgewehr hoch. Doch die Garbe zerfetzte nur eine der Rettungsinseln. Nelsons rechtes Bein schoss vor und versetzte dem Schützen einen derben Stoß. Der Araber fiel der Länge nach hin, wobei ihm das Sturmgewehr entglitt. Nelson zögerte nicht lange und stürzte sich auf ihn. Ein kurzer, brutaler Kampf entbrannte. Baxter nutzte die Gelegenheit und katapultierte das Gewehr ins Wasser.

»Und was stellen wir mit dem Kerl an?« keuchte Nelson, während er sich aufrichtete.

Baxter grinste breit. »Durchsuch ihn nach Geld, und schmeiß ihn über Bord.«

»Das ist nicht Ihr Ernst!« antwortete Nelson mit großen Augen, weil er diesen alten Seefahrerscherz nicht kannte.

»Okay, dann lass dir was Besseres einfallen«, brummte der Chief.

Kopfschüttelnd steckte Baxter das Handsprechfunkgerät aus einem der Rettungsboote in seine Hosentasche. Nur einmal waren dort drüben die Positionslaternen ganz kurz aufgeflammt, ehe sie nach wenigen Augenblicken wieder verloschen. Doch noch mehr wunderte ihn, dass man dort drüben sein mehrmals gefunktes MAYDAY offenbar überhaupt nicht zur Kenntnis nahm.

Kapitel 25

Schon seit etlichen Minuten herrschte eisiges Schweigen. Edward Hurt, der amtierende britische Innenminister starrte verbissen auf die polierte Oberfläche des Konferenztisches. Angestrengt versuchte er seine Gedanken zu ordnen. Hin und wieder warf er einen verstohlenen Blick auf die Ziffern seiner Armbanduhr, die sich scheinbar nicht mehr bewegen wollten. Neben ihm saß Commodore John 'Francis' Bertram, der Befehlshaber der Nordatlantikflotte. Bertram schüttelte den Kopf. Immer wieder atmete der Uniformierte tief ein und aus, als wollte er auf diese Weise seine spürbare Anspannung lösen. Nur Henry Walker, der weißhaarige Chef des MI6, grinste still vor sich hin. Hurt hätte ihm am liebsten eine schallende Ohrfeige erteilt. Doch die hatte er selbst vor wenigen Minuten erhalten. Verbal, aus dem Mund des Premierministers. Thomas Blain, der sonst so jugendlich-smarte Regierungschef, lief in seinem Besprechungszimmer wütend auf und ab.

»Was glaubt ihr eigentlich, wer ihr seid?« tobte der Premier ohne Vorwarnung erneut los. Tommy Blain drohte trotz der hochkarätigen Gesprächsrunde seine Fassung zu verlieren.

»Seid ihr noch zu retten? Wollt ihr mich zum Narren halten? Habt ihr zu viele Agentenfilme gesehen? Also ich fasse es nicht!«

Hurt duckte sich förmlich unter diesen harschen Worten. Tommy Blain durchmaß mit weit ausladenden Schritten den Konferenzraum. Dabei schüttelte er immer wieder seinen zornesroten Kopf. Nichts erinnerte mehr an den auf Wahlpartys mitunter spitzbübisch lächelnden Staatsmann, der mit knapp Mitte Vierzig auf einen geradezu kometenhaften politischen Aufstieg bis an die Spitze des Staates zurückblicken konnte. Blain galt als der jüngste Regierungschef diesseits und jenseits des Atlantiks. Gegen seine Jugendlichkeit wirkten der amerikanische und der französische Staatschef geradezu altbacken. Trotz seiner gefärbten Haarpracht und seines mitunter burschikosen Auftretens in der Öffentlichkeit machte auch der deutsche Kanzler hierbei keine Ausnahme.

»Ich fasse es nicht!« wiederholte Blain aufgebracht. »Euch ist offenbar seit Tagen bekannt, dass sich arabische Terroristen vor unserer Haustür herumtreiben, und ich erfahre erst davon, nachdem deren Forderung per Fax bei uns eingeht! Und damit nicht genug! Anscheinend gelingt es den Kerlen, ein zweihundert Meter langes Kreuzfahrtschiff mitsamt einem amerikanischen Präsidentschaftskandidaten und der Lieblingsnichte der Queen kurz hinter Gibraltar zu kidnappen. Praktisch in unserem unmittelbaren militärischen Einflussbereich.«

Er wirbelte herum und starrte seinen Innenressortchef an.

»Was soll ich der alten Dame sagen«, fauchte er, »falls Lady Dorothy etwas zustößt?«

Wutentbrannt ließ seinen Blick durch die Runde schweifen.

»Aber das sage ich euch«, fügte er hinzu. »Wegen eurer Unfähigkeit wird mein Kopf nicht rollen!«

»Ich muss energisch protestieren, Sir!« entrüstete sich Henry Walker. »Hätte man uns rechtzeitig …«

»Halten Sie Ihren Mund!« brüllte Blain. »Und reden Sie erst, wenn Sie gefragt werden!«

Er kniff die Augen zusammen und rieb sich für einen kurzen Augenblick mit Daumen und Zeigefinger die Nasenwurzel.

»Sie müssen gerade den Mund aufreißen!« schnauzte er den Chef des MI6 an. »Wozu leisten wir uns überhaupt noch einen Geheimdienst? Unfähige Bande! Tausend Agenten in aller Welt, aber Typen wie Al-Nudar oder Jassir Assat können direkt vor unserer Nase ihre Pläne umsetzen, und wir erfahren davon erst, nachdem sich die Burschen in aller Ruhe positioniert haben. Und was macht ihr im Fall *Mediterranean Sea*? Ihr versenkt den Kahn einfach im Meer. Bravo! Wie leicht sich doch mit ein bisschen Sprengstoff Probleme aus der Welt schaffen lassen!«

Er wandte sich wieder an Edward Hurt.

»Und nun, Sie Stratege?« knurrte er den Innenressortchef an, und seine Stimme troff vor Sarkasmus. »Was soll ich den Amerikanern sagen? Es tut uns leid, aber euren Scheich müsst ihr wieder laufen lassen? Weil wir im Augenblick wegen eines kürzlich entführten Kreuzfahrtschiffes etwas indisponiert sind?«

Hurt wollte etwas erwidern, schwieg dann aber lieber. Thomas Blain hatte ja Recht. Er hätte Downing Street viel früher informieren müssen. Aber er hatte geglaubt, dass der MI6 die Sache noch rechtzeitig in den Griff bekam. Dies erwies sich jedoch im Nachhinein als Irrtum. Die Verbindungstür flog auf. Blain wirbelte herum.

»Der Abgeordnete Mr. Goodwin, Sir«, meldete dessen Sekretär.

Thomas Blain straffte sich und zog instinktiv seine Krawatte zurecht. Na endlich! Der alte Knabe ließ sich inzwischen immer mehr Zeit, Einladungen in die Downing Street Folge zu leisten.

»Ich lasse bitten«, brummte er halblaut.

Es dauerte ein paar Augenblicke, ehe Sir Patrick im Türrahmen erschien. Der Vorsitzende des Parlamentsausschusses für Innere Sicherheit wirkte müde und übernächtigt. Goodwin humpelte auf Blain zu, reichte ihm die Hand und nickte den übrigen Männern nur kurz zu. Danach ließ er sich schweratmend in einen der Polstersessel fallen.

»Nun?« fragte Goodwin und schaute Blain auffordernd an. »Was gibt es Neues? Wie ich hörte, haben sich die Terroristen endlich gerührt?«

»Sie sagen es«, murmelte Blain und reichte ihm eine Kopie des Schreibens.

Goodwin überflog es flüchtig. »Ein Fax. Wie originell!«

»Nicht wahr«, knurrte der britische Premierminister.

»Das Schreiben ist auch nach Übersee gegangen«, meinte Goodwin nach einer Weile. Es klang eher wie eine Feststellung als nach einer Frage.

»So ist es«, bestätigte Blain. »Das macht die Angelegenheit nicht gerade einfacher für uns. Das State Department wartet bereits auf eine Stellungnahme.«

Seine Stimme nahm an Schärfe zu. »Ich bin stinksauer, Sir Patrick. Vor dem Aufstehen glaubt man noch, das einzige Problem stellt der kommende G8-Gipfel dar, und jetzt das. Sie haben doch auch von dieser Affäre gewusst. Wieso haben Sie mich nicht unterrichtet?«

Goodwin schaute den Regierungschef über den Rand seiner halbrunden Lesebrille hinweg an. Seine Augenbrauen hoben sich.

»Ist es inzwischen die Aufgabe eines Ausschussvorsitzenden, den Regierungschef über Versäumnisse seiner Ressorts zu informieren?« erwiderte er scharf. »Ich höre wohl nicht recht.«

Blain zuckte unter dieser deutlichen Maßregelung merklich zusammen. Er musste vorsichtig sein. Goodwin besaß exzellente Verbindungen zum Parlament und zur Krone.

»So war das nicht gemeint«, versuchte er zu beschwichtigen.

»Dann reden Sie auch nicht solch einen Unfug, Thomas«, fuhr ihm der Adelige über den Mund.

Hurt und die anderen schwiegen betroffen. Trotz seines kooperativen Führungsstils hätte niemand von ihnen gewagt, in solch einem Ton mit dem Premierminister zu reden, geschweige denn, ihn beim Vornamen zu nennen. Aber bei Goodwin war das etwas anderes. Sir Patrick genoss immer noch hohes Ansehen. Schon unter Margret Thatcher war er in Downing Street No. 10 ein- und ausgegangen. Nicht wenige Staatssekretäre und Minister hatten auf seine Empfehlung hin von der Eisernen Lady ihre Entlassungspapiere erhalten. Dies konnte sich auch unter Tommy Blain jederzeit wiederholen.

»Sie sind über die näheren Umstände unterrichtet?« brach Goodwin das kurze Schweigen.

Der Premierminister nickte. Zum ersten Mal an diesem Morgen nahm er in seinem schweren Ledersessel Platz.

»Wo steckt die *Star Cradle* im Augenblick?« wandte sich der Alte an den Uniformierten.

John 'Francis' Bertram erhob sich, ging zu einem Flipchart und deutete auf die großmaßstäbige Seekarte, die dort angeheftet war.

»Etwa hier«, meinte er und deutete auf eine Stelle, die mitten im Atlantik lag.

»Gut«, brummte Sir Patrick und rieb sich das rechte Knie. Sein Bein schmerzte an diesem Morgen wieder höllisch.

»Gut?« horchte Blain auf. Seine Stimme hatte inzwischen jegliche Schärfe verloren.

Goodwin nickte.

»Unter allen Umständen muss vermieden werden, dass die *Star Cradle* zum europäischen Festland umkehrt. Zwei Fregatten dürften ausreichen, um dem Kreuzfahrer zur Not den Weg nach Osten abzuschneiden. Sie sollten sich jedoch dem Schiff keinesfalls nähern.«

Blain schüttelte verständnislos den Kopf.

»Ich möchte einmal rekapitulieren«, brummte er. »Al-Nudar will seinen inhaftierten Religionsführer freipressen und kapert zu diesem Zweck ein Kreuzfahrtschiff mit namhaften Passagieren an Bord. Das Bekennerschreiben der 'Islamischen Internationalen' geht heute früh bei uns und in Washington ein. Für was, um alles in der Welt, braucht der Kerl eigentlich noch diese gottverdammten Pockenviren? Die paar Geiseln kann er doch wohl auch mit der Kalaschnikow in Schach halten.«

Fünf Augenpaare richteten sich auf den Vorsitzenden des Parlamentsausschusses. Sir Patrick sprach nach kurzem Überdenken das aus, was ihn schon die ganze Nacht keine Ruhe hatte finden lassen.

»Ich fürchte, meine Herren, wir haben es im vorliegenden Fall nicht mit einer gewöhnlicher Geiselnahme zu tun. Die ganze Aktion auf der *Star Cradle* soll uns nur von Al-Nudars eigentlichem Vorhaben ablenken. Er will Zeit gewinnen, um sich mit Schiff und Ladung möglichst dicht besiedelten Regionen zu nähern. Deshalb auch die so ungewöhnlich lange hinausgezögerte Forderung nach der Freilassung Jasmanis.«

Es wurde totenstill im Konferenzsaal. Die anwesenden Männer starrten sich gegenseitig an.

»Wir befinden uns mitten in der Hurrikanzeit«, fuhr der Alte fort. »Wie ich eben aus den Nachrichten erfuhr, bildet sich momentan einer dieser Zyklone. Was denken Sie, geschieht mit dem Südosten der Vereinigten Staaten, sollte es Al-Nudar gelingen, die *Star Cradle* mitsamt den Pockenviren mitten in einem großflächigen Wirbelsturm in die Luft zu sprengen? Die Hisbollah hat vor gar nicht allzu langer Zeit soviel Semtex in Libyen eingekauft, dass man damit den Sears Tower in die Luft sprengen könnte. Gehen Sie ruhig davon aus, dass sich der Sprengstoff an Bord der *Star Cradle* befindet.«

»Das würde ja bedeuten …«, keuchte Blain.

Goodwin nickte.

»Richtig«, unterbrach er den Staatschef. »In Wirklichkeit geht es Al-Nudar überhaupt nicht um die Geiselnahme. Es geht ihm um die Erfüllung der Fatwa, die Jasmani für den Fall seiner Entführung oder Ermordung vorsorglich ausgesprochen hat. Die 'Tränen Mohammeds'. Damit sind die Pockenviren gemeint. Der Islam erhält einen neuen Märtyrer, und der Südosten der Vereinigten Staaten ist mit einem Schlag ausgelöscht.«

Blain wechselte schlagartig die Gesichtsfarbe. Hurt griff sich an die Brust. Seine Hände zitterten so stark, dass er beim Einnehmen seiner Medikamente die Hälfte aus seinem Glas verschüttete.

»Die Amerikaner würden sich ihrerseits mit Atomwaffen rächen«, fuhr Goodwin mit Blick auf die beiden Uniformierten ungerührt fort. »Uns bleibt also gar nichts anderes übrig, als die *Star Cradle* zu eliminieren, wollen wir keine weltweite Katastrophe heraufbeschwören. Die Folgen wären auch für England unabsehbar.«

»Und was ist, wenn Sie sich irren?« kam es plötzlich aus der Besprechungsrunde. Goodwin schaute seinen ehemaligen Mitarbeiter mit einer Mischung aus Missbilligung und Unverständnis an.

»Was wollen Sie damit andeuten?« erwiderte er knapp.

»Was ist, wenn das alles Hirngespinste sind, die Sie hier äußern?« wiederholte Walker. »Womit ist überhaupt bewiesen, dass sich an Bord der Star Cradle Pockenviren befinden? Oder dieses Semtex. Könnte es nicht eher sein, das Sie auf einem großangelegten Bluff der Araber hereingefallen sind? Keinem von uns ist es in jüngster Vergangenheit jemals gelungen, sich ohne Zustimmung Einblick in irgendwelche Datenbänke der Universität von Kabul zu verschaffen. Wieso also macht man ausgerechnet bei Ihnen eine Ausnahme?«

Walker drehte sich zu Blain um.

»Tut mir leid, Herr Premierminister«, fuhr er fort. »Wir sollten da nichts überstürzen. Bei allem Wohlwollen, Sir, aber ein Kreuzfahrtschiff als Auslöser für einen weltweiten Atomschlag, so wie ihn Sir Patrick offensichtlich heraufbeschwört, halte ich für wenig plausibel. Mir scheint es vielmehr einleuchtender, dass man uns nur provozieren und bloßstellen will. Stellen Sie sich nur einmal die Folgen vor, wenn herauskommt, dass wir unschuldige Menschen geopfert haben, nur weil wir auf einen Bluff hereingefallen sind. Die Araber werden schon dafür sorgen, dass man diese Affäre nicht so ohne weiteres unter den Teppich kehren kann.«

Er wandte sich an seinen ehemaligen Chef.

»Und was sagen wir überhaupt den Amis«, stellte er genüsslich grinsend fest, »wo ihr republikanischer Präsidentschaftskandidat plötzlich abgeblieben ist?«

Goodwin ignorierte die Äußerungen seines ehemaligen Mitarbeiters.

»Schnelles Handeln ist also angesagt«, wandte er sich an den Premierminister. »Wir dürfen unserem Bündnispartner erst gar keine Gelegenheit geben, schon vorher unangenehme Fragen zu stellen. Nehmen wir die Sache in die Hand. Rasch.«

»Wie stellen Sie sich überhaupt eine Eliminierung der *Star Cradle* vor?« wollte Blain wissen. »Und was geschieht dabei mit den Pockenviren? Verseuchen wir mit dieser Aktion nicht unter Umständen den gesamten Atlantik?«

»Es gibt sicherlich Möglichkeiten zur Vernichtung von Kleinstlebewesen, ohne dass irgendwelche molekularen Strukturen übrigbleiben«, erwiderte Sir Patrick kühl. »Ihr letzter Einwand irritiert mich allerdings etwas. Im Zusammenhang mit der Versenkung dieser *Mediterranean Sea* hat uns dieses Problem offenbar auch nur wenig berührt.«

Mühsam erhob er sich aus seinem Sessel.

»Sie haben meinen Rat gesucht, Thomas«, fuhr Goodwin fort. »Ich bin nicht so anmaßend zu behaupten, dass ich mich nicht irren könnte. Es stellt sich allerdings die Frage, wessen Irrtum letztlich schwerer wiegt. Täusche ich mich, rollen sicherlich ein paar Köpfe, behalte ich aber Recht, steht die halbe Menschheit auf dem Spiel.«

Jassir sprang auf und lud gleichzeitig seine UZI durch. Wutentbrannt stürzte er von der Brücke und nahm trotz des Seegangs auf dem Weg nach unten immer gleich drei Stufen auf einmal. Kössner hatte von dem Gespräch, das Al-Nudar mit einem der anderen aus seinem Gefolge führte, kein Wort verstanden. Er gab seine Anweisungen in arabischer Sprache. Allerdings konnte Kössner hören, wie es während des Gesprächs in dessen Sprechfunkgerät mehrmals heftig krachte.

»Was ist los?« fragte der Deutsche verblüfft.

»Ich werde jetzt einen endgültigen Schlussstrich unter das Heldentum an Bord dieses Schiffes ziehen«, antwortete Al-Nudar kalt. »Ich bin offensichtlich bisher viel zu rücksichtsvoll gewesen.«

»Himmel, reden Sie schon!« fuhr Kössner auf. »Ich trage die Verantwortung für dieses Schiff. Was ist geschehen?«

»Ein paar Ihrer Leute meinen offensichtlich immer noch, dass man uns nicht gebührend ernst nehmen muss«, antwortete der Palästinenser. »Aber das wird sich gleich ändern. Jassir versteht, wie Sie schon festgestellt haben, in solchen Dingen überhaupt keinen Spaß. Auge um Auge. So, wie es auch in Ihrer Bibel steht.«

»Wollen Sie etwa schon wieder eine Massenexekutierung vornehmen?« keuchte Kössner und sprang von seinem Drehsessel auf.

Al-Nudar drückte den Deutschen mit seiner Waffe auf den Sitz zurück.

»Wollen Sie in der ersten Reihe stehen?« erwiderte er kalt.

Kurze Zeit später erhielt der Palästinenser einen erneuten Anruf. Mit kehligen Lauten erteilte er weitere Befehle. Währenddessen musste der Kapitän ohnmächtig mitansehen, wie ein Teil der Crew von Jassir und zwei seiner Männer auf dem Vordeck zusammengetrieben wurde. Unwillkürlich ballte Kössner die Fäuste.

»Was hat der Kerl vor?« brüllte er den Palästinenser an. »Was soll das? Was haben Ihnen diese Leute getan?«

Al-Nudar drückte Kössner den Lauf seiner Waffe gegen den Hals. Der Deutsche spürte das Metall auf seiner Haut. Es fühlte sich kühl an. So kühl wie der Tod. Kössner schwitzte. In breiten Bächen lief ihm das Wasser an Brust und Rücken hinunter. Er hatte Angst.

Nackte Angst. Aber nicht um sich, sondern um dieses Häuflein wehrloser Menschen, die dichtgedrängt auf dem Vordeck kauerten, um im Seegang nicht über Bord gespült zu werden. Panik brach aus. Die wenigen Frauen aus der Crew begannen lauthals zu jammern, die Männer versuchten sich mit den Bewaffneten erst noch zu arrangieren. Doch Jassir und seine Leute ließen sich nicht beirren. Stattdessen schossen sie einige Salven ab, um für Ruhe zu sorgen. Die trat schlagartig ein, als ein paar Querschläger für das erste Blutvergießen sorgten.

»Was haben Sie vor?« keuchte Kössner und beugte sich über das Kommandopult vor, um besser beobachten zu können.

Al-Nudar nahm den Handhörer des Bordintercoms in die Hand und deutete auf das Schaltpaneel.

»Schalten Sie auf allgemeine Durchsage, Käpt'n«, entgegnete der Narbige kalt. »Alle Außen- und Innenlautsprecher. Ich habe Crew und Passagieren etwas mitzuteilen«

Kössner gehorchte.

»Hier spricht Mohammed Al-Nudar«, dröhnte es durch sämtliche Räume, Kabinen, Gänge und über die Außendecks. »Ich wende mich an die Unbelehrbaren, die sich offenbar unter Deck verschanzt haben, und an den Chief. Ich gebe Ihnen genau zehn Sekunden, um die Waffen niederzulegen und sich zu stellen. Danach sterben die ersten zehn Crewmitglieder.«

Der Deutsche wirbelte herum. Er starrte den Wortführer der Piraten ungläubig an.

»Was wollen Sie tun?« brüllte er auf.

Ohne Warnung ließ der Narbige den Lauf seiner Maschinenpistole auf Kössners ungeschützten Nacken herabsausen. Mit einem heiseren Röcheln sank Kössner zu Boden. Al-Nudar schob ihn mit seinem Fuß beiseite und fuhr mit seinen Anweisungen fort.

»Jeder«, sprach er weiter, »der sich mir in den Weg stellt, wird erschossen. Wer sich allerdings kooperativ zeigt, wird in Ruhe gelassen. Überlegt es euch also gut. Und ich warne euch. Die Fahrt wird noch lange dauern.«

Seine Stimme wurde ausdruckslos.

»Damit niemand auf die Idee kommt, ich würde bluffen, könnt ihr die nächste Exekution über Bordlautsprecher mitverfolgen.«

»... neun, ... acht, ...« begann er langsam zu zählen.

Gebannt starrten die Menschen unter Deck auf die Lautsprecher.

»Das wird er nicht wagen!« stieß Lady Dorothy hervor.

Mit einem Mal wirkte sie wie ernüchtert.

»Das hat er schon einmal gemacht«, knurrte Jack Meville. »Aber das haben Sie ja nicht mitbekommen. Zu dieser Zeit waren Sie ja wieder einmal sturzbetrunken.«

»Was erlauben Sie sich!« entrüstete sich die Engländerin.

»Warten Sie es ab«, erwiderte er ungerührt. »Gleich wird Ihr großmütiges Herz vermutlich einen schmerzhaften Infarkt erleiden.«

Atemlos starrte Rachel auf die beiden Männer. Kopernikow trug zwei kurzläufige Pistolen im Gürtel. Er wirkte wenig aufgeregt. Ebenso wenig wie der Asiate. Nur seine Mundwinkel zuckten. Beinahe kam es ihr so vor, als würde er den Countdown mitzählen.

»Unternehmen Sie doch etwas!« schrie sie in die Stille der Schiffsküche. »Die dort oben sind imstande und bringen Unschuldige um!«

Als prompte Antwort durchsiebte eine Gewehrsalve die Tür. Song Daiwan zerrte den Rollstuhl in eine Ecke. Der Russe schoss umgehend zurück.

»Noch Fragen?« meinte Kopernikow lakonisch.

Schluchzend hielt sich Rachel die Ohren zu.

»Tun Sie doch bitte irgend etwas!« weinte sie mit erstickter Stimme.

In diesem Moment krachte es im Lautsprecher. Gellende Schreie folgten. Die Exekution begann.

»Was ist passiert?« stammelte das junge Mädchen.

Die Amerikanerin war von den Schüssen, die aus dem Bordlautsprecher drangen, aufgewacht. Doc Barkowsky legte Elizabeth Meville den rechten Arm um die Schulter und drückte sie tröstend an sich.

»Was ist denn los?« fragte sie erneut.

Doc Barkowsky schwieg. Doch Elizabeth konnte ganz deutlich spüren, wie der Mann in dem weißen Kittel bei jedem Krachen, das aus dem Lautsprecher kam, selbst deutlich zusammenzuckte. Richard Barkowsky hatte so viele Kriege erlebt, am Rand so vieler Schlachtfelder einen schier aussichtslosen Kampf gegen die Folgen der menschlichen Unvernunft gefochten. Er war mehr als einmal bis zu den Knöcheln im Blut gestanden, aber an das Sterben hatte er sich nie gewöhnen können.

Als der zehnte Schuss und der letzte Schrei verhallte, richtete er sich auf und ging hinüber in den benachbarten Raum, um nach dem Amerikaner und Alain Leblanc zu schauen. Es würde ruhig bleiben auf der Krankenstation. Heute gab es offenbar keine zusätzlichen Patienten. Oben an Deck schien man ganze Arbeit geleistet zu haben. Elizabeth hörte kaum das Gluckern, als Barkowsky sein Glas mit Cognac füllte.

»Ist es vorbei?« stöhnte Kössner, während er sich mühsam aufrappelte.

Al-Nudar riss ihn auf die Beine und stieß ihn in den Drehsessel vor dem Kommandopult. Wortlos deutete er auf den Joystick. Es dauerte eine Weile, ehe die *Star Cradle* wieder auf ihrem ursprünglichen Kurs war. Kössner wollte sich aufrichten und auf das Vordeck dicht unterhalb des Brückenaufbaus schauen, doch der Araber riss ihn zurück. Trotzdem entging ihm nicht, dass leblose Körper über die Reling geworfen wurden. Kössner wurde schlecht. Er erhob sich von seinem Drehsessel, wankte zum Kartentisch und übergab sich auf den Fußboden. Er fühlte sich matt und zu schwach, um noch zu protestieren. In diesen Minuten akzeptierte er zum ersten Mal, dass er tatsächlich nicht mehr Kapitän seines Schiffes war. Er kostete ihn eine schier unendliche Überwindung, wieder zurück an seinen Platz zu gehen. Doch ihm blieb nichts anderes übrig, als weiterzusteuern. Wenn er schon das Kommando über sein Schiff verloren hatte, dann wollte er doch wenigstens die Menschen, die ihm vertrauten, nicht im Stich lassen.

Sein Blick fiel auf den Bildschirm des Radargerätes. Unwillkürlich kniff er die Augen zusammen. Sein Adrenalinspiegel schoss in die Höhe. Der merkwürdige Trawler hatte sich etwas von der *Star Cradle* abgesetzt. Gleichzeitig erfasste der Radarstrahl jedoch ein weiteres Objekt. Es war zwar noch ziemlich weit entfernt, kam jedoch anscheinend näher.

»Jesus!« schrie Nelson Santos auf. »Die machen tatsächlich ernst!«

Baxter legte den Zeigefinger an seine Lippen und horchte angespannt.

»Still!« knurrte er den Braunhäutigen an. »Du verrätst uns noch.«

Chief Baxter und der Filipino kauerten in einem der Rettungsboote. Ihren Wachposten hatten sie gefesselt und geknebelt in einen Verschlag gesperrt, in dem normalerweise ein Teil der Rettungswesten für die Deckscrew aufbewahrt wurde. Während der vorangegangenen Lautsprecherdurchsage überlegte Baxter ein wenig zu lange, ob er sich stellen sollte. Das Krachen der ersten Schüsse nahm ihm schließlich die Entscheidung ab. Ehe er das Rettungsboot hätte verlassen können, wäre die ganze Aktion vermutlich ohnehin schon beendet gewesen. Was nutzte da ein zusätzlicher Toter. Tief im Innern seines Herzens gestand er sich jedoch ein, dass er eigentlich nur zu feige war, Al-Nudar gegenüberzutreten.

»Und wie soll es jetzt weitergehen?« flüsterte der junge Filipino, während Baxter Tauwerk aus dem Rettungsboot zusammenlegte.

»Du bist doch sportlich, oder?« meinte der Engländer. »Wir befinden uns genau über der Krankenstation. Du kletterst an der Bordwand hinunter und wirfst erst einmal einen vorsichtigen Blick durch das Bullauge. Sollte die Luft rein sein, bittest du Barkowsky um einen Cognac. Ich kann jetzt einen gehörigen Schluck gebrauchen.«

»Das ist nicht Ihr Ernst!« rief Nelson und hielt sich sofort den Mund wieder zu. Er hatte zu laut gesprochen. Wenn in diesem Augenblick eine der Wachen über das Seitendeck geschlichen wäre, hätte man sie unweigerlich entdeckt.

Baxter antwortete nicht, sondern hielt eine sauber geknotete Rettungsschlinge in die Höhe.

»Nun mach hin, Junge!« flüsterte Baxter und streifte Nelson das Tau über.

Anschließend schob er die Plane ein Stück beiseite und lugte nach unten. Tief unter ihnen rauschte der Atlantik an der Bordwand entlang. Baxter war sich des Risikos durchaus bewusst, das sie beide gleich eingehen würden. Doch der Weg über die Bordwand schien tatsächlich die einzige Möglichkeit zu sein, um unbemerkt wieder zurück unter Deck zu gelangen. Der Chief wollte nicht einfach nur untätig herumsitzen. Unzählige Funksprüche auf der internationalen Seenotfrequenz mit Hilfe des kleinen Sprechfunkgerätes waren unbeantwortet geblieben. Keiner schien sie hören zu können, und schließlich war der eingebaute Akku verbraucht.

Nelson hob vorsichtig das rechte Bein über den Rand des Rettungsbootes. Er schaute nach unten, und unwillkürlich richteten sich seine Nackenhaare auf. Wenn sich die *Star Cradle* auf die Seite legte, schoss die Gischt weit an der Bordwand empor. Er drehte sich fragend zu Baxter um. Der Chief nickte ihm aufmunternd zu. Nelson bekreuzigte sich und schwang auch das zweite Bein über den Rand. Zur Sicherheit zog er an dem Seil, das ihn vor einem Sturz in die eisigen Fluten bewahren sollte.

»Halten Sie mich nur ja fest, Chief«, beschwor er den Engländer.

Baxter nickte. »Wird schon schief gehen, Junge. Sobald du frei am Seil hängst, lass' ich dich ziemlich schnell hinunter. Halt findest du nämlich erst in den Bullaugenaussparungen.«

Nelson nickte und holte noch einmal tief Luft.

»Gehen wir es an«, murmelte er und ließ sich langsam in die Tiefe gleiten.

Baxter hatte das Seil über eine der Sitzduchten geschlungen, um durch die Reibung das Gewicht des jungen Mannes überhaupt halten zu können. Nur so konnte er dessen Abstieg von oben halbwegs kontrollieren. Allerdings würde es schwierig werden, ihn auf diese Weise wieder nach oben zu bekommen, sollte irgend etwas schief gehen. Es musste einfach beim ersten Versuch klappen. Andernfalls würde Nelson in den Wellen, die an der Bordwand hochleckten, wie ein Spielball hin und her geworfen werden. Zudem würde ihn das eisige Atlantikwasser durchnässen und bald kraftlos werden lassen. Wie er es anschließend selbst nach unten schaffen sollte, war ihm bei einem Blick in den tosenden Abgrund allerdings noch schleierhaft.

Nelson hing im nächsten Augenblick zwischen Reling und Bordwand. Noch konnte er sich an dem Stahlgeländer abstützen. Immer wieder schlug der junge Mann mit seinem Körper gegen das harte Metall. Baxter lugte nach unten. Der Filipino schaute hinauf. Sein Daumen zeigte nach oben. Baxter ließ jetzt rasch das Seil nach. Nelson glitt an der Bordwand weiter hinab. Er erreichte die erste Bullaugenreihe. Sie gehörte zum Passagierdeck. Plötzlich legte sich die *Star Cradle* hart über. Wie ein Pendel wirbelte der junge Mann bestimmt zehn Meter von der Bordwand des Schiffes weg. Unwillkürlich schloss Baxter die Augen und hielt die Luft an. Im nächsten Moment würde der Junge zwangsläufig gegen die Bordwand prallen. Schnell ließ Baxter ein weiteres Stück Seil nach. Hoffentlich konnte er sich mit den angewinkelten Beinen abfedern, durchfuhr es den Chief. Sonst brach es ihm sämtliche Knochen. Mit einem Mal kamen ihm Zweifel, ob es sich bei dieser ganzen Aktion tatsächlich um eine gute Idee handelte. Trotz des Rauschens der Wellen an der Bordwand hörte er den Aufschlag. Unwillkürlich hielt er den Atem an und warf einen neuerlichen Blick in die Tiefe. Nelson hing regungslos am Seil.

Kapitel 26

Der Nachrichtensprecher ordnete seine Papiere und räusperte sich. »Meine Damen und Herren, wir unterbrechen unsere Nachrichten für eine Meldung, die uns in diesen Minuten erreicht. Mitten auf hoher See scheint sich eine Tragödie abzuspielen. Das knapp zweihundert Meter lange Kreuzfahrtschiff *Star Cradle*, das eigentlich vor drei Tagen auf den Kanarischen Inseln hätte eintreffen müssen, ist von einem unserer Aufnahmeteams mitten auf dem Atlantik gesichtet worden. Welchen Grund es für diese seltsame Kursänderung gibt und warum die *Star Cradle* bisher auf keinen einzigen Funkanruf reagierte, bleibt bislang ein Rätsel. Die Decks scheinen verwaist, allerdings kann man einzelne Personen auf der Brücke des Kreuzfahrtschiffs erkennen. Um wen es sich dabei handelt, ist zur Stunde noch ungewiss. Als sicher darf jedoch bereits jetzt angenommen werden, dass sich die *Star Cradle* offenbar in der Hand von Entführern befindet. Darüber, ob es sich dabei um eine eventuell meuternde Schiffsbesatzung handelt, oder ob Mannschaft und Passagiere der *Star Cradle* unter Umständen einem Akt dreister Piraterie zum Opfer gefallen sind, kann zum augenblicklichen Zeitpunkt nur gemutmaßt werden. Versuche, sich dem Schiff zu nähern, lehnte der Kapitän des von unserem Aufnahmeteam gecharterten Hochseeschleppers wegen des ungewöhnlich hohen Seegangs bislang ab. Die amerikanische Küstenwache wurde von dem Vorfall in Kenntnis gesetzt.«

Der Nachrichtensprecher machte eine Pause. In der Zwischenzeit wurde ein kurzer Filmbericht eingespielt. Er zeigte einen nur unter Maschine durch die hohen Seen des Atlantiks schlingernden Fünfmaster.

Ein Kameraschwenk zoomte die Brücke heran. Trotz der getönten Scheiben konnte man deutlich den Oberkörper eines Mannes erkennen. Hin und wieder tauchten auch die Umrisse einer weiteren

Person auf. Sir Patrick nickte bedächtig und rieb sich das Kinn. Der Fremde trug ein eigentümlich gemustertes Kopftuch. Goodwin wusste sofort, um wen es sich bei dem Kerl handelte. Der Nachrichtensprecher erschien wieder auf dem Bildschirm.

»Im Anschluss an unsere Nachrichten wird es eine Sondersendung geben. Wir schalten in diesem Zusammenhang zunächst um zur amerikanischen Küstenwache. Offenbar steuert das Schiff in den sich entwickelnden Zyklon 'Clarissa' hinein. Danach werden wir versuchen, das Büro der Reederei in Hongkong zu erreichen. Auch auf die Stellungnahme der Republikanischen Partei dürfte man gespannt sein. Wie wir erst heute Vormittag erfuhren, soll sich Senator Jack Meville, designierter Präsidentschaftskandidat der Republikaner, zusammen mit Frau Susan und Tochter Elizabeth mit an Bord befinden. Miss Meville, Nummer 38 der Tennisweltrangliste und derzeit …«

Das Telefon schrillte. Goodwin hob ab. Es war Walker. Mit dessen Anruf hatte er am allerwenigsten gerechnet.

»Herrgott, Sir Patrick!« stöhnte sein ehemaliger Mitarbeiter. »Verfolgen Sie auch die Nachrichten auf CCN?«

»Natürlich«, brummte der Adelige.

»Ihre Vermutung trifft zu«, fuhr Walker fort. »Die *Star Cradle* steuert tatsächlich in einen Wirbelsturm hinein.«

»Ihr habt mir ja nicht glauben wollen«, erwiderte der Alte, ohne sich die Mühe zu machen, eine gewisse Befriedigung in der Stimme zu unterdrücken.

»Was sagen die Amerikaner?« fügte er hinzu.

»Die Drähte zwischen Washington und London glühen bereits«, antwortete der Weißhaarige.

»Irgendwelche weiteren Forderungen aus Beirut?« fragte Goodwin nach.

»Keine, Sir«, erwiderte Walker. »Totenstille. So, wie es bei einer Fatwa üblich ist.«

Der Alte überlegte eine Weile. Schließlich lehnte er sich in seinem Schreibtischsessel zurück und nahm einen tiefen Schluck aus seinem Cognacschwenker.

»Keine Panik, Walker«, meinte er schließlich. »Wir müssen einfach das Beste aus der neuen Entwicklung machen. Vielleicht kommt uns die Presse mit ihrem Filmbericht ja sogar entgegen.«

»Wie meinen Sie das?« horchte Walker auf. Ein deutliches Lauern lag in seiner Stimme.

»Nun«, fuhr Goodwin fort, »bisher tappen diese Pressefritzen offenbar im Dunkeln. Jedenfalls sind das alles nur Mutmaßungen, die da angestellt werden. Keinesfalls darf die Presse mit irgend jemandem auf der *Star Cradle* unmittelbar Kontakt aufnehmen. Zunächst einmal verhindert der hohe Seegang ein Näherkommen. Das ahnt wohl auch Al-Nudar, sonst hätte er bestimmt längst das Feuer auf den Schlepper eröffnen lassen. Der Kerl fühlt sich an Bord der *Star Cradle* offenbar vollkommen sicher.«

»Und wenn noch mehr Presse auftaucht?« gab Walker zu bedenken.

»Das glaube ich nicht«, brummte Sir Patrick. »Inzwischen entwickelt sich im Atlantik offenbar ein ausgewachsener Wirbelsturm. Wenn ich die Wetterkarte richtig interpretiert habe, wird er sich mit seiner Zugbahn in den kommenden Stunden genau zwischen den amerikanischen Kontinent und den jetzigen Standort der *Star Cradle* schieben. Jeder, der zu dieser Zeit noch versucht, die *Star Cradle* auf dem Seeweg zu erreichen, ist ein Selbstmörder. Nicht einmal die Küstenwache wird auslaufen. Selbst für Aufklärungsflugzeuge ist es jetzt zu spät.«

»Was würden Sie in dieser Situation tun?« murmelte Walker.

Goodwin grinste still vor sich hin. Welche Überwindung mochte es diesen sonst so unerträglich arroganten Walker wohl kosten, ausgerechnet ihn um Rat zu bitten.

»Hat Sie etwa Hurt zu diesem Gespräch aufgefordert?« fragte er schließlich. Walker sagte nichts, aber keine Antwort war auch eine Antwort.

»Wer war denn scharf auf diesen Job, Walker?« knurrte er in die Leitung. »Ich wusste gleich, dass Sie nicht der Richtige dafür sind. Ich kann bis heute noch nicht begreifen, warum sich Downing Street ausgerechnet für Sie als Chef von MI6 entschieden hat. Aber lassen wir die alten Geschichten. Sie wollen einen Rat von mir? Lassen Sie die amerikanische Ostküste evakuieren.«

Da es am anderen Ende der Leitung still blieb, fuhr er fort.

»Die Zeit zum Versteckspielen ist vorbei, Walker. Informieren Sie Ihre Kollegen in Washington und Langley. Sehen Sie bloß zu, dass kein Bildmaterial an die Öffentlichkeit gelangt, das konkrete Rückschlüsse auf Al-Nudars tatsächlichen Pläne zulässt.«

Kopfschüttelnd legte Goodwin den Hörer zurück auf die Gabel. Wie oft hatte er schon die heißen Kastanien aus dem Feuer holen müssen? Warschau, Moskau, Ost-Berlin. Jetzt sollten sich endlich andere Leute um die Probleme dieser Welt kümmern. Er humpelte zurück zum Fernseher.

Die Sondersendung brachte nur noch einmal den bereits gezeigten Filmausschnitt. Goodwin schaltete den Apparat ab und stolperte zum Fenster. Es regnete schon wieder. Wie üblich zu dieser Jahreszeit. Er zündete sich eine Zigarette an und nahm seinen Cognacschwenker in die Hand. Erst jetzt fiel ihm auf, dass das Glas leer war. Mühsam schleppte er sich zurück zum Schreibtisch. Sein Blick fiel auf das Telefon.

»Ach, was soll's«, murmelte er vor sich hin, stellte das Glas beiseite und wählte eine Nummer.

»Bertram«, meldete sich eine Stimme.

»Hallo, Francis«, brummte der Alte. »Wo operieren deine U-Boote im Augenblick?«

Angestrengt lauschte er auf die Antwort.

»Okay, Francis«, meinte der Alte mit heiserer Stimme. »Du weißt, was du zu tun hast.«

»Weiß Blain Bescheid?« fragte Bertram.

Sir Patrick zögerte keine Sekunde. »Es gibt Dinge, die will er sicher nicht wissen, Francis. Stell dir vor, seine Mitwisserschaft würde publik. Das wäre von unabsehbarem Schaden für das Empire. Ich bin alt, mein Junge. Ich übernehme die Verantwortung.«

»Himmel, Sir Patrick! Sie haben Nerven.«

Goodwins Stimme wurde hart. »Ja, oder nein, Francis?«

Dimitrij Kopernikow lehnte sich gegen den noch intakten Elektroherd und lud sorgfältig seine beiden Heckler & Koch durch. Das Einschnappen der Magazine und Entriegeln der Sicherungsbügel ging Rachel durch Mark und Bein. Jeden Augenblick rechnete sie damit, dass bis auf die Zähne bewaffnete Piraten die Pantry stürmten und sie und die beiden merkwürdigen Männer mit Kugeln durchlöcherten. Aber Kopernikow, der Koch an Bord der *Star Cradle*, und der Asiate blieben völlig ruhig. Der Mann, der sich Song Daiwan nannte, schraubte den Schalldämpfer von seiner Handfeuerwaffe und überprüfte das Magazin. Danach ließ er sich von dem Russen ein Päckchen reichen. Er riss die Umhüllung auf und entnahm der Verpackung mehrere faustgroße Metallgegenstände. Rachel fuhr zusammen. Sie kannte solche Objekte aus Kriegsberichterstattungen. Handgranaten.

»Was haben Sie vor?« fragte die junge Amerikanerin mit weit aufgerissenen Augen.

»Den Jungs da oben einmal tüchtig in die Suppe spucken«, antwortete Kopernikow in geduldigem Ton, als wollte er ihr den Unterschied zwischen Créme brulée und Créme caramel erklären.

»Sie sind nicht bei Trost!« stieß Rachel laut hervor. »Die Kerle werden Sie umbringen.«

»Schreien Sie hier nicht herum«, ermahnte sie der Asiate.

»Tun Sie lieber, was er sagt«, meinte Kopernikow. »Er mag es lieber ruhig.«

Rachel drehte ihren Rollstuhl herum. »Wer sind Sie eigentlich? Was tun Sie wirklich an Bord dieses Schiffes? Sie sind doch kein gewöhnlicher Passagier.«

Der Mann mit den glatten, zurückgekämmten Haaren schwieg und fuhr fort, sich diese schwarzglänzenden Kugeln in Jacken- und Hosentaschen zu stopfen. Da sie keine Antwort erhielt, wandte sie sich wieder an den Russen.

»Und Sie, Mr. Kopernikow?« fuhr sie ihn an. »Wieso kann ein Schiffskoch mit Maschinenpistolen umgehen?«

Der Russe lachte und zeigte dabei eine Reihe weißer Zähne. »Ich bin halt vielseitig begabt.«

»Begabt?«, fauchte die junge Amerikanerin. »In meinen Augen sind Sie nicht viel besser als diese Terroristen. Was haben Sie vor? Wollen Sie etwa auch ein Blutbad anrichten?«

Zum ersten Mal beugte sich der Asiate über die Frau im Rollstuhl. Mit hartem Griff drehte er sie zu sich herum. Seine Lider verzogen sich zu solch schmalen Schlitzen, dass man seine Augen kaum noch erahnen konnte.

»Mädchen, lass uns einfach unseren Job tun, okay?« meinte er heiser. »Wir mischen uns ja auch nicht in dein Leben.«

Rachel riss die Augen auf.

»Was für ein Job?« stammelte sie.

Als Antwort riss der Asiate den Schlitten seiner Smith & Wesson zurück und ließ eine Patrone in die Kammer gleiten.

»Wir gehören übrigens zu den Guten«, brummte Kopernikow und klopfte Rachel dabei aufmunternd auf die Schulter. »Auch wenn Charly Lee Song manchmal ein bisschen brummig wirkt, ist er in Wirklichkeit ein echter Gentleman. Stimmt's, Charly?«

Ohne zu antworten, wandte sich der Asiate ab und horchte stattdessen durch die Einschusslöcher in der Tür nach draußen auf den Gang. Er nickte und winkte mit seiner schweren Pistole.

»Was haben Sie vor?« wiederholte Rachel ihre bereits schon einmal gestellte Frage.

Der Russe legte den Zeigefinger seiner rechten Hand an die Lippen. »Das sollten Sie besser gar nicht wissen, Lady«, murmelte er und stellte sich neben Song Daiwan, der in Wirklichkeit Charly Lee Song hieß.

»Nur so viel«, fügte er hinzu. »Wenn wir das hier überleben, dann können Sie Ihrem Herrn Vater hinterher eine Bombenstory liefern. Freuen Sie sich mit ihm.«

»Was soll das heißen, 'wenn wir überleben'?« wollte Rachel wissen. Sie schluckte und spürte förmlich, wie die Farbe aus ihrem Gesicht wich.

Erneut schürzte Kopernikow seine Lippen. »Sie sind eine gute Klavierspielerin, Lady. Sie wären vermutlich eine noch bessere Journalistin. Sie stellen einfach zu viele Fragen.«

Charly Lee Song riss die Tür auf. Kopernikow tauchte unter ihm hindurch und rollte sich anschließend auf dem Gang ab. Dabei feuerte er sein gesamtes Magazin leer. Rachel schloss die Augen. In das Krachen der Schüsse mischten sich Schreie.

»Ich habe doch geahnt, dass da noch einer steckte«, brummte Lee Song. »Wie wahr, wie wahr«, bestätigte Kopernikow.

»Was geschieht mit mir?« rief Rachel. Ihre Stimme klang verzweifelt. Das Gesicht des Russen erschien noch einmal im Türrahmen. »Sie bleiben am besten hier, Lady. Das da draußen ist nichts für zartbesaitete Damen. Was nun folgt, wird kein Spaß sein! Das ist die Late-Night-Show! Im übrigen sind Sie hier in Sicherheit. Vertrauen Sie mir.« Ehe Rachel antworten konnte, verschwand sein Gesicht. Die halbzerschossene Tür fiel ins Schloss. Am Geräusch der Schritte hörte sie, dass sich die beiden Männer ziemlich rasch entfernten. Noch einmal vernahm sie einen Schuss, danach war es bis auf das Maschinengeräusch und das ewige Trommeln der See gegen die Bordwand still.

Die junge Amerikanerin überlegte. Was sollte sie tun? Sie traute dem Frieden nicht. Wurde sie hier aufgestöbert, musste sie mit dem Schlimmsten rechnen. Es hatte mittlerweile eine Reihe von Toten unter den Piraten gegeben. Die würden kein langes Federlesen veranstalten. Erst würde man sie vergewaltigen und dann erschießen. Ein eiskalter Schauer lief ihr über den Rücken. Das war keine Filmreportage ihres Vaters über einen Bürgerkrieg in einem fernen Land auf dem Balkan oder in Nordafrika. Dies hier war bittere Realität. Hier halfen ihr weder ihr Vater noch dessen Anwälte. Zum ersten Mal in ihrem Leben fühlte sie sich wirklich verlassen und allein. Und so hilflos. Wütend hämmerte sie mit ihrer Faust auf die Lehne ihres Rollstuhls. Doch bald schon liefen heiße Tränen in breiten Bahnen über ihre Wangen. Die junge Frau verbarg den Kopf in ihren Händen und begann hemmungslos zu weinen.

Zum ersten Mal seit dem Überfall befand sich Kössner allein auf der Brücke. Kurz nach Mittag war es zu einer heftigen Schießerei an Bord gekommen. Ehe Al-Nudar verschwand, war noch eine

Nachricht aus dem Handfunksprechgerät des Palästinensers gekommen. Kurze Zeit später wurde dem Deutschen klar, warum unter den Terroristen plötzlich Hektik ausbrach. Trotz des schlechten Wetters plante die verzweifelte Crew an Bord der *Star Cradle* offenbar einen Fluchtversuch. Im Kielwasser des Kreuzfahrers tauchten mehrere Rettungsboote auf. Ein paar dieser stabilen, motorisierten Kutter schlugen im Seegang jedoch um. Auf den wenigen intakten Fahrzeugen warfen die Flüchtlinge ihre Arme in die Höhe und sanken anschließend auf die Sitzbänke zurück.

»Diese Schweine!« brüllte Kössner. »Diese verdammten Mörder!«

Für den Bruchteil eines Augenblicks zog er eine Rettungsaktion in Betracht. Doch schließlich gab er diesen absurden Gedanken wieder auf. Die *Star Cradle* lief schließlich mit annähernd Höchstgeschwindigkeit. Die Maschinen konnte er von hier oben nicht mehr herunterregeln. Der Drehkreis unter Volllast wäre viel zu groß gewesen. Zudem brachte er bei diesem Manöver auch noch das Schiff und damit die Passagiere in Lebensgefahr. Und die Menschen in den noch schwimmenden Rettungsbooten waren sowieso mit Sicherheit tot.

Er überlegte, was er überhaupt noch tun konnte. Der Autopilot war defekt. Ohne erfahrene Hand am Steuer würde sein Schiff schon bald aus dem Ruder laufen. Kössner drehte sich zum Kartentisch herum. Aus dem Wetterfunkempfänger quoll ein meterlanger Papierstreifen. Der Deutsche erhob sich und ging hinüber, um die ausgedruckten Meldungen wenigstens zu überfliegen. Bereits nach den ersten Nachrichten wurde sein Atem heftiger, und sein Puls begann zu jagen. Er stieß sich vom Kartentisch ab und stolperte hinüber zum Navigationspult. Mit wenigen Handgriffen schaltete er den Wetterkartenschreiber von Stand-by auf Druck. Das Gerät spuckte eine breite Papierbahn aus. Sie enthielt die Isobaren über dem Nordatlantik und dem karibischen Meer. Fassungslos starrte er abwechselnd auf die ausgedruckte Wetterkarte und den Papierstreifen mit dem Wetterbericht der amerikanischen Küstenwache im Klartext. Er hatte den Palästinenser in den letzten Tagen und Stunden häufig an den beiden Geräten herumfingern sehen. Entweder war Al-Nudar ein gottverdammter Narr oder ein Selbstmörder. Kössner atmete tief durch, als er noch einmal die Linien gleichen Luftdrucks kontrollierte. Kein Zweifel. Die *Star Cradle* steuerte vierkant in einen tropischen Wirbelsturm hinein.

Kössner schleppte sich zum Kartentisch zurück und zerrte Kursdreieck und Lineal aus der Schublade. Mit fliegenden Fingern trug er die vom GPS-Rechner ermittelte Position in die großmaßstäbige Seekarte ein. Sie waren schon viel zu nah, schoss es ihm durch den Kopf. Er riss die Karte hoch und rannte zum Kontrollpult zurück. Nur mit Mühe gelang es dem Kapitän, die *Star Cradle* erneut auf Kurs zu bringen. Der Fünfmaster torkelte wie betrunken durch die sich immer höher auftürmende See. Kössner versuchte die Windgeschwindigkeit abzuschätzen. Sie mochte bei fünfzig Knoten liegen. Sturm. Normalerweise kein Grund zur Sorge. Jedenfalls solange nicht, wie man auf eine eingespielte Crew, ordentliche Segelstellung und eine vernünftig funktionierende Navigationselektronik an Bord zurückgreifen konnte. Die *Star Cradle* war zumindest auf dem Reißbrett dafür ausgelegt, auch mit Windgeschwindigkeiten über sechzig Knoten fertig zu werden. Das hatte das Schiff im Monsun des Indischen Ozeans auch schon mehrmals unter Beweis gestellt. Aber hier und jetzt? Ohne Mannschaft? Mit defektem Navigationscomputer und zerfetzten Segeln in teilweise unbrauchbaren Mastprofilen? Was, wenn die Maschinen ausfielen? Automatisch fiel sein Blick auf die Motorkontrollinstrumente. Die *Star Cradle* lief permanent 'Full Speed Ahead', also mit neunzig bis fünfundneunzig Prozent ihrer maximalen Maschinenleistung. Der Treibstoff ging dadurch rapide zur Neige. Kössner bezweifelte, ob sie es überhaupt bis zum Festland schaffen würden. Doch das war im Augenblick sein geringstes Problem. Erst galt es dieser herannahenden tropischen Depression auszuweichen.

Der Deutsche bemühte sich verzweifelt, die Zugrichtung des Zyklons anhand der Wetterkarte wenigstens in etwa vorherzubestimmen. Er fand nur einen Ausweg aus dieser prekären Lage. Die *Star Cradle* musste vollständig von ihrer bisherigen Kursrichtung abweichen. Und selbst dann bestand nur eine vage Chance, dem

Tiefdruckwirbel zu entgehen. Er musste die Geschwindigkeit erhöhen. Kurs Nordost und äußerste Kraft voraus könnte sie vielleicht noch um buchstäblich Haaresbreite retten. Kössner überlegte, wie wohl Al-Nudar auf seine Eigenmächtigkeiten reagieren würde. Er merkte, wie ihm der Schweiß unter den Achseln hervortroff. Nervös strich er sich die Haarsträhnen aus dem Gesicht und wischte sich die feuchten Handflächen anschließend an seiner Hose ab. Der ehemals weiße Stoff färbte sich graubraun. Kössner hasste sich dafür. In einem solch erbärmlichen Zustand hatte er noch nie auf der Brücke eines Schiffes gestanden.

Schließlich ließ er Seekarte und Wetterkarte sinken. Er fasste einen Entschluss. Wenn Al-Nudar tatsächlich vorhatte, mitten in diesen Wirbelsturm hineinzufahren, dann aber ohne ihn. Er würde sich nicht schuldig machen, wenn der Palästinenser Schiff und Passagiere seinem offensichtlich wahnwitzigen Vorhaben opfern wollte. Kössner verstand ohnehin dessen Beweggründe nicht. Das war doch Selbstmord! Und wem sollte der Untergang der *Star Cradle* nützen? Auf diese Weise würde er niemals das ursprüngliche Ziel seiner Pläne erreichen.

Ein ungutes Gefühl beschlich ihn. Wieso hatte man ihn überhaupt ohne jede Bewachung auf der Brücke zurückgelassen? Was ging in diesem Gangster bloß vor? Ohne lange nachzudenken, wählte er die Verbindung zum Maschinenraum und hieb auf die Sprechtaste des Intercoms. Baxter meldete sich nicht. Offenbar war der Chief seinen Anweisungen gefolgt und hatte sich gleichzeitig in Sicherheit gebracht. Oder, er war längst tot. Kössner beugte sich erneut zum Intercom vor und wollte eine andere Verbindung wählen. In diesem Augenblick krachte eine Maschinengewehrgarbe über das Oberdeck.

Mit zitternden Händen ergriff Rachel Steinberg den runden Messingknauf und schob die halbzerschossene Tür langsam auf. Angsterfüllt starrte sie in den Gang. Jeden Moment rechnete sie damit, in die Mündung einer rauchenden Kalaschnikow zu blicken. Die junge Amerikanerin hielt unwillkürlich dem Atem an, als sie ihren Rollstuhl vorsichtig ein Stück weiter nach vorne schob und dabei die Türschwelle überfuhr. Rachel fuhr zusammen. Beinahe hätte sie einen spitzen Schrei ausgestoßen. Nicht weit von ihr lagen zwei Männer in einer breiten Lache aus hellrotem Blut. Sie hatte die beiden Kerle schon einmal gesehen. Die beiden Tunesier gehörten zur Crew des Schiffes. Doch jetzt trugen sie tarnfarbene Kampfanzüge, und zu ihren Füßen lagen russische Sturmgewehre.

Angeekelt wandte sich Rachel ab. So rasch es die heftigen Schiffsbewegungen zuließen, rollte sie ihren fahrbaren Untersatz den Gang hinunter. Doch sie kam nicht weit. Keine zwanzig Meter von der Pantry entfernt und dicht beim Treppenaufgang zum Mitteldeck versperrte ihr ein Körper den Weg. Einer der Piraten lag ausgestreckt mitten im Gang. Es war ein junger Bursche von allenfalls zwanzig Jahren. Er starrte sie an. Sein Mund war geöffnet. So, als wollte er ihr etwas sagen. Doch das konnte er nicht mehr. Ihm fehlte der halbe Hinterkopf. Weißgraue Gehirnmasse hatte sich von der Wand hinunter zum Teppichboden ergossen.

Entsetzt hielt sich Rachel die Hände vor das Gesicht und schloss die Augen, so, als könnte sie diesen Horror damit ungeschehen machen. Doch als sie ihre Augen vorsichtig wieder aufschlug, hatte sich nichts geändert. Allerdings war der Kopf des Toten zurückgeglitten. So blieb ihr wenigstens der Blick auf den halbgeöffneten Schädel erspart.

Sie rief um Hilfe. Einmal, zweimal, schließlich so lange, bis ihre Stimme nur noch ein heiseres Krächzen hervorbrachte. Erschöpft sank sie in ihrem Rollstuhls zurück. Sie fühlte sich so schrecklich verlassen. Warum half ihr denn niemand? Doch Larry war tot, und ob ihr Begleiter durchkam, stand auch noch nicht fest. Die Bluttransfusion war zwar gelungen, aber bei einer solch ernsten Verletzung blieb das Risiko immer noch immens hoch.

Die Zeit verstrich. Hin und wieder hörte sie Schüsse, schließlich sogar dumpfe Detonationen. Das mussten Kopernikow und dieser seltsame Asiate sein. Sie mochte sich gar nicht ausmalen, was die beiden Kerle mit ihren Waffen anrichteten. Eine Handgranate konnte eine Metallplatte durchschlagen. Ein heißer Stich durchfuhr sie. Was hatte Kopernikow gesagt? 'Wenn wir das hier überleben.' Die spektakulären Fährunglücke der vergangenen Jahre fielen ihr wieder ein. Rachel fasste einen Entschluss. Sie wollte weg. Hier unten fühlte sie sich nicht mehr sicher.

Die junge Amerikanerin blockierte die Räder ihres Rollstuhls und beugte sich nach vorne. Sie musste erst einmal den leblosen Körper des jungen Mannes beiseite schieben, um den Gang weiterfahren zu können. Es gelang nicht. So sehr sie sich auch anstrengte, sie erreichte den Toten gerade einmal mit ihren Fingerspitzen. Rachel schob ihren Rollstuhl seitlich an die Leiche heran, doch bei dem Versuch sie aufzuheben, stürzte sie beinahe mitsamt ihrem Rollstuhls um. Rachel versuchte es noch ein weiteres Mal, jedoch wieder ohne Erfolg.

Erneut liefen ihr heiße Tränen über die Wangen. Wie stolz hatte sie ihr Erfolg gemacht. Nie ließ sie sich im Rollstuhl zum Konzertflügel schieben. Stets musste vorher das Licht gelöscht werden. Sobald dann die Spots aufflammten, saß sie bereits auf ihrem Hocker, die gelähmten Beine elegant zur Seite gewinkelt. In dieser Stunde wurde ihr erstmals schmerzlich bewusst, wie hilflos sie in Wirklichkeit war. Zorn stieg in ihr hoch. Zorn auf ihre Mutter, die damals diesen schrecklichen Verkehrsunfall verursacht hatte, und Zorn auf ihren Vater, der von ihrer Trunksucht gewusst, ihre Alkoholexzesse aus reiner Bequemlichkeit jedoch ignoriert hatte. Und unendliche Trauer machte sich in ihr breit. Wie gerne wäre sie einmal zum Tanzen ausgegangen. Was hätte sie dafür gegeben, könnte sie im weißen Brautkleid vor den Altar treten. Aufrecht, und nicht in einem Gestell festgeschnallt. In Las Vegas bot man für Behinderte zuweilen Stützgestelle an, doch sie wollte nicht den schönsten Tag in ihrem Leben mit einer lächerlichen Farce begehen.

Abwechselnd starrte sie auf ihre gelähmten Beine und auf den grässlich zugerichteten Körper des jungen Mannes zu ihren Füßen. Sie war gefangen. Sie kam hier nicht mehr weg. Jedenfalls nicht in ihrem Rollstuhl. Ihr kam ein absurder Gedanke. Doch je mehr sie darüber nachdachte, desto logischer erschien er ihr. Allerdings wusste sie nicht, was letztlich geschehen würde, wenn sie sich einfach nach vorne fallen ließ. Würde es ihr tatsächlich gelingen, den Rollstuhl über die Leiche des jungen Mannes zu zerren? Wieder vernahm sie das Geräusch von Gewehrschüssen. Sie zögerte nicht mehr lange, sondern stieß sich ab.

Als sie auf dem Boden zum Liegen kam, befand sich ihr Rollstuhl außer Reichweite. Um ihn zu packen, musste sie über den Toten greifen. Ihre Hand streifte dessen Handgelenk. Erschrocken zuckte sie zurück. Wie schnell doch ein Leichnam erkaltete. Schließlich nahm sie all ihre Kraft zusammen, um den immer wieder aufsteigenden Ekel zu überwinden, und richtete ihren Oberkörper über der Leiche so weit auf, dass sie den Rollstuhl erreichte. Doch so sehr sie auch rüttelte und zerrte, sie bekam ihn nicht über den Toten gezogen. Erschöpft ließ sie sich zurückgleiten. Sie musste also versuchen, die Leiche fortzuschieben. Bei diesem Gedanken schnürte sich ihr Hals zu. Ihr Puls begann zu rasen.

Du verdammter Angsthase! schalt sie sich insgeheim. Du verdammtes, verwöhntes Püppchen!

Sie schloss die Augen, schob ihre Arme vor und begann den toten Körper des jungen Mannes zur Seite zu schieben. Trotzdem gelang es ihr nicht, das Entsetzen gänzlich in den Griff zu bekommen. Als sie die Leiche schließlich weit genug bewegt hatte, zerrte sie mit hastigem Griff den Rollstuhl an sich heran, packte die beiden Armlehnen und wuchtete sich in den schmalen Stoffsitz.

Die Treppe stellte das nächste Hindernis dar. Sie rollte zum Aufzug und drückte den Rufknopf. Obwohl sie nicht damit gerechnet hatte, setzte er sich tatsächlich in Bewegung. Es dauerte nur wenige Augenblicke, ehe er das Unterdeck erreichte. Mit einem leisen Klingelzeichen öffnete sich die Tür. Die junge Amerikanerin zuckte zurück. In der Kabine lagen zwei der Passagiere. Lester Wells und Lady Dorothys Leibwächter starrten sie mit gebrochenen Augen an.

Rachel griff zu den beiden Rädern und rollte sich langsam zur Treppe. Sie maß die Höhe der Stufen. Es gab nur eine Möglichkeit nach oben zu kommen. Erneut ließ sich Rachel nach vorne fallen. Ihr fahrbarer Untersatz rollte langsam zurück und kam erst in Höhe der Lifttür zum Stehen. Langsam begann sich die junge Frau, nur auf Hände und Arme gestützt, die Treppe hinaufzuschleppen.

Es dauerte unendlich lange Minuten, ehe sie den oberen Treppenabsatz erreichte. Ihr Atem ging stoßweise. Sie schaute an sich herunter. Ihr Kleid war zerfetzt und schmutzig, die Schuhe hatte sie beim Aufstieg längst verloren. Sie fror entsetzlich.

»Noch dieses kleine Stück, Rachel«, sprach sie sich Mut zu.

Wenige Minuten später erreichte die junge Frau den nächsten Treppenabsatz in Höhe des Zwischendecks. In diesem Augenblick hörte sie Stimmen. Eine Menge Stimmen. Sie schloss die Augen.

Aus und vorbei, stöhnte sie innerlich. Mutlos erwartete sie ihr Schicksal.

Jemand stieß sie an. Rachel schlug die Augen auf und erkannte einen braunhäutigen Matrosen. Er sagte etwas, was sie jedoch nicht verstand. Ein anderer Mann riss ihn einfach weiter. Aufgeregte Männer und Frauen folgten den beiden Männern und hasteten die Treppe zum Seitendeck empor. Sie gehörten, ihrer Uniform und ihren T-Shirts zufolge, zur Schiffsbesatzung.

»Was ist los?« fragte sie auf englisch. »Wo wollen Sie hin?«

Bis auf einen schmächtigen Filipino nahm niemand von ihr Notiz.

»Wir verschwinden!« rief er ihr in gebrochenem Englisch zu. »Unter Deck sind vermutlich alle tot. Wir bringen uns jedenfalls in Sicherheit, solange noch Zeit ist. Der Sturm wird auch immer stärker. Was ist? Wollen Sie mitkommen?«

Rachel deutete auf ihre Beine. »Ich bin gelähmt.«

Der Mann zuckte bedauernd die Schultern und sah zu, dass er den Anschluss an die voraneilende Meute nicht verlor. Nach wenigen Sekunden war er bereits aus ihrem Blickfeld verschwunden. Rachel horchte nach oben. Den Geräuschen auf dem Seitendeck zufolge, wurden dort offenbar die Rettungsboote zu Wasser gelassen. Plötzlich bellte Sturmgewehrfeuer auf. Die Schüsse mischten sich in das Rauschen der See und das Heulen des Windes. Irgendwann verstummten die Waffen. Und die Schreie der Menschen. Mit mechanischen Bewegungen robbte Rachel in den nächsten Gang. Inzwischen war sie viel zu erschöpft, um noch Angst oder Abscheu zu empfinden.

Fassungslos starrte Baxter den teilweise gekenterten Rettungsbooten hinterher. Wütend ballte er die Fäuste, als er von seinem Standort aus hilflos ansehen musste, wie auf die Flüchtenden geschossen wurde. Er warf einen Blick hinunter in die tosende See. Etwa fünf Meter über der Wasseroberfläche baumelte Nelson Santos immer noch leblos in der Seilschlinge und schlug im Takt der Wellen gegen die Bordwand. Dabei wurde er von den dort hochschießenden Salzwasserfontänen eingedeckt.

Du musst etwas tun, knurrte der Engländer zu sich selbst. Wenn du noch länger wartest, kannst du Santos auch loslassen. Lange hält der nicht mehr durch. Das bricht dem armen Kerl sämtliche Knochen.

Chief Baxter wog die Möglichkeiten ab, die ihm blieben. Santos hinaufzuziehen, konnte er nicht. Das Seil hatte er zur Sicherheit um eine der Sitzbänke geschlungen. Die Reibung war dadurch viel zu stark, und so viel Kraft besaß er ohnehin nicht. Zudem hatte er schon seit Tagen auf vernünftige Nahrung verzichten müssen. Zögernd knotete er das Seil fest. Dann schlug er die Plane vollständig zur Seite. Sein Blick wanderte nach achtern. In diesem Augenblick stellte er fest, dass sich der Fischtrawler mit hoher Geschwindigkeit näherte.

Die Anwesenheit eines Schiffes in direkter Nähe der *Star Cradle* verlieh ihm ungeahnte Kräfte und Entschlossenheit. Baxter schwang sich über die Bordwand, schloss für einen kurzen Moment die Augen und ließ sich dann langsam an dem Seil herab. Santos' Gewicht am unteren Ende hielt es leidlich straff. Nach wenigen Sekunden erreichte er kurz oberhalb des leblos baumelnden Körpers das Bullauge der Krankenstation. Baxter wartete ab, bis sich der Kreuzfahrer auf die Seite legte. Mit ausgestreckten Beinen schlug er gegen die stabile Glasscheibe. Wie wild begann er mit den Füßen gegen die Einfassung zu trommeln. Er hoffte inständig, dass Doc Barkowsky in diesem Augenblick leidlich nüchtern war.

Elizabeth Meville drehte sich zum Bullauge um und starrte auf das salzwassernasse Glas. Alles was sie sah, waren die schaumigen Brecher des Atlantiks und ein paar Hosenbeine, die von oben herabbaumelten. Das junge Mädchen schrie auf. Barkowsky torkelte aus dem Behandlungszimmer herbei.

»Was ist denn los?« brummte er vor sich hin. Sein Atem roch deutlich nach Cognac.

Elizabeth deutete zu der Glasscheibe, das den Innenraum vor der kochenden See schützte. Erneut wummerte etwas gegen die Scheibe. Der Deutsche ging an das Bullauge und griff nach dem Öffnungshebel.

»Nein!« schrie das junge Mädchen auf.

Doc Barkowsky drehte sich kurz zu ihr herum.

»Keine Panik, mein Kind«, murmelte er. »Piraten pflegen nur in Hollywoodfilmen an Bordwänden herumzuklettern, und diese Hosenbeine kenne ich. Sie gehören zu einem unserer Schiffsoffiziere.«

Er riss das Bullauge auf. Wind und eiskalte Gischt schossen in das Krankenzimmer. Antony Michelli, der bis dahin im Nachbarraum gelegen hatte, stolperte herbei. Er trug seine verletzte Schulter in einer dicken Bandage. Mit dem gesunden Arm stützte er sich ab.

»Wir bekommen Besuch?« Dabei deutete er in die Richtung des Deutschen.

Barkowsky nickte.

»So sieht es aus«, antwortete er und packte das Hosenbein des Uniformträgers.

Von oben ertönte eine Stimme.

»Verdammt, Doc! Lass gefälligst meine Hose los. Hilf mir lieber hinein.«

»Ah, Ronnie«, erwiderte der Arzt. »Schön dich zu sehen. Wo kommst du denn her?«

»Lassen Sie mich mal heran«, fuhr der Amerikaner dazwischen und packte das Seil mit seinem gesunden Arm.

Wenige Augenblicke später turnte Baxter mit den Füßen voran durch das geöffnete Bullauge. Michelli wollte das Seil schon loslassen, aber Baxter kam ihm zuvor.

»Nicht so hastig, junger Mann. Ich bin längst nicht alleine gekommen.«

Mit vereinten Kräften zerrten sie den leblosen Matrosen in die Krankenstation. Die junge Amerikanerin stürzte vor, als sie sah, um wen es sich dabei handelte.

»Ist er …?« stammelte sie. »Ist er …?«

»Keine Ahnung«, murmelte Baxter und wandte sich gleichzeitig an Barkowsky. »Dein Job, Richard.«

Gemeinsam legten sie den Filipino auf eine Trage und fuhren ihn in den Behandlungsraum. Barkowsky fühlte den Puls und überprüfte Augen und Reflexe.

»Na, wird er wieder?« fragte Baxter, weil sich Barkowsky mit einer Diagnose wieder einmal viel zu lange Zeit ließ.

Der Deutsche winkte ab. »Leichte Gehirnerschütterung. Zwei Tage Bettruhe, ein starker Kaffee und hinterher ist der Junge praktisch wie neu. Na, wer sagt's denn. Er kommt ja schon zu sich.«

Nelson Santos schlug tatsächlich die Augen auf. Sein Blick irrte durch den hellen Behandlungsraum und traf auf Baxter. Der Filipino schluckte heftig.

»Wo bin ich?« flüsterte er.

»In Doc Barkowskys Schnapskeller«, antwortete Baxter und deutete auf den Deutschen, der neben ihm stand. »Kein Grund zur Panik.«

»Wie bin ich hierher gekommen?« fragte Nelson weiter.

Unwillkürlich riss er die Augen auf, da sich die junge Amerikanerin über ihn beugte.

»Wie«, stotterte er. »Wie kommen Sie denn hierher?«

»Unwichtig«, lächelte Elizabeth und nahm seine Hand. »Waren wir eigentlich nicht schon längst beim Du?«

»Doc, wir stören«, befand Baxter und zog den Schiffsarzt beiseite. »Öffne mal deinen Giftschrank. Ich denke, ich kann jetzt einen gehörigen Schluck vertragen.«

In diesem Augenblick schlug jemand mit der Faust gegen die Tür zum Behandlungszimmer. Ehe ihn der Amerikaner zurückhalten konnte, riss Barkowsky bereits die Tür auf. Zu seinen Füßen lag eine Frau. Sie war schmutzig, ihr Gesicht verheult und ihre Oberarme und Hände zerschunden und aufgerissen.

»Miss Steinberg«, lächelte Barkowsky. »Wie schön, Sie zu sehen. Kommen Sie doch herein. Die Bar ist eröffnet!«

In diesem Augenblick schob sich ein dunkler Schatten am Bullauge vorbei, und es gab einen dumpfen Schlag. Baxter sprang an das Sichtglas und schaute nach oben. Rumpf und Aufbauten eines schweren Fischtrawlers schwangen im Takt der Wellen dicht neben ihnen auf und ab. Er kannte das Schiff. Er hatte es mehrmals vergeblich angefunkt. Ein offenbar großkalibriges Maschinengewehr begann zu hämmern. Kurze Zeit später brach die Hölle los.

Kapitel 27

Unablässig summte die Klimaanlage. Jonathan Steinberg nahm die Kühle gar nicht wahr. Ihm war heiß. Er befand sich in einem Zustand äußerster Erregung. Zum einen, weil das Aufnahmeteam kein Lebenszeichen von den Passagieren der *Star Cradle* ausmachen konnte, zum anderen, weil der Kapitän des gecharterten Hochseeschleppers zur Umkehr drängte. Steinberg starrte auf seinen Telefonapparat. Das, was der Mann ihm zu verstehen gab, wollte er einfach nicht akzeptieren.

»Tut mir leid, Sir«, wiederholte der Kapitän. »Aber der Hurrikan kommt immer näher. Wir werden jetzt schon Probleme bekommen, halbwegs sicher aus der Gefahrenzone herauszukommen. Das sind so ein paar Filmaufnahmen …«

»Vergessen Sie die Filmaufnahmen«, brüllte Steinberg. »Hier geht es nicht mehr um Filmaufnahmen, hier geht es um das Leben meiner Tochter. Sie befindet sich an Bord der *Star Cradle*.«

»Oh!« kam es durch den Äther. »Das tut mir aufrichtig leid, Sir.«

»Wie sieht es denn da draußen überhaupt aus?« wollte Steinberg wissen.

Sein Gesprächspartner lachte dröhnend.

»Haben Sie schon einmal einen herannahenden Wirbelsturm auf hoher See erlebt, Mister? Nein? Dann können Sie sich das auch nicht vorstellen. Wie soll ich Ihnen das am Telefon beschreiben? Im Augenblick herrschen hier vielleicht so acht, neun Windstärken, aber das wird sich rasch ändern, sobald uns die erste richtige Front erreicht. Dieses Miststück zieht mit einer Geschwindigkeit von bestimmt hundert bis hundertfünfzig Meilen pro Stunde über das Wasser. Der Himmel im Südosten ist schon pechschwarz.«

»Können Sie nicht jemanden übersetzen, der nach den Passagieren sieht?« stöhnte Steinberg. »Was ist mit dem Helikopter?«

»Bei einem solchen Seegang?« entgegnete der Kapitän. »Wie stellen Sie sich das vor? Selbst wenn man dort drüben die Gangway herunterklappt, der Mann, der zu der *Star Cradle* übersteigt, könnte die Treppe gar nicht so schnell hochklettern, wie er von unserer Bordwand anschließend erschlagen würde. Zudem riskiere ich dabei mein Schiff. Was den Helikopter betrifft, mussten wir wegen des enormen Winddrucks längst die Rotoren beiklappen. An einen Einsatz des Hubschraubers ist gegenwärtig überhaupt nicht zu denken.«

»Ich erhöhe die Charter«, rief Steinberg. »Wie viel verlangen Sie pro Tag? Hunderttausend? Zweihunderttausend? Ich akzeptiere.«

»Es hat keinen Zweck«, brummte sein Gesprächspartner.

»Ich kaufe das ganze Schiff!« brüllte der amerikanische Geschäftsmann in die Sprechmuschel. »Wie erreiche ich Ihre Reederei? Geld spielt keine Rolle!«

»Sie wollen mich einfach nicht verstehen, Mister«, erwiderte der Kapitän des Hochseeschleppers. »Selbst wenn Sie die gesamte Reederei kauften, der Boss hier an Bord bin ich. Nur ich bestimme, wohin wir fahren.«

»Herrgott!« brüllte Steinberg. Seine Stimme überschlug sich. »Sie können doch jetzt nicht einfach abdrehen! Meine Tochter befindet sich auf dem Schiff. Das Kind sitzt im Rollstuhl. Sie kann sich unmöglich selbst helfen. Ich lasse nicht zu, dass ihr irgend etwas …«

Er wurde unterbrochen. Auf der Brücke des Hochseeschleppers war urplötzlich Tumult ausgebrochen. Steinberg hörte Flüche, und wie harte Befehle erteilt wurden. Dort schien etwas passiert zu sein. Steinberg lauschte angestrengt in die Hörmuschel.

Mit einem Mal meldete sich wieder der Kapitän des Hochseeschleppers. Er wirkte verstört und zornig zugleich.

»Muss jetzt Schluss machen, Sir!« rief er durch den Äther. »Da kommt gerade ein Trawler auf uns zu. Der muss im Windschatten der *Star Cradle* mitgelaufen sein. Der Kerl schießt auf uns!«

»Himmel, was reden Sie da, Mann!« brüllte Steinberg in den Telefonhörer. »Was für ein Trawler? Wo kommt der her?«

»Keine Ahnung, Sir!« brüllte die Stimme über Funk zurück. »Der ist ja wahnsinnig, der Kerl! Wenn mich nicht alles täuscht, will der uns auch noch rammen!«

Steinberg hörte im Hintergrund scheppernde Geräusche und klirrendes Glas. Dann brach die Verbindung ab. Er legte auf und rief Max Dooney an.

»Kannst du dir einen Reim darauf machen?« fragte er seinen Mitarbeiter.

Dooney schüttelte den Kopf.

»Sehr merkwürdig«, meinte er schließlich. »Da läuft also die ganze Zeit ein Hochseetrawler dicht neben der *Star Cradle* her und eröffnet schließlich das Feuer auf die *Sea Master*.«

Er schien selbst so überrascht, dass er sogar vergaß, sich eine Zigarette anzustecken.

»Da ist doch etwas oberfaul!« rief Dooney. »Das kommt mir beinahe so vor, als ob unerwünschte Zeugen beseitigt werden sollen. Aber gleich wissen wir mehr. Ich erwarte sowieso jeden Moment die Auswertung des letzten, über Satellit eingespielten Filmberichts unserer Crew.«

»Verdammt!« fluchte Steinberg. »Was mache ich jetzt nur? Rachel steckt immer noch auf der *Star Cradle*. Ohne fremde Hilfe ist sie in einer solchen Situation doch völlig hilflos.«

»Was sagt die Küstenwache?« fragte Dooney.

Steinberg winkte ab. »Die maßgeblichen Stellen vertreten offenbar die Auffassung, dass man das Schiff zum jetzigen Zeitpunkt sowieso nicht mehr erreichen kann. Ich solle einfach abwarten. Meine Güte, während meiner Militärzeit im Pazifik konnten wir auch nicht auf jeden Taifun Rücksicht nehmen. Okay, es war nicht gerade angenehm …«

»Mal langsam, Boss«, unterbrach ihn sein Mitarbeiter. »Die Küstenwache ist nicht die Navy, und deren Patrouillenboote keine Flugzeugträger. Verstehen kann ich die Typen schon. Wer begeht schon gerne Selbstmord?«

»Davon bekomme ich aber meine Tochter nicht zurück!« brüllte er.

Eine der Kontrolllampen seiner Telefonanlage flammte auf. Ein heller Summton wurde hörbar. Er riss den Hörer von der Gabel.

»Chef!« rief eine aufgebrachte Stimme. »Chef! Kommen Sie sofort ins Kommunikationszentrum. Hier ist der Teufel …«

Die Verbindung brach ab. Dooney hatte mitgehört. Trotz seiner Leibesfülle war er längst an der Tür, als sich Steinberg in Bewegung setzte. Sie erreichten gleichzeitig den Expresslift. Es dauerte nur wenige Augenblicke, ehe die beiden Männer das Kommunikationszentrum von CCN erreichten. Steinberg riss die Tür auf. Er erfasste sofort, dass hier etwas nicht stimmte. Besuchergruppen pflegten keine verspiegelten Sonnenbrillen und angesichts der Außentemperaturen im Sommer auch keine dunkelgrauen Treviraanzüge zu tragen. Jeder Journalist, der in den Vereinigten Staaten schon einmal auf eine brandheiße politische Affäre gestoßen war, kannte diese Typen.

»Was soll das?« schnauzte Steinberg los. »Wie kommen Sie hier überhaupt herein?«

Ein hagerer Typ mit raspelkurzen Haaren und hauchdünnem Schnurrbart ging auf Steinberg zu. Er schaute ihn einen Moment schweigend an. Dann öffnete er seine Anzugjacke und griff in eine der Seitentaschen. Dabei wurde das Schulterhalfter sichtbar, in der ein voluminöser Colt Magnum steckte. Er hielt dem Chef von Computer Communication Networks einen schmalen Ausweis entgegen.

»FBI, Mr. Steinberg. Machen Sie uns bitte keine Schwierigkeiten. Wir erledigen nur unsere Arbeit.«

»FBI?« knurrte Steinberg ungehalten, obwohl er den Kerl überall auch ohne seinen Dienstausweis erkannt hätte. »Was wollen Sie?«

»Sie besitzen Informationen, für die wir uns ebenfalls brennend interessieren«, murmelte der Hagere. »Ich wäre Ihnen dankbar, wenn Sie und Ihre Mitarbeiter sich kooperativ verhalten würden.«

»Was besitzen wir?« fragte Steinberg. Seine Überraschung war nicht gespielt. Er konnte sich beim besten Willen nicht vorstellen, für was sich ausgerechnet das FBI interessieren könnte.

»Das hier«, meinte ein anderer aus der Gruppe der Anzugträger und hielt eine CD triumphierend in die Höhe.

»Was ist das?« brummte Steinberg und wollte nach der glänzenden Scheibe greifen. Der Andere zog seine Hand blitzschnell zurück.

»Na, na«, lächelte der Hagere. »Sie kennen doch die Spielregeln, Sir. Zunächst checken wir die Informationen. Alles klar?«

Steinberg ahnte mit einem Mal, was auf dem digitalen Datenträger gespeichert war. Der Filmbericht seiner Crew. Digitalisiert auf CD. Inzwischen interessierte sich also auch die amerikanische Bundespolizei für die *Star Cradle*.

»Wo können wir uns ungestört unterhalten?« fragte der Hagere und schaute sich demonstrativ um. Bestimmt zwanzig Augenpaare waren auf sie gerichtet.

»Gehen wir in mein Büro«, knurrte Steinberg. »Mr. Dooney kommt übrigens mit. Ich will einen Zeugen bei diesem Gespräch haben.«

»Max?« fragte der Hagere. »Keine Einwände. Nehmen Sie ihn ruhig mit.«

»Sie kennen sich?« fragte Steinberg.

»Flüchtig«, erwiderte der FBI-Beamte. »Gehen wir.«

Max Dooney schüttete reichlich Bourbon in drei Whiskygläser. Er verzichtete auf Eis. John Sturges mochte ihn ebenso pur wie sein Chef. Dooney ergriff als erster das Wort.

»Okay, Johnny.« Dabei nahm er einen kräftigen Schluck. »Raus damit! Was soll der Zirkus?«

John Sturges knöpfte seine Jacke auf und schlug die Beine bequem übereinander.

»Danke für den Whisky, Sir«, meinte er förmlich. »Viel kann und darf ich Ihnen sowieso nicht sagen. Nur soviel: Es geht um eine Frage der nationalen Sicherheit.«

»Was hat denn diese CD mit nationaler Sicherheit zu tun?« brauste Steinberg auf.

»Sehen Sie«, lächelte Sturges. »Da fängt es schon an. Glauben Sie es mir einfach, Sir. Ich schätze Sie als einen intelligenten Menschen ein. Nach allem, was Sie inzwischen herausgefunden haben, müssten Sie sich eigentlich denken können, dass sich auch der amerikanische Staat brennend dafür interessiert, was dort praktisch vor unserer Haustür abläuft.«

»Machen wir uns doch nichts vor«, fuhr der Hagere nach einem weiteren Schluck fort. »Es geht um dieses Kreuzfahrtschiff, das eigentlich vor der westafrikanischen Küste unterwegs sein sollte. Na, schön. Dir zuliebe, Max. Hören Sie, Mr. Steinberg, ich habe nicht viel Zeit. Machen wir einen Deal. Sie bekommen Ihre CD zurück, wenn Sie Stillschweigen über die Vorfälle bewahren. Das gilt auch für dich, Max, und für Ihre Mitarbeiter, Sir. Wenn Sie auf meinen Vorschlag eingehen, dann wird man diese CD noch an diesem Nachmittag bei Ihrem Pförtner abgeben. Ich verspreche Ihnen, dass niemand außer dem FBI Kenntnis von dem darauf gespeicherten Filmbericht erhält. Also weder die Konkurrenz, noch andere Privatpersonen. Sie können Ihren Bericht ruhig schon einmal für die Spätnachrichten einplanen. Was halten Sie davon?«

»Überhaupt nichts!« knurrte Steinberg. »Das ist doch eine ausgemachte Schweinerei. In diesem Land herrscht immer noch Pressefreiheit.«

»Mr. Steinberg ist einverstanden«, mischte sich Dooney ein.

Der Chef von CCN schaute seinen Mitarbeiter verblüfft an. Dooney lächelte milde.

»Wir reden gleich darüber, Boss. Okay?« Der Mann mit der rotverbrannten Glatze warf ihm einen warnenden Blick zu.

Steinberg holte einmal tief Luft. Im Augenblick hatte es sowieso keinen Zweck, sich gegen die Bundespolizei aufzulehnen. Natürlich konnte er jetzt seine Anwälte einschalten, aber was brachte das? Er wollte diese CD, auf der sich der Filmbericht seines Kamerateams befand.

Verhielt er sich vernünftig, dann konnte er ihn bereits in den Abendnachrichten über den Äther schicken. Spielte er hier den Rambo, riskierte er sogar einen Aufenthalt im Gefängnis. Er kannte das FBI. Mit unkooperativen Mitbürgern ging man zuweilen wenig zuvorkommend um. Schon gar nicht, wenn es um die Belange der nationalen Sicherheit ging.

»Einverstanden«, brummte er nach einer Weile.

»Na, sehen Sie.« Sturges knöpfte sein Jackett wieder zu. Der ungehinderte Blick auf dessen Schulterhalfter hatte Steinberg ohnehin schon nervös gemacht.

Beim Verlassen des Büros drehte sich der FBI-Mann noch einmal herum. Er lächelte, doch sein Lächeln wirkte kalt.

»Sollte dort unten vielleicht doch noch unbemerkt eine Kopie angefertigt worden sein, und Sie senden den Filmbericht vor unserer Freigabe, wird es Komplikationen geben, Mr. Steinberg«, meinte er ungerührt.

»Was meinte der Kerl mit seiner letzten Bemerkung?« fragte Steinberg, nachdem sie wieder allein in seinem Büro waren.

Max Dooney nickte traurig.

»Das ist die Schattenseite der Digitalisierung, Boss«, seufzte er. »Wir werden anschließend nur das zu sehen bekommen, was auch die Weltöffentlichkeit zu interessieren hat. Und gnade uns Gott, wir senden etwas anderes.«

Jonathan Steinberg sank in seinem Sessel zusammen. Er hatte für ein paar Schlagzeilen das Leben seiner Tochter aufs Spiel gesetzt und verloren. Die Top-Story und Rachel. Max Dooney biss sich auf die Unterlippe. Als ein bei Computer Communication Networks eingeschleuster CIA-Agent erledigte er nur seinen Job. Die unzensierte Aussendung des Filmmaterials hätte Rachel Steinberg in diesem Moment auch nicht mehr geholfen.

Das Maschinengewehr hämmerte los. Als die erste Garbe auf der Brücke einschlug, warf sich Kössner instinktiv zu Boden. So in die Auswertung der Seewetternachrichten vertieft, war ihm gar nicht aufgefallen, dass sich der Fischtrawler unbemerkt genähert hatte. Vorsichtig robbte Kössner zur Tür, die nach unten führte, und bemühte sich gleichzeitig, seinen Kopf so tief wie möglich unten zu halten. Glas splitterte. Ein Großteil der Innenverkleidung kam herunter. Kössner versuchte sich zu konzentrieren. Waren die Kerle dort draußen von Sinnen? Reichte es nicht, dass sie überfallen und entführt worden waren und inzwischen vierkant in einen tropischen Wirbelsturm hineinsteuerten? Wer waren diese Burschen? Wieso befand sich schwere Artillerie auf einem Fischfänger? Kössner kroch hinter den stabilen Kartentisch und riss die oberen Schubladen zum Schutz gegen Querschläger auf. In diesem Augenblick gab es einen ohrenbetäubenden Schlag. Kössner kam es in seinem Versteck vor, als wäre in unmittelbarer Nähe eine Granate gezündet worden. Ganze Teile der Brückennock flogen über ihn hinweg. Er kroch vollständig unter den Kartentisch. Gerade noch rechtzeitig, denn in diesem Moment zerbarsten die zum Schutz aufgezogenen Schubladen. Der Deutsche schaute über seine Schulter. Dort, wo er vor ein paar Sekunden noch ausgeharrt hatte, stak ein zentnerschwerer Metallbrocken im Fußboden. Er konnte Bruchstücke der Reling erkennen.

Die sind ja wahnsinnig! schoss es ihm durch den Kopf. Die schießen mir mein Schiff in Stücke!

Die nächste Einschläge erfolgten. Kössner duckte sich erneut tief unter den Tisch und verbarg seinen Kopf zwischen den Armen. Unablässig ratterte das Maschinengewehr. Er begriff das alles nicht mehr. Wären sie mit dem Kreuzfahrer irgendwo vor Mozambique oder dem Horn von Afrika unterwegs, hätte er durchaus mit solchen Vorfällen rechnen müssen, aber doch nicht hier mitten auf dem Atlantik. Und schon gar nicht, während sich dort draußen ein Wirbelsturm zusammenbraute. Sein Mund wurde trocken und sein Herz begann zu rasen. Oh, Himmel, dachte er bei sich. Was, wenn die Kerle unter die Wasserlinie zielten?

Draußen auf dem Oberdeck schienen sich zwei Parteien einen erbitterten Kampf zu liefern. Kössner überlegte. Bei dem fremden Schiff handelte es sich wohl kaum um das Kommando zur Evakuierung der Terroristen. Aber um wen dann? Die Küstenwache bediente sich zum Aufbringen von Piraten keiner Fischereifahrzeuge, und ein normaler Trawlerkapitän, der unter Umständen auf die Notsituation des Kreuzfahrtschiffes aufmerksam geworden war, setzte bei einer Rettungsaktion wohl kaum Maschinengewehre und Raketenwerfer ein.

Der Lärm auf dem Oberdeck verstummte. Als auch nach mehren Minuten kein Schusswechsel mehr erfolgte, wagte sich Kössner aus seinem Unterstand hervor. Er erhob sich und räumte soweit wie möglich die Trümmer vor dem Kartentisch beiseite. Die Brücke sah zum Fürchten aus. Ein Teil der Außenwand an Backbord fehlte, die Nock schien vollständig weggeschossen. Die gesamte Navigationselektronik war von Gewehrkugeln zersiebt. Fassungslos schüttelte er den Kopf. Dies würde niemand mehr mit Bordmitteln reparieren können. Die *Star Cradle* musste in eine Reparaturwerft. Besser, man brachte sie zurück nach Keelung und setzte dort gleich ein komplett neues Oberdeck auf.

Mühsam bahnte er sich den Weg bis zur Fensterfront. Die Verglasung lag zersplittert auf dem Fußboden. Erst jetzt fiel ihm auf, dass Sturm und Gischt ungehindert in das Innere des Kontrollraums eindrangen.

Er hob den rechten Unterarm zum Schutz seiner Augen und erreichte ein hässlich gezacktes Loch in der Außenwand, wo sich bis vor ein paar Minuten noch der Ausgang zur Nock befunden hatte. Kössner warf einen Blick nach unten. Dort schien in den letzten Minuten ein regelrechtes Massaker stattgefunden zu haben. Das Seitendeck war mit Leichen übersät. Über das einst makellose Teakdeck schwappten Blut und Eingeweide. Graue Hirnmasse tropfte hier und da von den schneeweißen Aufbauten. Übelkeit stieg in Kössner hoch. Selbst die Tatsache, dass er Jassir unter den Getöteten entdeckte, konnte ihn nicht erleichtern. Jassir war mit der Waffe in der Hand gestorben. Mehrere Maschinengewehrkugeln hatten ihm den Brustkorb aufgerissen.

In diesem Augenblick tauchten zwei Männer unter ihm auf und warfen nacheinander zwei silbern schimmernde Metallboxen in die Ladeluke des Fischtrawlers. Kössner versuchte auszumachen, um was es sich dabei handelte, konnte aber wegen des peitschenden Windes nicht allzu viel erkennen. Hochfliegende Gischt ließ seine Augen wie Feuer brennen.

»Hoffentlich haben deine Leute das Fangnetz ordentlich gespannt«, gab einer der beiden Männer zu bedenken.

»Da mach dir mal keine Sorgen«, entgegnete der andere. »Das sind Profis. Die wissen, was sie tun.«

»Nun, denn«, meinte der Mann mit den streng zurückgekämmten Haaren. »Ich denke, wir sollten langsam verschwinden.«

»Wie recht du hast«, grinste der Russe. »Wo steckt eigentlich der Kopftuchträger?«

Der Asiate deutete zum Bug. »Was von ihm übrig ist, dürfte irgendwo unterhalb der Aufbauten kleben. Eine der Granaten hat ihn erwischt.«

»Nicht schade um ihn«, entgegnete Kopernikow.

Der Russe beugte sich vor, um das Krangeschirr des Trawlers in Emfang zu nehmen, damit er sich an Bord des Schiffes schwingen konnte. Plötzlich warf ihn etwas zu Boden. Er fasste sich an die Brust und spürte, dass sich seine Hand klebrig anfühlte. Verblüfft zog er sie zurück. Sie war rot vor Blut.

Mühsam drehte er sich auf die Seite und starrte Lee Song an. In dessen Hand lag eine Smith & Wesson mit Schalldämpfer.

»Wieso?« fragte er.

»Ich dachte, du kennst die Spielregeln.« Lee Song zuckte die Schultern. »Du wirst alt, Dimitrij.«

»Dann warst du es, der den Pantryherd manipuliert hat?« keuchte der Russe.

Kössner beugte sich trotz des peitschenden Windes über den zerstörten Brückenaufbau. Er konnte nur noch erkennen, wie der Mann mit der Pistole noch einmal abdrückte, woraufhin der am Boden Liegende endgültig zusammensackte. Dessen ehemaliger Begleiter schob seine schwere Pistole zurück in den Gürtel und warf den Angeschossenen anschließend über die Reling. Sein Körper verschwand in der aufgewühlten See.

Kurze Zeit später wurde das Fanggeschirr hinübergeschwenkt, und Charly Lee Song landete sicher an Bord des Trawlers. An dessen Heck stieg schwarzer Rauch auf. In diesem Augenblick bemerkte Kössner einen Hochseeschlepper, der sich bis auf wenige Kabellängen genähert hatte. Es musste sich um das Schiff handeln, das er als zweiten Lichtpunkt auf dem Radarbildschirm ausgemacht hatte. Seine aufkeimende Hoffnung sank jedoch ebenso rasch, wie der Trawler das Feuer auch auf dieses Schiff eröffnete. Der Schlepper versuchte noch abzudrehen, aber vergeblich. Fassungslos musste Kössner mitansehen, wie dort mehrere Raketengeschosse einschlugen.

Erschöpft und ratlos ließ sich Kössner in den von Granatsplittern zerfetzten Drehsessel vor dem Kommandopult fallen. Mit einer mechanischen Handbewegung räumte er den Schutt beiseite. Den Joystick für das Bugstrahlruder hatte es aus der Verankerung gerissen. Er prüfte den anderen. Erleichtert atmete er auf. Die Ruderanlage schien noch zu reagieren. Doch nur widerwillig ließ sich die Star Cradle wieder auf Kurs bringen.

Plötzlich fiel ihm einer der sorgfältig verschlossenen Wandschränke auf. Anwar al Saidi hatte vorsorglich die Schlüssel abgezogen und an sich genommen. Eine der Türen war offenbar getroffen worden. Völlig verbeult pendelte sie in den Angeln. Er sprang vor und riss sie auf. In einer Halterung hingen zwei längliche Gegenstände. Das eine hatte offensichtlich einen Volltreffer abbekommen, das andere schien unbeschädigt. Auch der Akku des Handsprechfunkgerätes schien noch in Ordnung zu sein. Ohne zu zögern drückte er die Sendetaste und hielt das Mikrophon an seine Lippen.

»MAYDAY, MAYDAY, MAYDAY! Hier ist *Star Cradle*, *Star Cradle*. Kann uns jemand hören?«

Angestrengt lauschte er in den Äther, doch außer dem Rauschen der Verstärkerendstufe blieb es im Lautsprecher still. Trotzdem versuchte er es weiter. Ein Handsprechfunkgerät reichte zwar nur für höchstens fünf bis zehn Meilen, aber ein unzureichender Notruf schien immer noch besser als gar keiner. Wenigstens der Hochseeschlepper sollte ihn doch hören können.

»MAYDAY, MAYDAY, MAYDAY! Hier ist *Star Cradle*, *Star Cradle*«, wiederholte er. »Wir wurden von Piraten angegriffen. Das Schiff ist schwer beschädigt. Wir haben zahlreiche Verletzte an Bord. Wir brauchen dringend Hilfe durch einen Schlepper oder ein anderes Schiff. MAYDAY! Hier ist *Star Cradle*! Erbitten Antwort auf Kanal 16.«

Angestrengt lauschte er in den Äther. Er wiederholte die Meldung so lange, bis der eingebaute Akku leer war. Eine Antwort blieb aus. Enttäuscht schleuderte er das Gerät zu den übrigen Trümmern.

Das Intercom meldete sich. Es war der Kapitän. Seine Stimme klang heiser.

»Barkowsky«, kam es krächzend aus dem Lautsprecher. »Melden Sie sich.«

Baxter war der erste, der zu dem Wandapparat stürzte. »Käpt'n!« brüllte er vor Erleichterung. »Sie leben! Wo stecken Sie, Sir?«

»Na, wo wohl?« knurrte der Kapitän der *Star Cradle*. »Auf der Brücke natürlich. Was treiben Sie eigentlich auf der Krankenstation? Hat es Sie etwa erwischt? Wer ist sonst noch bei Ihnen?«

»Nun«, antwortete der Chief. »Außer mir befinden sich der Doc, Miss Meville und Miss Steinberg, ihr Begleiter Mr. Leblanc und Mr. Michelli hier unten. Ach ja. Und Nelson Santos.«

»Wer zum Teufel ist Mr. Leblanc?« wollte der Kapitän wissen.

Baxter grinste breit. »Mr. Leblanc haben Sie unter dem Namen Toulouse kennen gelernt. Eine lange Geschichte. Die soll er Ihnen in aller Ruhe irgendwann einmal selbst erzählen.«

»Wer heißt auch schon Toulouse«, brummte Kössner. »Was ist mit ihm. Gehört er auch zu diesen Strolchen?«

»Nein, Sir«, erwiderte Baxter hastig. »Er ist wirklich ein ganz normaler Passagier.«

»Der unter falschem Namen reist«, knurrte der Kapitän.

»Wissen Sie etwas von den anderen Passagieren und dem Rest der Besatzung?« wollte er schließlich wissen.

»Negativ, Sir«, antwortete der Bordingenieur. »Der Fluchtversuch der Crew ist wohl gründlich danebengegangen. Wir haben uns hier unten so gut es ging verschanzt. Wie sieht es bei Ihnen auf der Brücke aus?«

»Gibt eine Menge Arbeit für Sie«, entgegnete der Deutsche. »Das heißt, sofern wir es überhaupt schaffen, aus diesem verdammten Sturm noch mit halbwegs heiler Haut herauszukommen. Das Deck sieht schlimm aus. Alles zerschossen. Das einzige, was überhaupt noch halbwegs funktioniert, ist die Ruderanlage. Aber jetzt genug geredet! Nehmen Sie endlich Ihre Beine in die Hand, Mr. Baxter. Marsch, nach unten! Holen Sie alles aus den Maschinen heraus, was möglich ist. Wir müssen hier weg!«

»Ay, Käpt'n«, murmelte Baxter. Einerseits ärgerte ihn der schroffe Ton des Kapitäns, andererseits war er heilfroh, dass endlich wieder jemand die Lage an Bord unter Kontrolle hatte.

»Dr. Barkowsky soll sich gleich in den Speisesaal begeben«, fügte der Deutsche hinzu. Vielleicht gibt es Überlebende. Wo steckt eigentlich Mrs. Stonebridge?«

»Francis ist tot, Sir«, antwortete Baxter betreten.

Kössner schwieg eine Weile. Dann kam erneut seine Stimme aus dem Lautsprecher.

»Ich kann hier oben unmöglich weg«, meinte er mit unnachgiebiger Stimme. »Einer muss die *Star Cradle* auf Kurs halten. Kann jemand dem Doc helfen?«

»Ja, ich«, ertönte eine helle Stimme.

Baxter drehte sich um. Elizabeth Meville hatte gesprochen.

»Zumindest verstehe ich ein bisschen von Sportmedizin«, fügte sie hinzu. »Verbände wechseln kann ich jedenfalls.«

Seit Nelson Santos wieder in ihrer Nähe war und an Deck endlich Ruhe herrschte, schien sie wieder Mut und Zuversicht gefasst zu haben.

»Gut«, brummte Kössner. »Die anderen bleiben zur Sicherheit auf der Krankenstation. Was ist mit diesem Matrosen? Ist er okay?«

»Bin ich, Sir«, rief eine Stimme. Nelson krabbelte von der Trage. Er schwankte zwar deutlich, hielt sich aber tapfer aufrecht.

»Also«, ordnete Kössner an. »Runter in den Maschinenraum. Äußerste Fahrt voraus. Und schalten Sie die Drehzahlbegrenzer ab, Mr. Baxter.«

»Ich soll was?« stieß der Engländer hervor. »Wissen Sie, was Sie da …?«

»Ich habe jetzt wahrlich keine Zeit, mit Ihnen zu diskutieren, Mr. Baxter«, erwiderte der Kapitän. »Führen Sie meine Anweisungen aus. Äußerste Kraft voraus. Mindestens hundertzehn Prozent Maschinenleistung.«

»Das halten die Dieselmotoren nicht durch, Sir!« gab Baxter zu bedenken. »Die laufen sowieso schon seit Tagen mit praktisch Höchstleistung. Wenn ich jetzt noch die Drehzahlbegrenzer …«

»Mr. Baxter«, unterbrach ihn der Deutsche. Seine Stimme klang ungeduldig. »Dies hier ist nicht Ihre Party. Führen Sie gefälligst meine Anweisungen aus!«

Wütend hieb Baxter auf die Sprechtaste des Intercoms. Er hatte sich die ganzen Wochen und Monate doch nicht getäuscht. Kössner war und blieb ein unverbesserlicher Idiot.

Sich nach beiden Seiten abstützend wankten Barkowsky und das junge Mädchen bis zu der Treppe, über die man die oberen Decksbereiche erreichen konnte. Bereits auf dem Treppenabsatz stießen sie auf die ersten Toten. Es handelte sich um zwei Araber, die mit von Kugeln regelrecht durchsiebten Körpern in verkrümmter Haltung auf den Stufen lagen. Barkowsky beugte sich zu einem der Kerle hinab und prüfte, ob noch ein Pulsschlag zu spüren war. Er schüttelte den Kopf. Traurig, dachte er bei sich. Allenfalls zwanzig Jahre alt, und wurde von Wahnsinnigen eiskalt in den Tod geschickt. So ein Bursche sollte seinem Vater bei der Ernte auf dem Feld helfen, anstatt mit einer Kalaschnikow unter dem Arm einen sinnlosen Kreuzzug mitzumachen. Ob er auch im Angesicht des Todes noch daran glaubte, dass ihn im Paradies tausend willige Jungfrauen erwarteten?

Mühsam stieg Richard Barkowsky die Treppe hinauf. Elizabeth folgte ihm. Sie mussten sich zeitweise mit beiden Händen am Geländer abstützen, um nicht zu Boden zu fallen, so sehr schlingerte die *Star Cradle* in den Wellen. Schließlich erreichten sie die nächste Plattform. Von hier aus ging es zu den Kabinen, wo man die weiblichen Passagiere gefangen hielt. Barkowsky wies Elizabeth an zu warten. Was ihn dort unter Umständen erwartete, wollte er einem fünfzehnjährigen Mädchen ersparen.

Die Glastür war zerschossen. Er bahnte sich seinen Weg durch den Gang. Das Licht brannte nicht mehr. Barkowsky drückte die erste Tür auf. Sie war nicht verschlossen. Der Raum dahinter wurde nur vom spärlich durch das Bullauge einfallenden Tageslicht erhellt. Er ließ seinen Blick durch die Kabine wandern. Auf dem zerwühlten Bett lag eine Gestalt. Sie war halb entkleidet, unter ihrem Kopf zeichnete sich eine breite, längst verkrustete Blutbahn ab. Ihre Augen starrten gebrochen gegen die Zimmerdecke. Die Frau mochte etwa fünfundzwanzig sein. Sie hatte kurz vor der Schiffsreise geheiratet und war in den Flitterwochen. Warum, keuchte eine Stimme. Barkowsky drehte sich um. Er war immer noch allein in der Kabine. Es war seine Stimme gewesen.

Mühsam schleppte er sich weiter. In zwei weiteren Kabinen bot sich dasselbe Bild, die übrigen waren leer. Er begann seinen Beruf zu hassen. Was machte es für einen Sinn, überhaupt noch Leben zu retten, solange Menschen zu solchen Taten fähig waren? Er wankte zurück zum Treppenaufgang. Elizabeth Meville schaute ihn mit großen Augen an.

»Wo ist meine Mom?« fragte sie tonlos.

Barkowsky legte ihr tröstend den Arm um die Schulter. Die Augen des jungen Mädchens füllten sich mit Tränen. Barkowsky war von diesem Augenblick an klar, dass Elizabeth Meville wohl nie mehr einen Tenniscourt betreten würde.

Sie erreichten schließlich den Speisesaal. Hier sah es ebenso schlimm aus. Ein Teil der Außenwand fehlte. Durch ein mannshohes Loch konnte man die aufgewühlte See erkennen. Der Sturm fegte Splitter durch den Raum, loses Mobiliar polterte im Takt der Wellen von einer Seite zur anderen. Die Inneneinrichtung glich einem einzigen Trümmerfeld. Barkowsky räumte ein paar umgestürzte Tische beiseite und stieß auf weitere Tote. Es waren die Frauen, die sich offenbar hierher hatten flüchten konnten. Die Ironie des Schicksals wollte es, dass sie, bereits in vermeintlicher Sicherheit, geradewegs in die Auseinandersetzung zwischen der Trawlercrew und den Arabern gerieten. Eine Granate hatte ein grauenhaftes Blutbad unter ihnen angerichtet. Barkowsky zerrte ein paar Tischdecken unter der Trümmern hervor und bedeckte notdürftig die schrecklich zugerichteten Leichen. Elizabeth wandte sich schluchzend ab. Auch ihre Mutter befand sich unter den Opfern.

Erst in der Bordbar stießen sie auf Überlebende. Senator Jack Meville und Lady Dorothy kauerten im Schutze des Bartresens. Sie schienen nur leicht verletzt. Während sich Elizabeth in die Arme ihres Vaters flüchtete, beugte sich Barkowsky über die Engländerin.

»Was ist passiert?« fragte er mit heiserer Stimme und verband dabei ihre Schnittwunde.

»Ich weiß es nicht«, murmelte Lady Dorothy. »Als dieses fremde Schiff auftauchte, stürmte plötzlich alles an Deck. Der Senator und ich konnten uns im letzten Moment hinter den Tresen der Cocktailbar flüchten. Kurz darauf krachte es im Speisesaal. Irgendwann trat Ruhe ein.«

»Wo steckt Al-Nudar jetzt?« wollte Barkowsky wissen.

»Keine Ahnung«, antwortete Dorothy. »Ich habe auch wenig Lust auf seine Gesellschaft.«

Das Intercom krächzte. Kössner meldete sich. Barkowsky gab eine kurze Lagemeldung durch.

»Bringen Sie das Mädchen und die beiden anderen Passagiere nach oben auf die Brücke«, forderte ihn der Kapitän auf. »In spätestens einer Stunde wird hier draußen die Welt untergehen. Dann sollte sich niemanden mehr ohne Not unter Deck aufhalten.«

»Was machen wir mit Miss Steinberg, ihrem Begleiter und Mr. Michelli?« warf Barkowsky ein. »Monsieur Leblanc ist noch ans Bett gefesselt, und Miss Steinberg hat ihren Rollstuhl verloren.«

»Auch das noch«, stöhnte Kössner.

Es blieb einen Augenblick still.

»Nicht zu ändern«, meldete sich Kössner erneut. »Dann muss es auch so gehen. Wo steckt eigentlich Al-Nudar? Jassir jedenfalls hat es erwischt.«

»Na, wenigstens ein Lichtblick«, brummte der Doc. »Wo der Narbige steckt, weiß ich nicht. Ich hoffe bloß, dass dieser Galgenvogel nicht noch irgendwo durch das Schiff geistert.«

»Ich muss jetzt Schluss machen«, erwiderte Kössner. »Das Schiff ist kaum noch in den Wellen zu halten.«

Es knackte im Lautsprecher, und die Verbindung brach ab.

In diesem Augenblick wurde das Vorschiff der *Star Cradle* von einer heftigen Detonation erschüttert.

Elizabeth schrie auf. Lady Dorothy und Jack Meville starrten den Deutschen entgeistert an.

»Ladies and Gentlemen«, zuckte Barkowsky lakonisch die Schultern. »Ich fürchte, unsere Seereise geht in wenigen Minuten zu Ende.«

Kapitel 28

Was ist denn nun schon wieder los?« brüllte Nelson gegen das gewaltige Getöse an, das die auf Anweisung des Kapitäns oberhalb der Belastungsgrenze arbeitenden Maschinen erzeugten.

»Ich befürchte das Schlimmste!« keuchte Baxter und wischte sich den Schweiß von der Stirn. »Offenbar hat uns Al-Nudar eine seiner Visitenkarten hinterlassen.«

Im nächsten Augenblick dröhnten die Warnsirenen los, und gelb flackernde Rundumlichter begannen ein gespenstiges Licht zu verbreiten. Baxters Arm schoss vor. Er drückte die Sprechtaste des Intercoms. »Maschinenraum, Käpt'n!« brüllte er in das Mikrophon. »Was ist passiert?«

»Explosion im vorderen Schiffsbereich!« kam es mit gehetzter Stimme zurück. »Kollisionsschotts schließen! Machen Sie schon, Mr. Baxter! Sie müssen die Hydraulikanlage von unten aktivieren! Ich bin hier oben machtlos. Und gehen Sie mit den Maschinen auf halbe Kraft. Sonst zerreißt es uns die Bordwand.«

»Und wenn sich im Bugbereich noch Leute aufhalten, Sir?« begehrte Baxter auf.

»Darauf kann ich jetzt keine Rücksicht mehr nehmen, wenn ich das Schiff retten will, Mr. Baxter«, kam es barsch zurück. »Trotz des Seegangs kann ich bereits ganz deutlich erkennen, wie am Bug die Luftblasen aufsteigen. Was heißt Luftblasen? Das sieht aus wie ein gewaltiger Whirlpool. Der Bug beginnt schon abzusacken.«

»Aber, Sir …«, stotterte Baxter weiter.

»Machen Sie schon!« brüllte Kössner. »Schließen Sie endlich die Schotts! Jetzt geht es ums Überleben!«

»Ay, Sir!« erwiderte der Engländer.

Mit hängenden Schultern schob er sich an dem fassungslosen Filipino vorbei, regelte die Maschinenanlage herunter und stellte sich dann vor das Kontrollpaneel für die Hydraulikanlage. Zögernd legte er die Hebel für die Bedienung der Kollisionsschotts um, die den vorderen Bereich des Schiffes in Sekunden hermetisch verschlossen.

Jeder, der sich jetzt noch im Vorschiff aufhielt, wurde unweigerlich vom einströmenden Wasser erfasst und ertrank. Aber der Kapitän hatte Recht. Mit solchen Notfallszenarien richtig umzugehen, lernte schon jeder Kadett auf der Seefahrtschule. Aber Theorie und Praxis lagen im Ernstfall eben meilenweit auseinander. Wie auch hier und jetzt. Insgeheim bewunderte Baxter seinen Chef. Es gehörte verdammt viel Mut dazu, sich eine solche Verantwortung auf die Schultern zu laden. Er selbst wäre dazu wahrscheinlich nicht fähig gewesen. Baxter beschloss im Stillen, nie mehr despektierlich über den Kapitän zu reden.

»Was passiert jetzt?« fragte Nelson

Baxter zuckte die Schultern.

»Keine Ahnung, mein Junge. Ich fürchte, jetzt kommt es ganz dicke. Erst der Piratenüberfall, dann der sich entwickelnde Hurrikan, dem wir offensichtlich nicht mehr entrinnen können, und nun auch noch die Explosion im Vorschiffsbereich. Die *Star Cradle* mag ein stabil gebautes Schiff sein, aber nach all dem, was sich in den letzten Stunden ereignet hat, sehe ich langsam wirklich schwarz für unsere Zukunft.«

Die nächste Detonation erfolgte. Die Erschütterung war so stark, dass es Baxter und seinen neuen Assistenten förmlich von den Beinen riss. Die Sirenen verstummten. Das Licht verlosch.

»Jesus!« schrie Nelson auf. »Das zerreißt das Schiff!«

»Los, sehen wir zu, dass wir nach oben kommen«, rief Baxter und packte den jungen Mann an der Schulter. »Verspüre wirklich wenig Lust, wie der Kesselwärter auf der *Titanic* zu enden.«

Der Braunhäutige stieß sich ab. Baxter stolperte hinter ihm her. Zumindest für den unerfahrenen Nelson stellte es sich als ungemein schwierig dar, in völliger Finsternis den Ausgang aus dem Maschinenraum zu finden. Baxter vernahm einen Schrei und ein Aufstöhnen. Der Junge war gegen ein Aggregat geprallt. Baxter riss ihn in die Höhe und schleifte ihn mit sich. Als sie den Gang erreichten und über die Schotteinfassung stiegen, traten sie bereits in wadenhohes Wasser.

»Mist!« fluchte Baxter, während er zur Sicherheit die Schottür hinter sich schloss. »Das ging aber rasch! Jetzt nichts wie los! Sonst ersaufen wir hier unten noch wie die Ratten!«

Die Angst verlieh zumindest Nelson Flügel. Er hatte nicht sein halbes Leben unter Deck verbracht und geriet daher in Panik. Als ihnen jedoch nach etwa fünfzig Metern das Wasser kaskadengleich entgegenströmte, bekam es auch der Leitende Ingenieur mit der Angst zu tun. Ihm entging nicht, wie sich das Schiff langsam aber sicher über den Bug zur Seite neigte.

»Wir müssen weiter!« trieb er den jungen Mann an. »Los, beeil dich gefälligst! Wir haben nicht mehr viel Zeit.«

Kurz vor Erreichen des nächsten Schotts standen sie bereits hüfthoch im Wasser. Endlich schaltete sich die Notbeleuchtung an. Die winzigen Glühlampen verliehen dem Szenario etwas Gespenstisches. Baxter stöhnte auf. Das Wasser stieg nicht mehr an, denn das Schott, das sie inzwischen erreichten, war verschlossen. Vermutlich hatte die Wucht des eindringenden Wassers die schwere Stahltür zugeschlagen. Während Baxter vergeblich versuchte, das Schott zu öffnen, begann Nelson zu beten.

Nachdem die erste Explosion erfolgt war, schwang Alain seine Beine über den Rand des Krankenbettes. Vorsichtig setzte er die Füße auf. Ihm wurde schwarz vor Augen, seine Brustverletzung schmerzte höllisch. Heftig atmend und mit Schweiß auf der Stirn verharrte er einen Augenblick auf dem Rand seines Bettes. Rachel, die sich zum Ausruhen auf das freie Nachbarbett gelegt hatte, blickte hoch.

»Was haben Sie vor?« fragte sie den Franzosen.

»Was wohl«, gab er knapp zurück und versuchte zu lächeln, was jedoch gründlich misslang. Seine Schmerzen waren mittlerweile fast unerträglich geworden. Alain biss die Zähne zusammen.

»Wer zu lange unter Deck bleibt«, frotzelte er, »bekommt hinterher keinen Platz mehr im Rettungsboot.«

Rachel schaute ihren Reisebegleiter verblüfft an. So viel Abgebrühtheit hatte sie ihm nicht zugetraut. Ihr fiel auf, wie blass Alain war.

»Wo steckt eigentlich Mr. Michelli?« wollte sie wissen.

»Der scheint offenbar bereits das Weite gesucht zu haben«, knurrte der Franzose. »Kein Wunder. Wie heißt es doch so schön? Beim Sterben ist man sich immer selbst der Nächste.«

Er sah, wie Rachel zusammenfuhr.

»Tut mir leid. War nicht so gemeint. Ich bin ein dämlicher Idiot.«

Eine Lautsprecherdurchsage des Kapitäns verschluckte Rachels Antwort.

»Achtung! Hier spricht der Kapitän«, brüllte eine gehetzte Stimme. »Begeben Sie sich sofort an Deck! Sie befinden sich alle in äußerster Lebensgefahr! Hören Sie mich? Kommen Sie alle unverzüglich an Deck und legen Sie Rettungswesten an.«

»Na, sehen Sie«, murmelte Alain und versuchte sich trotz der Schmerzen vom Bettrand zu erheben.

Die nächste Detonation erfolgte. Diesmal war die Druckwelle so stark, dass er zu Boden stürzte. Die Wundnaht riss auf, und der Verband färbte sich in wenigen Augenblicken blutrot. Keuchend richtete sich Alain auf.

Nun musste es den Mittelteil des Schiffes erwischt haben und zwar gar nicht weit von ihnen entfernt. Rachel und Alain schauten sich schweigend an. Langsam aber unaufhörlich begann sich die Star Cradle auf die Seite zu legen.

»Bringen Sie sich wenigstens in Sicherheit«, meinte Rachel. Ihre Worte klangen wie ein Flehen. »Machen Sie schon! Solange noch Zeit dafür bleibt.«

»Ohne Sie?« Alains Stirn legte sich in Falten.

»Ich kann Sie hier nicht zurücklassen«, fuhr er entschlossen fort, »und später einfach weiterleben.«

Rachel nahm seine Hände liebevoll in die ihren.

So verharrten sie in dem nach Blut, Desinfektionsmitteln und Medikamenten riechenden Krankenzimmer und hielten einfach nur ihre Hände umklammert. Kurz darauf legte sich die *Star Cradle* zum ersten Mal hart über. Es dauerte bange Sekunden, ehe sie sich wieder halbwegs aufrichtete. Einer der Schränke öffnete sich. Klirrend und scheppernd verteilten sich Arztbesteck und Medikamentenfläschchen auf dem Fußboden. Alain beachtete das Chaos gar nicht. Er hatte nur noch Augen für dieses wundervolle, warmherzige Geschöpf mit diesen verführerischen braunen Augen. Schließlich beugte er sich vor und umfasste ihren schlanken Hals. Widerstandslos ließ sie sich von ihm küssen.

»Alain«, hauchte sie und schloss die Augen.

»Ja, mein Engel«, murmelte der Mann in ihren Armen.

»Sag es«, fuhr sie fort. »Sag es nur einmal. Ich möchte es wenigstens einmal in meinem Leben gehört haben, ehe alles zu Ende geht.«

Alain lächelte. Rachels Augen füllten sich mit Tränen. Er wischte sie mit dem Daumen aus ihren Augenwinkeln.

»Ich liebe dich, Rachel«, flüsterte Alain und küsste sie ganz zärtlich auf die Lippen. »Ich liebe dich mehr als mein Leben.«

»Ich hatte immer Angst davor, mich jemals richtig zu verlieben. Bei dir traf es mich wie ein Keulenschlag. Und dann tauchte ausgerechnet dieser Cohen auf und drohte, dich mir wegzunehmen.«

»Was redest du für einen Unsinn?« wunderte sie sich.

»Ich rede keinen Unsinn, mein Engel«, fuhr Alain unbeirrt fort. »Du bist die wundervollste Frau, der ich in meinen ganzen Leben begegnet bin.«

Sie schaute ihn lange und ernst an.

»Geh, mein Liebling«, forderte sie ihn auf. »Geh, und bring dich in Sicherheit. Solange es überhaupt noch möglich ist.«

Alain verbarg sein Gesicht in ihren Haaren.

»Dich zurücklassen?« murmelte er. »Niemals. Ich würde es sowieso nicht schaffen, und ich will ohne dich auch nicht mehr weiterleben.«

Jack Meville und seine Tochter saßen dichtgedrängt beieinander. Lady Dorothy hielt mit der Linken einen der Barhocker und mit der Rechten eine Flasche schottischen Whisky umklammert. Ihr geblümtes Sommerkleid war zerrissen, die ehemals rote Lockenpracht umrahmte nur noch in fettigen Strähnen ihr Gesicht. Barkowsky beugte sich zu der Engländerin hinab. Dorothy schlug die Augen auf. »Ich bin okay, Doc«, brummte sie halblaut. »Machen Sie sich keine Sorgen.«

Sie deutete auf die Flasche in ihrer Hand.

»Ironie des Schicksals, Rick«, grunzte sie abfällig. »Selbst beim Sterben werde ich an diesen gottverdammten Hurensohn erinnert. Der Whisky stammt aus der Brennerei meines Mannes.«

Sie hob die Flasche an den Mund und nahm einen kräftigen Schluck.

»Wenigstens schmeckt das Zeug«, fügte sie hinzu.

Barkowsky versuchte ihr die Flasche aus der Hand zu nehmen.

»Hören Sie auf zu trinken«, ermahnte er die Engländerin. »Sie werden gleich noch einen klaren Kopf brauchen.«

»Einen klaren Kopf?« Ihr Grinsen geriet mehr als schief. »Wozu? Soll ich etwa nüchtern ertrinken? Oder denken Sie, ich würde mich bei diesem Seegang in eines dieser beschissenen Rettungsboote setzen? Ohne mich!«

Sie erhob sich mühsam und strich mit der Hand über das zerfetzte und verschmutzte Kleid.

»Wenn schon, dann gerät mein Abgang mit Stil, Rick«, meinte sie schließlich. »Mit einem Glas bestem Champagner in der Hand.«

Sie deutete auf den Eisschrank. »Soviel ich weiß, hatte der Barkeeper noch zwei Flaschen Dom Perignon in der Kühlung.«

»Hören Sie auf, solch einen Unfug zu reden«, fuhr sie der Deutsche an. »Los, beeilen Sie sich. Ich besorge Ihnen eine Rettungsweste. Sie müssen herunter von dem Schiff, ehe es sinkt. Sonst reißt es Sie unweigerlich mit in die Tiefe.«

»Bei Ihrem Hang zur Theatralik, liebster Richard«, gluckste Dorothy und umklammerte krampfhaft den Messinghandlauf vor dem Tresen, »hätten Sie besser Drehbuchautor werden sollen. In Hollywood würden Sie ein Vermögen verdienen.«

Kopfschüttelnd wandte sich Barkowsky ab und stolperte zu dem Texaner und seiner Tochter hinüber. Inzwischen waren sie nicht mehr allein. Neben ihnen kauerte eine Gestalt. Er kannte den Mann. Es war einer seiner Patienten. Barkowsky stieß ihn mit der Fußspitze an.

»Wo stecken Miss Steinberg und Monsieur Leblanc?« erkundigte er sich.

Antony Michelli drehte sich auf dem Absatz herum. Sein Gesicht wirkte ausdruckslos.

»Sie werden wohl noch unten auf der Krankenstation sein«, gab er zur Antwort. »Mr. Leblanc ist völlig erschöpft, und Miss Steinberg konnte ich in meiner Verfassung wohl kaum nach oben schleppen.«

»Aber Sie selbst konnten sich in Sicherheit bringen, wie?« knurrte Barkowsky. »Los, kommen Sie mit! Sie müssen mir helfen, die Beiden nach oben zu schaffen.«

Michelli schüttelte den Kopf. »Tut mir leid, Doc. Mein Job ist es, für die Sicherheit des Senators zu sorgen.«

»Ihren Job haben Sie in der Vergangenheit auch nicht sonderlich ernst genommen«, widersprach der Deutsche. »Los, keine Widerrede! Machen Sie schon! Uns bleibt nicht mehr viel Zeit.«

Die zweite Detonation erfolgte. Barkowsky und Michelli rappelten sich gleichzeitig hoch und stürzten hinüber zu den noch heil gebliebenen Bullaugen. Dort starrten sie gebannt in die Tiefe. Trotz der schäumenden See konnte man das gewaltige Sprudeln in Höhe der Wasserlinie erkennen. Die Detonation hatte allem Anschein nach eine metergroße Öffnung in den Schiffsrumpf gerissen. Der Deutsche schloss ergeben die Augen. Das ist das Ende, fuhr es ihm durch den Kopf. Immer deutlicher begann die *Star Cradle* seitlich über den Bug wegzusacken. Die Lautsprecherdurchsage des Kapitäns ertönte.

»Los, alle Mann an Deck!« brüllte Michelli und half dem Senator auf die Beine.

Meville versuchte sich zu erheben, brach dann aber mit schmerzverzerrtem Gesicht zusammen. Er fasste sich an die Brust.

»Was ist los, Daddy?« schrie Elizabeth auf.

»Doktor!« brüllte Michelli. »Hierher! Helfen Sie dem Senator.«

Hin und hergerissen zwischen seinem ärztlichem Eid und der Wut darüber, dass dieser Kerl zwei hilflose Menschen einfach seinem Schicksal überlassen hatte, wankte der Deutsche hinüber. Er setzte seinen Arztkoffer ab und beugte sich über den Alten.

»Ausgerechnet jetzt«, murmelte Meville, »muss diese lausige Pumpe den Geist aufgeben. Hätte diese Reise nie antreten dürfen. Aber was soll's? Jetzt ist es sowieso zu spät.«

»Was reden Sie da?« murmelte Barkowsky und versuchte sich dabei verzweifelt einen Plan zurechtzulegen, wie man den Senator an Deck und von dort in eines der Rettungsboote schaffen konnte. »Es ist nie zu spät. Und Ihr Herz bekommen wir auch in den Griff. Wo haben Sie Ihre Medikamente? Sie müssen doch bestimmt Medikamente nehmen, oder?« Meville verzog sein Gesicht. Seine Schmerzen schienen außergewöhnlich stark zu sein. Schluchzend verbarg Elizabeth das Gesicht an der Brust ihres Vaters.

»In meiner Kabine«, keuchte Meville und strich seiner Tochter beruhigend über den Kopf. »Meine Schuld. War einfach zu stolz, Al-Nudar zu bitten, dass sie mir jemand besorgt.«

»Tun Sie etwas!« rief Michelli und rüttelte an Barkowskys Schulter. »Unternehmen Sie endlich etwas!«

Richard Barkowsky wirbelte herum.

»Gut, Mr. Michelli. Klettern Sie hinunter zum Passagierdeck und holen Sie seine Herzmittel. Los, machen Sie schon!«

Sein Blick wurde kalt. »Erledigen Sie endlich Ihren Job!«

Die *Star Cradle* lag bereits zehn Grad nach Backbord über.

»Das schafft kein Mensch mehr«, begehrte der FBI-Agent auf. »Ich schon gar nicht. Mit den Verletzungen …«

»Sie verdammter Feigling!« unterbrach ihn Barkowsky und erhob sich schwankend. »Gut, dann werde ich eben die Medikamente holen. Betten Sie inzwischen den Kopf des Senators und heben Sie seine Beine an.«

Meville hob seinen Arm. Der Deutsche hielt inne.

»Nein, Doc«, stöhnte der Amerikaner. »Kümmern Sie sich um meine Tochter. Bringen Sie Elizabeth in Sicherheit. Machen wir uns doch nichts vor, Doc. Für mich ist die Reise vorbei.«

»Nein!« jammerte das Mädchen. Ihre Gesicht war tränenüberströmt. »Nein, Vater! Nein! Doc! Tun Sie doch etwas! Lassen Sie meinen Vater nicht sterben!«

Barkowsky nickte und deutete auf die zerschossene Tür, die nach draußen zum Promenadendeck führte. »Ich verspreche Ihnen, mich um Ihren Vater zu kümmern. Aber Sie bringen sich erst einmal selbst in Sicherheit.«

Sein Blick fiel auf den Bodyguard des Senators. Er zog ihn beiseite, damit ihn das Mädchen nicht hören konnte.

»Sie werden sich jetzt um Mevilles Tochter kümmern, Mr. Michelli«, flüsterte der Deutsche. »Dem Senator kann ohnehin niemand mehr helfen. Ich werde den Käpt'n von der Brücke holen. Gemeinsam mit ihm können Sie es schaffen. Und nehmen Sie Lady Dorothy mit. Auch wenn sie sich mit Händen und mit Füßen sträuben sollte. Zu viert finden Sie in einem der Rettungsboote genügend Platz. Die Notpacks unter den Duchten reichen für knapp eine Woche.«

»Und Sie?« mischte sich Elizabeth ein und starrte den Arzt mit großen Augen an. Das Mädchen war ihnen unbemerkt gefolgt. »Wie wollen Sie sich retten?«

Barkowsky winkte ab. »Lassen Sie das mal meine Sorge sein, mein Kind. Im Übrigen habe ich noch eine Menge zu tun. Ihr Vater braucht seine Medikamente.«

»Okay.« Michelli packte den Arm des Mädchens. »Gehen wir. Die Zeit wird knapp.«

Er zerrte sie hinüber zu der englischen Adeligen. Lady Dorothy winkte zunächst tapfer ab. Plötzlich hob Michelli die Faust und schlug ihr gegen die Schläfe. Die Whiskyflasche entglitt ihrer Hand, und sie sank kraftlos in sich zusammen. Mit Hilfe von Barkowsky und dem Mädchen schaffte er sie nach draußen auf das Promenadendeck. Dadurch blieb Elizabeth Meville erspart, mitzuerleben wie ihr Vater kurz darauf seinen zweiten Herzanfall erlitt. Barkowsky deckte ihn anschließend mit seiner Uniformjacke zu und legte dann den Arztkoffer beiseite. Mühsam kletterte er die zerschossene Treppe nach oben zum Kommandoraum. Gerd Kössner hockte zusammengesunken in seinem Drehsessel und starrte auf das sich immer mehr senkende Vorschiff der *Star Cradle*. Seinen Schiffsarzt bedachte er nur mit einem flüchtigen Nicken.

»Wo sind die anderen?« fragte er. Seine Stimme klang abwesend.

»Der Senator erlitt vor ein paar Minuten einen Herzinfarkt«, brummte Barkowsky und hielt sich krampfhaft an dem Drehsessel fest. Inzwischen leckten die Brecher bis in den Kommandoraum hinein.

»Miss Steinberg und Mr. Leblanc sind unter Deck eingeschlossen«, fügte er hinzu. »Wo der Chief und dieser Nelson Santos stecken, weiß ich nicht. Mr. Michelli versucht sich mit Miss Meville und Lady Dorothy in Sicherheit zu bringen. Ich denke, Käpt'n, auch für Sie wird es langsam höchste Zeit. Kommen Sie, lassen Sie mich an den Fahrstand. Ich halte die *Star Cradle* solange im Wind, bis Sie das Rettungsboot zu Wasser gelassen haben.«

»Auf keinen Fall verlasse ich die Brücke, solange noch Passagiere an Bord sind.«

Kössner deutete demonstrativ nach achtern, wo sich Michelli und Elizabeth bemühten, die besinnungslose Engländerin in eines der Rettungsboote zu hieven. Er schaute Barkowsky scharf an.

»Ich erteilte Ihnen jetzt einen dienstlichen Befehl, Richard!« fuhr der Kapitän fort. »Sie begeben sich unverzüglich an Bord dieses Rettungsbootes und sehen zu, dass den beiden Frauen nichts geschieht. Ich gebe Ihnen mit der *Star Cradle* solange Windschutz, bis Sie abgelegt haben.«

»Viel Glück, alter Junge«, fügte er leise hinzu. Unendlich langsam drehte sich die Nase des Kreuzfahrtschiffes zum letzten Mal in den Wind.

Wenige Augenblicke später half Barkowsky, das Rettungsboot zu Wasser zu lassen. Kössner erhob sich aus seinem Drehsessel. Die Ruderanlage der *Star Cradle* reagierte nicht mehr auf seinen Befehl. Schweigend verfolgte er die verzweifelte Aktion der vier Schiffbrüchigen. Dann straffte er sich und kletterte erhobenen Hauptes die Treppe hinunter. Nur mit Mühe gelang es ihm, die Reling zu erreichen. Inzwischen war der Kreuzfahrer auf der gegenüberliegenden Seite bereits bis zum Seitendeck weggetaucht. Eine der riesigen Schiffsschrauben wirbelte schon nur noch Schaum auf. Kössner starrte dem feuerroten Rettungsboot hinterher, das sich nur mühsam einen Weg durch die meterhohe See bahnen konnte. In diesem Moment zerriss eine weitere gewaltige Explosion das Heck der *Star Cradle*. Die Druckwelle erfasste auch das Rettungsboot. Ob es dabei zu Schaden kam, konnte Kössner nicht mehr feststellen. Während der Fünfmaster vollständig zur Seite wegsackte, verlor sich bereits sein Blick in der Unendlichkeit des Atlantiks.

Epilog

Der Nachrichtensprecher räusperte sich. »Guten Morgen, Ladies and Gentlemen. Schön, Sie zu den Nachrichten auf CCN begrüßen zu dürfen.

Wie bereits seit einigen Tagen befürchtet, besteht nun Gewissheit darüber, dass sich wenige hundert Seemeilen vor der Südostküste der Vereinigten Staaten ein Drama ereignet hat. Das seit Tagen vermisste Kreuzfahrtschiff *Star Cradle* ist allem Anschein nach einem Bombenattentat moslemischer Extremisten zum Opfer gefallen. Was der mit internationalem Haftbefehl gesuchte Palästinenser Mohammed Al-Nudar mit dieser Tat letztlich bezweckte, scheint noch unklar. Ziel der Entführung könnte die Freipressung des in den Vereinigten Staaten inhaftierten Scheichs Hassan Abdul Jasmani gewesen sein, dem eine wesentliche Beteiligung am Lockerbie-Attentat Ende der achtziger Jahre und die Planung der Bombenattentate auf die Botschaften in Daressalam und Nairobi vorgeworfen werden. Zudem gilt er als Drahtzieher hinter der Ermordung des ägyptischen Präsidenten Hosni Mubarak im Jahre 1995 und dem Massaker von Luxor 1997.

Jasmani, der auch immer wieder mit dem ebenfalls international gesuchten Terroristenchef Osama bin Laden in Zusammenhang gebracht wird, steht unmittelbar vor der Abschiebung nach Großbritannien, wo ihm der Prozess gemacht werden soll. Warum bisher eine konkrete Forderung der Geiselgangster unterblieben ist, bleibt ein Geheimnis, das der Palästinenser wohl mit in den Tod genommen hat. Ob von den Passagieren und der Besatzung der *Star Cradle* jemand das Attentat überlebt hat, ist noch ungeklärt.«

Hinter dem abziehenden Tief lockerte die Bewölkung auf. Die ersten Sonnstrahlen ließen das Wasser auf dem Asphalt verdampfen. Patrick Goodwin öffnete die Terrassentür und warf einen Blick hinaus auf den träge dahinziehenden Fluss. Er nickte grimmig und betrat den Garten. Mühsam humpelte er zu seinem Anlegesteg. Das kleine Motorboot, mit dem er bei schönem Wetter mitunter zum Club zu fahren pflegte, dümpelte in den trüben Wellen. Goodwin verzog sein Gesicht und kletterte hinein. Es dauerte eine Weile, ehe er das Cockpit gelenzt bekam. Schweratmend ließ er sich auf eine der Sitzbänke fallen und zog die Zigarettenschachtel aus seiner Strickjacke. Gierig saugte der Alte den Rauch in die Lungen und stieß ihn anschließend in die klare Luft hinaus.

Viel Zeit blieb ihm nicht. Thomas Blain hatte ihn gebeten, sich noch vor Mittag in Downing Street einzufinden. Nachdem der Wirbelsturm weite Teile der amerikanischen Südostküste verwüstet hatte, waren zwei Patrouillenboote aufgebrochen, um nach der verschollenen *Star Cradle* zu suchen. Dabei war man auf Wrackteile und Trümmer der Inneneinrichtung eines Kreuzfahrtschiffes gestoßen. Die Spezialisten brauchten nicht lange, um herauszufinden, dass es sich um Reste des vermissten Fünfmasters handelte.

Die Sonnenstrahlen blendeten ihn. Goodwin erhob sich und kletterte wieder zurück an Land. Er seufzte. Niemand würde ihm je danken, dass er den Südosten Amerikas vor einer Katastrophe apokalyptischen Ausmaßes bewahrt hatte. Hätten Hurt und Walker rechtzeitig gehandelt, anstatt wie Dilettanten lediglich vom sicheren Schreibtisch aus nach einem der gefürchtetsten Topterroristen zu fahnden, wäre diese Tragödie unter Umständen vermeidbar gewesen. So blieb zum Schluss nur noch die Option, die *Star Cradle* mit drei gezielten Torpedos zu eliminieren. Natürlich ließ sich die Verantwortung für den Untergang leicht auf jemanden wie Al-Nudar abschieben. Schließlich hatte die Hisbollah in der Vergangenheit Unmengen an Plastiksprengstoff eingekauft. Zum Glück lag die *Star Cradle* auf mindestens tausend Meter Wassertiefe, denn Experten würden bei einer Überprüfung des Wracks rasch herausfinden, dass der Wassereinbruch nicht von einer Explosion an Bord, sondern von Torpedoeinschlägen herrührte. Ihm war klar, welches Risiko er eingegangen war. Schließlich kam es in den Dienstplänen der Unterseeboote Ihrer Königlichen Admiralität so gut wie nie vor, ausgerechnet während eines aufziehenden Wirbelsturms auslaufen und scharfe Munition abfeuern zu müssen. Das würde noch Arbeit für Walker geben. 'Francis' Bertram war begeisterter Gleitschirmsegler. Unfälle bei der Ausübung dieses gefährlichen Hobbys kamen hin und wieder vor. Mit Wehmut dachte er an die Regatta, die für diesen Nachmittag angesetzt war.

Sein Handy summte. Das Gespräch kam aus Übersee.

»Gratuliere«, schnaufte eine Stimme von der gegenüberliegenden Seite des Atlantischen Ozeans. »Jetzt können wir uns schon wieder einen neuen Präsidentschaftskandidaten suchen.«

»Man darf eben nie nur auf ein Pferd setzen, wenn man gewinnen will«, erwiderte der Brite ungerührt. »Was euren texanischen Senator angeht, solltet ihr Republikaner wirklich langsam umdenken. Die Anderen haben euch schließlich lange genug vorgemacht, wie man es richtig angeht.«

»Sie meinen diesen Kerl aus dem Mittelwesten?« knurrte Lexman. »Der nichts anderes als seine Praktikantinnen im Kopf hatte? Sie haben vielleicht Nerven, Sir. Zwei verlorene Kriege, und ein innenpolitisches Desaster, das wir nur ganz knapp in den Griff bekommen konnten. Danke, mir reicht's! Lieber einen Tattergreis, als noch einmal so ein Kennedy-Remake. Meville kam unseren Vorstellungen in dieser Hinsicht gerade recht.«

»Vergesst ihn«, murmelte Goodwin. »Er ist Geschichte.«

»Sie wollten wissen, was unsere Ermittlungen hinsichtlich des Hochseetrawlers ergeben haben?« fuhr der amerikanische Staatssekretär nach einer Weile fort.

»Schießen Sie los!« Godwin presste dabei sein Handy fester gegen das Ohr.

»Dem Heimathafen nach ein Portugiese«, antwortete der Mann aus Übersee. »Angeblich unterwegs nach Westafrika. Der Trawler gehört aber dem nordkoreanischen Geheimdienst. Sie hatten Recht mit Ihrer Vermutung, dass die Schlitzaugen ihre verdammten Pockenviren zurückhaben wollten, ehe wir die Russen im Weltsicherheitsrat wegen der Ausfuhr biologischer Kampfstoffe in Krisengebiete an die Wand nageln konnten. Na ja, man kann nicht immer gewinnen. Wir warten noch, bis der Trawler weit genug von unserer Ostküste entfernt ist.«

Was das bedeutete, war Goodwin auch ohne lange Umschweife klar. Die Amerikaner wollten offenbar kein Risiko eingehen. Auf ein weiteres verschollenes Schiff im Atlantik kam es jetzt auch nicht mehr an.

»Was ist mit Professor Lance?«, wechselte der Engländer das Thema.

Die Leitung blieb für einen kurzen Augenblick still. Schließlich hörte Goodwin, wie sich sein Gesprächspartner räusperte.

»Mr. Lance hatte leider einen bedauerlichen Autounfall.« Lexmans Stimme klang seltsam belegt. »Er war unterwegs zur Ranch seiner Schwiegereltern in Montana. Sein Wagen kam aus bisher ungeklärten Gründen ins Schleudern und durchbrach ein Brückengeländer.«

»Oh, das tut mir leid«, erwiderte der Alte.

»Uns auch«, meinte der Amerikaner. »Lance war eine Koryphäe, was seine Forschungsarbeit betraf.«

Sir Patrick beendete das Gespräch. Während er die Antenne in das Gerät zurückschob, hörte er, wie der Kies in der Auffahrt knirschte. Das musste sein Angestellter sein, der ihn nach London fahren sollte. Sehnsüchtig warf er einen letzten Blick stromab in Richtung Bucklers Hard, wo sich die ersten Regattaboote versammelten. Träge floss das graubraune Wasser des River Beaulieu zum Solent hin. Der Alte humpelte los. Am Nachbarhaus wurden die Rollläden emporgerissen. Von irgend woher kam gedämpfte Radiomusik. Kinder johlten auf der Straße. Ein Radfahrer ließ zur Sicherheit seine Glocke ertönen. Ein ganz normaler Morgen in England. An der Grenze zum Gazastreifen starben fünf Araber bei einem Zusammenstoß mit einer israelischen Militärstreife. Die Hisbollah kündigte Vergeltungsschläge an.